신녀의 서

신녀의 서 2

초판 1쇄 찍은 날 | 2015년 05월 29일
초판 3쇄 펴낸 날 | 2016년 12월 19일

지은이 | 다인 김민경
펴낸이 | 서경석

편집책임 | 조윤희
디 자 인 | 신현아

펴낸곳 | 도서출판 청어람
등록번호 | 제387-1999-000006호
등록일자 | 1999. 5. 31
어람번호 | 제11-00020호

주소 | 경기도 부천시 원미구 부일로 483번길 40 서경B/D 3F (우) 14640
전화 | 032-656-4452 팩스 | 032-656-4453
http://www.chungeoram.com
E-mail | chungeorambook@daum.net

ISBN 979-11-04-90248-2 04810
ISBN 979-11-04-90246-8 (SET)

2

다인 김민경 장편 소설

神女의 書

신녀의 서

도서출판 청어람

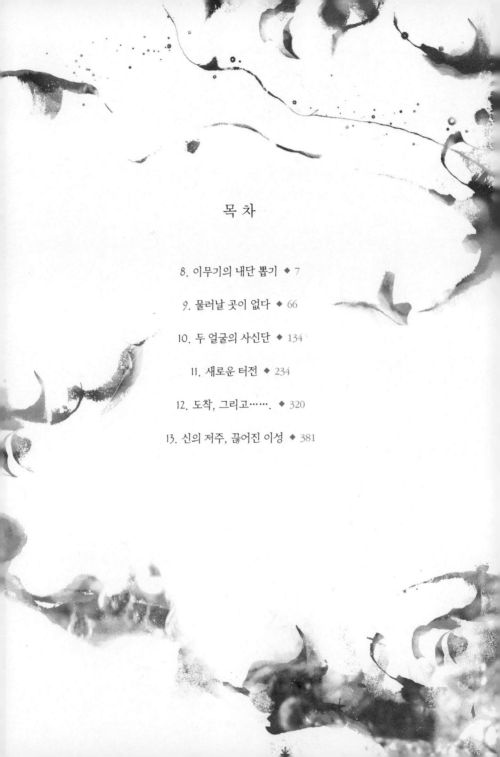

목 차

8.
이무기의 내단 뽑기

떠오르는 아침 해가 잠들어 있는 황궁을 비추고, 신궁에도 따스한 빛을 내려주었다. 신궁의 창살 사이로 들어온 햇빛은 침대를 가리고 있는 하얀 휘장까지 다가갔다. 바닥까지 늘어진 휘장 안쪽에는 해연이 곱게 잠들어 있었다.

이불을 타고 올라온 햇빛이 얼굴에 닿자 해연의 눈썹이 살짝 움찔거렸다. 그녀의 눈가에 고여 있는 눈물이 빛을 받아 반짝였고, 굳게 닫혀 있던 눈꺼풀이 슬며시 벌어졌다. 하얀 휘장 너머로 이제는 익숙한 격자무늬 창살이 보였다.

뒤숭숭한 꿈자리에 해연은 작은 한숨을 내뱉었다. 한참을 울다 깨면 기분이 착 가라앉으니, 이것도 못할 짓이었다. 애써 머릿속에서 꿈을 털어내고 부스스 몸을 일으키자 풍성하고 반지르르한 소복이 드러났다. 전날 밤에 누군가 갈아입혀 놓은 모양이었다.

해연은 반쯤 마른 눈물을 훔치고 침대에서 내려와 창가로 다가갔다. 손끝으로 창문을 건드리자 문이 열리면서 아름다운 황궁의 모습이 넓게 펼쳐졌다. 담벼락과 회랑 때문에 위에서 보면 마치 미로 같기도 한 황궁은 햇살에 반짝이는 푸른 기와로 해연의 시선을 사로잡았다. 분주히 움직이는 궁녀들과 자리를 묵묵히 지키는 호위들도 조그맣게 보였다. 보고 또 봐도 질리지 않는 궐의 모습은 해연이 이곳에서 좋아하는 것들 중 하나였다.

상쾌한 공기를 가득 들이마시자 간밤에 하도 울어서 지끈거리던 머리의 통증이 살짝 가시는 듯했다. 따뜻한 햇볕 아래서 한참 기분 전환을 하고 있을 때, 조심스레 방문이 열렸다.

안으로 들어온 이는 단야였다. 곱게 접힌 신녀복을 두 손으로 조심히 떠받들고 들어오던 단야는 이미 일어나 있는 해연을 보고 눈이 휘둥그레졌다.

"신, 신녀님?"

창가에 서서 햇빛을 쬐던 해연은 단야를 보고 빙긋 웃어주었다. 반가운 마음에 웃었는데, 단야는 오히려 눈물을 매달았다. 그녀는 들고 있던 옷도 내팽개치고 해연의 품속으로 달려들어 통곡하듯이 울었다. 말도 못 하고 흐느껴 우는 단야의 행동에 놀란 해연은 그대로 품을 내주었다.

해연의 가슴팍에 얼굴을 묻은 단야는 그야말로 펑펑 울어댔다. 의식을 잃은 채로 하랑의 품에 안겨 돌아온 해연을 보고 얼마나 걱정했는지 모른다. 신궁 사람들 모두 신녀를 잘 보필하지 못한 자신들 탓이라며 침울해 있었다.

단야의 울음소리에 방 안으로 뛰어 들어온 무녀들은 창가에 서 있는 해연을 보고 놀란 가슴을 쓸어내렸다. 해연은 품에 안긴 단야의 등을 토닥여 주면서 간밤에 마음 졸였을 무녀들을 향해 밝은 미소로 화답했다. 최근에 여러 가지 일을 연달아 겪으면서 부쩍 성숙해진 신녀는 무단가출에 대해 사과했고, 무녀들의 마음을 편안하게 진정시켜 주었다.

황제의 처소인 용주전에는 침실 외에도 여러 종류의 방이 있었다. 그중 집무실로 쓰는 방에는 회의용 긴 탁자와 나무를 깎아 만든 고급스러운 의자를 두었다. 우측에 달린 문을 열고 들어오면 바로 앞에 보이는 의자가 황제가 앉는 자리였다. 그리고 오늘도 가후는 그곳에 앉아 상소문을 보았다. 다만 평소와 한 가지 다른 점이 있다면, 소렵이 그 옆에서 무릎을 꿇고 있다는 점이었다.

가후가 업무를 시작한 지 두 시간째, 소렵은 자발적으로 벌을 청하는 중이었다. 전날 밤, 단살단이 도망친 일에 대해 책임을 지고자 했지만 가후는 모든 죄를 하랑에게 전가했다. 앞에 놓인 상소문을 다 처리하고 나면 하랑에게 채찍질을 가할 예정이었다. 소렵이 본인의 잘못이라고 누차 말해도 가후는 눈 하나 깜짝하지 않았다. 그저 평소와 다름없이 상소문을 읽는 데에만 집중할 뿐이었다.

꿇어앉은 무릎 위에 놓인 소렵의 손이 꽉 오므라졌다. 어떻게 해야 하랑을 구할 수 있을지 방법이 떠오르지 않았다. 유일한 희망은 신녀뿐이지만, 그녀는 어젯밤부터 정신을 차리지 못하고 있었다. 뜻대로 되지 않는 현실에 답답한 마음을 감출 길이 없을 때, 생각지도 못했던 인물이 용주전을 방문했다.

"폐하, 신녀님께옵서 독대를 청하셨사옵니다."

신녀가 직접 만나러 왔다는 말에 상소문을 집어 들던 가후의 손이 멈칫했다. 하지만 그뿐이었다. 그는 다시 상소문을 들고 읽는 일에만 집중했다. 무심한 그와 달리, 근심에 찌들어 있던 소렵의 얼굴에는 화색이 돌았다. 해연이 정신을 차렸으니 하랑을 구할 길이 열릴지도 몰랐다. 그러나 그의 작은 희망을 황제는 철저하게 짓밟았다.

"볼 생각 없으니 돌아가라 전하라."

그의 거절은 매우 즉각적이고도 매몰찼다. 문밖에 서서 그 소리를 다 듣고 있던 해연은 마음속에 '참을 인'을 다섯 번이나 새겼다. 당장에라도 문을 열어젖히고 싶어서 손가락이 간질간질했으나, 변하기로 마음먹은 지 삼 일도 채 지나지 않은 상태였다. 해연은 심호흡을 하며 마음을 가다듬었다.

"폐하, 묻고 싶은 것이 있어서 왔으니 좀 만나주시지요?"

행동은 참았지만, 말투까지는 제어하지 못했다. 가시 박힌 해연의 억양에 가후는 콧방귀를 뀌었다. 그녀를 만나고 싶은 생각이 전혀 없었다.

얼굴도 보기 전에 기 싸움부터 하는 두 사람 사이에서 소렵은 혹시나 해연이 포기하고 돌아갈까 봐 가슴 졸였다. 지금 만나지 않으면 하랑이 처한 상황에 대해 알려줄 방법이 없었다. 넉넉잡아 두 시간 뒤면 가후는 하랑이 있는 지하 감옥으로 행차할 것이고, 그때까지는 자신도 이 자리에 붙잡혀 있어야만 했다. 게다가 이 사태를 아는 이도 내관 몇 명뿐이니, 해연에게 언질을 줄 사람도 없었다. 황제를 찾아온 이유는 알 수 없지만, 어쨌든 지금 소렵이 비빌 언덕은 해연뿐이었다.

'신녀님, 부디 문을 부숴서라도 들어와 주십시오.'

소렵은 해연이 평소 성격대로 해주길 바랐다. 하지만 변하기로 결심한 해연은 인내심을 박박 긁으며 참는 중이었다. 그녀는 침착하게 한 번 더 요구했으나, 돌아오는 건 시큰둥한 반응뿐이었다.

황제가 만날 생각이 전혀 없음을 안 해연은 몸을 돌렸다. 어차피 그의 답변이 꼭 필요한 건 아니었다. 그냥 지나가는 사람 아무나 붙잡고 물어봐도 해결될 의문이었다. 다만, 황제의 의중을 알아보고 그의 체면을 꺾지 않는 선에서 합의를 보려고 했는데, 이리 문전박대를 당하고 나니 속이 부글부글 끓어올랐다.

해연이 용주전을 나가기 위해 몸을 돌리자 뒤따르던 무녀들이 두 갈래로 쭉 갈라섰다. 분을 이기지 못한 해연은 풍성한 녹색 치마를 주먹으로 한 번 내려치고 걸음을 옮겼다.

점점 멀어져 가는 그녀의 뒷모습을 보며 모백은 속으로 비웃음을 지었다. 제아무리 날고 기는 신녀라 해도 역시 황제보다는 아래구나 싶었다. 그렇게 모백이 속내를 숨기고 비아냥대던 차에 해연의 걸음이 우뚝 멈췄다.

"아, 진짜. 생각할수록 열 받네."

분기탱천한 그녀는 몸을 확 돌려 모백의 옆을 지나쳤다. 놀란 모백이 입을 열어 말리기도 전에 해연의 손이 문을 쾅 열어젖혔다.

"야!"

앞뒤 다 잘라먹은 말이 고막을 후볐다. 들도 보도 못한 호칭에 소렵은 심장이 벌렁거렸다. 비단 그뿐만이 아니었다. 무녀와 궁녀, 내관과 풍월대원들까지 너 나 할 것 없이 입을 벌렸다. 지켜본 이들이 다 기함할 지경인데 당사자인 가후는 오죽할까. 그의 붉은 눈동자에는 짜증이 들어앉았고, 잘난 얼굴은 욕을 뱉고 싶은 걸 참느라 씰룩였다.

터지기 일보 직전인 가후의 감정 상태를 알면서도 해연은 그에게 별다른 관심을 가지지 않았다. 옆에 무릎을 꿇고 있는 소렵이 시선을 빼앗은 탓이었다. 그의 모습만 보아도 뭔가 일이 벌어졌다는 것쯤은 쉽게 알 수 있었다.

"소렵? 여기서 왜 이러고 있어요?"

해연은 황제의 따가운 시선을 완벽하게 무시해 버리고 소렵부터 챙겼다. 그에게 다가가 일으켜 주려 했으나 소렵은 고개를 더 조아릴 뿐이었다. 일어날 수 없다는 뜻을 간접적으로 비춘 것이다.

그런 소렵의 모습을 처음 본 해연은 고개를 갸웃거렸다. 대관절 그가 무슨 죄를 지었기에 이러나 싶었다.

"무슨 일인데 그래요? 쟤가 또 괴롭혀요?"

해연의 손가락이 가후에게 향했다. 단단히 앙심을 품은 듯, 아까부터 부르는 말이 무엄하기 그지없었다. 원래 황제에게 '너'라고는 부르곤 했지만, '야'나 '쟤'는 처음이었다.

난생처음 듣는 기막힌 호칭에 가후의 얼굴이 콱 일그러졌다. 그 불편한 심기를 알면서도 소렵은 해연과 말을 나눌 수 있는 이 기회를 잡아야만 했다.

"괴롭힌다니, 당치 않사옵니다. 소신이 잘못한 일이 있어 폐하께 벌을 청하고 있었사옵니다."

별것 아닌 것처럼 말했지만, 소렵은 그녀가 한 번 더 물어봐 주길 원했다. 그래야만 하랑이 지하 감옥에 갇혀 있고, 그가 곧 매질을 당한다는 비보도 전해줄 수 있었다. 하지만 해연은 궁금증을 해소하기보다는 그를 구해주는 일에 초점을 맞췄다.

"내가 용서해 줄 테니 그만 가서 좀 쉬어요. 어제도 고생 많이 했잖아요."

해연에게는 면죄부가 있었다. 동연국의 신녀로 있는 대신 황제에게 받아낸 특혜 중 하나였다. 그녀는 그 권한을 이용해 고생하는 소렵을 도와주고자 했다. 하지만 다른 반응을 원했던 소렵은 안타까움에 속이 타들어갔다. 이렇게 되면 억지로라도 하랑을 거론하면서다 밝혀야만 했다. 결심을 굳힌 소렵이 입을 떼려던 순간, 그를 지켜보고 있던 가후가 선수를 쳤다.

"그만하고 가서 자숙하도록."

확실한 축객령에 말할 타이밍을 놓친 소렵은 가후에게 간절한 눈빛을 보냈다. 그러나 하랑을 놓아줄 생각이 없는 그는 단호했다. 당장 나가라는 시선에 소렵은 그 자리에서 물러나야만 했다.

소렵이 나가자 가후는 들고 있던 상소문을 탁자 위에 툭 던져 놓았다. 전부 다 마음에 들지 않았다. 그러나 해연은 그의 신경질 따위는 조금도 개의치 않았다. 이 세상에서 그녀가 평생 무시해도 괜찮은 인간이 하나 있다면, 그게 바로 황제였다.

"궁금한 거 있어."

"빨리 말하고 꺼져."

품위라고는 죽었다 깨어나도 안 보이는 말본새에 입술을 비죽인 해연은 그의 맞은편 자리로 가서 앉았다. 나가라고 할수록 더 버티겠다는 의지였다. 팔짱까지 떡하니 끼고 앉아 있는 모습에 가후의 인상이 살벌해졌다. 하지만 해연은 생글생글 웃으며 그의 속을 뒤집어놓는 데 열심이었다.

"뭐가 그리 급해? 오랜만에 너랑 대화란 걸 좀 하려고 왔는데."

"바쁜 거 안 보이나?"

그의 손가락이 소복이 쌓인 상소문을 가리켰다. 확실히 바빠 보이긴 했다. 성격이 괴팍해서 그렇지, 백성들에게 칭송받는 것도 다 그런 노력을 바탕으로 맺은 결실일 터였다. 궐 밖에서 황제에 대한 의외의 평판을 많이 들었던 해연은 이번만큼은 순순히 넘어가 주었다.

"우현 대감이란 사람이 네 장인어른이라던데, 맞아?"

해연이 처음 꺼낸 질문은 우현 초가에 대한 것이었다. 짐작도 못한 화제에 찌푸려져 있던 가후의 이맛살이 살짝 펴졌다. 신녀와 우현 초가라는, 전혀 어울리지 않는 조합에 호기심이 솟은 것이다. 어디서 무슨 소리를 들었기에 갑자기 그를 거론하는지, 그게 무척 궁금했다.

"그래, 우현 초가가 황후의 아비다. 근데 그건 왜?"

가후의 말투가 한결 듣기 편해져 있었다. 그가 나쁘지 않은 반응을 보이자 해연은 전날 있던 일을 소상히 알려주었다. 신궁을 나갔다가 우현의 딸이 운영하는 보석상에 들렀던 것부터 초선이란 기지배가 얼마나 사람을 무시하는지, 그 태도로 인해 기분이 상한 일까지 열을 올리며 얘기했다. 한참 억울하고 속상한 마음을 토로하던 해연은 마지막에 그를 찾아온 이유를 밝혔다.

"그러니까, 국정 운영? 너랑 이 나라에 피해가 안 가는 범위 내에서 그 애가 정신 좀 차리게 해주고 싶다, 이거지."

해연은 하랑의 요청이 있던 뒤로 황제와 관련된 일을 할 때는 나라에 최대한 피해가 가지 않는 범위를 따지게 되었다. 이번 초선의 일도 황제와 관련되어 있었기 때문에 싫어도 그를 찾아올 수밖에 없었다.

그런 해연의 말을 가만히 듣고 있던 가후는 입술 끝을 끌어 올렸다. 그 미소에 해연은 내심 깜짝 놀랐다. 웃는 모습이 눈부시게 잘생겨서만은 아니었다.

'저 자식이 미쳤나? 왜 갑자기 날 보고 웃어?'

하랑이 웃어주었다면 설레었을 텐데, 황제가 웃으니 섬뜩하기 그지없었다. 한여름인데도 소름이 등줄기를 타고 쭉 훑어 올라왔다.

해연이 몸을 부르르 떨며 괴로워하든 말든, 가후는 즐거운 마음을 감추지 않았다. 그는 지금 이 상황이 매우 재미있었다. 얼마나 좋았으면 해연이 예뻐 보일 정도였다. 물론 그래 봤자 첫 이미지인 '잡귀'를 탈피하는 정도였지만, 그래도 처음으로 그녀가 마음에 들었다.

"결론은 초선의 버르장머리를 고치고 싶다는 거 아니냐?"

"그렇지."

"그런 성격들은 웬만해선 안 바뀌는데…… 네가 내 계획대로만 한다면 두 번 다시는 가난한 이를 무시 못 할 거다. 어때? 할 생각 있나?"

그는 처제를 혼내 주는 데 매우 호의적이었다. 그 태도에 뭔가 미심쩍었지만, 해연은 우선 계획이란 걸 들어보자 싶었다.

그가 들려주는 계획이란 건 조금 과하다 싶을 정도였다. 의지에 충만해 있던 해연은 처음과 달리 슬슬 걱정이 되기 시작했다. 그런 해연을 부추기는 건 가후의 몫이었다. 그는 처제의 버르장머리를 고쳐 주는 일이 나라에 큰 이득이 된다는 걸 강조했다. 그 말도 일리가 있어서 해연은 마음 한편이 찜찜하면서도 찬성할 수밖에 없었다.

"네가 말한 대로만 하면 되는 거지?"

"그래. 결정했으면 가서 옷부터 갈아입고 와."

"옷?"

해연은 자신의 옷을 내려다보았다. 녹색 치마에 흰 저고리가 수수하니 고운 옷이었다. 만족스러운데 왜 그러느냐는 눈빛에, 가후는 고개를 저으며 밖에서 대기 중이던 무녀를 불러들였다.

"밖에 무녀 있느냐?"

"예, 폐하."

"들라."

문이 열리고 단야가 안으로 발을 내디뎠다. 고개를 푹 숙이고 황제를 향해 예를 취하는 모습이, 많이 긴장한 듯 보였다. 가후는 그런 단야에겐 시선조차 주지 않고 해연의 치장을 명했다. 간단히 지시를 내린 그는 해연에게도 할 일을 알려주었다.

"한 시간 정도 줄 터이니 빨리 끝내고 근정전으로 와. 두꺼비 등에 줄 긋는다고 개구리 되진 않겠지만, 보석으로 화려하게 치장하면 좀 낫겠지."

가후는 아무렇지도 않게 해연의 얼굴을 두꺼비에 비유했다. 평소 하던 생각이 자연스럽게 나온 것이다. 졸지에 두꺼비를 닮게 된 해연은 울컥했으나 꾹 참고 넘어갔다. 거사를 앞두고 사이가 틀어져 봤자 좋을 것이 없었다.

해연이 신궁으로 돌아간 뒤에 가후는 모백을 불렀다. 쇠뿔도 단김에 뽑으랬다고, 그는 지금 당장 일을 처리할 생각이었다.

"우현에게 다시 입궐하라 전하고, 딸 초선도 함께 근정전으로 들라 하라."

"예, 폐하."

황명을 받든 모백이 물러나자 가후는 다시 상소문을 집어 들었다. 정무를 보는 와중에도 그의 얼굴에는 미미한 웃음기가 남아 있었다. 한 시간 뒤에 벌어질 일을 상상할수록 기분이 좋아졌다.

'볼만하겠군.'

가후는 우현 초가와 그의 딸 초선, 그리고 황후를 떠올리며 비릿한 미소를 머금었다. 하랑의 체벌도 잠시 미룰 정도로 그는 오늘 같은 날이 오길 고대하고 있었다.

갑작스러운 황제의 명으로 신궁은 바삐 움직였다. 단야가 해연의 머리를 매만지고, 소여는 얼굴을 맡았다. 평소에는 별다른 화장을 하지 않지만, 오늘은 황제의 명으로 특별히 눈매를 강조하기로 했다.

한참 치장을 하고 있을 때, 방 안으로 예복과 머리에 쓸 거대한 왕관이 들어왔다. 몇 겹씩 껴입어야 하는 옷도 평범의 범주를 넘어섰지만, 왕관은 상상 그 이상이었다.

은으로 만든 링의 양옆으로 거대한 은빛 사슴뿔이 우뚝 솟아 있었다. 대랑의 뿔을 닮은 관은 그 크기가 어린아이만 했다. 게다가 여러 갈래로 갈라진 줄기에 물방울을 닮은 파란 보석을 수십 개나 매달아두었다. 한마디로 목이 부러질 것만 같은 자태였다. 그걸 머리에 써야 하는 해연은 다물어지지 않는 입을 억지로 움직였다.

"저걸 쓴다고? 문턱도 못 넘을 거 같은데?"

혹사당할 목은 그렇다 쳐도 문조차 지나가지 못할 크기였다.

해연의 진지한 의문이 귀여웠던 단야는 실실 웃으며 잘못된 상상을 고쳐 주었다.

"지금은 거꾸로 세워둔 거예요. 수각관은 끝이 허리에 닿아요."

거꾸로 쓴다면 해연이 힘을 쓸 때 종종 나타나는 뿔과 모양이 비슷해진다. 동연국 신녀들의 뿔을 왕관의 형태로 만든 것이 수각관이었다. 공식적인 행사가 있을 때나 예를 갖출 필요가 있을 때 쓰는 편인데, 황제와 대신들이 집결하는 날에도 신녀의 위엄을 위해 착용하곤 했다. 물론 신녀의 성격에 따라 착용 횟수가 많이 달라지는 편이었다.

"내 목이 안 부러지면 다행일 거 같아."

"그건 걱정 안 하셔도 돼요. 자, 머리는 다 되었습니다."

머리치장을 끝낸 단야가 손을 떼며 말했다. 수각관을 쓸 때는 머리에 특별한 장식을 하지 않는 편이었다. 머리를 다 풀거나 반만 묶어서 가지런히 정리만 하면 되는데, 해연은 반만 묶은 상태였다. 단야가 끝을 내자 소여도 화장을 마무리했다. 이제 옷을 갈아입으면 준비는 얼추 끝이 난다.

우현 초가는 자택으로 찾아온 모백과 심각한 얼굴로 대화 중이었다. 아침 일찍 황궁에 갔다가 황제에게 문전박대당하고 돌아온 차였다. 그런데 그사이에 무슨 심경의 변화가 있었는지 황제가 다시 그를 찾고 있었다. 게다가 이번에는 딸까지 함께 입궐하라는 황명에 초가의 머릿속에는 생각이 많아졌다. 그 곁에 선 모백은 초가의 추리에 도움이 되도록 아는 대로 단서를 내주는 중이었다.

"황제가 명을 내리기 전에 신녀가 찾아왔습니다. 필시 신녀와 관련이 있을 겁니다."

모백은 목소리를 한껏 죽이고 해연이 왔음을 알렸다. 하지만 그의 말에도 초가의 의문은 해결되지 않았다. 평소 자신은 신녀와 왕래가 없었고, 궐 출입이 자유롭지 못한 딸 역시 신녀와 만났을 가능성이 매우 희박했다. 한데 어째서 초선이까지 함께 입궐하라는 것인지, 그 뜻을 알기 어려웠다.

"우선, 알겠소. 잠시만 기다려 주시오. 나도 입궐할 채비를 해야 하니."

"예."

모백을 방 안에 남겨두고 초가는 밖으로 나갔다. 딸의 처소로 가자 스물댓 살쯤 된 여종이 마당으로 후다닥 내려서서 그를 향해 머리를 조아렸다. 초가는 인사를 받는 둥 마는 둥 하고 마루로 올라섰다. 그는 딸의 방문 앞에 서서 자신이 왔음을 알렸다.

"초선아, 아비다."

"들어오세요."

버선발로 뛰쳐나오지는 못할망정 초선은 방 안에서 심드렁하게 대꾸했다. 하지만 초가는 버릇없는 딸의 행동에도 눈썹 하나 찌푸리지 않았다. 괜히 금지옥엽이라 불리는 것이 아니었다. 황후도 딸로 받아들였으나 슬하에 그의 피를 이은 자식은 초선 하나뿐이었다. 그래서 무슨 짓을 하든 크게 혼내는 법이 없었다. 사랑할수록 더 올바르게 키워야 했지만, 그의 잘못된 생각이 초선을 부덕한 인격을 가진 사람으로 만들어 버렸다.

언제나처럼 불평 없이 초가는 직접 문을 열고 들어갔다. 한창 치장에 공을 들이고 있는 초선이 보였다. 그녀의 치장을 돕던 여종이 그에게 무릎을 굽히며 인사를 올렸다. 하지만 초선은 화장대 앞에 앉아서 예조차 갖추지 않았다.

"이른 아침부터 어인 일이세요?"

"혹시 신녀를 본 적이 있느냐?"

자신은 그동안 신궁과 왕래한 적이 없었으니 딸이 어디선가 신녀를 만났을지도 몰랐다. 하지만 초선은 고개를 저었다.

"신궁에만 박혀 있는 신녀를 제가 어찌 만나요. 거지 같은 무녀들이야 많이도 봤지만."

어제 만났던, 그 지저분한 무녀를 떠올린 초선은 양미간을 찌푸렸다. 애초에 신분이 낮은 계집들이 신궁으로 들어가서 깨끗한

척, 고귀한 척하며 돌아다니는 모양새가 영 마음에 들지 않았다. 그래서 평소에도 벼르던 차에 어제 그런 무안을 받았으니, 초선은 기필코 그 무녀를 찾아내서 쥐도 새도 모르게 처리하기로 결론을 내렸다. 돈과 권력만 있으면 사람 하나 매장하는 건 일도 아니었다.

그렇게 초선이 딴마음을 먹는 동안 초가는 황제의 의중을 파악하느라 골머리를 썩이고 있었다.

"흠, 그럼 대체 왜……."

초가가 중얼거리자 초선의 시선이 화장대 거울에 비친 아버지에게 향했다. 무언가 심각한 고민에 빠져 있는 듯했다.

"왜 그러시는데요?"

"별거 아니다. 그보다 입궐 준비부터 하여라."

"입궐이요?"

초선의 눈이 화등잔만 해졌다. 그녀는 일전에 황후의 면전에 대고 무엄한 발언을 종종 입에 담은 탓에 구설에 오른 적이 있었다. 그 내용이 신료들의 귀에도 들어갔던 터라 초가는 딸의 입궐을 반대해 왔다. 시집갈 나이인데 좋지 않은 소문이 돌아서 득 될 것이 없었다. 그런데 갑자기 입궐 준비를 하라는 말이 떨어지니 초선의 얼굴에 들뜬 기분이 그대로 묻어났다.

"아버지, 오늘 그년 보러 가나요? 그럼 폐하가 오실 시간에 가요."

황후를 그년이라 부르는 초선이 입궐하는 목적은 오로지 황제였다. 그가 현 황후를 어여삐 여긴다지만, 본인이 황제의 눈에만 들면 그녀를 내쫓고 황후가 될 수도 있다고 생각했다.

그런 초선의 꿈은 아비인 초가마저도 못마땅하게 여겼다.

"황제는 안 된다니까. 더 대단한 남자를 줄 터이니 너는 네 몸가짐이나 바르게 하면 될 일이다."

"이 땅에 황제보다 더 대단한 사내가 어디 있어요?"

"어허, 안 된다면 안 되는 줄 알거라. 황후 자리는 포기해."

"아버지!"

단호한 부친의 태도에 초선은 진저리를 쳤다. 무엇을 요구하든 들어주던 아버지가 이 문제에 대해서만큼은 물러서지 않았다. 그렇다고 이유를 말해주는 것도 아니었다. 무조건 안 된다고만 할 뿐이었다. 아버지의 권력욕을 잘 아는 초선은 그 반응을 좀처럼 납득하기 힘들었다.

'쌍수를 들고 밀어줘도 부족할 마당에 어찌 저러시는 거야? 다른 나라의 황후 자리는 말도 안 되는데.'

오대륙에 있는 다섯 나라 중 수우국은 청일국에 병합되었으니 힘을 잃었고, 그 황제는 이미 자신의 아버지보다 나이가 많았다. 가리국의 황제는 아름답다고 하지만 대대로 사내를 좋아한다는 소문이 은연중에 퍼진 상태였고, 후로국의 황제는 이미 혼인을 해서 애가 있었다. 그렇다면 남는 건 동연국과 청일국뿐인데, 현실적으로 동연국이 더 가능성이 높았다. 그래서 입궐 때마다 황제의 눈에 들기 위해 애쓰고 있건만, 아버지는 그런 자신의 뜻을 따라주지 않았다.

초선이 답답해하는 만큼 초가도 난감하기 이를 데 없었다. 그는 동연국에 대대로 내려오는 황제의 비밀에 대해 알고 있었다. 그것만으로도 딸을 황후 자리에 앉힐 수가 없는데, 본인의 꿈도 초선의 목표와 충돌했다. 그는 직접 황제가 되어서 훗날 외손주에게 황제 자리를 물려주고 싶었다. 그 꿈을 이루기 위해 현 황제를 죽이려고 하는데, 그걸 모르는 딸내미는 황제를 낭군으로 삼겠다며 의욕을 불태우고 있었다. 그렇다고 철딱서니 없는 딸에게 역모에 대해서 알려줄 수도 없는 노릇이었다. 초가는 본인을 닮아 권력욕이 많은 딸이 입술을 삐죽이는 걸 보고 한숨지었다.

"되었으니 빨리 채비나 해라."

그는 딸의 치장을 재촉하고 처소를 나섰다. 그러는 와중에도 그의 머릿속에는 가후가 부를 만한 이유들이 솟았다가 가라앉곤 했다. 하지만 결론은 쉬이 나지 않았다.

'이유는 몰라도 틈을 보이지 말아야 살아남는다.'

초가는 단단히 마음을 먹었다. 그도 전날 있던 일을 대충이나마 유신에게 들어 알고 있었다. 신녀가 궁 밖에 있었고 해치우려던 차에 하랑을 만났는데, 그 과정에서 신분이 조금 노출되었다는 내용이었다. 그러니 황제도 자신의 집에 머무는 객이 공력을 지닌 단살단의 두령일 수도 있음을 전해 들었을 것이다. 자칫했다가는 역적으로 몰려 죽을 수도 있는 일이었다.

그 사실에 밤새 고민하던 초가는 유신의 뜻에 따라 선수를 치기로 했다. 해가 뜨자마자 황제가 일어나기도 전에 궐에 들었다. 하지만 능구렁이 같은 가후가 공사가 다망함을 들어 만나주지 않았다. 문전박대를 당하고 집에 돌아와 초조하게 기다리던 차에 갑자기 다시 불러들인 것이다. 아무래도 유신의 일일 가능성이 높지만, 초선까지 부르는 게 영 찜찜했다.

'선수를 쳐야 해, 선수를.'

초가는 여러 가지 가능성을 열어두고 어찌 대응해야 할지 생각하며 바삐 걸음을 옮겼다. 자신도 관복으로 갈아입고 입궐할 준비를 해야 했다.

문무백관들이 모이는 근정전에 홀로 들어선 가후는 단상 위에 높이 있는 옥좌로 다가갔다. 금실로 수놓은 붉은 용포를 입고, 주먹보다 조금 더 큰 금색 상투관을 쓴 그는 평소와 별반 다를 것이 없는 모습이었다. 해연에겐 때 빼고 광내라 지시한 것과 달리 본인은 편안하기 그지없었다. 옷이나 장신구에 의지하지 않아도 충분히 위엄을 갖출 자신이 있었기 때문이다.

그는 옥좌에 앉아서 텅 빈 근정전 안을 휘— 둘러보았다. 좀 더 천천히 와도 되었지만 마음이 들떠서 먼저 오지 않을 수가 없었다. 초가와 그 딸년을 짓밟을 생각에 가후는 터져 나오는 기쁨을 주체하지 못했다.

"하하하하!"

거대한 근정전에 그의 웃음소리가 가득 울려 퍼졌다. 지금 그는 매우 행복했다. 이토록 웃은 일이 언제였는지, 까마득해서 기억조차 나지 않았다.

근정전 밖까지 새어 나오는 황제의 웃음소리에 문 앞에 선 해연의 눈가가 씰룩였다. 뭐가 그리 좋다고 웃어대는지, 도저히 그의 머릿속을 이해할 수가 없었다. 장인어른과 처제를 골탕 먹이는 게 그리도 좋은가 싶을 때, 근정전의 내관 달봉이 해연의 도착을 알렸다.

"폐하, 신녀님 듭시옵니다."

천천히 문이 열리고 단야와 소여의 도움을 받은 해연이 안으로 한 걸음 발을 내디뎠다. 저 멀리 옥좌에 앉은 황제가 보였다.

가후는 근정전 안으로 들어오는 해연을 말없이 지켜보았다. 언제 웃었느냐는 듯 무표정한 그의 얼굴에는 웃음기가 싹 사라진 상태였다.

하얀 비단 치마에 은실로 물방울을 수놓고, 뒤로 길게 끌리는 푸른 겉옷을 입은 해연의 모습은 매우 아름다웠다. 어깨를 감싸면서 허리까지 내려오는 수각관은 그녀의 위엄을 더 높여주었고, 톤을 살짝 죽인 분홍빛 입술에 대비되는 날카로운 눈매는 당당함까지 더해주었다. 해연은 무녀들이 시킨 대로 치맛자락은 최대한 잡지 않고 허리와 고개를 뻣뻣이 세운 채 앞만 보며 걸었다.

옥좌가 있는 계단 아래에 도착해서야 그녀의 걸음이 멈췄다. 멈추고 싶어서 그런 것이 아니라 곁에 있는 단야와 소여가 더는 움직이지 않은 탓이었다. 그 이유를 짐작한 해연은 가후를 보며 허락을 구했지만, 그는 심드렁하게 앉아 아무런 반응도 보이지 않았다. 그 모습에 해연이 퉁명스럽게 말을 꺼냈다.

"같이 올라간다?"

이번에는 그의 얼굴에 탐탁잖은 표정이 떠올랐다. 옷이 익숙지 않은 해연은 무녀들의 도움이 없으면 단 위로 올라가기가 힘들었다. 하지만 무녀들은 옥좌가 있는 단 위로 함부로 올라갈 수가 없었다. 황제가 허락하기 전에 그 위로 올라간다는 것 자체가 역모였다. 그러니 허락을 해줘야 하는데, 그는 무녀들이 위로 올라오는 걸 단호하게 거부했다.

"못 걷겠으면 기어서라도 혼자 올라와."

어쩜 입만 열면 얄미운지. 해연은 목구멍에서 욕이 맴도는 걸 느꼈다. 버선발로 내려와서 손을 내밀어주길 바라는 것도 아니었다. 그냥 무녀들과 같이 올라갈 수 있도록 허락만 해주면 좋겠는데, 그는 그럴 생각이 전혀 없어 보였다. 평소라면 가뿐하게 무시하고 무녀들과 함께 올라갔겠지만, 오늘만큼은 참아야 했다.

해연은 크게 숨을 내쉬고 단야와 소여를 물린 뒤, 치마를 한껏 부여잡았다. 아무리 크게 잡아도 몇 겹을 껴입어 풍성해진 치마는 발을 가려 버렸다.

넘어지지 않게 최대한 조심해서 낑낑대며 올라오는 해연의 모습에 가후는 눈을 휘며 웃었다. 정말 고귀한 신녀에는 어울리지 않는 여자였다.

간신히 단 위로 올라온 해연은 여전히 웃는 그를 노려보았다. 하나부터 열까지 마음에 드는 구석이 없었다.

따끔따끔한 해연의 눈빛에 가후는 미소를 감추고 심드렁한 얼굴로 내관 달봉을 불렀다.

단 아래 달봉이 도착하자 그는 해연이 앉을 만한 의자를 내오라 일렀다. 어쨌든 신녀이니 옥좌 옆에 자리를 마련해 줄 생각이었다. 달봉이 나가고 둘만 남은 근정전에서 가후는 옆에 서 있는 해연을 빤히 쳐다보았다. 계속되는 시선이 부담스러워진 해연이 일부러 그에게 시비를 걸었다.

"뭘 봐?"

"흠……. 두꺼비랑 개구리의 중간이 뭔지 아나? 널 보고 있으니 떠오를 듯 말 듯한데."

또 나오는 개구리와 두꺼비 얘기에 해연은 그를 흘겨보았다. 저 잘난 얼굴을 한 대만 때리면 속이 시원해질 것 같다고 생각하던 차에 마침내 닮은꼴을 떠올렸는지 그가 능글맞은 웃음을 지었다.

"그래, 넌 도롱뇽을 닮았다."

도롱뇽. 두꺼비가 아니라서 고맙다고 해야 할지, 개구리가 되지 못해 슬프다고 해야 할지, 애매한 해연은 눈가 근육이 부들부들 떨렸다. 시키는 대로 나름 예쁘게 꾸미고 왔건만 듣는 소리는 고작 양서류였다. 그게 어떻게 생겼는지 자세히 본 적은 없지만, 예쁘게 생기지 않았다는 점은 확실했다.

참다못한 해연은 주먹을 꽉 쥐고 그에게 다가갔다. 저 얄미운 면상을 한 번 갈겨줘야 속이 풀릴 것 같았다.

주먹을 꽉 쥐고 성큼성큼 다가오는 해연의 반응에 가후는 어이가 없었다. 자신을 때리겠다고 다가오는 맹랑한 태도라니. 아니나 다를까, 그녀의 주먹이 얼굴을 향해 날아들었다.

턱!

그의 손이 아주 가뿐하게 해연의 주먹을 잡아냈다. 옴짝달싹 못하게 된 해연은 얼굴이 더 일그러졌다. 애초에 때릴 수 있을 거라 생각하진 않았지만, 막상 잡히니 기분이 좋지 않았다. 가후는 그런 해연을 가지고 더 놀려댔다.

"닮은 걸 닮았다 했을 뿐인데 욱하다니, 그건 정곡을 찔렸기 때문인가?"

"시끄러워, 이 자식아! 누가 너한테 품평해 달래?"

"그럼 어쩌란 말이냐? 나도 눈이 달려서 보이는데."

어딘가 반박하기 힘든 그의 말에 해연은 혈압이 올라갔다. 분노에 찬 그녀의 주먹이 부들부들 떨리는 걸 알면서도 가후는 좀처럼 멈추지 않았다. 처음엔 무엄한 행태가 짜증 났는데, 이제는 톡 하고 건드릴 때마다 푸덕거리며 반응하는 것이 나름 재미났다. 신기한 장난감을 발견한 어린아이처럼 그는 또 해연의 속을 긁어댔다.

"넌 그 성격 좀 고쳐라. 못생긴 게 성질까지 더러우니, 원."

"닥쳐! 네 성격이나 돌아보고 말해! 그리고 난 내 얼굴에 만족하거든?"

"쯧쯧, 그러니까 네가 발전이 없는 거다. 열심히 노력해서 개구리보단 예뻐질 생각을 해야지."

"와, 나! 이게 진짜!"

바르르 떨리던, 해연의 남은 한쪽 손이 그의 얼굴로 날아갔다. 그 손마저 허망하게 잡혔을 때, 뒤쪽에서 쿵— 소리가 크게 났다. 화들짝 놀란 해연은 고개를 돌렸다가 의자를 운반하던 내관들과 눈이 마주쳤다. 그들의 눈동자에는 넋이 빠져 있었다. 황제와 신녀가 하는 짓이 얼마나 놀라웠으면, 운반하던 의자가 바닥을 굴러다니는 것도 인지하지 못하고 있었다.

내관들에게 부끄러운 장면을 들킨 해연은 잡힌 손을 빼내려 했다. 하지만 그가 쉽사리 놔주질 않았다. 당황한 해연은 그를 위아래로 훑어보며 놓으라고 작게 중얼거렸지만, 가후는 신경조차 쓰지 않았다. 그는 도리어 내관들에게 불호령을 내렸다. 신녀가 앉을 의자를 바닥에 떨궜다는 게 그 이유였다. 물론 해연을 위해서라기보다는 의자에 박힌 보석에 흠이 생기는 것이 더 못마땅해서였다.

황제의 불호령에 내관들은 부랴부랴 정신을 수습하고 의자를 단위로 올렸다. 그제야 해연도 자유를 찾을 수 있었다. 의자가 올라올 때까지 두 주먹을 뻗은 상태로 버텨야만 했던 해연은 씩씩거렸으나 달리 복수할 방법이 없었다. 지금 물을 퍼부었다가는 일이 다 틀어지기 때문이었다. 힘겹게 분노를 삼킨 그녀는 옥좌에서 약간 떨어져 비스듬히 놓인 의자로 가 앉았다. 허리를 꼿꼿이 세우고 옷매무시를 가다듬는 사이, 초가와 초선이 들었음을 알리는 소리가 귓가에 닿았다.

"폐하, 우현 초가와 그의 여식 초선이 들기를 청하옵니다."

"들라 하라."

황제는 두 사람을 불러들였다. 그의 허락이 떨어지자 근정전의 커다란 문이 열리면서 붉은 관복을 입은 초가와 화사하게 차려입은 초선이 안으로 들어왔다.

초가는 황제의 옆쪽에 앉아 있는 신녀를 힐끗 보고 속으로 침음을 삼켰다. 해연의 옷차림만으로도 보통 일이 아님을 짐작한 것이다.

그에 비해 초선은 황제에게 잘 보이는 것에만 집중했다. 그녀는 걸음걸이 하나에도 주의하고 있었다. 최대한 사붓사붓 걸으면서 몰래 그를 눈에 담았다. 붉은 용포를 입고 금빛 상투관을 쓴 황제의 모습은 여전히 늠름하고 멋있었다. 훗날 자신의 배필이 될 그를 상상하자 초선의 얼굴에 미소가 슬그머니 자리를 잡았다.

옥좌가 있는 단에서 조금 떨어진 곳에 도착한 두 사람은 자리에 멈춰 섰다. 초가가 먼저 황제와 신녀에게 입례했다. 그는 허리를 깊게 숙이며 황제에게 한 번, 신녀에게 한 번 인사를 올렸다. 뒤이어 초선도 무릎을 굽히며 예를 갖췄다.

"소녀 초선이 황제 폐하께 인사 올립니다."

어제 해연에게 내뱉던 그 앙칼진 어조는 간데없고, 엄동설한도 녹일 법한 간드러지는 목소리가 그녀의 입에서 흘러나왔다. 순간, 다른 사람인가 착각할 뻔한 해연은 속으로 혀를 찼다. 여시인 건 알았지만, 황제에게 하는 짓을 보니 불여시가 따로 없었다. 게다가 볼을 붉히며 황제를 바라보는 눈빛이 제 형부에게 향한 것치곤 유혹의 느낌이 강했다. 이미 혼례를 올린 황제를, 그것도 제 언니의 남편을 유혹하려는 태도에 해연은 속이 뒤집어졌다. 일부일처제 사회에서 자란 해연의 기준으로는 절대 이해할 수 없는 행동이었다.

속에서 천불이 난 해연은 곁에 앉은 황제를 노려보았다. 예쁘장한 소녀가 볼을 붉히며 보내는 은밀한 시선에 안 넘어갈 사내가 없으리라 생각했다. 하지만 그는 차갑다 못해 냉혹했다. 열렬한 구애의 시선에도 콧방귀만 살짝 뀔 뿐이었다. 성별을 구분 않고 괴롭혀대는 그의 성격을 본다면 당연한 일이었지만, 해연은 새삼 그가 달라 보였다. 그러고 보니 황제의 위치에 있으면서도 그 흔한 후궁하나 없었다. 승은을 입은 궁녀도 없다는 소문이 거짓은 아닌 듯했다.

'의외네.'

화도 잘 내고 미친 짓도 많이 하지만, 부인을 두고 다른 여자에게 한눈팔지 않는 모습이 제법 멋있어 보였다. 기분이 풀린 해연은 생글생글 웃었다.

그걸 본 황제의 미간이 좁혀졌다. 갑자기 노려보기에 왜 저러나 싶었는데, 이번에는 실실 웃어대니 괜히 기분 나빴다. 웃지 말라고 한 소리를 해주고 싶었으나, 우현과 초선의 앞이라 참을 수밖에 없었다. 이번 연극이 성공하려면 두 사람은 사이가 좋아 보여야만 했다. 가후가 근질거리는 입을 참고 있을 때, 초선이 해연에게 인사를 올렸다.

"신녀님께 인사 올립니다."

황제에게 하던 것에 비하면 담백하기 그지없는 인사였다. 그렇다고 예의에 어긋나는 것도 아니었기에 해연도 그걸로 트집을 잡진 않았다.

초선까지 인사를 마치자 초가가 먼저 선수를 쳤다. 어제 일부터 수습할 요량이었다.

"폐하, 어제 일은……."

"그만."

가후의 나지막한 말 한마디가 그의 입을 봉해 버렸다. 말이 잘린 초가는 불쾌했으나 고개를 숙이고 복종의 뜻을 내보였다. 다른 때 같았으면 황후를 등에 업고 어찌해 보겠지만, 이번 일은 역모와 엮일 수도 있는 일이었다. 쉽게 욱하는 황제의 심기를 거슬러서 좋을 것이 없었다.

그의 태도에 가후는 매우 만족했다. 선황이 내린 황명만 아니었으면 진즉에 저 부녀는 목을 따서 성문 앞에 걸어두었을 것이다. 오래도록 마음속에 품었던 이빨을 숨기고, 가후는 그들을 부른 이유를 밝혔다.

"그대의 딸년이 짐의 이름을 앞세워 백성을 괴롭힌다던데, 사실인가?"

황제를 제외한 모든 사람이 움찔했다. 처제를 지칭하는 어휘치고는 거칠기 그지없었다. 해연은 그가 자신에게만 이년, 저년 하는 게 아니구나 싶었고, 초가와 초선은 울컥했다. 하지만 그의 말에 토를 달 용기는 없었다.

초가는 고개를 슬쩍 돌려 초선에게 해명하라는 눈짓을 했고, 초선은 무척 억울하다는 얼굴로 고개를 저으며 자신의 무고함을 토로했다.

"억울하옵니다, 폐하. 소녀가 어찌 그런 무엄한 일을 벌이겠습니까."

그녀는 정말 억울하다는 듯 금세 눈물까지 아롱아롱 매달았다. 그런 초선의 모습에 해연은 어이가 없어서 실소가 흘러나올 뻔했다. 하지만 지금은 밝힐 때가 아니었다. 남몰래 심호흡을 한 해연은 표정을 관리하며 차분하고 점잖은 신녀의 모습을 연기했다.

"폐하, 저도 우현 대감의 여식이 그런 행동을 하였다고는 믿지 않습니다. 한데……."

해연은 끝말을 흐리며 초선을 슬쩍 보았다. 초선의 표정 관리는 일품이었다. 그녀는 끝까지 황제에게 억울하다는 눈빛을 보내고 있었다. 그 뻔뻔한 태도가 거슬린 해연은 이 기회에 그녀의 버릇을 좀 고쳐 놓아야겠구나 싶었다. 그냥 두면 앞으로도 권세를 이용해 사람들을 괴롭히고도 남을 여자였다. 해연은 잠시 끊었던 말을 이었다.

"한데 저잣거리에 떠도는 이상한 소문이 제 귀에까지 닿았답니다."

"이상한 소문?"

황제가 소문에 관심을 보이자 초가는 바짝 긴장했다. 듣지 않아도 무슨 소문인지 대충 짐작이 갔다. 그는 지금 당장에라도 해연의 입을 막아버리고 싶었지만, 현실은 불가능했다. 어제 숨통을 끊어 놓지 못한 걸 안타까워하는 초가의 귀로 조심스러운 해연의 음성이 들렸다.

"폐하께 누가 될 만한 그런 괴이한 소문인지라 입에 담기조차 민망합니다."

"뜸 들이지 말고 말해보시오."

해연은 각본대로 읊어주었다. 황제와 황후가 워낙 다정하다 보니 외척이 승승장구한다는 내용으로, 무고한 백성들에게 폭언을 서슴지 않는다는 소문도 곁들였다.

사실 해연이 거론한 소문은 실제로 있는 것이었다. 그걸 알면서도 증인이 없어 건드리지 못했던 가후는 이참에 제대로 불편한 심기를 드러내었고, 초가와 초선은 시시각각 사색이 되어갔다.

"아닙니다! 아닙니다, 폐하!"

초선은 털썩 무릎을 꿇고 해연의 말을 자르며 억울함을 호소했다. 그 행동이 무례하기 그지없었지만, 지금 초선에게 그런 부분은 눈에 들어오지도 않았다. 오로지 황제에게 미움받아서는 안 된다는 마음뿐이었다.

눈물을 흘리는 딸의 모습에 초가는 입술을 깨물었다. 신녀를 죽이는 일만 잘 해결되었다면 이런 수난을 당하지 않아도 되었을 것이다. 하지만 그러지 못했고, 지금은 몸을 숙여야 할 때였다. 마음을 가다듬은 초가는 침착한 어조로 황제를 설득했다.

"폐하, 백성이라고 무고하고 선한 이들만 있는 것은 아닙니다. 어떤 자들은 없는 일을 거짓으로 꾸며 입에 올리기를 좋아하고, 또 어떤 이들은 나라에 충성하는 저희 집안을 시기하여 그런 소문을 퍼뜨리곤 하옵니다. 그런 뜬소문에 흔들리지 마시옵소서. 신도 그런 소문을 들은 적이 있사오나, 떳떳하기에 무시해 왔습니다. 충심으로 증명하려는 신의 의지를 믿어주시옵소서."

유창한 초가의 말에 가후는 사납던 눈빛을 거두고 고개를 끄덕였다. 괜히 초가를 능구렁이라 여기는 것이 아니었다. 눈치가 빠르고 입담이 뛰어나 현명하던 선황까지 구워삶은 그였다. 때문에 수년간 그가 저지른 만행에도 불구하고 처형하지 못했다.

'그래도 덩치가 더 커지는 건 곤란하지.'

가후가 이번 일에 뛰어든 이유가 바로 그것이었다. 초가의 권세가 더 커지기 전에 날개를 꺾어둘 필요가 있었다. 그리고 오늘, 해연 덕에 잡은 좋은 기회를 그는 놓칠 생각이 없었다.

"괜한 걱정을 했군. 우현의 충심이 이리 돈독한데."

황제가 한발 물러서자 초가와 초선의 얼굴에 화색이 돌았다. 초선은 믿어줘서 감사하다는 뜻을 전했고, 초가는 성군이라며 가후를 치켜세웠다. 그에 해연도 조금 물러나는 태도를 보였다.

"그렇군요. 저도 괜한 오해였나 싶습니다."

그녀까지 호응하자 분위기는 단박에 풀어졌다. 해연은 논쟁을 일단락 짓고 몸을 일으켰다. 풍성한 치마와 긴 겉옷이 바닥에 쓸리면서 사그작거리는 소리가 났다.

한 발, 한 발 조심히 계단을 내려간 해연은 초선을 향해 다가갔다. 초선은 단을 내려오는 신녀를 슬쩍 보고 고개를 조아렸다. 아버지에게 들던 것과는 달리 위엄 있는 자태였다. 차림새가 풍기는 느낌도 그러했지만, 허리까지 내려오는 수각관의 화려함은 황후보다 더 높은 위치임을 은연중에 말해주고 있었다.

점점 더 가까이 다가오는 신녀의 존재감을 느끼면서 초선은 빠르게 머리를 굴렸다. 전대 신녀는 황제의 기에 눌려 황후보다 홀대받았지만, 이번 신녀는 좀 달랐다. 막 나가기로 유명한 황제도 이번 신녀를 대할 때만큼은 언행에 조심을 기하는 듯 보였다. 그건 신녀가 진짜 제 위치를 찾았다는 뜻이었다. 황후보다도 높고, 황제와는 거의 동급인 위치.

'이번 기회에 친해져서 잘만 이용하면 그년을 쫓아내는 것 정도야 우습지.'

초선은 신녀의 권세를 등에 업고 황후 자리를 꿰차겠다는 계략을 세웠다. 그리고 드디어 은실로 수를 놓은 신녀의 치맛자락이 시야에 들어왔다. 초선은 상처받은 표정을 꾸며내고 만반의 준비를 마쳤다. 앞까지 다가온 신녀가 꿇어앉은 그녀에게 손을 내밀었다. 초선은 눈을 질끈 감아서 눈물 한 방울을 떨어뜨리며 황송한 듯 그 손을 잡고 일어났다.

"고개를 드세요."

고운 신녀의 목소리는 무척 호의적이었다. 초선은 속으로 쾌재를 부르며 천천히 고개를 들었다. 수각관을 쓴 신녀는 전대 신녀처럼 여리고 순진한 느낌은 아니었다. 아무래도 입만 웃고 있는 표정이 그런 인상을 주는 듯했다. 어딘가 부자연스러운 미소에 눈을 깜박이던 초선은 그제야 신녀의 얼굴이 조금은 익숙하다는 걸 느꼈다. 그때, 지금까지와는 다른 신녀의 작은 목소리가 그녀의 피부를 파고들었다.

"이제 내가 누군지 알겠어?"

익숙한 말투, 익숙한 표정, 익숙한 느낌. 초선의 뇌리에 한 사람이 스쳐 지나갔다. 믿고 싶지 않아서 눈을 부릅뜨고 다시 봐도 현실은 변하지 않았다.

천천히 굳어가는 초선에게 해연은 쐐기를 박아주었다. 가게 관리를 어떻게 했기에 거지 따위가 들락거리냐고 비아냥대던 초선의 말을 떠올리면서.

"네 아비는 자식 관리를 어떻게 했기에 딸이 궁에 들락거리면서 형부를 유혹하려 들지? 인격도 안 된 것이 추잡하긴."

해연은 저번에 겪은 치욕을 그대로 돌려주었다. 신녀라는 탈을 쓰고 냉소적으로 굴수록 더 섬뜩했다.

웃으면서 욕을 하는 해연을 정면으로 본 초선이야 오죽하랴. 그녀는 동사하기 직전인 사람처럼 새파랗게 질렸다. 목구멍까지 얼어붙어서 비명도 나오지 않았다. 지저분하던 그 무녀가 신녀일 줄 어디 생각이나 해봤겠는가. 거기다 본인이 한 욕설들과 비슷한 말을 직접 들으니 충격이 이루 말할 수 없을 정도였다.

해연은 너무 놀라서 그대로 멈춘 초선을 안아주며 등을 토닥였다. 자연스레 해연의 입이 초선의 귓가에 가까워졌다.

"사람을 외모로만 판단하지 말고, 신분이 낮다고 업신여기지도 말고, 돈이 없다고 멸시하지도 마. 세상일은 언제 어떻게 될지 모르는 거잖아? 마음을 곱게 써야지 복도 받는 거야."

진심으로 충고를 한 뒤에야 해연은 그녀를 놓아주었다. 어느새 초선의 눈에 달려 있던 거짓 눈물이 싹 말라붙어 있었다. 숨이 멎은 듯, 움직이지도 못했다. 그런 딸의 모습에 초가는 심상찮은 분위기를 감지했다. 일이 어떻게 흘러가고 있는지 쉬이 판단이 서지 않았지만, 신녀가 딸을 만났던 건 확실했다. 설마 하는 마음에 그가 입술을 벌리자마자 가후가 선수를 쳤다.

"짐이 잘못 들었나? 둘이 만난 적이 있는 것이오?"

그는 능청스럽게 연기했다. 명연기를 즐겁게 감상한 해연도 웃으며 호응해 주었다.

"폐하는 귀도 밝으십니다. 비밀로 하려 했는데……."

해연이 말할 타이밍을 잡기 위해 운을 떼자, 흠칫한 초선이 그녀의 소맷자락을 부여잡았다. 황제에게만큼은 들키고 싶지 않았다. 눈빛에 담긴 초선의 간절한 호소에 해연은 순간 동정심이 일었다. 하지만 여기서 멈출 수는 없었다. 이 정도로는 그 못된 성격을 고치기 힘들었다. 지금 당장은 놀라서 가련하게 굴지 몰라도 금방 원상태로 돌아가 복수나 꿈꿀 게 분명했다. 게다가 황제도 초가가 활개 치고 다니지 못하도록 짓밟아 놓길 원했다.

'권세를 믿고 오만하니 한 번쯤은 다 잃어봐야 정신을 차리겠지.'

돈과 권력, 젊음이나 건강 같은 건 평생 소유할 수 있는 게 아니었다. 언제든지 사라질 수 있는 것인데, 그걸 모르고 자신만 잘났다며 방자하게 구는 이들이 너무 많았다. 초선도 그런 종류의 인간이었다. 해연은 그런 걸로 사람의 가치를 구분 지을 수 없다는 걸 알려주고 싶었다. 이 일을 시도한 의미를 되새긴 해연은 흔들리던 마음을 다잡고 가후가 시켰던 대사를 입 밖으로 꺼냈다.

"어제였지요. 제가 무녀복을 입고 도성으로 나간 걸 폐하도 아실 겁니다. 동연국의 신녀로서 나라의 근간을 해할 수도 있는 소문을 어찌 그냥 두고 보겠습니까. 그 소문이 진실인지 알아보려 나갔었지요."

청산유수처럼 흘러나오는 해연의 말에 초가는 그제야 둘이 짰다는 걸 깨달았다. 또한 자신이 그 함정에 보기 좋게 빠져 버렸음을 알아차렸다. 고개를 들어 황제를 보니, 그는 이제 연기를 할 마음조차 없는지 비웃음이 담긴 얼굴로 자신을 내려다보고 있었다. 사면초가였다. 위기를 맞이한 초가를 해연은 더 깊게 몰아넣었다. 빠져나갈 틈을 주면 놓칠 수도 있었다.

"하온데, 길을 잃어 어느 보석상에 들어갔다가 우연찮게 우현 댁의 작은 아씨를 만났답니다."

언제 어디서 만났는지 확실하게 밝혀졌다. 그 정보로 상황을 유추한 초가는 입술을 꽉 깨물었다. 무녀복을 입은 신녀에게 딸이 무슨 험악한 소리를 해댔을지도 짐작이 되었다.

'여기서 덮어야 한다. 더 깊게 들어가면 위험해.'

혹여나 황제가 신녀를 욕보였다면서 죽으라고 한다면 상황이 더 불리해질 수 있었다. 가뭄에서 구원해 준 신녀는 백성들뿐만 아니라 대다수의 신료들에게까지 그만한 위력을 뻗치고 있었다. 거기다 더해 여식까지 얽인 암담한 상황이었으나, 아직 돌파구는 있었다. 방법을 떠올려 낸 초가는 곧바로 무릎을 꿇고 몸을 숙여 부복했다.

"폐하!"

그의 커다란 외침에 움찔한 해연은 하던 말을 삼켰다. 옥좌에 앉아 있는 황제를 힐끔 보니 만족한 얼굴로 고개를 끄덕이는 게, 이제 더는 연기하지 않아도 된다는 뜻 같았다. 해연이 입을 다물자 초가는 스스로 죄를 청했다.

"소신의 여식이 우매하여 신녀님을 알아뵙지 못하고 무례를 저지른 듯하옵니다. 통촉하여 주시옵소서. 너그러이 죄를 사해주신다면, 나라를 위해 은자 십만 냥을 헌공하겠나이다."

그가 내건 은자 십만 냥은 결코 적은 액수가 아니었다. 승승장구하는 초가의 다리를 붙잡을 정도는 되었다. 하지만 가후는 만족스럽지 않았다. 그 정도에 만족해서는 우현의 숨통을 쥘 수 없었다.

"십만 냥이라……. 신녀에게 어제 있던 일을 더 들어야 하나?"

더 내놓으라는 그의 협박은 소름 끼칠 만큼 노골적이었다. 가후가 그렇게까지 하는 이유는 오래전부터 초가의 야욕을 꿰뚫어 보았기 때문이다. 용이 되려는 이무기에게서 미리 내단을 뽑아내지 않으면, 두 마리의 용이 같은 하늘을 지배하는 상황이 벌어질 수도 있었다.

'내단을 뽑겠다고 굳이 이무기 아가리에 손을 넣을 필요는 없지. 이렇게 기회가 왔을 때, 때리면 때릴수록 뱉어내는 법이니.'

과연 그의 생각은 틀리지 않았다. 이를 악문 초가는 떨리는 목소리로 조금 더 재산을 내어놓았다.

"제 여식의 잘못으로 벌어진 일이니, 가지고 있던 보석상도 헌공하겠습니다."

아버지의 말에 초선의 눈이 부릅떠졌다. 고급스러운 보석상은 제법 큰 상단이었고, 거기서 벌어들이는 돈도 만만찮은 액수였다. 한번에 전 재산을 빼앗긴 초선은 어디다 하소연도 하지 못하고 그대로 알거지가 되었다. 하지만 가후가 원하는 걸 채워주기에는 턱없이 부족했다.

"백성 앞에서 짐의 얼굴에 먹칠을 하고 신녀를 욕보인 대가가 고작 보석상 하나와 십만 냥이라……. 우현은 짐이 우습나? 푼돈 좀 쥐여 주면 감사하다고 넙죽 받을 거라 생각한 것인가?"

당장에라도 목을 잘라 버릴 듯한 음산한 목소리에 초선이 흠칫 몸을 떨었다. 하지만 그의 잔혹함은 거기서 끝나지 않았다.

"말해보시오, 우현. 그대는 짐의 명성이 그리 가볍소?"

"그, 그럴 리가 있겠사옵니까."

대답하는 초가의 목소리가 흔들렸다. 대놓고 본인이 우습냐고 묻는 황제에게 취할 태도는 하나뿐이었다. 무조건적으로 기는 것. 그 굴레를 초가도 벗어나진 못했다.

"천부당만부당하옵니다."

"그래? 그럼 자숙한다는 뜻으로 재산의 반을 몰수하고, 사병도 오백으로 줄이겠소."

"폐하!"

기겁한 초가의 고개가 휙 들렸다. 돈은 또 모으면 된다지만, 예전부터 공들여 키운 오천 명의 사병들이었다. 그 수를 이토록 줄여 버린다는 건 아예 뿌리까지 뽑아먹겠다는 심산이었다. 그러나 가후의 눈빛을 마주한 그는 꼬리를 내릴 수밖에 없었다. 내단뿐만 아니라 팔다리까지 죄다 잘려 나갔지만, 다시 천 년을 기다리는 한이 있어도 우선은 몸을 낮춰야만 했다.

"명…… 받들겠나이다."

황제의 명령을 받아들이겠다는 아버지의 말에 초선은 망연자실했다. 이 모든 게 자신 때문에 일어난 일이었다. 말 한 번 잘못했다가 집안이 거덜 나버렸다. 하지만 사실 그건 하나의 기폭제였을 뿐, 가후는 무슨 짓을 해서든 이렇게 만들 생각이었다. 해연의 방문으로 조금 더 빨리, 더 나은 기회를 얻었을 뿐이다. 한꺼번에 굴러 들어온 소득에 만족한 그는 슬슬 일을 마무리 지었다.

"우현과 그 여식이 헌공한 돈을 가뭄으로 고생한 백성들을 위해 쓸까 하는데, 신녀께선 이들을 용서할 마음이 있으시오?"

가후는 큰 선심 쓴다는 듯 초가를 두둔해 주었다. 당장 목을 자를 수 없기 때문에 슬쩍 달래두어야 했다. 그 뜻을 알고 있는 해연은 진심으로 초선을 용서해 주었다. 그렇게 두 사람의 연극은 끝이 났다.

"좋소. 이만 돌아가서 쉬시오. 짐은 우현과 논할 국정이 남아 있으니."

가후는 일을 핑계로 해연을 돌려보내려 했다. 이제부터 다룰 이야기가 유신과 관련된 것이기 때문이었다. 어젯밤, 하랑을 통해 해연과 그가 구면이란 것을 들었다. 혹시나 아는 사람이라고 편을 들면 곤란하기 때문에 가후는 단야를 불러 해연을 신궁으로 데려가도록 했다. 그런 가후의 뜻대로 해연은 넋이 나간 초선의 어깨를 두어 번 두드려 주고 근정전을 벗어났다.

그 시각, 황후는 해연과 달리 근정전으로 향하고 있었다. 흰 저고리와 금빛 치마 위에 자줏빛의 긴 겉옷을 걸친 그녀는 누가 뭐라 해

도 절세가인이었다. 높이 틀어 올린 황금빛 머리에는 화려한 금관
까지 써서 한층 더 위엄을 내세웠다.

그 뒤를 따르는 궁녀들의 얼굴에는 자부심이 가득했다. 특히 가
장 가까이에서 보필하는 보덕은 황후의 아름다운 모습을 신궁에 있
는 단야에게 보여주지 못하는 게 무척 아쉬웠다. 요즘 신녀의 기세
가 하늘을 찌른다지만, 외모로는 황후의 절반에도 미치지 못한다는
게 궐 사람들의 여론이었다. 그리고 그 여론의 선두에 보덕이 있었
다.

'역시 황후마마시라니까. 이대로 신궁에 한 번만 다녀오셨으면
좋겠다.'

단야의 콧대를 제대로 꺾어주고 싶다는 생각을 하며 보덕은 흐
뭇하게 황후를 곁눈질했다. 그러다 곧 걸음을 멈췄다. 황후가 예
상치 못한 사람과 마주쳤기 때문이다. 근정전으로 향하는 긴 회랑
에서 그녀가 만난 이는 마음 급한 해연과 난처한 얼굴의 소렵이었
다.

조금 전, 해연은 근정전 마당에서 자신을 기다리고 있던 소렵을
만났다. 그는 하랑이 처한 상황에 대해 소상히 알려주었다. 그 말을
듣자마자 해연은 근정전으로 뛰어 들어갈 뻔했다. 하지만 곧바로
소렵에게 제지당했다.

우현 초가와 그의 여식이 있는 자리에서 황제에게 망신을 주었다
가는 상황이 더 악화될 수 있었다. 그의 판단은 정확했고, 그녀도
그 점에 대해 수긍했다. 차라리 가후를 잘 달래는 것이 더 나을 수
도 있었다. 현재 그는 해연에게 약간의 빚을 진 상황이었다. 그걸
이용해서 이번 사태를 좋게 풀어야만 했다.

하지만 해연은 쉬이 진정하지 못했고, 황제와 초가의 면담이

끝나기 전에 하랑을 먼저 만나보고자 했다. 괜찮은지 확인할 요량이었다. 그렇게 지하 감옥으로 향하던 중에 처음으로 황후를 만났다.

해연이 본 황후는 정말 아름답다는 수식어가 잘 어울리는 여자였다. 머리부터 발끝까지 후광이 비치는 듯했다. 성질머리 더러운 황제조차 아낀다는 게 이해될 정도로 빛나는 외모였다.

해연이 황후의 외모에 감탄하는 동안 황후도 회랑에서 마주친 해연을 보고 내심 놀랐다. 신녀는 처음 보았을 때와는 많이 달라져 있었다. 처음에는 해괴하게 생긴 검은 옷을 입고 있어서 황제의 표현대로 잡귀 같아 보였고, 대랑상에 묶여 있을 때는 피부에 발진이 나면서 얼굴이 엉망이었다. 그런데 마음고생으로 살이 조금 빠지고 피부도 좋아지면서 외모가 한층 고와졌다. 거기에 수각관을 쓰고 화려한 옷을 입히자 완전히 다른 사람이 되어 있었다. 어리고 순수하던 전대 물의 신녀와는 조금 다른, 성숙하고 강해 보이는 느낌이 들었다.

단야는 황후의 뒤에 서 있는 보덕을 힐끔 눈질하고 남몰래 웃었다. 얼굴이 경직된 것이, 해연의 달라진 모습을 보고 많이 놀란 듯 보였다. 단야는 그리도 바라 마지않던, 보덕이의 콧대를 꺾었다고 생각했다. 하지만 보덕이도 쉬이 자존심을 굽히지 않았다. 신녀의 달라진 분위기에 놀라긴 했으나 그래도 여전히 황후가 더 아름다웠다.

보덕과 단야가 자존심 대결을 펼치는 동안, 소렵은 이 흥미로운 상황을 관전하고 있었다. 이번 일이 그의 관심을 끄는 이유는 두 여성 권력자가 회랑 위에서 마주 보고 서 있기 때문이었다. 황후는 황궁에서 가장 권력이 높은 여성이었고, 신녀는 신궁의 지배자였다.

둘의 서열은 비등하게 보였지만, 이 좁은 회랑에서 누군가는 한쪽으로 비켜서야만 했다. 먼저 지나갈 수 있도록 옆으로 비켜주는 행동은 윗사람에게 예를 갖춘다는 뜻이니, 먼저 비키는 이가 권력 구도에서 밀렸다는 뜻으로도 해석할 수 있었다.

암투가 즐비한 구중궁궐에서 서열이란 건 많은 곳에 영향을 끼치기 때문에 먼저 양보할 수도 없는 노릇이었다. 이전에는 어리고 착한 신녀가 황후를 배려해서 길을 내주곤 했다. 권력에는 관심이 없었으니 양보한 것이지만, 그로 인해 신궁의 위치가 황궁보다 조금 떨어지게 되었다. 하지만 이번 신녀는 전대 신녀와는 성격부터가 좀 달랐다. 황제에게도 지지 않고 대들어준 덕에 신궁 사람들의 어깨에도 힘이 들어가게 되었다. 신녀의 대범함에 감격의 눈물을 흘린 무녀가 있다는 소문까지 돌 정도였다.

'이번에 완전히 서열 정리가 되는 건가?'

소렵은 진지한 눈빛으로 두 여성을 바라보았다. 이건 정말 돈 주고도 볼 수 없는 장면이었다.

그가 흥미로워하는 것과 달리, 무녀들의 속은 바짝바짝 타들어가고 있었다. 모시는 사람의 지위는 아랫사람의 위치에도 영향을 주게 마련이었다. 하지만 해연은 그런 점에 대해선 전혀 염두에 두고 있지 않았다. 그저 첫 인사말을 뭐라 해야 할지 감이 잡히지 않아 고뇌할 뿐이었다. 황제와 합심하여 황후의 아버지와 여동생을 혼내주고 나오는 길이었다. 황후도 그 일을 알고 있는지 모를뿐더러, 호칭도 애매했다. 단야는 항상 '황제 폐하와 동급으로 행동하시면 된다'고 세뇌하듯이 귓가에 대고 속삭여 왔지만, 처음 보는 황후에게 마마라는 호칭을 빼고 부르기도 좀 그랬다.

해연이 말없이 지켜보고만 있자 궁녀들은 궁녀들 나름대로 심장이 떨렸다. 그녀들의 눈에 비친 신녀는 황후가 먼저 인사하기를 기다리는 것처럼 보였다. 혹여나 황후가 먼저 몸을 낮출까 싶어 궁녀들은 가슴 졸여야만 했다. 황후가 먼저 물러나면 황후전 궁녀들도 무녀들에게 밀려날 수밖에 없다. 그리고 무녀들은 그동안의 설욕을 갚기 위해서라도 드세게 굴 게 분명했다. 그런 사태만은 막고 싶단 생각이 뇌리를 꽉 채웠을 때, 황후가 먼저 입을 열었다.

"신녀님께오선 저와의 첫 만남을 기억하고 계신지요?"

황후는 사람 좋은 미소를 지으며 물었다. 눈부실 만큼 현숙한 자태에 해연의 볼이 살짝 발갛게 변했다. 상냥한 황후를 보니 그녀의 가족에게 벌을 준 것이 미안하고 민망해진 탓이었다. 하지만 황제의 말대로 나라를 위해서는 꼭 필요한 일이었다. 그 점을 상기한 해연은 조금이나마 당당하게 굴기로 마음먹었다.

"제 기억에는 없습니다만, 소문대로 아름다우시네요."

"별말씀을요. 신녀님이야말로 날이 갈수록 고와지십니다."

해연과 황후는 서로의 외모를 칭찬하며 얼어붙어 있던 분위기를 풀었다. 하지만 그것도 잠시뿐이었다. 몇 번의 대화가 오간 뒤에는 금세 정적이 날아들었고, 소렵은 이제 곧 정리가 되겠구나 싶었다.

정적을 맞이한 해연은 이 사태를 어찌 해결해야 하나, 골머리를 앓았다. 당장 하랑이 있는 곳으로 뛰어가도 모자랄 판에 황후가 떡하니 길을 막고 있었다. 황제가 일을 끝내고 자신보다 먼저 하랑이 있는 곳으로 가면 일이 더 복잡해질지도 몰랐다. 초조해진 해연은 조금 예의 없어 보이더라도 급한 불부터 끄는 게 좋겠다는 결정을 내렸다.

"황후마마와 더 얘기를 나누고 싶지만, 제가 지금 급히 가야 할 곳이 있어서요. 길을 좀 비켜주시겠어요?"

해연의 말에 소렵의 눈에는 이채가 어렸고, 무녀들은 속으로 환호성을 질렀다. 궁녀들은 침음을 삼켰으며, 황후의 미간은 슬쩍 좁혀들었다. 호칭은 황후마마라고 높여주었지만, 남들이 듣기에는 대놓고 '넌 내 아래다'라고 말하는 것과 다를 바가 없었다. 물론 해연은 그런 줄도 모르고 오로지 하랑 걱정뿐이었다.

황후가 일그러지는 표정을 최대한 관리하는 사이에 해연이 걸음을 옮겼다. 당연히 비켜주리라 생각하며 성큼성큼 다가오는 신녀의 모습에 비아는 경직된 얼굴로 길을 터주었다. 그녀가 비키자 황후전의 궁녀들도 울상을 한 채로 고개를 숙이고 신녀와 무녀들에게 길을 내주었다.

싱글벙글한 무녀들이 다 지나가고 난 뒤, 홀로 남은 소렵은 굳어 있는 황후에게 고개를 숙여 예를 갖췄다. 하지만 별다른 말을 내뱉진 않았다.

소렵에게 그녀는 좋게 여길 수도, 나쁘게 생각할 수도 없는 사람이었다. 그녀는 현 황제에겐 매우 중요한 사람이지만, 하랑과의 사이가 틀어지도록 만든 원흉이기도 했다. 그래서 더욱 소렵에게는 껄끄러운 존재였다.

"소렵! 얼른 와요!"

"예!"

해연의 부름에 소렵은 황후를 두고 쏜살같이 달려갔다. 어제부로 소렵에게는 두 명의 주군이 생겼다. 예전부터 존경하던 황제와 어제부터 계속 감동하게 만드는 신녀였다. 황후와의 신경전에서도 밀리지 않는 그녀의 모습은 무척 색다르면서도 매력적이었다. 항상 간지럽던 곳을 시원하게 긁어준 느낌에 소렵의 입가에 웃음이 떠올랐다.

동연국의 지하 감옥은 시큼하고 지독한 썩은 내가 코를 찌를 듯
이 진동하고 있었다. 축축한 벽에는 벌레가 기어 다닐 것만 같았고,
띄엄띄엄 걸린 횃불의 누르스름한 빛만으론 시야를 확보하기조차
어려웠다.

구역질이 올라올 만큼 최악의 환경에 해연은 코를 막고 안으로
더 깊이 들어갔다. 복도식으로 된 1층 통로를 지나가야만 아래로
내려가는 계단이 나온다. 온기라고는 하나 없는 숨 막히는 감옥을
홀로 걸으며 해연은 밖에 두고 온 소렵과 무녀들이 그리워졌다. 그
래도 그녀는 씩씩함을 잃지 않았다. 하랑도 이 공간에 있기 때문이
다.

어느새 복도 끝에 다다른 해연은 치맛자락을 움켜쥐고 계단 앞으
로 다가갔다. 좁은 복도 사이로 엉성하게 깎아놓은 돌계단은 잘못
디뎠다간 그대로 구르기 십상이었다.

'계단 끝에 있는 감옥이라고 했지?'

해연은 소렵이 알려준 정보를 다시 한 번 상기하며 조심스레 계
단으로 발을 내디뎠다. 일렁이는 횃불의 누런 빛이 흐릿하게 돌계
단을 비췄고, 새까맣게 피어오르는 검은 연기는 메케하기 그지없
었다. 악조건을 다 참아내며 조금 내려가자 계단 옆쪽으로 뚫린 복
도가 나타났다. 그 복도를 따라 양옆으로 죄수가 들어 있는 감옥이
보였다. 창살 밖으로 손이 삐져나와 있는 것도 어렴풋이 보였고,
흐느끼는 소리와 광기에 젖은 웃음소리도 간간이 들려왔다. 지옥
같은 장면에, 잊으려 애쓰던 두려움이란 감정이 솟아나기 시작했
다.

'하랑, 하랑만 생각해.'

주문 외듯이 그를 떠올리자 거짓말처럼 공포심도 수그러들었다. 어젯밤에 꼭 껴안아주던 그의 체온이 아직도 선명하게 각인되어 있었다. 그렇게 불안함을 가라앉힌 해연은 다시 걸음을 옮겼다.

하랑은 벽에 박힌 하얀 족쇄에 양손이 묶여 있었다. 족쇄의 줄이 짧은 탓에 벽에 등을 대고 서 있을 수밖에 없었다. 그는 척추를 타고 흘러들어 오는 한기에도 묵묵히 눈을 감고 명상에 빠져 있었다.

번뇌로 가득 찬 마음에 평정심을 채우고자 명상에 집중하고 있을 때, 작은 발소리와 사르락거리는 옷자락 스치는 소리가 그의 귀에 들려왔다.

'문지기는 아닌데?'

가벼운 발소리만으로도 문지기는 아니었다. 게다가 옷자락 소리가 제법 컸다. 문지기들의 옷보다는 고급스러운 천이 내는 소리였다. 지금으로선 황제일 가능성이 가장 컸지만, 조심스레 내려오는 발소리가 황제의 것은 더더욱 아니었다. 누군가 싶어 전방에 있는 계단을 주시하고 있을 때, 하얀 치맛자락과 함께 그녀가 나타났다.

그녀, 해연을 발견한 하랑은 머릿속이 멍해졌다.

'꿈인가?'

자신이 꿈을 꾸고 있는 듯했다. 자꾸 생각하다 보니 꿈속에 나타난 것이 분명했다. 그렇지 않고서야 이 지하 감옥에, 그것도 신녀의 차림새로 나타날 리가 없었다. 그의 눈에 비친 해연은 허리까지 내려오는 수각관을 썼고, 뒤로 끌리는 파란 겉옷 안에 은실로 수놓은 하얀 신녀복을 입고 있었다. 그 모습이 무척 아름답다고 생각했고, 그래서 더 몽환적으로 느껴졌다.

"하랑!"

해연은 다급히 감옥 앞으로 다가갔다. 차가운 쇠창살 너머로 족쇄에 묶여 있는 그가 보였다. 남색 무복이 멀쩡한 걸로 미루어 보아 고문을 당하지는 않은 듯했다. 해연은 그제야 한시름 놓을 수 있었으나 걱정은 쉬이 가시지 않았다.

벽에 걸린 횃불이 두 사람 사이를 비췄다. 말없이 해연을 보는 하랑의 눈빛도 불빛을 따라 흔들렸다. 너무 현실적인 꿈이 그를 더 혼란스럽게 만들었다.

"하랑?"

그는 불러도 대답이 없었다. 무슨 문제라도 있는 것일까, 문득 불안함에 사로잡힌 해연은 감옥 문을 열려고 했다. 하지만 문은 굳게 잠겨 있었다. 아무리 흔들어도 열리지 않는 문과 여전히 말이 없는 그의 모습은 해연의 초조한 마음을 증폭시켰다. 안으로 들어가서 직접 그의 몸 상태를 살펴봐야 할 것 같은데, 문을 열 방법이 없었다.

'어떻게 열지?'

해연은 문을 열 만한 걸 찾기 위해 주변을 두리번거렸다. 그러다 감옥 안, 한쪽 구석에 있는 낡은 물주전자에 눈길이 닿았다. 하랑의 손은 닿지도 않을 곳에 물그릇과 주전자만 덩그러니 놓여 있었다.

'물?'

해연은 자신의 손을 내려다보았다. 형태만 잘 유지한다면 문을 여는 게 가능할지도 몰랐다. 어찌 됐든 시도라도 해보자는 생각으로 오른손 위에 물을 만들어냈다. 몽글몽글 생성된 물은 해연의 의지대로 열쇠 구멍으로 들어갔다. 물로 안을 꽉 채우고 모양을 그대로 유지하도록 집중하면서 천천히 우측으로 돌렸다.

물이 밖으로 질질 새어 나오길 네 번째. 포기하지 않는 해연의 집념에 드디어 철컥 하는 경쾌한 소리가 들려왔다. 반색한 해연은 힘을 끊고 문을 열어젖혔다. 제 속성을 되찾은 물이 열쇠 구멍 밖으로 흘러내렸고, 해연은 수각관이 부딪치지 않게 조심하면서 안으로 들어갔다.

점점 가까이 다가오는 해연을 보면서 하랑은 내심 당황했다. 모든 것이 원하는 대로 이루어지고 있었다. 보고 싶다는 생각을 했더니 그녀가 왔고, 가까워지길 바랐더니 문을 열고 들어왔다. 그리고 이젠……

'내가 미쳤군. 신녀님께 무슨.'

하랑은 벽에 머리를 기댔다. 차가운 기운이 망상을 쫓아내 주길 바랐다. 그의 얼굴이 붉게 달아오르는 걸 빤히 보던 해연은 손을 들어 그의 이마를 짚었다. 아직 물기가 남아 있는 손길에 하랑은 정신이 들었다. 이건 꿈이 아니었다. 눈앞에서 심각한 얼굴로 이마를 짚어주는 여인은 진짜였다.

"신녀님?"

그의 목소리에 해연은 흠칫 손을 뗐다. 몸에 뭔가 문제가 생겨서 말을 못 하는 줄 알았는데, 다행히 그건 아닌 듯했다.

"괜찮아? 계속 말을 안 해서 걱정했잖아."

안도감이 밀려오면서 해연의 눈이 언뜻 촉촉해졌다. 그걸 보고 있는 하랑은 심장이 철렁 내려앉았다. 그녀에게 자꾸 동요하는 본인의 마음이 그의 혼란을 가중시키고 있었다. 그는 억지로 그 감정을 외면하면서 분위기를 바꾸려 했다.

"어찌하여 이곳에 계신 겁니까?"

감정을 억누르려다 보니 약간은 질책 어린, 차가운 말투가 흘러나왔다. 이곳에서는 맡을 수 없는 매혹적인 향기를 풍기는 그녀가 가까이 있는 것도 고역이었다. 묻어둔 지 오래인 본능을 깨우는 해연과 거리를 두고 싶었고, 더불어 자신을 걱정해 주는 게 좋으면서도 이 험한 곳에 그녀가 있는 것이 싫었다.

하지만 그 말이 못내 섭섭했던 해연은 입술을 삐죽거렸다. 조금은 반가워할 줄 알았더니, 왜 왔느냐는 질문이 가장 먼저였다.

"괜찮은지 확인하려고 왔어. 황제가 또 괴롭혔을까 봐……."

구해주려고 왔다는 말은 차마 나오지 않았다. 지금껏 봐온 하랑의 성격이라면 분명 싫다고 거부할 것 같았다. 그래서 그냥 몸이 상하지는 않았는지 걱정돼서 왔다는 말만 했다. 그러나 하랑은 이미 그녀의 생각을 알고 있었다. 자신이 감옥에 갇혀 있음을 안 이상 황제에게 찾아가 풀어달라 할 것이다.

"제 잘못으로 벌어진 일이니 너무 마음 쓰지 마십시오."

그는 이번 일로 황제와 해연이 또다시 반목하는 걸 우려했다. 비를 얻기 위해서라도 해연을 죽이진 않겠지만, 아직도 권력은 황제가 더 강했다. 황제의 공포정치는 오랜 세월에 걸쳐 궐 사람들의 인식 속에 뿌리 깊게 박혀 있었다. 그들은 신녀를 존경했지만, 황제는 두려워했다. 그것이 황제의 힘이기도 했다. 혹여 잘못 부딪쳤다가는 해연이 부서질 수도 있었다.

하랑은 그 점을 걱정해서 말렸지만, 해연의 입장에서는 이번 일을 그냥 넘길 수 없었다. 묶어놓고 매질을 한다는데, 그것이 얼마나 고통스러울지는 안 봐도 뻔했다.

"어떻게 마음을 안 써? 하랑이 뭘 그렇게 잘못했다고. 사람이 실수할 수도 있는 거지."

"실수하면 안 된다. 적어도 저놈은."

갑자기 들려오는 음성에 해연의 고개가 휙 돌려졌다. 금으로 된, 화려한 상투관을 쓴 황제가 검은 채찍 뭉치를 들고 계단 앞에 서 있었다. 그의 손에 들린 두꺼운 채찍을 발견한 해연은 이맛살을 찌푸렸다.

근정전 안으로 들어선 황후는 비어 있는 옥좌와 단 아래에 주저앉아 있는 초선의 등을 발견했다. 그리고 그 곁에는 허리를 꼿꼿이 펴고 서 있는 초가도 있었다. 신녀에게 패한 뒤에 마음을 진정시키느라 조금 늦게 들어왔더니 황제는 이미 자리를 뜨고 없었다.

인기척을 느껴 무심코 고개를 돌렸던 초선은 황후의 고운 자태를 발견하고 도끼눈을 떴다. 저 계집을 양녀로 들이지만 않았어도 머리에 쓰고 있는 황후관은 자신이 가졌을 것이다. 좀 전까지 호되게 당하고도 그녀는 황후 자리에 대한 미련을 버리지 못했다. 그런 초선의 귀에 아비의 나지막한 말소리가 들려왔다.

"초선이는 잠시 나가 있어라."

황후 앞에서 물러나는 게 싫었던 초선은 반항하려 했다. 그러나 초가의 엄한 눈빛에 조용히 입을 다물고 나가는 수밖에 없었다. 황제와 아버지가 나눈 대화를 반밖에 이해하지 못했지만, 자신이 신녀에게 잘못하는 바람에 가세가 휘청했다는 것쯤은 알고 있었다. 재산의 반을 거덜 나게 했고, 사병까지 대폭 줄게 만들었으니 아버지를 더 자극하는 건 참아야만 했다.

초선이 나가자 근정전 안에는 황후와 초가, 단둘뿐이었다. 그는 여전히 황후에게 등을 돌린 채로 뒷짐을 지고 서 있었다. 아무리 아비라지만 황후에 대한 예의라고는 지렁이의 발바닥처럼 눈을 씻고 뒤져 봐도 찾을 수가 없었다.

"황제에게 약이 얼마나 남았는지 아십니까?"

그의 직설적인 질문에 황후의 시선이 초가의 뒤통수에 머물렀다. 의붓아비가 무슨 생각을 하는지는 그녀도 모른다. 그러나 그에게 사실을 알려주면 안 된다는 것쯤은 본능으로 느끼고 있었다. 그녀가 아는 초가는 권력에 미친 자였다.

들리는 말이 없자 초가가 몸을 돌려 황후를 바라보았다. 그의 찢어진 눈이 독기 품은 백사처럼 가늘어졌다.

"다시 물어야 하나?"

흡사 아랫사람을 대하는 말투였다. 그 불경스러움에도 황후는 흔들리지 않았다. 그런 대접에 익숙하기도 하거니와, 그보다 더한 황제와 부대끼며 살아왔다. 황제가 풍기는 공포와 인격 모독을 견뎌낸 세월이 이곳에서 효과를 보이고 있었다. 하지만 이렇게 계속 입 다물고 있을 수는 없었다. 적당히 대답해 줘야만 한다. 권력을 탐하는 의붓아비는 그녀의 숨통을 쥐고 있는 또 다른 사람이기도 했다.

열리지 않을 것만 같던 황후의 입술이 작게 벌어졌다.

"폐하는 제게 그런 말씀을 안 하신다는 거, 잘 아시잖습니까."

황제는 그녀에게 아무런 얘기도 하지 않는다. 초가도 알고 있었다. 세간에는 금슬이 좋다고 알려져 있지만, 사실은 황제가 꾸며낸 거짓 소문일 뿐이었다. 금슬이 좋다는 소문은 황제에게 여러 가지로 이득이었기에 많은 이들 앞에서는 일부러 그런 행동을 취해왔다. 또한 하랑을 괴롭히기 위해서 소문을 더 부풀린 것도 있었다.

그 점을 떠올린 초가는 황후의 대답에 수긍하면서도 미련을 버리지 못했다. 그녀가 언제 자신을 배신할지 몰랐기에 더 조급하고 불안했다.

"다시 묻지. 황제의 몸에 이상한 반응이 오진 않았나?"

"아니요, 그런 일은 없었습니다."

이번 질문에는 즉각 대답이 나왔다. 시간을 끌어봤자 의심만 살 뿐이었다. 그녀의 단호한 답변에 초가의 찢어진 눈이 황후를 쭉 훑었다. 거짓을 고하는 건 아닌지 의심하는 눈초리였다. 매서운 초가의 눈빛을 그녀는 덤덤하게 마주했다. 한 치의 거짓도 없다는 황후의 얼굴에 초가는 결국 고개를 돌렸다.

그가 계산하기에는 이제 황제의 약이 떨어질 때가 되었다. 황후가 만드는 약은 3대에 걸쳐서 효과를 보이는데, 현 황제의 할머니뻘 되는 대황후와 어머니인 선대 황후가 일찍 서거하는 바람에 황제가 먹을 약이 많이 모자랐을 것이다. 하지만 황제들은 주기적으로 약을 먹어야만 했다. 그건 선황도 마찬가지여서 서거하기 직전까지 남은 약을 섭취했다. 현 황제도 성인이 된 뒤부터 지금까지 칠 년간 선대 황후가 만든 약을 먹었다. 선대 황후가 서거한 뒤부터는 약을 만들지 못했으니 비축분이 계속 줄어들었을 테고, 이제 바닥을 드러낼 때가 되었다.

"혹여 황제가 폭주하거든 내게 즉각 전해야 할 것이다. 알겠느냐?"

"그리하지요."

원하는 대답에도 안심하지 못한 초가는 황후의 금빛 눈동자를 지그시 응시했다. 좀 더 일찍 황가의 비밀을 알았더라면 황후도 더 어렸을 적에 발견하고 손을 썼을 것이다. 어린 황후를 데려다가 자신에게 충성하도록 키웠을 테고, 신녀를 죽일 필요도 없이 이미 옥좌를 차지했을지도 몰랐다. 그랬다면 지금과 같은 걱정은 하지 않아도 되었을 텐데, 그 부분이 못내 아쉬운 초가였다. 하지만 이미 늦은 일, 후회해 봤자 소용없었다. 그는 씁쓸한 입맛을 다시며 황후에게 마지막 충고를 건넸다.

"황제에게 연정을 품지 마라. 모든 걸 잃고 엉망이 되는 건 너일 테니."

내용은 걱정 어린 충고 같지만, 사실은 협박이라는 걸 비아는 잘 알고 있었다. 황후가 되어야 한다며 궐에 집어넣기 이전부터 의붓아비는 그녀의 모든 걸 쥐고 협박하며 제 뜻대로 이용했다. 아름다운 황후의 입가에 비소가 머물렀다.

"제가 잠들면 죽이려고 목을 조르는 사내에게요?"

그녀의 빈정거림에 초가는 마음을 놓았다. 황제가 황후를 원망한다는 건 알고 있었지만, 밤마다 목을 조르는 줄은 몰랐다. 그 정도로 원망하고 있다면 안심할 수 있었다.

"그래도 혹시 모를 일이다. 황제와 몸을 섞지 않게 조심에 또 조심을 기해야 할 것이야."

황실의 대가 이어지길 원하는 이들이 들으면 기절초풍할 이야기였으나 초가는 그 부분을 신신당부했다.

"약이 떨어질 때가 되었으니 겁탈하려 들 수도 있다. 그리하면 어찌해야 하는지 알고 있겠지?"

가만 듣고 있던 황후의 눈살이 찌푸려졌다. 겁탈이란 단어를 면전에서 듣는데 기분이 좋을 리 없었다. 하지만 반항할 수도 없는 게 그녀의 처지였다.

"알고 있습니다."

원하던 대답을 들은 초가는 황후의 곁을 지나쳐 밖으로 나갔다.

근정전에 혼자 남은 황후는 높은 단 위에 있는 옥좌를 바라보았다. 꼬여 있는 실타래처럼 마음이 엉켜서 답답하기 그지없었다.

해연을 발견하면 화를 낼 거라는 예상과는 달리 가후는 눈만 조금 찡그릴 뿐, 별다른 말이 없었다. 사실 그는 감옥 입구에 있던 무녀들을 보고 이 상황을 짐작했다. 다만, 그녀가 끝까지 내려왔다는 건 의외였다. 이 지독한 냄새를 참고 내려올 정도로 하랑을 아낀다니, 뭔가 좀 짜증이 났다.

가후는 열려 있는 감옥 문에 잠시 시선을 주었다. 열쇠도 없이 어떻게 문을 열었는지는 주변에 고인 물웅덩이만 봐도 알 수 있었다. 그는 걸음을 옮겨 안으로 들어선 뒤에 해연을 보며 들고 있던 채찍을 풀었다. 탄력 있어 보이는 검은 채찍이 돌바닥에 길게 늘어졌다.

"기회를 주지. 둘 중 하나를 골라라. 지금 신궁으로 가든가, 아니면 하랑이 맞는 걸 구경하다가 돌아가든가."

가후는 용서해 줄 생각이 없다는 뜻을 확실히 밝혔다. 나직한 그의 음성과 단호한 눈빛에 해연은 조마조마한 마음을 최대한 다독였다. 여기서 포기한다면 그의 손에 들린 채찍이 하랑의 몸을 찢어놓을 게 분명했다. 그런 일이 일어나는 건 눈 뜨고 볼 수 없었다. 해연은 하랑의 앞을 가로막았다.

"둘 다 싫어. 하랑은 임무에 최선을 다했어. 그런 말도 안 되는 벌을 받아야 할 이유가 없다고."

기죽지 않고 맞서는 모습에 가후의 턱이 살짝 들리면서 고개가 삐딱해졌다. 사사건건 하랑의 일이라면 눈에 쌍심지를 켜고 대드는 게 못마땅하기 그지없었다.

"그럼 너도 같이 맞든가."

그는 채찍을 들어 보이며 해연을 위협했다. 하지만 냉정한 협박에도 해연은 호기롭게, 그렇게 하라고 외쳤다. 반항심이 가득한 그녀의 태도에 가후는 심기가 불편해졌다. 그 감정을 눈치챈 하랑은 해연을 말렸다. 자신이 몇 대 맞고 나면 해결될 일이었다.

"신녀님, 그만 신궁으로 돌아가십시오."

듣고 싶지 않던 말에 해연의 고개가 뒤에 있는 하랑을 향해 휙 돌아갔다. 그는 괜찮다는 듯 작게 미소 지어 보였다. 안심시켜 놓고 신궁으로 돌려보낼 요량이었다. 하지만 해연의 고집은 언제나처럼 만만찮았다. 그녀는 이미 소렵에게 자초지종을 들은 상태였다. 하랑은 임무에 최선을 다했고, 단살단원들도 성공적으로 제압했다. 그러다 자신의 이야기를 들었고, 소렵에게 호송 임무를 맡긴 채 팔각정까지 찾아온 것이다. 해연은 그것이 매를 맞을 일은 아니라고 생각했다.

"하랑은 내가 위험하다고 판단했던 거잖아. 그 선택에 잘못이 있다면 내 책임도 있는 거야. 그러니까 하랑만 두고 안 가."

해연은 물러서지 않겠다는 의지를 표명하며 다시 황제를 바라보았다. 그는 유희를 방해받는 게 매우 짜증 난다는 얼굴을 하고 있었다. 해연은 가소롭다는 듯 콧방귀를 뀌어주곤 팔짱을 꼈다. 매번 말도 안 되는 이유를 들어 하랑을 괴롭히는 그가 정말 마음에 들지 않았다.

"오늘 보니까 네가 똑똑한 건 알겠어. 순식간에 계획도 짜내고. 근데 그거 알아?"

해연은 눈살을 찌푸리는 황제를 향해 정확히, 또박또박 말해주었다.

"넌 좀 변태 끼가 있어."

가후는 물론이고, 하랑까지 밀랍 인형처럼 딱딱하게 굳었다. 어느 누가 황제에게 변태 끼가 있다는 소리를 할 수 있겠는가. 설혹 그렇게 느꼈다고 하더라도 면전에다 대고 이토록 당당하게 밝히지는 못하는 법이었다. 그런데 해연은 전혀 거리낌이 없었다. 그녀가 보기에 황제는 자신의 문제점을 알고 고칠 필요가 있었다.

"사람 괴롭히면서 좋아하는 거, 완전 나쁜 거야. 솔직하게 말해봐. 너 하랑 때리면서 즐기지? 막 때릴수록 좋아? 그걸 전문용어로 변태라고 해."

언제부터 변태가 전문용어인지는 모르겠지만, 해연의 말을 이해한 가후는 손으로 이마를 짚고 고개를 숙였다. 그의 어깨가 들썩이면서 큭큭거리는 억눌린 웃음소리가 새어 나왔다. 그는 뭐가 그리도 즐거운지 쉽사리 웃음을 그치지 못했다.

화를 낼 타이밍에 웃음이라니. 왠지 섬뜩하기도 한 상황에서 해연은 홀로 어리둥절해했다.

"뭐야, 이것도 좋아? 그런 말 좋아해?"

가끔 더러운 단어를 좋아하는 사람이 있다는 말은 들었지만, 변태라는 말을 좋아하는 건 처음 보았다. 화를 낼 거라고 짐작했는데 웃어대니, 김이 새기도 했다. 아까부터 예상과는 다른 반응을 보이고 있었다. 어이가 없어 빤히 보고 있는데, 황제가 천천히 고개를 들었다.

"미친년."

나지막한 욕설에 해연의 미간이 더 굴곡지며 깊게 파였다. 하지만 그녀의 반응 따위는 깔끔하게 무시하고, 가후는 계속 말을 이었다.

"내 살다 살다 이 정도로 정신 나간 년을 볼 줄이야."

"뭐야?"

해연은 눈에 쌍심지를 켰다. 그런 해연을 쳐다보던 가후가 채찍을 버렸다. 지금 이 상황에서 하랑을 때렸다가는 진짜 변태로 몰릴 수도 있었다. 물론 그런 이미지 따위는 신경도 쓰지 않는 편이지만, 하고 싶어도 불가능하다는 게 문제였다. 때리려다가 물의 힘에 막혀서 망신을 당할 바에는 적당히 물러서는 게 이득임을 그는 잘 알고 있었다.

"너, 나한테 빚 하나 졌다."

그는 순식간에 해연에게 빚을 만들어주었다. 뭔가 손해 본 느낌에 해연은 면죄부를 들어 반박하려 했다. 그러나 그녀의 의중을 간파한 가후가 또 선수를 쳤다.

"나랑 말씨름할 시간에 저 녀석 족쇄나 풀어줘라. 저거, 통증이 꽤 심하니까."

그가 손가락을 들어 하랑의 손목에 채워진 하얀 족쇄를 가리켰다. 물론 하랑을 걱정해서라기보다는 해연의 관심사를 돌리기 위함이었다. 해연도 그 속셈을 눈치챘으나 우선은 하랑에게만 신경 쓰기로 했다. 면죄부에 대한 건 나중에 따져도 될 것이다.

해연이 물을 이용해 족쇄를 푸는 동안 하랑은 가후를 노려보았다. 그의 속내 정도는 알고 있었다. 해연이 가진 물의 힘이라면 채찍이 통하지 않으니, 순진한 해연을 꾀어 빚을 만든 것이다. 그 사실을 지금 이 자리에서 밝힐 수도 있었으나 그렇게 되면 이 불쾌한 공간에 해연이 있어야 하는 시간이 늘어나게 된다. 그것이 싫었던 그는 우선은 묵인했다.

철컥!

"됐다!"

족쇄가 풀리자 해연은 무척 기뻐했다. 자신의 힘으로 하랑을 무사히 구출했다는 게 뿌듯하기 그지없었다. 싱글거리는 해연의 모습은 하랑으로 하여금 잠시 황제의 존재를 망각하도록 만들었다. 어제도 생각한 것이지만, 그녀는 웃는 게 참 예뻤다. 덩달아 입가에 새겨지는 하랑의 미소에 가후의 눈이 가늘어졌다. 그러나 해연에게 시선을 빼앗긴 하랑은 그 변화를 미처 발견하지 못했다.

"감사합니다, 신녀님."

듣기 좋은 그의 인사에 해연은 고개를 저었다. 그동안 그가 자신에게 해준 것에 비하면 이 정도는 당연한 일이었다. 별거 아니니 마음 쓰지 말라고 말하려던 해연의 눈에 붉어진 하랑의 손목이 보였다. 그가 입고 있는 무복은 소매가 끈으로 감기는 형태라 상처가 다 보이지는 않았으나, 드러난 부분이 무척 붉었다. 화상을 입은 듯이 빨갛게 달아오른 하랑의 손을 해연은 조심히 잡아 올렸다.

"안 아파? 심하게 빨간데."

그를 묶고 있던 하얀 족쇄는 공력자가 능력을 쓰지 못하도록 막는 힘을 지니고 있었다. 그들을 미워한 물의 신의 저주로 탄생한 물건이었다. 공력자에게 닿으면 강한 자극을 통해 힘을 방출하지 못하도록 했는데, 각 나라에 한두 개만 있을 정도로 희귀한 물건이었다. 그 힘에 자주 억압당했던 하랑은 처음으로 그 사실에 감사했다. 해연이 이렇게 자신을 걱정해 주는 것이 괜스레 좋았기 때문이다. 덩달아 그의 눈빛도 부드러워졌다.

"괜찮습니다. 염려 마십시오."

"어떻게 걱정을 안 해? 살갗이 다 까졌는데."

"하루면 낫습니다."

공력을 운용해 치료하면 하루 안에 낫게 할 수 있었다. 하지만 해연은 속상한 마음에 쉽게 시선을 떼지 못했다. 그런 두 사람의 다정한 모습을 빤히 지켜보던 가후의 눈빛이 날카로워졌다. 그 강렬한 기운에 하랑은 그제야 그의 존재를 상기했다. 해연에게 정신이 팔려 잠시 잊고 있었다. 아차 싶어진 하랑은 해연에게 잡힌 손을 빼내고 표정을 관리했다.

"그만 나가시지요."

갑자기 무뚝뚝하게 바뀐 분위기에 해연은 얼떨떨해졌다. 그녀가 매우 혼란스러워하는 걸 알면서도 하랑은 이유를 말해줄 수 없었다. 그는 해연에게 시선을 주지 않으려고 노력하면서 밖으로 나갈 것을 권했다. 하지만 가후의 탁월한 눈썰미는 이미 이상기류를 감지했다. 평소에도 하랑을 볼 때마다 감정과 표정을 살피던 그였다. 그러니 하랑에게 나타난 감정의 변화를 모를 리가 없었다.

가후는 하랑을 빤히 보면서 해연에게 다가가 그녀의 팔을 낚아챘다. 해연이 상황을 파악하기도 전에 황제의 품으로 끌려들어 간 해연은 이게 뭔가 싶어서 가만히 눈을 깜빡였다.

해연을 껴안은 가후와 빼앗긴 하랑의 시선이 허공에서 부딪쳤다. 가후는 의심 어린 눈으로 단 하나의 감정도 놓치지 않으려 했고, 하랑은 동요하지 않으려 마음을 다잡았다. 그건 매우 힘겨운 일이었으나, 그동안 감정을 숨겨왔던 경험들이 도움이 되었다.

그가 별다른 반응을 보이지 않자 가후의 미간이 좁혀들었다. 하랑의 감정을 확인할 타이밍을 놓쳤다. 그때, 해연이 물 밖으로 끄집어진 물고기마냥 품 안에서 파닥거렸다.

"야, 이 미친 자식아! 놔! 놔아!"

해연이 버둥거리자 수각관에 손을 찔린 가후는 급히 그녀를 놓았다. 그의 품에서 떨어진 해연은 얼굴이 벌게져 있었다. 놀란 티가 역력했다. 그간 이성 간의 느낌이 전혀 없던 황제였기에 더 그랬다. 하지만 의중을 알 수 없는 그의 행동은 거기서 그치지 않았다. 그는 해연을 하랑 쪽으로 밀쳤다.

"꺅!"

다리가 꼬이면서 넘어지려는 해연을 하랑이 몸으로 받아냈다. 쓰러질 듯 그의 품에 안긴 해연은 하랑의 옷자락을 꼭 잡은 채 가만히 있었다. 황제의 품에 안겨 있을 때보다 더 긴 시간 동안 가만히 있는 해연의 반응에 오히려 당황한 건 하랑이었다. 어젯밤 일이 떠올라 심장이 마구 요동을 쳤다. 황제 앞에서 티를 내면 안 되는데, 점점 붉어지는 얼굴만큼은 도저히 가릴 수 없었다. 결국 그가 먼저 해연을 떼어내고 한 발 뒤로 물러섰다.

"송구합니다. 급한 마음에 신녀님의 옥체에 손을 대었습니다."

한두 번 있던 접촉도 아니지만 그는 새삼스럽게 거리를 뒀다. 모든 건 해연을 위해서였지만, 그 뜻을 모르는 해연은 거부당한 느낌에 조금 풀이 죽었고, 그걸 본 가후는 의아한 표정을 지었다.

하랑의 감정도 의심스럽지만 신녀의 반응은 더 이상했다. 자신에게는 욕설을 내뱉으며 발악을 하더니, 하랑에게는 고분고분했다.

도리어 그가 떼어놓자 상처받은 얼굴이었다. 일반 여성이고 하랑에게 연정이 있다면 이해할 수 있는 행동이었다. 그러나 해연은 일반 여성이 아닌 신녀였다. 신녀라면 그래선 안 되는 법이었다. 아니, 그럴 수 없다는 게 맞았다.

"너, 설마······."

가후의 목소리에 축 처져 있던 해연이 고개를 들어 그를 보았다. 왜인지 그는 무척 심각한 얼굴이었다.

"하랑을 연모하나?"

"폐하!"

발끈한 하랑이 그를 막으려 했으나, 가후는 도리어 사나운 눈빛을 하랑에게 겨눴다. 그 입 다물라는 뜻이었다. 하지만 하랑도 물러서지 않았다. 막아야만 했다. 무슨 대답이 나오더라도 듣고 싶지 않았다. 극성맞은 황제의 성격을 자극하는 한이 있더라도, 기필코 막아야만 했다.

"신녀님입니다. 예에 어긋나는 걸 모르십니까!"

"내 너에게 묻지 않으니 닥쳐라!"

신경질적인 두 사람의 노호에 해연의 몸이 움찔했다. 도대체 이게 무슨 일인지 알 수 없었다. 서로를 향해 으르렁거리는 두 사람 덕에 감옥 안은 순식간에 살벌해졌다. 둘 다 양보할 기미가 보이지 않았다. 이번만큼은 겨줄 수 없었다. 가후는 확인해야 할 것이 있었고, 하랑은 그의 의문이 풀리는 게 두려웠다.

"폐하도 아시는 답변입니다. 굳이 신녀님께 들으실 이유가 없습니다."

"그래?"

그는 정색하는 하랑과 토끼 눈을 뜨고 있는 해연을 번갈아 보았다. 두 사람의 사이가 수상하다 싶었지만, 이 정도로 이상할 줄은 몰랐다. 가후는 한쪽 입술 끝을 끌어 올렸다.

"네가 이성을 잃고 내게 대드는 건 스스로도 뭔가 이상한 점을 감지했기 때문이겠지?"

하랑은 흔들리는 감정을 들키지 않기 위해 어금니를 지그시 깨물었다. 정곡을 찔러 버렸다. 사실 그도 알고 있었다. 해연이 뭔가 이상하다는 걸. 하지만 그걸 굳이 확인하고 싶지 않았다. 이대로 언제까지나 자신을 향해 밝게 웃어주었으면 싶었다. 하랑의 눈빛이 조금 수그러들었다.

"어찌 되었든 물의 신녀님이십니다. 물의 힘은 확인하셨잖습니까. 그거면 된 것 아닙니까?"

하랑은 침착하게 설득하려 했다. 그러나 가후는 한 번 세운 뜻을 굽히지 않았다. 하랑의 말대로 물의 힘을 확인했고, 비가 잘 내리고 있으니 신녀의 지위에는 문제가 없었다. 다만, 해연이 하랑에게 마음이 있다면 자신에게는 중요한 문제가 되기 때문에 확인하려는 것이었다.

"본인도 알아야지. 혼례도 못 올리는 신녀인데 혹여 너를 연모하기라도 해봐. 그조차도 말이 안 되지만, 좀 전의 그 모습은 문제가 있지 않나?"

비소를 품은 황제의 날 선 눈빛이 해연에게 향했다. 해연은 도대체 무슨 말인지 모르겠다는 얼굴이었다. 그도 그럴 것이, 동연국으로 끌려온 뒤에 신녀에 대해 들은 내용이 그리 많지 않았다. 가후는 좀 더 친절하게 알려주기로 했다.

"신녀는 혼례를 올리지 않고, 후사도 없다. 그건 사내를 연모하지 못하기 때문이지. 말 그대로 사내를 연모할 수 없는 몸이란 뜻이다."

물의 신녀들은 영생을 누리며 산다. 그녀들은 단 한 번도 혼례를 치른 적이 없고, 단 한 번도 사내를 연모한 적이 없었다. 만인에게 평등한 감정을 지닌 신녀는 그래서 더욱 추앙받아 왔다. 사람의 범주를 넘어섰기 때문이다. 하지만 해연은 그 말을 받아들일 수가 없었다. 그렇다면 자신의 감정은 도대체 무엇이란 말인가.

'말도 안 돼.'

가후의 말을 믿지 못한 해연은 하랑을 바라보았다. 그가 해명해 주길 바랐다. 황제의 말이 거짓이라고 해달라는 의미였다. 하지만 그는 차마 눈을 마주치지 못했다. 그 뜻이 너무나 확연해서 해연은 목이 꽉 막혀왔다. 어젯밤 귓가에 대고 속삭이던 그의 따뜻한 목소리가 꿈만 같을 정도로 하랑이 멀게 느껴졌다. 사랑할 수 없다는 말, 자신의 감정이 거짓이라는 황제의 말이 비수가 되어 심장을 갈기갈기 찢어놓았다.

"하."

해연은 기가 막힌 듯 거친 한숨을 내뱉었다. 어제 하랑을 향한 자신의 감정을 처음 깨달았을 때, 얼마나 떨리고 벅찼는지 모른다. 솔직히 행복했다. 입이 찢어질 만큼. 이곳에 와서 처음 느껴본 행복이었다. 그런데 그 감정이 전부 거짓이란 얘기였다.

해연의 눈이 초점을 잃고 흔들렸다. 얼굴이 하얗게 질린 해연은 힘이 풀린 다리를 간신히 옮겼다. 주저앉을 듯이 비틀거렸지만, 하랑의 손길조차 뿌리치고 감옥을 나섰다. 지금은 그의 곁에 있을 자신이 없었다.

해연이 나선형 계단 위로 모습을 감출 때까지 하랑은 그녀의 위태로운 뒷모습에서 시선을 떼지 못했다. 그 안타까워하는 눈빛을 지켜보던 가후도 그를 두고 몸을 돌렸다. 감옥을 나가 계단에 발을 올리던 그는 걸음을 멈추고 하랑을 바라보았다. 알맹이가 빠진 사람처럼 서 있는 모습이 상반된 감정을 불러일으켰다. 무언가 뿌듯하면서도 불쾌했다. 그 감정을 무시하며 가후는 확실하게 쐐기를 박아 버렸다.

"마음 접는 게 좋아. 신녀라고 안심하지 마라. 죽이지는 않아도 괴롭힐 방법은 많으니까."

그의 협박에 하랑은 아랫입술을 작게 물었다. 일부러 해연을 떼어내며 자신의 감정을 감추려 했는데도 들킨 모양이었다. 일이 이렇게까지 되어버렸으니, 이젠 접어야 했다.

"오해하지 마십시오. 설혹 그렇다 하더라도 접을 겁니다."

다시 예전처럼 차갑고 담담해진 모습에 가후는 만족해하며 웃었다. 하랑이 행복한 꼴은 눈 뜨고 볼 수 없었다. 자신이 비참한 만큼 그도 비참해져야만 했다. 하랑에게 웃음을 준다면 아무리 신녀라 하더라도 가만 내버려 두지는 않을 것이다.

"그래, 그래야지. 어차피 이루어질 사이도 아니었지만."

가후는 하랑의 가슴에 비수가 되는 말을 내뱉고 멀어져 갔다. 홀로 남은 하랑은 해연이 있던 자리에 잠시 시선을 주다 눈을 감았다. 언제부터였을까, 그녀의 일이라면 자꾸 신경이 쓰였다. 그러다 어제 일을 기점으로 자신의 감정에 문제가 있음을 발견했다. 해연이 웃는 걸 보면 자꾸 심장이 흔들렸고, 위험한 일이 벌어지면 걱정에 이성이 마비되곤 했다. 정상적인 범주를 조금 넘었구나 싶었는데, 가후의 말을 들으니 이성이 돌아왔다.

'그래, 정신 차리자. 신녀님이시다.'

자신의 감정이 무엇이든 간에 해연의 감정은 연모가 아니었다.

하랑은 흔들리던 마음을 다잡았다. 이 나라로 끌고 왔다는 죄책감과 책임감에 마음이 쓰이는 것뿐이라고, 그렇게 자신의 감정에 잘못된 정의를 내렸다. 살아 있는 걸 증명하듯이 격렬하게 뛰던 심장 소리가 더는 들리지 않았다.

9.
물러날 곳이 없다

거대한 돌을 차곡차곡 쌓아 만든 동연국의 거대한 외성 앞에 병사들이 지키는 화려한 마차 한 대와 갈색 천으로 덮어놓은 수레 수십 대가 줄줄이 늘어서 있었다. 가리국에서 동연국으로 보내는 보석들이었다. 그리고 그 선봉에는 가리국 황제의 연인인 베론이 있었다. 파란 눈과 물빛의 긴 머리카락이 사막의 오아시스를 떠올리게 하는 그는 동연국 국경으로 들어가는 문이 열리길 기다리고 있었다.

'신녀라······.'

백마 위에 앉은 베론은 동연국에 새로 나타난 신녀에 대해 생각했다. 이번에 그가 수행해야 할 비밀 임무는 신녀의 탈취였다. 그걸 위해 이번 여정에 목숨을 걸었다. 승산도 꽤 있었다. 그는 황제가 보여주었던 책의 내용을 다시 한 번 상기했다. 그러던 중에 거대한 나무 문이 육중한 소리를 내며 천천히 열리기 시작했다. 열리는 문

안을 본 베론은 새어 나오려는 신음을 억지로 삼켰다.

비가 내린 지 얼마 되지 않은 듯 땅이 젖어 있었다. 그에 비해 가리국의 국경으로는 단 한 방울의 비도 내리지 않았다. 그게 이 세상의 규칙이었다. 신녀가 있는 나라에만 정확하게 내리는 물줄기는 땅 아래로 흐르는 지하수조차 별반 다르지 않았다. 자연적으로 흐르는 물들조차 국경만 넘으면 뚝 메말라 버리는 것이다.

'무슨 짓을 해서라도 모셔간다. 반드시.'

그는 이를 악물고 한 번 더 굳게 다짐한 뒤, 타고 있던 말의 배를 박찼다. 그의 뒤를 따라 가리국에서 보낸 사신단이 동연국으로 들어섰다.

황제가 매일 아침마다 조례를 여는 근정전에는 백여 명에 달하는 관리들이 붉고 파란 관복을 입고 줄지어 늘어서 있었다. 계급에 맞춰 양옆으로 마주 보고 선 신료들은 황제의 눈치를 살피며 조심스럽게 목소리를 냈다.

"폐하, 저들이 무슨 음험한 술수를 부릴지 모를 일이옵니다."

"그렇사옵니다. 조심에 또 조심을 기하는 것이 옳다 사료되옵니다."

젊은 두 신하가 고개를 조아리며 의견을 밝히자 여기저기서 호응하는 소리가 작게 새어 나왔다. 오늘의 주요 안건은 가리국에서 보낸 정기 사절단의 방문이었다. 가리국은 동연국과 군사동맹을 맺은 대신 정기적으로 보석을 바쳐 왔다. 말로는 동맹이지만 엄연히 뇌물을 바치는 관계였다. 대체로 동연국의 추수가 시작될 때마다 보석을 싣고 왔는데, 이번에는 그 기간이 예년보다 조금 더 빨랐다. 이 기간을 두고 신료들 사이에서 의견이 분분했다.

"폐하, 가리국은 가장 오래된 동맹국이옵니다. 저들의 사정이 어떠한지 아는데 어찌 모른 체할 수 있겠습니까. 혹여 청일국에 병합되기라도 한다면 그 타격이 더 막심할 것이옵니다."

다른 신하가 반대 의견을 내자 그 옆에 있던 신하도 한 발 앞으로 나서며 그의 의견에 힘을 실었다.

"소신의 생각 또한 같사옵니다. 지금쯤이면 비축해 두었던 물도 거의 동났을 터이고, 도움을 청하기 위해서 예년보다 더 빨리 사절단을 보냈을 것이옵니다."

양측 다 일리 있는 말이었다. 그래서 더욱 의견이 팽팽하게 대립했다. 가리국을 견제하는 측은 겨우 얻은 신녀를 빼앗길까 걱정했고, 옹호하는 측은 가리국도 청일국에 병합될까 봐 두려워했다. 신녀를 잃는 일은 결코 일어나면 안 되지만, 가리국이 청일국에 병합되는 경우도 없어야만 했다.

신료들이 서로 토론하는 걸 가만 보고 있던 가후가 손을 살짝 들었다. 그 순간, 근정전에 싸한 침묵이 감돌았다. 열정적으로 의견을 피력하던 모습이 환각이었던 것처럼 모두 고개를 숙이고 그의 결정이 내려지길 기다렸다. 언제나 마지막은 황제의 몫이었다. 신료들은 좀 더 좋은 결정을 내리기 위해 다양한 방안을 알려주는 역할을 할 뿐이었다.

주변이 조용해지자 가후의 차분하고 낮은 목소리가 근정전 안을 울렸다.

"그대들의 조언이 다 일리가 있소. 하나 가리국의 황제가 모자란 짓거릴 잘한다는 것도 다 알고 있겠지?"

베론이 들으면 입에 거품을 물고 칼부림할 말본새였다. 그러나 안타깝게도 동연국에는 황제의 언사에 대놓고 반박할 만한 신하가 없었다. 가후는 기분에 따라 말투가 자주 바뀌었는데, 기분이 좋으면 신하들에게 하오체를 써주기도 했고, 기분이 나쁘면 쌍욕도 마음대로 내뱉었다. 그리고 오늘은 좀 애매한 상태였다.

"신궁의 호위를 더 강화하고 가리국의 사절단이 돌아갈 때까지 경계를 늦추지 말라 이르라. 또한 사절단은 신궁 출입을 불허할 것이니 그리 알라."

속사포처럼 명을 내린 가후는 귀찮은 듯 손을 내저어 신료들을 근정전에서 내쳤다. 전부 다 나가라는 손짓에 신하들은 허리를 한 번 숙인 뒤 뒷걸음질로 조심스럽게 근정전을 빠져나갔다. 단 하나, 우현 초가만이 자리를 지키고 서 있었다.

"폐하, 오늘 그를 입궁시켰는데, 옥체가 불편하시오면 물리겠사옵니다."

그의 심기가 좋지 않아 보이자 초가는 데려온 자를 돌려보내겠다고 말했다. 하지만 가후는 언제 기분이 나빴냐는 듯 입술을 비틀어 올리며 흥미로워했다.

"들라 하게. 안 그래도 만나보고 싶었으니."

"예, 폐하."

종잡을 수 없는 황제의 기분에 초가는 속으로 욕을 하며 내관을 불렀다.

"밖에 있는 이를 들여보내게."

초가의 명령에 내관은 발소리도 내지 않고 조심히 물러났다. 그가 나가고 잠시 후, 근정전의 문이 열리고 흰옷을 말끔하게 차려입은 예쁘장한 도령 하나가 안으로 들어섰다. 붉은 입술과 단정하게 묶은 길고 검은 머리카락, 백옥 같은 흰 피부가 대조되면서 차가운 느낌과 관능적인 분위기를 한꺼번에 풍기는 사내였다.

그는 황제와 적당한 거리를 두고 멈춘 뒤에 한쪽 무릎을 바닥에 대며 예를 갖췄다.

"소인 유신이 황제 폐하를 뵈옵니다."

유신은 한 치의 흐트러짐도 없이 적국의 황제에게 머리를 숙였다. 그 모습을 가만 보고 있던 가후는 턱을 괴며 옥좌에 삐딱하게 앉았다. 도대체 무슨 생각을 하는지 알 수 없는 눈빛으로 유신을 살펴보던 그는 이윽고 입을 열었다.

"고개를 들라."

그의 명대로 유신이 고개를 들었다. 황금 옥좌에 앉아 있는 붉은 용포의 황제는 청일국의 황제와는 또 다른 느낌이었다. 동연국에 비가 오기 전, 유신은 하랑과 싸우던 그를 멀리서 지켜본 적이 있었다. 그때는 펄펄 끓는 용암 같던 황제가 지금은 뜻 모를 웃음만 내보이는 중이었다. 그 웃음은 매우 껄쩍지근해서 유신은 그가 호락호락한 인물이 아님을 단박에 알아차렸다.

'확실히 능구렁이 백 마리는 잡아먹은 인간 같군.'

가후에 대한 유신의 첫인상은 불측한 인간이었다. 예의상 속으로만 생각하는 유신과 달리, 가후는 첫인상에 대한 소감을 가감없이 들려주었다.

"한 번 만나보고는 싶었는데, 내 생각보다 더 계집 같군."

그는 오늘 처음 본 유신에게도 빈정거렸다. 동연국의 사내들은 상투를 틀거나 머리카락을 목 위로 짧게 자르기 때문에 유신처럼 길게 기르는 사내가 흔치 않았다. 물론 황제의 말은 단순한 외모 지적이 아니었다. 다른 나라에서 왔음을 은근슬쩍 꼬집는 비아냥거림이었다. 그 뜻을 눈치챘지만, 유신은 눈 하나 깜짝하지 않았다. 그가 오늘 황궁에 온 목적은 황제에게 충성을 맹세하고 호감을 얻기 위함이었다. 그래야 하랑의 의심을 잠재우고 신녀를 제거할 새로운 기회를 얻을 수 있었다.

하랑은 침소에 놓인 긴 거울 앞에 섰다. 무복을 조이는 허리끈을 풀고 웃옷을 한 겹씩 벗자 탄탄한 무인의 몸이 그대로 드러났다. 과하지 않게 잘 조각된 근육에 눈길이 갈 법도 하건만, 하랑은 거울 속에 있는 자신의 왼쪽 목덜미에서 시선을 떼지 못했다. 쇄골보다는 조금 위쪽, 목에서 어깨선으로 떨어지는 그곳에 작은 물방울 모양 세 개가 삼각형을 이루며 푸른 꽃처럼 새겨져 있었다.

사흘 전, 감옥에서 나온 하랑은 그 문양을 발견했다. 정확히 언제, 어떻게 생겼는지는 알 수 없으나 씻어도 지워지지 않았고, 통증도 전혀 없었다. 다만 무늬가 물방울인 걸로 보아 해연과 연관되어 있지 않을까 조심스레 추측할 뿐이었다.

'신녀님.'

하랑은 또다시 해연이 떠오르자 고개를 내저어 머릿속에서 지우려 애썼다. 그 행동은 감옥에서 풀려나온 뒤로 사흘 내내 반복되고 있었다. 잊을 만하면 떠오르는 해연 생각에 그는 이마를 짚고 마음을 진정시키려 노력했다. 그때, 문밖에서 역운의 목소리가 들려왔다.

"대장, 역운입니다."

역운이 온 이유를 짐작한 하랑은 탁자 위에 올려둔 하얀 속저고리를 집어 들었다.

"들어와라."

하랑의 허락이 떨어지자 역운이 조심히 방문을 열었다. 침상 옆에 서 있는 그의 대장은 속저고리의 옷고름을 매고 있었다. 역운이 옷시중을 들기 위해 가까이 다가가자 하랑은 목덜미에 난 문양이 보이지 않도록 옷깃을 잘 여몄다. 어쩌다 생겼는지도 모르는데 보여서 좋을 것이 없었다.

탁자 위에 놓인 달천대의 남색 무복을 집어 든 역운은 하랑의 시중을 들면서 좀 전에 확인한 내용을 보고했다.

"그자가 폐하를 알현하고 있다고 합니다."

하랑은 역운이 말하는 그자가 누군지 알고 있었다.

나흘 전, 힘을 쓰다 쓰러진 해연을 신궁에 데려다준 하랑은 곧바로 황제를 찾아갔다. 단살단의 두령에 대해 알리기 위함이었다. 그때 가후는 유신에 대해 비상한 관심을 내보였다. 다섯 개의 나라 중에서 가장 강한 나라가 청일국이었다. 그곳에서 무력으로 일인자라 불리는 단살단의 두령이 탐나지 않을 리가 없었다. 그를 가진다면 동연국의 국력이 높아지는 건 당연했고, 하랑의 무력도 큰 위협이 되지 않을 것이었다. 소렵과 유신이 한꺼번에 덤빈다면 하랑이 전력으로 맞선다 하더라도 패배할 가능성이 매우 높았다. 그런 부분이 매력적으로 느껴졌는지, 가후는 그를 황궁으로 불러들였다. 전대 신녀의 살해범인 걸 알면서도.

"대장, 저희도 대비해야 하지 않겠습니까?"

역운의 안색이 무척 어두웠다. 유신이 진짜 단살단의 두령이든 아니든 간에 그의 등장 자체가 달천대에 부정적인 영향을 끼치고 있었다. 황제에게 충성을 맹세하면 언젠가 하랑의 적이 될 수도 있고, 혹여 그 충성 맹세가 거짓이라면 해연의 안위가 위협받게 되기 때문이다. 도대체 황제의 머릿속에는 뭐가 들어 있는지 모르겠지만, 상황이 이상하게 흘러가고 있는 것만은 분명했다.

"무녀들도 신녀님을 뵙지 못한 게 사흘째라 합니다. 이대로라면 호위에 틈이 생길 수밖에 없습니다."

역운은 신궁으로 가보자고 꼬드길 생각으로 조심스레 운을 떼었다. 이런 때일수록 신궁과 좀 더 튼튼한 관계를 맺어야만 했다. 해연이 황제로부터 달천대를 보호해 주겠다고 했지만, 무슨 일이 있는지 사흘째 방에 틀어박혀 무녀들과의 대화도 기피하고 있었다. 그녀가 하랑에게 많이 의지하는 걸 봐왔으니 이번 기회에 달천대의 입지를 더 견고하게 다질 요량이었다. 그러나 하랑은 전혀 그럴 생각이 없었다.

하랑의 눈치를 살피던 역운은 한 번 더 권해보려 했다. 그때, 방 밖에서 의외의 지원자가 나타났다.

"대장, 신궁에서 가장 예쁜 무녀가 왔습니다."

매우 들떠 있는 사륜의 목소리에 역운과 하랑은 기가 막혔다. 제 대장에게 하기에는 너무 채신머리없는 표현 때문이었다. 그래도 그 표현 덕에 누가 왔는지는 알 수 있었다. 사륜이 요즘 예쁘다는 표현을 붙이는 유일한 여자가 딱 하나뿐이기 때문이었다.

"들라 해라."

하랑의 허락이 떨어지고 방문이 열리자 아니나 다를까, 소여가 최대한 차분한 척 가장하며 들어왔다. 그녀는 좀 전의 사륜의 말이 매우 민망했는지 볼이 발갛게 달아올라 있었다. 속으로 사륜을 탓하면서 소여는 자신이 온 이유를 밝혔다.

"신녀님께옵서 만남을 청하셨습니다. 후원에서 기다리고 계십니다."

사흘 내내 황궁 출입을 하지 않던 해연이 갑자기 후원에서 만나자며 먼저 연락을 취해왔다. 길을 가다 우연히 마주치는 건 각오했지만, 이렇게 직접 만나자 할 줄은 몰랐기에 하랑은 내심 당혹스러웠다. 짧게 인사만 하고 지나치는 것도 아니고, 오랜 시간 이야기를 나누게 될 것이 자명했다.

'이거야 원.'

그는 자꾸 흔들리는 마음을 애써 다잡으며 소여에게 답을 전해 보냈다.

초가는 말없이 앉아 있는 황제를 슬쩍 눈질했다. 벌써 몇 분째 황제는 유신을 내려다보기만 할 뿐, 말을 걸지 않았다. 도통 무슨 생각인지 알 수 없는 태도에 초가는 자꾸 초조해졌다.

'또 무슨 잔꾀를 부리려고.'

정치판에서 잔뼈가 굵은 초가였지만, 현 황제의 생각만큼은 짐작하기가 어려웠다. 그만큼 종잡을 수 없는 인물이었고, 고단수이기도 했다. 그리고 그의 불안한 예감은 언제나 정확히 맞아떨어졌다.

"짐이 우현에게 듣기로, 그대는 수우국의 숨겨진 공력자라 하였다. 청일국에 투항하기 싫어서 동연국에 망명을 요청했다던데, 그러한가?"

가후가 유신에게 하는 질문을 듣고 있던 초가는 손바닥이 축축해지는 걸 느꼈다. 단살단의 두령이라고 사실대로 말했다가는 자신이 역적으로 몰릴 수도 있었다. 그래서 유신의 신분을 가짜로 조작해 두었다. 청일국에 병합된 수우국의 공력자로, 그간 은둔 생활을 해서 세상에 드러나지 않은 인물이라고 거짓말을 했다. 한데 문제는 황제가 그 말을 곧이곧대로 믿지 않는다는 점이었다.

유신은 표정이 없어진 가후를 보며 그 의중을 추측했다. 처음에는 수우국의 공력자라고 주장하면서 단살단의 두령인 걸 부정하려 했지만, 이미 초가가 했던 말을 군이 되묻는 황제의 속내가 마음에 걸렸다. 그는 만만찮은 자였고, 어설픈 거짓말은 오히려 위험할 수도 있었다. 고민하던 유신은 초가에게는 시선도 주지 않고 황제의 물음에 답했다.

"그렇지 않사옵니다, 폐하."

예기치 못한 답변에 초가의 눈이 부릅떠졌다. 지금 그런 말이 나와서는 안 된다. 자칫했다가는 자신의 목이 썰리고도 남는 일이었다. 초가는 지금이라도 달려가 유신의 입을 틀어막고 싶었다. 그러나 이미 엎질러진 물이었다.

"소인은 청일국의 비밀 살수 집단, 단살단의 두령 유신이라 합니다."

근정전에 정적이 내려앉았다. 가후는 흥미를 되찾은 듯 작은 미소를 띠었고, 초가는 부들부들 떨며 유신을 노려보았다. 아무런 의논도 없이 한 돌발 행동이었다. 무슨 속셈인지 알 수 없으나, 지금 이 자리에서 자신이 취해야 할 가장 적절한 태도가 무엇인지는 알고 있었다.

"폐하, 수우국의 공력자임을 소신이 분명 확인하였사옵니다! 단살단의 두령이라면 어찌 감히 황궁에 들였겠나이까!"

초가는 자신이 몰랐음을 보여주기 위해 최선을 다해 부정했다. 하지만 황제는 별다른 반응 없이 알싸한 눈빛으로 내려다볼 뿐이었다. 그 눈빛이 주는 무게감과 의미에 초가는 속으로 이를 갈았다. 황제의 나이, 이제 겨우 스물일곱이었다. 눈가에 주름 하나 잡히지 않은 새파란 애송이가 사람의 숨통을 죄는 법을 정확하게 꿰뚫고 있었다. 결국 초가는 유신을 노려보며 호통을 쳤다.

"네 이놈! 네놈이 감히 날 속이고 황궁에 들어오다니! 그러고도 무사할 줄 알았더냐!"

유신을 향한 초가의 분노는 구해달라는 몸부림이나 마찬가지였다. 이놈, 저놈 하는 소리가 썩 기분 좋은 건 아니었으나, 자신으로 인해 벌어진 일이니 유신은 직접 수습하기로 하고 그를 도와주었다.

"우현에게는 미안하게 되었습니다. 폐하를 뵈려면 그대를 속이는 것 외에는 방법이 없었소."

그의 호응 덕에 초가는 혐의를 일부분 벗을 수 있게 되었다. 하지만 그 정도로는 부족했다. 역모죄에서 벗어나려면 좀 더 강한 수가 필요했다. 유신과 한통속이 아니라는 증거. 초가는 그 증거를 만드는 방법이 무엇인지 알고 있었다. 평소와는 달리 격하게 흥분한 모습을 보이면서 밀어붙이는 것이다. 유신을 죽여 버리라고.

"폐하, 이자를 당장 잡아다 처형하시옵소서! 청일국의 살수 집단이라면 신녀님을 살해한 자도 이자일 것입니다. 당장 잡아다 능지처참해야 마땅하옵니다!"

혈압이 오를 대로 오른 초가는 얼굴이 붉으락푸르락했다. 그의 눈물겨운 노력에 가후는 피식— 김빠지는 웃음으로 답했다. 유신과의 관계를 확실하게 해서 빠져나갈 구멍을 만들려는 계략인 게 분명했다. 그걸 다 알면서도 그는 초가를 잠시 놔두기로 했다. 해연 덕에 세력을 꺾어두었으니 한동안은 걱정하지 않아도 되었다.

'대어를 낚으려면 싱싱한 떡밥이 필요한 법이니, 지렁이는 잠시 살려두어야지.'

초가를 이용해 낚을 수 있는 인물이 한둘이 아니었다. 역모는 뿌리까지 뽑아야 했고, 어정쩡하게 건드리는 것보단 잠시 살려두는 게 이득이었다.

앞으로의 방향을 정리한 가후는 날뛰는 초가를 진정시켰다.

"짐이 우현의 충절을 모를 리가 있나. 하나 기대했던 것보다 일처리가 미숙하군. 그대 덕에 청일국의 일급 살수가 지금 근정전에 있다. 짐의 목숨을 위태롭게 만든 죄는 어찌 갚을 생각이지?"

그의 협박성 말에 관복 소매에 감춰진 초가의 주먹이 부들부들 떨렸다. 그 난리를 쳐서 역모죄는 피했지만, 일 처리 미숙이라는 오명을 뒤집어썼다. 게다가 황제의 목숨을 위태롭게 만든 죄까지 추가되었다. 다른 이였다면 그 죄만으로도 능지처참감이었다. 선황이 내린 교지 덕에 그는 역모죄가 아닌 이상 목숨을 부지할 수 있지만, 이번 일로 만만찮은 피해를 볼 게 분명했다.

"송구하옵니다. 벌을 내리시면 달게 받겠나이다. 하나 저자는……."

"그만."

가후는 쓸데없는 말을 되풀이하려는 초가를 멈추게 하고 관심을 돌렸다. 그는 지금 유신에 대해 궁금한 점이 많았다.

청일국이 수우국까지 병합하면서 공력자의 수가 여섯 명에 달했다. 그에 비해 동연국은 셋뿐이었다. 이 암담한 상황에서 유신이 진심으로 동연국에 망명하게 된다면, 청일국은 다섯으로 줄고 동연국은 넷으로 늘어난다. 공력자가 전쟁의 승패를 좌우한다 해도 과언이 아닐진대, 청일국에서 가장 강하다는 단살단의 두령이라면 탐날 수밖에 없는 인재였다.

"단살단의 두령이라……. 그럼 그대가 정말 세 명의 신녀를 죽인 게 맞는가?"

"예. 제가 그리하였습니다."

순순히 흘러나오는 대답에 가후는 턱을 괸 손을 풀고 옥좌에 등을 기댔다. 사실 그는 유신이 딱 잡아뗄 줄 알았다. 그래도 혹시나 싶어서 떠본 것인데, 신분도 밝히고 스스로 죄를 고하기도 했다. 그 이유가 무엇인지 의아할 정도였다.

"뭐, 좋아. 그건 그렇다고 치지. 한데 동연국의 신녀를 죽이고도 망명을 원한다고? 짐을 능욕하려는 건가?"

떠보려는 소리였으나, 그 안에는 날카로움이 여지없이 담겨 있었다. 그 속내를 짐작한 유신은 침착하고 단호한 목소리로 제 뜻을 전했다.

"능욕이라니, 당치도 않사옵니다. 다만 소인은 진심으로 망명하고 싶을 뿐입니다."

"짐이 그걸 믿을 거라고 보나?"

믿을 리가 없었다. 청일국 황제만이 알고 있는 직속 부대의 두령이었다. 그 직책만으로도 청일국의 황제와 얼마나 친밀할지 짐작할 수 있었다. 그런데 아무런 이유도 없이 적국이나 마찬가지인 동연국에 갑작스레 망명 요청을 한다는 건 속내가 빤히 보이는 일이었다.

유신도 그 점을 잘 알고 있기에 황제의 의심을 완벽히 걷어낼 순 없어도 혹할 만한 제안을 꺼냈다.

"믿기 힘드실 것이옵니다. 하여 소인이 폐하께 바치고 싶은 물건이 있사옵니다."

"물건?"

황제에게 물건을 바치는 일은 초기 계획에는 없던 일이었다. 그래도 빈틈을 보이지 않는 가후를 조금이라도 믿게 하려면 내주는 수밖에 없었다. 결심을 한 유신은 한 박자 느리게 그 물건의 정체를 밝혔다.

"예. 소인이 폐하께 바치고자 하는 건, 청일국에서 받은 '불의 검'이옵니다."

그가 꺼낸 새로운 패에 초가는 경악하고, 가후의 눈은 진중해졌다. 불의 검은 각 나라에 단 하나뿐인 신물로, 그것이 없다면 신녀를 죽이지 못했다. 제아무리 무위가 대단한 유신이라고 하더라도 불의 검이 없다면 해연을 해하지 못하는 것이다.

가후는 그런 물건을 선뜻 내놓겠다고 하는 저의가 무엇인지 궁금했다. 어쩌면 진짜로 망명하려는 것일 수도 있다는 생각이 문득 뇌리를 스쳤다. 단살단 두령이 진심으로 망명한다면 청일국 황제의 표정이 어찌 변할지는 안 봐도 뻔했다. 갑자기 기분이 좋아졌다.

"재밌군. 그렇게까지 하면서 망명하려는 이유가 뭐지?"

황제는 넋이 나간 초가의 얼굴을 즐겁게 감상하며 질문을 던졌다. 초가의 반응을 보면 서로 상의된 내용이 절대 아니었다.

"그건……."

유신은 진지한 얼굴로 망명하려는 이유를 들려주었다. 그리고 그 이유를 들은 초가와 황제는 얼어붙었다. 정말 생각지도 못한 뜻밖의 이유였다.

"허."

초가의 입에서 얼이 빠져나가는 소리가 들렸고, 가후도 충격받은 정신을 수습하기가 힘들었다. 장난치는 건가 싶어 유신의 표정을 살펴보아도 그는 무척 진지해 보였다.

"그게 말이 된다고 보나?"

"안 될 건 무엇입니까? 제 마음은 진심입니다."

단호한 유신의 모습에 가후는 이마를 문질렀다. 이놈이나 저놈이나, 도대체 요즘 왜들 그러는지 이해가 되지 않았다. 그 못생긴 것이 밖에서 뭔 짓을 하고 돌아다니는지 궁금할 지경이었다. 아무리 따져 봐도 믿을 수 없다 생각하고 있을 때, 유신의 단호한 목소리가 근정전 안에 울렸다.

"지금껏 죽이지 않은 게 아니라 못한 것입니다. 그래서 망명하고 싶습니다. 그녀 곁에서 당당하게 있을 수 있도록 도와주십시오, 폐하. 소인, 신녀님을 연모합니다."

유신의 당당한 모습에 가후는 기가 차서 말이 나오지 않았다. 그건 초가도 별반 다르지 않았다. 처음 유신을 만났을 때 그의 호감을 얻기 위해 기녀 중에서 가장 예쁘다는 계집으로 잠자리 시중을 준비한 적이 있었다. 하지만 유신은 초가의 집에서 자신을 봤다는 이유만으로 그 자리에서 기녀를 죽여 버렸다. 그 장면을 목도한 초가는 유신이 계집들에게 별다른 관심이 없다는 걸 알았다. 그런데 그런 그가 계집이 좋다고, 그것도 천방지축인 신녀를 연모한다고 고백하고 있었다. 이 믿을 수 없는 현실에 정신이 멍해지는데, 황제의 중얼거림이 초가의 귓가에 선명하게 날아들었다.

"미쳤나?"

초가는 저도 모르게 고개를 끄덕여 공감을 표했다. 미치지 않고서야 신녀를, 그것도 그렇게 생긴 신녀를 좋아한다는 게 말이 되지 않았다. 발진으로 뒤집어졌던 피부가 좋아지고 살도 조금 빠지면서 요괴 소리는 없어졌지만, 그렇다고 절세가인도 아니었다. 이제 좀 봐줄 만하다는 표현이 적당한 신녀에게 뒤에서 후광이 비치고 있는 유신이 고백한다는 건 뭔가 어불성설이었다. 그리고 황제의 뜻도 초가와 같았다.

"이놈이나 저놈이나 귀신에 씌었나, 제정신들이 아니군. 지금 그 말도 안 되는 황당한 소릴 믿으라고 하는 건가?"

완벽하게 헛소리 취급을 받았으나, 유신은 당당했다. 지금으로서는 이보다 더 좋은 계략이 없었다. 신녀를 연모해 죽이지 못한 자객이 나라를 버리고 적국에 투항한다. 그리고 신녀의 곁을 지키는 호위무사가 된다. 갑작스럽긴 하겠지만, 말이 안 될 것도 없었다. 연모하는 마음을 보여줄 수도 없으니 증거가 필요하지도 않았다. 신녀에게 이성적 감정을 느낀다는 점에서 어폐가 없잖아 있지만, 그래도 황제에게 확신만 심어준다면 의심받지 않고 신녀에게 접근할 수 있었다. 그 점을 상기한 유신은 단호한 눈빛으로 가후를 올려다보았다.

"어찌하여 말이 안 된다 하십니까."

그는 자신의 감정이 거짓이 아님을 주장했다. 그의 확신 어린 음성에 가후의 의심도 조금씩 흔들렸다. 사흘 전에 하랑이 내보인 감정을 직접 보았으니, 유신의 감정도 거짓이라고 단정 짓기가 어려웠다. 하랑도 원체 계집에게 관심이 없는 데다가 황후의 일로 마음을 닫은 지 오래였다. 그런데 그런 하랑이 해연에게 관심을 보였다.

'그 자식도 그랬는데 이놈이라고 연모하지 말란 법은 없겠지. 하지만…… 그 망아지 년의 어디가 좋다는 거야?'

사흘 전 본 해연의 마지막 모습을 떠올린 가후는 눈살을 살짝 찌푸렸다. 사흘 내내 방 안에 틀어박혀서 말도 잘 안 한다더니, 그날 일로 충격을 받긴 한 모양이었다.

그가 해연에 대해 생각하느라 말이 없을 때, 근정전의 문이 열리면서 궁녀 하나가 들어왔다. 허리춤에 붉은 줄을 매단 젊은 궁녀는 단 아래에 멈춰 섰다. 그녀는 황제의 손짓을 본 뒤에야 위로 올라가 그의 귓가에 대고 작게 말을 전했다.

"신녀님과 하랑 대장이 후원에서 만나고 있다 하옵니다."

궁녀가 들고 온 소식에 가후의 눈이 가늘어졌다. 그리도 경고했는데 둘이 또 만난다는 게 달갑지 않았다. 그때, 유신이 황제가 혹할 만한 제안을 꺼냈다.

"폐하, 소인의 마음을 믿지 못하신다면 확인해 보시는 건 어떻겠습니까?"

"확인?"

"예. 신녀님께서 궁 밖으로 나오셨을 때, 저와 단둘이 계신 적이 있습니다. 그때 차마 해를 가하지 못하고 신녀님께 제 마음을 전한 적이 있습니다."

그의 말뜻을 이해한 가후는 작게 웃었다. 제법 눈치가 있는 것이 마음에 들었다. 그는 곁에 있던 궁녀에게 신녀를 데려오라 명을 내렸다. 해연과 하랑을 떼어놓으면서 유신의 마음도 확인할 수 있는 좋은 기회였다.

황궁의 후원은 사계절 내내 알록달록한 꽃들로 화려함을 유지했다. 그러나 초가을에 접어들면서 심술궂어진 바람이 연못 주위에 서 있는 소나무들을 휩쓸다가 꽃잎까지 떨어뜨렸다. 화려한 꽃을 괴롭히던 바람은 거기서 멈추지 않고 후원 중앙에 있는 연못 위로 날아갔다. 분홍빛 연꽃들을 지나 마침내 도달한 팔각정에는 해연이 홀로 서 있었다. 처마 끝에 달린, 불 꺼진 노란 등에서 시선을 떼지 못하는 그녀에게 바람이 달려들었다. 차가운 기운을 품은 그것은 해연의 관심을 얻고자 거칠게 굴었지만, 보라색 겉옷 안을 더 파고들지 못하고 물러나야만 했다. 신녀의 힘을 각성한 뒤부터 해연은 계절이 변할 때마다 바뀌는 온도를 제대로 알아차리지 못했다. 그 저 바람이 제법 분다고만 느끼면서 유신이 들려주었던 팔각정에 담긴 의미를 떠올렸다.

'연모하는 마음을 전하는 장소.'

가슴에 손을 얹자 두근두근 뛰는 심장이 느껴졌다. 해연은 지난 사흘 내내 자신의 감정에 대해 고민하다가 한 가지 결론을 내렸다. 그리고 오늘, 그 결심을 실행에 옮길 생각이었다.

후원 입구에 들어선 하랑은 팔각정에 있는 해연을 발견하고 걸음을 멈췄다. 더는 가까이 다가가기가 어려웠다. 묵직한 돌덩어리를 삼킨 듯 짓눌리는 마음이 그를 힘겹게 했다. 잠시 호흡을 가다듬던 그는 손에 들린 검의 무게를 느끼며 걸음을 옮겼다.

인기척을 느낀 해연이 몸을 돌리자 여느 때처럼 짙푸른 무복을 단정하게 갖춰 입은 하랑이 보였다. 겨우 사흘 만의 만남인데도 너무나 반가워서 그에게 다가가려 했다. 그러나 그녀는 이내 멈춰야만 했다. 고개를 숙여 예를 갖추는 그의 행동이 보이지 않는 벽을 만들어둔 듯했다.

"부르셨습니까?"

사무적인 음성에는 그토록 듣고 싶던 부드러움이 남아 있지 않았다. 해연은 그제야 한동안 잊고 있던 차갑다는 느낌을 떠올릴 수 있었다. 하랑이 전해준 한기는 들떴던 감정을 멈추게 했고, 목구멍까지 얼려 버렸다. 결국 그녀는 아무 말도 하지 못하고 가만히 그를 바라보았다.

상처 입은 해연의 눈빛에 하랑은 시선을 피했다. 심장에 병이 생긴 것마냥 욱신거렸다. 강렬한 통증에 잠식당한 하랑은 인고의 시간을 견뎌야만 했다. 그러나 그에게 주어진 시련은 거기서 끝나지 않았다. 마음을 가다듬은 해연이 아무것도 모르는 척 웃으며 그에게 말을 걸어왔다.

"팔은 좀 어때?"

해연이 지닌 특유의 발랄함으로도 채 다 감추지 못한 떨림이 목소리에 배어 있었다. 그녀가 애쓰고 있음을 알면서도 하랑은 마음의 벽을 허물지 못했다. 그 벽이 해연을 지켜줄 유일한 보호막이라고 생각했다. 그래서인지 그의 표정은 쌀쌀하기 그지없었다.

"다 나았습니다."

"아, 응. 다행이네. 그땐 미안. 내가 그렇게 나가 버려서 많이 놀랐지?"

"아닙니다. 괜찮습니다."

딱딱한 단답형 대답에 해연은 더 할 말을 찾지 못하고 입을 다물었다. 처음부터 이런 식으로 잘라낼 줄은 몰랐다. 신녀는 사랑을 하지 못한다는 말에 받은 충격이 너무나 컸고, 무던히도 고민했다. 사흘 내내 가슴앓이한 끝에 자신의 진심을 그에게 전하기로 결정했다. 진솔하게 고백한다면 그도 마음을 열고 받아주리라 생각했다. 하지만 하랑은 작은 빈틈도 허용하지 않았다. 그가 보여주는 쌀쌀함에 해연은 갈등했다. 고백했다가 사이가 더 멀어질까 봐 두려웠고, 고백하지 않았다가 후회할까 봐 불안했다. 어찌해야 할지 고민하던 해연은 숨을 살짝 들이쉬고 천천히 말을 꺼냈다.

"저기, 하랑. 나 그 얘기 듣고 고민해 봤는데……."

운을 띄운 해연은 보랏빛 겉옷을 슬쩍 쥐었다. 이십 년 인생에 이런 일은 처음이었다. 부끄러움과 민망함에 양 볼이 화끈거렸지만 멈추지 않았다. 평생 후회하며 살 바에는 지금 민망한 게 나았다.

"아무리 생각해 봐도……."

해연은 말끝을 흐리며 고개를 푹 숙였다. 그의 얼굴을 보고 눈을 마주한다면 더는 말하지 못할 것만 같았다. 해연은 바짝 긴장한 채로 옷자락을 세게 움켜쥐고 눈을 질끈 감았다.

"내가 하랑에게 느끼는 감정은 진짜야. 하랑을 좋아해! 좋아하고 있어, 많이⋯⋯."

너무 떨려서 준비했던 말을 제대로 했는지도 기억나지 않았다. 그저 마음이 닿는 대로 어찌어찌하긴 했는데, 진심을 알 수 있을까 싶어 걱정스러우면서도 한편으론 기대되었다. 지금은 쌀쌀맞게 굴지만 그동안 자신에게 보여준 행동을 보면, 사랑은 아니더라도 이성으로서의 호감은 있으리라 생각했다. 그런 해연의 느낌은 정확했다.

생각지도 못하게 고백을 받은 하랑은 훅 달아오른 얼굴을 어찌해야 할지 몰랐다. 그는 손으로 얼굴을 반쯤 가리고 고개를 돌렸다. 그나마 해연이 고개를 숙이고 있어서 이런 자신의 모습을 발견하지 못했다는 게 다행이라면 다행이었다. 적당히 선을 긋겠다고 그렇게 다짐을 하고 왔는데도 직격탄에 심장이 요동을 쳤다. 정신이 어질해질 정도의 타격이었다. 이런 쪽으로는 면역력이 없던 탓이 컸다. 혹시나 감정을 들켰을까 싶어 해연을 힐끗 본 그는 곧바로 시선을 돌려 버렸다. 그리도 당돌하게 고백해 놓고는 본인도 부끄러웠는지 목까지 붉어져 있었다. 벌서는 아이처럼 바닥만 보며 대답을 기다리는 해연을 보니 간신히 억누르고 있던 감정이 폭발할 것만 같았다.

'윽, 너무 위험해, 위험! 완전⋯⋯ 귀엽잖아.'

해연에 대한 제 소회를 깨달은 하랑은 도리어 놀라 버렸다. 미치지 않고서야 신녀를 보고 귀엽다는 감정을 느낄 리가 없다. 하지만 그의 이성과 감정은 이미 반대 방향으로 가고 있었다.

'더 이상은 안 돼. 진정해야 한다.'

그녀가 이런 자신을 보기 전에, 이토록 떨리는 감정이 들키기 전에 그는 최대한 빨리 진정해야만 했다. 궁지로 내몰린 그는 전투 때 사용하는 방법대로 공력을 돌렸다. 자연 속에 있는 진기가 들어오자 몸은 익숙하게, 훈련된 대로 이성을 되찾고 차분해졌다. 하지만 화끈거리는 얼굴만큼은 쉽사리 가라앉지 않았다. 그는 별수 없이 뒤로 돌아섰다. 마음을 전해준 사람에 대한 예의가 아닌 건 알지만, 해연을 위해서라도 이쯤에서 끝을 내야 했다. 그녀의 마음과 자신의 미련을 끊어내기 위해 하랑은 천천히 잔혹한 말을 전했다.

"신녀님의 감정은…… 연모가 아닙니다."

하랑은 제 심장이 발을 구르며 답답해하는 걸 무시했다. 무미건조한 그의 목소리에 고개를 든 해연은 가슴이 무너지는 듯했다. 그는 이미 마음을 정한 듯이 돌아서 있었다. 이렇게 뒷모습을 보며 들어야 하는 하랑의 목소리가 오늘따라 잔인하게 가슴을 찢어놓았다.

"소신이 책임감에 신녀님 곁을 맴돌 듯이, 신녀님은 외로운 마음에 제게 의지하시는 겁니다. 그 감정을 연모라고 오해하지 마십시오."

외로워서 하랑에게 의지했다는 건 맞았다. 마음 둘 곳이 없어서 세심하고 자상하게 챙겨주는 그가 더 좋게 보였던 것도 사실이었다. 하지만 해연의 머릿속에 남겨진 건 오직 한 단어뿐이었다.

'책임감?'

그동안 하랑이 보였던 그 모든 감정이 책임감에서 비롯되었다는 뜻이었다.

"말도 안 돼. 그럼 왜…… 그런 말을."

떨리는 해연의 음성이 그의 마음에 껄끄럽게 남았다. 그녀가 묻는 게 무엇인지 모르지 않았다. 나흘 전, 그가 해연의 귓가에 대고 속삭인, '제게서 멀어지지 말아달라'던 그 말에 대한 질문이었다. 그건 분명 진심이었지만, 지금은 그조차도 책임감이 되어야만 했다.

하랑은 까끌까끌한 모래를 삼키듯이 침을 넘기고 확실하게 못을 박았다.

"제 곁에서 멀어지시면 신녀님을 보호해 드리지 못하기 때문입니다. 일전에 약조하지 않았습니까?"

그의 말 한마디, 한마디가 아프게 고막을 후볐다. 충격이 극심했는지 귀 주변이 윙윙 울리며 더는 그의 목소리가 들리지 않았다.

하랑이 떠난 팔각정에 혼자 남은 해연은 다리에 힘이 풀리면서 자리에 털썩 주저앉았다.

"저로 인해 이리되셨으니 지켜드리고자 했을 뿐입니다."

하랑이 남긴 마지막 말이 해연을 짓눌렀다.

"신녀님! 신녀님!"

후원 한쪽에서 기다리고 있던 무녀들이 놀라서 달려왔다. 그녀들은 안절부절못하며 불러댔지만 해연은 주위를 에워싼 무녀들이 보이지 않았다. 그녀들의 치마폭 사이로 보이는 연못 위 분홍색 연꽃만이 해연의 두 눈에 깊이 각인되었다.

신궁의 응접실에 앉아 있는 황제의 미간이 점점 좁혀졌다. 후원에 있던 해연과 하랑을 갈라놓으려고 근정전으로 불렀더니만, 몸이 좋지 않다며 신궁으로 돌아가 버린 신녀 때문에 결국 그가 직접 신궁으로 행차해야만 했다. 그것만으로도 불쾌하기 그지없건만, 아무리 기다려도 신녀는 나타나지 않았다. 슬슬 부아가 치밀었다. 그런 황제의 맞은편에 서 있는 유신은 속으로 혀를 찼다. 어떻게 된 세상인지 이 나라나 저 나라나 황제란 인간들은 전부 성격이 글러먹었다. 게다가 황제의 뒤에 있는 소렵은 아까부터 자신을 못 잡아먹어 안달이었다. 유신도 그 이유를 모르지는 않았다.

불과 나흘 전에 있던 충돌로 부하를 잃고 복수의 칼날을 갈았을 터인데, 대뜸 투항한다니 믿기지도 않을뿐더러 짜증도 날 것이다. 하지만 부하를 잃은 건 유신도 피차 매한가지였다. 게다가 걸어오는 시비를 받아주지 않는 성격도 아니었다.

그는 분노로 이글거리는 소렵을 향해 피식 웃어주었다. 명백한 비웃음이었다. 도발당한 소렵은 얼굴을 구겼다. 죽을 때 죽더라도 대판 싸워보고 싶다는 생각이 솟구칠 때, 가후가 자리에서 벌떡 일어났다. 참을성이 바닥난 것이다. 소렵과 유신의 기 싸움은 눈에 들어오지도 않았다. 그가 응접실을 나가 버리자 당황한 소렵이 주군의 뒤를 부리나케 따랐고, 유신은 어찌해야 하나 고민하다 고개를 저으며 뒤따라 걸음을 옮겼다.

'일이 좀 이상하게 돌아가는 듯한데.'

유신은 찜찜한 마음을 감추고 무녀들의 표정을 살폈다. 고개를 숙이고 있어서 잘 알 수는 없지만, 신궁 전체의 분위기가 매우 무거웠다. 아마도 신녀의 몸이 좋지 않다는 소문이 맞는 모양이었다.

해연의 처소 앞에 도착한 황제는 말리고 싶어 하는 티가 역력한 무녀들을 무시하고 거칠게 문을 열어젖혔다. 햇빛이 밝게 들어오는 방 안에서 의자에 앉아 있는 해연이 가장 먼저 눈에 들어왔다. 뒤이어 그녀 곁에서 시중들던 단야와 소여가 보였다. 두 무녀는 한쪽 무

륜을 굽히며 예를 갖췄다. 하지만 그녀들과 달리 해연은 그에게 시
선조차 주지 않고 창밖만 내다보는 중이었다.

"이봐, 못난이."

황제가 신녀를 부르는 소리에 단야와 소여가 움찔했다. 두 사람
사이의 호칭은 아무리 들어도 익숙해지지 않았다. 그리고 그것은
소렵과 유신도 마찬가지였다. 그래도 소렵은 둘의 관계를 알고 있
으니 이젠 그러려니 하지만, 유신은 당황스러움을 감추기 위해 어
금니를 깨물어야만 했다.

주위 사람을 다 당혹스럽게 만든 가후는 멍한 해연의 모습에 눈
살을 찌푸렸다. 평소에는 병적일 만큼 발발거리고 돌아다니더니,
오늘은 이상하게 더위 먹은 오골계 같았다. 매일 보던 익숙한 모습
이 아니어서일까, 그는 힘 빠진 해연의 분위기에 더 기분이 나빠졌
다.

"야, 망아지! 사람이 부르면 보는 척이라도 하지?"

가후가 한 번 더 부르자 해연은 그제야 고개를 돌리고 그를 바라
보았다. 뭔가 불만스러워 보이는 그의 얼굴에 조금씩 정신이 돌아
왔다. 해연이 눈을 몇 번 깜박이는 걸 확인한 가후는 단야와 소여를
내보냈다. 또한 무녀들이 침소 가까이 다가오지 못하도록 엄포를
놓았다. 지금부터 하는 이야기는 다른 곳으로 새면 안 되기 때문이
었다.

한낮에 내리쬐는 햇빛 때문인지 달천대 숙소 앞은 이상하리만치
조용했다. 평소와 다른 분위기는 숙소 입구에 모여 있는 스무 명의
대원에게서도 발견되었다. 그들은 하나같이 심각한 얼굴로 속닥였
다. 묘하게 무거운 분위기가 깔려 있는 대원들 사이로 불쑥 낀 건

유신의 동태를 파악하러 갔다 온 역운이었다.

"뭐 하냐?"

"아, 부대장."

역운을 발견한 달천대원들은 눈짓과 손짓을 총동원해 숙소 안을 가리키며 문제가 생겼음을 알렸다. 보아하니 대장의 기분이 무척 안 좋은 모양이었다.

"왜 저기압이신데?"

역운이 더 자세한 설명을 원하자 곁에 있던 대원이 그의 귓가에 대고 작게 소곤거렸다. 그들도 세세한 내용까지는 모르지만, 신녀님과의 갈등이란 말에 역운의 낯빛에도 근심이 어렸다. 그의 시선이 하랑이 있을 숙소 안쪽으로 향했다.

의자에 앉아 등받이에 머리를 기댄 하랑은 팔로 눈가를 가리고 생각에 잠겨 있었다. 상처받은 해연의 표정이 잊혀지지 않았다. 그녀의 말 한마디, 한마디가 곱씹을수록 쓰라렸다.

"그래. 나 외로워서 하랑한테 의지했던 건지도 몰라. 너무 힘들어서 어쩔 수가 없었어."

씩씩한 척, 적응한 척했어도 사실은 그렇지 않다는 걸 그도 짐작하고 있었다. 해연은 가끔씩 자신이 살던 나라에 대해 재잘재잘 떠들어 댔다. 어떤 풍습을 가졌고, 어떤 위인이 있었고, 어떤 물건이 있는지. 동연국과는 닮았으면서도 전혀 다른 그 세상을 그리워했다. 특히 매일 밤마다 꿈속에 나타나는 부모님을 사무치게 그리워한다는 걸 말하지 않아도 알고 있었다.

"이상하게 꿈이 계속 이어져. 엄마가 바다에 뛰어들고 기억을 잃더니, 이젠 내가 살아 있는 줄 알아. 아빤 그런 엄마 때문에 더 힘들어해."

꿈이 너무 현실 같아서 더 고통스러웠다. 한낱 꿈이라고 치부하기에는 각인될 만큼 선명했고, 스토리도 정확하게 매일 이어진다. 그래서 해연은 그 꿈이 부모님을 실제로 보여주는 것이라고 믿었다. 그런데 나흘 전, 궁 밖에서 하랑과 오해를 풀고 행복했던 그날 그 이후로 조금씩 이상한 일이 벌어졌다.

"이젠 엄마 아빠 얼굴이 잘 안 보여. 어떻게 생겼는지도 모르겠어. 기억이 안 나."

울먹이던 해연의 목소리가 그의 목에 깊이 박혔다. 쉽사리 빠지지 않을 만큼 커다란 가시가 되어 통증을 유발했다. 그런 자신의 심정을 아는지 모르는지, 그녀는 계속 마음을 내보였었다.

"그래도 하랑 보면서 참았어. 살면서 처음으로, 정말 많이 좋아한다고 생각했으니까. 하지만 하랑마저 내 감정이 거짓이라고 확신한다면, 그럼 나…… 이제 그만 집으로 돌아가고 싶어."

의자에 앉아 눈을 가리고 있던 하랑의 팔이 힘없이 툭 떨어졌다. 집으로 돌아가겠다는 그녀를 누가 잡을 수 있을까. 적어도 그에게는 해연을 붙잡을 명목이 없었다.

"대장, 역운입니다."

문밖에서 역운의 목소리가 들려왔다. 지금은 아무도 만나고 싶지 않았으나 해연을 위해서라도 유신의 움직임은 꿰고 있어야만 했다. 어지러운 마음을 간신히 다잡은 하랑은 표정을 가다듬고 역운을 불러들였다. 방 안으로 들어온 그는 하랑의 무거운 분위기를 파악하고 곧바로 본론부터 밝혔다.

"폐하와 소렵 대장, 단살단의 두령이 신궁으로 향했다 합니다. 신녀님의 건강이 좋지 않다고 하시어······."

역운은 하랑의 안색을 살피며 끝말을 흐리다가 다시 또박또박 말을 전했다.

"그래서 직접 찾아가신 것으로 보입니다."

황제가 유신까지 대동하고 해연에게 간 이유가 무엇인지는 알 수 없었다. 그런 사연 따위는 하랑의 관심 밖이었다. 그저 해연과 유신이 자신의 시선이 닿지 않는 곳에서 만나고 있다는 부분이 그의 속을 거북하게 만들었다.

신궁에서 해연을 만난 가후와 유신, 소렵은 무척 당황한 상태였다. 아무 말도 않던 해연이 갑자기 유신을 붙잡고 서럽게 울어 젖힌 탓이었다. 그렇다고 가후의 질문이 해연을 울릴 만한 내용도 아니었다. 그저 나흘 전에 궐 밖에서의 일을 들려 달라는 질문이었다. 그런데 해연은 그 질문을 받자마자 울먹울먹하더니, 달래려고 옆으로 다가간 유신의 허리춤을 붙잡고 대성통곡하기 시작했다. 그 바람에 세 사람 모두 얼이 빠졌지만, 그중에서도 유신은 특히 당혹스러웠다. 의자에 앉아 있는 해연이 얼굴이 하필이면 아랫배 근처에 닿아 있었다.

'이걸 어쩐다?'

그는 이러지도 저러지도 못하고 혼자 속으로 난감해했다. 불편하고 민망하다고 떼어내기에는 너무 서럽게 울었다. 무엇이 그리 애통한지 목 놓아 우는 모습에 결국 그는 해연을 떼어내는 걸 체념했다.

'그동안 많이 억누르고 지냈나?'

밝은 표정으로 가리고 있던 고통을 짐작하기에 그는 해연의 머리를 천천히 쓰다듬어 주었다. 어찌 보면 정말 불쌍한 여인이었다. 스무 살이 적은 나이는 아니지만, 이제 갓 성인이 되어서 성장통을 겪는 나이이기도 했다. 그런데 해연은 그 나이에 받아들이기 어려운 일들을 한꺼번에 겪었다. 다른 세상으로 끌려온 일도 충격이 심했을 테고, 검으로 심장이 뚫렸던 경험도 그대로 떠안은 채 살고 있었다.

그 마음을 이해하기에 유신은 해연이 진정할 때까지 몸을 내주었다. 그리고 가후도 이번만큼은 가만히 내버려 두었다. 여자의 눈물에도 강하고 기다리는 것도 질색하는 그였지만, 지금의 해연은 건드리기가 괜히 싫었다.

가후는 그런 자신의 마음을 변덕이라고 치부했다. 그러나 소렵은 조금 다른 감정으로 받아들였다. 피도 눈물도 없어서 패왕이라고 불리는 황제였다. 화가 나면 네 편, 내 편 구분 않고 죽이는 일도 다반사였고, 신분이 높더라도 거슬리는 행동을 하는 건 그냥 넘어가지 않았다. 해연의 신분이 특수하다고 하더라도 소렵이 알고 있는 황제였다면 최소한 시끄럽다고 윽박은 질렀을 것이다. 그런데 지금은 눈살만 좀 찌푸린 채 가만히 기다려주고 있었다.

해연의 눈물은 유신의 흰옷이 축축해질 때쯤에야 조금씩 잦아들

었다. 신궁이 떠나가라 터져 나오던 울음소리가 줄어들자 방 안에
는 민망한 분위기만 남았다. 누구 하나 선뜻 말을 꺼내지 않고 있을
때, 유신의 듣기 좋은 목소리가 해연의 상처받은 감정을 다독여 주
었다.

"이제 좀 괜찮으십니까? 씩씩하던 신녀님이 눈물을 흘리시다니
요."

그는 해연의 볼을 타고 흐르는 눈물을 길고 가느다란 손가락으로
훔치며 달랬다.

황제가 한 질문은 해연으로 하여금 한 사내를 떠올리게 했다. 좀
전에 그에게 차이고 돌아온 해연에게는 간신히 억눌러 두었던 슬픔
을 폭발시키는 기폭제가 되었다. 몸속에 있는 눈물 한 방울까지 몽
땅 쏟아낸 해연은 붉어진 얼굴로 훌쩍거리며 고개를 끄덕였다. 통
곡의 여운이 채 가시지 않았지만, 그래도 소매로 눈물을 쓱쓱 닦으
며 씩씩하게 행동하려고 했다.

그런 해연을 빤히 보고 있던 가후가 콧방귀를 뀌며 탐탁지 않다
는 티를 냈다.

"나참, 애도 아니고. 그 나이 먹어서 우는 것이 부끄럽지도 않
나?"

그의 시비에 해연은 눈물을 닦다 말고 그를 흘겨보았다. 어쩐지
이상하게 별소리 안 한다 했더니, 눈물을 그치자마자 트집이었
다. 해연은 빨갛게 충혈되어 퉁퉁 부은 눈으로 그를 노려보았으나
가후는 혀를 차며 고개를 돌려 버렸다. 마치 보기 싫은 것을 외면하
는 듯한 몸짓이었다. 아니나 다를까, 그는 해연의 속을 연달아 박박
긁어댔다.

"쯧쯧— 인면어도 저 낯짝보다는 낫겠군. 저 흉한 것이 뭐 그리

좋다고."

혼잣말 같은 가후의 중얼거림에 유신은 어색하게 웃었다. 지금 그는 해연을 연모하는 모습을 보여야 하지만, 황제의 말에 부정하기도 애매했다. 곤란해하는 유신을 힐끔 본 가후는 아까 했던 질문에 대한 답을 해연에게 강요했다.

"그래서 그날 유신과 무슨 일이 있었는지 설명 좀 해. 확실하게."

그가 궐 밖에서의 일에 대해 캐물었으나 해연은 쉽사리 입을 열지 못했다. 그날의 민망하던 상황을 어찌 말해줄 수 있겠는가. 아찔하던 유신의 손길까지 떠오른 해연은 귀까지 붉어져서 고개를 푹 숙였다.

꿀 먹은 벙어리가 된 해연의 반응에 가후의 눈썹이 꿈틀거렸다. 해연의 홍조가 격한 눈물의 후유증 때문만은 아님을 눈치챈 것이다. 그날 둘 사이에 도대체 무슨 일이 있었는지, 그 일을 확실하게 알아둘 필요가 있었다.

"두 사람 다 나가 있도록."

그는 유신과 소렵을 내보내려 했다. 하지만 당황한 해연이 곁에 있는 유신을 붙잡았다.

"왜? 싫어. 나가지 마요. 난 말 안 할 거야."

그녀는 이 민망한 상황을 거부하고 싶었다. 가후가 일의 자초지종도 알려주지 않고 대뜸 물어보는 바람에 해연은 그 이야기가 왜 필요한지조차 모르고 있었다. 게다가 유신이 황궁에 있는 이유도 알지 못했다. 그러나 가후는 반항하는 해연의 손목을 잡아 유신을 놓게 만든 후 두 사람을 방에서 쫓아내 버렸다. 자신의 의지와는 상관없이 벌어지는 일에 해연은 기분이 더 추락하면서 꿍해졌다. 꼴도 보기 싫다는 듯 고개를 팩 돌려 버리자 그가 작은 한숨을 내쉬었다.

"좋아, 알았다. 마음 넓은 내가 백번 양보하지."

해연은 도대체 어디가 넓은 것이냐고 반박하고 싶은 걸 겨우 참았다. 어쨌든 그가 양보한다고 하니 들어는 볼 생각이었다.

"단살단이라고 알아?"

해연은 고개를 저었다. 처음 듣는 단어였다. 이윽고 그가 알려주는 사연은 깜짝 놀랄 만한 내용을 담고 있었다. 단살단의 두령이 유신이고, 그가 바로 신녀의 살해범이었다. 하랑의 추측이 맞았다. 게다가 더 놀라운 건 그가 자신을 좋아한다며 나라를 버리고 투항해 왔다는 점이었다. 도대체 무슨 일이 하루 만에 이런 식으로 돌아가는지, 하랑에게는 차이고 유신에게는 고백 비스무리한 것을 받아버렸다.

"그러니까…… 꽃도령이 날 좋아하는 게 사실인지 알고 싶다고?"

"꽃도령?"

단살단의 두령에게 붙이기에는 참 기가 막힌 별칭이었지만, 그의 외모만 따지고 보면 어울리는 호칭이기도 했다.

"뭐, 그래. 네가 좀 전에 붙잡고 대성통곡하던 그 꽃도령인지 뭔지 말이다. 그가 하는 말이 확실한 것 같아?"

유신을 동연국에서 지내게 하려면 확실한 확인이 필요했다. 해연의 안위와 나라의 안녕에도 직결되기 때문에 그는 확답을 원했고, 해연은 조심스럽게 고개를 끄덕였다.

"그…… 그런 것 같긴 해."

당시의 일을 다 설명해 줄 수는 없지만, 유신이 자신에게 보인 행동은 진심일 가능성이 높았다. 옷을 벗기면서 귓가에 속삭이던 그의 말은 진심 같았다.

해연이 붉어진 얼굴로 고개를 끄덕이자 가후는 미련 없이 자리에서 일어났다. 이제 유신에게 불의 검을 받을 일만 남았다. 처소 문을 열려던 그는 해연을 돌아보곤 진지한 얼굴로 당부했다.

"혹시나 싶어서 하는 말이지만, 사람의 의중은 확실하지 않으니 조심해라. 지금 이곳에서 널 죽일 수도 있는 유일한 이가 유신이다."

답지 않은 걱정을 남겨놓고 그는 해연의 침소를 나섰다. 홀로 남겨진 해연은 기운이 쭉 빠진 얼굴로 테이블 위에 엎드렸다.

'조심······. 아무려면 어때. 이제 곧 돌아갈 건데.'

해연은 가슴 한쪽이 아려오는 느낌을 받으면서 눈을 감았다.

가리국 사절단이 닷새 내에 도착한다는 연통이 오자 황궁은 바쁘게 움직이기 시작했다. 궁녀들은 사절단이 묵을 숙소와 연회 준비를 위해 눈코 뜰 새 없이 움직였고, 황궁 수비를 맡은 달천대의 경계는 더 삼엄해졌다. 황후전과 용주전의 호위는 여전히 풍월대의 몫이었지만, 그 두 곳을 제외한 모든 곳은 달천대가 맡아야만 했다.

신궁과 황궁이 이어지는 나무로 된 긴 회랑 위에는 경계 근무를 서는 병사들이 있었다. 그들은 달천대의 황궁 호위조로, 우소도 그중 하나였다. 장창을 들고 뻣뻣하게 서서 주위를 경계하던 그는 눈동자를 돌려가며 슬금슬금 눈치를 봤다. 지은 죄도 없는 그가 바짝 긴장한 이유는 그의 맞은편에 선 듬직한 체구의 사내 때문이었다. 그는 지금 매우 못마땅한 얼굴로 우소의 뒤편을 노려보고 있었다.

"야! 적당히 안 해?"

갑작스러운 도평의 버럭질에 우소의 몸이 움찔했다. 우소는 눈앞에 있는 사내가 누군지 잘 알고 있었다. 달천대 서열 10위권에 빛나는 도평. 소속은 같은 달천대지만, 그들 사이에는 엄연히 계급의 높낮이가 있었다.

동연국의 수도를 수호하는 달천대는 약 십만 명으로 이루어진 대부대였다. 그중 팔천 명은 황궁 경계 근무에 투입되는 황궁 호위조였다. 우소가 그 소속이었고, 실력은 일반 병사를 훨씬 웃도는 수준이었다. 그들도 뛰어난 실력 덕에 황궁까지 들어왔지만, 사람들은 그 위의 오백 명을 진짜 달천대라고 불렀다. 그들은 강도 높은 임무에 투입되며, 무예 실력이 일정 수준 이상이 될 경우 하랑의 직속 부하들로 임명되었다.

현재 하랑의 직속 부하는 약 오십여 명이었고, 그들은 다른 달천대원들의 훈련도 담당하곤 했다. 즉, 우소에게 도평은 하늘 같은 상관이라고 볼 수 있었다. 그리고 그의 뒤쪽 후원에서 꽃을 꺾고 있는 사내도 우소에게는 하늘같은 상관 중 하나였다.

"형님, 이 아우가 장가 좀 가겠다는데, 너무하십니다. 사절단이 도착한 것도 아니잖습니까?"

장가 핑계를 댄 사륜은 작고 노란 꽃을 꺾어서 꽃향기를 음미했다. 콧수염을 멋들어지게 기른 사륜은 꽃과 제법 잘 어울렸다. 그는 꽃 하나를 꺾을 때마다 코에 대고 향기를 만끽했다.

그런 사륜의 느긋한 행동에 도평은 고개를 내저었다.

'대장은 어쩌자고 저 녀석을.'

도평의 입에서 한숨이 푹푹 뿜어져 나왔다. 가리국 사절단의 방문 소식과 맞물려 그와 사륜은 신궁의 경계 근무에 차출되었다. 해연이 처음 궐 밖으로 나가던 날, 두 사람은 하랑을 따라갔다가 해연을 만났다. 그때 꽤 긴 시간을 함께 지내서 해연이 편하게 여기는 편이었다.

해연을 배려해서 한 하랑의 선택은 나름 괜찮은 방법이었으나 문제는 사륜이었다. 그는 해연의 일로 하랑의 정신이 혼란스러운 틈을 타 신궁 차출에 제 이름을 슬그머니 끼워 넣었다. 시기를 잘 만난 그의 잔머리는 적중했고, 열 명의 신궁 차출팀에 사륜도 끼게 되었다. 문제는 그의 목적이 소여라는 점이었다.

"이봐, 륜."

도평은 사륜의 손에 잡혀 있는 한 무더기의 꽃을 보며 진지한 목소리로 그를 불렀다. 황궁 내의 꽃을 함부로 꺾는 일은 법도에 어긋났다. 황후나 신녀를 위해 쓰는 꽃 외에는 꺾지 못하도록 되어 있기 때문이었다. 황궁 안을 장식하는 꽃들도 대부분 궁 밖에서 꺾어온 것들이었다. 그런데 사륜은 제 맘대로 꽃을 무더기로 꺾었으니, 도평과 우소가 있는 곳은 엄연히 범죄 현장이었다.

"너 자꾸 이러면 대장에게……."

"가시죠!"

사륜은 도평의 말을 잘라내며 회랑 위로 뛰어 올라왔다. 손에 들린 한 무더기의 꽃을 꺾는 동안 그 어떤 말에도 반응하지 않던 그를 움직이게 한 건 대장이란 단어 하나였다. 능글맞은 그도 하랑의 귀에 이 일이 들어가는 건 두려웠다. 요즘 따라 대장의 주위로 찬바람이 쌩쌩 불고 있어서 더 조심스러웠다.

"하하, 형님도 참. 이 아우를 죽일 요량이십니까? 요즘 대장이랑 눈 마주치는 것도 무서워서 피하는 마당에 왜 그러십니까?"

사륜은 도평의 어깨를 주무르며 그를 신궁 쪽으로 밀었다. 도평은 못 이기는 척하며 한 번만 봐준다는 식으로 넘어가 주었다. 두 사람이 떠난 자리에는 우소의 숨통 트이는 소리만이 맴돌았다.

해연의 방을 나온 소여는 문을 닫고 작게 한숨을 쉬었다. 이틀 전 후원에서 하랑을 만난 뒤로 해연의 기분이 계속 저조했다. 이틀이 지난 지금은 좀 나아졌지만, 이전만큼 잘 웃지도 않았고 활발하게 돌아다니지도 않았다. 신녀가 그러하니 걱정에 휩싸인 신궁의 분위기도 나쁠 수밖에 없었다.

무거운 마음을 추스르고 몸을 돌린 소여는 이내 눈살을 찌푸렸다. 맞은편에서 사륜과 도평이 다가오고 있었다. 점잖은 도평이야 소여의 눈 밖에 날 일이 없었지만, 사륜은 아니었다. 요즘 틈만 나면 다가오는 그가 부담스럽기 그지없었다. 그런 소여의 마음을 알면서도 사륜은 특유의 능글맞은 웃음으로 그녀의 매서운 눈길을 받아넘겼다.

"아니, 이런 우연이 있답니까? 오자마자 뵙는군요. 역시, 당신과 난 인연이 있나 봅니다."

사륜은 느끼한 대사를 줄줄 읊었다. 그러곤 등 뒤로 감춘 꽃다발에서 따로 빼두었던 붉은 꽃 한 송이를 소여에게 건넸다. 그 꽃에 잠시 시선을 주던 소여는 사륜을 차갑게 응시했다.

"설마, 화원에서 꺾으신 겁니까?"

그녀의 말투에는 냉기가 폴폴 풍겼다. 화사하게 핀 꽃도 얼려 버릴 만큼 소여의 반응은 냉랭했다. 그런 반응을 보면 좀 기세가 꺾일 법도 하건만, 사륜은 이번에도 미소를 잃지 않았다.

"제가 꺾은 것이 아닙니다."

그는 입에 침도 안 바르고 거짓말을 했다. 곁에서 듣던 도평이 혀를 내두를 정도로 그는 매우 빤빤했다. 그런 도평의 눈길을 무시하며 사륜은 붉은 꽃을 더 바짝 내밀었다.

"이건 대장이 신녀님께 가져다 드리라고 주신 겁니다."

하랑이 건넨 꽃이 아니건만, 그는 아무렇지 않게 대장을 팔아먹었다. 곁에서 듣고 있던 도평은 사륜을 때려주고 싶은 걸 애써 눌러 참았다. 요즘 대장과 신녀님의 사이가 좋지 않다는 것쯤은 그도 잘 알고 있었다. 그러니 이렇게라도 해서 해연의 기분이 좀 풀린다면 나쁘지 않으리라 생각했다.

"그래요? 의외네요."

소여는 여전히 사륜에 대한 가시를 숨기지 않고 꽃을 받아 들었다. 어쨌거나 하랑이 보냈다고 하니, 이 꽃으로 해연의 기분이 풀린다면 그녀로서도 환영할 일이었다.

소여는 꽃을 들고 침소 안으로 들어가려 했다. 그때 사륜이 그녀의 팔을 잡았다. 갑작스러운 손길에 당황한 소여가 팔을 빼자 그는 등 뒤에 감춰두었던 꽃다발을 내밀었다. 활짝 핀 붉은 꽃 주변을 작고 노란 꽃으로 감싼 예쁜 꽃다발이었다. 하지만 그 꽃다발을 보는 소여의 표정은 여전히 펴질 줄을 몰랐다.

"그것도 하랑 대장님이 신녀님께 드리는 꽃인가요?"

"아닙니다. 이건 제가 당신에게……."

사륜의 말이 채 끝나기도 전에 소여는 몸을 돌려 방으로 들어가 버렸다. 매정하게 닫힌 방문 앞에서 도평은 얼어붙은 그의 어깨를 토닥여 주었다. 지금껏 사륜이 마음만 먹으면 넘어가지 않은 여인이 없었는데, 한 여인에게, 그것도 여러 번 차였으니 그 충격이 제법 클 것이었다.

사륜을 두고 방으로 들어간 소여는 차를 마시던 해연에게 붉은 꽃을 건넸다.

"하랑 대장님이 보내신 꽃입니다."

소여의 말에 해연은 화사하게 핀 붉은 꽃을 멍하니 바라보았다.

하랑이 보냈다고 하는데, 도대체 그 뜻이 무엇인지 헷갈렸다. 매정하게 찬 지 얼마나 되었다고 이제는 장미를 닮은 꽃을 보냈다. 그걸 화해의 신호로 봐야 하는지, 아니면 친구로라도 지내자는 의미인지 판단하기가 어려웠다. 그래도 그 꽃 덕에 해연의 입가에는 작은 미소가 떠올랐다. 곁에서 해연을 보필하던 단야는 그 잠깐의 틈을 놓치지 않았다.

"신녀님, 오늘 날도 좋은데 산책하러 나가심이 어떠십니까? 날이 좋아서 꽃도 활짝 피었을 겁니다."

단야는 해연의 팔을 잡으며 매달렸다. 그녀는 해연보다 나이가 많았지만, 애교가 수준급이어서 움츠린 마음도 곧잘 풀어주곤 했다. 그리고 이번에도 효과를 톡톡히 보았다. 하랑이 보냈다는 꽃 덕에 기분이 좀 나아진 해연은 이틀 만에 처음으로 외출을 감행하기로 했다.

답사 겸 지리 파악을 위해 황궁을 돌아다니던 유신은 궐 곳곳에서 느껴지는 따끔따끔한 눈초리에 혀를 찼다. 가장 좋아하는 흰 무복을 입고 부채를 살랑살랑 저으며 유유자적 걷고 있노라면, 주변에서 항상 소란이 벌어지곤 했다. 넋을 놓은 궁녀들이 서로 부딪쳐서 물건을 엎거나 소리를 지르는 등 말썽이 벌어진 탓이었다. 그 때문에 사태를 수습해야 하는 내관이나 나이 많은 궁녀들은 유신에게 못마땅한 눈초리를 몰래몰래 보내기도 했다.

'정말 시끄럽군.'

궁녀들의 소란에 산책을 방해받은 유신은 방향을 바꿔 버렸다. 한적한 돌담길을 따라 걷던 그는 꽃이 만개한 작은 화원에서 의외의 인물을 발견했다. 꽃밭인지 아닌지 헷갈리는 노란 꽃잎이 수놓아진 연두색 치마를 입은 그녀는 허리까지 내려오는 은색 저고리의 가슴 아래를 붉은 천으로 동여매었다. 꼬불꼬불하게 만 긴 머리를 한쪽으로 높이 묶은 채로 꽃밭에 쪼그려 앉아 있는 자태가 꽤 상큼한 신녀, 해연이었다.

그녀는 개나리를 닮은 작은 꽃을 몇 개 꺾어 들고 근처에 서 있는 무녀들에게 달려갔다. 앞에 있는 단야의 귓가에 하나 꽂아주고, 단야를 시켜 옆에 있는 소여를 붙잡게 했다. 소여는 상급 무녀로서 다른 무녀들에게 귀감이 되지 않는다며 반발했지만, 해연이 기뻐하는 모습에 결국 귀에 꽃을 꽂을 수밖에 없었다. 그렇게 해연이 무녀들과 즐겁게 장난치는 모습을 유신은 조금 떨어진 곳에서 가만 바라보고 있었다. 이틀 전에는 세상이 망한 듯 울어대더니, 그새 기운을 차려서 활짝 웃는 모습이 생각보다 보기 좋았다.

'역시, 웃는 게……'

유신은 심장을 파고드는 감정을 깨닫고 급히 털어냈다. 자꾸 인간적인 감정을 만들어내는 건 위험했다. 다시 마음을 다잡은 그는 심각해진 표정을 풀고 해연을 향해 다가갔다.

꽃밭에서 노는 해연과 조금 떨어진 곳에 서 있던 도평은 곁에 있는 사륜을 팔로 툭, 쳤다. 소여에게 시선을 고정하고 있던 사륜은 그제야 유신의 존재를 발견했다. 하얀색 비단옷에 길고 검은 머리카락을 하나로 높이 묶은 남자는 이 황궁에 단 하나뿐이었다. 사륜은 흰 부채를 들고 다니며 계집같이 웃는다던 대장의 설명을 떠올렸다.

"계집 같지는 않은데 말입니다."

사륜은 하랑의 말에서 조금 다른 부분을 포착해 냈다. 유신은 얼굴선이 고왔지만, 여인 같다기보다는 날카롭게 조각해 둔 미남자에 가까웠다. 무게감 있는 하랑이나 황제보다는 남자다운 맛이 좀 덜한 건 있지만, 잘생겼다는 평은 변하지 않았다. 아니, 오히려 취향에 따라 여인들이 더 많이 들러붙을 수도 있을 듯 보였다.

"대장이 저자의 외모를 질투하시는⋯⋯."

사륜은 저도 모르게 본심이 튀어나왔다가 얼른 말을 삼켰다. 하랑을 맹신하는 도평이 확 째려보았기 때문이다. 아차 싶어진 사륜은 헛기침을 하며 유신에게 집중했다.

그의 진짜 신분은 황제와 황후, 해연과 하랑, 국상 김학과 우현 초가, 대무녀 모라와 소렵만이 알고 있었다. 그의 등장으로 인한 혼란을 최소화하기 위한 황제의 방책이었다. 풍월대원들이 해연의 힘에 의해 살아났던 일이 비밀이 된 것처럼, 유신의 신분도 황명에 의해 함구되었다. 그러나 소수의 달천대원들에게는 유신의 행동을 주의 깊게 살피고 보고하라는 하랑의 명령이 하달되었다. 해연의 안위를 걱정한 그가 요주의 인물 중 하나로 유신을 지목한 것이다.

한편, 함께 웃고 장난치던 무녀들이 갑자기 입을 다물고 고개를 숙이자 어안이 벙벙해진 해연은 주변을 두리번거렸다. 그러다가 제게 다가오고 있는 꽃미남 하나를 발견했다. 그가 점점 더 가까워지자 해연은 바짝 긴장했다. 그동안 그녀가 방 밖으로 나오지 않은 것은 하랑이 가장 큰 이유를 차지했지만, 유신도 단단히 한몫했다. 그가 전대 신녀를 죽인 살수이며, 이제는 자신을 좋아한다고 가후를 통해 들은 탓이었다. 물론 그가 유신을 조심하라고 했던 말도 해연이 그와의 만남을 불편해하는 데 영향을 끼쳤다.

유신은 부채를 접고 뒷짐을 진 채 해연에게서 조금 떨어진 자리에 멈춰 섰다. 한 발 다가갈 때마다 움찔움찔하는 게 재밌어서 좀더 장난을 칠까 했지만, 자칫했다가는 소리 지르며 도망갈 것만 같앉다. 가까워지는 게 목적이지 두려움을 심어줄 생각은 없었기에, 그는 해연에게 더 다가가고 싶은 욕구를 애써 눌러 참았다.

더는 거리가 좁혀지지 않자 긴장하고 있던 해연의 표정이 조금 누그러졌다. 그제야 안도한 것이다. 놀라고, 긴장하고, 안도하고. 감정이 다 드러나는 해연의 얼굴에 유신은 큭큭 소리를 내며 숨죽여 웃었다. 정말 거짓말은 잘 못할 타입이었다.

이유를 알 수 없는 유신의 웃음에 해연의 눈이 살짝 샐쭉해졌다. 살수라고 해서 바짝 긴장하고 있는 사람 앞에서 웃어대니 무안하기도 했다. 해연은 손에 들린 애꿎은 꽃만 괴롭히며 유신을 향해 툴툴거렸다.

"왜 웃어요?"

그녀가 드디어 경계를 풀고 말을 걸자 유신은 어깨를 살짝 으쓱하며 부드러운 눈길로 해연을 바라보았다.

"절 보고 놀라시는 모습이…… 좀, 귀엽달까요?"

유신의 직설적 표현에 해연은 물론이고, 곁에 있던 무녀들과 촉각을 곤두세우고 있던 도평, 사륜까지도 깜짝 놀랐다. 고귀한 신녀에겐 적당하지 않은 표현이었다. 하지만 무녀들의 마음을 들뜨게 만드는 효과는 탁월했다. 심장이 간질간질했는지 무녀들은 좀체 가만있지 못하고 부스럭거렸다. 소여는 그런 무녀들을 노려보았고, 눈이 마주친 무녀들이 얼른 주변에 눈치를 주면서 그들은 곧 잠잠해졌다.

소여가 무녀들을 진정시키는 동안 유신은 해연의 멍한 얼굴을 보며 웃었다. 그 표정도 꽤 유쾌하게 다가왔다.

"신녀님, 조금 걸으시겠습니까?"

유신이 산책하길 청하자 해연은 어물거리다 고개를 끄덕였다. 그가 자신을 좋아하는 게 진심이든 아니든, 언제까지 그를 피해 다닐 순 없었다. 또한 황제의 우려대로 그가 자신을 해하려 한다면 그건 더 큰 문제였다. 혹시나 그런 일이 생기기 전에 그의 감정에 대해 미리 파악해 둘 필요가 있었다.

가리국 사절단의 방문 때문에 하랑은 정신없는 나날을 보냈다. 사절단의 입궁 날짜에 맞춰 황궁 호위를 강화했고, 해연의 안위도 살펴야 했다. 하필 이런 시기에 유신이 투항하면서 근심거리가 하나 더 늘어버렸다. 황제가 직접 감시하겠다며 호위무사의 직책을 내렸으나, 매시간 곁에 붙들어놓을 수는 없는 노릇이었다. 자연적으로 가후와 함께하지 않는 시간은 해연에게 위협이 될 수밖에 없었다. 그 점이 불안했던 하랑은 사절단 방문을 이유로 들어 도평과 사륜 등 실력자 열 명을 신궁에 들여놓았다. 임시방편이었으나 조금이나마 안심하고 일에 매진할 수 있었다.

사건이 터진 날도 하랑은 역운과 나호를 데리고 황궁 순찰을 돌며 이것저것 지시를 내렸다. 주의해야 할 부분과 병력을 꼭 둬야 하는 지점을 직접 짚어주기도 했다. 그렇게 황궁을 반쯤 돌았을 때, 근처에서 해연의 기운이 느껴졌다. 그는 물에 이끌리는 번개처럼 자신도 모르게 발길을 옮겼다. 창고로 쓰는 외딴 전각을 따라 걷자 바로 앞에 화원 하나가 나타났다. 그리고 저 멀리, 유신의 장난에 발끈하는 해연이 보였다.

한눈에 보아도 두 사람은 꽤 친밀해 보였다. 장난치는 유신은 그 어느 때보다 환한 웃음을 짓고 있었고, 해연은 일일이 당하면서도 그다지 싫은 기색이 없었다. 그 모습을 지켜보던 하랑의 눈빛이 깊이 침잠했다.

"대장?"

뒤에 서 있던 역운과 나호가 의아해하며 그를 불렀다. 그러나 하랑은 대답 없이 몸을 돌렸다. 왜 이리 고통스러운지, 더는 볼 수가 없었다.

하랑의 분위기가 심상치 않음을 직감한 역운은 화원 쪽으로 시선을 주었다. 그러다 문득 유신과 눈이 마주친 기분이 들었다.

'뭐지? 기분이 좀 싸한데?'

느낌이 좋지 않았다. 역운은 애써 그 감각을 무시하고 재빨리 하랑의 뒤를 따랐다. 반대편으로 전각을 돌아 밖으로 나가려는데, 갑자기 하랑의 앞을 막는 사내가 있었다. 좀 전까지만 해도 해연과 장난을 치던 유신이었다. 그는 전각 모퉁이에 기대선 채 하랑을 향해 비소를 지었다. 입을 열어 말을 하진 않았으나, 마치 어딜 도망가느냐고 묻는 듯했다. 하랑은 무표정한 얼굴로 일관했다. 그러나 곧이어 나타난 여인의 행동에 주먹이 꽉 쥐어지는 건 감출 수가 없었다.

"잡았다!"

해연은 유신의 팔뚝을 낚아챘다. 더는 도망가지 못하게 하기 위함이었다. 그런데 분위기가 이상했다. 반응이 와야 할 유신은 묵묵부답이었고, 그에게 가려져서 잘 보이지 않던 푸른 옷자락이 시야에 들어왔다. 해연은 다시 한 번 추락하는 기분을 느껴야만 했다.

유신은 자신의 팔에 닿았던 해연의 손이 떨어지는 걸 느꼈다. 슬쩍 보니 얼굴이 하얗게 질려 있었다. 둘 사이에 문제가 있다는 건 짐작했지만, 해연의 반응을 보니 더 심각해 보였다. 유신은 이 둘의 관계를 잘 이용하고자 했다. 둘 사이가 멀어질수록 해연의 마음을 파고들기 쉬울 테고, 일도 수월해지게 마련이었다. 그는 해연에게서 시선을 떼고 하랑을 향해 다시 한 번 진한 미소를 지었다. 명백한 도발이었다.

"또 뵙는군요, 하랑 대장."

정중하면서도 웃음기를 품은 목소리에 해연에게 고정되어 있던 하랑의 시선이 그에게로 향했다. 하랑의 표정은 그 어느 때보다 싸늘했다. 황제 앞에서도 이 정도는 아니었던 듯한데, 지금 해연이 느끼는 하랑은 무서우리만치 차가웠다. 하지만 그녀의 불안과는 달리 유신은 여전히 여유로웠다.

"일전에 얻었던 빚은……."

그는 목 부근을 살짝 매만졌다. 공력 덕에 상처가 흔적도 없이 사라졌지만, 당시에는 피가 흐르면서 흰옷을 적셨었다. 같이 있던 해연에게도 보기 좋은 모습은 아니었을 테고, 부하들에게도 체면이 말이 아니었다. 그에 대한 빚은 언젠가 갚아줄 생각이었다.

해연은 유신과 하랑의 분위기가 무척 좋지 않음을 간파했다. 목을 만지작거리면서 옛 기억을 떠올리는 유신은 빈정거리는 느낌이 강했고, 하랑은 여전히 그가 못마땅한 듯했다. 두 사람의 마음을 모두 이해하기에 해연은 혹여 저번처럼 또 그런 일이 벌어질까 싶어 혼자 애를 태웠다. 셋이 함께 만나는 자리는 제일 피하고 싶던 상황이기도 했다. 이 사태를 어찌해야 하나, 그녀가 안절부절못하는 동안 유신은 하랑의 속을 긁어댔다.

"이젠 같은 나라에서 일하게 되었으니 저번에 진 빚은 없던 일로 해드리죠. 하나 차후에 한 번 겨루어보았으면 좋겠습니다. 서열 정리쯤은 미리 해두는 것이 좋지 않겠습니까?"

서열까지 거론하는 그의 도발에 하랑은 아무런 대답도 하지 않았다. 그저 유신의 곁에서 눈치를 보고 있는 해연에게 다시 시선을 줄 뿐이었다. 하랑의 시선이 느껴지자 해연은 점점 더 고개를 숙였다.

도저히 그를 볼 낯이 없었다. 죄를 지은 것도 아니고, 고백했다 차이기까지 한 마당에 왜 자신이 죄책감을 느끼는지 알 수 없었다. 스스로 답답함을 느낀 해연은 입술을 꽉 깨물고 유신의 손을 낚아챘다.

생각지도 못하게 손이 잡힌 그의 고개가 해연에게 돌아가고, 지켜보는 하랑의 눈이 더 매서워졌다. 해연은 그런 하랑을 한 번 째려봐 준 뒤에 유신의 손을 잡은 채로 뒤돌아 뛰었다. 갑작스러운 도망에도 그는 군말 없이 따라주었다. 두 사람이 어디론가 달려가는 걸 발견한 사륜과 도평은 멍하니 그 모습을 바라보았다.

당혹스러운 얼굴로 해연과 유신의 뒷모습을 보던 사륜은 무심코 고개를 돌리다 흠칫 놀랐다. 하랑이 건물 모퉁이에서 나타나 유신과 해연의 뒷모습을 보고 있었다. 살기까지 느껴지는 대장의 모습에 사륜은 침을 꼴깍 넘기고 도평의 소맷자락을 살짝 잡아당겼다. 정신 차리고 움직이자는 뜻이었지만, 도평은 눈치가 빠르지 못했다.

"대장? 무슨 일 있으……."

도평은 말을 하다 말고 입을 다물었다. 분노 어린 하랑의 시선에 도저히 목소리가 나오지 않은 탓이었다. 놀란 도평이 붕어처럼 입만 뻥긋대자 사륜은 눈치껏 해연의 뒤를 쫓아갔다. 하랑이 그들에게 내린 명령은 단 하나였다. 해연을 호위하면서 유신의 동태를 파악하라. 둘이 있을 때는 절대 시야에서 놓치지 말라는 명령이었다. 그런데 지금, 해연과 유신이 시야에서 벗어났다.

사륜이 뛰쳐나가자 그제야 사태를 파악한 도평도 다급히 그를 따라갔다. 지금 놓쳐 버린다면 대장의 비정상적인 분노를 자신들이 받아내야 할지도 몰랐다. 그 끔찍한 사태만은 피하고 싶었기에 두 사람은 죽자살자 해연과 유신을 찾아 뛰었다.

꽃씨를 보관하는 작은 창고 안으로 두 남녀가 뛰어들었다. 문을
닫은 해연은 꽃씨가 가득 담긴 커다란 마대 자루 옆에 앉았다. 한숨
돌리기도 전에 혼란이 찾아왔다. 그녀의 곁에 선 유신도 별반 다르
지 않았다. 그는 해연이 잡았던 오른손을 오므리면서 그 안에 남아
있는 온기를 놓치지 않으려 했다. 하지만 묘한 열기는 허망하게 날
아갔고, 그는 옆에 쪼그려 앉아 있는 해연에게 시선을 돌렸다. 도대
체 무슨 생각을 하는지, 그녀가 고개를 저을 때마다 연둣빛 치마가
사락사락 바닥을 쓸곤 했다. 그 모양새를 가만 지켜보던 유신은 해
연의 생각을 알아차렸다. 슬금슬금 눈치를 보는 게, 경계심 어린 모
습이었다.

"신녀님."

"네?"

움찔한 해연은 눈이 똥그래져서 그를 올려다보았다. 눈높이가 맞
지 않아서인지 내려다보는 그의 모습이 조금 쌀쌀하게 느껴지기도
했다. 그를 조심하라던 황제의 경고가 잊히질 않았다. 아무래도 그
가 전대 신녀를 죽였다는 사실이 너무 깊게 각인된 모양이었다. 검
에 한 번 찔려봐서인지 죽는다는 감각을 다시 느끼게 될까 봐 두려
웠다. 해연은 몰래 물의 힘을 써보려고도 했으나, 또 뜻대로 되지
않았다. 힘이 불안정한 걸 모르는 해연은 패닉 상태에 빠졌다. 방어
할 수단을 잃은 것이다. 그럴수록 더 조심해야 한다는 생각에 그녀
는 다시 바짝 긴장했고, 그걸 느낀 유신은 작은 한숨을 내쉬었다.

"제가 무서우십니까?"

직설적인 그의 질문에 해연은 눈을 여러 번 깜박였다. 차마 아니

라고 말할 수가 없었다. 그것으로 확인 사살 당한 유신은 무릎을 굽혀 눈높이를 맞췄다. 해연의 고개도 알맞은 각도를 찾을 수 있었고, 그만큼 긴장도 누그러졌다. 하지만 경계하지 않는 것은 아니었다.

"저기, 그게…… 그러니까……."

정곡이 찔린 탓에 마땅한 답을 찾기가 어려웠다. 진심인지는 모르지만, 자신을 좋아한다고 밝힌 사람에게 무섭다고 표현하는 것도 못할 짓이라는 생각이 들었다. 조금은 미안한 마음이 들어 선뜻 대답하지 못하고 우물거리자, 유신은 은근한 눈빛으로 해연을 보았다.

"그리 무서우시면 어찌하여 저를 이곳까지 끌고 오신 겁니까?"

그건 꽤 적절한 질문이었다. 물론 해연에게도 그럴 만한 이유가 있었다. 첫 번째는 자신을 찬 하랑에게 반항하고 싶었고, 두 번째는 원수지간 같은 두 남자의 분위기 때문이었다.

"두 사람이 그렇게 사이가 안 좋은데 어떻게 둘만 붙여놔요. 하나라도 떨어뜨려 놔야지, 그냥 두면 싸울 거 같아서 데려온 거죠."

해연은 하랑에게 차인 이야긴 빼고 다른 이유만 꺼냈다. 확실히 그 상태로 내버려 두었다면 두 남자의 감정의 골은 더 깊어졌을 것이다. 게다가 마음 정리도 안 된 상태로 하랑과 한자리에 있는 것도 껄끄러웠다. 그녀는 나름대로 열심히 제 생각을 피력했다. 그러나 곧 그의 관심이 다른 데 가 있음을 알아차렸다. 유신은 아까부터 해연의 귀 옆으로 흘러내린, 고불고불한 머리카락에 시선이 닿곤 했다. 머리를 한쪽으로 높이 묶은 탓에 반대쪽 귀 옆으로 빠져나온 부분이 꽤 깜찍하게 느껴진 탓이었다.

그는 손을 뻗어 해연의 잔머리를 만지작거렸다. 갑작스러운 손길에 해연은 피하지도 못했다. 당황하여 본능적으로 몸을 굳히자 그의 표정이 조금 애처로워졌다. 주위가 다 환해질 정도로 잘 웃어주던 그녀가 이렇게 자신을 경계하는 걸 보니 괜히 속이 상했다. 그래서일까, 그는 답지 않게 변명을 했다.

"제 마음을 증명하려고 불의 검을 폐하께 바쳤습니다. 그 검이 없다면 신녀님을 해할 수 없습니다."

머리카락에 머물던 유신의 시선이 해연의 검은 눈동자와 겹쳤다. 그 시선에 무언가 야릇한 감정을 느낀 해연은 몸이 후끈 달아오르는 걸 느꼈다. 지난밤에 팔각정에서 느꼈던 그것과 비슷했다. 심장은 떨리고, 목 주변은 간질간질했다. 이 이상한 감정이 누구에게서 탄생하여 전이된 것인지 알 수 없었다.

"더는…… 밀어내지 말아주십시오."

부탁하듯이 달콤하게 속삭이던 그의 입술이 슬그머니 다가왔다. 해연은 점점 가까워지는 그에게서 시선을 떼지 못했다. 흑요석 같은 유신의 눈은 숨 막히도록 아름다웠고, 그가 풍기는 바람의 향기는 가슴에 파문을 일으켰다.

귓가에서만 머물던 그의 손길이 천천히 내려와 볼을 쓰다듬었다. 그 감각이 너무나 생생하게 전해져서 해연은 얼어붙은 채 유신이 다가오는 걸 바라보았다. 서로의 입술이 거의 포개질 듯 가까워졌을 때, 그의 움직임이 멈췄다.

유신은 조금만 움직여도 닿을 법한 거리에서 해연의 붉은 입술을 가만 바라보았다. 왜 갑자기 자신이 이런 행동을 했는지는 본인도 의문이었다. 간신히 이성을 잡고 멈췄지만, 가슴이 그를 독촉했다. 눈앞에 있는 탐스런 입술을, 이 순진하고 당돌한 아가씨를 영원히 갖고 싶다고, 미친 듯이 그렇게 외치고 있었다.

'먹고 싶어.'

그는 해연의 입술에서 시선을 떼지 못했다. 그녀의 입술을 입안에 넣고 음미하고 싶었다. 누군가의 입술을 이토록 맛보고 싶다는 열망을 느낀 건 처음이었다. 볼을 쓰다듬던 그의 손이 슬그머니 내려가 해연의 턱을 살짝 들어 올렸다. 몸에 힘이 풀린 해연은 반항하지 못했다. 유신의 시선에는 그런 힘이 있었다. 저번과 마찬가지로 하랑이 생각났으나, 자신의 감정이 사랑이 아니라던 그의 냉혹한 말도 함께 떠올랐다.

해일처럼 일어난 슬픔이 그녀의 이성을 집어삼켰다. 사랑받고 싶었고, 사랑하고 싶었다. 그 대상이 하랑이길 간절히 바랐으나 꿈은 이루어지지 않았다. 자포자기한 해연은 눈을 질끈 감았다. 속상함에 눈물이 맺혔다. 그 마음을 달래듯이 부드러운 유신의 입술이 눈가에 닿았다. 그 입술이 천천히 아래로 내려오는 것도 느껴졌다. 그리고 마침내 입술 근처에 다다랐을 때, 문이 벌컥 열렸다.

꽃씨 창고 문을 연 도평은 순간 머리가 멍해졌다. 믿지 못할 광경이 눈앞에 펼쳐져 있었다. 눈이 마주친 해연과 도평은 서로 비슷한 강도의 충격을 받았다. 그는 넋이 나갔고, 해연은 너무 놀라 나갔던 이성이 되돌아오는 걸 느꼈다.

도평이 다시 정신을 차린 건 도망치던 해연이 그와 살짝 부딪쳤을 때였다. 그는 밖으로 달려 나가는 해연의 뒷모습을 보며 그제야 상황을 파악할 수 있었다. 하지만 파악했다고 해서 이해할 수 있는 건 아니었다. 그래도 무표정한 유신을 보며 두 가지 중요한 점을 깨달았다. 대장이 왜 그를 유심히 살피라 했는지, 그리고 자신이 아주 위험한 장면을 목격했다는 걸.

정신없이 달려 건물 밖으로 뛰쳐나간 해연은 바로 앞에 서 있는 하랑을 발견하고 멈칫했다. 아직 돌아가지 않은 모양이었다. 점점 굳어지는 그의 표정에 해연은 만감이 교차하면서 눈물이 왈칵 쏟아졌다. 도대체 어쩌다 이렇게까지 되었을까? 그를 좋아한다고 생각한 뒤로 유신과는 적당히 거리를 두려고 했다. 그런데 하랑에겐 차여 버렸고, 유신의 분위기에 휩쓸려 버렸다. 게다가 도평이 그 장면을 보았으니 하랑의 귀에 들어가는 것도 이젠 시간문제였다. 그가 자신에게 남은 정까지 떨어져서 더 멀어져 버릴까 봐, 해연은 속상한 마음을 감추지 못하고 울음을 터뜨리고 말았다.

눈물을 훔치면서 달려가는 해연을 하랑은 차마 붙잡지 못했다. 도대체 그 짧은 시간 동안 안에서 무슨 일이 벌어졌는지, 기분 나쁜 예감이 자꾸 그를 불안하게 만들었다. 그 불안감은 살짝 입꼬리를 올리는 유신과 넋이 나간 도평을 보고 확신처럼 굳어졌다.

황궁 뒤편에 자리 잡은 작은 산에서 산새들이 푸드덕 날아올랐다. 새들의 휴식을 방해한 건 번뇌에 찬 도평의 비명이었다.

나무 아래 공터에 엎드린 그는 머리를 감싸 쥐고 죽은 듯이 누워 있다가 곧이어 소리를 지르며 데굴데굴 굴러다녔다. 공터가 평평하고 튀어나온 돌부리나 나무뿌리가 없어서 망정이지, 그렇지 않았다면 달천대를 상징하는 남색 무복은 누더기가 되었을 것이었다.

"으아악! 으아아악!"

그는 지금 인생 최대의 근심과 고통에 휩싸여 있었다. 남들이 들으면 모진 고문이라도 당하는 걸로 착각할 법한 비명이 그의 입에서 끊임없이 터져 나왔다. 그가 이런 괴이한 행동을 하는 이유는 어제 봤던, 믿을 수 없는 그 장면 때문이었다. 믿고 싶지 않았고, 믿을 수도 없었다.

'어떻게 신녀님이……. 신녀님이신데!'

구르기를 멈춘 도평은 숨을 가다듬었다. 아무리 생각해도 믿기지가 않았다. 그동안 해연이 하랑에게 가벼운 신체 접촉을 했던 건 장난이라 생각했다. 조용하고 차분하던 전대 신녀와는 달리 발랄하고 고집 센 데다 장난기도 많았으니 그리 여길 만도 했다. 그저 하랑이 당황하는 반응을 재밌어 하는 줄 알았고, 본인도 그런 대장의 반응을 보며 함께 웃고 즐겨왔다.

'그런데 어떻게 신녀님이 사내와…….'

다시 꽃씨 창고에서 본 장면이 떠올랐다. 차라리 꿈이었다면 악몽이라 치부하고 털어버렸을 것이다. 하지만 뇌리에 꽉 박힌 잔혹한 장면은 너무 생생해서 도저히 꿈이라 하기가 어려웠다.

그가 굴러다니기를 멈추고 숨을 가다듬다가 다시 비명을 지르며 굴러다니길 몇 시간째. 도평의 목이 잠겨갈 때쯤 나무 사이로 사륜이 느긋이 걸어 나왔다.

"형님, 숨을 거면 제대로 숨으셔야 하는 거 아닙니까? 황궁까지 들리도록 비명을 질러대면 어쩌잔 겁니까?"

정말 황궁까지 들렸다면 황제가 시끄럽다며, 당장 목을 잘라 오라고 사람을 보냈을 것이다. 하지만 다행스럽게도 사륜의 말은 일부 과장된 면이 있어 도평은 목숨을 부지할 수 있었다.

"그냥 아무 말도 말고 돌아가라."

도평은 고개도 돌리지 않고 쉰 목소리로 사륜을 박대했다. 혼자 생각을 정리할 시간이 필요했다. 그러나 사륜은 그에게 전할 말이 있었다. 그렇지 않았다면 덩치 큰 사내를 찾아다닐 시간에 소여에게 가져다줄 꽃이나 더 따고 있었으리라.

"대장이 오늘 내로 찾아오라 하셨습니다."

사륜의 전언에 도평은 말이 없었다. 사실 그는 어제부터 지금까지 하랑을 피해 도망 다니고 있었다. 하랑은 꽃씨 창고에서 있던 일을 알고 싶어 했지만, 도평은 차마 입이 떨어지질 않았다. 고민하던 그는 생각을 정리할 잠깐의 시간을 요청한 뒤에 그 길로 잠적해 버렸다. 하랑에게는 오래 걸리지 않을 것이라 둘러댔지만 벌써 하루가 지났다.

사륜은 대답 없는 도평을 어르고 달랬다. 지금 데려가지 않으면 무슨 사달이 일어날지 알 수 없었다.

"형님이 이렇게 숨어 있어 봤자 대장이 마음먹고 찾으러 오시면 금세 잡힐 거 아시잖습니까? 돌아오라고 좋게 명령하실 때 갑시다. 지금 대장 상태가 좀 이상하단 말이우."

하랑의 상태가 좋지 않다는 말에 그제야 도평이 몸을 돌려 시선을 맞췄다. 사륜은 그가 좀 더 자세한 설명을 원한다는 걸 알았다.

"대장 기분이 저렇게 최악인 건 나도 오랜만에 봅니다. 왜, 그때 있잖아요, 이 년 전에. 그때와 좀 비슷하달까? 암튼 심각한 건 사실입니다. 오죽하면 부대장이 대장 근처에 아무도 접근하지 말라고 접근 금지령까지 내렸겠습니까?"

극심한 흥분 상태가 지속되면 공력자들은 가끔 힘을 제어하지 못할 때가 있었다. 물론 하랑 같은 경우는 그 빈도가 무척 낮았는데, 지금까지 딱 한 번, 힘을 제어하지 못한 적이 있었다. 그때가 이 년 전, 선황이 하랑의 손에 죽은 그날이었다.

궐 사람들에게는 암묵적으로 금기가 되어버린 그날의 일까지 거론되자 도평도 더는 배 째고 누워 있을 수가 없었다. 그는 하루 동안 땅과 붙어 있던 몸을 일으켰다.

"대장이 지금 그 정도냐?"

"말도 마십쇼. 툭 건들면 터지게 생겼습니다. 하여튼 형님도 대장

앞에서 말조심하시고, 부디 살아서 나오십쇼."

부하를 아끼는 하랑이 함부로 도평의 목숨을 앗을 리가 없지만, 사륜은 그에게 겁도 줄 겸 단단히 주의를 시켰다. 사태의 심각성을 눈치챈 도평은 어깨를 축 늘어뜨리고 한숨을 푹푹 내쉬었다. 지금 그의 속도 말이 아니었다.

"나도 미치겠다."

"도대체 뭔 일인데 그러십니까? 이 아우에게만 좀 알려주면……."

"됐다. 알아봤자 수명만 단축된다."

도평은 사륜의 호기심을 칼같이 잘라내고 천천히 산을 내려갔다. 종일 바닥을 굴러다녔더니 온몸이 쑤시고 머릿속은 여전히 복잡했다. 하지만 혼자 끙끙 앓는다고 해결될 일도 아니었기에 도평은 이제 그만 하랑에게 사실을 밝혀야겠다고 결심했다.

산을 내려온 도평은 하랑의 처소 문 앞에 서서 작게 심호흡했다. 마음을 단단히 먹으려 했지만 여전히 혼란과 갈등으로 점철되는 건 어쩔 수 없었다. 그래도 여기까지 왔으니 도망칠 생각은 접고 무겁게 느껴지는 손을 슬쩍 들어 올렸다. 노크를 하기 위함이었다. 그러나 그가 문을 두드리기도 전에 방 안에서 하랑의 목소리가 흘러나왔다.

"들어와라."

낮게 가라앉은 목소리만으로도 그가 얼마나 분노를 참고 있는지 느낄 수 있었다.

'그냥 어제 알려 드릴 걸 그랬나.'

후회가 되었으나 이미 늦었다. 도평은 뻣뻣하게 말라가는 입술에 침을 바른 후, 조심스럽게 문을 열었다. 방 안으로 들어간 도평이 가장 먼저 본 건 파란 무복을 입은 대장의 등이었다. 그는 햇살이 비치는 닫힌 창을 바라보면서 등을 돌린 채 서 있었다.

도평이 들어왔음을 알면서도 하랑은 아무 말도 없었다. 그래서 더 두렵고 무거운 분위기가 방 안에 가득했다. 그의 침묵이 주는 압박을 견디다 못한 도평이 결국 먼저 입을 열었다.

"송구합니다, 대장."

도평은 고개를 푹 숙이며 잘못을 빌었다. 그는 어제 하랑에게 시간을 좀 달라 했다. 상관이 물으면 대답해야 할 신분임에도 감히 생각할 시간을 요청한 것이다. 그런 부하의 혼란을 이해했기에 시간을 주었으나 도평은 하루가 넘도록 피해 다녔다. 명령과 신의를 저버린 것이다. 엄격한 위계질서를 가진 군인에게 명령불복종은 가장 큰 죄였고, 군기를 위해서라도 그 대가를 크게 치를 수밖에 없었다. 그래서 더 면목 없는 도평에게 하랑의 명령이 떨어졌다.

"묻는 말에 진실만 답해라. 그럼 네 죄를 용서할 것이다."

그는 여전히 등을 돌린 채로 사실만을 말할 것을 명했다. 유신의 표정으로 보아 얼추 짐작은 하고 있었지만, 진실을 알기 전에는 둘의 관계를 매도하고 싶지 않았다. 화가 나는데도 꾹 눌러 참는 이유가 바로 그것이었다.

"어제 그곳에서 본 걸 소상히 말하라."

하랑의 말에 도평은 그의 등을 힐끔 쳐다보았다. 말해도 괜찮을지 아직 판단이 서지 않았다.

'신녀님이 사내와 왜 그러셨는지 아직도 판단하지 못했는데……'

도평은 미간에 주름을 잡고 침울한 표정을 지었다. 신녀인 해연의 행동을 좀처럼 납득할 수 없었다. 게다가 일반 여성의 일이라고 친다면 지극히 개인적인 사건이었다. 그런 사적인 부분까지 대장에게 고해야 하는지 올바른 판단을 내릴 수가 없었다.

'그래도 대장이라면…….'

도평은 다시 하랑을 보면서 작은 한숨을 내쉬었다. 자신이 아는 대장이라면 아무리 신녀의 일이라 하더라도 개인적인 부분을 다른 곳에 옮겨 말할 리가 없었다. 또한 달천대의 편일 줄 알았던 신녀가 하랑과 적대 관계에 있는 사내를 지지한다면 대비책을 세워야만 했다.

"어제 일에 대해 전부 말씀드리겠습니다."

드디어 마음을 굳힌 도평의 입에서 믿고 싶지 않은 이야기들이 쏟아져 나왔다.

"그자가 신녀님의 얼굴에 손을 대고 있었고, 서로…… 입맞춤을 하고 있었습니다."

두 사람의 입맞춤과 묘한 분위기까지. 도평은 자신이 보고 느낀 것을 상세하게 설명했다. 하지만 그의 말이 전부 옳은 건 아니었다. 해연과 유신은 입술이 닿지 않았지만, 도평이 보던 각도에서는 두 사람이 입맞춤하는 것처럼 보였다. 그로 인해 잘못된 정보가 하랑에게 흘러들어 갔다.

"그러다 제가 문을 여니 신녀님이 놀라시면서……."

해연에 대해 말하던 도평은 주먹 쥔 하랑의 손이 부들부들 떨리자 뒷말을 흐렸다. 뭔가 이상했다. 지금의 대장은 그가 알던 차분한 사내가 아니었다. 십만여 명의 부하를 다스려야 하는 하랑은 어떤 상황에서도 냉철하게 상황을 파악하는 타입이었다. 그런데 지금은 감정을 이기지 못하는 듯했다.

"대장……."

등 뒤에서 들려오는 도평의 목소리에 하랑은 입술 안쪽을 깨물었다. 유신이 해연에게 마음이 있다며 투항한 걸 알고 있었고, 그에게 꽃도령이라 부르면서 해연이 친근하게 대하는 것도 모르지 않았다. 게다가 일전에는 유신이 해연을 덮치려던 상황도 본 적 있었으니, 꽃씨 창고에서도 비슷한 일이 벌어진 건 아닐까 싶었다. 하지만 짐작하고 있었다고 해서 충격이 감소하는 건 아니었다. 오히려 자신을 괴롭히던 상상이 현실이 되자 더 화가 치밀었다. 숨이 턱턱 막히고 일그러진 미간은 화석처럼 굳어 펴질 줄을 몰랐다.

"그자가 억지로 그런 것은 아니더냐?"

하랑의 억눌린 목소리에는 숨길 수 없는 분노가 매섭게 서려 있었다. 왜 화가 나는지는 본인도 알 수 없었다. 황제가 협박했다지만 해연의 고백을 거절한 건 결국 자신이었다. 그로 인해 해연과 멀어지고 유신이 그 틈을 파고들었다고 해도 누굴 원망할 처지가 아니었다. 그럼에도 온몸을 휘감아대는 울화는, 어쩌면 그녀의 고백을 받아들일 수 없던 자신에게 향하는 것일지도 몰랐다.

노기를 억누르려는 하랑의 몸속에서 푸른 불빛이 반짝이자, 도평은 식은땀을 흘리면서 조심스레 말을 이었다.

"그게…… 그리 보이지는 않았습니다."

도평도 그 점이 이상했지만, 분명 해연은 얌전히 앉아 있었다. 반항의 흔적도 보이지 않았고, 유신이 움직이지 못하도록 얽맨 상태도 아니었다. 참담한 도평의 대답에 하랑은 한 손으로 눈가를 누르고 그를 물렸다. 더는 듣고 싶지 않았다. 떠올리고 싶지도 않았고, 믿고 싶지도 않았다.

'입맞춤이라니.'

해연의 웃는 얼굴과 그녀의 붉은 입술이 생각나면서 몸에 힘이 쪽 빠져나갔다. 이제 더는 그녀의 마음이 자신의 것이라 할 수 없었다. 자신에게만 더 밝게 웃어주고 의지해 주었는데, 이제는 다른 사내가 그 자리를 차지했다. 그 사실을 직시할수록 고통스러워서 미칠 것만 같았다.

힘이 빠진 하랑은 창틀을 잡고 겨우 버텨냈다. 심장을 할퀴는 쓰라린 고통으로 인해 그의 눈이 일그러져 있었다. 고백을 거절해도 제 곁에 머물러 주리라 생각했다. 잔인한 생각이지만, 이 세상에서 그녀가 의지할 곳은 자신밖에 없다는 걸 알고 있었다. 그런데 해연은 거짓말처럼 멀어졌고, 그 상실감이 이토록 클 줄은 본인조차 몰랐다.

하랑의 처소에서 물러 나온 도평은 안도의 한숨을 내쉬었다. 사륜이 말한 대로 분위기가 심상치 않았다. 뭐랄까, 연인을 눈앞에서 빼앗긴 사내 같달까? 갑자기 오한이 밀려든 도평은 몸을 부르르 떨어 그 기분을 털어내려 했다. 소름 돋은 팔뚝을 한참 문지르고 있을 때, 역운이 다가왔다.

"대장은?"

하랑의 기분이 어떠냐는 질문이었다. 도평은 될 수 있으면 들어가지 말라는 뜻으로 고개를 저었다. 감정을 억누르려고 노력하는 게 보일 정도였다. 그러니 잠시 혼자 있을 시간을 주는 게 좋으리라. 하지만 역운으로서는 그런 대장을 내버려 둘 수가 없었다. 지금 그를 찾는 이가 있기 때문이었다.

"무슨 일인지는 모르겠으나, 대장이 네게 듣고자 했던 말은 금기시해야 한다. 알고 있겠지?"

"예, 부대장."

"그만 돌아가서 업무에 복귀해라."

도평은 역운에게 고개를 꾸벅 숙여 보이곤 건물을 빠져나갔다.

등 뒤에서 역운이 하랑을 부르는 소리가 무겁게 들려왔다.

"대장, 역운입니다."

그는 굳게 닫힌 문 앞에 서서 기다렸으나 대답이 들려오지 않았다. 며칠 전부터 기분이 좋지 않던 상태가 오늘은 정말 정점에 달한 모양이었다. 하지만 궐은 하랑이 상심에 잠겨 있을 시간조차 허락하지 않았다. 곧 사절단이 도착하는 시점에서 그가 해야 할 일이 무척 많았다.

"대장, 폐하께오서 용주전으로 들라 하셨습니다."

역운은 문에 대고 황제의 명을 전했다. 궐내 병사들의 배치나 교대 시간 등 변화된 부분에 대해 몇 가지 보고받을 사항이 있기 때문이었다. 하지만 하랑은 끝까지 가타부타 말하지 않았다. 대답이 없으니 답답한 마음도 들었지만, 역운은 잠자코 기다렸다. 무엇 때문인지는 알 수 없어도 그의 대장이라면 금방 털고 일어나리라 믿고 있었다. 그리고 그의 믿음대로 곧 방문이 열리고 검을 든 하랑이 나타났다.

하랑은 무표정한 얼굴을 만들려 했지만 좋지 않은 감정을 완전히 감추지는 못했다. 얼굴에 드리워진 짙은 그림자는 그가 얼마나 용을 써서 고비를 넘겼는지 여실히 보여주고 있었다.

"대장……."

역운이 침음을 삼키며 그를 불렀지만, 하랑은 고개를 저으며 걱정하는 티를 내지 못하도록 만들었다. 괜찮다는 그의 중얼거림에 역운은 고개를 숙여 예를 갖추고 하랑을 배웅했다. 부디 황제와 부딪치지 않길 바라는 역운의 마음에는 차마 표출하지 못한 걱정이 한가득 들어앉았다.

용주전에 도착한 하랑은 검을 맡기고 내관 모백을 따라 황제가 있는 집무실로 향했다.

"폐하, 달천대의 대장, 하랑이 들었사옵니다."

"들라 하라."

황제의 윤허가 떨어지자 문 옆에 서 있던 궁녀 둘이 문을 열어주었다. 집무실로 들어간 하랑은 혼자 앉아 상소문을 보고 있는 황제를 만날 수 있었다.

가후는 상소문을 책상 위로 툭 던져 놓으며 우두커니 서 있는 하랑을 향해 고개를 돌렸다. 예도 갖추지 않고 서 있는 하랑의 얼굴에는 어둠이 짙게 깔려 있었다.

"새삼스럽게 노려보기는. 이제 아주 죽여 달라고 시위하는 게냐?"

평소와는 다른 하랑의 태도에 그는 피식 웃으며 농담을 건넸다. 물론 순수한 농담이라기보다는 비꼬는 것에 가까웠지만, 그럼에도 하랑은 사납게 노려볼 뿐, 예를 갖추지 않았다. 그의 범상치 않은 기류에 가후는 혀를 차며 인사를 받는 건 넘어가 주었다. 평상시라면 있을 수 없는 일이었으나, 유신을 궐에 들인 일로 하랑에게 빚을 진 터라 잠자코 넘어가 준 것이다.

"보고나 해라. 호위는 어떻게 배치했지?"

"알아서 잘했습니다."

완벽한 반항이었다. 가후의 이마에도 주름이 지기 시작했다. 그 딴 성의 없는 대답을 들으려고 불러들인 것이 아니었다. 사나워진 그의 눈이 하랑에게 향했고, 두 사내 사이에서 불꽃이 튀었다. 둘의 분위기가 좀 더 험악해질 때, 하랑이 먼저 고개를 돌려 시선을 회피했다. 유신의 일로 여전히 불만도 많고 따질 일도 많지만, 공적인 업무를 성의 없이 내팽개칠 수는 없는 노릇이었다. 하랑은 한숨을 쉬면서 최악으로 치닫는 감정을 눌러두고 보고를 시작했다.

"신궁에는 신녀님의 전담 호위로 실력자 열 명을 보냈고, 나머지는 모두 황궁 호위로 돌렸습니다."

하랑과 달천대가 관리하는 범위가 무척 방대하고, 황제의 성격상 세세한 것까지 모두 보고받길 원하다 보니 시간이 조금 지나서야 끝마칠 수 있었다. 그의 보고에 만족한 가후는 고개를 주억거린 뒤 대뜸 다른 명령을 내렸다.

"좋아, 그건 그대로 진행하고…… 연회에서 보일 검무는 네가 해라."

대뜸 검무를 추라는 명령에 하랑의 얼굴이 더 일그러졌다. 예전 같았으면 가후와 오래 대면하기 싫어서라도 무뚝뚝하게 알겠다고 하고 말았겠지만, 이번에는 그럴 마음이 전혀 없었다. 유신이란 작자도 연회에 참석할 터인데, 그 앞에서 검무를 추는 꼴 따윈 보이고 싶지 않았다.

"싫습니다."

계속되는 반항에 가후의 눈매가 치켜올라 갔다. 뭘 잘못 먹은 것인지 오늘따라 이상하게 반항기가 심했다. 게다가 항상 무표정하던 얼굴도 감정을 쉬이 감추지 못하고 있었다.

'화가 난 걸 표현하는 일이 드문 녀석인데.'

뭔가 좋지 않은 일이 있었구나 싶은 생각에 가후의 얼굴에 옅은 미소가 스쳤다. 하랑의 분노와 고통은 자신의 기쁨이었다. 그가 행복한 듯 웃자 하랑은 더 눈살을 찌푸렸다. 기분 나쁜 감정을 드러낼수록 그가 즐긴다는 걸 알고 있지만, 지금도 최선을 다해 억누르는 중이었다. 불쾌하게 웃는 황제 앞에서 빨리 벗어나고 싶어진 하랑은 바로 본론을 꺼냈다.

"그자가 신녀님 곁에서 떨어지게 해주십시오."

"흐음?"

가후는 자세를 고쳐 앉으며 의심의 눈초리로 하랑을 보았다. 설마 질투하는 것인지 파악하려는 그의 눈빛에 하랑은 곧바로 다른 이유를 덧붙였다.

"그자는 세 명의 신녀님을 살해한 자입니다. 그런 위험한 자를 왜 궐에 두시는 겁니까? 청일국의 힘을 줄이려는 건 알겠지만, 그자의 속내는 모를 일입니다."

하랑은 침착하려 했지만 말투에서 묻어 나오는 흥분을 전부 감추지는 못했다. 가만 듣고 있던 가후는 턱을 괴며 계속 해보라는 듯 웃었다. 불만이 전부 터져 나오기를 기다리는 것이다. 그런 가후의 태도가 매우 마뜩잖았지만, 지금은 유신을 해연의 곁에서 떨어뜨려 놓는 게 더 시급했다.

"가리국의 사신단 때문에 제가 지켜 드릴 수도 없는 상황 아닙니까? 게다가 그자가······."

하랑은 외로워하는 해연을 유신이 꾀어내 도망가면 어떡할 거냐고 말하려다가 입을 다물었다. 두 사람의 관계에 대해서는 알리고 싶지 않았다. 또다시 감정이 상한 그가 입을 다물고 고개를 돌려 버리자, 가후는 그제야 제 생각을 말했다.

"유신이야 불의 검이 없으니 해치지는 못할 테지. 또한 이런 어수선한 때일수록 가까이에 두고 지켜보는 게 더 낫기도 하고."

가후는 유신으로부터 불의 검을 건네받았다. 신물인 다섯 자루의 검에는 각 나라의 문양이 박혀 있어서 출처를 정확히 알 수 있었다. 유신이 건넨 불의 검은 청일국의 소유가 확실했다. 물론 그것만이 유신을 가까이에 두는 이유는 아니었으나, 굳이 하랑에게 감춰둔

한 수를 밝히지는 않았다.

"그가 신녀를 마음에 품든 말든 너는 신경 끄는 것이 좋아. 다른 놈들은 상관없지만, 너만큼은 절대 용납할 수 없으니까."

단호한 그의 태도에 하랑은 어금니를 꽉 깨물었다. 사사건건 괴롭히는 건 이해하지만, 오늘만큼은 그 분노를 삭이기가 힘에 부쳤다. 가후를 노려보던 하랑은 거칠게 문을 열고 밖으로 나갔다. 등 뒤에서 들려오는 웃음소리가 오늘따라 참기 힘들었다.

내관에게 맡겨둔 검을 가로채듯 빼앗아 들고, 하랑은 계단을 내려가면서 검을 뽑아 들었다. 그걸 본 풍월대원들이 주춤거리며 각자 검에 손을 가져다 댔다. 그의 상대가 되지 않음을 알지만 용주전의 경계를 맡은 이상 뭐든 하지 않을 수가 없었다. 황제가 왜 또 그를 긁어댔는지 원망스러울 따름이었다.

하랑은 주춤주춤 다가오는 풍월대원들은 쳐다보지도 않고 계단을 내려가다가 휙 뒤를 돌아보았다. 살기 어린 그의 짙푸른 눈동자에 풍월대원들은 바짝 긴장하며 검을 겨눴다. 하랑은 검을 쥔 손에 힘을 꽉 주고는 공력을 불어넣어 옆쪽으로 크게 휘둘렀다. 그의 검에서 푸른 전격이 뿜어져 나와 돌로 만든 계단 옆면을 터뜨렸다. 거기서 멈추지 않은 번개는 멀리 있는 담벼락까지 무너뜨리고 나서야 소멸했다.

하랑이 처음으로 내보인 화풀이에 풍월대원들은 넋을 놓았고, 궁녀들은 소리를 지르려다가 급히 입을 틀어막았다. 황제가 있는 용주전에서는 절대 소란을 피워서는 안 되기 때문이었다.

"젠장맞을."

하랑은 나지막한 욕설을 내뱉고 가후가 있는 곳을 노려보다 자신의 처소로 걸음을 옮겼다. 도대체 앞으로 해연을 어찌 대해야 할지,

머리와 가슴이 따로 놀고 있었다.

　유신이 하사받은 저택에서 지내게 된 호섭은 창문을 열고 기와 지붕 너머로 저물어가는 해를 바라보았다. 최근 들어 일이 너무 급작스럽게 진행되는 바람에 하늘 한 번 올려다보지도 못하고 지냈다.

"하아."

그의 입가를 가리고 있는 검은 천 사이로 긴 한숨이 새어 나왔다.

며칠 전, 청일국 황제의 서찰을 받기 위해 초호루에 갔다가 하랑과 소렵의 기습을 받았다. 창문을 열고 나가려다가 마주쳤는데, 호섭은 기지를 발휘해 황제의 서신을 몰래 창문 아래로 떨어뜨렸다. 이후 유신의 도움으로 풀려났고, 그는 다시 서신을 회수했다. 그런데 그날부터 일이 꼬였다. 하랑이 유신의 정체를 의심하기 시작한 것이다. 결국 그는 거짓 투항을 선택했다. 신녀에게 다가갈 수 있는 좋은 방법이기도 했다. 하지만 눈치 빠른 황제 때문에 불의 검까지 내주면서 일이 더 뒤틀리는 느낌이었다.

긴 한숨을 내뿜은 호섭은 고개를 돌려 뒤에 있는 테이블을 바라보았다. 깔끔하게 정리된 탁자 위에는 손가락만 한 대통 두 개와 얇고 긴 나무 상자 하나가 놓여 있었다. 어젯밤에 연락용 새가 가져온 청일국의 서찰과 물건이었다.

그가 근심 어린 얼굴로 서찰을 바라보는 사이, 한 줄기 바람이 불더니 유신이 창가에 나타났다. 기척도 없이 나타난 유신의 등장에 호섭은 급히 예를 갖췄다.

"오셨습니까, 두령."

그의 인사에 간단히 고개를 끄덕인 유신은 탁자를 향해 성큼성큼 걸어갔다. 대통 안에 들어 있는 서찰과 나무 상자, 어느 것 하나 먼저 손이 가질 않았다. 가후와 첫 대면을 했던 날에 그는 청일국 황제와 누이에게 따로 서신을 보냈다. 문득 궁금한 점이 생겼기 때문이다. 그리고 그의 눈앞에는 혼란스러운 생각을 정리해 줄 답이 와 있었다. 한참을 가만히 서 있던 유신은 보라색 끈이 매여 있는 대통을 집어 들었다. 끈 색만 봐도 누이인 유란이 보낸 것이었다.

돌돌 말린 작은 종이를 펼치자 단정한 필체가 눈에 들어왔다. 종이 크기가 작은 만큼 내용도 짧았으나 그의 궁금증을 해소해 주기엔 충분했다.

'이계에서 불려온 신녀는 신의 저주에서 일부분 자유롭다?'

신의 저주, 그는 누이가 입버릇처럼 말하던 저주의 내용을 떠올렸다. 영생과 이타심, 혼인 불가와 후손을 낳지 못하는 점 등을 통틀어 신의 저주라 말하곤 했었다.

'그럼 혼인도 가능하고 후손도 만들 수 있다는 말인가?'

그의 표정이 복잡해졌다. 유신은 해연이 다른 신녀들과는 달리 사내에게 관심을 가지는 이유가 궁금했다. 그런데 지금 그 의문이 조금이나마 풀렸다. 5대 신녀의 빈자리를 잠시 메우기 위해 이계에서 끌려왔으니 신의 저주가 완벽하게 작용하지는 않는 것이다. 그나마 해당하는 부분을 꼽자면 이타심 정도였다.

'그래서 내가…… 아니, 아무리 그래도 그건 말이 안 되는데.'

유신은 꽃씨 창고에서 자신이 왜 그런 행동을 했는지 이해할 수 없었다. 본래 5대 신녀는 가장 아름다운 모습을 하고 태어난다. 하지만 그녀들에게 성적인 흥분을 느끼는 사내는 없었다. 혼인과 대를 잇는 일이 불가능하기에 물의 신은 이성의 접근을 원천적으로 차단했다. 그런데 유신은 해연에게서 묘한 느낌을 받았다. 입술을 건드리고 싶었고, 몸을 쓰다듬어 보고 싶었다. 말 그대로 사내가 여인을 탐할 때 느끼는 욕망이었다. 저주로부터 자유로워서 사내가 꼬인다 하더라도 그는 자신의 행동만큼은 인정할 수 없었다.

"어쩌면 내가 이상해진 걸지도."

유신은 자신에게 문제가 있다고 판단하며 쓸모없어진 종이를 움켜쥐었다. 그의 주먹 속에 갇힌 종이가 곧 가루가 되어 손가락 사이로 빠져나왔다. 습관적으로 정보를 완전히 인멸한 뒤에 흰 줄로 감아놓은 대통을 집었다. 수려한 황제의 필체가 늘어서 있는 서신에는 경고성 내용이 가득했다.

호섭이 걱정 어린 눈빛으로 가슴 졸이며 바라보았지만, 유신은 담담했다. 그는 다 읽고 나서 앞의 서신과 마찬가지로 없애 버렸다. 이제 남은 건 나무 상자뿐이었다. 하지만 이번에도 선뜻 손이 가질 않았다.

'도대체 왜 망설이는 거지? 해야 한다는 걸 알면서.'

그는 본인에게 질문을 던졌다. 자신이 망설이는 이유, 저 상자를 열고 싶지 않은 이유, 그것이 궁금했다. 상자 안에 들어 있는 내용물이 무엇인지는 알고 있었다. 보내 달라고 했던 것도 자신이었다. 그런데도 손이 가지도 않았다.

'나도 나를 모르겠군.'

결국 그는 결론을 내리지 못하고 손을 뻗어 상자 뚜껑을 툭, 열어젖혔다. 상자 속 붉은 융단 위에 곱게 자리 잡은 것은 화려하면서도 짧은 단검이었다. 가후에게 바친 검과 문양의 색만 다를 뿐, 성능은 같은 불의 검이었다. 검은색 바탕의 검집과 손잡이에 푸른빛의 문양이 기하학적으로 새겨져 있었다. 예부터 푸른색은 수우국의 황실을 뜻하는 색으로, 현재는 청일국에 흡수당한 상태였다. 그 점에 착안한 유신은 청일국의 불의 검을 가후에게 바쳐서 안심시키고, 자신은 수우국의 검으로 신녀를 죽일 계획을 세웠다. 그건 완벽한 계책이었다. 다만 한 가지, 그의 마음이 썩 내키지 않는다는 작은 문제점이 있긴 했다. 하지만 유신은 이내 마음을 추스르고 불의 검을 품속에 잘 갈무리했다. 짧은 단검이라 무게가 별로 나가지 않는데도 제법 묵직하게 느껴졌다.

"두령."

유신을 살피던 호섭이 조심스레 그를 불렀다. 물건은 다행히 품에 안착했지만, 어두운 표정이 신경을 잡아끈 탓이었다. 그는 두령의 기분이 썩 좋지 않은 이유가 황제의 서찰 때문이라고 추측했다.

부하의 걱정을 눈치챈 유신은 별것 아니니 신경 쓰지 말라고 하고는 방을 나섰다. 처리해야 할 일이 하나 더 있었다.

서재에 앉아 집무를 보던 초가는 갑자기 나타난 유신을 보고 인상을 썼다. 불쑥불쑥 제멋대로 들어오는 것이야 하루 이틀도 아니니 그러려니 한다지만, 저번에 황제 앞에서 제멋대로 말을 바꾼 건 참을 수 없었다.

"유신 두령, 도대체 이게 무슨 경우요?"

초가는 눈을 위로 치켜뜨면서 불편한 심기를 한껏 드러냈다. 황제 앞에서 함부로 말을 바꾼 탓에 목이 잘릴 뻔했다. 그 아찔하고 치욕스럽던 순간이 떠오르자 유신의 무력도 눈에 뵈지 않았다.

"내가 그날 얼마나 고초를 겪었는지 아시오? 재산과 사병을 거의 다 빼앗겼소. 이제 남아 있는 거라곤 이 집과 얼마 안 되는 푼돈이 전부요."

초가는 오랜만에 얼굴을 비춘 유신에게 분통을 터뜨렸다. 군자금으로 쓰려고 모아둔 돈까지 싹 빼앗겼으니 거사도 미뤄질 수밖에 없었다. 하지만 유신은 미안한 기색조차 내보이지 않았다.

"그게 내 탓만은 아닐 텐데?"

그가 콕 집어 지적하자 초가는 더 따지지 못하고 분노에 찬 시선만 보냈다. 사실 사병과 재산이 줄어든 건 딸자식을 잘못 키운 그의 탓이 컸다. 신녀인 줄도 모르고 사람을 함부로 무시했다가 받은 벌이기 때문이었다. 초가도 그걸 알고 있었다. 다만 그는 이 기회를 이용해 유신을 눌러놓고 싶었다.

"내가 재산만 가지고 뭐라 하는 게 아니잖소."

그의 목소리는 한풀 꺾였지만, 책임은 여전히 유신에게 전가했다.

"두령도 너무한 거 아니오? 함께 거사를 치를 사람이 말을 마음대로 바꾸면 어찌하란 거요? 그대 때문에 내 목이 그 자리에서 날아갈 뻔했소."

그는 유신의 차가운 시선을 겨우 받아내면서 계속 따지고 들었다. 이번 일은 억울할 만도 했다. 애초에 유신이 하랑에게 의심받지만 않았어도 이런 위험과 피해를 감수할 일은 생기지 않았을 것이다. 적어도 초가는 그렇게 믿었다.

"불의 검은 또 어떻고. 그걸 그리 넙죽 줘버리면 신녀는 무슨 수로 제거한단 말이오?"

초가는 유신을 이용해 신녀를 죽이고 나라가 가뭄에 휘청거리면 청일국의 힘을 빌려 황위를 가질 생각이었다. 물론, 청일국은 동연국을 흡수한 뒤에 초가에게 그 지역을 다스리도록 지시를 내릴 생각이었지만, 둘 다 신녀의 죽음을 전제로 한다는 건 같았다.

끊이지 않는 초가의 불평불만에 유신은 품에 넣어두었던 불의 검을 꺼내서 툭 던졌다. 갑자기 품에 안긴 금속 물질에 초가의 눈이 부릅떠졌다. 검집과 손잡이, 크기와 길이 모두 불의 검이 확실했다. 전 세계에 단 다섯 자루만 존재하는 신물인 불의 검은 기본적으로 검은 바탕에 각 황실을 대표하는 색상과 문양이 새겨져 있었다.

'푸른색. 수우국의……'

초가는 검집에서 검을 뽑아보았다. 붉은빛이 도는 검신의 유려한 날만 보아도 불의 검이 확실하다는 걸 알 수 있었다.

불의 검이 한 자루 더 있다는 걸 알게 된 초가의 눈에 희망이 감돌았다. 그 모습을 못마땅한 얼굴로 보던 유신은 계획의 일부를 들려주었다.

"가리국 사절단이 도착하면 하랑도 내게만 집중하진 못할 거야. 황제도 바빠질 테고, 소렵도 마찬가지겠지."

황제와 하랑, 소렵의 경계심이 사절단에게 향할 때, 해연에게 접근해서 없애 버리겠다는 말이었다. 실현 가능성도 높고 가리국까지 엮어 넣기에도 좋은 방법이었다. 초가는 그제야 표정을 풀면서 탐욕스런 웃음을 지어 보였다.

"좋은 계획이오. 이번에는 차질 없이 진행되었으면 좋겠군."

초가는 불의 검을 건네면서 끝말을 강조했다. 매번 죽이겠다고 해놓곤 계속 실패했으니, 이번만큼은 꼭 해치우라는 경고이기도 했다. 유신은 불의 검을 가로채듯 빼앗고 몸을 돌렸다. 구태여 짚어주지 않아도 이번만큼은 검을 사용하는 데 주저하지 않을 생각이었다.

'더 살려두었다간 내가 무너진다.'

해연과 가까이 지내면서 이상한 감정이 마음의 벽을 흔드는 걸 모를 리 없었다. 애써 외면하고 있었지만, 그도 이제 더는 물러날 곳이 없었다.

10.
두 얼굴의 사신단

동연국은 사절단을 맞이할 준비에 박차를 가했다. 분위기를 띄워 줄 연회 준비도 막바지에 다다랐고, 사절단이 묵을 숙소도 단장을 끝냈다. 하랑이 부순 용주전의 담벼락은 여전히 가루가 된 채였지만, 그 외의 모든 곳은 손님을 맞이하기에 모자람이 없었다. 그리고 정확히 나흘 후, 베론이 이끄는 가리국의 사절단이 동연국 황궁에 발을 디뎠다.

푸른 기와를 얹은 거대한 궐문이 열리고, 선두에 선 베론의 뒤로 화려한 마차 한 대와 수십 대의 수레가 줄지어 움직였다. 맨 끝에 있던 수레가 성문 안쪽으로 완전히 들어갔을 때, 베론은 근정전의 내관 달봉을 만날 수 있었다.

달봉은 자신을 내려다보는 베론의 시선에 소름이 돋았다. 지금 자신은 맹수 사이에 낀 병아리와 같았다. 그를 위협하는 맹수는 베론과 황제였으며, 가리국과 동연국이기도 했다. 그 의미가 주는 엄청난 위압감을 겨우 견디고 있는 달봉에게 베론이 처음으로 말을 걸었다.

"그대가 전부인가?"

그의 푸른 눈동자가 서늘한 기운을 품었다. 인내심을 힘껏 끌어모아 억누르고는 있으나 화가 난 기색이 쉬이 감춰지지는 않았다. 그도 그럴 것이, 엄청난 양의 보석을 가지고 며칠을 고생해서 사막을 건너온 차였다. 황성 입구부터 꽃가루를 뿌려주던 예전과 같은 환대는 바라지도 않았지만, 이 정도의 박대도 예상치 못한 일이었다.

너무하다 싶을 정도로 급변한 동연국의 태도에 베론의 눈매가 매서워졌고, 사절단 사이에서도 술렁임이 일었다. 신녀를 잃고 물을 구걸하는 처지라지만, 엄연히 한 나라의 사절단이었다.

순식간에 분위기가 험악해지자 달봉은 바짝바짝 타들어가는 입을 간신히 열었다. 황제를 알현하기 전에 베론을 달래야만 했다. 지금 자신이 할 수 있는 일은 그것뿐이었다.

"베론 달세르(장군)께서는 언짢음을 풀어주십시오. 중요한 안건으로 군신 회의가 진행 중이다 보니 환영이 미흡하였습니다. 하나 폐하께옵서 사절단을 맞이하는 데 한 점 흐트러짐도 없으라 소인에게 재차 당부하셨나이다."

말 그대로 신료들은 회의 중이라 마중 나올 수 없었고, 그걸 안타깝게 여긴 황제가 사절단을 잘 맞이하라고 언급해 줬으니 그것만으로도 황제 입장에서는 나름 신경 써줬다는 뜻이었다. 하지만 베론의 표정은 조금도 풀리지 않았다.

'겨우 내관 하나 보내놓고 감지덕지하라는 건가.'

이를 악문 베론은 눈을 감고 치밀어 오르는 화를 가라앉혔다. 신녀 납치라는 무리한 거사를 앞두고 있었으니 함부로 적대감을 드러내는 건 위험했다. 적어도 신녀를 손에 넣기 전까지는 물을 구걸하러 온, 불쌍한 동맹국의 사절이 되어야 했다.

잔인한 현실을 되새기며 감정을 내리누를 때, 그의 뒤에 있던 마차의 창문이 열리고 중후한 남성의 목소리가 들려왔다.

"무슨 일인가?"

창문이 워낙 작게 열려서 외모는 잘 보이지 않았지만, 달봉은 그가 이번 사절단의 우두머리임을 직감했다. 실제로 베론은 사절단의 호위를 맡은 달세르일 뿐, 정치적인 부분은 마차에 탄 오하르(외교대신) 슐가가 맡고 있었다.

달봉은 슐가가 말을 건 순간을 놓치지 않고 자신의 임무를 전달했다.

"내관 달봉이라 하옵니다. 폐하께옵서 기다리고 계시옵니다. 이곳부터는 소인이 모실 터이니 마차에서 내려주시옵소서."

동연국의 궐 안에서 말을 탈 수 있는 건 신녀와 황실의 직계 가족 및 동연국의 공력자와 파발꾼뿐이었다. 달봉은 법도에 맞게 베론과 슐가가 걸어가야 함을 알렸고, 이윽고 마차 문이 열리면서 백발을 깔끔하게 넘긴 노인이 모습을 드러냈다. 당당한 체구에 강인해 보이는 턱, 총명한 눈빛을 가진 그는 가리국의 백성들에게 신망이 두터운 인물이었다.

"달세르, 물건은 잠시 병사들에게 맡기고 우리는 어서 갑시다. 나도 명망 높으신 동연국의 황제 폐하를 빨리 뵙고 싶소."

슐가는 부드러운 표정과 말투로 분위기를 순식간에 바꿔 버렸다. 그도 사람이니 동연국의 박대에 화가 날 만도 하건만, 불만족스러운 모습은 조금도 보이지 않았다. 또한 황제가 기다려서 가는 것이 아니라 자신이 보고 싶어서 간다는 뜻을 은연중에 비침으로써 한 나라를 대표하는 사신의 역할을 톡톡히 해내고 있었다.

술가의 점잖은 눈빛에 베론도 분노를 참고 백마 위에서 훌쩍 뛰어내렸다. 두 사람이 채비를 마치자 달봉은 큰 소요 없이 사태가 마무리된 것에 감사하며 술가와 베론을 근정전으로 이끌었다.

달봉의 뒤를 따라 발을 옮기던 베론은 가다 말고 고개를 돌려 자신이 지나쳐 온 거대한 궐문 지붕을 바라보았다. 푸른 기와지붕 위에 남색 무복을 입은 사내 둘이 서 있고, 그들과 눈이 마주쳤다.

'저자가 달천을 이끄는 뇌공의 하랑.'

베론의 눈동자에 검을 짚고 서 있는 한 사내가 가득 들어왔다. 소문은 익히 들었지만, 직접 보는 건 처음이었다. 전쟁이 일어나지 않는 한 하랑은 국경을 넘을 일이 없었고, 가리국을 지키는 베론은 나라를 떠난 적이 처음이니 그럴 만도 했다. 이름만 알고 지내다가 우연찮게 이루어진 첫 대면에 하랑도 그를 유심히 지켜보았다.

'저자가 모래의 달세르, 베론.'

이번 사신단에서 가장 위험한 인물이 베론이었다. 한시라도 눈을 떼어선 안 되지만, 베론과 눈이 마주치는 그 순간에도 하랑의 머릿속을 헤집는 건 유신이었다. 그가 떠오르자 하랑은 눈살을 찌푸렸고, 덩달아 그의 몸에서 뿜어져 나오는 기세가 강렬해졌다.

"대장?"

곁에 있던 역운이 하랑의 기운에 깜짝 놀라 그를 불렀다. 며칠 전에는 용주전을 박살 내놓더니, 오늘은 사신단을 향해 살기까지 풍겨 대는 것이 무척 위험하게 느껴졌다.

"왜 그러십니까?"

역운의 조심스러운 물음에 하랑은 고개를 저었다. 지금은 유신에게 신경 쓸 때가 아니었다.

"별것 아니다. 공력자는 달세르 베론뿐이고, 실력이 제법 뛰어난 자가 열둘, 나머지는 다 일반 병사급이다."

역운은 하랑이 짚어주는, 실력이 제법 좋다는 열두 명을 눈여겨 봐두었다. 다른 병사들이야 크게 문제가 되지 않지만, 실력이 뛰어난 이들은 달천대의 밀착 감시 대상에 포함되었다.

"저들의 신분을 확실하게 확인해 두고 보고하도록."

"예."

하랑은 역운에게 지시를 내려놓고 지붕에서 뛰어내렸다. 해야 할 일은 산더미지만 뭐 하나 먼저 하고 싶은 일이 없었다. 삶에 대한 의욕을 잃어버린 사람처럼 무표정한 그의 얼굴에는 어둠만 가득했다.

'왜 이리 답답하지?'

하랑은 걷다 말고 주먹 쥔 손으로 가슴을 수차례 때렸다. 체한 듯 불쾌한 느낌이 며칠 내내 지속되고 있었다. 그 원인이 무엇인지 알면서도 하랑은 애써 모른 체했다. 신녀인 해연을 연모하는 자신을 인정할 수 없었고, 사내를 사랑할 수 없는 해연이 자신에게 고백한 감정도 진심이라고 생각하기 어려웠다. 하지만 무엇보다 그를 힘들게 하는 건, 해연과 유신의 은밀한 접촉이 직접 본 것처럼 선명하게 뇌리에 맺혀 있다는 점이었다.

'각성 전이야 그럴 수도 있다지만, 지금은 엄연히 물의 신녀가 아니신가. 사내에게 그럴 리가 없다. 절대.'

머리는 아닐 것이라 외치지만, 검을 쥔 하랑의 손은 부들부들 떨렸다.

"미치겠군."

눈빛이 착 가라앉은 그는 복잡해지는 머리를 신경질적으로 쓸어 넘겼다. 해연이 다른 여인들처럼 사내를 연모할 수 있다는 걸 모르기에 그의 머릿속은 점점 더 복잡해져만 갔다.

거대한 근정전의 문이 열리고, 베론과 슐가의 앞에는 왕좌까지 쭉 뻗은 길이 나타났다. 두 사람은 차분하게 그 길을 따라 걸었다. 양옆으로 늘어선, 푸른 관복을 입은 사람들 사이를 지나자 녹색과 붉은색 관복을 입은 신료들 앞에 당도했다. 그제야 두 사람은 걸음을 멈췄다.

"오하르 슐가와 달세르 베론이 황제 폐하께 인사 올립니다."

슐가의 인사말에 따라 베론은 옥좌를 향해 허리를 깊숙이 숙였다. 두 사람이 인사를 끝내자 단상 위쪽에서 권태로운 음성이 들려왔다.

"고개를 들라."

황제의 허락에 베론과 슐가는 고개를 들고 단상 위를 올려다보았다. 붉은 용포를 입은 황제가 금으로 만든 옥좌에 앉아 턱을 괴고 무심한 얼굴로 두 사람을 내려다보고 있었다. 붉은 머리카락을 깔끔하게 틀어 올려 금관으로 고정한 그는 핏빛 눈동자에 서린, 잔인하고 냉혹한 기운을 조금도 숨기지 않았다. 그가 바로 동방을 휘어잡은 광폭의 붉은 용이었다.

소문으로만 듣던 황제를 직접 본 베론과 슐가는 신경을 바짝 곤두세우고 정신을 다잡았다. 광포한 용 앞에서는 작은 틈도 허투루 내보여선 안 된다. 다른 나라에서 보낸 사절이라고 하더라도 마음에 들지 않으면 목을 잘라 버리는 일이 종종 있었기 때문이었다.

'한데 이번 대의 황제가 공력자라 들었는데, 어찌하여······.'

베론은 황제의 뒤에 서 있는 사십대 남성에게 잠시 시선을 주다가 단 아래에 서 있는 흰옷의 사내를 힐끗 살폈다. 그가 알기로 동연국에는 공력자가 총 셋이었다. 동연국의 무력을 담당하는 하랑은 근정전에 오기 전에 확인했다. 그럼 남은 공력자는 둘이어야 숫자가 맞았다. 듣기로는 화공을 쓰는 황제와 파공을 쓰는 소렵이 현 동연국의 공력자였다. 그런데 한 명이 더 있었다.

'황제 뒤에 있는 자가 용의 비늘, 소렵이 맞을 터인데. 하면 저자는 누구란 말인가.'

정체를 알 수 없는 사내는 분명 동연국의 복장을 하고 있었다. 피부가 하얀 것이 청일국이나 수우국에 가깝긴 했지만, 두 나라 다 적국이니 이곳에 있을 이유가 하등 없었다.

베론이 유신의 정체를 파악하기 위해 머리를 열심히 굴리고 있을 때, 가후가 그들에게 말을 걸었다.

"오하르 슐가라니, 가리국에서 거물을 보냈군."

무척 담담한 목소리지만 내용만큼은 매우 호의적이었다. 슐가는 황제의 칭찬에 허리를 깊이 숙이며 감사의 말을 전했다.

"소인을 높이 평가해 주시니 감읍할 따름이옵니다, 폐하."

점잖은 슐가는 어느 한 곳, 트집 잡을 만한 구석이 보이지 않았다. 흥미를 잃은 가후는 유신에게서 시선을 떼지 못하는 베론을 보며 소리 없이 웃었다. 공력자가 하나 더 늘어난 걸 보았으니 무척 혼란스러울 것이다. 하지만 그의 관심사는 유신의 정체를 밝히고 놀라게 하는 게 아니었다.

"달세르 베론이라……."

황제의 중얼거림에 베론이 고개를 들고 그에게로 시선을 돌렸다. 옥좌에 앉아 있는 그는 즐거운 감정을 감추지 않은 채 잔인한 웃음을 짓고 있었다.

"그대를 보낼 정도라니, 가리국이 급하긴 급했던 모양이군."

그 말에 베론은 찌푸려지려는 미간을 억지로 편 채 정치적으로 응하려 했다. 하지만 가후가 조금 더 빨랐다.

"이런, 짐이 다 안타깝군."

뭐가 그리 안타깝단 건진 알 순 없었으나 한 가지만은 확실했다. 웃는 얼굴로 내뱉는 말이 모두 거짓이란 점이었다.

가후는 베론의 얼굴을 빤히 보면서 비소를 짓는 걸 멈추지 않았다. 베론 달세르, 그는 가리국을 지키는 방패로 유명했다. 청일국에는 어둠에 가려진 단살단의 두령이 있고, 동연국에는 푸른 뇌공의 하랑이 있다면, 가리국에는 모래의 베론이 있다는 말이 전해질 만큼 그는 사막의 최강자였다. 사막에서는 단살단의 두령과 하랑도 그를 이기지 못한다는 추측이 나올 만큼 강력한 무력의 소유자였다. 그런 그가 이성을 잃고 길길이 날뛰는 꼴은 과연 어떤 모습일지, 작은 호기심이 빼꼼 머리를 들었다.

"가리국의 황제가 차가운 침상에서 외로이 밤을 지새울 걸 생각하면 안타깝기 그지없네."

그는 모든 신료가 다 들을 수 있도록 또박또박 말하며 가리국의 황제를 조롱했다. 사모해 마지않는 연인에 대한 욕설에 베론의 얼굴이 와그작 일그러졌다. 자신을 비웃는 건 얼마든지 받아들일 수 있지만, 주군을 우롱하는 건 견딜 수 없었다. 적어도 눈앞의 황제는 그의 주군을 모욕해서는 안 될 처지였다.

'빤히 사정을 알면서 어찌 저리 악독하게 굴단 말인가.'

베론은 강렬한 눈빛으로 가후를 노려보았다. 옆에 서 있던 슐가가 눈치를 주지 않았더라면, 검을 미리 반납하지만 않았더라면 당장 뛰어올라 황제의 목에 검을 들이밀었을 것이다.

부들부들 떨면서 참으려고 노력하는 베론 대신에 슐가가 황제의 말에 적절한 답변을 올렸다.

"정사를 돌보시느라 바쁘신 와중에도 동맹국 황제 폐하의 개인적인 일까지 염려해 주시니, 노신은 참으로 경탄스럽사옵니다. 이리도 도량이 넓은 폐하의 치세를 누리니 나라에 영광이 없을 리가 있겠습니까? 그야말로 만백성의 홍복이옵니다."

침착하게 대응하는 슐가의 말에는 욕과 칭찬이 적절히 섞여 있었다. 물론 트집 잡을 구석은 전혀 없어서 가후의 흥도 완벽하게 깨뜨렸다. 건드릴 때마다 명답만 내놓으니 가히 명불허전이라 할 수 있었다.

빈정이 좀 상한 가후는 혀를 살짝 차며 그를 내려다보았다. 칠십줄에 들어선 노인답지 않게 당당한 체구와 건강한 피부, 맑은 눈을 가진 타국의 신하는 뛰어난 언변과 충성심, 청렴함까지 겸비하여 대단한 명성을 얻었다. 타국의 황제 입장에서는 탐이 나면서도 거북스러운 인물인 건 분명했다.

"늙은이가 제법 이름값을 하는군."

그는 속으로나 할 법한 말을 면전에다 대고 내뱉었다. 그 말에 슐가와 베론은 물론이고, 유신과 동연국의 신하들까지 어찌 반응해야 하는지 감이 잡히지 않았다. 그저 이 불편한 자리가 빨리 끝나길 바랄 뿐인데, 가후는 사절단을 쉬이 물리지 않았다.

"솔직히 말해 그대들 때문에 짐이 참 불쾌했네."

난데없이 짜증을 부리는 황제의 행동에 베론도 찬물을 뒤집어쓴 사람처럼 머리가 식었다. 미친놈이란 소문은 익히 들었지만, 직접 겪어보니 동연국의 신하들이 불쌍하게 느껴질 지경이었다. 그런 베론의 속내를 알면서도 가후는 모른 척 제 말만 내뱉었다.

"가리국에서 갑자기 사절단을 보내겠다고 하여 짐이 정무 일정을 모두 뒤틀었지 않았는가. 그래도 가리국과는 오랜 동맹국이니 연회를 준비하라 하였지만, 아무리 급해도 제대로 된 절차는 밟았어야지."

허락도 하지 않았는데 대뜸 방문한 것이 불만이란 뜻이었다. 물론 먼저 요청을 했다면 받아주지도 않았을 것이다. 신녀를 노릴 가능성이 높은데 타국의 공력자를 함부로 궁 안에 들일 이유가 없었다. 가리국에는 적당히 둘러대고 물이나 좀 팔아 이문을 남길 생각이었건만, 소식 빠른 가리국의 황제가 선수를 쳐서 사절단부터 보내 버렸다. 가후는 그것이 불만이었다.

베론은 물이 없어 가리국의 백성들이 죽어가고 있음을 외치고 싶었지만, 입을 다물고 참아냈다. 좋지 않은 나라 사정을 타국에 함부로 흘리는 건 위험한 행동이었다. 대신 이번에도 슐가가 나서서 일을 마무리 지었다.

"폐하께옵서 말씀하신 대로 올바른 절차를 밟지 못하였고, 언짢아하심도 옳사옵니다. 오랜 동맹국인 동연국에 새로운 신녀님이 오셨다는 소식을 듣고 가리국의 온 백성이 제 일처럼 기뻐하였으며, 황제 폐하께옵서도 그러하셨나이다. 하여 많은 양의 보석을 가지고 가 기쁜 마음을 전하라 하셨으니, 폐하께옵서도 하해와 같은 아량으로 받아주시옵소서."

전부 다 사실인 양, 진심이 뚝뚝 묻어나는 말투에 가후는 잠시 할 말을 잃었다. 괜히 가리국 최고의 대신이라 칭하는 자가 아니었다. 부드러우면서도 빈틈이 없었고, 가리국과 동연국 중 어느 한쪽의 체면도 깎지 않았다. 대단하다고 하지 않을 수가 없었다. 또한 그만큼 그의 말에는 힘이 실려 있었다.

'정말 물만 얻어 갈 생각인 건가?'

슐가의 생김새가 오십대라 해도 믿을 만하다지만 엄연히 칠십 줄에 들어선 노인이었다. 제대로 된 무력도 지니지 않은 자를 들이밀었다는 건 인질이라고 해도 과언이 아니었다. 만약 슐가가 아니라 죽어도 그만인 자를 보냈다면 그는 그들의 납치 계획을 확신했을 것이다. 하지만 타국에도 널리 알려진 슐가의 명성이 조금씩 의심을 걷어냈다.

'좀 더 지켜봐야겠군.'

가후는 한발 물러나기로 했다. 그들의 목적이 완벽하게 드러나지 않았으니 우선은 지켜볼 요량이었다.

"가리국에서 성의를 보였으니 짐도 동맹국의 군주로서 환영해 주어야겠지. 먼 길 오느라 고단할 테니, 마련한 숙소에서 편히 쉬다 가게."

드디어 황제의 입에서 물러가란 소리가 나왔다. 베론과 슐가는 그에게 인사를 올리고 근정전을 나섰다. 밖에서 기다리고 있던 달봉이 두 사람을 숙소로 안내하는 동안 베론의 머릿속에는 오직 한 가지 생각만이 떠돌았다.

'최대한 이른 시일 내에 끝을 보자.'

왕좌에 앉아 내려다보던 그 잘난 면상이 구겨지는 꼴을 꼭 보기 위해서라도 베론은 신녀를 기필코 납치하겠다고 다짐했다.

신궁에 있는 해연의 처소 안. 침상 위에 엎어져서 무언의 시위 중인 해연의 뒤로 무녀들이 늘어서서 절절매고 있었다. 그녀들의 손에는 옷과 장신구 상자들이 들려 있었는데, 전부 밤에 있을 연회를 위한 물품이었다.

"신녀님~ 이제 그만 일어나셔야 합니다."

단야는 타이르고 애원하며 해연의 기분을 풀어주려 했다. 그러나 해연은 움찔하기만 할 뿐, 눈을 꽉 감은 채 대꾸조차 하지 않았다. 지금 그녀가 침묵시위를 하는 이유는 그놈의 황제 때문이었다.

'나쁜 놈의 자식. 지는 즐겁다 이거지?'

해연은 조금 전에 황제가 보낸 내관, 모백을 만났다. 가리국에서 사절단이 왔으니 연회를 베풀 거라면서 필히 참석하라는 연통이었다. 하지만 해연이 알기로 신녀는 마지막 날에 열리는 송별연에만 나가도 충분했다. 그런데도 가후는 꼭 참석하라면서 해연을 분노하게 만드는 말도 덧붙였다.

"내 특별히 마련한 만남의 장이니 거부하지 말도록. 필히 참석해서 짐을 기쁘게 해봐. 아니면 짜증 나는 기분을 하랑에게 풀어야 할 테니까."

해연은 이불을 꽉 움켜쥐었다. 황제가 어디서부터 어디까지 아는지는 모르지만, 자신이 하랑을 피해 다닌다는 건 알고 있는 것 같았다. 그렇지 않고서야 하랑에게 매질을 가할 수도 있다는 협박을 덧붙이면서 꼭 오라고 강요할 이유가 없었다.

'그때 일도 아는 건 아니겠지?'

유신과 꽃씨 창고에서 있던 일까지 아는 건 아닐까, 불안감이 엄습해 왔다. 뒤숭숭한 감정을 다독이지 못한 해연은 베개에 얼굴을 파묻고 신음을 내뱉었다. 도저히 답이 나오지 않았다. 사실 황제는 하랑의 감정을 더 확실하게 확인해 보기 위함이었지만, 그걸 모르는 해연은 연회 참석 여부를 두고 골머리를 앓을 수밖에 없었다.

"신녀님, 요 며칠 동안 바깥바람 한 번 쐬지 않으셨잖아요. 오늘 연회는 볼거리도 많고 성대하게 치른다 하니 기분 전환도 할 겸 나가보시는 것도 괜찮으실 거예요."

단야는 해연을 재차 재촉했으나 이번에도 효과가 없는 듯했다. 그때, 갑자기 벌떡 일어난 해연은 작은 숨을 내뱉으며 단야와 무녀들을 보았다. 그녀들의 손에 들린 옷가지는 그냥 봐도 아름다웠다. 입기만 해도 남부럽지 않을 만큼 눈에 띌 터였다. 그 사실을 직시한 해연은 차분하고 단호하게 제 뜻을 전했다.

"좋아. 대신 그 어느 때보다 예쁘게 꾸며줘."

단야는 순간 자신이 잘못 들은 줄 알았다. 그렇게 애원해도 버티던 해연이 갑자기 예쁘게 꾸며주면 간다니, 이해할 수 없는 일이었다. 하지만 해연의 입장에서는 나름 큰맘 먹고 한 소리였다.

황제가 원치 않은 멍석까지 깔아주었는데, 계속 피하기만 한다고 해결될 일이 아니었다. 게다가 자신 때문에 무녀들이 쩔쩔매며 고생하는 것도 미안했다.

'꽃도령 일은 우선 잊고 이곳 생활에 적응한 것처럼 굴어서 황제의 경계심부터 없애자. 집으로 돌아갈 방법을 찾으려면 그편이 좋아.'

거짓 연기를 할 생각에 해연의 얼굴빛이 어두워졌다. 집으로 돌아가는 건 분명 좋은 일이지만, 왠지 모르게 가슴 한편을 무겁게 짓눌렀다.

속이 답답해진 해연은 숨을 가득 들이마시고 내뱉었다. 그 소리에 번득 정신을 차린 단야가 해연을 욕실로 이끌며 상큼하게 웃었다.

"신녀님도 차암~ 제가 원하는 게 바로 그거예요!"

절세미인인 황후보다도 아름답길 바랐다. 그 자리에서 가장 빛나는 별이 신녀이길 원했다. 그것이 단야가 가장 바라 마지않는 일이었다. 모시는 신녀가 빛날수록 그녀는 자부심을 느꼈다.

"가리국 사신들도 깜짝 놀랄 정도로 예쁘게 해드릴게요!"

단야는 5층에 있는 대형 욕실로 가다 말고 몸짓을 크게 하며 과장되게 표현했다. 물론 사신들은 새로운 신녀에 대한 기대감이 워낙 높아서 그리 깜짝 놀라지는 않을 테지만, 그래도 그녀는 최선을 다할 생각이었다. 그건 해연의 뒤를 얌전히 따르고 있는 다른 무녀들도 마찬가지였다.

해가 완전히 진 뒤, 어두워진 근정전 앞마당에는 환한 빛을 발하는 조명등이 켜졌다. 황실에서만 쓰는 값비싼 등불은 어둠을 밀어냈고, 궁녀들은 다시 바쁘게 움직이며 연회 준비를 서둘렀다. 그녀들이 술과 음식을 나르며 마지막 준비에 박차를 가하고 있을 때, 소렵과 유신이 호위하는 황제의 가마도 황후전 앞에 당도했다.

"황제 폐하 듭시옵니다!"

내관 모백이 큰소리로 외치자마자 처소 밖으로 황후가 모습을 드러냈다. 붉은 황후복을 입고 금관을 쓴 그녀는 언제나 그렇듯이 눈부시게 아름다웠다. 뒤로 길게 끌리는 치맛자락조차 걸음을 방해하지 않았고, 그녀는 우아함을 유지하며 가후에게 다가갔다.

가마 기둥에 묶여 있는 금빛 휘장 사이로 황제의 시선이 느껴졌다. 비아는 소매로 가린 양손을 가로로 반듯이 들고 이마에 대며 무릎을 살짝 굽혔다. 부인이 지아비에게 하는 인사법 중 하나로, 순종적인 여인의 향기를 물씬 풍겨서 사내들이 유독 좋아하는 인사법이었다. 특히 손을 내릴 때 눈을 살짝 내리깔고 입술 즈음에서 멈추면 그 자태에 반하지 않을 사내가 없었다.

가만히 서 있어도 아름다운 황후가 순종적인 인사법으로 황제를 맞이했을 때, 풍월대원 중 몇 명은 터져 나오려는 감탄사를 막기 위해 입술을 악물어야 했다. 조금이라도 입 밖으로 소리를 내었다가는 그 자리에서 처형당할 게 분명했다.

풍월대원들이 초인적인 인내심으로 간신히 목숨을 부지하는 동안, 가후는 파르라니 떨리는 황후의 속눈썹과 그 사이에 자리 잡은 순한 금빛 눈동자를 보고 있었다. 언제 보아도 아름답지만, 또한 이토록 화나게 하는 얼굴도 없을 것이다.

그는 반 박자 느리게 손을 뻗어 그녀의 볼을 쓰다듬었다. 보드라운 살결의 감촉이 그리 나쁘지만은 않았다. 갑작스러우면서도 묘한 접촉에 모든 이들이 고개를 숙였고, 비아는 붉어진 얼굴로 그 손길을 가만히 받아내었다.

"언제 보아도 그대는 아름답군."

자상하면서도 달콤한 음성이었지만, 그 속에 담긴 차가움을 그녀는 모르지 않았다. 그는 항상 다른 사람이 있는 곳에서만 그런 행동을 했다. 아내에게 온 마음을 줘서 다른 여인에게는 눈길조차 주지 않는다는, 완벽한 지아비 행세를 했으나 전부 거짓이었다. 단둘이 있을 때의 그를 보지 못했기에 심어진 환상에 불과할 뿐이었다.

가후는 바짝 긴장한 비아의 모습에 잔인한 미소를 지었다. 그녀가 사내들이 좋아한다는 인사법을 선택한 이유는 충분히 짐작할 수 있었다. 황후는 자신이 처소까지 들어가 괴롭힐까 봐 두려워서 도착하자마자 뛰쳐나온 것이다. 그리고 그 생각이 들켜 보복당하는 걸 방지하고자 마음에도 없는 인사법으로 기분을 풀어주려 했으리

라. 하지만 그는 그녀를 쉽게 용서하지 않았다. 꼭 처소가 아니더라도 괴롭힐 방법은 많았다.

"가마를 내려라. 황후와 함께 탈 것이다."

그의 말에 비아는 눈을 동그랗게 떴다. 웃고 있는 그의 얼굴을 보니 눈앞이 깜깜해졌다. 이런 일은 처음이었다. 가마가 커서 둘이 타도 넉넉하다지만, 지금껏 같은 가마에 오른 적이 없었다. 본인에게 득이 되지 않는 한 불편을 감수할 리가 없는데, 조마조마한 감정이 몸을 스쳐 지나갔다.

가후의 결심을 거부할 수 없는 그녀는 결국 그의 옆에 자리를 잡았다. 일부러 조금 떨어져서 앉았지만, 가마가 움직일 때마다 밀착하듯 몸이 닿곤 했다. 어쩔 줄 몰라 하는 황후의 모습을 재미나게 구경하던 가후는 그녀의 옷을 슬쩍 잡아당겼다.

그 손길에 움찔한 비아는 그와 눈이 마주쳤다. 가후는 제 품에 안기라는 신호를 보냈다. 그 뜻을 파악한 그녀가 놀라 고개를 젓자 그의 얼굴이 순식간에 굳어졌다.

좀 전까지만 해도 웃던 얼굴이 거짓말처럼 사라지고, 싸늘한 한기만 남았다. 너무나도 무섭게 돌변하는 표정에 비아는 심장이 철렁 내려앉는 듯했다. 가마 바닥을 짚은 그녀의 손이 덜덜 떨려왔지만, 그는 눈빛을 풀지 않았다. 가후는 재차 제 품을 가리켰고, 그녀는 숨 쉬는 것마저 조심하면서 그의 넓은 가슴에 얼굴을 기댔다. 그 제야 만족했는지, 그는 품에 안긴 황후의 금빛 머리카락을 매만지며 장난을 쳤다.

무심한 그의 손길이 등과 어깨를 스쳐 지나갈 때마다 비아의 몸이 움찔거렸다. 그러나 그걸 알면서도 가후는 좀처럼 그녀를 놓아주지 않았다.

'하랑이 이 꼴을 보면 어떤 반응을 보일지 궁금하단 말이지.'

일그러진 하랑의 얼굴을 상상한 그는 만족한 듯 씩 웃었다. 최근 들어 하랑이 신녀에게 이상한 반응을 보이긴 했지만, 그래도 그가 제일 연모하는 여인은 자신의 품에 안겨 있는 황후가 분명했다. 어서 빨리 근정전에 다다라서 하랑의 질투 어린 표정을 보고 싶었다.

보랏빛으로 물든 하늘은 상쾌한 바람을 동반하고, 근정전 곳곳에 놓인 석등과 조명등은 연회장을 환하게 비췄다. 손님을 맞이할 준비가 다 끝난 연회장에는 식욕을 자극하는 음식 냄새와 궁녀들의 분가루 향이 묘하게 섞여 있었다. 누군가의 눈에 띄기 위해 볼을 붉게 물들인 궁녀들이 한쪽에 줄지어 늘어서 있을 때, 반듯하게 잘 깔린 돌바닥 위로 사신단이 들어섰다.

연회장에 온 베론은 우측에 마련된 사신단 좌석에 앉아서 슐가와 함께 일상적인 대화를 나눴다. 하지만 그의 시선은 맞은편에서 달천대원들에게 지시를 내리는 하랑에게 가 있었다.

"달세르."

"예?"

베론은 황급히 시선을 떼고 슐가를 보았다. 백발을 멋스럽게 넘긴 슐가는 보기 좋은 눈주름을 새기며 웃고 있었다. 마치 할아버지가 사랑스러운 손자를 보는 듯한 눈빛에 베론은 괜스레 마음이 무거워졌다. 어쩌면 이곳이 슐가의 무덤이 될지도 몰랐다. 그가 맡은 임무는 가후의 의심을 줄이고 최대한 시선을 끄는 것이었다. 즉, 자신이 신녀를 납치해 가리국으로 도망간다면 동연국 황궁에 남아 있을 슐가의 목숨은 정해진 것과 다름없었다.

"저, 오하르."

절대 해선 안 될 말이 베론의 목구멍을 비집었다. 최소한 미안하다는 말이라도 남기고 싶었으나 슐가가 그를 제지했다. 연회장에는 두 사람의 대화에 귀를 기울이는 이들이 너무 많았다.

"달세르, 하랑 대장과 겨뤄보고 싶은 무인의 마음은 이해하나, 우리는 엄연히 해야 할 일이 있지 않소? 동연국의 물을 얻어 가는 것이 먼저요."

슐가는 주위를 의식하며 물을 얻어 간다는 부분을 슬그머니 끼워넣었다. 그 뜻을 짐작한 베론은 고개를 끄덕이며 마음을 다잡았다. 하랑의 무위에 관심을 가지기에는 이번 임무가 너무 막중했다. 베론은 아쉬운 마음을 감추고 다시 한 번 하랑을 보았다. 그는 내관 달봉을 따라 근정전 뒤쪽으로 가고 있었다.

황제와 황후를 태운 가마는 근정전 북문에 도착했다. 그러나 가마꾼들의 어깨 위에 그대로 얹혀 있었다. 하랑이 오기 전에는 가마에서 내릴 마음 따위, 황제에겐 없기 때문이었다. 기어코 하랑에게도 이 장면을 보여주고야 말겠다는 의지에 황후는 홀로 속을 태웠다.

"폐하…… 도착을 하였는데, 이제 그만."

힘없이 작게 중얼거리는 목소리에 가후의 붉은 눈동자가 그녀에게 향했다. 두려움에 휩싸여 눈도 제대로 마주하지 못하지만, 그래도 그녀는 그의 가슴을 슬쩍 밀며 품속에서 벗어나려 했다. 좁은 가마 안에서 황제에게 안겨 있는 모습을 아랫것들에게 보이기 민망하기 그지없거니와, 하랑에게도 보여주고 싶지 않았다. 하랑이 또다시 자신 때문에 상처 입을까 걱정한 그녀의 반항은 등을 누르는 억센 팔에 가로막혔다.

가후가 등을 당겨 누르자 비아는 그대로 그의 품에 안겨 버렸다. 그녀의 반항이 무색할 만큼 그의 거부는 무척 단호했다. 그는 황후의 미세한 떨림을 느끼며 그녀의 귓가에 입술을 가져다 댔다.

예민한 귀에 뜨거운 입술이 닿자 놀란 그녀가 품속에서 몸을 웅크렸다. 평소보다 더 진한 애정 공세에 당황할 수밖에 없었다. 바짝 긴장한 채 얼굴이 발갛게 변한 황후의 귓가로 웃음기가 서린, 잔인한 황제의 목소리가 들렸다.

"짐은 그대와 계속 이렇게 있었으면 좋겠소."

누가 들으면 무척 달콤한 속삭임이었을 테지만, 황후에게는 협박이 분명했다. 하랑이 올 때까지 얌전히 있으라는 경고에 반항을 멈추고 품에 안겨야만 했다. 반항하면 할수록 그의 짓궂은 괴롭힘은 점점 더 심해진다는 걸 그녀는 잘 알고 있었다.

하랑을 데려오라 보낸 달봉의 기운이 느껴지자 가후는 두 눈 가득 진득한 미소를 품었다. 황후에게 마음에도 없는 짓을 매번 하는 이유는 하랑이 고통스러워하는 모습을 보기 위함이었다. 그리고 그것은 형제 같던 자에게 배반당한 마음을 조금이나마 달래기 위한 그의 몸부림이기도 했다.

하랑이 시야에 나타나기 직전, 가후는 황후의 목을 감싼 저고리 틈을 살짝 벌려 흰 목덜미가 드러나게 했다. 그의 손길에 비아는 움찔했지만, 이전처럼 반항하지는 않았다. 그저 그의 가슴에 얼굴을 대고 밀랍 인형처럼 굳어 있었다. 도대체 그는 무슨 생각인지, 시선이 목 주변에서 떨어지질 않았다. 긴장한 채로 숨까지 참고 있는 그 순간, 그의 고개가 숙여지더니 목에 뜨겁고 부드러운 무언가가 닿았다.

"읏."

목에 닿는 감촉에 놀란 비아가 황급히 소매로 입을 막았다. 이게 도대체 무슨 짓인지, 머릿속은 새하얗게 변해 버리고 온몸의 감각이 목으로 쏠렸다. 말캉한 무언가가 살갗을 간질이자 그녀는 황제의 용포를 움켜쥐었다. 목에 닿은 그의 입술은 눈물이 핑 돌 만큼 아찔한 감촉을 새겨 넣고 있었다.

황제가 찾는다는 말에 달봉을 따라 북문에 도달한 하랑은 두 개의 가마를 발견했다. 하지만 하랑의 눈에 가장 먼저 들어온 건 황제의 가마 앞에 서 있는 흰옷의 사내였다.

흰 부채를 부치며 유유자적 서 있던 유신은 하랑을 향해 친근한 척 미소를 지어 보였다. 그 웃음은 하랑의 무표정한 얼굴에 균열을 불러일으켰다. 꽃씨 창고에서 나오며 웃던 얼굴과 겹치면서 그의 가슴에 불을 지폈다.

하랑은 숨길 수 없는 불쾌감에 이를 악물며 검을 쥔 손에 힘을 주었다. 며칠째 저 얼굴 때문에 마음고생한 걸 생각하면 당장에라도 베어 없애 버리고 싶었다. 하지만 조금이나마 남아 있는 그의 이성이 행동을 통제했다.

'저자의 어딜 봐서 꽃도령이라고 부르시는 건지.'

해연이 유신을 부르는 호칭이 떠오르자 심장이 더 들썩거렸다. 처음 봤을 때부터 마음에 들지 않더라니, 요즘은 비호감의 절정을 찍었다. 하랑은 자꾸만 뒤틀리는 감정을 가라앉히려 노력하며 달봉을 따라 황제의 가마 앞으로 다가갔다. 그리고 가마 안에서 벌어지는 낯 뜨거운 분위기에 더 굳어버렸다.

가마 앞에 선 달봉은 당황한 채 급히 고개를 숙였다. 황제가 황후를 아낀다지만, 대놓고 이런 적은 또 처음이었다. 게다가 지금 그는 하랑을 데려온 차였다. 하랑이 황후의 옛 연인인 걸 알고 있는 달봉

은 아무 말도 못 하고 땅만 훑었다. 그때, 하랑의 착 가라앉은 음성
이 정적을 깼다.

"처소로 가실 겁니까?"

그의 무심하면서도 굳은 목소리에 입을 막고 있던 황후의 손이
떨렸다. 그녀는 죄지은 사람처럼 눈도 뜨지 못했다. 그런 황후의 목
덜미에서 입술을 뗀 가후는 하랑을 바라보았다. 역시나, 원했던 대
로 표정이 영 좋지 못했다. 그것이 유신 때문인 걸 모르는 그는 원
했던 표정에 만족하며 두 눈 가득 웃음기를 머금었다.

"연회가 끝나고 가도 늦지 않겠지. 가마를 내려라."

그의 명령에 황후는 벌어진 옷깃을 추슬렀다. 하랑은 그런 황후
의 등에 잠시 시선을 주다 미련 없이 몸을 돌렸다. 가후가 자신을
부른 이유를 그도 모르지 않았다. 매번 황후를 이용해 괴롭히려 들
었으니, 그 모습을 본 것만으로도 자신이 할 일은 끝났을 것이다.

하랑이 말도 없이 연회장으로 훌쩍 들어가 버리자 가후의 웃음은
더욱 짙어졌다. 기분이 좋아진 그는 가마에서 내리는 황후에게 손
을 내밀었다. 잘 참았다는 칭찬의 의미인지, 손을 잡고 들어가서 하
랑을 다시 괴롭히겠다는 의미인지 알 수 없었다. 주저하던 비아는
붉은 소매 속에 숨겨진 손을 내밀었다. 그는 그 손을 잡고 그녀를
연회장으로 이끌었다.

"황제 폐하와 황후마마 듭시옵니다!"

달봉의 목소리가 연회장에 울려 퍼지자 사신단과 신료들이 자리
에서 일어났다. 가후는 사람들의 예를 받으며 황후와 함께 근정전
의 처마 아래로 갔다. 그곳에는 보석을 박아 넣은 세 개의 화려한
의자가 놓여 있었다. 계단 위쪽이라 사신단과 신료들을 전부 내려

다볼 수 있는 위치였는데, 그가 가운데 의자에 앉았고, 황후는 우측에 자리했다. 비어 있는 좌측은 해연의 자리였다.

"신녀는 아직인가?"

황제가 못마땅한 듯 눈썹을 찌푸리자 뒤에 있던 달봉이 급히 변명을 내뱉었다.

"가마가 익숙지 않으신지 타고 싶지 않다 하시어, 조금 늦어진다는 기별이 왔습니다."

사람의 힘으로 드는 가마는 해연의 마음을 무척 불편하게 했다. 신녀가 되어 곡기를 끊은 뒤부터 불필요한 지방은 사라졌지만, 아직도 제 몸무게가 많이 나간다고 느꼈다. 그래서인지 가마꾼들의 어깨가 짓눌리는 걸 걱정하며 굳이 걸어가겠다고 고집을 부렸다. 물론, 그 덕에 도착하는 시각이 조금 지체되는 건 감안해야만 했다.

"까다롭긴."

가후는 저보다 늦는 신녀가 마음에 들지 않는지 투덜거리다 아까부터 허리도 펴지 못하는 사람들을 향해 앉으라 명을 내렸다.

"연회를 시작하라."

그의 음성이 연회장에 울려 퍼지자 듣기 좋은 선율이 흘러나오기 시작했다. 나풀거리는 무희들의 치맛자락에 연회 분위기는 더욱 달아올랐고, 사신단과 신료들은 점잖게 이야기하며 교분을 나눴다.

동연국 신료들을 적당히 상대하던 베론은 비어 있는 신녀의 자리에 속으로 침음을 삼켰다. 오늘 신녀의 얼굴을 확인해 둘 생각이었는데, 연회가 제법 진행될 때까지도 신녀는 모습을 드러내지 않았다. 간절히 원하던 만남이 생각보다 미뤄지자 그는 조바심이 들었다. 하지만 그 감정을 밖으로 드러낼 수는 없었다. 황제는 물론이고, 소렵까지도 그에게 시선을 고정하고 있었다. 다만, 조금 희한한 것은, 계단 아래쪽에 서 있는 하랑과 정체를 알 수 없는 흰옷의 공력자는 서로를 경계하느라 그에게는 눈길을 띄엄띄엄 준다는 점이었다.

'저자가 누구인지 정확히 알아둘 필요가 있겠어.'

베론은 하랑을 향해 싱글싱글 웃다가 제 시선을 느끼고 눈을 마주쳐 오는 유신을 보며 그가 무척 위험한 자임을 직감했다. 어둠 속에 존재하는 사람, 그 특유의 가면 같은 웃음은 하랑이 경계할 만큼 꺼림칙한 기운을 가지고 있었다.

한편, 담벼락 너머로 들려오는 듣기 좋은 악기 소리에 해연은 긴장을 풀려고 노력했다. 연회가 벌어지는 근정전 앞에 도달한 지는 제법 되었지만, 차마 안으로 들어가지 못하고 머뭇거리는 중이었다. 안에는 분명 하랑도 있고 유신도 있을 텐데, 두 사람의 얼굴을 어찌 볼지, 마음이 불편해서 쉽사리 발을 옮기지 못했다.

"신녀님, 이제 그만 들어가셔야 하옵니다."

뒤에 서 있는 단야가 해연을 재촉했다. 가마를 타지 않겠다고 하여 조금 늦어졌는데, 더 지체했다가는 연회가 아예 끝나 버릴 수도 있었다. 공을 들여 눈부시게 치장해 두었건만, 아무에게도 보이지 못하고 이대로 끝난다면 그녀는 절규하며 눈물을 흩뿌릴지도 몰랐다. 단야의 조바심에 해연도 굳게 마음을 먹었다. 그녀는 근정전의 문을 지키고 선 호위들에게 자신이 왔음을 알리라 명했다.

"신녀님 듭시옵니다!"

일순간 모든 소리가 뚝 끊기더니 닫혀 있던 문이 천천히 열렸다. 해연은 풍성한 치맛자락을 살짝 올려 잡고 문 안으로 발을 디뎠다. 결국, 이 시간이 오고야 말았다.

거대한 근정전 마당의 남쪽 문이 열리고 해연이 들어섰다. 그녀의 등장에 사신단은 물론이고, 동연국의 신료들과 악단, 심지어 춤을 추던 무희들까지도 하던 일을 멈췄다. 시간이 뚝 정지해 버린 듯 고요해진 연회장에서 움직이는 이는 신녀 해연과 그녀의 뒤를 따르는 무녀들뿐이었다.

해연이 걸음을 옮길 때마다 하얀 치맛자락이 별 가루를 뿌려놓은 듯 신비롭게 반짝였고, 뒤로 길게 늘어진 보랏빛 겉옷은 강인한 분위기를 더했다. 흰 신녀복과 대비되는 검은 머리카락은 우측으로 몰아서 단아하게 땋아 내렸고, 시원하게 드러낸 왼쪽 귀에는 얇고 긴 은 귀걸이가 매달려서 바람결에 흔들렸다. 긴 속눈썹과 선홍빛 뺨으로 여성스러움을 극대화한 해연의 모습은 사람들에게 예를 갖춰야 함을 잊게 만들 정도였다.

여인들은 해연을 보며 예전보다 아름다워졌다, 잘 꾸몄다 정도로 받아들였지만, 뭇 남성들이 받는 느낌은 그네들과는 조금 달랐다. 뭐랄까, 성스러운 신녀이긴 한데 여인으로도 느껴지는 묘한 감정이랄까? 머리카락을 한쪽으로 넘겨 시원스럽게 뻗은 목선에서 시선을 떼기 어려웠고, 차분하게 걷는 걸음걸이에서는 성숙함까지 느껴졌다.

남성은 신의 뜻에 따라 신녀에게서 성욕을 느끼지 못하건만, 오늘만큼은 달랐다. 해연이 뿜어내는 여인의 향기는 어딘가 이질적이면서도 색달라서 아찔하기까지 했다.

얄궂을 만큼 해연의 외모를 놀리던 가후까지 그 묘한 느낌에 할 말을 잃을 정도였다. 보잘것없던 소녀가 갑자기 손을 뻗어보고 싶은 여인으로 변모했으니 충격이 적잖을 수밖에 없었다.

해연에게서 시선을 떼지 못하는 가후의 얼굴이 점점 굳어져 갔다. 이건 뭔가 잘못돼도 한참 잘못됐다.

'필시 신녀인데.'

그는 겨우 해연에게서 시선을 떼고 계단 아래, 양옆으로 서 있는 하랑과 유신을 살폈다. 두 사람 모두 안색이 썩 좋지 않았다. 특히 하랑은 해연을 데리고 도망가고 싶은 걸 간신히 참는 듯했고, 유신도 표정이 심각해 보였다.

'정말…… 신녀에게 그런 감정이 가능하다고? 설마, 불러들인 신녀는 가능한 건가?'

유신의 감정은 확실하지 않아도 오래전부터 붙어 다녔던 하랑은 해연을 이성으로 느낀 적이 있는 듯했다. 그리고 자신도 그녀를 이성으로 받아들이고 있었다. 한 번쯤 품어봐도 재미날 것 같다는 묘한 기분. 그 어떤 신녀에게서도 느낄 수 없던 사내의 진솔한 감정이었다.

가후의 낯빛이 점점 어두워지자 그 모습을 힐끗 본 비아는 남몰래 치맛자락을 움켜쥐었다. 신녀가 나타난 뒤부터 연회장의 분위기가 변했다. 특히 근처에 있는 사내들의 분위기는 좀 더 이상했다. 그녀는 그 분위기가 위험하다는 걸 느꼈으나 달리 어찌할 방도가 없었다. 그저 황제의 안색을 살피고, 그와 하랑의 시선이 신녀에게 박혀서 빠져나오질 못한다는 것에 심장이 철렁 내려앉을 뿐이었다.

하랑은 점점 더 가까워지는 해연의 모습에 이를 아득 깨물었다. 이 자리에 가후만 없었더라면 오늘따라 더 여성스러운 그녀를 아무도 없는 곳으로, 아무도 보지 못하는 곳으로 데려가 숨겨두었을 것이다. 그는 그녀가 이토록 많은 사내의 눈에 띄는 것이 기분 나쁠 만큼 싫었다.

'차라리 도평에게 가둬두라고 할 걸 그랬나.'

하랑은 근정전 밖에 있는 도평을 떠올리며 실행 불가능한 생각을 했다. 요즘은 신궁 안에서만 지낸다기에 불안한 마음을 조금이나마 추스를 수 있었는데, 이건 이목이 쏠려도 너무 쏠렸다. 그리고 무엇보다도 유신, 저 작자의 눈에 자꾸 해연이 담기는 것이 싫었다.

하랑의 살벌한 눈빛을 느낀 유신은 생각을 중단하고 그를 힐끗 보았다. 첫 만남부터 썩 좋지 않았지만, 꽃씨 창고에서 도발한 이후로 그는 자신을 원수 대하듯 하고 있었다. 유신은 그런 하랑에게 다시 싱긋 웃어주었다. 해연과 무슨 일이 있었다는 의미를 담아 승리한 자의 희열 섞인 웃음을 짓자 하랑의 눈매가 가늘어졌다.

'이런, 정말 절정인가 본데?'

하랑이 단단히 화가 난 걸 느낀 유신은 더 이상의 도발은 위험하다는 판단을 내렸다. 더 건드렸다가는 정말 그와 검을 섞어야 할지도 몰랐다. 한 번 싸워보는 것도 나쁘지는 않겠지만, 일을 끝내기 전에는 몸을 사려야 했다. 지금껏 겪어본 그 어떤 자보다 하랑의 무위는 확실히 뛰어났기에 더욱 조심할 필요가 있었다.

'그나저나……'

유신은 하랑과의 눈싸움을 끝내고 어느덧 가까워진 해연을 보았다. 생각 이상으로 여인의 느낌이 강했다. 최근 들어 물이 오른 그녀의 외모가 문제가 아니었다. 신녀의 성스러움과 여인의 느낌이 합쳐지면서 시너지 효과를 만들어내고 있었다. 힘껏 끌어당겨서 품에 안아보고 싶을 정도로.

'이건 조금…… 위험한데?'

유신은 자신이 또 변덕을 부릴까 불안해졌다. 해연에게는 연민의 감정도 있고 인정하기 싫은 묘한 감정도 함께 가지고 있지만, 그것들이 더 커지는 건 두려웠다. 결국 그는 자신의 감정이 더 커지는 것을 막기 위해 해연에게서 애써 눈길을 돌렸다.

계단을 향해 다가갈수록 사람들도 자리에서 일어나 공손히 예를 갖췄다. 하지만 해연은 그들의 인사를 받아줄 수가 없었다. 하랑과 유신을 보지 않으려고 일부러 눈을 내리깐 채 걷고 있었기 때문이다. 그래서 그녀는 자신을 바라보는 하랑의 불안한 눈빛을 미처 발견하지 못했다.

해연이 계단에 가까워졌을 때, 그녀의 앞을 가로막는 자가 나타났다.

"처음 뵙겠습니다, 신녀님."

듣기 좋은 음색에 해연의 고개가 올라갔다. 물빛 머리카락을 가진, 키 큰 사내가 싱긋 웃고 있었다. 그의 돌발 행동은 하랑과 유신, 가후가 해연에게 정신이 팔려 있는 와중에 미처 손쓸 틈도 없이 벌어졌다.

"누구?"

"가리국에서 온 베론이라 합니다."

베론은 한쪽 무릎을 꿇고 해연의 손을 잡았다. 난데없이 손을 잡힌 해연은 눈을 동그랗게 떴고, 베론은 매우 유려한 몸짓으로 긴 소매에 가려 반만 나와 있는 해연의 손에 입을 맞췄다.

해연과의 신체 접촉에 등 뒤로 따가운 시선들이 쏟아졌으나 베론은 계획대로 말을 이어 나갔다.

"동연국에 새로운 신녀님이 오셨다 하여 인사 여쭙고자 찾아왔습니다."

해연의 손등에서 입술을 떼고 일어난 베론은 낮은 음성으로 속삭

이듯이 말을 전했다. 누가 보면 유혹한다고 할 정도로 그의 목소리
는 감미로웠다.

"오늘 처음 뵈었으나, 보는 순간 깜짝 놀랐습니다."

해연은 베론의 말을 들으면서 그에게 잡혀 있는 손을 조심스럽게
빼냈다. 옛 유럽처럼 가리국에서 사용하는 인사법일 수도 있지만,
마음이 불편했다. 무엇보다 하랑이 있는 공간에서 자꾸 남자와 얽
히는 것이 껄끄러웠다. 그런 해연의 마음을 모르는 베론은 그녀의
환심을 사고자 했다.

"무척 아름다우십니다. 특히 은으로 된 장신구가 신녀님을 만나
빛을 발하는군요."

예쁘다는 말에 해연은 베론을 향해 싱긋 웃어주었다. 이토록 디
테일한 칭찬에 기쁘지 않을 여자는 없을 것이다.

'하랑도 날 보고 있겠지?'

해연은 하랑을 떠올리며 더 환하게 웃었다. 그를 직접 대면하는
건 두렵지만, 봐주길 바랐다. 예쁜 옷을 입고 꾸며놓으면 다른 여인
들 못지않게 괜찮다는 걸 보여주고 싶었고, 자신의 고백을 거부한
걸 조금이나마 후회하길 원했다. 신녀라서 사랑할 수 없다 하더라
도 그가 잠시나마 눈길을 준다면 그것만으로도 기쁠 것이다.

해연의 미소에 베론은 등줄기에 닿는 시선이 좀 더 강렬해지는
걸 느꼈다.

'벌써 홀린 사내가 둘이나 되나? 그것도 공력자로?'

눈앞의 신녀는 활짝 웃는 게 제법 예쁘지만, 둘이나 되는 공력자
의 관심을 얻었다는 건 의외였다. 대체로 공력자들은 외모도 무척
뛰어나고 지닌 무위가 강력해서 여인들에게 인기가 많은 편이었
다.

'아이도 낳지 못한다고 알려진 신녀에게 둘이나 관심을 보인다고? 혹시……'

베론은 등 뒤에서 따끔따끔한 시선을 보내는 하랑과 유신을 슬쩍 살폈다. 둘 다 표정들이 썩 좋지 않은 것이, 떫은 감을 베어 문 듯했다.

'이계에서 온 신녀의 비밀을 저들도 알고 있나?'

베론은 이계에서 온 신녀에 대해 이미 알고 있었다. 물의 신의 안배에 따라 이계의 신녀는 물의 힘과 적은 양의 이타심을 가졌을 뿐, 그 외의 것은 일반 여성과 크게 다르지 않았다. 그래서 처음 만나는 이계의 신녀는 어떤 느낌일지 궁금했다. 하지만 이건 상상 이상이었다.

"베론…… 님?"

해연이 어색한 호칭을 붙이며 그를 불렀다. 앞을 가로막은 이유를 꺼내든지 비켜주든지 해야 자리로 갈 텐데, 그는 해연이 부른 뒤에야 본론을 꺼냈다.

"아, 송구합니다. 결례가 되지 않는다면 가리국의 백성으로서 신녀님께 한 가지 소소한 청을 올려도 될까요?"

무슨 부탁인지는 알 수 없지만, 해연은 자신이 들어줄 수 있는 내용이라면 들어주겠다며 고개를 끄덕였다. 그녀는 선해 보이는 인상과 적절한 선을 지키는 베론에게 호감을 느꼈다. 하지만 그런 해연과 달리 그 자리에 있는 공력자들은 그가 무슨 일을 벌일지 몰라 바짝 긴장한 상태였다.

'무슨 속셈이지?'

정치적인 이해관계까지 얽혀 있는 가후는 베론의 행동에 촉각을 곤두세웠다. 무언가 얻고자 하는 게 있으니 접근했을 터다. 사절단의 속셈이 불분명한 상황에서 조금이라도 틈을 주면 안 되기에 그는 베론의 목소리에 온 신경을 집중했다.

베론은 해연의 정체를 이 자리에서 확인할 필요가 있었다. 사신단의 신궁 출입도 거부당한 마당에 이번 연회가 아니면 신녀를 만날 기회가 없었다. 그렇다고 사적으로 접촉했다가 가짜 신녀를 만나기라도 한다면 일이 다 틀어져 버릴 수도 있었다. 그래서 그는 연회를 이용할 계획을 세웠다.

"신녀님의 물의 힘을 보여주실 수 있으시옵니까? 무엇이든, 간단하게라도 좋습니다."

물의 힘을 직접 본다면 진짜 신녀라는 걸 확신할 수 있었다. 다행히 해연은 긍정적인 반응을 보였다. 가끔 잘 사용이 안 돼서 그렇지, 손에서 물이 솟게 하는 것쯤이야 얼마든지 들어줄 수 있는, 손쉬운 부탁이었다.

해연이 베론의 청을 들어주기 위해 소매를 살짝 걷었을 때, 쾅! 소리와 함께 황제가 앉아 있던 의자의 손잡이가 터져 나갔다. 큰 폭발음에 궁녀들 사이에서 비명이 터져 나왔고, 많은 이들이 수축한 심장을 부여잡았다.

신녀의 힘을 보여 달라는 말에서 뭔가 불안함을 느낀 가후는 의자 손잡이를 터트려 이목을 집중시켰다. 그러곤 자리에서 일어나 노발대발 화를 냈다.

"지금 이게 무슨 짓인가, 달세르! 짐이 그대 때문에 연회를 더 기다려야 하나!"

베론이 해연을 잡고 있던 시간은 무척 짧았다. 하지만 가후는 두 사람을 떼어놓을 생각으로 별것도 아닌 일로 트집을 잡았다. 상황을 지켜보던 슐가가 분노한 황제를 진정시키려 했으나, 그는 흥이

깨졌다며 연회를 파해 버렸다.

기껏 공들여 치장했더니 의자에 한 번 앉지도 못하고 연회가 막을 내려 버렸다. 허탈한 마음에 멍하니 서 있는 해연에게 예상치 못한 황제의 명령이 들려왔다.

"하랑, 신녀를 신궁으로 모셔라."

하랑이란 이름에 해연은 흠칫하며 속을 알 수 없는 황제를 보았다. 연회에 오라고 협박하더니, 이번에는 아예 둘만의 시간까지 만들어주었다. 이 상황을 어떻게 받아들여야 하는 건지 헷갈릴 지경이었다. 그리고 그것은 하랑과 유신도 마찬가지였다.

가까이 다가가기만 해도 해연을 괴롭힐 것이라며 으름장을 놓을 땐 언제고, 오늘은 공공연히 붙어 있게 해주었다. 그 속내가 무엇인지 알 수 없어 조금 찝찝했지만, 하랑은 차려준 밥상을 거절할 생각이 없었다. 아까부터 다가가고 싶던 것을 참는 것만으로도 남아 있던 이성을 다 쓴 느낌이었다. 그는 일그러지는 유신의 얼굴을 곁눈질하고 곧바로 해연에게 다가갔다.

점점 가까워지는 하랑의 모습에 해연은 눈에 띄게 당황했다. 그에게 차인 지 며칠 되지 않아 다른 남자와 키스할 뻔한 걸 들켰다. 그래도 괜찮다고, 뻔뻔하게 굴면 된다고 굳게 결심하고 왔건만, 막상 마주하니 불안하면서도 심장이 뛰었다.

해연은 자존심도 없는 심장을 책망했다. 두근거리는 소리가 그에게 닿을까 봐 주춤거리며 뒤로 물러서기도 했다. 경계하는 해연의 모습에 하랑은 적정 거리를 두고 멈춰 섰다.

"신궁으로 모시겠습니다."

사무적이면서도 낮은 목소리는 여전히 듣기 좋은 음색을 가졌다. 하지만 그가 내뱉은 말은 딱 그것뿐이었다. 그는 더 다가오지 않았고, 말을 걸어오지도 않았다. 해연은 섭섭하고 속상한 감정을 남몰래 감추고 하랑이 가리킨 남문 방향으로 몸을 돌렸다.

하랑은 아직 자리를 떠나지 않은 가후의 기운에 일부러 해연과 거리를 뒀다. 마음 같아선 당장에라도 손을 잡고 끌고 나가고 싶지만, 자신이 그녀에게 어떤 감정을 느끼든지 해연은 신녀였다. 황제뿐만 아니라 대소 신료들도 있는 마당에 함부로 손을 잡을 수는 없었다. 물론 베론은 제 나라의 인사법을 이용해 교묘히 빠져나갔지만, 하랑에게는 마땅한 핑곗거리가 없었다.

남문으로 향하는 해연과 하랑의 뒷모습을 지켜보면서 가후는 불만에 찬 유신의 눈빛을 덤덤히 받아넘겼다. 아직은 해연과 유신을 붙여놓을 생각이 없었다.

'그래, 하랑. 만약 그 계집이 신의 저주에서 예외라면, 정말 그렇다면, 연인을 빼앗긴 고통을 그 여자로 치유하려 해라. 그러다 그 마음이 깊어지면 또 잃게 해주마.'

하랑에게서 해연을 빼앗아 올 방법은 바로 근처에 있었다. 가후는 유신에게 슬쩍 미소 지어주었다. 생각지도 못하게 굴러 들어온 그는 무척 매력적인 패였다. 그만큼 위험하기도 하지만, 어떻게 다루느냐에 따라 엄청난 파급력을 지닌 건 분명했다. 그리고 가후는 패를 다루는 데 있어 천부적인 자신의 능력을 잘 알고 있었다.

하랑은 옆에서 걷는 해연을 힐끔였다. 풍성한 치마와 길게 늘어진 겉옷 때문인지 걸음걸이가 무척 느렸다. 이대로라면 남문까지 꽤 오래 걸릴 텐데, 끝없이 달라붙는 사내들의 시선이 자꾸 그를 초조하게 만들었다.

'수련이 부족하긴 하구나.'

십만에 달하는 부하들을 이끌기 위해 무슨 일이 벌어져도 침착하게 대응하는 수련을 해왔다. 하지만 요 며칠간, 그는 자신의 수련이 매우 부족함을 절절히 느끼고 있었다.

초조한 마음을 달랠 길 없는 하랑의 발걸음이 조금씩 빨라질 때, 남문에는 해연이 떼어놓았던 달천대의 호위 여덟 명이 저들끼리 힘자랑을 하고 있었다. 서로 엉겨 붙어 장난을 치던 그들은 해연과 무녀들의 기운이 문에 가까워졌음을 느끼고 옷매무시를 가다듬으며 자세를 바로 했다.

요즘 대장이 신녀님과 사이가 좋지 않다는 소문이 파다한 마당에 자신들마저 눈 밖에 날 수는 없었다. 그들은 도평이 호위에서 갑작스레 빠진 것도 신녀님의 눈 밖에 났기 때문이라고 생각했다.

달천대원들이 일렬로 서서 해연을 맞이할 준비를 끝내자마자 문이 열리고 하랑이 나타났다. 예상치 못한 대장의 등장에 달천대원들은 준비해 뒀던 환영 인사를 속으로 꿀떡 삼켰다. 사실 그들은 해연이 등장하면 '신녀님, 능력 좋은 달천대가 신궁까지 안전하게 모시겠습니다'라고 외치려 했다. 종일 굳어 있던 해연을 웃기기 위한 몸부림이었다. 유치하다고 거부하는 놈들까지 살살 꾀어 준비했는데, 생각지도 못한 대장의 등장에 망해 버렸다. 대장이 저기압이라는 소문이 파다한 상황에서 장난을 칠 용자는 없었고, 달천대원들은 신녀의 환영 인사 대신 다른 말을 외쳤다.

"대장, 안녕하십니까!"

"오랜만에 뵙습니다!"

"저희는 신녀님을 기다리는 중입니다!"

입이 가벼운 몇이 횡설수설 말을 늘어놓자 나름 진지한 이들이 혀를 찼다. 동료들의 모습이 마치 나쁜 짓을 하다가 걸려서 변명하는 어린아이들 같았다. 유리구슬처럼 투명해서 속이 전부 다 보이는 몇몇 부하들을 하랑도 이미 오래전에 포기했다. 덕분에 이번 일도 별다른 말 없이 넘어갈 수 있었다.

"신궁으로 돌아갈 것이니 따르거라."

달천대원들은 하랑의 뒤로 나타난 해연을 발견하고 순순히 고개를 숙여 대장의 명을 받잡았다.

신궁으로 쭉 뻗은 회랑 위, 띄엄띄엄 놓여 있는 등불만이 주위의 어둠을 물렸다. 잠에서 깬 풀벌레가 짝을 찾아 우렁차게 울어대는 소리가 간간이 들리고, 해연과 무녀들의 옷자락이 회랑 바닥을 스치는 소리도 주위에 옅게 깔렸다.

하랑은 간혹 자신을 살피는 해연의 시선을 느끼며 말없이 걸었다. 그도 하고 싶은 말이 쌓여 있었지만, 지켜보는 시선이 너무 많았다. 임무 수행을 위해 바로 뒤에서 따라오는 여덟 명의 대원도 그렇고, 스무 명에 달하는 무녀들도 오늘따라 거슬렸다. 회랑 위에서 보초를 서는 병사들은 또 왜 그리 많은지. 뜻대로 되지 않는 현실에 그의 미간이 찌푸려지자 해연이 급히 고개를 돌려 버렸다.

"하아."

하랑은 자신도 모르게 한숨을 내쉬었다. 이런 답답한 분위기를 원한 게 아니었다. 단둘이 있을 시간이 좀 필요하건만, 주위 사람들을 멀리 쫓아내기가 모호했다. 그렇게 하랑 주위에 무거운 분위기가 감돌 때, 분위기 파악을 못 하는 사륜이 갑자기 나타났다.

회랑 위로 훌쩍 뛰어오른 사륜은 달천대를 상징하는 옷이 아닌, 붉고 화려한 무복을 입고 있었다. 연회에서 출 검무를 위한 옷으로, 이국적인 분위기를 풍기는 그의 얼굴과 제법 잘 어울렸다. 하지만 만족스러운 옷태에도 불구하고 그의 얼굴에는 슬픔이 그득했다. 연회가 엉망으로 끝나 버려서 검무를 추지 못한 그는 하랑이 있든 말든, 동료들 사이를 파고들어 푸념을 줄줄이 늘어놓았다.

"아아, 너무 속상해서 오늘 밤에는 잠도 못 잘 겁니다. 형님, 제가 오늘을 얼마나 학수고대했는지 아십니까?"

사륜은 귀찮아하는 형님들을 붙잡고 가련한 인생인 마냥 얄궂은 제 운명을 토로했다. 하랑의 기분을 눈치챘더라면 그런 무모한 짓은 하지 않았겠지만, 그는 제 검무를 펼치지 못한 안타까움에 사무쳐서 분위기를 제때 파악하지 못했다.

"아름다운 제 검무를 소여에게 보여줄 수 있는 절호의 기회였는데! 폐하도 너무하시지."

아주 대놓고 이름을 거론하는 사륜의 행동에 달천대원들의 뒤에 있던 소여가 그에게 분노의 눈길을 쏘았다. 전부터 단호하게 거절했는데도 여전히 포기하지 않은 모양이었다. 등 뒤에서는 쑥덕거림과 웃음을 삼키는 소리도 들려왔다. 소여는 고개를 팩 돌려 노려보았다. 날카로운 그녀의 눈빛에 무녀들은 입을 꼭 다물고 아무 일도 없던 것처럼 행동했다. 같은 상급 무녀인 단야만이 싱글싱글 웃으며 사륜과 소여를 번갈아 바라볼 뿐이었다.

사륜은 말리는 동료들의 손길도 뿌리치고 해연의 곁에 섰다. 그래도 해연이 처음 동연국에 왔을 때부터 얼굴을 봐왔기에 그는 자신이 그녀와 제법 친하다고 여겼다. 실제로 해연과 농담도 몇 번 주고받은 사이니 안 친하다고 하기도 힘들었다.

"신녀님, 제가 신궁에서 검무를 한 번 추는 건 어떻겠습니까?"

엉뚱하면서도 나쁘지 않은 제안이었다. 한 번도 본 적 없는 검무에 호기심이 든 해연이 사륜을 보자 하랑의 얼굴이 더 찌푸려졌다. 지금껏 자신에게 매여 있던 시선이 또 다른 곳으로 가는 게 못마땅했다. 하지만 사륜은 해연의 긍정적인 반응에 빠져 그런 대장의 모습을 놓쳤다.

"제 입으로 이런 말 하기가 좀 그렇지만, 제 검무가 나름 볼만합니다. 대장이 소인을 뽑은 것에는 다 그럴 만한 이유가 있지 않겠습니까?"

사륜의 꼬드김이 길어지자 하랑의 시선이 더 매서워졌다. 가뜩이나 예민한데 눈치 없는 부하가 바닥난 그의 인내심을 더 긁어댔다. 그 탓에 감춰뒀던 하랑의 힘 중 일부가 통제되지 않으면서 조금 빠져나갔고, 무예를 익힌 달천대원들은 살갗을 파고드는 기운에 민감하게 반응했다. 사륜도 그 기운을 느끼고 하랑의 얼굴을 보더니 조잘대던 입을 슬쩍 다물었다.

'이런, 잘못 걸린 것 같은데?'

드디어 사태를 파악한 그는 가까이 오라는 하랑의 손짓에 떨어지지 않는 발을 간신히 옮겼다. 그가 옆으로 다가가자 강렬하던 하랑의 기운이 순식간에 자취를 감췄다.

사륜의 어깨에 손을 올린 하랑은 얼어붙은 그를 다독이며 해연 몰래 수신호를 보냈다. 다른 각도로 생각해 보면 사륜은 이 답답한 상황을 타개할 수 있는 좋은 방법일지도 몰랐다. 하랑의 신호를 인지한 사륜은 고개를 끄덕이고 슬쩍 뒤를 돌아보았다. 대원들과 무녀들이 두 줄로 줄줄이 서 있었다.

'문제는 무녀들인데, 그래도 회랑이 좁으니 승산은 있겠지?'

사륜은 이번에 주어진 임무를 완벽히 수행해야 자신의 목숨이 붙어 있을 것임을 직감했다. 그는 아무렇지 않은 듯 연기하며 대원들에게 다가가 수신호를 보냈다. 무녀들을 신녀에게서 적절히 떨어뜨리라는 지시였다. 최대한 자연스럽게, 되도록 오랜 시간 동안 잡고 있으라는 신호에 달천대원들은 영문도 모르면서 하랑의 명에 따를 준비를 했다.

하랑과 해연이 신궁으로 향하는 내내 대원들은 호위를 빌미로 걸음을 늦췄다. 여덟 명이나 되는 체격 좋은 사내들이 앞을 가로막자 무녀들도 자연스레 걸음이 느려졌다. 회랑 옆으로 우뚝 솟은 몇 개의 담을 지나고 나니 하랑과 해연은 무녀들의 시야를 벗어나게 되었다.

수증기가 피어오르는 거대하고 화려한 탕 안에 실오라기 하나 걸치지 않은 황후가 앉아 있었다. 그녀는 노란 꽃이 떠다니는 향긋한 탕 안에서 긴장과 피로를 풀어냈다. 황제와 함께 가마를 타는 바람에 바짝 긴장한 어깨가 단단히 뭉친 상태였다.

비아는 탕에 등을 기댄 채 궁녀 소고에게 어깨를 맡기고 눈을 감았다. 그녀는 좀 전에 이상한 분위기로 끝났던 연회를 떠올렸다. 자신이 있던 자리에서는 하랑의 얼굴이 잘 보이지 않았지만, 그의 분위기가 썩 좋지 않음은 알 수 있었다. 게다가 황제까지도 신녀에게서 눈을 떼지 못했다.

'왜일까? 왜, 이다지도 불안하지?'

상대는 신녀였다. 불안해할 이유가 하등 없었다. 그럼에도 불구하고 여인의 직감이 경계하라고 외치고 있었다. 그녀는 자신의 남자가 신녀에게만 집중하는 것이 두렵고 싫었다.

"마마."

어깨를 주무르던 소고가 넌지시 그녀를 불렀다. 남몰래 할 말이 있다는 뜻임을 알아챈 비아는 주변을 물렸다. 목욕 시중을 들던 모든 궁녀가 물러나자 넓은 공간에 두 사람만 남았다.

소고는 황후의 어깨를 계속 마사지하며 자신이 알아낸 정보를 들려주었다. 사실 그녀는 달천대의 훈련 상황 보고가 있던 날, 달천대에 구경 간 걸 황후에게 들켜 버렸다. 우려했던 만큼 목숨이 경각에 달렸고, 죄를 용서받는 대신 정보원 노릇을 자처했다. 그날부터 하랑과 신녀에 대해 조사하던 소고는 최근에 재미난 소식을 하나 들었다.

"하랑 대장과 신녀님의 사이가 좋지 않다고 합니다. 무슨 일로 틀어졌는지는 알아보고 있지만, 일부 달천대원들 사이에서는 신녀님이 달천대를 더 돌봐주지 않고 있다는 말도 나오고 있습니다."

무척 친밀하다던 두 사람의 사이가 갈라진다면, 하랑은 또다시 황제에게 위협받아야만 했다. 대신 달천대 내에서 자신의 입지를 강화할 수 있고, 알 수 없는 이 불안감도 조금이나마 줄어들지도 몰랐다. 뜨거운 탕에서 피어오르는 뿌연 수증기가 비아의 금빛 눈동자를 혼탁하게 했다.

"어찌 된 일인지 좀 더 자세히 알아보고, 신녀님에 대해서도 일거수일투족을 놓치지 말거라."

"예."

소고에게 지시를 내린 그녀는 자리에서 일어났다. 황제가 침소에서 기다리고 있으니 더는 지체할 여유가 없었다. 더 늦는다면 심술을 부릴 게 분명했다.

두려움인지 뭔지 모를 감정으로 심장이 뛰는 걸 느끼며 다리를 붙잡는 뜨뜻한 물을 헤치고 탕 밖으로 나섰다. 황후가 찬 기운에 몸을 떨기 전에 소고가 재빨리 그녀에게 다가가 거대한 수건으로 몸을 감싸주었다. 소고가 몸에 남은 물기를 세심히 닦는 동안 비아는 다시 한 번 해야 할 일을 강조했다.

"신녀님이 폐하나 하랑을 만나면 하나도 놓치지 말고 보고해."

"예, 그리하겠습니다."

소고는 황후의 목소리에 깃든 불안감을 읽었지만, 내색하지 않고 하던 일을 마쳤다. 그녀는 자신의 윗전이 원하는 것이 무엇인지 잘 알고 있었다. 많은 걸 알아도 내색하지 말고, 들어도 듣지 못한 척하고, 원하는 내용은 재깍 물어다 주는 것. 그것만 잘하면 충분했다. 그 덕에 소고는 황후의 직속 궁녀 중 하나가 되었다.

"마마, 밖으로 나가시지요. 치장해 드리겠습니다."

황후의 몸을 다 닦은 소고는 그녀를 밖으로 이끌었다. 이제 밖에서 대기 중인 궁녀들과 함께 황후를 더 아름답게 꾸미면 되었다. 연회다 뭐다 해서 평소보다 늦은 밤이었지만, 황제가 품기 적당할 정도의 치장은 필수였다.

황제의 질책에서 무사히 빠져나온 베론은 부하들에게 주변을 꼼꼼히 살피도록 명을 내렸다. 지금부터 슐가와 할 이야기는 무척 중요한 내용을 담고 있었고, 절대 새어 나가선 안 될 일이었다. 또한 자신이 데려온 사신단 중에서도 슐가와 열 명의 부하를 제외한 다른 이들은 알면 안 되는, 그런 일이었다.

베론은 부하들이 착실하게 주변을 살피는 걸 확인하고 슐가의 방으로 찾아갔다. 방에는 어울리지 않게 긴장한 슐가가 홀로 앉아 있었다. 두 사람은 탁자를 사이에 두고 마주 앉았고, 베론은 내부를 쓱 훑어보며 침입자가 있는지 확인했다. 다행히 다른 이의 기척은 느껴지지 않았다. 그가 괜찮다는 의미로 고개를 끄덕이고 나서야 슐가도 굳었던 표정을 조금 녹였다.

"어떻소, 달세르?"

앞뒤 다 잘라먹은 질문이었지만 베론은 그가 묻고자 하는 내용을 이미 알고 있었다. 그리고 그는 슐가가 만족할 만한 답변을 내놓았다.

"진짜 신녀님일 가능성이 높습니다."

황제가 화를 낼 것을 알면서도 무리하게 접근한 건 매우 위험한 행동이었다. 하지만 그만한 소득은 분명 있었다.

거의 확신에 가까운 대답에 슐가의 얼굴빛이 조금 밝아졌다. 황제가 소개한 신녀가 가짜라면 진짜를 찾는 것 자체가 무척 고역이었을 텐데, 다행히 그건 피할 수 있을 듯했다. 하지만 안심하기엔 아직 일렀다.

"우리는 능력을 보지 못했는데, 어찌 그리 자신하시오?"

눈치 빠른 황제가 화를 내며 연회를 파해 버리는 바람에 물의 능력을 확인하지 못했다. 하지만 베론은 능력을 보지 않았음에도 그녀가 물의 신녀임을 거의 확신하고 있었다.

"두 가지 이유에서입니다."

"두 가지?"

이유가 두 가지나 된다는 것에 놀란 슐가가 되물었다. 베론은 목소리를 조금 더 죽이며 그 이유를 말해주었다.

"하나는 거리낌 없이 능력을 보여주려 했다는 겁니다."

그가 능력을 보여 달라 했을 때 신녀는 일말의 흔들림도 보이지 않았다. 당황한 기색이 있거나, 눈치를 보거나, 시간을 끌려고 한다면 가짜일 가능성이 높았다. 하지만 그녀는 전혀 그런 모습을 보이지 않았다. 그 정도쯤이야 별것 아니라는 듯 손을 들어 권능을 내보이려 했다.

"하지만 황제와 짰을지도 모르잖소?"

슐가는 젊은 황제의 붉은 눈동자를 떠올렸다. 가리국의 황제도 총명하다지만, 동연국의 황제는 잔혹함과 위험한 분위기를 동시에 풍기고 있었다. 일흔이 넘도록 쌓아온 연륜은 그가 결코 보통내기 가 아님을 단박에 알아차렸다.

"달세르, 동연국의 황제를 우습게 보지 마시오. 그는 뛰어난 정치 가이자 계략가요. 성질을 이기지 못하고 단순하게 행동하는 듯 보 이지만, 그 모든 것은 다 철저한 계산하에 이루어진 것일지도 모르 오."

그런 자를 적으로 두게 될 모국의 앞날에 슐가의 마음이 더 무 거워졌다. 지금까지는 우방국으로 지냈으니 적으로 삼았을 때를 생각해 본 적이 없었다. 하지만 신녀를 납치한 그 순간부터 동맹 은 산산이 부서져 버리고 동연국은 가리국을 처단하려 들 것이었 다.

걱정에 휩싸인 슐가의 모습에 베론은 황제를 조심해야겠다고 생 각했다. 하지만 조심하는 것과 일이 늦춰지는 것은 달랐다. 하루하 루 죽음으로 내몰리는 백성들을 생각하면 당장 오늘 밤이라도 신녀 를 납치하고 싶었다.

"알겠습니다. 조심할 터이니 너무 걱정하지 마십시오."

베론이 조바심을 감추고 순순히 조언을 받아들이자 슐가도 더는 황제 이야기를 꺼내지 않았다. 그는 다시 이야기의 화제를 신녀에 게 맞췄다.

"좋소. 그럼 두 번째 연유는 무엇이오?"

"공력자들은 공력자를 알아본다는 걸 아십니까?"

갑작스러운 공력자 이야기에 슐가는 의아해하면서도 순순히 고 개를 끄덕였다.

"달세르 곤이 말하길, 실력이 뛰어난 자가 기운을 감추지 않는 한은 느낄 수 있다고 했소."

슐가는 가리국에 두고 온, 아들 같은 곤을 떠올렸다가 씁쓸해지는 마음을 접었다. 거사를 앞두고 개인적인 감정에 휘말릴 만큼 그는 어리석지 않았다. 베론도 그 감정을 눈치챘으나 굳이 곤의 이야기를 입 밖으로 꺼내지 않았다. 대신 공력자에 대한 설명을 이어갔다.

"예, 맞습니다. 일부러 기운을 감추지 않는 한 공력자임을 알 수 있습니다. 그건 공력의 힘이 자연의 기운에 바탕을 두기 때문입니다."

공력자의 힘의 원천은 자연이었다. 그리고 그 힘은 상생에 따라 서로 끌어당기기도 하고 배척하기도 했는데, 그때 생기는 파장이 기운을 감지하게 도와주었다. 하지만 단 하나, 자연의 힘 중에서도 공력자의 범주에서 벗어나는 속성이 있었다.

"아!"

슐가는 깨달음을 얻은 듯 눈을 크게 떴다. 공력자가 아닌데도 자연의 힘을 다룰 수 있는 이는 하나뿐이었다. 물의 힘을 가진 신녀. 베론은 놀란 슐가에게 조금 더 자세한 내용을 덧붙여 주었다.

"오하르께서 생각하시는 게 맞습니다. 신녀님은 공력자의 범주에 포함되지 않습니다. 그러나 물도 그 뿌리는 자연의 힘입니다. 당연히 공력자와 일부분 힘의 파장을 주고받습니다. 단지 그것이 무척 미약하게 느껴지고, 제 힘과의 상성도 평범하다 보니 확신을 하기가 힘들 뿐이지요."

물과의 상성이 가장 좋은 건 번개였고, 가장 좋지 않은 건 금속이었다. 이 둘은 물의 신녀와의 파장이 그나마 강한 편인데, 번개를 끌어들이는 물의 힘 때문에 공력자 중에서는 하랑이 신녀와 가장 잘 맞았다. 때문에 동연국의 전대 신녀가 죽어갈 때도 그가 이상한 느낌을 받고 찾아갔다가 살인 사건의 첫 번째 목격자가 된 것이었다. 물론, 그 일은 여전히 풀리지 않는 불가사의로 남았지만, 모든 것은 공력의 성질 때문이었다.

베론의 설명에 슐가는 고개를 끄덕였다. 자신은 공력자가 아니니 그 파장이란 걸 느끼지 못하지만, 이해할 수는 있었다.

"달세르가 그리 느꼈다면 필시 그분이 신녀님이실 게요. 하나 다시 한 번 더 확실히 확인해야 함을 명심해 주시오. 우리에게 주어진 기회는 단 한 번뿐이오."

"물론입니다."

베론은 마지막까지 철저하게 당부하는 슐가를 안심시키고 방에서 물러 나왔다. 닫힌 문 앞에서 잠시 멈춰 선 그는 슐가가 듣지 못하게 작은 한숨을 내쉬었다.

'문제는 이른 시일 내에 기회를 만드는 것이다.'

그에게는 신녀와 단둘이 접촉할 기회가 필요했다. 그래야 설득을 하든 납치를 하든 일이 진척될 터였다.

"후우."

머리가 복잡해진 베론은 고개를 내젓고 걸음을 옮겼다. 세워뒀던 계획을 좀 더 보강해야만 했다. 하지만 그런 베론의 고민이 무색할 만큼 천금 같은 기회는 무척 빨리 다가왔다.

무녀들과 거리가 멀어진 걸 확인한 하랑은 회랑을 지키는 보초들 앞에서 걸음을 멈췄다. 그는 바짝 긴장한 채 뻣뻣하게 서 있는 보초에게 다른 이들을 이끌고 멀리 물러나 있으라 명을 내렸다. 그제야 해연은 당황하며 주위를 둘러보았다. 무녀들과 달천대원들이 보이지 않았다. 드디어 하랑과 단둘이 있게 된 것이다. 그건 무척 불안하면서도 떨리고, 기대되는 일이었다.

근처에 있던 보초들이 하랑의 명령에 따라 썰물 빠지듯 멀어졌다. 그러나 그는 만족하지 못했다. 말소리를 구분하기엔 힘든 거리지만, 그들이 자신과 해연에게 집중하고 있음을 아는 탓이었다. 그렇다고 아예 다른 곳으로 보낼 수도 없을뿐더러, 근처에는 해연과 함께 조용히 있을 만한 장소도 없었다. 게다가 부하들이 얼마나 버텨줄지도 알 수 없는 노릇이었다. 결국 그는 가장 중요한 두 가지만이라도 전하고자 했다.

"신녀님."

하랑은 긴장한 해연과 눈이 마주치자 잠시 할 말을 잃었다. 밤중에도 풍겨오는 꽃들의 달달한 향기에 취하기라도 한 것일까? 그녀의 말간 눈과 꽃봉오리같이 꼭 다문 입술이 그의 시선을 사로잡았다. 요즘 따라 더 격하게 느끼는 것이지만, 그녀는 정말 자신의 심장과 이성에 좋지 않았다.

해연은 불러놓고 말이 없는 하랑을 가만히 응시했다. 먼저 말을 걸어볼까 싶었지만, 참기로 했다. 그에게 적당히 건넬 만한 말이 떠오르지 않았다. 게다가 오늘은 왠지 마음이 통할지도 모른다는 기분이 들었다. 그가 일부러 만든 이 묘한 분위기를 망가뜨리고 싶지 않았다.

'좋아한다거나 좋아한다고 말해. 날 좋아한다고, 좋아 죽겠다고 말해줘.'

해연은 속으로 간절하게 외쳤다. 하랑에게 듣고 싶은 말은 단 하나였다. 신녀를 좋아할 수 없다는 말은 전부 거짓이고, 진심으로 좋아하고 있었다고 말해주길 바랐다. 유신이 키스하려 한 것처럼 하랑도 그렇게 할 수 있으리라 생각했다. 그러나 잠시의 침묵 후 해연의 기대는 산산이 부서졌다.

"그자를 조심하십시오."

"뭐?"

"유신, 그자 말입니다. 가까이하시는 건 안 좋습니다."

하랑은 담담한 말투를 억지로 짜냈다. 원래는 다른 말부터 하려 했지만, 해연의 입술이 자꾸 눈에 밟힌 탓에 유신의 이야기가 먼저 튀어 나가 버렸다. 어차피 그 이야기도 할 필요가 있던지라 그는 한 번 꺼낸 말을 번복하지 않았다.

"동연국에서 신녀님의 안위를 위협할 자는 그자뿐입니다. 지금은 가리국 사절단도 조심해야 하지만, 그가 더 위험합니다."

하랑은 흔들리는 해연의 눈동자를 보며 속이 쓰라린 걸 억지로 참아냈다. 유신을 멀리하란 말에 저 정도로 상처받은 얼굴을 한다는 건, 정말 둘의 사이가 보통 이상임을 보여주는 증거와도 같았다. 그것이 그를 힘들게 했다. 꽃씨 창고에서의 일은 해연의 의지가 아니었을 것이라고 스스로 위안했다. 하지만 그녀의 표정을 보니 잘못된 생각이었던 듯했다.

해연은 다리에 힘이 풀리는 걸 겨우겨우 견뎌냈다. 이건 마치 두 번이나 차인 기분이었다. 무엇 때문에 공들여서 치장하고, 무엇 때문에 설레었던 것인지. 말도 안 되는 기대를 한 자신이 바보 같았다. 그는 여전히 자신의 안위에만 신경을 쓰고 있었다.

'물이 필요해서겠지?'

그런 식으로 말하지는 않았지만, 그러리라 생각했다. 일이 이렇게까지 되니 하나부터 열까지 모두 부정적으로 보였다. 그동안 세심하게 챙겨주고 배려해 주었던 그 모든 일들이, 웃어주고 따뜻하게 대해줬던 그 모든 행동들이 이 땅에 계속 붙잡아두기 위함이었다고. 그렇게 생각하면 할수록 잔혹한 감정이 가슴을 아프게 했다.

눈물이 그렁그렁한 눈으로 노려보는 해연을 하랑은 어금니를 깨물며 마주했다. 그딴 놈이 무어라고 저리 눈물까지 다는 것인지, 안타까우면서도 싫었다. 다른 사내 때문에 우는 모습은 보고 싶지도 않았다. 속상한 감정이 여실히 느껴지는 해연의 눈물이 그의 심장을 난도질했다.

"신녀님, 그자는……."

"됐어!"

결국, 그녀의 눈에서 눈물이 툭 떨어졌다. 해연은 이제 그의 말 따위는 듣고 싶지 않았다. 사람들까지 다 물려놓고 한껏 기대하게 하더니, 한다는 소리가 유신을 멀리하라는 얘기였다. 이제는 하랑도 싫었고, 이 동연국도 싫었다. 전부 다 미웠다.

"적어도, 적어도 꽃도령은 나한테 진심이야. 하랑처럼 가식적으로 굴지 않아!"

설움이 가득한 해연의 분노에 하랑은 멍해졌다. 도대체 무얼 그리 가식적으로 굴었기에 이런 반응을 보이는지 이해할 수 없었다. 그녀에게만은 언제나 진심으로 대해왔다. 그녀의 고백을 거절한 건 그것이 현실적으로 옳기 때문이었다. 그 외에는 모든 행동에 진심을 담았건만, 돌아오는 건 차디찬 눈빛뿐이었다.

"신녀님, 그게 무슨 말씀이십니까? 전……."

"아니! 꽃도령은 하랑과 달라. 그는 내게 바라는 게 없어. 그냥 밀어내지만 말아달라고 할 뿐이야. 내 곁에만 있으면 된대! 불의 검도 황제에게 줬다면서, 날 위해 나라도 배반했잖아. 하지만 하랑은!"

해연은 치맛자락을 꽉 움켜쥐었다. 속에 있던 걸 막 쏟아냈으니 속이 후련해야 하건만, 이상하게도 심장이 너덜거렸다.

아랫입술을 깨물고 울음을 삼키는 해연을 보면서 하랑은 뭔가 잘 못 돌아가고 있음을 느꼈다. 어디서부터 오해가 쌓였는지는 모르겠지만, 유신을 멀리하라고 했던 건 해연을 위해서였다.

처음에는 그도 유신이 해연을 위협하지 못하리라 생각했다. 하지만 꽃씨 창고의 일이 벌어지고 나서 수우국이 청일국에 병합되었음을 떠올렸다. 만약 유신이 불온한 마음을 먹고 접근했다면, 또 다른 불의 검을 손에 넣을 수도 있었다. 그래서 멀리하라 했을 뿐인데, 이런 반응이 나올 줄은 생각지도 못했다. 그러나 지금 당장 급한 건 해연의 오해를 푸는 일이었다. 그녀가 유신과 비교하며 그보다 못 하다고 생각하는 게 미치도록 싫었다. 다른 누구도 아닌 유신과 비교당하는 건 그의 자존심을 상하게 했다.

하랑은 오해를 풀기 위해서라도 이곳까지 오는 내내 고민해 두었던 두 번째 말을 하고자 했다. 그녀가 신녀임을 떠나서 '나는 진심으로 당신을 연모한다'고 말하고자 했다. 지금껏 단 한 번도 가식적인 마음으로 대한 적이 없다고, 이제야 당신을 향한 마음을 인정하게 되었다고, 그렇게 말해주고 싶었다. 그때, 두 사람을 발견한 무녀들이 해연을 불렀다.

"신녀님!"

해연을 잃어버린 줄 알고 놀랐던 무녀들이 허겁지겁 뛰어왔다. 안도감이 섞인 소여와 단야의 얼굴을 본 해연은 입술을 꽉 깨물고 치마를 움켜쥔 채 신궁을 향해 뛰었다. 놀란 소여와 단야가 부르는 소리가 들려왔지만, 해연은 멈추지 않았다. 우는 모습을 보여주고 싶지도 않았고, 더는 하랑 앞에 있고 싶지도 않았다. 풍성한 치마가 자꾸 다리를 휘어 감았으나 해연은 모든 걸 다 무시하고 뛰었다.

갑자기 도망가는 해연을 차마 붙잡지 못한 하랑은 고개를 저으며 이마를 짚었다. 연모하는 이에게 심각한 오해를 받고 있었다. 이걸 어찌 풀어야 할지 머리가 지끈거렸다. 상황은 무척 좋지 않았고, 계획과는 전혀 다른 전개가 그를 혼란스럽게 만들었다. 하지만 해연을 이대로 내버려 둘 수도 없는 노릇이었다.

'좀 진정이 되시면 다시 찾아가야겠군.'

차분히 대화할 수 있을 때, 그때 다시 마음을 전할 기회를 만들고자 했다. 이젠 그녀가 밀어낸다 하더라도 다가갈 작정이었다.

치장을 끝낸 황후는 소고가 건넨 유리 쟁반을 받아 들었다. 네모난 쟁반 위에 놓인 작은 은잔에는 붉은 핏물이 담긴 상태였다. 갓 추출한 것인지 뜨끈한 김과 함께 옅은 피 냄새가 올라왔다. 그 냄새가 역할 법도 한데, 그녀는 개의치 않고 직접 황제가 있는 방까지 운반했다. 한 걸음, 한 걸음, 무거운 발을 옮길 때마다 잔에서 옅은 피비린내가 풍겼다.

황후의 걸음이 멈춘 건 소렵이 홀로 서 있는 문 앞에서였다. 내관들도 이미 다 처소 밖으로 쫓겨났기에 그가 직접 문을 열어주었다. 그녀의 매끄러운 금빛 잠옷이 안으로 자취를 감추고, 문이 굳게 닫혔다.

황색 빛을 내는 등불 하나만이 어둠에 잠긴 방을 은은하게 밝혔다. 붉은 휘장이 내려앉은 침상 위에는 황제가 이미 잠들어 있었다. 미동조차 없는 그를 가만 바라보던 황후는 등 뒤에서 들려오는, 처소를 나서는 궁녀들의 발소리에 정신을 차리고 걸음을 옮겼다.

침상 옆, 서랍장 위에 쟁반을 내려놓고 화장대로 가 맨 아래 칸 서랍을 열었다. 서랍 속에서 그녀의 손에 들려 나온 건, 자그마한 나무함이었다. 손바닥만 한 상자 안에는 투박한 열쇠가 덩그러니 놓여 있었다. 그 열쇠를 집어 들고 빈 나무 상자를 화장대 위에 올려놓다가, 그녀는 거울에 비친 본인의 모습을 물끄러미 바라보았다. 켜져 있는 등불이 하나뿐인지라 낮처럼 선명하게 보이지는 않았지만, 그래도 거울 속의 자신은 여전히 아름다웠다.

'그럼 무얼 할까, 아무짝에도 쓸모없는 것을.'

한숨이 나오려 했으나 혹여 황제가 들을까 싶어 그녀는 황급히 한숨을 몸 안에 가둬 버렸다. 거울에서 억지로 시선을 떼고 다시 쟁반을 놓아둔 서랍장으로 다가갔다.

서랍장 맨 위 칸에 걸려 있는 물고기 모양의 자물쇠에 열쇠를 꽂고 돌리자 철컥— 소리가 나며 자물쇠가 열렸다. 휑한 서랍장 안에는 은장도 하나와 작은 은잔 하나가 달랑 놓여 있었다. 황후는 그것들을 모두 꺼내 쟁반 옆에 올려두었다. 원래 황제와 함께 침소에 들 때는 날카로운 물건을 지니면 안 되지만, 동연국 황후들에게는 대대로 내려오는 관례였다.

모든 준비를 마친 후, 그녀는 옆에 있는 휘장을 걷고 조심스레 침상 위에 누웠다. 조금이라도 뒤척였다가는 황제가 깰 수도 있어서 깊은숨 한 번 내쉬지 못하고 잠을 청했다. 반은 잠들고 반은 깨어 있는, 약간 비몽사몽한 선잠을 잔 지 얼마나 되었을까? 그녀의 귓가에 격한 신음이 들리면서 살짝 다가오던 잠이 확 달아났다.

연회가 끝나고 간단히 목욕을 끝낸 가후는 붉은 휘장이 내려앉은 침상에 누웠다. 잠을 청하기 위해 누웠어도 연회에서 보았던 신녀가 계속 머릿속에 머물렀다. 잘 꾸며놓은 신녀는 제법 여인의 향기를 피웠다. 물론 그렇다고 하여 그를 흔들어댈 정도는 아니었지만, 하랑과 유신의 반응을 조금이나마 이해할 수 있게 되었다.

'좀 더 알아볼 필요가 있겠어.'

그는 해연에 대해 더 알아봐야겠다고 생각하며 눈을 감았다. 얼마쯤 되었을까, 문밖에서 황후의 기척이 느껴졌다. 하지만 그는 아무런 반응도 보이지 않았다. 가만 내버려 둬도 알아서 잘 들어올 테니.

옅은 혈 향과 함께 다가오는 황후의 기척을 느끼며 그는 자는 척을 했다. 그녀가 예의 그 준비를 마치고 침상 귀퉁이에 눕는 게 느껴졌다. 황후는 언제나처럼 적당한 거리를 유지했지만, 몸에서 풍겨 나오는 향기가 코끝을 매혹했다. 그에 가후의 미간이 살짝 구겨졌다. 하지만 그뿐이었다. 더 이상의 움직임은 없었다. 깊은 밤중에 단둘이 지낸 지 이 년째, 두 사람은 오늘도 적당히 거리를 둔 채 잠에 빠져들었다.

가후는 꿈을 꾸고 있었다. 돌아가신 선황의 꿈은 이 년 전의 어느 날에 머무른 상태였다. 그날, 선황은 신궁 꼭대기 층에 있는 역대 황제들의 위패를 모셔두는 방에 그를 불러들였다.

당시 태자였던 가후는 궁녀들을 모두 물리고 홀로 그 방에 들어갔다. 반투명한 흰 천이 기둥들 사이에 발처럼 내려앉아 위패들이 있는 공간을 분리하고 있었다. 그리고 그 앞에 서서 위패를 바라보는 이는 검은 용포를 입고 있는 황제, 즉 그의 아버지였다. 가후는 금빛 용이 수놓아진 아버지의 등을 보고 걸음을 멈췄다.

"부르셨사옵니까, 아바마마."

아들의 인사에도 그는 말이 없었다. 가후도 잠자코 침묵을 지켰다. 꽤 긴 시간이 흐른 뒤에야 아버지의 입에서 힘없이 잠겨 버린 목소리가 흘러나왔다.

"결국, 연리가 죽었구나."

가후는 어금니를 꽉 깨물었다. 역시나 그 문제 때문에 불러들인 것이다.

연리는 지방 관리의 여식으로, 태자비에 앉을 여인이기도 했다. 아름답기는 신녀와 비등하다는 말도 흘러나왔고, 고운 마음씨에 현명하기까지 하다는 소문이 장안에 자자했다. 비록 가후의 마음을 얻지는 못했지만, 그도 그녀를 자신의 내자로 인정하던 차였다. 그것이 정해진 운명이니까 받아들이고자 했다. 그런데 그의 운명이던 여인이 죽었다. 사인은 독살이었다. 그녀를 연모하던 사내가 범인으로 지목되어 잡혔으나, 그의 진술이 전부 거짓임을 가후는 모르지 않았다. 다만, 증거가 없어 진짜 범인을 잡아내지 못할 뿐이었다.

"가후야."

"아바마마."

그는 아버지의 말을 잘랐다. 두려웠다. 그의 입에서 나올 이야기가 무엇인지 알기에 더 듣고 싶지 않았다. 하지만 얄궂은 운명의 장난인지, 태자비로 내정되어 있던 연리가 죽었으니 피해갈 수 없는 일이었다.

"비아를……."

"아바마마, 제발!"

가후는 결국 큰소리를 냈다. 아버지 앞에서는 항상 고분고분하던 그였으나 이번 일 만큼은 받아들이기가 힘들었다.

잠시의 침묵 후, 황제가 다시 입을 열었다.

"나라고 이리하고 싶겠느냐?"

그의 목소리에는 감출 수 없는 떨림과 물기가 묻어 있었다.

비아가 누구던가. 아들처럼 키운 하랑이 처음으로 연모하는 여인이 생겼다며 소개한 여인이었다. 하랑과 함께 온 그녀를 보았을 때, 그는 매우 놀랐으나 두 사람의 앞날을 축복해 주었다. 하랑은 모르고 데려왔지만, 사실 그녀는 동연국에서 단둘뿐인 태자비 후보였다. 신분 때문에 연리에게 밀리긴 했어도 비밀리에 진행된, 태자비 후보 선정에서 거론된 여인이었다.

"나도 원치 않는다. 그래도 어찌할 수 없지 않느냐? 나라를 위해……."

아버지의 말에 가후는 고개를 저었다. 싫었다. 이런 상황은 자신이 원하는 게 아니었다. 하랑과 비아의 감정을 깨닫고 그들을 연결해 준 건 다른 누구도 아닌 본인이었다. 그는 진심으로 두 사람이 잘되길 바랐다. 잘 어울리는 한 쌍이라고 여겼고, 하랑을 놀리는 맛도 쏠쏠했다. 그런데 이제는 그 연인을 빼앗아야 한다니, 이보다 더 최악의 상황이 어디 있을까. 불쾌한 상황에 분노가 차곡차곡 쌓여 갔다.

"어찌, 어찌 제게 그런 짓을 하라 하십니까?"

감정이 격해지는 가후의 목소리에 황제가 결국 몸을 돌려 그를 바라보았다. 자신과 닮은 아들의 붉은 눈동자에는 주체할 수 없는 감정이 이글거렸다. 슬픔과 분노가 합쳐진 감정은 폭발하듯이 쏟아져 나왔다.

"하랑과 제 사이를 아시면서, 제가 그를 얼마나 아끼는지 아시면서! 어찌, 어찌 그의 여인을 앗으라 하십니까!"

거친 숨을 토해내듯 분노가 터져 나왔다. 가후도 알고 있었다. 연리가 죽었으니 태자비가 될 사람은 이제 이 세상에 단 하나, 비아뿐이었다. 그럼에도 원치 않았다. 그러니 아버지도 포기해 주었으면 했다. 자신이 하랑을 아끼듯이 아버지도 그를 아끼고 있다고 믿어 의심치 않았다. 하랑을 위해서라면 나라 따윈 망해도 좋다고, 그렇게 말해주길 바랐다.

"아바마마, 저는 못난 태자인지라 나라를 잇지 못해도 좋습니다. 그러니 하랑이…… 제 형제 같은 이가 부디 행복할 수 있도록 축복해 주십시오."

아들의 간절한 얼굴에 황제는 고통스러운 듯 눈을 감았다. 그에게 내정된 여인은 두 명으로, 둘 다 이미 이 세상 사람이 아니었다. 한 명은 병으로 황후가 된 지 얼마 되지 않아 죽었고, 다른 한 명은 가후의 어머니로, 그가 무척 사랑한 황후였다. 그러나 그녀 또한 자신보다 먼저 세상을 떠났다. 그러니 이제 대를 이을 아들을 낳을 수 없었다. 가후만이 그의 유일한 핏줄이자 황가의 하나뿐인 후계자였다. 이런 상황에서 가후가 나라를 포기한다면 동연국의 앞날은 암담해질 것이었다.

그는 다시 가후를 보았다. 아들의 얼굴에는 굳은 의지가 어려 있었다. 그는 걸음을 옮겨 어느덧 자신만큼 훌쩍 커버린 아들과 시선을 맞췄다.

"가후야."

나지막한 부름에 가후는 그가 무슨 말을 하든 무너지지 않겠다고 다짐했다. 자신처럼 아버지도 나라를 포기하고 하랑을 택해주길 바랐다. 그리 정을 담아 키웠으니 그게 맞다고 생각했다. 하랑을 버리고 나라를 택하겠다고 한다면 끝까지 부정하리라. 그렇게 굳게 결심하고 있을 때, 아버지가 말을 이었다.

"나는 황제이지만, 하랑을 위해서라면 나라를 포기할 수 있다. 그 아이로 인해 내 삶이 더 행복해졌고, 동연국을 이만큼 끌어올 수 있었다. 그러니 하랑을 위해서라면 내가 가진 모든 걸 포기할 수 있다."

그의 말에 가후는 진심으로 기뻤다. 대를 끊게 되었으니 조상들에게는 큰 죄를 짓겠지만, 그래도 좋았다.

황제는 굳어 있던 표정이 조금이나마 풀린 아들의 넓은 어깨에 두 손을 올려 굳게 잡았다. 그는 뿌듯해하는 아들의 눈동자를 마주하고 담담하게, 그러나 솔직하게 자신의 마음을 꺼내 보였다.

"하나 나는 너를 포기하지 못한다."

가후의 눈동자가 일순 흔들렸다. 생각지도 못한 아버지의 마음이었다.

"나라는 버릴 수 있고, 하랑은 잃을 수 있어도, 너만큼은…… 내 너만큼은 포기할 수가 없다."

그의 음성에는 사랑과 슬픔이 담겨 있었다. 한 아들을 버리고, 한 아들을 취한다. 만약 둘 중 하나를 택해야 한다면 그의 답은 정해져 있었다. 너무나도 슬프고 심장 한쪽을 도려내는 듯 아프지만, 그래도 붉은 눈을 가진 아들만큼은 포기할 수 없었다. 하랑은 어떻게든 살아남을 테지만 가후는 아니기 때문이었다.

"네가 그리 참담하게 죽는 것만큼은…… 내가 보지 못한다, 가후야."

아버지의 눈에서 흐르는 뜨거운 눈물이 아들의 눈에서도 흘러내렸다. 입술을 깨물고 참아보아도 눈물은 멈추지 않았고, 심장은 타들어갈 듯 아파왔다.

"폐하? 폐하!"

비아의 목소리에도 가후는 정신을 차리지 못하고 가슴을 움켜쥐었다. 미칠 듯한 고통이 심장을 잡아먹고 있었다. 결국, 그의 입에서 참지 못한 비명이 터져 나왔다.

"으아아악!"

"폐하! 소렵 공! 소렵 공!"

그녀의 외침과 거의 동시에 소렵이 방문을 열고 안으로 뛰쳐 들어왔다. 빠르게 사태를 파악한 그는 곧바로 가후에게 달려갔고, 비아는 몸을 돌려 침상 옆에 놓아두었던 은장도를 집어 들었다. 작지만 날이 선 은장도의 검날이 그녀의 왼손 검지를 그대로 파고들었다.

"으윽."

싸하게 아린 통증과 함께 붉은 핏방울이 후두둑 떨어지기 시작했다. 비아는 그 피를 비어 있는 은잔에 반쯤 채워서 여전히 고통스러워하는 황제에게 다가갔다. 소렵의 손에 잡혀 있는 그는 온몸을 비틀며 고통스러운 듯 비명을 질러댔고, 몸에서는 아지랑이가 피어올랐다. 공력까지 도는 위험한 상황에 그녀는 급히 황제의 입가에 잔을 가져다 대려 했다. 그러나 피 냄새를 맡은 가후의 몸부림이 격해졌다. 설상가상 소렵의 포박까지 풀리면서 자유를 되찾은 그의 손이 비아가 들고 있던 잔을 쳐냈다.

탱그랑!

은잔이 바닥과 부딪치면서 요란한 소리를 내며 붉은 핏방울을 바닥에 흩뿌렸다. 그리고 그 순간, 상체를 일으킨 가후가 황후의 얇은 목을 움켜쥐었다. 달려드는 그의 힘을 견디지 못한 그녀는 뒤로 풀썩 쓰러졌다. 비아는 목을 옥죄는 커다란 손을 풀어보려 애썼지만, 그녀의 힘만으로는 역부족이었다.

돌발 상황에 놀란 소렵이 가후를 황후에게서 떼어내려 했다. 그러나 광기에 사로잡힌 가후의 힘은 평소보다 더 강해져 있었다. 점점 더 목을 옥죄어오는 힘에 비아는 자신을 내려다보는 황제의 광기 어린 눈동자를 힘겹게 바라보았다.

"폐…… 하……. 윽!"

말을 하려 하자 목을 조이는 힘이 더 강해졌다. 숨을 쉴 수가 없어서 점점 더 얼굴이 붉어지는 비아에게 가후는 씹어뱉듯 원한을 쏟아냈다.

"하지 말라고 했잖아! 하지 말라고! 날 택하지 말라 했는데, 왜! 너 때문에 아바마마가…… 너 때문에 그 자식이!"

번들거리는 붉은 눈동자에 담긴 원한은 뿌리 깊은 것이었다. 그 눈동자에 담긴 슬픔이 비아의 가슴에 사무치도록 절절하게 전해져 왔다.

결국, 그녀는 가후의 손을 풀려던 걸 포기했다. 차라리 죽여줬으면 좋겠다. 그렇게만 된다면 그가 자신 때문에 괴로워하는 모습도, 하랑이 마음을 닫는 모습도 보지 않아도 될 텐데.

몸에 힘을 풀고 눈을 감자 맺혀 있던 눈물이 그녀의 얼굴을 타고 흘러내려 이불을 적셨다. 그 모습에 가후는 이를 악물었다. 더는 손에 힘이 들어가질 않았다. 죽이고 싶은데, 당장에라도 목을 비틀고 싶은데, 죽일 수가 없었다. 그것이 신의 뜻인지, 제 뜻인지, 그는 좀처럼 알 수 없었다.

"폐하, 안 됩니다! 제발!"

소렵은 이를 악물고 가후를 옆으로 넘어뜨렸다. 그 탓에 그의 손이 풀리면서 비아는 바람과 달리 죽지 못했다.

"황후마마! 마마! 어서 피를!"

소렵은 다시 고통이 도져 괴로워하는 가후를 잡으며 급히 그녀를 불렀다. 그제야 정신을 차린 비아는 침대 옆에 둔 은장도를 찾아 들었다. 다시 한 번 손가락의 상처를 헤집자 피가 무섭도록 후두둑 떨어졌다.

"마마! 빨리!"

소렵의 다급한 외침에 비아는 피가 떨어지는 손을 받쳐 잡고 황급히 가후에게 다가갔다. 비명을 지르느라 벌어진 입에 피를 떨어뜨리자 그를 잠식하던 통증도 거짓말처럼 사그라졌다. 툭 튀어나온 목의 핏대도 가라앉았고 광기에 사로잡혀 있던 눈빛도 조금씩 평소대로 돌아왔다. 눈의 초점이 다시 잡히는 걸 본 소렵은 그를 잡고 있던 손을 풀고 침상에서 내려와 예를 갖췄다.

비척이며 상체를 일으킨 가후는 입가에 묻은 피를 쓱 닦아내곤 소렵에게 물러가라 손짓했다. 소렵이 밖으로 나가자 가후는 뒤틀어진 공력을 달래놓고 침상 머리맡에 등을 기댔다.

발작하는 주기가 빨라지고 있다는 건 알고 있었지만, 오늘은 정말 예기치 못한 일이었다. 한 달 뒤쯤에나 발작이 올 줄 알았는데, 그 꿈을 꾸는 바람에 묶여 있던 힘이 갑자기 날뛰었다. 한숨 돌리고 있는 그를 걱정스레 지켜보던 비아는 손가락을 지혈할 생각도 못하고 조심스럽게 그를 불렀다.

"폐하?"

두려움이 묻어 있는 음성에 가후의 날 선 눈동자가 옆으로 쓱 움직여 황후를 담았다. 그 차가운 시선에 그녀는 고개를 숙이며 간신히 입을 열었다.

"대무녀를…… 부를까요?"

약을 관리하는 대무녀를 부르는 게 어떻겠느냐는 질문이었다. 그에 가후는 대답 대신 가까이 다가오라는 손짓을 해 보였다. 그의 뜻을 거스를 수 없기에 그녀는 천천히 곁으로 다가갔다. 두려움에 움직임이 느려진 황후가 답답하게 느껴져서일까, 그는 그녀의 손을 확 잡아채 끌어당겼다.

놀란 비아가 비명을 지를 새도 없이 가후의 위로 엎어졌다. 피가 흐르던 손가락은 어느새 그의 입속에 들어가 있었다. 혀가 닿는 느낌이 예민한 손가락을 통해 전달되었다. 아리면서도 묘한 감촉이 통증을 조금씩 없애주었다.

비아는 손가락이 잡힌 그대로 몸을 바로 했고, 이윽고 황제의 입에서 풀려난 손가락을 볼 수 있었다. 그의 혀가 닿았던 손가락에는 언제 그랬냐는 듯 상처가 없어져 있었다. 오로지 두 사람 사이에서만 가능한 치료법이었다. 물론, 그가 그녀를 위해 치료해 주었다고 하기에는 무리가 있었지만, 상처를 낸 지 얼마 지나지 않아 치료해 준 건 고마운 일이었다.

"폐하, 대무녀는……."

황후의 질문에 그는 아예 몸을 뉘었다. 잠을 잘 테니 건드리지 말란 뜻이었다. 그에 비아도 얌전히 자신의 자리로 돌아갔다. 황제의 통증이 심해지는 건 자주 있는 일이 아니지만, 그런 날엔 더욱더 그의 심기를 건드리지 말아야 함을 알고 있었다.

다시 발작이 있을까 봐 걱정되는 마음에 쉽사리 잠들지 못한 그녀가 눈을 붙인 지 얼마 되지 않아서 일어날 시간을 알리는 궁녀의 목소리가 침소 안으로 새어 들어왔다.

"황제 폐하, 황후마마, 기침하실 시간이옵니다."

항상 같은 시각에 잠을 깨우는 소리에 비아는 무거운 몸을 간신히 일으켰다. 잘 떠지지 않는 눈을 비비며 옆을 보니 아직 곤히 잠들어 있는 황제가 보였다. 반듯한 이마와 곧게 자리 잡은 짙은 눈썹, 중심을 잘 잡은 유려한 콧날과 굳게 다문 입술까지. 흠잡을 데 없이 아름다운 제 지아비였으나 손 한 번 뻗기 어려운 사내이기도 했다.

가후의 얼굴을 빤히 보던 비아는 그를 깨우고 싶지 않다는 생각을 하다가 마음을 고쳐먹었다. 늦게 일어났다가는 국정을 논하는 조례 시간이 단축될 테고, 그러면 그는 모든 불만을 자신에게 퍼부을 게 분명했다. 그것은 그다지 달가운 일이 아니었기에 비아는 조심스럽게 목소리를 내었다.

"폐하, 기침하셔야 하옵니다."

그녀의 말이 떨어지기가 무섭게 가후의 눈이 천천히 떠졌다. 마치 이미 깨어 있던 사람처럼 차가운 눈을 맞춰오는 그의 모습에 비아는 슬그머니 몸을 뒤로 뺐다. 그녀가 눈도 마주치지 못하고 애꿎은 이불만 꼼지락거리는 동안 가후도 몸을 일으켰다.

간밤에 큰일을 치르느라 잠을 제대로 못 자서인지 그의 표정이 썩 좋지 않았다. 한 손으로 관자놀이를 지그시 누른 그는 침상에서 내려가지도 못하고 앉아 있는 황후를 슬쩍 쳐다보았다.

"벗어."

무미건조한 말투에 비아가 입안을 살짝 깨물었다. 옷을 벗으란 말을 어찌 저리 감정 없이 내뱉는지, 여인으로서 치욕스럽기도 하고, 한편으로는 두렵기도 했다.

"두 번 말해야 하나?"

짜증이 가득 서린 그의 눈빛에 비아는 허리를 묶은 끈을 풀었다. 옷을 잡고 있던 끈이 사라지자 힘을 잃은 금빛 잠옷이 매끄러운 어깨를 타고 흘러내렸다. 스르륵 내려가는 옷이 가슴 언저리까지 왔을 때, 그녀는 손을 올려 옷이 더 흘러내리는 걸 막았다. 간신히 가슴을 사수한 그녀는 그 상태로 그에게 다가갔다.

눈길 한 번 주지 않는 황제의 옆에 자리 잡고, 목을 가린 황금빛 머리카락을 반대편으로 끌어 내렸다. 실오라기 하나 없이 드러난 그녀의 흰 목덜미에는 푸른 멍이 선명하게 자리하고 있었다. 목이 졸린 자국이었다. 그렇게 그녀가 모든 준비를 마치고서야 가후는 침상 머리맡에 기대고 있던 몸을 살짝 기울였다.

비아는 자신의 목으로 다가오는 그의 얼굴을 느끼며 저도 모르게 고개를 살짝 옆으로 돌렸다. 아무리 지아비라지만 몸 한 번 섞어본 적 없는 사이였다. 어색하면서도 민망했고, 참기 힘들 만큼 부끄러웠다.

다가온 그의 입술이 결국 목에 닿았다. 너무나 가까이에서 느껴지는 기척과 부드러운 입술의 감촉이 모든 신경을 끌어당기는 듯했다. 그 느낌을 참지 못한 비아는 결국 눈을 질끈 감아버렸다.

짧지만 길게 느껴진 시간이 지나고, 그의 입술이 떨어졌다. 멍이 없어진 걸 확인한 가후는 황후가 반대편 목도 준비하길 기다렸다.

한쪽이 끝났음을 깨닫고 다시 눈을 뜬 비아는 고개를 돌리다 그와 눈이 마주쳤다. 그 순간, 그녀는 물어보고 싶어졌다. 무뚝뚝한 표정처럼 정말 아무런 느낌조차 없는 것인지. 그는 사내이고 자신은 여인인데, 이런 상황에도 정말 아무런 감정이 들지 않는지 묻고 싶었다. 하지만 그녀는 끝내 질문하지 못했고, 천천히 머리카락을 끌어당겨 반대편 목도 드러냈다. 그곳에도 푸른 멍이 훈장처럼 박혀 있었다.

가후의 몸이 다시 한 번 기울고, 그녀의 목에 그의 입술이 닿았다. 비아는 흘러내리려는 옷을 꽉 움켜쥐고 야릇한 그 느낌을 버텨냈다. 힘껏 참아내는 그녀가 무색할 만큼 그의 표정은 담담하니, 달리 반응이 없었다. 그는 무심한 얼굴로 할 일을 끝내고 침상을 벗어났다. 침상 옆 바닥에는 밤사이 말라 버린 핏방울과 은잔이 어지러이 흐트러져 있었다.

"알아서 처리하도록."

황후의 대답은 들려오지 않았으나 그는 재차 말하지 않고 방을 나섰다. 그런 가후의 등을 잠시 바라본 그녀는 흐트러진 옷을 가다듬고 침상 옆에 두었던, 피가 담긴 은잔을 집어 들었다. 온도가 맞지 않아서 응고된 피 위에 얇은 막이 생겨 있었다. 황후는 그 고약한 것을 두 눈 질끈 감고 입안에 털어 넣었다. 포사슴의 비릿한 피냄새가 훅 끼쳐 왔다. 뱉어버리고 싶었지만, 그럴 수는 없었다.

비운 잔을 쟁반 위에 올려놓고, 궁녀들이 오기 전에 바닥을 굴러다니는 은잔도 주워서 올려놓았다. 이제 궁녀들에게 포사슴의 피가 담긴 잔을 황제에게 건네다 놓쳤다고 변명하는 일만 남았다. 매일 밤마다 황제와 황후가 포사슴의 피를 두 개의 잔에 나눠 먹는 관습이 있으니, 그런 변명도 그러려니 하고 받아들일 것이다.

비아는 고운 손을 들어 여전히 비릿한 입을 가리고 눈을 감았다. 이 지긋지긋한 연극은 그리 오래지 않아 끝날 것이다. 아마도 그때는 둘 중 하나가 죽어 있을 터였다. 그녀이거나 혹은 그이거나. 그게 누가 될지는 모를 일이지만, 그녀는 지금 입맛이 너무나 비렸다.

밤늦게까지 신녀 납치 계획을 세우느라 잠을 설친 베론의 방문을 누군가 두드렸다. 그 난데없는 불청객에 베론은 떠지지도 않는 눈을 찌푸렸다. 단잠을 방해받은 것이 불쾌했다. 그러나 그것도 잠시, 방문 밖에서 들려오는 익숙한 목소리에 그는 잠이 확 달아나는 걸 느꼈다.

"달세르, 접니다. 보고드릴 것이 있습니다."

"들어와라."

베론은 자리에서 일어나며 흐트러진 물빛의 긴 머리카락을 매만졌다. 방 안으로 들어온, 일반 병사 차림의 남자는 신녀의 동태를 살필 임무를 부여받은 자였다. 그는 베론에게 주위를 살펴 달라는 신호를 보냈다. 무척 조심하는 행태가, 그가 들고 온 소식이 범상치 않음을 짐작케 했다. 베론은 주변에 몰래 엿듣는 이가 있는지 확인하고 말해도 좋다는 답을 내렸다.

"달세르, 기회가 온 듯합니다."

"기회?"

베론의 표정이 진지해졌다. 그들에게 기회란 단 하나였다. 신녀를 납치할 적당한 기회. 그것이 벌써 찾아왔다는 이야기였다. 동연국 황궁에 들어온 지 이제 이틀 차, 생각지도 못한 일이었다.

"자세히 설명해 보거라."

다급하게 물어오는 베론에게 남자는 자신이 알고 있는 정보를 전부 고했다. 그 이야기를 들은 베론은 고생한 부하의 어깨를 다독인 후, 그를 내보내고 급히 옷을 갈아입었다. 부하의 말이 맞았다. 지금이 일을 시도해 볼 만한 적기였다.

해연의 오해를 풀고 고백할 생각에 밤새도록 한숨도 청하지 못한 하랑은 방 안을 서성였다. 이게 무어라고 이리 떨리는 것인지, 도통 진정이 되지 않아 가만히 있을 수가 없었다. 그는 날이 샐 때까지 고민한 대사를 다시 읊조리며 크게 심호흡했다.

"이럴 줄 알았으면 그냥 어제 쫓아가서 말할 걸 그랬나?"

복잡해진 머리를 쓸어 올린 그는 어제 일을 후회했다. 이유는 알 수 없지만, 해연이 흥분할 대로 흥분해서 오늘로 미뤘더니 괜스레 더 긴장되었다. 어제는 무슨 말이든 쉽게 꺼낼 수 있을 것만 같았는데, 시간이 지날수록 생각이 많아지니 문제였다.

'일어나셨으려나?'

해가 뜬 걸 확인한 하랑은 해연이 치장을 끝낼 시각을 가늠하다가 더는 기다리지 못하고 자리를 박차고 나섰다. 신궁 근처에 가서 기다렸다가 적절한 시각이 되면 만날 요량이었다.

그가 검 한 자루를 들고 처소에서 나오니 우중충한 하늘이 그를 맞이했다. 비가 한바탕 쏟아질 예정인지 먹구름이 제법 끼어 있었다. 찜찜한 하늘을 한 번 올려다본 하랑은 서늘한 바람을 뚫고 신궁으로 향했다. 어서 가서 해연의 웃는 얼굴을 보고 싶다는 간절함에 걸음이 점차 빨라지고 있었다.

벌써 이십 분째, 하얀 돌로 만든 신궁이 하랑의 짙푸른 눈동자에 새겨져 있었다. 그는 신궁 담벼락에 등을 대고 팔짱을 낀 상태로 조금의 미동도 없이 서 있었다. 어디서부터, 왜 시작되었는지도 모를 오해를 좀 더 부드럽게 푸는 방법은 없을지, 숱하게 고민하며 멈춰 선 게 이십 분 전이었다.

끝나지 않을 것만 같던 하랑의 고민이 끊어진 건, 신궁 내부에 있어야 할 부하들의 기운이 잡히지 않는다는 걸 깨달았을 때부터였다. 해연과의 오해를 푸는 일에만 집중하느라 미처 파악하지 못하고 있었다.

'뭐지?'

실력이 뛰어난 공력자가 아닌 이상 그의 감각을 피해 숨을 만한 무인은 없었다. 그럼에도 불구하고 신궁 내부에 있어야 할 부하들이 단 한 명도 느껴지지 않았다. 거리가 좀 떨어져 있어서 파악하기 힘들다고는 하나, 찜찜하기가 그지없었다. 결국, 하랑은 예상보다 조금 일찍 담벼락에서 등을 떼었다.

석상처럼 굳어 있던 하랑이 움직이자 무녀들은 일손을 멈추고 옷매무시를 가다듬으며 눈을 빛냈다. 아침 일찍 찾아와서는 다가가기 힘든 분위기만 풀풀 풍기더니, 드디어 그가 움직인 것이다. 어떤 이는 제가 황후보다 못할 것이 없다며 기대에 부풀었고, 몇몇은 말만 좀 걸어봐도 좋겠다는 선망의 눈빛을 보냈다. 하지만 운이 좋은 이는 딱 한 명뿐이었다.

"뭐 좀 묻지."

하랑은 가장 가까이에 있는 어린 무녀의 앞에서 멈춰 섰다. 그가 갑자기 말을 건 탓인지 놀란 무녀가 눈을 휘둥그레 뜨고 손가락으로 자신을 스스로 가리켜 보였다.

"저, 저요?"

얼결에 되물은 무녀는 본인이 말해 놓고도 아차 싶었다. 신궁에 들어온 지 얼마 되지 않아서 더 당황한 탓이 컸다. 그녀가 바보 같은 자신의 질문에 볼을 붉히고 있을 때, 하랑이 궁금한 점을 물었다. 지금 그에게 중요한 건 무녀의 부끄러움이 아니라 해연의 행방이었다.

"혹시 신녀님이 출타하셨나?"

그의 물음에 여전히 정신을 차리지 못한 어린 무녀가 고개를 끄덕였다. 허탈해진 하랑의 눈가가 찌푸려졌다. 대답 대신 고갯짓을 해서 언짢아하는 것이라고 착각한 무녀는 황급히 말을 덧붙였다.

"새벽에 일찍 이두폭포로 가신다며 달천대원들만 이끌고 출타하셨습니다."

확실히 엇갈린 걸 확인한 하랑은 곧장 이두폭포로 향하려 했다. 누군가가 그를 부르며 발목만 잡지 않았다면 그리했을 터였다.

해연은 여러 겹 옷을 껴입은 그대로 이두폭포의 용소에 몸을 내맡겼다. 두 줄기로 떨어지는 폭포수와 깨끗한 물은 언제나처럼 시원한 청량감을 선사했으나, 상처받은 마음까진 보듬어주지 못했다. 멍하니 물 위를 떠다니던 해연은 풀리지 않는 답답함에 깊은 한숨을 내쉬었다.

'내가 원하는 게 뭔지 모르나? 아는 데도 외면하는 걸 수도. 의무감에 잘 대해준 건데 내가 좋아하는 티를 많이 내서 그도 힘들까?'

속상함에 자책하다가 얼굴을 한껏 찡그리며 몸을 벌떡 일으켰다. 그녀는 허리까지 차오른 물을 힘껏 때리면서 버럭 화를 냈다.

"그럼 내가 착각하게 하질 말든가! 곁에서 떠나지 말라고 할 땐 언제고, 왜 이제 와서 밀어내는데! 이 바보, 멍청이! 나쁜 자식!"

해연은 주먹을 말아 쥐고 애꿎은 물만 때려 댔다. 그리고도 분이 풀리지 않아서 씨근덕대며 가슴을 부풀렸다. 용을 써서 꾸며도 그에게는 예쁘다는 소리 한 번 듣지를 못했다. 하랑에 비하면 초라하기만 한 자신에게 괜히 화가 나서 그의 반응에 더 발끈했음을 스스로도 잘 알고 있었다. 마음을 몰라주는 그가 미웠으나, 혼자 열을 내는 자신은 더 싫었다. 그럴수록 스스로가 초라하게 느껴져서 속상하고 민망했다.

괜스레 울적해진 해연은 두 손으로 얼굴을 감쌌다. 물기 묻은 손으로 눈을 가리고 고개를 푹 숙인 해연의 가슴이 속상함으로 일렁였다. 너무나도 복잡해서 헤어 나오지 못하는 수렁에 빠진 기분이었다. 그 감정이 전이되었는지, 그녀의 주변에 있는 물이 넘실넘실 요동치기 시작했다.

잔잔했던 용소는 바다처럼 너울을 만들고, 평소에는 넘보지 못했던 육지까지 덮쳐들어 갔다. 활짝 핀 꽃들은 난데없는 물세례에 꺾여 버렸고, 나무 밑동도 흠뻑 젖어버렸다. 그 사태를 모르는 해연이 물의 폭주를 내버려 두고 있을 때, 차분한 남성의 목소리가 들려왔다.

"신녀님."

상념을 깨우는 음성에 해연의 몸이 움찔했다. 기분이 무척 나쁘니 오늘만큼은 혼자 있게 해달라고 부탁까지 해뒀건만, 그새를 참지 못하고 올라온 모양이었다.

해연의 손이 얼굴에서 천천히 떨어져 나갔다. 드러난 그녀의 얼굴은 싸늘했다. 울고 싶은 순간에 방해받는 건 무척 불쾌한 일이었다. 달천대원들에게 따끔히 한마디 해주려던 해연은 생각지도 못한 인물의 등장에 잠시 멍해졌다. 물빛의 긴 머리카락과 큰 키, 허리춤에 달린 휘어진 검까지, 동연국의 인물이 아니었다.

"베…… 론 님?"

해연은 어젯밤에 들은 그의 이름을 간신히 떠올렸다. 그에 베론은 환하게 웃으며 한 손을 가슴에 대고 허리를 깊숙이 숙여 보였다. 갑작스러운 그의 등장에 넘실대던 물이 제자리를 찾아 돌아왔다.

"여긴 어떻게?"

해연의 표정에 서린 경계의 빛을 읽은 베론은 다정다감한 얼굴로 조급한 속내를 감췄다. 시간이 없다고 서둘렀다가는 일이 틀어질지도 몰랐다.

"괜찮으시다면, 저와 짧게 이야기를 나누심이 어떠십니까?"

"이야기요?"

되묻긴 했으나 해연은 대충 어떤 종류의 것인지 짐작할 수 있었다. 하랑과 황제가 말하길, 가리국도 신녀를 잃고 가뭄이 든 지 오래라고 했다. 물이 필요한 그들은 비를 노리고 자신을 납치할 가능성이 높았다. 하지만 베론의 입에서 나온 말은 그녀가 생각했던, 그런 내용이 아니었다.

"예. 신녀님이 오셨던 곳으로 되돌아갈 방법에 대한 이야기입니다."

베론은 굳어지는 해연의 표정을 유심히 살폈다. 동연국에 온 신녀가 비를 내리는 일로 황제와 맞서 싸웠다는 이야기는 돈을 조금만 써도 여기저기서 터져 나오는 내용이었다. 어젯밤, 그는 그런 종류의 소문을 토대로 하나의 가설을 세웠다.

'신녀가 동연국에 온 건 자의가 아니다. 그러니 그녀는 왔던 곳으로 되돌아가고 싶어 할 것이다'.

그리고 지금 이 순간, 표정이 굳은 신녀를 보며 그는 확신했다. 제 가설이 적중했음을.

하랑은 불만스러운 눈으로 앞에 앉아 있는 가후를 쏘아보았다. 해연을 찾아 이두폭포로 가려던 그를 불러 세운 건 모백이었다. 황제가 찾는다는 말을 무시하고 해연에게 가려 했으나, 모백은 자신이 곧 시신이 될지도 모른다며 우는소리를 했다. 안타깝게도 그 말은 현실성이 높았고, 하랑은 용주전으로 발길을 돌릴 수밖에 없었다. 그는 일을 빨리 해치우고 해연에게 갈 생각이었지만, 막상 만난 가후는 말도 없이 그를 앞에 세워놓고 빤히 쳐다볼 뿐이었다.

해연 생각에 마음이 급한 하랑은 더는 참지 못하고 입을 열었다.

"용건이 있으신 게 아니라면 그만 가보겠습니다."

간다는 말에도 그는 딱히 반응이 없었다. 무표정한 얼굴로 시선을 맞추며 의자 손잡이만 손가락으로 톡톡, 두드릴 뿐이었다. 그것이 벌써 이십여 분째. 하랑의 미간이 점점 더 깊이 패여 들어갔다.

"폐하, 할 일이 많아 그만 가야 합니다. 하명하실 일이 없으시다면 이만 물러가겠습니다."

재차 물러가겠다고 말한 하랑은 황제를 향해 고개를 꾸벅 숙여 보였다.

그가 만약 해연의 일로 마음이 어지럽지만 않았더라면 가후의 표정이 평소와는 좀 다르다는 점을 눈치챘을 것이다. 그는 좀 더 어둡고 복잡한 가후의 눈빛을 미처 알아보지 못했다.

하랑이 나가려는 듯 두어 발자국 뒤로 물러나자 무거운 음성이 그를 잡았다.

"왜 죽였지?"

앞뒤 다 잘라먹은 질문에 하랑의 발이 멈칫했다. 무엇에 대한 질문인지, 갑자기 드는 불안감에 검이 없는 빈손을 꽉 움켜쥐었다. 황제는 지금껏 단 한 번도 그에게 누군가를 죽인 이유에 대해 물어본 적이 없었다. 하랑의 검은 언제나 나라의 안녕을 해하는 자들만 베어왔기 때문이다. 단 한 사람만 빼고.

하랑의 흔들리는 눈동자가 황제에게 향했다. 자신의 귀를 의심하듯이 되묻는 그 시선에 가후는 다시 한 번 무감각하게, 천천히 씹어 뱉듯이 그에게 재차 질문했다.

"아바마마를 살해한 연유가 무엇이냐?"

하랑은 상처받은 맹수 같은 가후의 붉은 눈동자에 어금니를 꽉 깨물었다. 그가 자신에게 선황을 죽인 이유를 묻는 건 이 년 만에 처음이었다.

선뜻 대답하지 못하는 하랑을 보면서 가후는 최대한 감정을 죽이려고 노력했다. 이 자리에 황후도 없는데 다시 발작이 일어난다면 답이 없었다. 그럼에도 불구하고 굳이 하랑에게 질문을 하는 건 닥쳐올 죽음을 가까이 느끼기 때문인지도 몰랐다.

그는 다시 한 번 하랑에게 물었다.

"너라면 검을 거둘 수도 있었다. 네 실력이라면……."

말끝을 흐린 그는 입을 굳게 다물고 있는 하랑을 빤히 바라보았다. 어쩌면 제가 생각해 온 그것이 답일지도 몰랐다. 믿고 싶지 않지만, 이제 정말 받아들일 때가 온 듯했다.

"역시…… 비아 때문이었나?"

그는 하랑이 선황을 죽인 이유가 빼앗긴 연인 때문이라고 줄곧 생각해 왔다. 비아를 태자비로 책봉하겠다고 발표했던 날 그 사건이 일어났으니, 더 물을 이유도 없이 그게 정답이었다. 그럼에도 불구하고 하랑의 입에서 다른 답이 나올지도 모른다는 작은 희망을 내려놓지 못했다. 불안하고 두려웠으나 죽음을 목전에 둔 지금, 그는 하랑에게 답을 들어볼 용기를 냈다.

하랑은 어딘지 모르게 지쳐 보이는 가후를 보면서 입을 달싹이다 다물었다. 자신이 진실을 말한다 하더라도 그는 믿지 않을 것이다. 선황의 죽음은 스스로도 믿기 어려운 일이었고, 여전히 정확한 이유를 알지 못했다. 다만, 한 가지 확실한 건 자신은 선황을 찌를 마음이 없었다는 점이다. 비아를 연모한다 했지만, 선황을 저버릴 정도는 아니었다. 그만큼은 아니었다.

하랑은 답을 듣길 포기해 가는 가후에게 어렵사리 목소리를 내었다.

"그녀 때문은 아닙니다."

그의 대답에 가후의 눈에는 불신이 어렸다. 그걸 알면서도 하랑은 재차, 꿋꿋하게 대답했다.

"키워주시고 아껴주신 은혜를 저버릴 정도로, 여인에게 눈이 멀진 않았습니다."

"하하, 네가 눈이 멀진 않았다고? 그럼 왜?"

그는 매우 작위적인 웃음소리를 내뱉었다. 좀처럼 믿을 수가 없었다. 그의 반응에 이번엔 하랑이 물었다.

"그럼 폐하는 왜 지금 그걸 물어보십니까?"

이번에는 가후가 입을 다물었다. 대답이 없는 그를 향해 하랑은 다시 물어보았다.

"왜 이제 와서 물어보십니까? 이 년이나 지나서, 이제야 물어보시는 저의가 뭡니까?"

더는 억누르지 못한 감정이 흔들리는 하랑의 목소리에 조금씩 배어 나왔다. 선황이 서거하고 나서 이성을 잃은 가후는 하랑이 아버지를 죽였다며, 그 이유를 비아 때문이라고 못 박아 두었다. 상황이 그리 흘러간 탓도 있지만, 하랑은 단 한 번만이라도 그가 자신에게 이유를 물어봐 주길 원했다. 억울함을 풀 기회를 주길 바랐다. 자신을 믿고 왜 그랬는지 물어봐주었다면 그는 사실을 털어놓았을 것이다. 하지만 하랑은 곧 가후에게 말하길 포기했다. 아버지를 잃은 가후에게는 그 분노를 퍼부을 대상이 필요하다는 걸 깨달은 탓이었다.

하랑과 가후의 시선이 공중에서 얽혔다. 그렇게 꽤 긴 시간이 흘렀지만, 둘 다 고집스럽게 입을 열지 않았다. 하랑은 그가 물어보는 이유를 알기 전에는 진실을 알려줄 생각이 없었고, 황제는 답을 알기 전엔 제 심장에 대한 문제를 하랑에게 알려줄 수가 없었다.

그토록 기나긴 두 사람의 줄다리기가 끝이 난 건, 밖에서 들려오는 모백의 목소리 때문이었다.

"폐하, 가리국의 오하르 슐가가 근정전에서의 면담을 요청하였사옵니다. 가져온 보석을 바치고 식수에 대해 논하고 싶다 하옵니다."

생각보다 빠른 면담 요청이었다. 하지만 하루하루 메말라 가는 가리국의 심정을 잘 알기에 가후는 그저 그 면담을 마음이 급해서라고 생각하며 받아들였다. 그는 대소 신료들을 근정전에 모두 모이게 하라는 명을 내렸다.

가후와의 대화가 흐지부지 끝나자 하랑은 그제야 다시 해연을 떠올렸다. 한시라도 빨리 이두폭포로 가고 싶었다. 그는 가후가 근정전으로 가기 위해 일어나는 틈을 타 물러가겠다는 인사를 했다. 더는 그를 붙잡을 마음이 없었기에 가후도 나가라는 손짓을 해 보였다.

궁녀들이 들어와 황제의 용포를 매만져 주는 사이, 하랑은 문지방을 넘었다. 그가 나오자 문 앞에 서 있던 풍월대원 하나가 검을 건네주었다. 드디어 해연을 만나겠구나 싶어 기분 좋게 검을 돌려받는 찰나, 모백이 앞을 슬쩍 막아섰다. 방해받는 느낌에 짜증이 확 솟구친 하랑은 눈에 쌍심지를 켜고 그를 보았다. 감당하기 힘든 기운에 식겁한 모백은 저도 모르게 뒷걸음질 치며 물러났다.

겁도 없이 구는 모백의 행동을 이해하고 넘어가 준 게 한두 번이 아니었다. 그런데 오늘 같은 날까지 자꾸 발목을 잡아대면 시선이 곱게 나갈 리가 없었다. 눈빛만으로 모백을 물린 하랑은 첫걸음을 떼었다. 그때, 옅게 떨리는 모백의 목소리가 다시 그를 붙잡았다.

"오하르 슐가가 하랑 대장과의 면담도 요청하였습니다. 폐하와 함께 가셔야 합니다."

다시 느껴지는 하랑의 매서운 기운에 모백이 몸을 움츠렸지만, 이내 침착해졌다. 이성을 되찾은 하랑이 기운을 거뒀기 때문이다. 못마땅하긴 해도 모백은 제가 할 일을 다했을 뿐이다. 이럴 때는 내관과 승강이를 벌일 시간에 황제의 허락을 받아내는 게 상책이었다.

하랑은 가후가 보이는 문 앞에 서서 딱 한마디만 내뱉었다.

"저 바쁩니다."

궁녀들에게 둘러싸여 있던 가후는 고개를 돌려 하랑을 보았다. 뭐 때문인지 아까부터 조급해하는 게 보였는데, 이젠 참을성이 벼랑 끝에 도달한 모양이었다.

슐가의 요청이라고 하더라도 일이 많은 그를 굳이 잡아둘 필요는 없으니, 가후는 하랑을 보내주려 했다. 그때, 모백이 재차 입을 열었다.

"소렵 대장이 자리를 비웠사옵니다, 폐하."

좀 전의 일을 복수라도 하는 양, 대뜸 소렵의 부재를 말하는 모백의 태도에 하랑은 눈살을 찌푸렸다.

소렵이 없다면 황제의 호위를 유신이 도맡게 된다. 가후가 유신을 소렵만큼 신뢰하지 않는 이상 그에게만 등을 맡길 리가 없었다. 물론 모백은 그런 것까진 모르고 그냥 하랑을 소렵 대신 쓰라는 뜻이었지만, 그에게 복수하고자 하는 소기의 목적은 달성할 수 있게 되었다.

소렵 대신 잡힐 위기에 처한 하랑은 재빨리 선수를 쳐서 그를 불러오겠다고 말했다. 용주전만 나가면 소렵을 찾는 일은 부하들에게 맡겨두고 해연에게 갈 생각이었다. 하랑이 소렵의 행방에 대해 묻자 모백은 예상치 못한 답변을 내놓았다.

"신궁으로 간다 하였습니다."

"신궁?"

의아해하는 하랑과 달리 가후는 그 이유를 짐작할 수 있었다. 밤사이 있던 자신의 발작이 원인일 것이었다. 그는 몰래 혀를 쯧— 찼다. 이렇게 되면 하랑을 보내줄 수 없었다. 소렵이 자신의 발작에 대해 대무녀와 얘기하고 있을 텐데, 하랑이 갔다가 듣기라도 하면 곤란했다. 일의 방향을 정한 가후는 하랑이 신궁으로 가기 전에 명을 내렸다.

"소렵이 올 때까지 유신과 함께 짐을 호위하도록."

결국 내려진 황명에 하랑의 진한 한숨 소리가 뒤따랐다. 평소의 가후였다면 그런 하랑의 모습을 반겼을 테지만, 오늘은 그다지 즐겁지 않았다. 그는 그런 제 심경의 변화가 아마도 하랑이 좀 전에 한 말 때문이라고 생각했다. 선황에게 검을 겨눈 이유가 비아 때문은 아니라던 그 말이 우습게도 듣기 나쁘지 않았다.

베론은 해연의 주변으로 일렁이는 물결을 주의 깊게 지켜보았다. 용소의 물이 신녀의 감정에 반응하고 있었다.

'힘도 불완전할 터인데, 벌써 이 많은 양의 물을……. 물과의 친화력이 뛰어난 편인 건가?'

해연의 힘이 만만찮다는 걸 직접 보게 된 베론은 굳어가는 입가를 애써 끌어 올렸다.

이계에서 온 신녀는 시간이 많이 흘러야 힘이 안정적으로 자리를 잡게 마련이었다. 그런데 해연의 경우는 동연국에 온 지 얼마되지 않았음에도 불구하고, 그녀의 감정에 물이 반응하는 단계까지 올라가 있었다. 그건 베론에게 그다지 좋은 현상이 아니었다. 힘의 우열이 신녀에게 기울면 가리국은 신녀에게 휘둘릴 수밖에 없었다.

베론은 해연의 눈 밖에 날 행동은 최대한 금해야겠다고 생각하며 그녀가 궁금해할만한 내용을 미리 꺼내 들었다.

"신녀님의 고향으로 돌아갈 방법을 제가 알고 있습니다. 그리 간단한 건 아니지만, 불가능한 것도 아닙니다."

베론의 말투는 무척 진지했으나 믿음을 심어주지는 못했다. 해연은 그가 집으로 돌아가는 방법을 미끼로 해서 자신을 가리국으로 데려가려 한다고 생각했다. 그곳에 비를 내려주고 나면 원하는 걸 제대로 알려주지 않을 수도 있었다.

해연의 표정이 썩 좋지 않자 베론은 그녀가 자신의 말을 믿지 않음을 알아차렸다. 물론, 갑작스레 돌아갈 방법을 안다고 했으니 거부반응을 보일 만도 했다. 하지만 지금까지 한 말은 전부 진실이었다.

"신녀님이 계속 동연국에 머무르게 된다면 절대 돌아가지 못하실 겁니다."

"그래요? 그럼 가리국은 다른가 보죠?"

해연은 팔짱을 끼며 베론의 말을 비꼬았다. 기분이 좋지 않아서인지 말투가 곱게 나가질 않았다. 가뜩이나 심란한데 갑자기 찾아와서 집으로 돌아갈 방법을 거론한다는 것 자체가 속을 더 뒤틀리게 했다.

'참자, 저들도 사정이 있어서 그런 거니까.'

해연은 심호흡을 하고 어지러운 마음을 다독였다. 황제처럼 해코지하는 것도 아닌데 기분이 좀 나쁘더라도 기본 예의는 지키는 게 옳았다.

"오늘은 혼자 있고 싶으니 그만 돌아가 주세요. 가리국은 다르다는 말에 넘어갈 만큼 저는 어리석지 않아요."

해연의 거부를 예상치 못한 건 아니었기에 베론은 순순히 고개를 끄덕였다.

"알겠습니다. 제 행동으로 신녀님이 불편하셨다면 용서하십시오. 이만 물러가겠습니다."

무척 정중한 그의 인사에 해연은 되레 찜찜해졌다. 이렇게 쉽게 포기할 줄 알았다면 좀 더 부드럽게 대해줄 걸 그랬나 싶기도 했다. 괜스레 미안한 마음이 든 해연에게 인사를 마친 베론은 마지막 승부수를 던졌다. 이 말에도 신녀가 반응하지 않는다면 납치는 무척 어려워질 것이었다.

"신녀님께서 기억을 잃어가고 있을 시기라지만, 벌써 귀향에 대한 의욕이 사라지셨을 줄은 몰랐습니다. 제 불찰입니다. 그럼 먼저 내려가겠습니다."

베론은 해연의 반응도 살피지 않고 몸을 돌렸다. 차마 떨어지지 않는 발을 두 번쯤 옮겼을 때, 해연의 떨리는 목소리가 그를 붙잡았다.

"그게, 무슨 말이죠?"

걸렸다. 베론은 회심의 미소를 지었다가 순식간에 지워 버리고 영문을 모르겠다는 얼굴로 해연을 바라보았다. 한눈에 봐도 신녀의 마음이 흔들리고 있었다.

해연은 망치로 한 대 얻어맞은 듯했다. 요즘 따라 건망증이 심하긴 했다. 부모님의 얼굴은 지우개로 지운 것처럼 보이지 않았고, 익숙하던 단어들도 가물가물해졌다. 사람을 태우고 하늘을 날던 거대한 사물을 뭐라 불렀는지도 떠오르지 않았다.

그럴 때마다 머리 아프게 생각하기 싫다며 무심코 넘겼지만, 마음 한구석에서 불안함이 싹텄다. 대무녀를 비롯한 다른 이들에게 기억상실에 대해 물어보아도 다들 고개만 갸웃거릴 뿐이었다. 그런데 아무도 이해하지 못하던 그 증상을 베론은 알고 있다는 듯이 말했다.

해연은 입을 다물고 있는 베론을 향해 다시 한 번 힘주어 말했다.

"기억을 잃다니, 그게 무슨 뜻이죠?"

단순한 건망증이 아닐 수도 있었다. 그로 인한 두려운 감정이 해연의 목소리에 잔뜩 배어 있었다. 베론은 그걸 알면서도 별것 아니라는 것처럼 가볍게 대꾸해 주었다.

"물의 신께서 해둔 장치입니다. 신녀님이 이곳에 잘 적응하길 바라신 게지요. 자각하기 힘들 만큼 조금씩, 천천히 기억을 잃어가다가 나중에는 지금 이 세상이 자신의 고향이라고 착각하게 되죠. 물론 기억을 보존하는 방법도 있습니다만, 신녀님께는 필요 없으실 겁니다."

"그게 무슨……."

기억을 보존하는 방법은 해연에게 절실한 것이었다. 그럼에도 베론은 필요 없을 거라고 단정 지으며 애를 태웠다. 그는 그렇게 해연의 관심을 끌어놓고 대화를 이끌어 나갔다.

"혹시 신녀의 수명에 대해 아십니까? 주어진 수명이 전부 끝나야 다시 환생한다는 이야기 말입니다."

기억과는 전혀 관련 없는 엉뚱한 말이었지만, 해연은 처음과 달리 베론의 말에 고개를 끄덕이며 반응을 보였다. 그는 신녀에 대한 정보를 많이 알고 있는 게 분명했다.

베론은 재차 그녀에게 질문을 던졌다.

"그럼 동연국의 전대 신녀님이 몇 살에 사망하셨는지도 아십니까?"

"무척 어리다고 들었어요. 열다섯?"

어린 신녀가 참혹한 일을 당했다며 단야가 눈물짓는 일이 간혹 있어서 해연도 전대 신녀에 대해서는 얼추 알고 있었다.

그 대답이 정확했는지, 베론은 조금 안타깝다는 얼굴로 질문을 한 이유를 밝혔다.

"동연국의 전대 신녀님이 살해당한 나이는 열다섯이 맞습니다. 기존 신녀님들의 평균 수명이 일흔쯤 되니 그런 일을 당하지 않으셨다면 최소 오십오 년은 더 사셨을 겁니다. 즉, 다시 환생하시는 데 걸리는 시간이 오십오 년이란 말입니다."

"그건……."

"예, 전대 신녀님이 환생할 때까지 오십오 년간, 신녀님이 동연국에 머무르면서 비를 내리셔야 한다는 뜻입니다. 한두 해도 아닌데 동연국의 황제가 신녀님을 놓아주겠습니까? 차라리 신녀님이 기억을 잃고 이곳에 익숙해지시는 게 더 나을 겁니다. 그조차도 오래 안 걸립니다. 길어야 삼 년, 짧으면 일 년 안에 고향에 대한 모든 기억이 사라질 테니까요."

베론의 말에 해연은 얼굴이 하얗게 질렸다. 다리에 힘이 풀리면서 몸이 휘청였다. 근처에 있던 물들이 몰려들어 부축해 주지 않았더라면 그대로 주저앉았을 것이다. 극심한 충격에 몸조차 제대로 가누지 못하는 해연의 귓가로 베론이 흘리는 작은 희망이 파고들었다.

"오셨던 세상으로 돌아가길 원하신다면, 가리국을 택하시는 것이 가장 좋은 방법입니다. 가리국의 전대 신녀님은 예순여덟의 일기로 저희 곁을 잠시 비우셨습니다. 환생까지 길어봐야 삼 년 정도일 겁니다. 물론, 동연국의 국경을 넘는 즉시 기억을 잃지 않는 방법도 알려 드리겠습니다."

삼 년만 가리국에 있어주면 기억을 유지한 채 돌아갈 수 있도록 해주겠다는 약조였다. 해연은 어금니를 꽉 깨물고 혼미해지려는 정신을 다잡으려 애썼다. 여기서 휘둘렸다가는 그가 원하는 대로 끌려 다닐지도 몰랐다. 미친 짓만 골라 하는 황제를 보면서 해연이 배운 게 하나 있다면, 무엇이든 거래할 때는 철저하게, 작은 빈틈도 없이 해야 한다는 점이었다.

물에 젖은 치맛자락을 꽉 움켜쥔 해연은 베론의 말에서 문제점을 찾아 지적했다.

"내가 그 말을 어떻게 믿죠? 비가 급해서 거짓말로 날 속이려는 걸지도 모르잖아요."

두 사람의 관계에서 문제점이 하나 있다면 서로에 대한 신뢰가 없다는 점이었다. 베론도 그 점을 알고 있었고, 두 가지 대비책도 마련해 두었다.

"지금까지 알려 드린 내용은 물의 신께서 신녀님들께 남긴 서책에 적혀 있는 내용입니다."

"책?"

"예, 신녀의 서라 하지요."

신녀의 서. 그 신물은 물의 신이 하늘로 올라가기 전에 다섯 신녀에게 하나씩 남긴 책이었다. 두 개의 주문서와 세 개의 역사서로 나뉘었고, 신녀들은 그 책을 무척 소중히 여겼다. 게다가 많은 정보가 담겨 있어서 대부분 꼭꼭 숨겨두었는데, 가리국의 황제는 신궁을 전부 뒤지다가 그 책을 찾아냈다.

신녀의 서를 찾은 황제는 베론에게도 읽을 기회를 주었다. 해연을 설득할 때 필요하리라 봤기 때문이다. 그리고 그것은 실제로 유용하게 쓰이는 중이었다.

"가리국이 가진 신녀의 서는 역사서입니다. 동연국은 주문서를 가지고 있지요. 삼 년 안에 두 책 모두 신녀님께 보여 드리겠습니다. 동연국 황궁에 첩자 정도는 가지고 있으니까요."

베론은 주문서도 손에 넣을 생각이었다. 신녀만 가리국으로 데려간다면 동연이 흔들리는 건 시간문제였다. 이후 벌어질 동연국과의 전쟁을 반년만 버틴다면, 물이 없는 동연국은 무너지고 신녀의 서도 자연스레 손에 넣을 수 있었다. 다만, 베론은 전쟁에 관한 건 해연에게 말하지 않았다. 그녀가 일반 신녀와는 좀 다르다고 해도 전쟁을 반길 리가 없었다. 첩자를 이용해 몰래 빼내겠다고 안심시킨 뒤에 해연이 말했던 믿음에 대해서도 거론했다.

"신녀님께선 소인을 믿기 어렵다 하셨는데, 굳이 믿으실 필요는 없습니다."

이해하기 힘든 소리에 해연의 눈썹 끝이 곤두섰다. 의아해하는 그녀에게 베론은 주변에 있는 물들을 가리켰다.

"절 믿지 마시고 이 물을 믿으십시오. 신녀님의 힘 말입니다."

해연은 제 주변을 떠돌며 움직이는 물을 바라보았다. 이따금 말을 듣지 않을 때도 있지만, 오늘은 곁을 맴돌면서 딱 들러붙는 게 느껴질 정도로 친근하게 굴었다. 베론도 그걸 알고 있었다.

"감히 누가 굴하지 않겠습니까? 제가 신녀님께 한 치의 거짓이라도 말했다면 기꺼이 이 목을 내어놓겠습니다."

해연은 베론의 입바른 소리에 피식 웃었다. 자신이 물의 힘을 지닌 걸 알면서도 짜증 날 만큼 굴하지 않는 붉은 눈의 남자가 하나 있긴 했다. 또한 이 땅의 사내들이 목숨을 쉽게 건다는 것도 잘 알고 있었다.

해연은 팔을 살짝 들어 올렸다. 물에 젖은 소매가 들러붙어 묵직한 느낌을 전해주었지만, 그리 나쁘진 않았다. 그대로 손을 휘두르자 용소 끝에서 물이 솟구쳤다. 가시처럼 돋은 물이 베론의 턱 앞에서 멈췄다. 그의 말이 맞았다. 제 뜻을 알고 한 치의 오차도 없이 움직여 주는 이 물들이 자신이 믿을 전부이자 모든 이를 굴하게 할 힘이었다.

관성을 무시하고 위로 솟아오른 물의 느낌은 무척 차가웠다. 위협하듯이 목에 닿은 그 힘에 움츠러들 법도 하건만, 베론은 가만히 서서 해연과 눈을 마주했다. 여기서 피하면 죽도 밥도 되지 않는다. 그는 해연의 마음이 이미 흔들렸다고 확신하고 있었다. 확실히 해연은 동연국과 가리국을 두고 갈등했다. 기억을 유지한 채로 삼 년 안에 돌아가려면 가리국을 택해야만 했다. 가리국의 역사서를 먼저 얻고 동연국의 주문서를 삼 년 안에 얻는다면 집으로 돌아갈 길이 보일 것이다. 무척 좋은 기회였고, 솔깃한 제안이었다.

'하지만……'

해연은 아랫입술을 깨물었다. 무엇이 더 이득인지는 이미 알고 있었다. 그럼에도 쉽사리 결정을 내리지 못하는 건 마음을 붙잡고 놓아주지 않는, 그 야속한 남자가 이 나라에 있기 때문이었다. 가리국으로 가면 동연국이 과연 얼마나 버틸 수 있을지, 물이 없는 이 나라에서 그가 살아갈 수 있을지, 그 모든 것이 염려되어 차마 결정을 내리지 못했다.

어려운 선택 앞에서 고민하던 해연은 고개를 들어 하늘을 바라보았다. 비가 오려는지 먹구름이 잔뜩 낀 하늘에서 바람이 불었다. 그 바람을 온몸으로 맞이하던 그녀가 고개를 내리고 베론을 보았을 때, 검은 눈에는 더 이상의 흔들림이 존재하지 않았다.

"가리국으로 가겠어요."

원하던 답변을 들은 베론의 얼굴에 만족스러운 미소가 번졌다. 이대로만 간다면 큰 피해 없이 신녀를 가리국으로 데려갈 수 있었다. 하지만 승리의 미소를 짓기에는 조금 일렀다. 그의 목에 닿은 뾰족한 물이 용소로 돌아가지 않고 있었다. 베론은 그 물 가시가 뜻하는 것이 무엇인지 알아차렸다.

"달리 원하시는 게 있으십니까?"

그의 질문에 해연은 고개를 끄덕였다. 가리국으로 가기 전에 확실히 해둘 사안이 있었다.

"두 가지 조건이 있어요. 우선, 내가 원하는 날짜에 원하는 걸 바로 줘요. 국경을 넘자마자 기억을 잃지 않는 방법을 알려주고, 수도에 도착하면 신녀의 서를 바로 내게 넘겨요. 그게 첫 번째 조건이에요. 들어줄 수 있나요?"

해연이 제시한 첫 번째 조건에 대하여 베론은 신녀의 서 진본을 보여주되 소유는 필사본으로 타협을 보았다. 신녀의 서는 곧 환생할 신녀의 것이기에 그 부분은 해연도 인정하고 받아들였다.

"두 번째는 내 자유를 보장하고 두 달에 한 번씩 동연국에 보내줘요."

동연국에도 비를 내려주겠다는 심산이었다. 베론으로선 무척 곤란했으나, 그는 속내를 들키지 않기 위해 그 조건도 받아들였다. 어차피 신녀를 데려가면 두 달이 지나기도 전에 전쟁이 일어날 터였다. 그렇게 되면 전쟁을 빌미로 두 번째 조건의 기간을 미루면 그만이었다.

베론이 두 가지 조건을 모두 받아들이자 솟아올랐던 물들이 제자리로 돌아갔다. 그는 여전히 얼얼한 기운이 남아 있는 목을 매만지면서 뒤를 슬쩍 돌아보았다. 육안으로는 보이지 않았지만, 해연이 떼어놓은 달천대원 아홉 명의 기척이 중턱 즈음에서 느껴졌다. 비가 쏟아지기 시작하면 그들은 신녀를 데리러 올라올 것이었다. 그 전에 이곳을 빠져나가 최대한 멀리 도망가야만 했다.

'달천대 중에 실력이 좋은 자만 골라 놓았으니 중간에 따라잡힐 가능성도 있다.'

달천대원들의 실력을 파악한 베론의 표정이 굳었다. 하랑이 붙여둔 달천대를 따돌리려면 적잖은 희생을 감내해야만 했다. 그는 산

아래에서 기다리고 있을 부하들을 떠올리며 아직 용소에서 나오지 않은 해연에게 손을 내밀었다.

"신녀님, 이리로 나오십시오. 지금 바로 출발해야 합니다."

해연은 베론이 내민 손을 향해 천천히 발을 옮겼다. 오늘따라 제 뜻을 잘 따라주던 물이 이상하게도 이 순간만큼은 발을 붙잡고 놔 주지 않는 것처럼 느껴졌다. 묵직한 물을 뚫고 베론에게 다가간 해 연은 그가 내민 손을 잡았다.

신료들이 모두 모인 근정전으로 멧돼지도 들어갈 만큼 크고 고급 스러운 상자가 줄지어 들어섰다. 짐꾼의 어깨를 짓누르는 상자들이 근정전 중앙에 놓였고, 그 앞에는 오하르 술가가 올곧은 자세로 서 있었다.

관직에 맞게 양옆으로 줄지어 선 동연국의 신료들이 눈앞에 있는 상자를 두고 서로 속닥이는 사이, 내관 달봉의 목소리가 근정전 안 을 울렸다.

"황제 폐하 듭시옵니다!"

황제라는 단어에 신료들이 입을 다물자 내부가 순식간에 조용해 졌다. 그들은 소매를 매만지며 머리를 조아렸고, 붉은 용포를 입은 가후가 안으로 들어섰다. 황제의 호위대인 풍월대원들이 근정전 구 석구석에 자리를 잡자 뒤따라온 유신과 하랑도 옥좌가 놓인 단상 아래에 양옆으로 나뉘어 섰다.

술가는 황제를 호위 중인 두 공력자를 슬쩍 보았다. 요청했던 대 로 하랑도 나와 있었다.

'왼쪽이 동연국을 지탱하는 하랑이고, 오른쪽이 정체를 알 수 없 다던 그 공력자구나.'

두 사람의 신원을 확인한 슐가는 고개를 조금 더 올려 가후의 주변을 힐끔 살폈다. 하지만 어찌 된 영문인지, 황제의 곁에서 떨어지지 않는다던 소렙이 보이지 않았다. 이건 예상치 못한 일이었다. 공력자를 모두 근정전에 묶어둘 요량이었는데, 하나가 비어버렸다. 그러나 이미 벌어진 일이었고, 이제 와서 주워 담을 수도 없는 노릇이었다.

'달세르, 부탁하오. 부디 성공하길 바라겠소.'

슐가는 신녀에게 간 베론을 떠올리면서 마음을 다잡았다. 이번 일에 가리국과 백성들의 명운이 걸려 있었다. 기필코 성공해야만 했다. 슐가는 베론의 귀국이 평온하길 기원하며 황제를 향해 인사를 올렸다. 그의 싸움은 이제부터 시작이었다.

해연을 호위하라고 붙여 놓았던 아홉 명의 달천대원은 열띤 토론을 벌이고 있었다. 그들은 어젯밤에 보았던, 눈물을 흘리는 신녀님과 당황하던 대장에게 벌어진 일이 무척 궁금했다. 물론 그런 가십거리에는 전혀 관심 없는 네 명은 저들끼리 대련을 하며 시간을 보냈지만, 남은 다섯은 원인 규명에 열심이었다. 그리고 그 다섯 명 중에는 사륜도 끼어 있었다.

"아, 제가 그런 쪽에는 전문가 아닙니까? 분명 대장이 울렸……."

머리 위로 툭 떨어지는 차가운 물방울에 사륜은 말을 하다 말고 고개를 들어 하늘을 보았다. 먹구름이 잔뜩 낀 하늘은 곧 비를 쏟아낼 듯했다.

사륜이 비를 맞은 걸 시초로 다른 이들도 빗방울을 맞았다. 아침부터 날씨가 영 좋지 않았으니 비가 오리라 짐작은 했지만, 막상 오니 한숨만 나왔다.

"어쩌죠?"

사륜의 질문에 서열 5위인 동비가 고개를 저었다. 그냥 맞자는 뜻임을 짐작한 대원들이 어깨를 축 늘어뜨렸다. 자신들이 비를 맞는 건 크게 문제가 되지 않지만, 폭포로 간 신녀님이 걱정되었다. 혼자 있을 시간이 필요했던 해연이 목욕하겠다며 올라가 버리는 바람에 사내뿐인 대원들은 그녀가 스스로 내려올 때까지 기다리는 수밖에 없었다.

그렇게 시간이 조금 더 지나자 비가 본격적으로 쏟아지기 시작했다. 대원들의 옷이 빠르게 젖어들었고, 머리카락에서도 물이 뚝뚝 흘러내렸다. 점점 더 거세지던 비는 곧 장대비로 바뀌었다. 눈도 뜨기 힘들 정도의 빗줄기에 참다못한 사륜이 몸을 일으켰다.

"안 되겠습니다! 제가 올라가서 신녀님을 모시고 오겠습니다!"

빗소리에 목소리가 묻혀서 크게 말하지 않는 이상 잘 들리지 않을 지경이었다. 사륜은 큰 소리로 갔다 오겠음을 밝히고 당장 뛰어 올라가려 했다. 하지만 그때 다가온 달천대원 하나가 그에게 헤드록을 걸었다.

"이게 어디서 꼼수를? 네가 이제 보통 여인이나 신녀님이나 가리질 않는구나."

"악, 덕우 형님! 그런 거 아닙니다. 비가 너무 오잖습니까."

그건 사륜의 말이 맞았다. 비가 무척 거센데 더 늦기 전에 하산하는 것이 좋았다. 하지만 문제는 목욕하는 해연에게 누가 다가가는가였다. 그 부분을 정하지 못해서 서로 눈치만 보던 사이, 수련에 매진하던 제영이 중재에 나섰다.

"비가 내리기 시작한 지 제법 되었으니 내려오고 계실 거야. 나머지는 여기에 있고, 나랑 동비가 모시러 갔다 올게. 아직도 물가에 계시면 근처에 가서 눈을 감고 말씀드리면 될 테지."

수련 중독자인 그는 여인에겐 별로 관심이 없었기에 다른 이들도 납득하며 그 의견에 찬성했다. 지목당한 동비가 제영을 따라 나서자 사륜의 입이 삐죽 튀어나왔다. 먼저 나선 자신을 쏙 빼놓고 간다는 게 영 못마땅한 탓이었다.

"아니, 전 막으시면서 제영 형님의 말은 어찌 믿으십니까?"

어딘지 뻔뻔하게 느껴지는 사륜의 질문에 헤드록을 걸고 있던 덕우가 더 힘을 주었다. 그 괴물 같은 힘에 비명을 지르는 사륜의 머리 위로 다른 이들의 혀 차는 소리가 들려왔다.

"그거야 니가 제일 잘 알지. 넌 언제 철들래?"

그렇게 티격태격하며 시간을 보내던 사이, 위로 올라갔던 동비와 제영이 황급히 뛰어 내려오는 게 느껴졌다. 그 순간, 대원들은 깨달았다. 뭔가 일이 잘못되었다.

술가의 뒤쪽에 있는 상자들이 입을 열고 휘황찬란한 보석을 내보였다. 모두 가리국의 사막에서만 나는 값비싼 원석이었고, 몇 개의 상자에는 진귀한 세공품도 들어 있었다. 가리국이 해마다 보내오던 보석보다 더 많은 양이었지만, 빛나는 보석을 눈앞에 두고도 가후는 심드렁했다. 목마른 쪽은 가리국임을 아는 그의 표정에는 갑의 횡포가 여실히 드러나 있었다.

"물을 많이 원하면서 가져온 진상품은 예년과 다를 바가 없군."

완벽한 을의 입장인 술가는 눈살이 찌푸려지려는 걸 간신히 참아냈다. 예년과 같다니, 말도 되지 않았다. 황제의 의심을 피하고자 양을 더 두둑이 챙겼는데, 그걸 보고 할 소리는 아니었다. 게다가 이 정도 양이면 물을 다 퍼 줘도 동연국에서는 남는 장사였다. 어차피 동연국은 신녀 덕에 메마르지 않으니 손해 볼 것도 없건만, 가후는 못마땅한 기색을 가감 없이 내비쳤다. 가리국을 더 쥐어짜겠다는 뜻이었다. 그 속내를 알면서도 슐가는 적당히 장단을 맞춰주었다.

"가리국의 백성들이 최선을 다해 채집하였으나, 최근에 사막에서 나오는 보석의 양이 많이 줄었습니다. 이는 가리국의 정성을 하늘이 외면하는 것이니, 그 또한 참으로 괴로울 따름입니다. 하나 마음과 정성만큼은 보석 못지않게 담았으니, 너그러이 받아주시옵소서."

어느 곳 하나 흠잡을 데 없는 대답이었다. 그에 더 짜증이 솟은 가후는 입술을 비죽였다. 어쩌다 저런 신하가 가리국 같은 곳에서 나왔는지, 기분이 나빴다. 하늘이 자신에게 주었다면 잘 이용해 먹었을 텐데, 아쉬움이 자꾸 고개를 들었다. 그래서인지 그는 더 말도 안 되는 트집을 잡으며 타협을 늦추려 했다.

가후가 가리국으로 보낼 물의 양을 가지고 슐가와 한창 기 싸움을 하는 동안, 하랑은 옆에 서 있는 유신을 곁눈질했다. 신경을 쓰지 않으려 해도 그를 감싸고도는 해연의 태도를 생각하면 거슬리기 짝이 없었다.

싸늘한 시선을 느꼈는지 유신의 입꼬리가 올라갔다. 명백한 비웃음이었다. 그걸 본 하랑의 눈빛도 차갑게 가라앉았다. 기회가 된다면 해연의 곁에서 완전히 떼어내 버리겠다고, 그렇게 각오하는 중에 소렵이 옆문으로 조용히 들어왔다.

신궁에서 무슨 일이 있었는지 그의 낯빛이 그늘져 있었다. 그는 하랑에게 작은 미소를 지어 고마움을 표한 뒤, 자리를 바꿔주었다. 어쩐지 그 미소가 하랑에겐 무척 찜찜하게 다가왔지만, 왜 그런지를 물을 수는 없었다. 이웃 나라의 사신과 정치적인 이야기가 오가는 와중에 개인적인 호기심을 충족하는 건 안 될 일이기에 그는 그 불편한 감정을 마음에 묻어두었다. 그래도 소렵이 빼먹지 않고 돌아와 준 덕에 드디어 자유를 되찾을 수 있었다. 하랑은 가후가 슐가에게 정신이 쏠려 있는 틈을 타 몰래 빠져나가기로 마음먹었다.

그가 밖으로 나가려는 순간, 내관 달봉이 허겁지겁 안으로 들어왔다. 그는 전할 말이 있으니 옥좌가 있는 단 위로 올라가도 될지를 물었다. 가후가 심드렁한 손짓으로 허용하자, 달봉이 종종걸음으로 계단을 올라가 그의 귓가에 대고 소곤거렸다.

달봉의 얘기를 듣는 가후의 눈이 부릅떠지고, 하랑과 유신, 소렵도 믿을 수 없다는 얼굴로 그를 보았다. 공력을 가진 자들은 달봉의 작은 소곤거림을 놓치지 않고 정확히 들을 수 있었다.

'가리국에 신녀가 납치당했다.'

유신은 예상치 못한 충격에 이마를 짚었다. 손에 머물던 차가운 기운이 머리로 전해지자 그나마 사고라는 걸 할 수 있었다. 그는 지금 자신이 가리국에 선수를 빼앗겼음을 떠올렸다. 그리고 이대로 해연이 국경을 넘는다면, 가리국을 병합하려는 자국의 계획도 물 건너간다는 걸 상기했다. 그것만큼은 막아야만 했다.

모든 정황을 파악한 유신은 저도 모르게 걸음을 옮겼다. 당장 가서 신녀를 죽이든지, 데려오든지, 무엇이든 해야만 했다. 다급하게 걸어 나가는 유신을 막아선 건 슐가도 아닌 하랑이었다.

하랑은 자신을 쏘아보는 유신에게서 시선을 떼고 넋이 나가 있는 가후를 올려다보았다. 항상 몇 수 앞을 내다보던 그도 이번 일은 충격이 만만찮았는지 쉽사리 말을 꺼내지 못하고 있었다. 하랑은 그런 가후에게 침착하게 말을 걸었다.

"폐하, 제가 다녀오겠습니다. 보내주십시오."

"아닙니다, 폐하. 절 보내주십시오. 당장 가서 그것들을 응징하고 오겠습니다."

하랑의 요청에 유신이 정면으로 반대하고 나섰다. 기왕이면 본인이 가서 신녀까지 처리하는 편이 좋았다.

서로 제가 가겠다고 나서는 통에 상념에서 벗어난 가후는 잠시 침묵을 지켰다. 무슨 일이 일어났는지 영문을 모르는 신료들은 황제와 공력자들의 눈치를 보며 사태를 파악하려 들었다. 그러나 가진 정보가 워낙 적어서 알 수 있는 건 얼마 없었다. 신료들 사이에서 웅성거림이 생길 즈음에 가후의 명이 떨어졌다.

"유신은 따로 주어질 임무가 있으니 하랑이 간다. 기필코 데려오도록."

선택받은 이는 하랑이었다. 밀려난 유신은 분노가 치밀어 올랐지만, 이를 악물고 참아냈다. 본인이 가서 처리하는 게 가장 좋은 방법이었다. 하지만 황제가 이미 결정을 내린 마당에 더 토를 달 수는 없었다. 차라리 하랑이 신녀를 데려온 뒤를 생각하는 게 이성적인 판단이었다.

하랑은 화를 억누르는 유신을 두고 근정전을 뛰쳐나갔다. 쏟아지는 장대비를 간신히 막고 있는 회랑 안에서 분기 어린 그의 목소리가 터져 나왔다.

"나호!"

성난 하랑의 부름에 근처에서 잠복 중이던 나호가 급히 모습을 드러냈다. 무섭도록 살벌한 그의 표정에 나호는 심상찮은 분위기를 감지하고 고개를 숙여 예를 갖췄다.

"베론, 그자가 어디로 갔지?"

"아침나절에 몸을 풀겠다며 뒷산으로 오르는 것까지 확인했습니다."

나호의 대답에 하랑은 검을 꽉 움켜쥐었다. 미리 보고를 받고 확인했어야 했는데, 해연에게 고백할 생각에 빠져 업무를 소홀히 했다가 이런 참담한 일이 벌어졌다. 하랑은 사태를 빠르게 파악하고 바로 명령을 내렸다.

"가까이에 있는 애들로 꾸려서 최대한 빨리 동남문으로 향해라. 동남문까지 베론을 찾지 못하면 추적은 포기하고 돌아온다. 남서문으로는 부주를 보내라. 나는 남문으로 간다. 신녀님이 납치당했으니 안전하게 모셔오도록."

납치라는 말에 놀라는 나호를 내버려 두고, 하랑은 급히 마구간으로 향했다. 황제와 유신 앞에서는 침착한 척 굴었어도 심장이 미친 듯이 뛰어 댔다. 아직 들려주지 못한 말이 있는데, 간절한 마음을 전하지 못했는데, 이대로 놓칠 수는 없었다. 그는 차가운 비를 맞으며 말 위에 올라탔다. 그를 태운 말이 빗속을 뚫고 빠르게 궐을 벗어났다.

신료들이 모두 물러나고 조용해진 근정전에는 황제와 유신, 소렵과 슐가만이 남아 있었다. 옥좌 팔걸이에 손을 올리고 이마를 주무르던 가후는 슐가에게 이번 사건의 진위를 물었다. 그러나 슐가는 입을 다물고 침묵으로 일관했다. 그는 당황하지도 않았고 해명하려고 노력하지도 않았다. 당연하다는 그 태도가 내관이 전해온 말이 사실임을 여실히 말해주고 있었다.

"신녀 납치가 진짜란 말이지? 그대는 이곳에서 내 시선을 끌고,

베론은 뒤에서 딴짓거리를 하고."

그들의 계획을 정확히 읊는 가후의 붉은 눈동자가 살기로 번들거
리다 이내 광기 어린 웃음을 피워냈다.

"하, 하하…… 하하하하하하!"

그의 살벌한 웃음소리가 근정전 안에 울려 퍼졌다. 그 웃음에 소
렵은 눈을 감았고, 유신은 고개를 절레절레 내저었다. 동연국의 황
제는 범인의 기준으로 파악하기가 무척 힘든 인간이었다.

무에 그리 즐거운지 한참 웃던 가후는 담담하게 서 있는 슐가를
보며 박수까지 쳐주었다.

"확실히 대단한 물건이군, 물건이야. 가리국의 병사들도 전부 내
의심을 풀기 위해 데려온 인질이렷다?"

아무도 눈치채지 못하게 가림막 역할을 한 건 비단 슐가만이 아
니었다. 베론이 심어둔 극소수 정예를 제외한, 사신단의 모든 인원
이 전부 죽을 운명을 짊어진 채 동연국으로 왔다. 물론 그들은 이번
일에 대해 전혀 모르는 상태였지만, 조국에 두고 온 그들의 가족을
위해서라도 병사들의 목숨이 필요했다.

슐가는 천천히 고개를 들어 붉은 눈의 황제를 바라보았다. 예견
한 죽음이니 후회는 없었다. 알면서도 찾아온 묘지였으니 불만도
없었다. 다만, 저 황제를 적으로 둬야 하는 제 나라의 백성들이 걱
정될 따름이었다.

"폐하의 눈을 속이기 위해 머리를 쓰는 동안 나름대로 즐거웠습
니다."

마지막 유언 같은 슐가의 말에 가후의 미소가 짙어졌다. 죽음을
눈앞에 둔 순간까지 최선을 다한 그의 고매함은 사라지지 않았다.
끝까지 제 심기를 건드리는 인재 중의 인재였다. 가후는 그를 치하

하기 위해 친히 왕좌에서 일어나 단을 내려왔다.

"즐거웠다니 기쁘군."

그와 슐가의 거리가 점점 좁혀졌다. 슐가의 총명한 눈을 지그시 바라본 가후의 붉은 눈이 더 짙은 광기를 머금었다. 분노와 희열이 섞인, 그 묘한 기분에 그는 제가 살아 있음을 느꼈다. 최근에 심기가 어지러워 잊고 있던 그 감정이 지금 이 순간에 되살아났다.

"하나 그대 뜻대로는 아니 되지. 하랑이 신녀를 데려오는 동안 그대는 나와 함께 연회나 즐기세."

뜬금없는 그의 연회 타령에 슐가의 눈빛이 처음으로 흔들렸다. 가후는 그 모습을 감상하며 재미난 장난을 치듯 즐겁게 명을 내렸다.

"소렵, 내 오하르 슐가에게 연회를 베풀 터이니, 가서 커다란 유리병에 술을 담그라 해라. 재료는…… 가리국 황제가 보낸 인질들의 머리가 좋겠군."

소매 속에 감춰진 슐가의 손이 꽉 움켜쥐어졌다. 하나도 남김없이 죽일 줄은 알고 있었으나 이런 방법을 택할 줄은 몰랐다. 괜히 동방을 휘어잡은 광폭의 붉은 용이란 호칭이 붙은 게 아니었다. 그런 슐가의 눈에 황제의 마지막 말이 보였다.

"전부 썰어 넣어."

더는 볼 수 없어 눈을 감아버린 슐가의 귓가에 잔인한 웃음소리가 맴돌았다.

동연국 황궁에 피바람이 부는 동안, 처음에는 다섯 명으로 시작했던 베론 일행이 점점 그 수를 불려 지금은 서른 명에 달하고 있었다. 도시 곳곳에 숨어 있던 일행이 합류하면서 든든한 보호막을 형성했고, 하늘도 신녀의 망명을 돕는지 빗줄기가 점점 거세졌다. 그 덕에 거리가 텅 비었고, 휑하니 뚫린 도로를 따라 해연을 태운 사두마차가 빠르게 남하했다.

혈기왕성한 네 마리의 말은 오늘 안에 모든 기력을 소진할 것처럼 내달렸다. 해연은 그들이 이끄는 마차 안에서 차창 밖을 멍하니 보고 있었다. 옆에서 말을 모는 베론에게 초점을 맞추다가 쉼 없이 차창을 때려 대는 빗방울로 시선을 옮기길 수십 번. 심란한 마음을 견디다 못한 그녀는 눈을 질끈 감아버렸다.

베론에게 달천대원들을 건드리지 말라고 해뒀으나 그들이 황제의 광기도 버틸 수 있을지는 의문이었다. 이번 일에 휩쓸릴 무녀들과 남겨진 하랑을 생각하면, 수많은 걱정이 시도 때도 없이 정신을 집어삼켰다. 그 걱정에 마음이 잠식되어 지금이라도 돌아갈까 싶다가도, 스스로 기억을 지워 버린 엄마와 그걸 견뎌내는 아빠가 떠올라 차마 마차 문을 열지 못했다.

'나는 집으로 가야 해. 여긴 내가 있을 곳이 아니잖아.'

해연은 다시 한 번 마음을 다잡으려 애썼다. 이곳에 온 뒤로 동연국 사람들에게 정이 들지 않았다면 거짓이었다. 하나하나 세세하게 보살펴 준 무녀들과 항상 든든하게 곁을 지켜주던 달천대원들. 이젠 먼저 도와주려는 소렵과 쑥스러워하면서도 감사의 선물을 내밀던 풍월대원들. 슬픈 눈으로 밀어내지 말아달라고 부탁하던 유신과 가슴 아프도록 사랑했던 하랑까지. 전부 다 소중하고 고마운 인연이었다. 하지만 그들에게 매여 부모님에 대한 기억을 잃고 동연국에 정착할 수는 없었다.

'앞으로 삼 년. 그 안에 역사서와 주문서를 얻고 천관녀를 찾아서

집으로 돌아갈 수 있는지 알아봐야 해.'

해연은 축축하게 젖은 치맛자락을 꽉 움켜쥐었다. 해야 할 일이 산더미인데 벌써부터 흔들리면 안 될 일이었다. 그렇게 되뇌는 해연의 귓가에 다급한 베론의 외침이 들렸다.

"산개해서 막는다! 최대한 시간을 끌어!"

해연이 탄 마차를 호위하던, 검은 옷을 입은 가리국의 전사 서른 명 중 다섯이 말의 속도를 줄였다. 그들은 멀어져 가는 베론을 향해 거수경례를 올렸다. 베론 또한 부하들의 마지막 모습을 두 눈에 똑똑히 새겨 두었다. 이 차가운 빗속에서 사그라질 부하들이었다. 그러나 그들에겐 이별을 안타까워할 여력이 없었다. 그건 신녀를 데리고 사막에 무사히 당도했을 때에나 가능한 일이었다.

'부탁한다. 최대한 막아다오.'

베론은 이를 악물고 더 빨리 말을 몰았다. 뒤에 남겨놓은 부하들이 시간을 버는 동안 도망가야 했다. 그건 매우 안타까운 일이었으나, 사막에 들어서기 전까지는 희생을 감내해서라도 시간을 벌어야만 했다.

하랑은 거센 빗줄기를 뚫고 말의 속도를 올렸다. 얼굴로 쏟아지는 빗방울에 눈조차 뜨기 힘겨웠으나 그는 주저하지 않았다. 베론이 사막으로 들어서기 전에 잡아야 이번 일을 적당한 선에서 무마할 수 있었다.

'제발 늦지 않길.'

하랑은 불안한 마음을 애써 감추고 말을 몰았다. 봉화를 피워 국경지대에 이 사실을 알린다면 시간을 벌 수도 있을 테지만, 거센 빗줄기 때문에 그마저도 여의치 않았다. 남은 건 말의 속도를 믿는 것뿐이었다.

달리는 말의 입에서 거친 입김이 뿜어져 나오고, 빗방울 소리와 말발굽 소리만이 귓전을 때려 댔다. 해연이 간 길을 똑같이 밟아가던 하랑의 눈에 가리국 전사들이 보였다. 그들은 검을 높이 들어 하랑이 탄 말이 뛰어넘지 못하도록 만들었다.

'검은 사막의 전사들? 이런!'

앞을 가로막은 전사들의 옷차림으로 소속을 알게 된 하랑의 얼굴에 낭패감이 스쳤다. 검은 사막의 전사는 베론의 직속 부하들로, 하나같이 뛰어난 실력자들만 모아놓은 소수 정예 집단이었다. 그들을 발견한 하랑은 생각보다 일이 수월하게 풀리지 않을 것임을 직감했다.

하랑이 속도를 줄이고 말에서 뛰어내리자 전사들도 무기를 쥔 손에 힘을 주었다. 이곳에서 죽는다는 점은 변함없는 사실이지만, 조금이나마 그의 발을 묶어둔다면 그것만으로도 족했다. 전사들의 입가에 만족한 웃음이 서렸다.

죽음을 각오한 전사들의 기세는 대단했다. 하랑은 그들의 뒤로 다섯 필의 죽은 말이 방지턱처럼 놓여 있는 걸 보고 침음을 삼켰다. 타고 온 말까지 모두 베어 죽인 것으로 보아 그들은 자신의 말도 죽여서 추적 속도를 늦추는 게 목적일 터였다. 적어도 말은 다치지 않게 보호하면서 다섯 명의 전사를 모두 해결해야만 했다.

'공력은 쓸 수가 없겠군.'

몸이 따가울 정도로 퍼붓는 폭우 속에서 번개의 힘을 쓴다면, 뒤에 있는 말은 고사하고 근처에 사는 백성들까지 다칠 수 있었다. 그러니 공력은 배제한 채 순수한 검술 실력만으로 제압해야만 했다. 하랑은 베론에게 잡혀 있을 해연을 떠올리며 강한 투지를 일깨웠다.

'넉넉잡아도 이 분, 그 안에 끝을 낸다.'

거센 빗발 사이로 마주한, 하랑의 싸늘한 시선이 전사들의 심장을 옭아맸다. 그들은 두려움을 잊기 위해 더 큰 소리로 군호를 외쳤다.

"후회 없는 죽음을!"

지키고자 하는 전사들의 뜨거운 검과 되찾고자 하는 하랑의 차가운 검이 날카로운 금속성을 울리며 맹렬하게 섞이기 시작했다.

베론 일행이 미리 준비해 둔 말과 마차로 갈아타기를 다섯 번쯤 했을 때, 오후 내내 퍼붓던 빗줄기가 조금 뜸해지면서 이른 새벽 시간이 되었다. 전날 아침부터 달렸으니 조금 쉬어 갈 법도 하건만, 베론은 마지막 한 무리의 부하들을 뒤에 남겨두고 끝없이 말을 몰았다. 이제 마차 근처에 남아 있는 부하의 수는 단둘뿐이었다.

'조금만 더, 조금만 더 가면 국경이다.'

준비해 두었던 수십 마리의 말이 대부분 다 탈진할 만큼 속도를 내 달린 덕에, 근 하루 만에 국경 근처에 다다를 수 있었다. 이대로 두 나라를 구분하는 남쪽 성곽만 넘는다면 자신의 홈그라운드인 사막이 펼쳐진다. 그곳에서는 하랑도 승산을 자신하지는 못할 터였다.

"뿔피리 준비해! 조금 더 속도를 낸다!"

베론의 외침에 허리를 한껏 숙인 채 말을 몰던 전사 하나가 안장에 매달아둔 큰 뿔피리를 집어 들었다. 그것으로 신호를 보내면 미리 심어둔 첩자가 성문을 지키는 초소 문을 열 것이었다. 그가 뿔피리 끝을 입에 대자마자 저 멀리, 거대한 성곽과 그 앞에 자리한 초소가 보이기 시작했다.

뿌웅— 뿌우우우웅—

웅장한 뿔피리 소리가 하늘을 울렸다.

동연국의 외성, 그곳의 남문을 지키던 두 보초병도 거대한 뿔피리 소리를 들었다. 짧고 긴 음이 번갈아 울리는 뿔피리 소리는 동연국에서는 사용하지 않는 신호음이었다. 출처를 알 길이 없어 의아해하며 멍하니 서 있길 십 분쯤 되었을까, 뒤쪽에 있는 거대한 성문이 쿵쿵 울리기 시작했다.

튼튼하게 짜놓은 나무 문을 부숴 버릴 듯한 소리는 마치 전쟁의 신호음과 같았다. 가리국이 전쟁을 일으켰나 싶어 식겁한 보초병들은 이 사실을 초소 전체에 알리기 위해 근처에 세워둔 거대한 북으로 다가갔다. 그들이 북채를 들어 올리자마자 성문이 쩌적 소리를 내며 갈라지더니, 펑! 터져 버렸다.

적군이 몰려올 줄 알고 얼어붙어 있던 두 보초병은 새벽녘, 희미한 햇살에 비친 황금빛 모래알이 쏟아져 들어오다가 다시 물러나는 걸 멍하니 지켜보았다. 무언가에 이끌리듯 모래가 전부 되돌아 나가자마자 사두마차와 말 세 필이 쏜살같이 달려와 성문을 빠져나가 버렸다.

그 순간, 가리국에 비가 내리기 시작했다.

호섭은 유신이 틀어박혀 있는 방 앞에서 잠시 서성이다 고개를 저었다. 전날 오전에 처소로 돌아온 유신은 누구도 접근을 허용하지 않았다. 필시 가리국에 납치된 신녀와 관련이 있을 터인데, 가타부타 명령이 없으니 그도 답답하긴 매한가지였다.

난감해하는 호섭을 하루째 외면 중인 유신은 의자 등받이에 몸을 기댄 채 눈을 감고 앉아 있었다. 복잡한 생각들이 끊임없이 뇌를 어지럽혔다. 꼬리에 꼬리를 물고 이어지는 고민은 끝날 기미가 보이지 않았고, 참다못한 그는 자꾸 좁혀지는 양미간을 꾹꾹 눌러 댔다.

어제 오전, 가리국 병사들을 모두 도륙하라는 명이 떨어지고 난 뒤에 그는 황제에게 물어보았다. 신녀의 일보다 중요한 임무란 게 대관절 무엇이기에 자신이 아닌 하랑을 보냈는지 불만을 토로했다. 그런 그를 지그시 내려다보던 가후의 답변은 전혀 의외의 것이었다.

"수우국의 불의 검을 가져와."

좀 전까지만 해도 성격을 드러내고 날뛰던 그 황제가 맞는지 의심스러울 만큼 차분한 음성이었다. 그리고 그 소리에 담긴 뜻은 경악할 만했다. 수우국의 불의 검이라니, 망명을 표명한 자신에게 수우국의 검까지 가져오라 할 줄은 몰랐다.

가후의 시선이 일그러져 가는 유신의 얼굴을 날카롭게 훑었다. 그는 아직 유신을 신뢰하지 않았다. 신녀의 곁을 완전히 내어주기에는 그의 과거와 청일국에 남아 있는 불의 검이 거슬렸다. 그래서 이번 납치 사건에도 어쩔 수 없이 하랑을 보낸 것이었다.

"청일국 황제에게 서신을 써. 이번 망명은 신녀에게 다가가기 위함이라고. 수우국의 불의 검을 보내주면 신녀가 방심한 틈을 타 없애겠다고 하는 거지. 어때? 그럴싸하지 않나?"

가후가 읊는 시나리오에 유신은 시선이 흔들리려는 걸 겨우 참아 냈다. 그의 말은 자신의 계획과 정확히 맞아떨어졌다. 황제가 모든 상황을 알고 떠보는 건지, 아니면 스스로 만들어낸 계략인지 알 수 없었다.

말없이 서서 충격을 감내하고 있는 그에게 가후는 빙긋이 웃어 보였다. 그 웃음은 징그러울 만치 잔혹하면서도 섬뜩할 만큼 정확한 확신을 품었다. 어렸을 때부터 선황을 도와 나라를 이끌었던 그는 자신의 패를 드러내지 않고 남을 흔드는 방법은 정확히 아는 정치가이자 계략가였다.

가후는 조금 더 부드러운 목소리로 유신을 설득했다.

"신녀가 자넬 경계하는 이유가 무엇이겠어? 진심이 아직 닿지 못한 것 아니겠나? 불의 검이 아직 하나 남아 있으니 말이야."

상황을 파악할 만한 작은 단서도 그는 흘리지 않았다. 유신의 검은 눈이 껄끄러운 감정을 담고 가후를 올려다보았다. 황금빛 옥좌에 앉은 그는 사람의 속을 다 꿰뚫어 보는 듯도 하고 아닌 듯도 한, 묘한 분위기를 흘리고 있었다.

"이틀 주지. 그 안에 소속을 어느 나라로 할지 확실히 결정하고 내게 답을 가져와. 원하는 답을 가져온다면 그에 걸맞은 보상을 해주겠어. 그럼 이만 물러가도록."

그가 준 이틀, 그중 하루가 이미 지났다. 내일까지 결정을 내려야 하지만, 복잡한 머릿속은 아직 정리가 되지 않은 상태였다.

유신은 의자 등받이에 머리를 대고 긴 숨을 뿜어냈다. 자신이 청일국에 보낸 서신을 가후가 이미 봤는지도 의심스러운 마당이라 어디서부터 어떻게 손을 써야 할지 감이 잡히지 않았다. 지끈거리는 이마를 팔로 누르면서 유신은 쓸쓸하게 웃었다. 이렇게 골치 아픈 상황에 그녀의 웃는 얼굴이 떠오르는 이유는 무엇인지.

'며칠이나 됐다고······.'

　잠시만 지켜봐도 특이한 행동으로 웃음 짓게 하는 말괄량이 신녀가 오늘따라 그리웠다.

11.

새로운 터전

．

두 아이의 어머니인 델라는 부엌에 들여놓은 물 항아리를 열어보았다가 한숨을 지었다. 물을 보급받는 날까지 닷새나 남았는데 항아리는 벌써 비어 있었다. 퍼석퍼석 말라 버린 혀로 논바닥마냥 갈라진 입술을 축이자 비릿한 피 맛이 느껴졌다.

'이틀이나 버틸 수 있을까?'

아이들 먹일 물조차 부족하다 보니 애들 아빠는 일찍이 자리에 몸져누운 상태였다. 탈수증상을 견디다 못해 쓰러진 것이다. 이대로 오늘이 지나고 나면 제 손으로 남편을 사막에 묻어야 할지도 몰랐다. 그리고 그다음 날이면 자신이나 두 자식이 순서 없이 가게 될 터였다.

망연히 서 있는 그녀의 곁으로 열 살 먹은 둘째 아들이 다가와 치맛자락을 움켜쥐었다. 델라가 고개를 숙여 내려다보자 우물쭈물하던 아들이 겨우 입을 열었다.

"엄마, 누나가 아픈가 봐. 말을 잘 못해."

누나를 걱정하는 아들에게 델라는 차마 아무 말도 해주지 못했다. 이제 겨우 열네 살 먹은 딸아이는 그래도 누나라고 갈증으로 우는 동생에게 제가 먹을 물을 조금씩 나눠 주곤 했다. 그 탓에 좀 더 일찍 탈수증상이 시작됐다.

나이가 어려도 물 항아리 앞에서 한숨짓는 엄마를 보고 물이 부족하다는 걸 알았을 것이다. 아니, 모르는 게 도리어 이상한 일이었다. 이웃집에서도 물이 부족해 죽어 나가는 사람들이 한둘이 아니었으니.

"엄마? 엄마도 아파?"

말이 없는 엄마의 모습에 놀랐는지 아들이 재차 물어왔다. 그에 델라는 고개를 살짝 저으며 작은 머리를 쓰다듬어 주었다. 그 손길에 안심하는 어린 아들을 잠시 바라보다가 그녀는 딸아이가 누워 있는 방으로 향했다.

흙으로 만든 집은 내부도 무척 단출했는데, 나무로 만든 침대 위에 딸애가 가쁜 숨을 내쉬며 쓰러져 있었다. 델라는 눈도 잘 뜨지 못하는 딸에게 가 떨림이 오는 작은 손을 잡고 머리를 가만히 쓸어주었다.

선한 눈매와 밝은 성격을 지닌 딸아이는 그대로 크면 미인이 될 것이란 소문이 자자했다. 옆집 부인들이 효녀인 자신의 딸을 얼마나 탐냈는데, 이리 허망하게 보내야 한다는 사실이 델라의 심장을 짓이겨 놓았다.

엄마의 아픔이 담긴 손길을 느낀 것일까, 딸이 힘겹게 눈을 떴다. 어지럼증이 심한지 눈을 찡그리면서도 부들거리는 입술로 기어코 호선을 그려놓았다.

"엄마."

단 한마디, 마지막일지도 모르는 딸의 목소리에 말라 버린 델라의 눈물이 왈칵 쏟아졌다. 그녀는 힘없는 딸의 손을 잡고 입술을 깨문 채 억눌린 울음을 뱉어냈다. 딸에게 마지막으로 기억될 엄마의 모습은 웃는 얼굴이길 바랐건만, 자신을 부르는 엄마라는 그 한마디에 마음이 무너져 내렸다.

흐느끼는 델라의 등에 작은 손이 닿아 천천히 다독였다. 눈물이 가득 담긴 그녀의 흐릿한 시야에 아들이 울음을 꾹 참고 등을 어루만져 주는 모습이 들어왔다. 그런 아들을 델라는 조심히 품에 안았다. 내일이면 이토록 엄마를 위해주는 아들과도 작별해야 할 것이다.

한참을 울던 델라는 아이들을 놓고 자리에서 일어났다. 붉게 충혈된 그녀의 눈에는 굳은 결심이 서려 있었다. 이대로 떠나보낼 수는 없었다. 어떻게 낳았는데, 어떻게 길렀는데. 몇 방울의 물이 부족해서 고통 속에 죽게 할 수는 없었다.

눈물을 닦아낸 델라는 얼굴을 가리는 천을 꺼내 들고 외출 준비를 서둘렀다. 좀 이른 시각이지만, 궁전으로 가서 물을 구걸해 볼 생각이었다. 문전박대당할 게 뻔해도 해야만 했다. 그녀는 엄마가 아닌가.

준비를 끝낸 델라는 침대에 누워 있는 딸에게 다가갔다.

"엄마가 가서 물 좀 구해올게. 조금만 기다리고 있어. 기다릴 수 있지?"

희미하게 미소 짓는 딸의 이마에 거친 입술을 잠시 가져다 댄 그녀는 아들을 그 곁에 앉혔다.

"누나 잘 지켜주고 있어야 한다. 떼쓰지 말고."

고개를 끄덕이는 아들과도 짧게 인사를 나누고 그녀는 나무 물통을 집어 들었다. 남편과 아이들이 기운 차릴 정도의 양은 받아와야만 했다. 델라는 굳게 결심하고 밖으로 나섰다.

바람이 부는 탓에 모래들이 부유하며 눈앞을 뿌옇게 채웠다. 외출하기 좋은 날씨는 아니었으나 숨을 몰아쉬던 딸을 떠올리며 걸음을 옮겼다. 머리에 둘러쓴 천으로 입과 코를 막고, 흙먼지 속을 힘겹게 뚫고 가는 그녀의 머릿속에는 오로지 집에 두고 온 자식들만 남아 있었다.

야속한 바람이 델라의 앞으로 모래를 흩뿌렸다. 그 바람에 눈을 질끈 감은 델라는 입술을 악물었다. 또다시 입술이 터졌는지 비릿한 맛이 감돌았다.

어쩌다가, 어쩌다가 이런 일이 벌어졌을까? 무슨 죄를 그리 지었다고 저 어린것들이 이런 고통을 겪어야 하는 건지. 다시금 차오르는 고통에 델라는 뿌연 모래바람 속에서 홀로 흐느꼈다. 두 아이의 엄마로서 할 수 있는 게 고작 물을 구걸하는 것뿐이었다.

마음이 무너져서 위태롭게 흔들리는 그녀의 어깨 위로 빗방울이 톡, 톡, 떨어지기 시작했다. 등을 쓰다듬어 주던 아들의 작은 손길처럼, 괜찮다는 듯 다독여 주는 따뜻한 물방울에 델라는 천천히 고개를 들어 하늘을 바라보았다. 한 방울, 한 방울, 떨어지기 시작한 빗방울에 그녀의 눈동자가 흔들렸다. 꿈일까, 그렇게 생각하며 멍하니 서 있는 그녀에게 제 존재를 증명하듯 비가 쏟아졌다.

여기저기서 문 여는 소리가 들렸고, 믿기지 않는 듯 멍하니 하늘만 바라보는 사람들이 늘어났다. 죽어가던 사람들 위로 신녀가 선사한 생명수가 내리고 있었다.

마차 안으로 새어 들어오는 커다란 웃음소리에 해연은 창문을 가리고 있던 커튼을 젖혔다. 수그러들던 비가 다시 쏟아지고 있었다. 그리고 그 한가운데서 베론이 비를 맞으며 목청이 터져라 웃어댔다. 해냈다는 환희와 죽어간 이들에 대한 슬픔이 겹쳐 광기 어린 웃음소리를 만들어냈다. 그의 곁에 있던 두 전사도 슬프게 웃으며 내리는 비를 만끽했다.

"가리국?"

베론과 전사들 사이로 흑갈색 모랫바닥이 보였다. 사막의 나라, 가리국의 국경에 당도한 것이다. 드넓게 펼쳐진 사막의 풍경은 사계절이 뚜렷한, 풍요로운 동연국과는 전혀 다른 분위기를 자아냈다. 끝이 보이지 않을 만큼 광활하면서도 거칠었다.

해연이 밖을 내다보는 와중에 베론이 말에서 내려 마차로 다가왔다. 그는 해연에게 양해를 구하고 마차 문을 연 뒤에 이제부터 말을 타고 가야 함을 알렸다. 바닥이 푹푹 꺼지는 사막인지라 마차는 이쯤에서 버려야만 했다.

"말을 타고 며칠 가다 보면 수도에서 마중 나온 일행과 만날 수 있을 겁니다. 그때까지는 비를 조금 맞아야 합니다."

"그건 상관없어요."

물을 좋아하는 해연에게 비를 맞는 일은 크게 문제될 것이 없었다. 하지만 마차에서 내리기 전에 첫 번째 조건을 들어줘야 함을 그에게 상기시켰다.

"국경을 넘었으니 기억을 잃지 않는 방법부터 알려줘요. 그래야 나도 움직이겠어요."

단호한 그녀의 말투에 베론은 순순히 고개를 끄덕였다. 국경지대에서 오래 있는 건 추적이 따라붙을 수 있어 위험했다. 원하는 걸 최대한 빨리 들어주고 출발을 서두르는 게 좋았다. 베론은 말과 마차를 분리하라고 부하들에게 명령을 내린 뒤, 품을 뒤적여 작은 주머니를 꺼내 들었다. 손바닥만 한 붉은 주머니는 무척 평범했는데, 그는 그걸 해연에게 건넸다.

해연은 딱딱한 게 만져지는 주머니를 살펴보다가 입구를 묶고 있는 끈을 풀어냈다. 그 안에 든 걸 본 그녀의 눈이 의아함을 품고 베론에게 향했다.

"육포잖아요."

주머니 속에 들어 있는 건 꼬들꼬들하게 잘 말린 육포였다. 생각지도 못한 육포의 등장에 해연은 황당해했다. 기억을 잃지 않는 방법을 알려 달라 했더니 먹지도 못하는 육포를 주다니. 그런 반응을 짐작했던 베론은 동연국에서 음식을 먹은 적이 있었냐고 물어보았다. 그에 대한 그녀의 대답은 즉각적이었다.

"아니요."

먹으려고 시도는 해본 적이 있었지만, 맛이 이상하고 구역질이 나서 두어 번 게워낸 뒤로는 음식을 입에 대지 않았다. 그 사정을 익히 짐작하는 듯, 빗속에 서 있던 베론은 물기가 뚝뚝 떨어지는 머리로 고개를 주억거렸다.

"그러실 겁니다. 물의 신께서 일부러 먹지 못하도록 해두신 거니까요."

그의 말에 해연의 눈이 자세히 설명해 달라는 눈빛을 띠었다. 음식을 못 먹게 한 이유와 제 기억의 소실이 무슨 상관관계를 가졌는지는 여전히 이해할 수 없었다.

베론은 모래로 막아놓은 동연국의 성문과 성곽 위를 돌아다니는 병사들을 보며 조금 빠른 어투로 말을 이었다.

"시간 관계상 짧게 말씀드리자면, 음식을 억지로라도 드셔야 기억을 유지할 수 있습니다."

물의 신은 이계에서 온 신녀가 고향을 그리워하다 죽는 걸 염려하며 기억을 지우기로 결정했다. 하지만 고향을 그리워하지 않고 잘 정착한다면 굳이 기억을 훼손할 필요가 없었다. 따라서 그는 기억을 보존할 방법도 하나 남겨두었는데, 그게 바로 음식의 섭취 여부였다. 이계에서 온 신녀가 잘 정착한다면 음식을 섭취해도 거부감이 없고, 기억도 자연스레 유지할 수 있었다. 그와 반대로 고향을 그리워하며 돌아갈 생각을 자꾸 품는다면 음식을 입에 대기만 해도 구역질이 나게 만들었다. 구역질과 이상한 맛 때문에 음식을 먹지 못하니 자연스레 기억도 지워지는 식이었다.

생각지도 못한 방식에 해연은 잠시 멍해졌다. 이 방법을 미리 알았더라면 부모님의 얼굴을 잊기 전에 억지로라도 먹어 댔을 텐데, 살 빠진다고 좋아했던 자신이 원망스러울 지경이었다. 속상한 마음에 자책하는 해연의 상념을 베론이 조급한 목소리로 지워 버렸다.

"신녀님, 이제 그만 출발하셔야 합니다. 더는 지체할 시간이 없습니다. 자세한 건 수도에 있는 신녀의 서에 정확히 적혀 있으니, 우선은 말로 갈아타십시오."

소중한 부하들의 목숨과 바꾼 시간이었다. 이곳에서 더 지체할 수는 없었다. 베론의 재촉에 해연도 육포 주머니를 저고리 안에 단단히 챙겨 넣고 그가 내민 손을 잡았다.

해연이 마차에서 내리자 그녀의 주위로 떨어지던 빗줄기들이 조금 수그러들었다. 그녀가 아파할까 조심하는 느낌이었다. 그러나 그 신기한 장면에도 정신이 팔릴 시간이 없었다. 베론은 급히 말이 있는 곳으로 그녀를 이끌었다.

"말을 탈 줄 아십니까?"

베론이 승마를 할 줄 아는지 묻자 해연은 과거에도 똑같은 질문을 받은 기억을 떠올렸다. 하랑과 함께 말을 탈 욕심에 거짓말을 했다가 여자들의 저주를 받아 고생까지 했다. 이제는 아련한 추억이 되어버린 당시를 떠올리며 그녀는 고개를 끄덕였다.

"혼자 탈 수 있어요."

"알겠습니다. 그럼, 제 다리를 밟고 오르십시오."

군마가 워낙 크고 등자도 높아서 한 번 디딜 만한 곳이 필요했다. 베론이 한쪽 무릎을 굽혀 지지대를 만들어주자 해연은 그의 허벅지를 조심히 딛고 등자에 발을 낀 채 훌쩍 올라탔다. 안장에 앉은 해연이 고삐를 제대로 쥐자 베론과 전사들도 안심하고 말에 탔다.

"안전을 위해 제가 앞장서겠습니다. 미루와 덴은 신녀님 옆에서 호위한다."

"예!"

베론이 선두에서 일행을 이끌었고, 해연의 뒤쪽으로 미루와 덴이 섰다. 해연을 보호하는 식으로 진을 짠 일행들은 마차를 뒤로한 채 더 깊은 사막을 향해 말을 몰기 시작했다.

해연은 조금씩 속도를 내는 말 위에서 멀어져 가는 동연국의 성곽과 여전히 모래로 막혀 있는 성문을 잠시 바라보다가 고개를 돌렸다. 미운 정 고운 정 다 들었던 동연국이 그녀의 마음을 흔들어놓았다. 고통과 슬픔, 기쁨과 연정을 뒤에 놓고 떠나는 해연의 마음에 진한 그리움이 들어찼다.

베론은 말을 몰면서 꾸준히 공력을 흘려 앞쪽의 모래를 탐지했다. 비가 오는 날에는 사막에서 각종 자연재해가 일어나는데, 그중 가장 큰 문제가 유사와 와디였다. 유사는 물로 인해 모래의 마찰력이 떨어지면서 생기는 큰 구덩이로 무거운 물체가 위에 서면 아래로 쭉 빨려 들어가는 늪과 같았다. 이런 유사에 타고 있는 말이 빠지기라도 하면 말과 기승자 모두 다칠 수가 있었다. 또한 두 다리를 대신 해줄 말을 잃을 경우 속도에 악영향을 끼치기 때문에 그런 일이 일어나는 걸 미연에 방지해야만 했다.

'문제는 와디인데.'

비로 쫄딱 젖어버린 베론의 얼굴에 근심이 어렸다. 유사는 자신의 공력으로 탐지가 가능하지만 와디는 아니었다. 입자가 무척 고운 사막의 모래는 비가 오면 잘 흡수되지 않는 편이었다. 그러다 보니 적은 양의 빗물에도 모래를 타고 흐르는 물이 생기게 마련이었고, 서로 뭉쳐 강을 이루다가 지대가 낮은 쪽으로 몰려가곤 했다. 이렇게 갑자기 사막에 생성되는 강물을 사람들은 와디라고 불렀다.

베론은 다시 하늘을 올려다보았다. 어둑어둑 잠긴 하늘은 비구름을 물릴 기미가 보이지 않았다. 이 정도의 빗물이라면 가리국 수도로 가는 길목에 최소 두 군데에는 커다란 와디가 생길 터였다.

'아무리 신녀님이 계신다지만, 급류인 와디를 조절하는 건 힘드실 텐데.'

생각에 잠긴 채 뒤따라오는 해연을 잠시 돌아본 베론은 이내 결정을 내렸다. 지금 속도로는 말을 타고 가더라도 나흘 이상이 걸리게 된다. 그러니 최대한 빨리 움직여서 와디가 생성되기 전에 주파해야만 했다.

"신녀님, 조금만 더 속도를 내겠습니다. 우기에 접어들 시기라 빨리 가지 않으면 와디가 생성되어 위험해집니다. 중간에 낙오하는 이가 없도록 조금만 참아주십시오."

근 미래에 닥쳐올 현실을 걱정하는 베론의 부탁에 해연은 애써 웃는 얼굴로 화답해 주었다. 그는 일행의 안전을 걱정하는데 자신은 딴생각에 잠겨 침울해져 있던 게 못내 미안했기 때문이다. 해연은 축 처져 있던 어깨에 다시 힘을 주고 베론을 따라 말의 배를 박찼다. 뒤에 두고 온 사람들은 잠시 잊고 앞으로 만날 인연을 기대하는 게 정신 건강에도 이로울 터였다.

지친 말이 달리는 걸 거부하는 지경에 이르렀을 때, 일행의 앞에는 점점 크기를 키우고 있는 와디가 나타났다. 높이 솟은 모래 언덕 사이를 따라 거칠게 흐르는 물줄기는 그 속이 보이지 않을 만큼 노란 흑갈색을 띠고 있었다.

와디 앞에서 말을 멈춘 베론은 빠르게 흐르는 물살을 유심히 관찰하다가 해연을 돌아보았다.

"신녀님, 저 물을 잠시 멈추는 일이 가능하겠습니까? 아니면 위로 건너갈 수 있을 만큼 단단한 다리가 가능할까요?"

모래를 이용해 다리를 만들고 싶지만, 물에 젖어서 마찰력이 떨어지는 상태라 단단하게 만들기가 어려웠다. 결국, 이 난감한 상황을 타개할 수 있는 건 해연의 물의 힘뿐이었다. 어찌해야 하나 고민하던 해연은 노란 강을 향해 손을 뻗었다. 그러나 잠시의 시간이 지나도록 별다른 변화가 없었다.

이러지도 저러지도 못하는 암담한 상황에 베론은 심각해졌다. 와디가 전부 마를 때까지 기다릴 수도 없는 노릇인데, 야속하게도 달리 방법이 없었다.

'이대로라면 야영도 위험해지고, 쫓아오는 자들도 문제가 되는데.'

베론이 지끈거리는 관자놀이를 누르며 와디를 건널 방법을 고심하는 중에 눈썰미가 좋은 미루가 탄성을 질렀다. 무슨 일인가 싶어 고개를 든 베론은 저도 모르게 경탄했다. 급격하게 흐르던 물살이 반으로 쪼개져서 한쪽은 그대로 흘러가고 다른 한쪽은 무언가에 가로막힌 듯 멈춰 있었다.

"베론, 빨리 가요."

힘겨워하는 해연의 목소리에 정신을 차린 베론이 말의 배를 박찼다. 하지만 용솟음치며 움직이는 물이 그대로 보여서인지, 지레 겁먹은 말들이 투레질하며 와디를 건너길 거부했다. 결국, 베론과 전사들은 말의 고삐를 쥐고 직접 이끌어야만 했다.

네 마리의 말이 모두 반대편 사구에 닿았을 때에야 비로소 와디는 다시 힘차게 흐르기 시작했다. 해연은 빗물에 젖은 이마를 닦아 내고 긴 여정을 이어갔다. 잠시 쉴 때마다 육포를 꺼내 먹던 그녀가 역겨움을 참지 못하고 게워내기를 다섯 번쯤 했을 시각에 베론은 야영을 결정했다.

거의 굴러 떨어지듯이 말에서 내린 해연은 축축한 모래 위에 털썩 주저앉았다. 우기에 접어들 시기에도 신녀의 부재로 물을 얻지 못한 가리국은 한풀이라도 하듯 줄기차게 비가 쏟아지길 원했다. 그 덕에 해연의 옷도 축축해졌다. 물의 힘을 이용하면 옷에 스며든 물기도 밀어낼 수도 있지만, 굳이 그리하진 않았다. 곁에 있는 물들이 전부 떠나고 나면, 간신히 추스른 마음이 다시 흔들릴 것임을 알고 있기 때문이었다.

해연은 바위에 등을 기대고 전사들이 지친 말을 다독이는 걸 지켜보았다. 베론의 부하들인 검은 사막의 전사들은 검은색 일색인 긴팔, 긴 바지에 나풀나풀한 검은 천으로 입과 목을 다 감싸고 있었다. 반달처럼 휘어진 검을 허리춤에 달고 다니는 그들은 동남아시아나 차도르를 쓰는 중동 지역 사람처럼 보이기도 했다.

전사들을 보며 인도의 옛날 영화 한 편을 떠올린 해연은 저고리 안에서 육포 주머니를 꺼내 들었다. 붉은 주머니에도 물기가 스며 있었지만, 개의치 않고 작은 육포 하나를 집어 들었다.

"하아."

음식을 보자마자 한숨부터 뿜어져 나왔다. 예전에는 무척 즐겨 먹던 육포였는데, 이제는 이상하리만치 비리고 역한 냄새가 났다. 그렇다고 이대로 기억을 잃을 수도 없는 노릇이니 두 눈 질끈 감고 물에 젖은 육포를 입에 넣었다. 딱 한 번 씹자마자 구역질이 올라와 모래에 위액을 뱉어냈다. 한참을 웩웩거리는 게 불쌍해 보였는지 덴이 쭈뼛거리며 다가와 해연의 곁에 무릎을 꿇고 조심스레 앉았다.

"괜찮으십니까, 신녀님? 등이라도 두드려 드릴까요?"

신녀의 몸에 함부로 손을 대는 게 불안했는지 덴이 허락을 구해 왔다. 해연은 간신히 고개를 끄덕였다. 토닥이듯 조심스러운 덴의 손길에 등을 맡긴 채 그녀는 머리가 어지러울 만큼 헛구역질을 해 댔다.

기억을 지우고자 하는 신의 의지를 정면으로 거스르는 행동은 그만한 대가를 가져왔다. 억지로 음식을 섭취하던 해연은 결국 뻗어 버렸다. 차가운지, 뜨뜻한지도 알 수 없는, 물기 많은 땅에 쓰러져서 곤히 잠들어 버렸다.

해연의 상태를 확인한 베론은 그제야 자리에서 슬그머니 일어났다. 의아해하는 부하들에게 쉬라는 손짓을 하고 그는 발소리도 죽인 채 왔던 길을 되돌아갔다. 일행과의 거리가 제법 멀어졌음을 확인한 베론은 한쪽 무릎을 굽힌 채 땅에 두 손을 대고 눈을 감았다. 그의 공력이 돌면서 근처에 있던 모래가 툭툭 튀어 오르기 시작했다.

'이걸로 시간을 벌어야 한다.'

베론은 손끝의 감각에 집중했다. 누군가 와디를 넘어왔을 때를 대비해 함정을 만드는 작업이었다. 유사가 더 잘 일어나도록 이곳 저곳 함정을 파는 일에 베론은 잠도 잊을 정도로 몰두했다.

어둡고 추운 사막의 밤이 칠흑같이 내려앉아 위험한 이빨을 드러내는 시각이 되어서야 베론은 거친 숨을 내쉬며 자리에서 일어났다. 해가 뜬 뒤의 여정 때문에 많은 수의 유사를 만들어내지는 못했지만, 50개의 커다란 유사를 곳곳에 설치해 두었으니 추적을 늦출 수는 있을 터였다.

'틈틈이 해둬야겠군.'

베론은 매일 밤마다 유사를 만들 생각을 하며 일행이 있는 곳으로 걸음을 옮겼다.

줄기차게 쏟아지는 빗속에서 해가 뜨고 지기를 반복한 지 사흘째. 해연은 육포를 먹는 일로 고생했고, 베론은 밤마다 함정을 설치했다. 또한 폭주하는 와디를 하나 더 건넜고, 말 네 마리가 전부 피로와 배고픔으로 죽었다. 가히 최악의 상황이라 할 수 있었다. 그렇게 사막에 들어온 지 삼 일째 되던 날 정오에 억수같이 퍼붓던 빗줄기가 조금씩 수그러들었다. 그 시각, 일행은 수도에서 나온 사람들을 발견했다.

축축하게 젖어서 더 짙은 색을 띠는 사막 위에 백여 명에 달하는 인원이 있었다. 그들은 수도에서 마중 나온, 검은 사막의 전사들과 곱게 단장한 이십여 명의 여인들이었다. 얇고 화려한 천을 이용해 몸을 감은 여인들은 이목구비가 뚜렷한 편이었는데, 가무잡잡한 그네들의 피부 결은 매우 건강해 보였다.

맞은편 사구 위에 있던 사람들도 베론과 전사들을 발견하고 반가워했다. 손을 흔들며 기뻐하던 사람들은 그 감정을 이기지 못하고 모래언덕을 마구 뛰어 내려갔다. 한 무리의 들소 떼처럼 정신없이 달려간 이들은 베론의 뒤에 있는 해연을 발견하고 눈을 휘둥그레 떴다. 비가 왔으니 신녀의 존재를 짐작하긴 했지만, 막상 대면하고 나니 말로 형용할 수 없는 감정이 든 탓이었다. 그녀를 본 사람들은 저마다 가슴 끝에서 뜨거운 무언가가 북받쳐 오르는 걸 느꼈다. 그 감정에 전사들은 입술을 깨물었고, 여인들은 눈망울을 글썽이며 무릎을 굽혀 땅에 엎드렸다. 이마에 닿는, 빗물에 젖어 있는 모래가 얼마나 감사한지, 그녀들이 흘리는 기쁨의 눈물도 모래 속으로 섞여들었다.

"감사합니다, 신녀님. 감사합니다!"

몸을 낮춘 그들의 입에서 한마음 한뜻으로 감사 인사가 터져 나왔다. 그 목소리에 담긴 슬픔과 기쁨을 알기에 해연은 처연히 웃으며 그들의 인사를 받아들였다. 그녀의 가슴속에서도 만감이 교차하고 있었다.

"환영해 줘서 고마워요. 이제 그만 일어나 주세요. 얼굴을 보고 싶네요."

걱정했던 것보다 순수한 사람들의 모습에 해연도 마음을 열었다. 그동안 동연국에 정이 들어서인지 알게 모르게 가리국을 배척했던 것이 사실이었다. 하지만 이들도 물을 간절히 원하는 평범한 사람들임을 깨닫자 잘못된 편견은 뜨거운 사막 위에서 빗물이 증발하듯이 순식간에 사라졌다.

조금 격하던 인사 후에 전사들은 빛이 투영되지 않는 천을 이용해 간이 탈의실을 만들었다. 그 속에서 해연은 수많은 여성들의 시중을 받으며 동연국의 옷을 벗어야만 했다.

발가벗겨진 해연은 짧은 치마가 결합된 하의 속옷을 입고, 물빛의 긴 천으로 몸을 가렸다. 속이 비치지 않도록 세 번 정도 감은 뒤에 얇고 긴 끈으로 가슴 아래를 단단히 묶었다. 그렇게 하고 보니 탑으로 된 이브닝드레스처럼 예쁜 옷이 만들어졌다.

허벅지가 있는 곳까지 양옆이 시원하게 트인 옷을 신기해하는 와중에 반만 묶은 검은 머리카락 위로 하늘하늘한 흰 천이 걸쳐졌다. 땅까지 길게 늘어진 흰 천은 결혼식 날 신부가 쓰는 면사포처럼 보이기도 했다. 가리국 복장이 잘 어울리는 해연의 모습에 상황을 진두지휘하던 노란 옷을 입은 여인이 곱게 웃었다.

"역시, 가장 신성한 흰색과 푸른색은 신녀님의 색이네요. 율라가 안 풀리게 고정해 드리겠습니다."

그녀는 다른 여성이 들고 있는 상자에서 화려한 장신구를 하나 꺼내 들었다. 금으로 된 작은 꽃이 다발로 핀 장신구에는 파란색과 녹색 보석도 박혀 있어서 고급스러움을 한껏 뽐냈다. 동연국에서 자주 쓰던 비녀처럼도 생겼는데, 막대기가 두 개인 게 특징이었다.

노란 옷의 여인은 그 장신구를 들고 해연의 머리에 씌워놓은 하얀 율라를 매만졌다. 사막의 필수품인 율라는 신분을 드러내는 천으로, 장신구를 꽂을 수 있는 구멍 두 개가 머리 양옆에 있었다. 그 구멍을 귀 위쪽으로 위치시키고 장신구를 꽂아 머리카락과 함께 고정하면 바람이 불어도 날아가지 않았다.

"자, 다 되었습니다."

양쪽으로 같은 장신구를 꽂아준 여인은 한 발짝 뒤로 물러나서 해연의 자태를 감상했다. 몸에 달라붙는 물빛 옷은 늘씬한 몸매를 여과 없이 드러내었고, 신녀만이 쓸 수 있는 흰 율라는 성스러워 보였다. 율라 위로 드러난, 머리 양옆에 꽂은 장신구는 햇빛을 받아 더 찬란하게 빛났다. 몸에 걸쳐진 것들 중 동연국의 물건은 왼쪽 손목에 찬 푸른 옥팔찌뿐이었다. 그녀들은 그것도 빼고 가리국의 장신구로 바꾸길 원했으나 해연이 거부를 분명히 해서 뜻을 이룰 수가 없었다.

그래도 나름 잘 꾸며진 모습에 여인은 만족한 듯 고개를 끄덕였고, 다른 여인들은 분주히 가림막을 치웠다. 그제야 해연을 볼 수 있게 된 전사들은 잠시 놀라다가 이내 고개를 숙여 신녀에 대한 예를 갖췄다. 그동안 사막에서 노숙하느라 해연의 옷이 많이 더러워져 있었는데, 새로 단장을 하고 나니 신녀의 자태가 물씬 느껴졌다. 게다가 이전 신녀에게서는 느낄 수 없던 묘한 느낌이 자꾸 시선을 잡아끌었다. 그래서 더 힘겹게 고개를 숙인 이들도 있었다.

베론은 그런 부하들의 반응을 찬찬히 살펴보았다. 다행히 해연의 본바탕이 사내를 여럿 죽일 경국지색은 아닌지라 위험한 도전을 하려는 놈들은 없어 보였다. 몇몇 녀석들이 좀 힐끔거리는 정도랄까? 이계에서 온 신녀의 여성성에 대해 조금이나마 안심하게 된 베론은 더 지체할 시간이 없음을 깨닫고 해연에게 다가갔다.

"신녀님, 이제 출발하시죠. 조금만 더 가면 수도입니다. 오늘은 신궁에서 주무실 수 있을 겁니다."

"알겠어요. 가요."

해연은 베론이 이끄는 대로 커다란 낙타 옆으로 갔다. 낙타는 딱

두 마리였는데, 앞에 앉아서 되새김질을 하고 있는 녀석이 그녀가 탈 낙타였다. 이토록 가까이에서 낙타를 본 건 처음이었기에 해연은 그 모양새를 유심히 살폈다.

혹이 하나뿐인 단봉낙타는 털빛이 모래를 닮았고 덩치가 무척 컸다. 혹 위에는 지붕이 달린 의자가 고정되어 있었는데, 반투명한 흰 천을 사방에 달아서 때에 따라 햇빛을 막는 용도로 썼다. 외부인에게 모습을 보이기 싫을 때도 사용하지만, 지금은 다 기둥에 묶어둔 상태였다.

해연은 베론의 도움을 받아 낙타 등 위에 놓인 의자에 올랐다. 낙타의 덩치가 워낙 크다 보니 일어서지 않았는데도 그 높이가 만만치 않았다.

"앞의 지지대에 다리를 고정하시고 의자 손잡이를 꽉 잡으시면 위험하지는 않으실 겁니다."

설명대로 앉자마자 낙타가 뒷다리를 세우는 바람에 중심이 앞으로 기우뚱했다. 다행히 낙타가 금방 일어났고, 해연도 편안하게 앉을 수 있었다. 탁 트인 그녀의 시야에 저 멀리, 흙으로 만든 가리국의 성곽이 잡혔다.

다른 낙타에는 베론이 탔고, 여성 스무 명이 그의 뒤를 따랐다. 전사들은 일행을 뼁 둘러싸며 호위했는데, 그렇게 두어 시간을 더 가자 한풀 꺾인 비가 잠시 물러나고 햇빛이 비치기 시작했다.

신녀의 가리국 입성을 축하하듯 밝게 빛나는 햇빛 아래서 웅장한 토성이 제 존재감을 여실히 드러냈다. 작은 구멍 하나 없이 높이 쌓아 올린 성곽에는 거대한 나무 성문만이 강건하게 자리하고 있었다. 그 흔한 장식 하나 없었으나 투박함마저 나름의 아름다움으로 승화되었다.

"와."

눈앞에 펼쳐진 높은 토성의 크기에 해연은 진심으로 감탄했다. 돌을 쌓아 만든 동연국의 성곽이 해연에게 익숙한 매력을 준다면, 가리국의 성곽은 척박한 땅에서 피어나는 생명력을 느끼게 했다. 순수하게 감탄하는 그녀의 반응에 뿌듯해진 베론이 말을 걸어왔다.

"가리국에서 가장 큰 도시이자 수도, 체빌른입니다."

그가 짧게 설명하는 사이에 해연을 태운 낙타가 성문 앞에 멈춰 섰다. 신녀의 등장을 알리는 거대한 뿔피리 소리가 젖은 공기를 타고 멀리까지 퍼져 나갔고, 거대한 성문이 천천히 열리기 시작했다.

일행의 맨 앞에 있던 해연은 조금씩 벌어지는 문 사이로 쭉 뻗은 길을 보았다. 그리고 그 옆으로 몰려 있는 엄청난 인파를 발견했다. 놀란 해연이 눈을 크게 뜨자마자 지축을 흔드는 사람들의 환호성이 고막을 가득 메우기 시작했다.

가리국의 백성들은 귀가 먹먹해질 정도로 신녀를 연호했다. 고통스럽던 가뭄을 끝내준 고마움을 담아, 목숨을 구해준 감사함을 담아, 그들은 두 손을 높이 흔들며 환호성을 질렀다. 어떤 이들은 웃었고, 어떤 이들은 울었다. 하지만 그들의 눈에 담긴 감격만큼은 다르지 않았다. 흥분으로 붉어진 얼굴에 기쁨이 흘렀고, 그 기쁨을 온몸으로 맞이하는 해연의 가슴속에는 뜨거운 감정이 차올랐다. 얼마나 힘들었으면, 얼마나 고통스러웠으면 이렇게까지 반겨줄까 싶어서. 그 점이 안타까우면서도 자신이 이 땅에서 쓸모 있음에 기뻤다.

신녀 일행이 지나갈 길을 유지하기 위해서 병사들은 서로 손을 잡고 인간 바리케이드를 만들었다. 용을 써가며 막고는 있지만, 그들조차도 달뜬 사람들의 분위기에 도취되어 있었다. 환하게 웃는 병사들과 백성의 모습을 지켜보던 베론은 낙타를 몰아 해연에게 다가갔다.

"신녀님, 손 한 번 흔들어주십시오. 반응을 보여주시면 백성들도 더욱 행복할 겁니다."

생각지도 못한 환영 인사에 대응이 느렸던 해연은 베론의 말을 듣고서야 천천히 손을 들어 올렸다. 그에 화답하듯 더 큰 환호성이 터져 나오기 시작했다.

이젠 살았다는 안도감. 더는 가족을 잃지 않으리라는 희망. 그렇게 환희에 젖은 사람들의 기쁨 어린 감정이 성안에 가득 차올랐다. 그들의 심정을 누구보다 잘 아는 베론의 얼굴에도 오랜만에 미소가 피었다.

"체빌른에 오신 걸 환영합니다, 신녀님."

그의 환영 인사가 사람들의 환호에 파묻혀 모래 위로 슬며시 흩어졌다.

용주전의 집무실에는 묘한 분위기가 흘렀다. 가후는 맞은편에 앉아 있는 유신을 지그시 응시하고 있었고, 유신의 뒤에는 검을 찬 소렵이 서 있었다. 테이블 위에는 팔뚝만 한 길이의 얇은 나무 상자가 놓여 있었는데, 그 상자를 내려다보던 붉은 눈동자가 다시 유신에게 향했다.

"주었던 기간에서 이틀 넘겼다."

서늘하게 얼어붙은 말투에 유신의 검은 눈동자가 황제의 붉은 눈을 마주했다. 쌍수를 들고 환영하지는 못할망정 이틀 늦었다고 면박이라니. 좀 어이가 없었지만, 그는 굳이 속내를 드러내지 않았다. 유신은 천천히, 그러면서도 분명하게 가후의 말을 받아넘겼다.

"나라를 버리고 군주를 배반하는 일이 그리 쉬운 줄 아십니까?"

절대 쉬울 리가 없다. 이번 결정으로 인해 유신은 많은 걸 잃어야만 했다. 청일국의 표적이 되는 것은 물론이고, 단살단원 중 일부가 조국을 배반한 그의 곁을 떠났다. 그럼에도 그는 이런 결정을 내릴 수밖에 없었다.

마음을 굳힌 유신이 자리에서 일어났다. 그가 움직이자 신경을 곤두세운 소렵의 손이 검 손잡이에 닿았다. 여차하면 벨 듯한, 서슬 퍼런 소렵의 기척을 느끼면서 유신은 가후에게 다가갔다. 기대감이 어리는 붉은 눈을 외면하면서 한쪽 무릎을 굽혀 몸을 낮췄다. 무릎에 닿는 바닥의 감촉이 아리도록 차갑게 느껴졌다.

"신, 유신. 동연국의 황제 폐하께 충성을 맹세합니다."

유신의 충성 맹세에 가후의 입가가 씨익— 호선을 그렸다. 드디어 그를 손에 넣었다. 이전의 충성 맹세가 찜찜했다면, 이번엔 확실히 느낌이 달랐다. 청일국의 공력자 중에서도 가장 강한 이를 얻었으니, 전쟁이 일어나더라도 붙어볼 만했다. 가후는 여전히 무릎을 굽히고 있는 유신을 내려보다가 하랑을 떠올렸다.

어제, 그러니까 일이 벌어진 지 사흘째가 되던 날, 국경을 지키는 남문 초소에서 서신 두 개를 보내왔다. 하나는 가리국의 비 소식이었고, 다른 하나는 하랑이 보낸 서찰이었다. 가리국의 수도에 다녀올 테니 신궁과 달천대의 처벌은 잠시 미뤄 달라는 내용이었다.

그 뜻을 따라줄 용의는 있었다. 성질대로 다 죽여 버린다면 하랑 또한 유신처럼 다른 나라에 투항해 버릴지도 몰랐다. 하랑과는 개인적으로 악감정이 있는 사이지만, 그가 뛰어난 무관인 건 틀림없었다. 그런 인재를 섣부른 판단으로 놓칠 만큼 자신은 바보가 아니었다. 그러니 하랑과 신녀가 돌아올 여지는 충분히 남겨두어야만 했다.

'달천대와 무녀를 이용해서 둘 다 돌아오게 해야겠지. 그런데……'

문득 신경에 거슬리는 것이 있었다. 본인이 달천대를 이용해 하랑을 묶어둘 수 있듯이 청일국 황제도 유신을 제어할 무언가가 있을지도 몰랐다. 갑자기 그런 생각이 들자 목에 가시가 걸린 것처럼 껄끄러워졌다. 그는 그 부분을 확실하게 정리해 둘 필요성이 있음을 느꼈다.

"유신, 이제부터 그대는 동연국 사람이다. 청일국과의 관계는 오늘부로 완전히 끊어내야 할 것이야. 혹여 그곳에 두고 온 게 있다면 지금 말해라. 빼내줄 터이니."

유신의 약점이 청일국에 있다면 그것이 무엇인지 알아내서 자신이 가져야만 했다. 그래야만 어둠 속에서 파묻혀 살던 살수를 온전히 제 것으로 만들 수 있었다. 선심 쓰듯 내뱉은 황제의 말에 유신은 청일국에 잡혀 있는 누이, 유란을 잠시 떠올렸다가 머릿속에서 지워 버렸다. 지금은 누이를 떠올리며 가슴 아파할 때가 아니었다.

"청일국과의 인연은 이미 다 끊었습니다. 소신이 폐하께 청하고자 하는 건 단 하나뿐입니다."

유신은 고개를 들어 가후와 눈을 마주쳤다. 속내까지 꿰뚫을 듯한 그의 매서운 눈빛을 담담히 받아내면서 유신은 자신이 원하는 걸 밝혔다.

"신녀님. 그녀를 제게 주십시오."

마주하는 황제의 눈매가 슬쩍 일그러졌다. 진심인지 아닌지 판별하고자 그의 붉은 눈동자가 예리한 빛을 품었다. 유신은 심장까지 파고드는 그 시선을 꿋꿋하게 받아들였다. 하나를 잃었으니 하나는 얻어낼 것이다. 그는 다시 한 번, 힘주어 또박또박 말했다.

"그녀와 혼례를 올리고 싶습니다."

그의 폭탄선언에 가후의 이맛살이 확 찌푸려졌다.

✴

알록달록한 유리 지붕을 뚫고 들어온 햇살이 관료들 위로 쏟아졌다. 한층 더 밝아진 넓은 홀에는 흰색 관복을 입은 사람들이 줄지어 늘어서 있었다. 바지는 활동하기 편하게 통이 넓었고, 엉덩이까지 가리는 빳빳한 상의에는 은실로 고급스러운 문양이 수놓아져 있었다. 깔끔하게 차려입은 관료들은 은과 사파이어로 만든 옥좌와 그 위에 앉아 있는 황제를 향해 고개를 조아렸다.

가리국의 황제는 눈을 감고 턱을 괸 채 밖에서 들려오는 백성들의 환호성을 감상하고 있었다. 마치 자신에게 쏟아지는 축복처럼 기분 좋게 듣고 있을 때, 혼시(내관)의 목소리가 홀 안으로 새어 들어왔다.

"폐하, 신녀님께옵서 정문 앞에 당도하셨다 하옵니다."

기다리던 소식에 그의 눈이 슬며시 떠졌다. 사막에서는 잘 피지 않는, 새싹을 닮은 황제의 초록빛 눈동자는 여전히 갓 피어난 싱그러움을 간직하고 있었다.

"드디어 왔군."

기대감을 품은 그의 붉은 입술에 웃음이 매달렸다.

베론 일행은 가리국 백성들의 환영을 받으며 대로를 지나갔다. 그렇게 몇 시간이 흘러서야 궁전 성곽에 당도한 해연의 눈이 커졌다. 낙타를 타고 있음에도 올려다봐야 할 만큼 커다란 아치형 정문은 금칠을 해서 밝게 빛나고 있었고, 상앗빛 돌로 높이 쌓아 올린 성벽에는 군데군데 알록달록한 유리 타일을 붙였다. 그래서인지 햇살이 달려와 부딪칠 때마다 성벽이 신비롭게 반짝이곤 했다. 그 어디서도 본 적 없던 이색적인 모습을 열심히 구경하고 있을 때, 육중한 소리를 내며 문이 열리기 시작했다.

가뭄으로 고생하던 나라라는 게 믿기지 않을 만큼 궁전의 넓은 앞마당에는 푸릇푸릇한 잔디가 쫙 깔려 있었다. 그리고 그 끝에 거대한 크기의 궁전이 자리했다. 다섯 개의 건물로 이루어진 상앗빛 궁전은 건물 모서리마다 높은 첨탑이 있었고, 금과 보석, 색유리 등을 이용해 만든 둥근 지붕은 이슬람 건축의 분위기를 물씬 풍겼다.

화려하면서도 아름다운 궁전의 모습에 해연은 순수하게 감탄했다. 백성들이 생활하는 흙집과는 괴리감이 있지만, 찬란하게 빛나는 궁전은 이 나라의 건축 수준을 우러러보게 만들 정도였다. 그렇게 해연이 궁전을 보며 감탄하는 와중에 베론은 낙타 위에서 훌쩍 뛰어내렸다. 이제 그만 궁전 안으로 들어가야 했다.

"신녀님, 이곳부터는 걸어가셔야 합니다."

베론의 말이 끝나자마자 낙타가 다리를 접었다. 그걸 본 시동 두

명이 잽싸게 이동식 계단을 들고 다가왔다. 그들이 준비해 준 계단을 밟고 내려오자 여인들이 옷매무시를 가다듬어 주었다. 특히 머리에 쓴 율라는 뒤로 길게 펼쳤는데, 하늘하늘한 흰 천이 잔디밭 위로 살포시 내려앉아 물기를 머금었다.

해연의 준비가 끝나자 베론은 그녀를 궁전으로 안내했다. 푹신한 잔디를 밟으면서 궁전에 가까이 다가갈수록 해연의 입도 그만큼 더 벌어졌다. 초록빛 유리로 만든 아치형 창문은 상아색 벽과 예술적으로 어우러졌고, 벽 곳곳에 박혀 있는 옅은 하늘색 보석은 햇빛을 받아 반짝였다.

"우와, 진짜 예쁘네요."

궁전의 아름다움에 푹 빠진 해연이 감탄하자 베론은 기분이 좋아졌다. 가리국은 척박한 사막 위에 세워졌지만, 문화의 우수성만큼은 다른 나라에 못지않았다. 한껏 치켜세워 주는 해연의 말에 으쓱해진 그가 가리국에 대해 이것저것 알려주기 시작했다.

"궁전을 보면 아시겠지만, 가리국은 초록색과 푸른색을 신성하게 여깁니다. 식물을 닮은 초록색은 황실을, 물을 닮은 푸른색은 신녀님을 뜻합니다."

물과 식물이 귀한 가리국은 초록색과 푸른색을 황실과 신녀만 쓸 수 있도록 지정해 두었다. 현재 해연이 입고 있는 파란 옷도 가리국에서는 신녀만 입을 수 있었다. 그렇게 베론이 들려주는 이야기를 경청하며 걷다 보니 어느새 궁전 앞에 당도했다.

병사들의 인사를 받으며 거대한 아치형 문을 지나자 탁 트인 내부가 해연을 반겼다. 궁전 안에는 두꺼운 대리석 기둥이 양옆으로 줄지어 늘어서 있었고, 고개를 한껏 젖혀야 보이는 높은 천장은 황궁의 규모를 더욱 크게 느껴지도록 했다. 커다란 유리창으로 쏟아져 들어오는 햇빛 때문에 온도가 높을 법도 하건만, 오히려 내부에는 시원한 기운이 감돌았다. 물의 힘을 각성한 뒤로 추위나 더위는 타지 않았지만, 콧속으로 들어오는 공기의 찬 기운은 대충 짐작할 수 있었다.

"건물 안이 더 상쾌하네요?"

"예. 궁전 아래로 흐르는 물과 특이한 힘을 지닌 보석 때문입니다."

"보석?"

"궁전 벽에 박혀 있는 푸른 보석이 물의 신이 남겼다는 흔른입니다. 저 보석은 온도를 조절하는 기능을 가지고 있습니다. 신녀님, 우선 이쪽으로."

베론이 안내한 곳에는 거대한 문이 있었다. 그 앞에 있던 문지기들이 해연을 보며 급히 허리를 숙였고, 갈색 옷을 입은 혼시도 몸을 낮추며 해연이 당도했음을 안에 알렸다.

"신녀님과 달세르 베론이 듭시옵니다."

혼시의 말이 끝나자마자 문이 열리고, 왕좌에 앉아 있는 황제와 해연의 시선이 부딪쳤다. 드디어 마주하게 된 가리국의 황제를 보면서 해연은 내심 놀랐다. 잘생긴 외모야 그렇다 치겠지만, 이제 막 소년에서 청년이 되어가는 모습은 정말 의외였다.

해연을 살피던 황제는 곁에 있는 베론을 발견하곤 작게 웃었다. 잘했다는 칭찬과 함께 그리움이 묻어나는 그의 눈빛에 베론이 해연을 재촉했다. 조금이라도 더 빨리, 더 가까이 다가가 자신의 군주를 보고 싶었다.

"신녀님, 안으로 드시지요."

베론의 독촉에 해연은 천천히 발을 옮겼다. 굽이 높은 그녀의 구두가 또각또각 소리를 내며 홀 안을 울렸다. 일정한 간격으로 나던 발소리가 멈춘 건 그녀가 황제 앞에 도달했을 때였다. 황제는 옥좌에서 일어나 해연을 환영했다.

"가리국을 택한 신녀께 감사함을 전하고 싶소. 가리국에서는 최고의 예우로 그대를 대할 것이며, 소원하는 바가 있다면 짐이 들어드리리다."

황제는 곱게 눈웃음을 치며 해연의 소원을 물었다. 사람이란 무릇 욕심이 많은 존재였다. 얻어낼 것이 많다는 생각이 들면 그곳을 쉽게 떠나지 못하는 법이었다. 그 점을 잘 알고 있는 황제는 소원을 들어주는 척하며 해연을 가리국에 묶어둘 요량이었다. 그런 황제의 속내를 모르는 해연은 동연국을 버리고 가리국에 온 이유를 다시 한 번 밝혔다.

"달세르 베론이 제게 약속한 것만 확실히 지켜주시면 됩니다. 제가 집으로 돌아가는 길을 열어주겠다고 해서 왔으니까요."

베론이 해연과 한 약속은 황제도 잘 알고 있었다. 신녀의 서를 베론에게 보여주면서 해연을 흔들 방도를 일러준 이가 바로 자신이었다. 하지만 지금 그가 원하는 대답은 그런 소원이 아니었다. 그는 좀 더 선한 미소를 지어내며 다시 한 번 물었다.

"당연히 그 약조를 지킬 것이오. 그러니 그 외에도 원하는 바가 있다면 말해보시오. 두 번째로 원하는 소원이 있을 게 아니오."

두 번째 소원이란 말에 해연은 하랑을 떠올렸다. 지금 이 순간에도 그가 자꾸 보고 싶었다. 하지만 그럴 수 없음을 알기에 억지로 그의 이름을 삼켰다.

"제 두 번째 소원은 폐하가 들어주실 수 없는 거예요."

그리움과 피로가 섞여서 퉁명스러워진 해연의 목소리에 황제의 시선이 차가워졌다. 무시당했다는 느낌, 그 기분 나쁜 감정이 그의 몸을 휘감았다. 어린 나이에 황제가 되는 바람에 자존감은 더욱 드높아졌고, 그만큼 더 쉽게 이빨을 드러내곤 했다. 한풀 냉랭해진 음성이 그의 붉은 입술 사이를 비집고 흘러나왔다.

"신녀, 짐이 못할 일은 없소. 그러니 두 번째 소원을 말씀하시오."

기필코 들어야겠다는 고집 어린 말투에 해연은 그를 지그시 응시했다. 꾹 다문 그의 입술에서 굳은 결심을 발견한 그녀는 체념한 듯작게 중얼거렸다.

"풀 A컵?"

해연은 예전부터 생각해 왔던 자신의 꿈을 밝혔다. 그건 무척 작은 소리였으나 주위가 고요해서인지 그녀의 목소리가 홀 안에 울려 퍼졌다. 수백 명의 신료가 다 들었다는 생각에 괜스레 기분이 나빠진 해연은 입술을 삐죽였고, 알아듣지 못한 황제는 재차 되물었다.

"풀 A컵이 무엇이오?"

정말 모르겠다는 시선에 해연은 눈동자만 움직여 자신의 가슴을 슬쩍 내려다보았다. 도대체 이걸 왜 굳이 말해주고 있는지, 스스로도 기가 찼다.

"더는 얘기하고 싶지 않아요."

팩 토라져 버린 해연의 모습에 황제는 베론에게 눈짓을 했다. 기필코 알아내라는 뜻이었다. 그에 베론은 풀 A컵이 무엇인지 고민하며 황제를 향해 고개를 숙여 보였다.

유신과 소렵을 내보내고 혼자 남은 가후는 깊은 생각에 빠져 있었다. '신녀와 혼례를 올리고 싶다' 는 유신의 말이 머릿속을 뒤흔들어 놓았다. 신녀의 혼례를 백성들이 쉽게 받아들일지도 미지수인데다가 스스로에게도 썩 달갑지만은 않았다. 유신을 이용해 하랑에게 고통을 줄 마음은 있었지만, 그렇다고 해서 신녀와 혼인시킬 생각은 없었다.

'골치 아프게 됐군.'

가후는 모든 일의 발화점이 된 해연을 떠올리며 관자놀이를 문질렀다.

"이제 겨우 도롱뇽을 탈피한 계집이 뭐가 그리 좋다고. 다들 안구가 상했나?"

도저히 이해할 수 없는 현실에 그는 고개를 내저었다. 주문서로 데려온 신녀는 아이도 낳을 수 있다는 유신의 말만 아니었다면 이런 고민 따윈 하지도 않았을 것이다. 신녀가 공력자에게 연정을 주고 혼약으로 맺어지면 힘의 균형이 신궁으로 쏠려 버리게 된다. 그렇게 되면 신녀의 부군이 된 공력자에게 황실이 위협받을 수도 있었다.

'하랑 아니면 유신, 그 둘이 가장 가능성이 높겠지.'

가후의 미간이 더 구겨졌다. 충심이 깊은 소렵이라면 크게 걱정하지 않겠지만, 하랑이나 유신은 불안했다. 속내를 확신하기 어려운 두 사람이 황실을 능가할 힘을 지니게 된다면 자신의 사후에는 참담한 일이 벌어질 수도 있었다.

'우선은 그 계집에게 선택을 미뤄뒀지만, 오래 못 버틸 텐데.'

해연의 마음을 얻는다면 생각해 보겠다는 말로 유신을 달래놓았으나 그조차도 오래가지 못할 것이었다. 유신이 지닌 능력이나 외모에, 나라까지 버린 순정을 생각해 본다면 개구리 같은 신녀는 '감사합니다'를 외치며 당장 시집을 가야 했다.

'그건 좀 곤란하군.'

지금의 그로서는 하랑과 유신, 어느 한쪽도 밀어줄 수가 없었다. 해연을 두고 벌어진 두 공력자의 사랑싸움에 가후의 고민도 점점 더 깊어져 갔다.

거대한 선인장만 흐릿하게 보이는 어두운 사막에 과격하게 흐르는 물소리가 주위를 휘감았다. 휘영청 뜬 달로도 그 크기조차 제대로 분간할 수 없는 물줄기는 거대한 강이나 마찬가지였다. 무엇이든 집어삼킬 것 같은 사막의 강 앞에 한 사내가 서 있었다. 긴 검을 들고 형형한 안광을 빛내며 와디의 속도를 가늠하던 그는 작은 신음을 흘렸다. 사흘간 쏟아진 비로 인해 와디는 몸집이 커졌고, 그만큼 거칠게 움직였다.

'어쩐다?'

난폭한 와디 너머에 만나고 싶은 이가 있었다. 혹시라도 억지로 끌려간 건 아닌지, 무서워하고 있진 않을지, 수많은 걱정이 쌓여서 불안을 만들었다. 마음 같아서는 당장에라도 물속으로 뛰어들고 싶었지만, 어둠이 내려앉은 시각에 급류에 몸을 내맡기는 짓은 어리석은 행동이었다.

와디 앞에서 수십 수백 번을 고민하던 하랑은 결국 몸을 돌렸다. 해연의 안전이야 확실할 테니 해가 뜨면 와디의 상태를 확인하고 움직일 생각이었다. 그게 현명한 선택임을 알지만, 못내 아쉬운 마음이 드는 건 어쩔 수 없었다. 그는 새까만 와디에 다시 한 번 시선을 주었다가 무거운 발걸음을 옮겼다.

해연은 거대한 탕 안에 들어갔다. 뜨끈한 물에 몸을 담그자 뭉쳐 있던 근육이 사르륵 풀리는 느낌이 들었다. 며칠간 사막에서 비를 맞으며 노숙을 했더니 몸 상태가 말이 아니었다. 깨끗하게 씻고 피로도 풀고 싶었다. 편안한 느낌을 주는 물에 몸을 담그고 시녀에게 어깨를 맡긴 지 얼마 되지 않아서 해연의 눈꺼풀이 감겼다.

몽롱해지는 의식의 끈을 거의 놓아갈 때, 갑작스러운 사내의 목소리가 해연을 현실로 끌어당겼다.

"저리 비키라니까."

"아니 되십니다, 달세르!"

다급히 막는 여인의 외침이 들리고, 순식간에 밖이 소란스러워졌다. 그 소동에 해연도 눈을 깜빡이며 정신을 차렸다. 발가벗고 목욕하는 와중에 사내의 음성이 들리니 바짝 긴장할 수밖에 없었다. 언제 열릴지 모를 문을 빤히 쳐다보고 있는 해연에게 오십대 중반쯤 되어 보이는 여성이 다가와 허리를 숙였다. 그녀는 해연에게 소속된 시녀, 두나였다. 가리국의 신궁을 총괄하는 그녀는 매우 죄송스러운 표정을 짓고 있었다.

"신녀님, 송구하오나 잠시 탕 밖으로 나와주시옵소서. 옷부터 입혀 드리겠나이다."

초조함을 미처 다 감추지 못한 그녀의 말에 해연도 군말 없이 자리에서 일어났다. 뜨뜻한 물과 헤어지기 싫지만, 지금은 움직여야 할 때였다. 해연이 일어나자 물이 잠시 출렁이다 가라앉았다.

두나의 지휘 아래 시중드는 여인들이 해연의 몸에 남은 물기를 빠르게 닦아내고 옷을 입히기 시작했다. 밖에서는 여전히 실랑이를 벌이는 소리가 들려왔다. 필사적으로 막는 시녀들 덕에 아직 문이 열리지는 않았지만, 그조차도 시간문제였다. 목욕하고 있는 걸 알면서도 쳐들어오려는 간 큰 사내 때문에 달콤한 휴식을 방해받은 해연의 눈살이 찌푸려졌다.

"도대체 누구예요? 베론은 아닌 거 같은데."

시녀들이 외치는 소리에 달세르라는 호칭이 들어 있었지만, 목소리가 낯설었다. 말투가 차분한 베론과는 달리 조금 더 성급한 느낌이랄까? 그 점을 눈치챈 두나가 작게 소곤거렸다.

"달세르 곤이십니다. 모쪼록 조심하십시오."

조심하라고 말하는 두나의 얼굴에 그늘이 졌다. 달세르 곤은 가리국의 공력자 중 한 명으로, 궁 사람들의 입방아에 가장 많이 오르내리는 인물이었다. 평소에도 행실에 문제가 많았지만, 아무리 그래도 신녀의 목욕탕까지 쳐들어오려 할 줄은 몰랐다.

푸른 옷감으로 해연의 몸을 가리고, 얇은 끈으로 가슴 아래를 단단히 묶자마자 욕실 문이 벌컥 열렸다. 그 소리에 놀라 고개를 든 해연은 잘생긴 남자를 발견했다.

귀를 덮지 않는 길이의 곱슬곱슬한 갈색 머리는 멋스러웠고, 시원한 눈매와 선이 얇은 얼굴, 한쪽 귓불에 박힌 작은 다이아 귀걸이는 이제 갓 성인이 된 아이돌 같은 느낌을 주었다. 거기다 긴 바지와 짧은 조끼만 걸쳐서 고스란히 드러난 복근은 그가 소년에서 남자로 변해가는 단계임을 여실히 짐작케 했다. 장난꾸러기 악동과 짐승 같은 사내의 분위기를 동시에 풍기는 그는 물 밖으로 나와 있는 해연을 보고 못마땅한 듯 입맛을 다셨다.

"거참, 되게 빠르네."

그의 중얼거림에 욕실에 있는 모든 여성이 어이없단 표정을 지었다. 신녀의 목욕탕에 함부로 쳐들어와 놓고는 마치 벗고 있었으면 더 좋았을 거란 말투라니. 그의 행태에 단단히 화가 난 두나가 앞으로 나섰다.

"달세르 곤!"

"응? 아아."

두 손을 허리에 척하니 올리고 눈을 부라리는 두나의 존재는 생각지도 못했는지, 그가 조금 곤란한 듯한 소리를 냈다. 두나는 오랜 세월을 궁전에서 지내왔기에 곤이 똥 기저귀를 차고 다니던 시절까지 전부 기억하고 있었다. 유모와도 같은 그녀는 곤에겐 껄끄럽기 그지없는 존재였다. 하지만 그렇다고 해서 일개 시녀인 두나가 달세르인 그의 행동을 완벽히 차단할 수는 없었다.

"신녀에게 인사도 할 겸 왔으니 자리나 좀 비켜줘."

곤은 치켜 올라가는 두나의 눈을 무시하며 해연을 위아래로 쓱 훑었다. 당황한 기색이 역력한 얼굴은 제법 귀여웠고, 물기를 머금은 검은 머리카락이 매끄러운 흰 피부를 더욱 돋보이게 해주었다. 그녀는 자신이 상상해 오던 풍만한 느낌의 여성은 아니었지만, 허벅지까지 트인, 푸른 옷감 사이로 보이는 쭉 뻗은 다리는 그의 시선을 확 잡아끌었다.

곤은 자신의 붉은 입술을 엄지로 한 번 쓸어내곤 두 눈을 곱게 휘며 웃었다. 그 짙은 웃음 속에 담긴 뜻이 무엇인지 아는 시녀들은 경악한 눈으로 그를 바라보았다. 이 작자가 드디어 미친 게 틀림없었다.

곤의 눈웃음에 해연은 등줄기로 소름이 쫙 돋아나는 걸 경험해야
만 했다. 좀 전에 그가 자신을 훑어보다가 다리에서 오래도록 시선
이 머문 걸 모르지 않았다. 얼굴은 무척 잘생겼지만, 변태 같은 그
끈적끈적한 눈빛은 말 그대로 곤욕이었다.

기분 나쁜 느낌에 해연의 눈썹 사이가 점점 더 찡그러지는 사이,
그가 움직였다. 곤과 해연의 거리가 가까워질수록 시녀들이 움찔거
렸으나 막지는 못하고 발만 동동 구를 뿐이었다. 그 불편한 움직임
에 해연의 신경이 쏠린 새에 그가 밀착해 버렸다.

입술이 닿을 듯 가까워진 얼굴에 화들짝 놀란 해연은 곤을 밀어
내며 뒤로 물러서려 했다. 하지만 어느새 허리를 감은 그의 강한 팔
때문에 그조차도 시도에 그치고 말았다. 한 손으론 허리를 감고, 다
른 손으로는 물에 젖은 검은 머리카락을 매만지며 곤은 달콤하게
웃어 보였다.

"급히 씻다가 만 모양인데, 내가 다시 씻겨 드릴까?"

평범의 범주를 넘어선 그의 말에 해연은 경악했다. 이건 추파를
던지는 정도가 아니라 대놓고 희롱하는 수준이었다. 충격에서 쉽사
리 헤어 나오지 못하는 그녀에게 곤은 더 심한 소리도 해 댔다.

"다른 여자들은 다 내보내고 우리 둘이서 오붓하게 놀자고."

은근한 목소리로 유혹하면서 한쪽 눈을 찡긋한다. 여성이라면
고개를 끄덕이고 싶을 만큼 그는 매혹적이었다. 하지만 좀 전에
돌았던 소름의 기운이 여전히 남아 있는 해연은 곤을 거부하며 손
에 힘을 줘 밀쳐 내려 했다. 하지만 그는 꿈쩍도 하지 않았다. 오
히려 그의 단단한 가슴근육 때문에 밀고 있는 손과 손목이 아플
지경이었다. 거부할 수 없는 사내의 힘에 해연은 입술을 악물었
다.

동연국에 두고 온 이들 때문에 가뜩이나 기분이 좋지 않건만, 갑자기 나타난 그는 막무가내로 몸을 만져 댔다. 허리를 감았던 손은 한차례 등을 쓰다듬더니 밑을 향해 슬금슬금 내려가고 있었다. 그 손길에 해연은 목구멍까지 짜증이 치밀어 올랐다. 격해진 그녀의 감정에 맞춰 탕 안에 있던 물이 요동치려는 순간, 길고 얇은 손가락이 튀어나와 곤의 귀를 확 잡아당겼다.

"으앗!"

갑작스러운 힘에 곤은 저도 모르게 비명을 내질렀다. 그 덕에 자유를 되찾은 해연은 곤의 뒤에 서 있는 키 큰 여성을 발견할 수 있었다. 시원시원한 이목구비에 햇볕에 그을린 피부, 귓불을 간신히 덮는 짧은 회색빛 머리는 서로 잘 어우러져서 건강미 넘치는 여성의 이미지를 만들어냈다.

"이 자식이 밥 먹다 말고 뛰쳐나가기에 어딜 가나 했더니, 내 이럴 줄 알았어."

"으아앗! 야, 야. 아파!"

그는 점점 더 비틀어지는 귀의 통증에 얼굴을 구기며 엄살을 피워 댔다. 하지만 그녀는 놔줄 생각이 없는지 뒤트는 각도를 더 높였다. 한 손은 허리에 올리고 말썽 피우는 어린 동생을 보듯이 혀를 쯧쯧 차기도 했다.

"발정 난 개도 아니고, 왜 여기저기다 씨 뿌리지 못해서 안달이야? 너 여기가 어딘 줄 알……."

알리샤는 말을 하다 말았다. 그제야 그녀도 자신이 서 있는 곳이 어딘지 깨달았다. 신녀에게 배속된 궁전에서 오로지 신녀만이 사용할 수 있는 2층 대형 목욕탕. 주위에는 신궁 전속 시녀들이 당황하며 서 있었고, 좀 전까지 곤이 껴안았던 여인은 푸른 옷을 입고 있었다.

　보지 않았어도 눈에 훤한 일련의 사태들이 순서대로 찰칵찰칵 알리샤의 뇌리에 박혔다. 순식간에 상황을 파악한 그녀는 본인의 입이 점점 더 벌어지고 있음을 눈치채지 못했다. 해연의 푸른 옷과 처음 보는 낯선 얼굴을 한 번 더 확인한 그녀는 곤의 귀를 비틀던 손을 놓았다. 얼얼한 통증이 느껴지는 귀로 곤이 손을 가져다 댐과 동시에 알리샤가 그의 뒤통수를 갈겼다. 퍽! 소리가 목욕탕 안에서 메아리쳤다. 두개골이 부서지진 않았을까 걱정될 만큼 엄청난 타격음이었다. 그 손맛을 직접 맛본 곤은 끙끙 앓으며 뒷머리를 부여잡은 채 주저앉았다.

　고통이 극심하면 신음도 안 나온다 했던가. 곤은 비명도 지르지 못하고 뒤통수만 움켜쥐었다. 그 탓에 한껏 멋을 낸 그의 갈색 머리가 헝클어져 버렸다. 다행히 두개골이 바스러지진 않았는지 출혈은 없었지만, 소리만으로도 무척 위협적이었다.

　해연은 눈을 동그랗게 뜨고 정체를 알 수 없는 여인을 바라보았다. 그녀의 머리에는 신분을 알려주는 율라조차 없었고, 발목까지 내려오는 긴 치마 대신에 위태로울 만큼 짧은 치마를 입고 있었다. 군살 하나 보이지 않는 배를 훤히 드러냈고, 발육 좋은 가슴은 지탱하기도 버거워 보이는 천으로 감싼 상태였다. 그것만으로도 일반적인 가리국 여인의 복장과 달랐지만, 확연한 차이점은 허벅지에 매달아둔 두 자루의 짧은 단검이었다. 검은 가죽끈으로 단단히 동여맨 단검은 그녀가 무인임을 짐작케 했다.

　해연의 의문 어린 시선이 검에 닿았다가 다시 얼굴로 향하자 알리샤는 자신이 인사조차 올리지 않았음을 알아차렸다. 곤 때문에 혼이 쏙 빠지는 바람에 생긴 작은 실수에 그녀는 멋쩍게 웃으며 해연을 향해 고개를 숙였다.

"만나 뵙게 되어 영광입니다, 신녀님. 달세르 알리샤라 합니다."

가리국의 공력자인 알리샤는 공손히 인사를 올리고 초롱초롱한 눈동자로 해연을 살폈다. 나라를 구해준 은인이자 새로 온 신녀는 호기심을 자극하기에 충분했다. 무척 신기해하는 알리샤의 부담스러운 눈빛을 받으며 해연도 그녀의 인사에 호응했다.

"저도 반갑습니다. 해연이라고 해요."

느끼하기 이를 데 없는 곤을 시원하게 패준 것만으로도 마음에 쏙 드는 여인이었다. 대단한 그녀의 가슴이 시야에 들어올 때마다 자신의 가슴이 쿡쿡 쑤시긴 했지만, 알리샤 자체는 해연에게 기분 좋은 여성인 건 틀림없었다.

"저기, 달세르 알리샤?"

"예, 하명하시옵소서."

조심스러운 해연의 목소리에 알리샤는 즉각 고개를 숙이며 명이 떨어지길 기다렸다. 그런 알리샤에게 해연은 아직도 주저앉아서 뒤통수를 문지르고 있는 곤을 가리켰다.

"죄송하지만, 저것 좀 치워주실래요? 다시 씻었으면 하는데."

곤이 난입하는 바람에 씻다 만 상황임을 눈치챈 알리샤는 생글생글 웃으며 곤의 조끼를 잡아챘다. 며칠간 사막을 횡단하고 이제 겨우 여독을 푸는 신녀에게 이게 무슨 행패인지. 가리국에 대한 이미지가 나빠졌을까 봐 알리샤는 남몰래 곤을 향해 이를 갈았다.

"그럼, 신녀님, 푹 쉬십시오. 다음에 다시 찾아뵙고 정식으로 인사 올리겠습니다."

그녀의 인사에 해연도 고개를 숙여 답례했다. 생각보다 예의 바른 신녀의 태도에 알리샤는 빙긋 웃으며 저항조차 못 하는 곤을 끌고 욕실을 나섰다. 이제 손에 들린 녀석의 어긋난 정신을 뜯어고칠 일만 남았다.

알리샤가 곤을 데리고 사라지자 해연은 다시 뜨끈한 물속에 몸을 담글 수 있었다. 바짝 긴장했던 몸이 녹는 느낌이 들면서 편안한 감정이 몽글몽글 피어올랐다.

물이 주는 감각에 해연이 미소 짓던 그 시각, 궁전 밖으로 끌려 나온 곤은 반항을 시작했다.

딱딱하게 굳은 얼굴로 알리샤의 손을 쳐낸 그는 헝클어진 옷차림새를 가다듬었다. 옷이랄 것도 앞섶이 풀린 조끼 하나와 바지뿐이지만, 마음에 드는 여인 앞에서 모양새가 망가진 건 그의 자존심에 큰 흔적을 남겼다.

"발 닦고 잠이나 잘 것이지, 왜 남의 일을 방해해?"

눈썹을 확 찡그리고 분노를 터뜨리는 그의 모습에 알리샤는 팔짱을 끼며 짧게 혀를 찼다. 도대체 이놈은 언제 정신을 차릴 건지, 계속 삐딱하게 어긋나기만 했다.

"네가 정말 미치긴 미쳤구나? 왜? 여자란 여자는 다 건드려 보더니 이젠 신녀님까지 여자로 보이디? 그리고 뭘 잘했다고 큰소리야? 네가 지금 얼마나 위험한 짓거릴 한 줄 알기나 해?"

알리샤는 곤을 향해 잔소리를 퍼부었다. 신녀의 감정에 반응하는 물이 사방에 깔린 목욕탕이었다. 그런 곳에서 함부로 신녀의 심기를 어지럽히는 짓을 한다는 건 무척 위험한 행동이었다. 이타심이 강한 신녀는 사람을 해치지 않는다지만, 곤의 태도는 국가적으로나 개인적으로나 옳지 못했다.

상대가 상대였던 만큼 점점 더 길어지는 알리샤의 구박에 곤의 미간에 잡힌 주름은 펴질 줄을 몰랐다. 그냥 젊은 신녀가 왔다는 말에 호기심이 들어 한 번 만나보려 했을 뿐이었다. 물의 신의 사랑을 받는 신녀는 모두 절세가인이란 말도 있었고, 얼마 전에 우연찮게 들은 얘기가 그의 궁금증을 더 자극하기도 했다.

날이 샐 때까지 이어질 것 같은 잔소리에 참다못한 곤이 손사래를 치며 알리샤의 말을 끊어냈다.

"아, 됐다, 됐어. 신녀는 뭐 여자 아니냐? 저 신녀는 애도 낳을 수 있다던데, 나같이 신체 건강한 사내는 궁금할 수도 있는 거지. 내가 하루 이틀 그런 것도 아니고, 괜히 구박이야."

불만으로 가득 차 구시렁거리는 곤의 말에 알리샤의 눈이 커졌다. 신녀가 아이를 낳을 수 있다니, 솔직히 말도 안 되는 소리였다. 그런 알리샤의 생각을 읽었는지 곤이 피식 웃으며 일급 비밀을 알려주듯 작게 소곤거렸다.

"얼마 전에 폐하를 호위하다 엿들은 건데, 저 신녀는 그게 가능하대. 사내를 반하게 만드는 것도 가능하고. 어때, 신기하지 않아?"

언제 짜증을 부렸느냐는 듯, 다시 장난기가 짙어진 그의 얼굴에 알리샤의 눈매가 좁혀들었다. 황제의 말을 엿듣고 그걸 또 실행에 옮기는 행태가 못마땅하기 그지없었다. 하지만 곤은 알리샤의 얼굴이 일그러지거나 말거나 개의치 않고 제가 하고 싶은 말을 전부 다 쏟아냈다.

"얼굴은 기대했던 것보단 좀 덜했는데, 그래도 다리 하나는 볼만했지. 말 근육인 너완 달리 허벅지가 매끈…… 컥!"

성희롱에 가까운 그의 말이 다 끝나기도 전에 알리샤의 주먹이 곤의 배에 꽂혔다. 내장이 파열되지 않았으면 다행일 정도로 극심한 통증이 뼈까지 아프게 했다. 다리 힘이 풀려 버린 곤은 어둠이 내려앉은 잔디밭 위로 주저앉았다. 뭔 놈의 여자가 이리 힘이 센지, 정말 그녀의 손맛에는 익숙해지지가 않았다.

알리샤는 헛소리를 늘어놓는 곤을 응징한 뒤에 미련 없이 몸을 돌렸다. 저 변태 녀석을 더 상대했다가는 이마에 주름만 늘 것 같았다.

'나참, 기가 막혀서. 뭐? 너완 달리 어쩌고 저째?'

알리샤는 이를 갈며 성큼성큼 걸어 나갔다. 그가 여자에 집착하는 이유를 모르지 않았지만, 비교당하는 기분이 썩 좋지만은 않았다. 씩씩대며 걸어가던 알리샤는 여전히 고꾸라져 있는 곤에게 잠시 시선을 주었다가 자신의 다리를 내려다보았다. 궁전 안에서 흘러나오는 불빛에 비친 다리는 잘 발달한 근육의 굴곡이 한층 더 도드라져 보였다.

'망할. 매끈한 다리 못 만져 보고 죽은 귀신이라도 붙었나? 기분 나쁜 자식.'

혼자 열을 낸 알리샤는 짧은 회색 머리카락을 헝클어뜨리며 다시 걸음을 옮겼다. 뒤에서 자길 죽일 셈이냐고 외치는 투정 따위는 가볍게 무시해버렸다.

문을 지키던 혼시들까지 물러난 황제의 침소 안에서 두 개의 가쁜 숨이 슬금슬금 새어 나왔다. 이윽고 절정을 향해 치닫던 숨소리는 곧 평온을 맞이했다. 황제는 오랜만에 느낀 만족스러운 관계에 축축이 젖은 침대 위로 뻗어버렸다. 손가락 하나 움직일 힘이 없던 그는 눈동자만 돌려 옷을 입는 베론을 빤히 바라보았다.

"오늘은 그냥 짐 옆에서 쉬고 내일부터 하라니까."

달콤한 황제의 유혹에 베론은 작게 웃음을 머금었다. 그도 더 머물고 싶었다. 하지만 동연국에 가 있는 동안 밀린 업무들이 사막 위의 사구마냥 쌓여 있을 터였다.

옷을 다 걸친 베론은 황제에게 다가가 그의 붉은 입술에 가볍게 입을 맞췄다.

"곤하실 터인데 이만 주무십시오. 밀린 업무만 마무리 짓고 돌아오겠습니다."

해연에게 줄 신녀의 서 필사 작업 외에도 처리해야 할 일이 산더미였다. 그걸 잘 알기에 황제도 더는 그를 붙잡지 않았다. 아쉬워하는 연인을 남겨두고 베론은 방을 나섰다.

따뜻하던 황제의 옆자리를 포기하고 선택한 궁 밖에는 차가운 밤바람이 불고 있었다. 어둠을 물리기 위해 군데군데 등을 밝혀두었지만, 잔디밭은 여전히 검어 보였다. 그 위를 걷는 베론의 머릿속에는 언제 들이닥칠지 모를 동연국의 공력자에 대한 대비책이 어지러이 뒤섞이고 있었다.

은은한 조명 하나가 어둠에 잠식된 거대한 방에서 홀로 빛을 냈다. 노르스름한 빛은 통유리로 만들어진 테라스와 그 앞에 놓여 있는 작은 테이블을 지나 거대한 침대에 간신히 닿았다. 침대 위에는 잠든 해연이 있었고, 사방은 조용했다.

모든 것이 멈춰 버린 듯 정적뿐인 공간에 작은 파동이 생긴 건 테라스에 검은 그림자 하나가 비쳤을 때였다. 그 그림자는 방 안을 잠시 살펴보다가 슬쩍 문을 열었다. 미끄러지듯 소리 하나 내지 않고 열린 테라스 창을 통해 사람이 들어왔다. 그는 최대한 발소리를 죽이고 해연이 잠들어 있는 침대로 다가갔다.

해연은 오랜만에 꿈속에서 부모님을 만났다. 생생했던 꿈은 기억이 지워짐과 동시에 흐릿하게 변해 있었다. 마치 시력이 떨어져서 희미하게 보이는 것처럼, 그리운 부모님의 얼굴이 제대로 보이지 않았다.

이런 상황에서 엄마는 딸에게 이메일을 보냈다. 이미 같은 세상 사람이 아님에도 엄마는 자신의 딸이 미국에서 살고 있다고 굳게 믿었다. 그래서인지 딸은 보지도 못할 이메일을 오랜 시간 고심해 가며 적었다. 한참을 쓰고 있을 때, 퇴근한 아빠가 집 안으로 들어섰다.

가족들의 목소리가 사라진 거실, 반겨주는 이 하나 없는 광경에 아빠는 쓸쓸한 눈빛으로 집 안을 휘둘러보았다. 딸이 곁에 남아 있었더라면, 적어도 그가 퇴근하고 집에 돌아왔을 때는 활기찬 목소리가 들렸을 것이다. 물론, 인사만 하고 방으로 휭하니 들어가 버리곤 했지만, 이제는 그런 모습조차 볼 수가 없었다. 그리운 딸 생각에 또다시 마음이 저릿해진 그는 입술 안쪽을 꼭 깨물어 울컥하는 감정을 삼켰다.

이내 걸음을 옮긴 그는 온기 하나 남지 않은 딸의 방을 지나쳐서 안방으로 향했다. 문을 열어보니 컴퓨터에 집중하고 있는 아내의 뒷모습이 보였다.

"여보, 뭐 해?"

아내가 뭘 하고 있는지 짐작하고 있으면서도 그는 굳이 질문을 했다. 이십여 년을 같이 산 부부가 단둘이 지내면서 나눌 만한 얘기는 그리 많지 않았다. 그러니 목소리라도 들으려면 알면서도 물어야만 했다.

그의 목소리에 그제야 아내가 고개를 돌렸다.

"아, 왔어요? 해연이가 좀 전에 메일을 보내서 답장 중이었어요."

딸의 메일에 답장 중이었다는 말투가 밝고 활기찼다. 그런 아내의 모습에 그는 억지로 미소 지으며 고개를 끄덕였다.

"천천히 써. 난 씻고 나올게."

"그래요. 이것만 보내고 금방 저녁 준비할 테니까 조금만 기다려요."

남편의 퇴근에 마음이 조급해졌는지, 그녀는 급히 모니터로 고개를 돌렸다. 그런 아내의 뒷모습을 그는 애처롭게 바라보았다. 이미 바다에 수장되어 죽은 딸이 어찌 이메일을 보냈겠는가. 모든 건 딸이 살아 있다고 믿는 아내를 위한 그의 배려였다.

엄마와 아빠의 대화를 가만히 듣고 있던 해연은 상황이 어찌 흘러가고 있는지 파악할 수 있었다. 여전히 자신이 살아 있는 줄 아는 엄마와 그런 엄마를 지켜주기 위해서 남몰래 고생하는 아빠. 해연은 천천히 눈을 감았다. 그녀의 긴 속눈썹에 눈물이 고였다가 두 볼 위로 흘러내렸다. 하루에도 몇 번씩 흔들렸던 마음이 다시금 굳건해졌다. 돌아갈 것이다. 기필코, 무슨 짓을 해서라도 돌아가야만 했다.

다짐하고 또 다짐한 해연은 눈을 뜨고 엄마를 바라보았다. 눈물 때문인지 시야가 더 흐릿해졌지만, 그래도 보고 싶었다. 조금이라도 더 오랫동안 보고 싶었다. 언제 또다시 꿈을 꾸게 될지 모르니까, 그때는 더 흐릿해질지도 모르니까, 아침이 밝아도 기억할 수 있게 열심히 눈에 새겨 넣었다. 어떤 목소리 하나가 꿈속을 헤집고 들어오지만 않았더라면, 머릿속에 각인하는 게 가능했을지도 모른다.

"어이, 눈 좀 떠봐."

누군지 알기 힘든 목소리가 꿈을 방해했다. 당황한 해연은 손을 뻗어 엄마를 붙잡으려 했다. 이대로 깨기 싫었다. 대화를 나눌 수는 없어도 조금만 더 곁에 있고 싶었다. 하지만 사내의 음성이 끈질기게 그녀를 현실로 끌어당겼다.

"이봐, 신녀."

눈물에 축축이 젖은 해연의 눈이 천천히 떠졌다. 흐릿한 시야에 어둠을 밝히는 노란 등불이 잡히다가 돌연 갈색 머리를 한 사내가 들어왔다. 생각지도 못한 인영에 깜짝 놀란 해연의 심장이 불뚝불뚝 뛰었다.

"아, 깼다."

곤은 잠에서 깬 해연을 보고 뿌듯하게 웃었다. 그 순간, 베개가 날아들었다.

"이크!"

그는 얼굴로 날아든 베개를 급히 피했다. 자다 깬 탓인지, 놀란 탓인지 힘이 빠진 손으로 휘두른 베개는 그다지 위력적이지 않았다.

분풀이에 실패하자 해연은 무겁게 느껴지는 몸을 눕히고 한 손으로 눈을 가렸다. 이 감정을 뭐라 해야 할까? 속이 부글부글 끓는 것도 아니고, 도리어 차갑게 식어버렸다.

해연이 더는 반응하지 않자 곤은 그녀의 분위기가 심상찮음을 알아차렸다. 무슨 짓을 하든 웃어넘겨 주던 전대 신녀와는 완전히 다른 분위기였다. 그래도 해연과 사이좋게 지내고 싶은 그는 기분을 풀어줘야겠다는 생각에 농담 반, 진담 반을 섞어 먼저 말을 걸었다.

"저기, 나 아직 다리 안 만졌어. 진짜야."

"나가."

착 가라앉은 목소리가 살벌했다. 알리샤에 버금가는 기세에 곤은 떨떠름한 입맛을 다셨다. 심한 악몽을 꾸는지 울면서 힘들어하기에 큰맘 먹고 깨워놓았더니, 괜히 성질이었다. 사실 그는 언제 도착할지 모를, 동연국의 공력자를 막기 위해 신녀의 호위에 투입된 상황이었다. 몸을 숨긴 채 곁을 지켜야 하지만, 흐느끼는 소리가 안타까워서 깨웠다가 봉변을 당한 것이다.

"쳇, 알았다. 간다, 가."

정말 괜한 짓을 했다는 생각에 그는 입술을 삐죽이 내밀고 해연의 침소를 나섰다. 그래 봤자 문 앞에 있어야 하지만, 아침이 올 때까지는 혼자 있도록 내버려 두는 게 나을 듯했다.

곤이 나가고 홀로 남은 해연의 한숨 소리만 방 안에 맴돌았다. 그녀는 속에 있던 응어리를 간신히 가라앉히고 자리에서 일어났다. 더 눈을 붙여봤자 꿈을 꾸지는 못할 듯했다.

해연은 시원한 돌바닥의 감촉을 느끼며 발코니로 다가갔다. 옅은 푸른색이 도는 반투명한 창 앞에 서서 어둠에 잠긴 밖을 내다보았다. 화려하던 궁전도 어둠에 묻혀 본연의 빛을 잃은 상태였다. 그 모습이 무척 낯설었다.

'나도 참, 돌아가겠다고 마음먹은 지 얼마나 되었다고.'

해연은 비소를 머금으며 고개를 저었다. 동연국의 광경이 그새 익숙해진 탓인지 이사 온 첫날, 새집에서 느끼는 감정을 가리국에서 맛보고 있었다. 문득 동연국 사람들은 괜찮은지 궁금해졌다.

"안 돼! 잊자, 잊어!"

독하게 마음먹어야 한다. 힘들어하는 부모님을 위해 독해져야 했다. 그렇게 마음을 추스른 해연은 테이블로 걸음을 옮겼다. 두나에게 부탁했던, 각종 과일이 담긴 바구니가 그 위에 놓여 있었다. 해연은 정체를 알 수 없는 과일 사이에서 사과를 닮은 과일을 찾아냈다. 익숙한 외형에 자신 있게 한입 베어 물었다가 곧 구역질을 시작했다.

문틈 사이로 흘러나오는 구역질 소리에 곤의 눈동자에 의아함이 서렸다. 갑자기 뭔가를 잊겠다더니, 이제는 웩웩거린다.

'머리에 무슨 문제가 있나?'

잠시 고민하던 그는 황제가 중얼거리던 '신녀의 서'를 떠올렸다. 그 안에 신녀에 대한 비밀이 더 숨겨져 있을 터였다. 그리고 이번 신녀를 꾀어오기 위해 신녀의 서가 사용되었음을 그는 얼추 짐작하고 있었다.

'훔쳐다 봐야겠네. 잘하면 그걸로 다리도 좀……'

신녀의 서를 이용해 해연의 다리를 만져 볼 생각을 하며 곤은 엉큼하게 웃었다. 그렇게 망상을 펼치며 시간을 보내는 동안, 제자리를 찾은 해가 어둠을 물리며 궁전을 비추기 시작했다.

날이 밝자 와디는 거대한 몸뚱이를 온전히 드러냈다. 커다란 건물도 몇 개는 집어삼킬 듯한 누르스름한 물줄기는 그 깊이조차 가늠되지 않았다. 그걸 바라보는 하랑의 눈빛이 깊이 침잠되었다. 하지만 이런 강물 따위가 그녀에게 가고자 하는 자신의 의지를 막을 수는 없었다.

그는 들고 있던 검을 힘껏 던졌다. 와디 위를 날아간 검은 반대편에 있는 사구에 반쯤 박혔다. 그 충격에 주변의 모래가 흘러내렸지만, 긴 장검을 완전히 덮지는 못했다.

검의 존재를 확인한 하랑은 숨을 가득 들이마시고 주저 없이 와디 속으로 몸을 던졌다. 그를 집어삼킨 노란 수면은 아무 일도 없었다는 듯이 굉음을 내며 흘렀다. 넘실대는 물결이 살아 있는 것처럼 생생하게 움직였다.

보는 이가 있었다면 익사를 생각할 만큼 긴 시간이 지나고, 하늘도 하랑의 생명을 보장하기 힘들어졌다. 그 순간, 맞은편 강변 위로 손 하나가 불쑥 빠져나왔다. 땅을 짚은 손에 힘이 들어가자마자 하랑의 몸이 모래를 뚫고 솟구쳤다. 그와 함께 비상한 물방울들이 햇빛에 닿아 반짝이며 흩어졌다.

하랑은 거친 숨을 몰아쉬며 모래 위로 올라갔다. 급류에 떠밀려 온 거리가 꽤 되는지, 사구에 박아둔 검이 보이지 않았다. 잠시 호흡을 가다듬은 그는 머리를 쓸어 올려 물기를 털어내고 와디를 따라 걸으며 상류로 올라갔다. 광활한 사막에서 함부로 경로를 이탈하면 위험하기 때문에 검을 찾아서 그 길을 따라가야만 했다.

발을 감아대는 모래를 무시하며 하랑은 끝없이 걸음을 옮겼다. 해연 생각으로 꽉 찬 그의 마음속에는 질척대는 모래가 들어올 틈이 없었다.

곤은 해연의 침실과 연결된 응접실에 홀로 앉아 있었다. 굳게 닫혀 있던 침실 문이 가끔 열리고 시녀가 나올 때마다 그는 그 작은 문틈 사이를 집요하게 바라보았다. 그러나 안타깝게도 옷을 갈아입는 해연의 모습은 보이지 않았다. 그러기를 몇 번, 드디어 치장을 끝낸 해연이 침실 밖으로 나왔다.

신녀의 옷은 색상이 정해져 있어서 어제와 별반 다를 바가 없었지만, 곤은 가리국 의상이 제법 잘 어울리는 해연의 자태를 쭉 훑어 내렸다. 그러다 탱탱한 허벅지에서 시선이 멈췄다. 무척이나 노골적인 그 눈길을 무시하며 해연은 그의 앞에 가 앉았다. 그 바람에 다리가 더 드러나자 율라를 끌어당겨 덮어버렸다. 맨살이 완전히 가려진 상황에 곤은 아쉬운 얼굴로 입맛을 다셨다.

"거참, 춥지도 않을 텐데 굳이 덮을 필요가 있나?"

다리에 대한 광적인 그의 집착에 해연의 눈초리가 매서워졌다. 한 나라를 지탱하는 달세르라는 사람이 여자 다리에나 집착을 하다니, 참으로 기가 막힐 노릇이었다. 상황이 이러하니 곤에 대한 이미지도 자연스럽게 잘생긴 변태로 굳어져 버렸다.

해연은 자꾸 몰리는 눈썹을 집게손가락으로 쭉쭉 눌러 폈다. 다리에 대한 그의 집착은 더 따지고 들어봤자 골치만 아플 듯했다. 쓸모없는 정신력 소모는 그만하자는 뜻으로 손을 휘저었다. 그것 외에도 추궁할 게 쌓여 있었다.

"됐고, 사람이 자고 있는데 왜 몰래 들어와?"

혼자 잠든 방 안에 갑자기 사내가 들이닥쳤으니 심장이 떨어지지 않은 게 다행일 정도였다. 상식 밖의 상황에 많이 놀란 만큼 해연의 말도 짧아졌다. 나잇대도 비슷해 보이는 데다가 그도 첫 만남부터 말을 놓았으니 문제될 것은 없어 보였다. 역시나 곤도 그 부분에 대해서는 달리 반응을 보이지 않았다. 그저 해연의 질문에 대해 짧고 간략하게 답변할 뿐이었다.

"호위하래서."

"호위?"

생각지도 못한 말에 해연은 조금 어리둥절해졌다. 가리국에서 자신을 해할 사람이 있나 싶으면서도, 요즘은 물이 뜻대로 움직여 주는데 구태여 호위가 필요할까 싶었다. 무엇보다 호위를 맡은 이가 곤이라는 게 껄끄러웠다.

'알리샤도 아니고.'

알리샤라면 기분 좋게 받아들였을 테지만, 다리집착남인 곤이 온 종일 주위를 맴돌 걸 생각하면 소름이 우수수 돋았다. 안심하고 잠들 수도 없다는 생각에 호위를 거부할 마음까지 먹었다. 그녀가 다시 입을 열었을 때, 문밖에서 가느다란 시녀의 목소리가 들려왔다.

"신녀님, 달세르 베론께서 드셨사옵니다."

예상보다 빠른 베론의 등장에 해연의 얼굴빛이 살짝 밝아졌다. 안 그래도 그를 찾아가고 싶어서 몸이 달싹이던 차였다. 간밤에 부모님 꿈을 꾸고나니 하루라도 더 빨리 신녀의 서를 손에 넣고 싶었다.

"들어오세요."

한 톤 높아진 해연의 음성에 문이 열리고 베론이 들어섰다. 그는 해연을 향해 예를 갖추려다가 함께 앉아 있는 곤을 보고 남몰래 인상을 썼다. 들키지 말라고 그리 당부했건만, 몇 시간이나 되었다고 뻔뻔스럽게 신녀 앞에 앉아 있는 것인지. 도망치지 못하도록 감시 겸 호위하라 했던 말을 신녀에게 그대로 읊지나 않았으면 다행일 지경이었다.

'저 녀석을 믿은 내가 바보지.'

베론은 떫은 속내를 감추고 해연을 향해 고개를 숙였다. 해연도 마주 인사를 하며 그에게 빈 의자를 권했다. 베론이 자리를 잡자마자 해연은 신녀의 서에 대해 물어보았다.

"그 책은 언제쯤 필사가 끝날까요?"

해연의 말에 곤의 얼굴이 찌그러졌다. 신녀의 서를 필사해서 가지기로 했을 줄이야. 그 책을 훔쳐다가 다리라도 한 번 만져 보려던 계획이 수포로 돌아가게 생겼다. 곤은 아쉬운 마음을 차마 입 밖으로 내뱉지는 못하고 혼자 끙끙 앓았다. 뭐 마려운 강아지마냥 낑낑거리던 그를 발견한 베론은 축객령을 내렸다.

"곤, 잠시 나가 있어주게. 신녀님과 긴히 나눌 말이 있으니."

곤이 신녀의 서에 대해서 모른다고 생각하는 베론은 책의 내용을 비밀로 하려고 했다. 곤 또한 가리국의 공력자이지만, 어디로 튈지 모를 인물이기에 그게 현명한 선택이었다. 그러나 곤은 그가 신녀와 나누고자 하는 대화의 내용을 이미 알고 있었다.

"쳇, 나한테 비밀로 할 정도로 대단한 물건인가? 그 신녀의 서라는 게?"

곤의 입에서 나온 '신녀의 서'라는 단어에 베론의 눈에 힘이 팍 들어갔다. 이 망할 인사는 도대체 어디서 저런 걸 주워듣고 다니는지, 쓸데없이 정보가 빨랐다. 신녀의 서를 이용해 사고를 친다면 가만두지 않겠다는 뜻으로 노려보자 곤이 귀찮다는 듯 손사래를 치며 자리에서 일어났다.

"됐어, 됐어. 읽기도 귀찮은 책 따위에 관심도 없으니까."

물론 거짓말이었다. 하지만 평소에 책이라면 거들떠보지도 않던 곤이기에 베론은 그 말을 덥석 믿어 버렸다. 베론이 속아 넘어가는 걸 확인한 곤은 미련 없이 밖으로 나갔다. 우선 그의 경계를 풀고 밖에서 몰래 엿들을 생각이었다.

베론은 밖으로 나간 곤의 기척이 문 앞에서 멈춘 걸 느꼈지만, 크게 신경 쓰지 않았다. 곤이 말한 '책 따위'라는 어휘가 영향을 준 탓이다.

드디어 둘만 남은 응접실에는 대화를 이어갈 만한 차분한 분위기가 갖춰졌다. 베론은 그제야 해연의 질문에 대한 답을 주었다.

"송구하오나, 한 번에 다 필사해 드릴 수는 없습니다."

협조적이던 처음의 모습과는 전혀 다른 태도에 해연의 눈썹 끝이 치솟았다. 역시나 비가 오고 나니 말이 바뀌었다. 차갑게 가라앉는 해연의 눈빛에 베론은 급히 말을 덧붙였다.

"매일 아침마다 신녀의 서를 가져오겠습니다. 그리고 신녀님이 펼치신 부분에서 한쪽을 필사해 드리겠습니다. 분량이 그리 많지 않으니 반년이면 완성본을 얻으실 수 있을 겁니다."

동연국에서 공력자가 찾아온다면 그와 함께 돌아가 버릴지도 몰랐다. 그런 불안감에 사로잡힌 베론은 전날 밤에 이 방법을 생각해 냈다. 하루에 한쪽씩 필사해 준다면 적어도 반년은 묶어둘 수 있었다. 그 제안을 들은 해연은 그가 자신을 잃을까 두려워한다는 걸 눈치챘다. 하지만 그건 어디까지나 베론의 사정이었다.

"말이 다르네요. 내가 원하는 날짜에 원하는 걸 주기로 하지 않았나요?"

해연이 내건 조건에 분명 그 부분이 들어가 있었다. 원하는 날짜에 맞춰서 원하는 걸 주기로. 베론도 그 점을 잘 알고 있었지만, 불안함이 그를 놓아주지 않았다. 결국, 그는 난처한 얼굴로 해연을 달랬다.

"물의 신이 내리셨다는 신녀의 서는 국보나 마찬가지입니다. 그 때문에 폐하나 전대 신녀님이 허락하신 이만 읽을 수 있습니다. 현재 가리국에서는 황제 폐하와 저만 그 내용을 압니다. 그러니 필사도 제가 직접 해드려야 하는데, 맡은 업무가 많아서 한꺼번에 해드리기가 어렵습니다. 그 부분에 대해 양해하여 주십시오."

한 번에 해주지 못하는 또 다른 이유를 상세히 설명하자 딱딱하게 굳어 있던 해연의 표정이 조금 풀렸다. 하랑과 비슷한 직위를 가진 그가 눈코 뜰 새 없이 바쁠 것임은 해연도 짐작하고 있었다. 시간이 없어서 한 번에 많은 양을 해주기 어렵다는 점도 이해할 수 있었다. 그러니 적당히 타협을 보는 게 좋을 듯했다. 베론의 사정을 봐주면서 자신이 원하는 건 최대한으로 끌어내야만 했다.

잠시 고민하던 해연은 곧 결정을 내렸다.

"그럼 이렇게 해요. 신녀의 서에서 기억을 보존하는 방법에 대한 부분을 하루에 한쪽씩 필사해 줘요. 필사하는 시간은 마찬가지니까 내가 원하는 부분을 먼저 해주는 걸로요."

제법 머리를 쓴 해연의 제안에 베론은 떨떠름한 속내를 감추고 고개를 끄덕였다. 해연이 말한 대로 필사하는 시간은 마찬가지니 더는 거절할 방도가 없었다.

"알겠습니다. 내일부터 기억에 대한 부분을 필사해서 보여 드리겠습니다."

서로 한발 물러섬으로써 두 사람은 타협을 볼 수 있었다. 그 과정을 전부 엿듣던 곤은 회심의 미소를 지었다. 베론이 책을 어디다 보관하는지 알아내서 훔쳐다 준다면, 해연의 다리를 만져 보겠다는 원대한 목적을 이룰 수도 있을 터였다.

이미 손에 쥔 듯, 매끄럽고 탄력 있는 감촉을 상상하며 곤은 만족스럽게 웃었다. 생생한 감각에 그의 붉은 입술이 헤벌쭉— 찢어졌다. 바보처럼 넋을 놓고 히죽거리던 그는 궁전 안으로 들어오는 한 여인을 보자마자 웃음을 잃었다.

곤의 얼굴을 순식간에 굳게 만든 여인, 그녀는 가리국 최고의 미인이었다. 탐스럽게 물결치는 보랏빛 머리카락이 뽀얀 어깨에 내려앉았고, 풍만한 가슴에서 이어지는 잘록한 허리선은 아찔하기까지 했다. 걸을 때마다 하느작거리는 은빛 천 사이로 드러난 다리 또한 사내의 마음에 불을 지피기 적절했다.

그녀의 머리를 덮고 있는 반투명한 녹색 율라가 가라앉은 곤의 눈동자에 맺혔다. 신녀의 것만큼이나 길게 내려오는 율라가 그의 가슴을 아리게 했다. 율라를 고정하는 푸른 보석으로 된 장신구도 그를 답답하게 했다. 왜 하필 그녀의 머리카락 위에는 녹색 율라가 씌워졌는지, 왜 하필 흐른 장신구를 사용하게 되었는지. 곤은 울컥 치미는 분노를 간신히 삼켰다.

그를 발견한 여인도 당황한 얼굴로 걸음을 멈췄다. 신녀의 응접실 앞에 그가 있을 줄은 미처 몰랐다는 기색이 역력했다. 그러나 뒤따르는 시녀들의 존재를 의식했는지, 이내 표정을 가다듬고 곤에게 다가갔다.

"달세르 곤, 오랜만에 뵙네요."

청아한 목소리가 심장까지 뻥 뚫리게 했다. 손짓 하나, 표정 하나, 음색 하나에도 마음을 뒤흔드는 그녀 때문에 곤의 얼굴이 더 굳어졌다.

"오랜만에…… 뵙습니다, 황비마마."

그녀에게 '황비마마'라 부르는 곤은 장난기가 사라진 지 오래였다. 진중한 그의 태도가 불편한지, 황비는 안절부절못하다가 같이 온 두나를 바라보았다. 빨리 안에 고해 달라는 뜻이었다.

황비의 속내를 파악한 두나는 해연이 있을 방 안을 향해 황비의 방문을 고했다.

"신녀님, 황비마마 듭시었사옵니다."

베론과 얘기 중이던 해연은 갑자기 들린 두나의 음성에 닫힌 문을 향해 고개를 돌렸다. 그 바람에 베론의 얼굴이 살짝 굳어지는 걸 미처 발견하지 못했다.

예상치 못한 황비의 등장에 해연은 조금 당황하다 급히 그녀의 방문을 허락했다.

"들어오세요."

스르륵 열린 문 사이로 눈부신 자태의 여성이 들어섰다. 그 미모에 해연의 눈이 휘둥그레졌다. 동연국의 황후도 눈부시게 아름답던데, 가리국의 황비도 못지않았다. 잘생긴 황제들이 눈도 높구나, 그리 생각하는 중에 황비와 눈이 마주쳤다.

황비는 해연을 향해 미소 지으려다가 자리에서 일어나는 베론을 발견했다. 그 순간, 그녀의 얼굴에 꺼림칙함이 떠올랐다. 볼 때마다 괴로운 푸른 머리의 사내가 와 있었다. 그가 와 있는 줄 미리 알았더라면 문안 인사는 나중으로 미뤘을 터다. 그를 만나는 건 그녀에게 무척 곤혹스러운 일이었다.

흔들리는 황비의 보랏빛 눈동자에 베론은 어금니를 깨물고 고개를 숙여 인사했다. 그녀를 볼 때마다 죄책감이 그를 사정없이 찔러 댔다. 그녀는 황제의 하나뿐인 '비'이자 가리국의 국모였지만, 만인에게 존경받지는 못했다. 회임은 고사하고 지아비인 황제의 시선조차 끌지 못했기 때문이었다. 황제는 항상 자신에게만 웃어주고 곁을 내주었다. 베론은 그것이 못내 미안했다. 그녀도 황가의 사정을 알고 있으니 이해는 하겠지만, 이해와 수용은 달랐다.

베론의 인사를 받은 황비는 떨리는 손을 꽉 움켜쥐었다. 일부러 아침 일찍부터 신녀를 찾아왔건만, 하늘도 무심하시지 곧에 이어 베론까지 만난 건 너무했다. 이 불편한 자리를 빨리 뜨고 싶던 그녀는 해연을 향해 급히 인사를 올렸다.

"감사 인사라도 드릴까 하였으나 다른 일이 있으신지 몰랐습니다. 다음에 다시 오겠습니다."

황비가 물러갈 뜻을 밝혔다. 그러자 베론이 황급히 그녀를 만류

했다.

"아닙니다. 소신의 일은 다 끝났으니 이만 물러가겠습니다. 두 분 말씀 나누시지요."

표정이 어두운 황비와 쩔쩔매는 베론의 모습에 해연은 두 사람 사이로 흐르는 이상한 분위기를 감지했다. 하지만 겉모습만으로 정확한 내막을 알 수는 없었다.

여전히 얼떨떨해하는 해연에게 물러갈 뜻을 밝힌 베론은 황비에게도 다시 한 번 정중히 인사했다. 잘 가라고 해주는 해연에 비해 그녀는 아무런 반응도 보이지 않았다. 그저 뻣뻣하게 서서 그가 빨리 나가길 기다리고 있을 뿐이었다.

베론이 황비의 옆을 지나쳐 나가자 둘만 남은 방 안에 썰렁함만 감돌았다. 황비는 해연이 먼저 말을 걸어주길 기다려야 하는 입장이었고, 해연은 익숙하지 않은 상황에 잠시 당황했다. 그러나 이내 정신을 차리고 황비에게 자리를 권했다.

"이리로 앉으세요."

어정쩡하게 일어나서 자리를 권하는 해연의 모습에 황비는 비로소 굳었던 표정을 풀었다. 그녀는 곱게 웃으며 해연의 맞은편으로 가 앉았다.

거리가 가까워지니 황비의 아름다움이 더 강렬하게 느껴졌다. 수줍게 웃는 그녀는 이제 갓 이십대에 접어들어 보였는데, 반듯한 이목구비에 서글서글한 눈망울은 청순했고, 확실하게 굴곡진 몸매는 혀를 내두를 정도였다.

농염한 황비의 몸에서 눈을 떼지 못한 해연은 그녀가 도대체 뭘 먹고 자랐나 싶었다. 지금껏 보아왔던, 동연국의 풍성한 의복은 몸을 다 가려주는 편이라 다른 여자들의 볼륨을 크게 의식하지 못했었다. 하지만 더운 날씨를 가진 가리국은 얇은 옷감을 사용해서 있는 그대로를 다 내보였다. 그 때문에 해연은 황비 같은 여인을 볼 때마다 작은 한숨이 비집고 나오려 했다.

지그시 바라보는 시선을 느꼈는지, 황비의 고개가 해연의 눈길을 따라 아래로 숙여졌다. 자신의 몸을 한 번 쓱 훑은 황비는 복장에 문제가 없음을 확인하고 조심스레 해연의 분위기를 살폈다. 신녀의 눈에 거슬리는 게 있는 건 아닐지, 괜스레 걱정이 앞섰다. 그렇게 혼자 가슴을 졸이던 황비는 긴장하며 해연을 불렀다.

"신녀님?"

"네?"

잠시 딴생각에 젖어 있던 해연은 화들짝 놀라며 대답했다. 움찔하는 그녀의 모습에 황비는 잠시 멍한 표정을 짓다가 작게 웃었다. 드세다는 소문이 있어서 조금 걱정했는데, 신녀는 자신이 생각했던 것보다 훨씬 순수해 보였다. 그런 해연이 마음에 든 황비는 다시 정식으로 소개했다.

"신녀님께 인사드리겠습니다. 황비 히메르입니다."

그녀가 허리를 굽히며 공손하게 인사하자 해연도 답인사를 했다.

"반갑습니다. 해연이라고 해요."

서로 인사를 끝내고 나자 다시금 어색한 침묵이 감돌았다. 서먹서먹한 분위기를 풀기 위해 두 여성은 급히 머리를 굴렸다. 무슨 말을 꺼내서 침묵을 깰까 고민하던 중에 먼저 입을 뗀 건 황비였다.

"제가 갑자기 찾아와서 놀라셨지요? 신녀님의 일에 방해가 된 건 아닌지 모르겠습니다."

정중한 말에 해연도 살짝 웃으며 손사래를 쳤다. 황비의 인상이 그리 나쁘지 않았다. 그녀가 마음에 든 해연은 분위기를 부드럽게 풀어갔다.

"아니에요. 할 일도 없었는걸요. 황비마마가 찾아와 주셔서 기뻐요."

해연의 말에 황비는 얼굴 가득 생기를 띠며 함께 밖으로 나가보자 권했다. 궁전도 구경하고 지리도 익힐 수 있도록 돕겠다는 뜻이었다. 그녀가 일찍부터 찾아온 이유가 바로 그것이었다. 한낮의 햇살은 무척 따가워서 서늘한 오전이 산책하기에 좋았다. 게다가 해연과 친해지는 게 목적인 그녀에게 궁전 소개는 더없이 좋은 구실이었다. 함께 붙어 다니는 시간이 길어질수록 친밀도도 높아질 터였다.

해연은 황비의 제안을 기쁘게 받아들였다. 궐에서 산다는 게 얼마나 무료한 일인지 잘 알고 있었고, 또래인 그녀와 친해지고 싶다는 생각도 그 결정에 한몫했다. 신분의 상하 관계가 분명한 세상이다 보니, 무녀들과 친하게 지내다가도 알 수 없는 거리감을 느껴야만 했던 해연은 황비는 친구가 될 수 있을 거란 느낌에 웃으며 자리에서 일어났다.

두 사람은 나란히 방을 나섰다. 그녀들의 화기애애한 분위기에 문 앞에 서 있던 곤은 어리둥절해했고, 시녀들은 두 줄로 서서 각자 모시는 이의 뒤를 따랐다.

황비는 해연에게 배정된 신궁의 지리부터 알려주었다. 어젯밤엔 경황이 없어서 둘러보지 못했던 신궁은 내부의 절반이 1층 홀로 되어 있었고, 나머지 반은 2층으로 나뉜 커다란 건물이었다. 해연이 쓰는 침실과 응접실, 대형 목욕탕 등 신녀 전용 편의 시설은 모두 2층에 몰려 있었고, 바로 아래에는 비어 있는 침실 두 개와 보석을 보관하는 방이 있었다.

황비는 1층으로 내려가는 계단으로 해연을 안내하면서 신궁에 대해 설명해 주었다.

"신궁은 신녀님을 뜻하는 푸른색과 흰색을 섞어서 지었습니다. 다섯 개의 궁전 중에 세 번째로 크답니다."

황비의 설명을 들으며 계단 위에 멈춰 선 해연은 눈앞에 펼쳐진 광경에 저도 모르게 탄성을 흘렸다. 축구장 크기는 될 법한 넓은 홀이 계단 아래로 쭉 펼쳐져 있었다.

높은 지붕에 매달린 샹들리에는 화려함의 정점을 찍었고, 커다란 아치형 창문을 통해 들어온 빛은 흰 돌바닥을 밝게 비췄다. 벽에 박힌 호른은 바닥에 푸른빛 가루를 뿌려 햇살에 비친 바다를 연상케 했다.

영국의 버킹엄 궁전도 아름답다지만, 가리국의 궁전만큼 화려하지는 못할 것 같았다. 각종 보석이 특산물로 쏟아지는 덕에 가리국의 궁전은 반이 보석으로 지어졌다고 해도 과언이 아니었다. 해연은 치마를 살짝 올려 잡고 조심스럽게 계단을 내려가면서도 궁전의 모습에서 눈을 떼지 못했다.

"어젯밤에 봤던 것보다 훨씬 예쁘네요."

저녁에 봤을 때는 크고 화려하다는 것 외에는 별다른 감흥이 없었는데, 날이 밝은 뒤에 2층에서 바라본 풍경은 심장이 두근거릴 만큼 멋있었다.

황비는 해연의 평가를 기분 좋게 받아들이며 그녀의 감상을 방해하지 않는 선에서 앞으로 더 둘러볼 궁전들에 대해 알려주었다.

"이곳만큼 다른 궁전들도 각각의 아름다움을 가지고 있답니다. 어제 입궐하셨을 때 가장 가까이에 세워져 있던 궁전이 정궁입니다. 대소 신료들을 만나느라 잠시 들르셨지요? 폐하께서 정무를 보시는 곳이기도 합니다."

폐하라는 단어를 입에 담던 황비는 볼을 붉혔다. 스쳐 지나가듯 떠올린 단어만으로도 그녀는 심장이 뛰었다. 가슴 아린 첫사랑을 생각하듯이 잠시 딴생각에 잠겼던 황비는 급히 정신을 수습하고 나머지 설명도 덧붙였다.

"정궁을 중심으로 우측에 있는 궁이 이곳, 신궁입니다. 좌측에 있는 붉은 창문의 무궁은 무사들이 사용하고, 정궁 뒤에 있는 황궁은 저와 폐하가 사용한답니다."

다섯 개의 궁궐 중 네 개는 사각형을 이루며 서로 마주 보는 형식으로 놓여 있었고, 나머지 하나의 궁은 조금 떨어져 있었다. 그곳은 시녀들이 지내는 곳으로, 다른 궁에 비해 화려하진 않았으나 크기만큼은 정궁 못지않았다.

신궁을 다 둘러본 해연은 황비를 따라 궁을 나섰다. 넓게 펼쳐진 잔디밭을 지나 정궁으로 향하면서 두 사람 사이에는 화기애애한 대화가 끊이지 않았다. 그 모습을 뒤쪽에서 지켜보던 곤의 얼굴에 근심이 서렸다.

황비가 신녀와 친해진다면 그녀의 입지는 지금과는 확실히 달라질 터였다. 한 방울의 물도 소중한 가리국은 황제보다 위에 있는 존재가 신녀였다. 그래서 황제도 신녀를 함부로 대하지 못했다. 신녀가 정치에 개입해도 어느 정도는 받아주는 곳이 가리국인데, 그런 상황에서 황비가 그 누구보다 먼저 친목을 쌓아둔다면 그녀에게 힘이 실리는 건 당연한 일이었다.

'문제는 폐하께서 곱게 보지 않을 수도 있다는 거겠지.'

곤은 진지하게 현 상황을 파악했다. 베론에게 마음을 준 황제는 황비를 극도로 싫어했다. 그녀를 폐하고 베론을 그 자리에 앉히고 싶다는 게 황제의 소원이기도 했다. 거기다 황제와 신녀의 관계도 평탄하지만은 않아 보였다. 어제 황제가 물었던 '풀 A컵'에 대해 신녀가 대답을 회피했기 때문이다. 그런 와중에 황비와 신녀의 사이가 가까워진다면 황제의 반감이 더욱 심해질 수도 있었다.

'어쩌다 이런 험한 운명을 타고나신 건지.'

곤은 애처로운 눈빛으로 황비의 녹색 율라를 바라보았다. 쌀쌀한 바람이 다가와 그녀의 율라를 건드렸다. 그 순간, 살짝 드러난 황비의 웃는 얼굴이 곤의 눈동자에 맺혔다. 그 모습이 너무나 고와서 곤은 더욱 슬퍼졌다.

초가는 활짝 열린 서재 창문을 통해 햇빛이 내리쬐는 후원을 바라보았다. 꽃이 활짝 핀 뒤뜰은 무척 아름다웠으나, 초가의 미간 주름은 펴질 줄을 몰랐다.

"알아냈나?"

딱딱한 그의 목소리가 흘러나오자 뒤에 시립해 있던, 흑의를 입은 사내가 자신이 가져온 정보를 읊었다.

"슐가를 제외한 가리국의 사신단은 사흘에 걸쳐 모두 처형당했고, 슐가는 용주전에 가뒀다 합니다."

"용주전?"

의문을 품은 초가의 눈빛이 날카로워졌다. 무슨 일인지는 몰라도 가리국의 사신단은 황제의 심기를 건드렸고, 그로 인해 모두 처형당했다. 백여 명에 달하는 인원을 모두 죽였다는 건 그만큼 가후가 노했다는 증거였다. 그런데 단 하나, 슐가만은 살려두었다. 그가 워낙 거물이라 그랬을 수도 있겠지만, 지하 감옥도 아닌 용주전을 사용했다는 점이 거슬렸다.

"계속해 봐라."

"베론은 여전히 찾을 수 없었습니다. 달천대는 분위기가 무거웠지만, 그 외의 반응은 보이지 않았습니다. 그에 비해 신궁은 철저하게 봉쇄된 상황입니다. 무녀들이 신궁 밖으로 나오지 않고 있어서 접촉할 수 없었습니다."

"그럼 하랑은?"

"그는 아직 돌아오지 않았습니다."

첩자의 말을 듣던 초가는 눈살을 찌푸린 채 뒷짐을 지고 창문 앞을 이리저리 거닐었다. 최근 며칠 동안 황궁에서 벌어진 일은 이상한 점이 한두 가지가 아니었다. 초가는 처음 일이 시작된 날부터 차근차근 상황을 짚어갔다.

'가리국에서 가져온 보석을 확인하던 차에 갑자기 내관이 들어와 황제에게 무언가 언질을 줬다. 그때부터 분위기가 돌변했고, 갑자기 유신과 하랑이 신경전을 벌였다. 응징하겠다거나, 데려오겠다는 말을 했지.'

거기까지 생각한 초가의 걸음이 우뚝 멈췄다. 그는 눈을 가늘게 뜨고 갑자기 든 생각을 다시 되짚었다.

'가리국에서 신녀를 납치하려 들었다가 들켰거나, 이미 납치했거나. 둘 중 하나인가?'

그는 여러 가지 정보를 취합하여 사실에 가까운 가설을 세웠다. 유신이 말했던 응징은 행방불명된 베론을 두고 한 말일 가능성이 높았다. 하지만 하랑이 데려오겠다고 한 존재는 베론인지 신녀인지 확실하지가 않았다. 기왕이면 후자이길 바라지만, 두 가지 가설 중에 어느 쪽이 정답인지 확신하기 위해서는 정보가 좀 더 필요했다.

"달봉은 아직도 대답이 없던가?"

초가는 근정전의 내관 달봉에 관해서 물었다. 사건이 터졌던 날, 달봉이 황제에게 뭔가 언질을 주었다. 분명 그가 무슨 중요한 정보를 가지고 있을 터인데, 달봉은 초가의 회유를 받아들이지 않고 있었다.

"예. 접촉조차 거부하고 있습니다."

"한낱 내관 따위가 질기군."

첩자에게서 더 이상의 정보를 얻지 못한 초가는 그를 물렸다. 내관이 아니더라도 정보를 얻을 만한 구석은 있었다.

"밖에 누구 있느냐!"

"예, 나으리."

"궁으로 갈 것이다. 채비하거라!"

"예!"

입궐 준비를 지시해 놓고 초가는 다시 창밖으로 눈을 돌렸다. 정말 신녀가 납치되었다면 하늘이 준 기회였다. 이 기회를 잘만 살린다면 왕좌의 주인이 바뀌는 것도 가능했다. 초가는 기대 어린 눈을 빛내며 음흉하게 웃었다. 붉은 눈의 황제를 발치에 놓고 짓밟을 생각을 하니 속이 다 후련했다.

황후는 싸늘하게 굳은 얼굴로 황후전에 들어섰다. 기분 전환 삼아 후원에 꽃구경을 나갔건만, 예상치 못한 불청객의 등장에 다시 처소로 돌아와야만 했다.

널찍한 복도 양옆으로 띄엄띄엄 서 있던 풍월대원들이 고개를 숙여 황후를 맞이했다. 비아는 그들의 인사를 받는 둥 마는 둥하고 궁녀가 안내하는 방으로 갔다. 굳게 닫힌 방문 앞에 도달한 그녀는 주변에 있는 궁녀들과 풍월대원들을 모두 물렸다.

"부르기 전에는 접근하지 말거라."

"예."

모두 멀찍이 떨어진 걸 확인한 그녀는 직접 문을 열었다. 환한 햇살이 쏟아지는 방 안에 예의 그 불청객이 뒷짐을 지고 서 있는 모습이 보였다.

황후는 중년의 사내가 입은 붉은 관복을 빤히 바라보았다. 권력의 정점을 뜻하는 저 붉은 관복을 얻기 위해서 초가는 많은 횡포를 저질렀고, 그녀는 그 앞에서 눈물을 흘려야만 했다. 이제는 되돌릴 수조차 없는 과거를 떠올리며 그녀는 조용히 문을 닫았다.

묵직한 침묵이 감돌았다. 뒤도 돌아보지 않는 의붓아비를 보면서 황후도 말을 아꼈다. 그가 자신을 찾아온 이유는 짐작하고 있었다. 필시 최근에 궁에서 벌어진 일 때문일 터였다.

그녀가 달리 말을 하지 않자 초가가 천천히 몸을 돌렸다. 날카롭게 찢어진 그의 눈이 황후의 금빛 눈동자를 마주했다.

"이제 이 아비가 먼저 예를 갖추길 기다리시나 봅니다."

비아냥대는 초가의 말투에도 비아는 달리 반응을 보이지 않았다.

법이 인정한 아버지라 해도 황후의 신분이 더 높으니 초가가 먼저 인사를 올리는 게 법도에 맞았다. 그럼에도 불구하고 초가는 항상 거드름을 피웠고, 비아는 스스로 몸을 낮추곤 했다. 그런데 오늘만큼은 달랐다. 그녀는 그저 다소곳이 서서 그가 온 이유나 밝히길 기다릴 뿐이었다. 황후가 대꾸조차 하지 않자 초가의 입술이 뒤틀렸다.

'저것이 요즘 따라 더 기어오른단 말이지.'

저번에도 그다지 고분고분하지 않던 걸 떠올린 초가는 그녀를 확 짓밟아 놓고 싶어졌다. 하지만 그는 잠시 참기로 했다. 지금은 황후의 버르장머리를 고쳐 놓는 것보다 더 중요하고 궁금한 일이 있었다.

"신녀의 행방이 묘연하다 하던데, 그에 대해서 들은 내용이 있나?"

역시나, 예상했던 질문에 그녀는 작은 비소를 머금었다. 우현이란 자리를 꿰찬 초가의 정보력은 결코 우습게 볼 만한 것이 아니었다. 하지만 그가 급하게 자신을 찾아올 정도라면 황제가 이번 일을 철저하게 비밀에 부치고 있다는 뜻이기도 했다.

황제가 비밀에 부친 이유는 몇 가지 짐작 가는 게 있지만, 어느 것 하나 확실한 게 없었다. 비아는 초가의 눈이 날카로워지는 걸 보고 비웃음을 감춘 뒤 차분하게 대답했다.

"제 귀가 되는 아이들을 폐하께옵서 어찌하셨는지 모르십니까?"

일전에 초가에게 줄 정보를 뽑아내기 위해 궁녀 몇을 황제 몰래 궁 곳곳에 심어둔 적이 있었다. 그걸 알게 된 가후는 황후의 정보원들을 모조리 색출해서 베어 죽이고 그녀에게도 으름장을 놓았다. 그 뒤로 비아에게 흘러들어 오는 정보는 거의 끊긴 거나 마찬가지였다. 지금은 하랑과 신녀의 사이가 하도 답답해서 소고에게만 그들에 대해 알아보라고 지시를 해두었으나, 들킨다면 그녀도 처형당할 것이었다.

"정 궁금하시다면 폐하께 직접 여쭤보심이 어떠십니까?"

비아는 초가의 얼굴이 일그러지는 걸 보면서도 입을 멈추지 않았다. 며칠 전부터 황궁에 감도는 피비린내 때문인지, 오늘 아침에 억지로 들이마신 포사슴의 피 때문인지, 속이 뒤집어져서 짜증을 참기가 힘들었다.

"나라를 걱정하여 올리는 질문이라면 폐하께옵서도 충분히 답해 주지 않으시겠습니까?"

억누르고는 있으나 그녀의 말속에 담긴 비아냥을 초가가 모를 리 없었다. 그 태도가 아까부터 거슬렸던 그는 황후에게 다가갔다. 그녀의 앞에 멈춰 선 초가는 거만하게 뒷짐을 지고 차갑게 식은 표정을 지었다.

"네년이 이젠 새끼손가락 한 마디만으로는 부족한가 보군."

낮게 으르렁대듯 흘러나오는 '새끼손가락 한 마디', 그 단어가 주는 충격에 꼿꼿하던 비아의 표정이 와르르 무너졌다. 작은 선물 상자에 담겨 있던 새끼손가락 한 마디가 그녀의 기억 속에서 억지로 떠올랐다. 끔찍한 충격으로 남아 있던 그 기억이 뇌 속을 헤집어 대자 비아는 아랫입술을 꽉 깨물고 땀이 축축이 배어 나오는 손으로 치맛자락을 움켜쥐었다.

다리에 힘이 풀리는 걸 간신히 버티는 그녀를 내버려 두고 초가는 그 옆을 지나쳤다. 문을 열려다 말고 그는 고개를 돌려 황후를 노려보았다. 아직도 분이 다 풀리지 않았다.

"그 계집의 열 손가락이 다 잘리는 꼴을 보고 싶지 않다면, 더는 기어오르지 않는 게 좋을 게다."

단단히 경고한 초가는 아무 일도 없었다는 듯 방문을 열고 밖으로 나갔다. 초가가 나가고 난 뒤, 방 안에 홀로 남은 비아는 쓰러지듯이 주저앉았다. 호흡은 가빠오고 심장은 자꾸 뛰었다. 울렁거리는 가슴을 두들기던 그녀는 결국 구역질을 하기 시작했다.

황후전을 나온 초가는 등 뒤에서 들려오는, 황후와 의원을 불러 대는 궁녀들의 다급한 목소리를 들으며 한쪽 입꼬리를 말아 올렸 다. 황후든 유신이든 자신에게 이를 드러내면 어찌 되는지 처절하 게 느끼게 해줄 것이다.

며칠째 용주전에 갇혀 있는 슐가는 눈을 감고 천천히 숨을 골랐 다. 호흡을 할수록 알싸한 술 냄새와 비릿한 피 냄새가 코끝을 찡하 게 만들었다. 이쯤 하면 코가 마비될 만도 한데, 점점 더 심해지는 냄새에는 도저히 익숙해지지 않았다. 쿵쿵 내려앉는 심장은 좀처럼 진정되지 않았고, 덜덜 떨리는 손의 감각은 자신이 노쇠했음을 느 끼게 했다. 기력이 떨어진 몸뚱이는 이제 슬슬 한계로 치닫고 있건 만, 여전히 또렷한 정신은 그를 더욱 힘겹게 하고 있었다.

'이 또한 내 죄요, 내가 지고 갈 업보이거늘. 지은 죄가 너무 커서 두 눈에 담기조차 겁나는구나.'

차마 눈을 뜨지 못한 슐가의 입에서 작은 한숨이 흘러나왔다. 나 이 일흔을 넘기면서부터 선택에 후회하지 않는 법을 익혔다고 자신 했건만, 무엇을 선택하든 후회가 뒤따름을 깨달을 뿐이었다.

'시간을 거슬러 돌아간다 하더라도 이 방법을 택할 터이니, 그래 서 더욱 미안하오.'

며칠 사이에 폭삭 늙어버린, 슐가의 깊은 얼굴 주름을 타고 뜨거 운 눈물이 흘러내렸다. 그 눈물의 원인을 회한이라 해도 좋았고, 죗 값에 대한 두려움이라 해도 좋았다. 원인이 무엇이든 간에 마음이 아픈 건 다르지 않았다. 그때, 그 눈물을 비웃는 음성이 그의 귓가 를 파고들었다.

"이런, 이런. 오하르, 내가 그대에게 베푼 연회가 그리도 감격스러운가?"

웃음기가 스며 있는 황제의 목소리에 굳게 닫혀 있던 슐가의 눈이 천천히 떠졌다. 그의 앞에는 어느새 붉은 용포가 떡하니 자리 잡고 있었다.

그가 눈을 뜨자 가후가 천천히 무릎을 굽혀 바닥에 앉아 있는 슐가와 눈높이를 맞췄다. 눈앞을 가득 메웠던 용포 대신 황제의 얼굴이 자리하자 슐가는 작은 신음을 흘렸다. 미치도록 잔인하게 웃고 있는 황제 탓만은 아니었다. 그의 뒤로 보이는, 사람만 한 유리병들이 마음을 무겁게 짓눌렀기 때문이었다.

유리병 속의 투명하던 술은 붉어진 지 오래였고, 가리국 병사들의 머리로 가득 차 있었다. 어떤 이는 눈을 뜨고, 어떤 이는 눈을 감고, 목 아래로 긴 혈관을 늘어뜨린 채 입을 벌리기도 하고, 다물기도 하면서 유리병을 뚫고 나올 듯이 벽에 밀착해 있었다. 뚜껑까지 착실하게 닫아둔 술병이 아홉 개, 좀 전에 막 열린 술병이 한 개였다.

슐가는 물기 어린 눈으로 황제에게 초점을 맞췄다. 이제 슬슬 연회를 끝내주었으면 하건만, 잔혹한 황제의 쾌락은 사흘이 지나도록 채워지지 않는 모양이었다.

가후는 슐가의 눈물을 보며 씨익 웃었다. 현자라 칭송받는 그를 꺾었다는 생각에 흥분이 치솟았다. 자신의 몸속에 있는 괴물이 점점 알을 깨고 나오는 느낌이 들었지만, 생의 마지막 쾌락이 이러하다면 그 또한 나쁘지 않았다.

그가 더욱 짙은 미소를 지으면서 손을 들어 까딱이자 뒤에 시립해 있던 풍월대원 하나가 열려 있는 병에 잔을 담갔다. 이윽고 퍼올린 술잔에는 붉은 술이 한가득 담겨 있었다. 축축하게 젖은 술잔은 그대로 가후의 손에 쥐어졌다.

"자, 짐이 그대에게 하사하는 술이니 달게 마시게."

슐가는 황제가 건네는 술잔을 바라보았다. 찰랑거리는 저것의 정체가 핏물인지, 술인지, 눈물인지 도통 구별이 되지 않았다. 아마도 셋 다일 것 같다는 생각을 하며 그는 정중한 손길로 술잔을 건네받았다.

호기심 어린 눈으로 빤히 바라보는 황제 앞에서 슐가는 그것을 쭉 들이켰다. 알싸하면서도 비릿하고 따가운 것이 목구멍을 들쑤셔 놓았다. 쓰라린 통증이 심장으로 옮겨가는 느낌이 들었지만, 슐가는 눈살조차 찌푸리지 않고 황제에게 빈 잔을 공손히 내밀었다.

"미천한 소인이 사흘에 걸쳐 황제 폐하께 열 잔의 어주를 받았으니, 이는 긴 여생 동안 다시없을 영광이옵니다."

여전히 흐트러짐 하나 없는 대답에 가후의 얼굴이 조금씩 일그러지기 시작했다. 그는 슐가가 토악질을 하며 몸부림치는 걸 보고 싶었다. 정신적으로 무너진 그를 보면서 즐기고 싶건만, 이 짓을 몇 번이나 반복하더라도 굴복시킬 수 없을 것만 같았다. 그것이 패배감이 되어 그를 불쾌하게 만들었다.

슐가는 황제의 구겨진 얼굴 뒤로 보이는 열 개의 술병을 두 눈에 깊이 담았다. 술병이 하나씩 만들어질 때마다 황제가 주는 술을 마셨다. 그 붉은 술이 희생된 사람들의 원한이라 생각하며 게워내고 싶은 걸 억지로 참아냈다. 그리고 좀 전에 마지막 술까지 마셨으니, 자신의 몸속에는 백여 명의 슬픔이 담긴 것이나 마찬가지였다. 이제 그 원한을 품은 채로 죗값을 치르러 가고 싶었다.

"폐하."

부드러우면서도 애통한 목소리에 가후는 눈썹을 찌푸리고 슐가의 두 눈을 바라보았다. 연륜을 담은 반듯한 눈동자와 세월을 담은 깊은 눈가 주름이 시선을 끌어당겼다. 슐가는 슬프게 웃고 있었다. 처연한 그 웃음이 묘하게 심장을 두드렸다.

"이제 그만, 죽고 싶습니다."

속삭이듯 작게 들려오는 부탁에 가후는 어금니를 꽉 깨물었다. 슐가에게서 진심으로 죽고 싶다는 마음이 전해졌다. 이젠 세상과 작별할 준비가 되었다는 듯, 담담히 웃으며 죽고 싶다 말하고 있었다.

죽음을 목전에 두고 쓸쓸히 웃는 그에게서 가후는 자신의 모습을 보았다. 그리고 죽어가던 선황의 모습도 보았다. 꼭꼭 숨겨뒀던 속내를 들킨 것 같아서, 숨기고 싶은 그 감정을 참지 못한 그는 자리를 박차고 일어나 버렸다.

슐가를 등 뒤에 놓고 방을 나서는 황제의 뒤로 풍월대원 둘이 따라붙었다. 거친 숨을 내쉬며 밖으로 나온 가후는 손을 꽉 움켜쥐었다. 힘이 과하게 들어가자 손톱이 손바닥을 파고들었다. 한참을 그렇게 서서 감정을 삼키던 그는 풍월대원들 사이를 지나쳐 다시 방 안으로 들어갔다.

눈을 감고 가만히 앉아 있던 슐가는 성난 발소리에 눈을 떴다. 황제가 일그러질 대로 일그러진 얼굴로 앞에 서 있었다.

"그리 소원이라면 죽여주지."

그는 몸을 돌려 뒤에 있는 풍월대원의 허리춤에서 검을 뽑아 들었다.

날이 시퍼렇게 선 검을 본 슐가는 작게 미소 지었다. 이제 자신의 죄에 대한 대가를 치를 때가 왔다.

슐가의 마지막 미소를 보며 가후는 입술을 꽉 깨물었다. 왜일까? 왜 그에게서 자신을 보고, 자신의 아버지를 발견할까? 그 순간, 들고 있던 검이 갑자기 무겁게 느껴졌다. 가후는 검을 떨어뜨리지 않기 위해서 손에 힘을 주었다.

마음의 준비가 된 듯 슐가가 눈을 감았다. 그 모습에 가후는 더 세게 입술을 깨물었다. 악문 입술에서 비릿한 맛이 느껴졌다.

'아니, 아니다. 죽고 싶을 리가 없다. 죽고 싶었을 리가 없단 말이다!'

가후의 소리 없는 발악과 함께 검이 내려쳐졌다.

가리국 궁전에서 지낸 지 삼 일차가 되던 날, 해연은 베론이 가져온 상자를 유심히 보고 있었다. 화려한 보석 상자는 매우 납작했는데, 딱 책 한 권이 들어갈 크기였다. 맞은편에 앉아 있던 베론이 상자를 열자 푸른색 표지를 가진 책이 보였다. 제목조차 적혀 있지 않은 서책이 바로 '신녀의 서'였다.

해연은 책의 외관을 자세히 살폈다. 베론이 상자에서 꺼내는 동안에도 그녀의 시선은 책에 고정되어 있었다. 어떻게 생긴 건지 알아둬야 주문이 적힌 신녀의 서를 구할 때도 도움이 될 터였다. 하지만 아무리 보아도 특별한 느낌은 들지 않았다. 그저 표지가 예쁜 책에 불과할 뿐이었다. 해연은 조금 실망한 얼굴로 베론이 들고 있는 책을 가리켰다.

"그게 진짜 신녀의 서인가요?"

신이 준 물건이라기에 잔뜩 기대했건만, 일반 서책과 다를 바가 없었다. 베론도 그런 해연의 감정에 공감했다. 처음에는 자신도 신물이 아닌 줄 알았다. 그러나 그 내용만큼은 신이 직접 쓴 느낌이었고, 상세하면서도 다정했다.

"진짜 신녀의 서가 맞습니다. 한데 신녀님이 보시기에도 특이한 느낌은 없으신가 봅니다."

"음, 네, 딱히……."

해연은 힘 빠진 목소리로 대꾸하면서 상자 안에 있는 종이와 필기구로 시선을 옮겼다. 볼펜만 한 작은 붓은 한국의 것과 비슷했는데, 붓과 세트인 벼루는 보이지 않았다. 대신 검은 물이 들어 있는 작은 유리병이 있었다.

'잉크 같은 건가?'

처음 보는 광경에 호기심이 든 해연은 베론의 행동을 얌전히 지켜보았다.

조금은 부담스러운 시선을 느끼며 베론은 조심스럽게 신녀의 서를 펼쳤다. 해연이 원하는 부분을 먼저 적어야 하기에 이전에 보았던 기억을 되짚어가며 중간부터 뒤적이기 시작했다. 얇은 종이가 팔락거린 지 얼마 지나지 않아 베론은 이계의 신녀에 대한 부분을 찾아냈다. 그곳에 신녀의 기억에 대한 내용이 자세히 적혀 있었다.

"시간이 많지 않으니 제가 적는 동안 틀린 곳이 있는지 확인 부탁드리겠습니다."

그의 요청에 해연은 고개를 끄덕였고, 베론은 유리병을 열어 붓을 살짝 담갔다. 이윽고 검은 물을 가득 머금은 붓이 종이 위를 매끄럽게 질주하기 시작했다.

해연은 와기가 없는지 확인하기 위해 분주히 눈동자를 움직였다.

검은 건 글씨요, 하얀 건 바탕이던 게 어느 순간부터 글자 몇 개가 머릿속에서 해독되기 시작했다. 하지만 그런 단어는 손가락에 꼽을 만큼 적었다.

'안타깝게 여겨, 돌아오는, 천천히⋯⋯. 뭐야? 이게 다 무슨 말이래? 몇 개만 보이니까 답답하잖아.'

졸지에 까막눈이 되어버린 해연은 답답한 마음에 미간을 살짝 찌푸렸다. 그래도 예전에 황제가 보내온 서찰에서 '죽여 버리겠다' 는 문구만 읽던 때에 비하면 장족의 발전을 한 셈이었다. 단어 몇 개가 이해되는 이유는 여전히 알 수 없지만, 그에 대한 내용도 신녀의 서에 들어 있을 것이었다.

'나중에 물어봐야겠다.'

해연은 조바심이 나는 마음을 꾹 눌러 참았다. 베론이 집중해서 필사하고 있으니 우선은 참고 기다려 볼 요량이었다.

그렇게 해연이 인내심을 박박 긁고 있는 사이, 하얗던 종이가 검은 글자로 꽉 채워졌다. 약속했던 분량을 끝낸 베론은 붓을 내려놓고 유리병 뚜껑을 단단히 채웠다. 젖은 붓도 잊지 않고 따로 챙긴 그는 필사한 종이를 해연에게 내밀었다.

"신녀님께서 원하시던 기억에 관한 내용입니다. 틀린 단어가 있는지 확인하셨습니까?"

"네, 다 확인했어요."

해연은 무심코 베론이 건넨 종이를 받아 들며 대꾸했다. 그 대답이 끝나기가 무섭게 베론은 짐을 챙겨 들고 해연에게 인사를 올렸다.

"그럼 이만 물러가겠습니다."

다급한 베론의 인사에 해연은 기가 막혔다. 마치 더 붙잡을까 봐 두려워서 도망가는 사람 같았다. 실제로 그는 해연이 할 말을 알고 있었고, 최대한 빨리 자리를 피하고자 했다.

해연의 짐작대로 신녀의 서에는 이계에서 끌려온 신녀의 문자 습득에 관한 내용도 들어 있었다. 처음에는 까막눈이지만 시간이 지날수록 읽을 수 있는 단어가 많아져서 일 년 정도면 충분히 글을 습득할 수 있었다. 하지만 해연은 동연국으로 끌려온 지 얼마 되지 않았고, 문장을 온전히 파악하지 못하는 상황이었다. 베론은 그 점을 이용해서 그녀가 당분간 가리국을 떠나지 못하는 이유를 하나라도 더 만들고자 했다.

베론이 해석을 해주지 않고 도망가려는 걸 눈치챈 해연은 그를 붙잡았다. 하지만 베론은 지금 당장 처리해야 할 일이 있다는 핑계를 댔다.

"송구합니다, 신녀님. 글은 열흘에 한 번씩 전부 모아서 해석해 드리겠습니다. 그리고 어제도 말씀드렸지만, 신녀의 서에 관한 건 현재 저와 황제 폐하만 알고 계십니다. 다른 이에게 필사한 내용을 보여주시면 안 됩니다."

다른 사람을 통해 해독하는 일을 원천봉쇄한 베론은 무척 못마땅해하는 해연을 남겨두고 부리나케 방을 나섰다.

베론이 도망가고 나자 해연은 반의반도 읽지 못하는 필사본을 보며 씁쓸한 입맛을 다셨다. 베론이 저러는 이유는 충분히 짐작할 수 있지만, 열흘이나 더 기다려야 한다는 건 곤혹스러운 일이었다.

'치사하기는. 자꾸 이러면 신용만 잃을 뿐인 걸 모르나?'

해연은 속으로 꿍얼대며 필사된 종이를 조심스레 접었다. 혹시나 찢어지면 낭패이니 보물 다루듯이 조심하고 있는데, 갑자기 나타난 흰 손가락이 종이를 쏙 빼갔다.

마치 눈 뜨고 코 베인 느낌에 해연의 고개가 휙 소리 나게 돌아갔다. 역시나, 또 곤이었다.

"내놔!"

해연은 그의 손에 들린 종이를 낚아채려 했다. 하지만 몸을 단련시켜 온 곤의 민첩한 움직임 앞에서는 그마저도 소용없는 짓이었다.

"가지고 싶으면 직접 뺏어야지."

그는 종이를 흔들며 약을 올렸다. 해연이 자리에서 일어났으나, 그는 개의치 않고 종이를 펼치려는 시늉을 했다. 그것이 해연의 마음속에 조바심을 심었다. 베론이 절대 보여주지 말라고 그리도 신신당부했는데, 곤이 읽는다면 자신의 입장이 난처해지기 때문이었다. 그런 상황을 다 알면서도 그는 장난을 멈추지 않았다.

"어디 좀 보자. 얼마나 대단한 비밀이 적혀 있기에 둘이 날 떼어놓고 속닥거릴까? 질투 나게."

곤이 종이를 펼치려고 할 때, 기회를 엿보던 해연이 손을 뻗었다. 하지만 이번에도 그가 더 빨랐다. 종이를 놓친 해연은 눈썹 끝을 추켜올렸다.

"장난치지 말고 내놔!"

해연은 곤의 팔을 잡고 다시 종이를 빼앗으려 했다. 그러나 그는 포위망을 손쉽게 벗어나며 요리조리 도망 다녔다. 그래 봤자 응접실 안이지만, 생각지도 못한 술래잡기에 해연은 이를 갈았다. 종이를 흔들면서 깐죽거리는 곤에게 차가운 물이라도 끼얹어주고 싶었다. 그러나 그의 손에 들린 종이가 젖어버리면 곤란했기에 직접 빼앗는 수밖에 달리 방법이 없었다.

"너 진짜, 잡히면 가만 안 둬!"

진심으로 한 으름장에도 곤은 응접실과 연결된 침실 문을 열고 그 안으로 쏙 도망가 버렸다. 다급히 뒤쫓아 들어간 침실 안에서 그는 침대에 걸터앉아 필사본을 읽고 있었다. 그 모습에 놀란 해연은 곤이 읽는 걸 막기 위해 달려가 손을 뻗었다. 종이에 손이 닿으려는 순간, 손목을 낚아챈 힘에 의해 해연은 균형을 잃고 침대 위로 쓰러졌다.

푹신한 이불의 감촉이 등에 닿자마자 사내의 체격이 주는 묵직함이 온몸을 덮었다.

강한 힘이 손목을 움켜쥐고 팔을 벌렸다. 그렇게 순식간에 열린 품 안으로 곤이 덮쳐들었다. 무방비 상로 노출된 쇄골에 뜨끈한 열기를 품은 입술과 혀가 말캉한 감촉을 남겼다. 부드러우면서도 축축하게 훑어가는 그 낯선 느낌에 소스라치게 놀란 해연의 입에서 비명이 터져 나왔다.

"꺄악! 싫어! 저리 가!"

해연은 붙잡힌 손과 허리를 비틀며 반항하려 했다. 하지만 그 발버둥도 몸을 덮고 있던 곤이 힘주어 누르자 손쉽게 차단당했다. 해연의 움직임을 봉쇄한 곤은 쉼 없이 쇄골 주위를 탐했다. 참고 있던 욕망을 분출하듯, 그의 거친 움직임에 따라 갈색 머리카락이 해연의 목을 간질였다.

"그만, 그만해!"

이상한 느낌에 싫다고 해도 곤은 멈추지 않았다. 그가 가지고 있는 종이가 젖을까 봐 물도 맘껏 쓰지 못하는 해연은 쇄골을 지나 목을 타고 올라오는 곤의 숨결에 결국 분노를 터뜨렸다.

"그만하라니까!"

방 안을 울리는 앙칼진 목소리에 곤의 움직임이 뚝 멈췄다. 목덜미에서 입술을 뗀 그는 조금 벙한 얼굴로 해연을 보았다. 지근거리에 있는 해연의 검은 눈동자에는 눈물이 설핏 맺혀 있었다. 게다가 화도 단단히 났는지 가슴을 부풀리며 씩씩거렸다.

조금만 더 자극한다면 물이 공격할지도 모를 상황이었지만, 곤은 금세 두 눈 가득 장난기를 머금었다. 볼이 발갛게 익은 채 눈물을 아롱아롱 매단 해연의 모습이 하얀 율라와 묘하게 잘 어울렸다. 인적 끊긴 설원 위에 지어진 작은 신전에서 눈물짓는 한 여인을 만난 기분이 곤의 본능을 끊임없이 자극하고 있었다.

'장난이었는데 이러면 더 건드려 보고 싶어지잖아.'

반은 장난으로 시작한 짓이었다. 최근 들어 알리샤의 감시가 철저해진 상황이라 여인을 품어본 기간이 오래된 탓도 있었다. 그래서 다리나 한 번 만져 볼 생각이었는데, 예상 밖의 본능이 머리를 들었다. 호기심을 숨기지 못한 그의 짙은 웃음에 해연은 위험을 감지하고 눈살을 찡그렸다.

"딴생각 말고 그만 내려오지? 너 꽤 무거워."

더는 용납지 않겠다는 단호한 말투에 곤은 입맛만 다셨다. 아직 다리도 만져 보지 못했는데 목덜미만 훑다 끝나 버렸다.

'이럴 줄 알았으면 다리부터 공략할걸.'

후회가 물밀듯이 밀려왔다. 그렇다고 지금 만지자니 해연의 분노가 폭발할 것만 같았다. 만약 신녀가 노발대발한다면 근처에 있는 물들이 어떻게 변할지 모를 일이었다. 공력자들 중에서도 반사 신경이 좋은 편에 속한다지만, 신녀의 뜻을 받드는 물은 피하기가 어렵다는 걸 잘 알고 있었다. 별수 없이 물러나게 된 곤은 아쉬운 마음에 해연의 손목을 잡은 채로 한 가지 조건을 제시했다.

"진정하자고, 진정. 화내지 말고. 내려올 테니까 다리 한 번만 만지게 해줘."

"하아."

곤을 올려다보는 해연의 입에서 탄식 같은 한숨 소리가 흘러나왔다. 도대체 왜 저렇게 다리에 집착하는지 알 수가 없었다. 그렇다고 그 집착을 가상하게 여겨서 다리를 만지게 놔둘 수도 없는 노릇이었다. 그의 집착에 혀를 내두른 해연은 고개를 절레절레 내저었다.

"넌 내가 신녀라는 자각은 있어?"

해연의 질문에 곤은 진지하게 고민했다. '있다'는 대답이 즉각 나와야 하건만, 고민하는 모양새가 더 기막혔다. 그렇게 잠시 고심하던 그는 작게 고개를 끄덕였다.

"있긴 있지."

"아아, 그래…… 있다니 그나마 다행이네."

체념한 듯 중얼거린 해연은 한숨을 푹 내쉬며 정신을 차리려 애썼다. 갑자기 당하는 바람에 정신이 하나도 없었다.

'우선 설득해서 비키게 해야지.'

해연은 가장 먼저 해야 할 일을 상기하며 자신의 위에 올라타 있는 곤을 보았다. 활짝 열려 있는 조끼 안에 조각처럼 새겨둔 그의 복근과 가슴이 자꾸 시선을 끌었다. 몸에 닿던 그 단단한 감촉을 기억 속에서 지워 버린 해연은 곤을 설득하기 위해 입을 열었다.

"적어도 네가 날 신녀로 생각한다면 이러면 안 되는 거 알고 있지? 신녀는 여자로 보이지도 않는다던데, 장난이라 해도 불쾌해. 그러니까 좋은 말로 할 때 내려와라. 응?"

말을 할수록 슬금슬금 화가 나자 해연은 어금니를 꽉 깨물고 그를 협박했다. 하지만 곤은 두 눈만 끔뻑일 뿐, 도통 내려올 생각을 하지 않았다. 참고 또 참다가 인내심이 바닥까지 곤두박질친 해연이 마지막 경고를 하려는데, 그가 고개를 갸웃거리며 말을 막았다.

"뭐야, 넌 예외인 거 모르는 거야?"

"뭐?"

앞뒤 다 잘라먹은 말에 해연은 말귀를 이해하지 못하고 되물었다. 한 번에 이해하지 못하는 그녀의 반응을 통해 곤은 해연이 진실을 모르고 있음을 알아차렸다. 그 사실을 깨닫자 그는 눈을 빛냈다. 자신이 알고 있는 내용을 잘만 이용한다면 다리를 건드려 볼 수도 있다는 생각에 희망이 샘솟았다.

"네가 잘 모르고 있나 본데, 내가 알려줄 테니까 다리 한 번만 만지게 해줘."

그의 말에 화를 내거나 수긍을 하거나 뭔가 반응이 와야 하는데 해연은 가만히 있었다. 멍하니 있던 그녀가 말을 꺼낸 건 조금 시간이 지나서였다.

"너, 그 얘기 어디서 들었어?"

해연의 목소리는 매우 무거웠다. 어두운 분위기에 당황한 곤은 다리를 만지겠다는 야심도 잠시 잊고 알고 있던 내용을 술술 불었다.

"신녀의 서에 그렇게 적혀 있다던데?"

"누가?"

"폐하가 혼잣말하는 걸 들었……."

당시의 상황을 설명하려던 곤은 남은 말을 삼켰다. 눈 끝에 매달려 있던 그녀의 눈물이 후드득, 방울져 떨어지고 있었다.

'말도 안 돼. 나는, 나만큼은 예외라니…….'

해연은 흐르는 눈물을 주체하지 못했다. 신녀는 여자로 보이지 않지만, 자신만은 예외라는 사실을 지금에서야 깨달았다. 그걸 미리 알았더라면 하랑이 자신의 고백을 받아줬을 수도 있고, 매일 가슴앓이하다가 그에게 모진 말을 하고 이런 식으로 헤어지진 않았을지도 모른다. 그런데 그와 이렇게 멀리 떨어지고 나서야 그 사실을 알게 되었다. 만약 미리 알았더라면, 그랬다면 지금과는 조금 다르지 않았을까? 그런 생각이 돌자 심장이 욱신거렸다.

멈추지 않는 해연의 눈물에 난감해진 곤은 조용히 그녀의 위에서 내려왔다. 뻔뻔함이 무기인 그였지만, 지금 이 순간만큼은 건드리고 싶지 않았다. 옆에 철퍽 주저앉아서 우는 해연을 한동안 가만히 바라보았다. 속상함이 서린 흐느낌이 얼추 가라앉는다 싶을 때, 해연이 벌떡 일어났다. 그녀는 옆으로 흘러내린 눈물을 손등으로 쓱쓱 닦고 나서 다급히 방을 나섰다. 등 뒤로 어디 가느냐고 묻는 곤의 목소리가 들렸지만, 해연은 대꾸하지 않았다. 지금 그녀의 머릿속에는 다른 게 들어올 여력이 없었다.

'신녀의 서. 그게 필요해. 무슨 내용이 들어 있는지 지금 당장 알아야겠어.'

침실과 연결된 응접실을 지나서 문을 벌컥 열어젖히자 시녀들이 깜짝 놀라는 모습이 보였다. 그녀들은 범상치 않은 해연의 표정에 좀처럼 사태를 파악하지 못했다. 그러다가 해연이 앞을 지나치고 나서야 급히 정신을 차리고 그 뒤를 따랐다.

정궁에 있는 황제의 집무실에는 은은한 연둣빛이 감돌았다. 반투명한 초록색 유리창과 금색 바닥이 만들어낸 연둣빛은 황제가 가장 좋아하는 색이었다. 그 빛을 닮아 싱그럽게 빛나던 그의 눈동자가 상소문을 읽다 말고 커다란 아치형 창으로 향했다. 밖을 바라보던 그는 책상에 놓인 화려한 찻잔을 집어 올렸다.

'날이 벌써 그렇게 됐나? 하기 싫은 건 빨리도 돌아오는군.'

굳은 입을 억지로 벌려서 찻물을 집어넣자 씁쓰레한 맛이 느껴졌다. 비가 오면서 백성들이 떼죽음을 당하는 건 멈출 수 있었지만, 줄어들 기미가 보이지 않는 집무는 그를 지치게 하고 있었다. 하지만 그 무엇보다 그를 괴롭히는 건 눈앞에 놓인 상소문이었다. 별을 보고 길일을 점쳤다는 내용이 적힌 상소문은 황제가 주기적으로 보고받는 일이었다.

'그놈의 길일. 싹 다 없애 버려야 하는데.'

속 썩을 베론 생각에 입안이 떫어지자 그는 다시 찻물을 들이켰다. 그렇게 씁쓸한 차를 몇 번 홀짝였을 때, 문밖에서 혼시의 목소리가 들려왔다.

"폐하, 신녀님께옵서 만남을 청하시었사옵니다."

생각지도 못한 신녀라는 말에 황제의 고개가 자연스레 문 쪽으로 향했다. 닫힌 문 너머에 있을 신녀를 떠올리자 찝찝한 의구심이 머릿속을 맴돌았다. 하지만 혼자 고민해 봤자 소용없음을 잘 알기에 그는 찻잔을 내려놓으며 신녀를 맞이했다.

"뫼시어라."

상앗빛의 거대한 문이 열리면서 또각거리는 구두 굽 소리와 함께 해연이 안으로 들어섰다. 검은 머리를 덮은 길고 흰 율라가 황금빛 바닥에 멈추자 황제는 환한 미소를 지어 보이며 자리에서 일어났다.

"신녀께서 예까지 오실 줄은 몰랐소."

그는 장신구로 과하게 치장한 두 손을 활짝 펼치며 환영의 뜻을 전했다. 하지만 여전히 가라앉아 있는 해연의 표정을 보고 슬그머니 웃음을 거뒀다. 분위기가 예사롭지 않았다. 신녀와 얘기가 잘되었다고 베론에게 보고받았는데, 그녀의 표정은 썩 좋지 않았다.

황제가 상황을 파악하기 위해 급히 머리를 굴리는 사이, 해연이 먼저 말을 걸었다.

"폐하, 제 두 번째 소원을 들어주신다고 하셨죠? 아직 유효한가요?"

진지한 해연의 태도에 황제의 눈빛도 신중해졌다. 이틀 전까지만 해도 두 번째 소원은 못 들어준다며 설명조차 거부하던 그녀였다. 그런데 갑자기 무슨 심경의 변화가 생겨서 굳은 얼굴로 자신을 찾아왔는지 짐작되지 않았다. 잠시 고민하던 그는 우선 떠볼 요량으로 이틀 전, 해연이 전에 말했던 두 번째 소원을 거론했다.

"그 풀 A컵 말이오?"

"아니요. 저번에도 말씀드렸지만, 그건 폐하가 들어주실 수 없는 소원이에요. 그러니 다른 소원을 들어주세요."

다른 소원이란 말에 황제는 말조심할 필요성이 있음을 직감했다. 심각한 얼굴로 찾아와서 들어달라고 말할 정도라면 자신에게 불리한 소원일 수도 있었다.

"대관절 어떤 소원이기에 그리 진중하시오?"

"죄송해요. 제가 좀 급해져서요. 지금 당장 신녀의 서를 읽어야겠어요. 달세르 베론이 아무리 바쁘다고 해도 제게 시간을 못 내줄 정도는 아니잖아요."

해연의 요구에 그는 눈을 살짝 찌푸렸다. 분명 얘기가 잘되었다고 들어서 안심하고 있었건만, 꼭 그런 것도 아닌 모양이었다. 황제의 표정에서 불쾌감을 읽은 해연은 서둘러 뒷말을 덧붙였다.

"이틀 전에 제게 두 번째 소원을 말하라고 하시면서 들어주지 못할 일이 없다고 하셨죠? 달세르 베론이 해야 할 일을 놀.고. 있. 는. 곤에게 나눠 주세요. 그럼 신녀의 서를 읽어줄 시간이 날 거예요."

좀 전의 일로 곤에게 감정이 쌓인 해연은 일부러 놀고 있음을 강조하며 말했다. 꽤 좋은 방법이었지만, 황제의 답변은 부정적이었다.

"물론, 과인이 못 들어줄 일은 없소. 하나 베론의 일을 곤에게 맡길 수는 없는 노릇이오. 둘 다 공력자지만 뇌의 능력은 다르니 말이오."

그는 매우 안타깝다는 표정을 지어내며 거부 의사를 밝혔다. 하지만 해연은 눈 하나 깜짝하지 않았다. 어차피 거절당할 걸 알고 있었다.

"달세르 베론이 바빠서 필사도 하루에 한쪽밖에 못 해준다던데, 정말인가 보네요. 그렇다고 폐하께서 신녀의 서를 해독해 주실 순 없으시겠지요?"

"유감이오만 정무가 많으니 신녀께서 양해해 주시오."

해연을 잘 달랬다 생각한 황제는 다시금 표정을 풀었다. 그러나 그의 고운 웃음에도 해연은 웃지 않았다. 지금은 따라 웃어줄 만한 기분이 아니었다. 그저 고개를 끄덕이며 그의 상황을 이해한다는 듯이 굴었다.

"바쁘시다는데 제가 계속 제 뜻만 내세울 수는 없죠. 그럼 이렇게 하시죠."

해연은 선심 쓰는 척하면서 다른 조건을 내걸었다.

"베론이 그리 바쁘다면 필사는 시간이 남아도는 제가 할게요. 그 정도는 들어주실 거죠?"

확신하듯 쐐기를 박는 해연의 말에 황제는 빠져나갈 구멍을 찾지 못했다. 그제야 첫 번째 조건이 두 번째를 위한 포석임을 눈치챘지만, 이미 덫에 걸린 뒤였다. 신녀가 생색을 내며 물러나는 척했는데, 이번 제안마저도 들어주지 못한다면 황제로서의 체면이 말이 아니게 된다. 이틀 전에 했던 '못 들어줄 일 없다'는 말이 이런 식으로 자신의 발목을 잡을 줄은 몰랐다.

그는 입을 꾹 다물고 침음을 삼켰다. 이대로 있다간 신녀의 서를 고스란히 내어주게 생겼다. 그것만큼은 어떻게 해서든 막아야 하기에 이 사태를 타파할 만한 비책이 필요했다. 여러모로 궁리하던 그는 결국 솔직해지기로 했다.

"신녀께서도 얼추 짐작은 하실 것이오. 과인은 그동안 베론의 일이 바쁘다는 걸 핑계로 필사를 최대한 늦출 생각이었소. 정당한 방식은 아니지만, 그만큼 불안하기 때문이오. 그대가 원하는 내용을 다 얻고 나서는 동연국으로 돌아갈까 두려웠소. 그대의 거처는 백성의 생명과도 직결되니 이런 선택을 할 수밖에 없음을 신녀께서도 이해해 주시오."

솔직하게 털어놓는 말에 이번에는 해연이 할 말을 잃었다. 끝까지 시간 탓을 했더라면 어떻게 해서든 밀어붙일 수 있었을 텐데, 백성들의 생사를 거론하는 황제 앞에서 자신의 사정만 내세울 수는 없었다.

어찌해야 하나 망설이던 해연은 자신도 진심을 말하기로 했다.

지금으로선 그 방법 외에는 서로 만족할 만한 답이 나오지 않을 것임을 깨달았기 때문이다.

"솔직하게 말씀해 주셨으니 저도 그럴게요. 신녀의 서를 얻어서 집으로 돌아가겠다는, 제 개인적인 욕심 때문에 가리국을 선택한 건 맞아요. 그렇다고 사람들을 죽게 할 생각은 없어요. 가리국과 동연국 모두 삼 년간은 비를 내려줄 생각이에요. 그러니 절 믿고 신녀의 서를 보여주세요."

해연이 확실하게 제 뜻을 전달했지만, 황제는 생각에 생각을 거듭했다. 신녀를 빼앗긴 동연국은 곧 선전포고를 할 것이다. 그 선전포고를 받자마자 전쟁이 시작된다. 신녀를 두고 두 나라가 피 튀기는 싸움을 하게 된다면, 신녀는 지금처럼 편안하게 거취를 결정할 수 없을 터였다. 언젠가는 두 나라 중 하나를 선택해야 하는 순간이 올 것이고, 그때가 된다면 동연국보다는 가리국에 남아 있게 만들어야만 했다.

황제는 가장 좋은 방법이 무엇일지 생각하며 해연에게 한 가지 조건을 내걸었다.

"신녀께서 그리 말씀하시니 과인 또한 양보하겠소. 단, 가리국과 동연국 중에 하나를 선택해야 하는 날이 온다면 그땐 가리국을 택해주시오. 신녀께서 확약을 해주신다면 뜻대로 해드리겠소."

황제가 내건 조건을 해연은 달갑게 여기지 않았다. 그가 하는 생각을 대충이나마 짐작하고 있었다. 그러나 그녀는 그의 뜻을 받아들였다. 공평하게 삼 년. 그동안은 두 나라 모두에게 비를 내려줄 것이고, 전쟁도 막고야 말겠다는 일념 때문이었다.

황궁은 금으로 만들었다고 해도 될 만큼 내부 전체가 찬란한 노란빛을 띠었다. 거대한 샹들리에는 밤에도 밝은 빛을 냈고, 반들반들 윤이 나는 바닥은 샹들리에의 불빛을 반사하며 궁전을 더 화려하게 만들었다.

눈부신 노란 궁의 법적 안주인인 황비는 침실 안을 서성이며 안절부절못하고 있었다. 마주 잡은 두 손을 계속 만지작거리며 이리저리 움직이는 그녀를 따라 녹색 율라가 하느작거렸다.

"어찌 이리 아니 오는 게야."

황비는 불안한 기색이 역력한 목소리로 중얼거리다 은빛 옷자락을 움켜쥐었다. 오늘 아침부터 뛰던 심장이 영 가라앉질 않았다. 한 달에 단 한 번, 별을 보고 길일을 점치는 날이 오늘이었다. 그 결과를 한시라도 빨리 듣고 싶건만, 보냈던 시녀는 감감무소식이었다.

'제발, 제발.'

황비는 바짝바짝 타들어가는 가슴을 다독이며 간절히 기원했다. 그 정성과 마음을 하늘도 가엾이 여겼는지, 그리도 기다리던 시녀의 목소리가 들려왔다.

"마마! 황비마마!"

"들어오너라. 어서 들어와!"

황비는 체면도 잊고 다급히 시녀를 불러들였다. 그런 황비의 마음을 알기에 시녀는 지체 없이 문을 열고 들어갔다. 천관에게 보냈던 어린 시녀는 표정이 무척 밝았다. 그에 황비의 눈에도 기대감이 어렸다.

"날짜가 잡혔다더냐?"

"예, 이달 보름이 길일이라 그날로 잡혔다 하옵니다."

원했던 소식에 황비의 얼굴이 환해지자 시녀도 덩달아 미소를 머금었다.

"이달 보름……."

황비는 잊지 않으려는 듯 날짜를 되새겼다. 그녀가 간절히 기다리고 있는 그날은 한 달에 단 한 번, 황실의 핏줄을 잉태할 수 있는 날이었다. 대대로 남색을 즐겨온 가리국의 황제들은 천관이 점을 쳐서 길일로 꼽은 날에만 황비의 처소로 걸음을 하였는데, 그 때문에 황비들은 후손을 잉태하기가 무척 어려웠다. 이는 현 황비도 다를 것이 없어서 혼인을 한 지 삼 년이 넘도록 아기를 가지지 못했다.

'오늘이 초하루, 이제 15일 남은 건가? 이번에는 꼭…….'

사내에게만 향하는 황제의 마음을 얻기 위해서라도 황비는 아기를 가져야만 했다. 그리고 드디어 합방 날짜가 잡혔으니 지아비와 오순도순 살겠다는 꿈을 이룰 수 있을지도 몰랐다.

아름다운 지아비와 함께할 밤을 떠올리며 그녀는 볼을 붉혔다. 혼례를 앞둔 새색시마냥 기대감과 옅은 불안감이 묘하게 뒤섞인 채 몸속을 떠돌아다니는 게 느껴졌다.

'이번에는 괜찮아. 가뭄도 해결되었으니 폐하도 꼭 오실 거야.'

황비는 불안감을 억지로 다독였다. 나라가 가물어 멸망을 논하던 지난 세 달간 황제는 그녀의 처소에 걸음을 하지 않았다. 천관이 길일을 잡아줘도 나라에 우환이 들었음을 이유로 딱 잘라 거절해버렸다. 그 탓에 황비는 지난 세 달간 황제를 곁에서 모신 적이 없었다. 대신 그녀의 자리에는 항상 베론이 있었다. 늦은 밤중에 황제의 처소로 들어가는 베론을 보며 쓰라린 눈물을 흘린 날들이 벌써 삼 년이었다. 그래도 이달 보름에는 잠시나마 제자리를 찾을 수 있었다.

'아기만, 아기만 가지면 돼. 그럼 내 자리를 찾을 수 있어.'

황비는 굳게 결심하며 합방에 대비해 시녀에게 이것저것 지시를 내렸다.

12.

도착, 그리고······.

　사막의 밤을 견디려면 옷이 두꺼워야 했다. 가리국의 병사, 하마
타도 두툼한 옷을 여미며 성문 앞에서 보초를 섰다. 그렇게 한참을
서 있던 그는 어둠에 가려진 정면을 빤히 응시했다. 저 멀리서 뭔가
아물거리는데, 어두워서 잘 보이지 않았다.

　"이보게, 라쉬드."

　하마타는 멀리서 보이는 검은 형체를 주시하며 옆에 있는 동료,
라쉬드를 불렀다. 아무 생각 없이 멍하니 서 있던 라쉬드는 하마타
가 손짓까지 해가며 부르자 그제야 정신을 차리고 하마타를 향해
고개를 돌렸다.

　"왜 그러나?"

　"저기, 저거 보이나?"

　하마타가 들고 있던 창으로 정면을 가리키자 라쉬드의 시선도 창
끝을 따라갔다. 눈을 가늘게 뜨고 어둠을 한참 살피던 라쉬드도 이

상한 형상을 발견했다.

"저거, 사람 아냐?"

"사람?"

"그래. 거리가 먼데도 저 정도 크기면 사람 같은데?"

사막에서 체구가 큰 동물은 낙타 정도였다. 그러나 가뭄에 오아 시스도 전부 메말라 버렸으니 살아남은 야생 낙타도 없을 것이었 다. 그렇다면 남는 건 사람뿐인데, 문제는 이 밤중에 사막을 횡단하 여 건너오는 자의 정체였다. 혹여 소문으로만 듣던 그자가 아닐까, 두 사람은 마른침을 삼켰다. 그렇게 한참이 지난 뒤에야 검은 인영 이 근처까지 다가왔다.

"멈추시오!"

하마타의 외침에 정체불명의 존재가 우뚝 멈춰 섰다. 성문 앞에 있는 화롯불의 불빛이 닿지 않는 곳에서 형형한 안광만이 빛나고 있었다. 사람을 압도하는 그 눈빛에 라쉬드는 몸을 굳히며 창을 움 켜쥐었다. 그런 라쉬드 대신에 호기롭게 나선 건 하마타였다. 그는 성곽 위에서 지켜보고 있는 동료들의 웅성거림을 들으며 크게 목소 리를 냈다.

"세 발짝 앞으로 나오시오!"

어둠 속에 묻혀 있던 인영은 하마타의 뜻에 순순히 응했다. 세 발 짝만큼 거리가 가까워지자 노란 불빛이 그의 모습을 비췄다.

사막에서 꽤 긴 시간을 보냈는지, 본래 짙은 색이었을 옷과 신발 이 살짝 바래 있었고, 코와 입을 검은 천으로 가린 탓에 생김새도 단번에 파악하기가 어려웠다. 하지만 잔잔하게 빛나는 눈동자와 왼 손에 들고 있는 장검이 묵직한 분위기를 만들어냈다.

사내의 모습을 확인한 라쉬드는 숨을 헉— 들이켰다. 쌀쌀한 밤바람이 심장까지 얼어붙게 만들었다. 하마타와 사태를 지켜보던 병사들도 사정은 마찬가지였다. 비록 얼굴은 확인하지 못했지만 사내가 입고 있는 의복만으로도 정체를 짐작할 수 있었다.

오대국을 통틀어 천하제일의 무공 실력을 지녔다고 거론되는 사내이자, 빼앗긴 신녀를 되찾으러 온 달천의 대장이었다.

하마타는 눈을 동그랗게 뜨고 입을 뻐끔거렸다. 일전에 달세르 알리샤가 이때를 대비해 지시를 내리긴 했는데, 머릿속이 백지장처럼 되는 바람에 아무 생각도 나지 않았다. 그렇게 두 보초가 충격에서 헤어 나오지 못하는 동안, 성벽 위의 병사들은 사태의 심각성을 느끼고 다급히 움직이기 시작했다.

병사들의 움직임이 분주해진 걸 느낀 하랑은 얼굴을 가리고 있던 천을 끌어 내렸다. 그 작은 움직임에도 두 보초는 소스라치게 놀랐다. 하지만 지금은 그들의 사정까지 헤아려 줄 만한 여유가 하랑에겐 없었다.

"문 좀 열어주겠나?"

오랫동안 물을 마시지 못해서인지, 극심한 피로가 누적된 하랑의 목소리는 평소보다 낮아져 있었다. 그런데 그 목소리가 본의 아니게 두 보초의 공포심을 자극해 버렸다. 음산함을 느낀 하마타와 라쉬드는 덜덜 떨며 창을 더 세게 움켜쥐었다. 그 모습이 마치 저항하겠다는 것처럼 보여서 하랑은 눈을 찡그렸다.

'벌써 피를 봐야 하나.'

큰 전투를 앞두고 있으니 오늘 밤만이라도 뜨끈한 물에 몸을 담그며 피로를 풀고 싶건만, 어째 그마저도 글러 먹은 듯 보였다. 뜻대로 되지 않는 상황에 짜증이 솟은 그는 미간에 주름을 잡고 낮은 목소리로 두 보초를 협박했다.

"기분이 썩 좋지 않으니 지금 당장 열어주었으면 좋겠는데. 내가 부숴 버리기 전에."

요 며칠간 거대한 와디 두 개와 베론이 설치한 수십 개의 유사를 뚫고 오느라 몸이 많이 지친 상태였다. 함정을 파훼하느라 바닥난 공력도 문제였지만, 닷새가 넘도록 한숨도 자지 못한 정신은 모든 일을 예민하게 받아들였다.

찌푸린 두 눈 가득 적의를 여실히 내보이는 하랑의 태도에 두 보초는 누가 먼저랄 것도 없이 자리에 털썩 주저앉았다. 그에 하랑은 작은 한숨을 내쉬었다. 다리에 힘이 풀려서 본인들의 몸조차 제대로 지탱하지 못하는 자들에게 거대한 성문을 열어달라고 요구하는 건 무리였다. 게다가 성벽 위의 보초들은 가리국의 공력자들에게 현 상황을 전달하기 위해 분주하게 움직이고 있었다.

'별수 없군.'

이대로 수도 밖에서 시간을 지체한다면 보고를 받고 달려 나온 공력자들과 전투를 치러야 했다. 피로가 극에 달한 상태에서 부딪치면 그 패배는 오롯이 자신의 몫일 터였다. 그러니 전투 전에 수도로 숨어들어서 몸 상태를 어느 정도 정상으로 끌어 올려야만 했다.

하랑은 얼마 남지 않은 공력을 오른손으로 집결시켰다. 푸른 번개가 번쩍이며 손끝으로 몰려드는 게 선명하게 보였다.

"달세르 베론이 우리 성문도 하나 부숴 먹었으니 피차일반이라 해두지."

하랑은 모래에 맞아서 망가진 동연국의 성문을 떠올리곤 손속에 자비를 두지 않았다. 그의 손을 떠난 번개가 내리꽂히자 나무로 된 문이 굉음을 내며 터져 나갔다. 매캐한 탄내와 함께 박살 난 문은 허물어졌고, 영향을 받은 문 위쪽 성벽도 와르르 무너졌다.

돌가루가 된 성벽 아래에 깔린 병사는 없었지만, 근거리에서 터진 굉음에 몇몇 병사들은 의식을 잃었고, 몇몇은 엄청난 모래먼지를 일으키며 와해된 성벽을 멍하니 바라보았다. 동태처럼 탁해진 그들의 눈은 용케도 하랑의 움직임을 포착했지만, 누구 하나 나서서 그의 앞을 가로막지는 못했다.

잠이 오지 않는 늦은 밤중에 알리샤는 산책 삼아 잔디밭 위를 거닐고 있었다. 목적지도 없이 한참을 걷던 그녀는 걸음을 멈추고 자신의 몸을 요리조리 살펴보았다. 풍만한 가슴과 군살 없는 배, 단검을 매달아둔 단단한 허벅지까지 유심히 관찰한 알리샤는 긴 한숨을 내쉬었다.

'말 근육이라니……. 시집은 다 갔네.'

며칠 전에 곤이 했던 말이 자꾸 거슬렸다. 살면서 몸매로 고민해본 적은 한 번도 없었는데, 별것도 아닌 말 한마디에 잠조차 쉬이 이루지 못했다. 도대체 그놈에게 이리도 휘둘리는 이유가 뭔지, 다른 여인에게 마음을 주고 혼자 끙끙 앓는 놈이 뭐가 그리 예쁘다고.

"무신경한 놈."

알리샤의 목소리에 섭섭함이 가득 묻어났다.

곤이 처음으로 사랑했던 여인은 황비, 히메르였다. 그녀가 황비 후보로 궁에 들어왔을 때, 곤은 순식간에 그녀에게 마음을 빼앗겨버렸다. 하지만 그녀는 오로지 황제만을 바라보았고, 그가 다가갈 틈을 내어주지 않았다. 곤은 쉽사리 포기하지 않았지만, 얄궂은 운명은 그녀를 황비로 만들었다. 그때부터 곤은 궁에 있는 다른 여인들에게 찝쩍거리며 마음을 비운 듯이 굴었다. 매일 여인들을 바꿔가며 흥청망청 놀아대는 그는 엉덩이를 채인 망아지와 같았다. 황비에게 관심이 없는 황제는 그런 상황을 다 알면서도 곤을 방치했고, 베론은 그를 말릴 염치가 없었다. 혼례까지 올린 황비는 곤과 마주치는 것조차 꺼려했으니 그나마 그를 제어할 수 있는 건 자신뿐이었다.

'그게 문제였지, 그게.'

곤 때문에 황궁의 분위기가 난잡해지다 보니 시녀 중 계급이 높은 이들이 찾아와 그를 말려 달라 간청을 했다. 어린 시녀들이 곤을 믿고 일을 거부하는 바람에 일손이 부족하다는 게 가장 큰 이유였다. 그런 일이 여러 번 반복되기 시작하자 결국 자신이 나서게 되었다. 일이 터질 때마다 곤을 잡아다 타이르기도 하고, 대련을 빙자한 구타도 했다. 그런데 문제아처럼만 보이던 곤이 어느 순간부터 달라 보이기 시작했다. 아마도 문드러진 그의 속내를 짐작하고 연민을 품으면서 자라난 감정일 것이다.

"하아— 나도 참, 그런 놈팽이 자식 따위랑 친해지는 게 아니었는데. 그런 놈은 고자가 되어야 여자들 속을 안 썩이지."

알리샤는 허공에 대고 주먹질을 하며 곤을 향해 저주를 퍼부었다. 한참 열을 내며 발도 구르고 욕도 하는데 갑자기 굉음이 들려왔다.

쾅! 쿠르르릉!

천지가 개벽하는 듯한 우렁찬 폭음에 알리샤는 흠칫 몸을 굳혔다. 하지만 그것도 잠시, 그녀의 입가에 진한 미소가 걸쳐졌다.

"드디어 왔나 보군."

성문 방향에서 들려오는 소리만으로도 동연국에서 온 손님인 걸 짐작할 수 있었다. 나라 입장에서는 위험한 불청객이 분명하지만, 그녀는 내심 기대하고 있었다. 다른 나라의 공력자와는 싸워본 적이 없었기 때문에 실력을 검증해 볼 수 있는 좋은 기회였다.

곤에 대한 섭섭함도 잊고, 알리샤는 발걸음도 경쾌하게 궁전 정문으로 향했다. 정문 근처에 거의 도달했을 때, 흑의를 입은 전사 하나가 그녀를 불렀다.

"달세르 알리샤!"

그의 목소리에는 반가움이 살짝 스며들어 있었다. 좀 전의 굉음 때문에 다급히 베론을 찾아가던 중에 알리샤를 발견한 건 천운이나 마찬가지였다. 그녀의 앞에 멈춰 선 전사는 가슴에 손을 얹으며 예를 갖췄다.

"황도 성문에서 적의 침입이 확인되었습니다. 달세르 베론께옵서 자리를 비우셨으니 대신 지시를 내려주십시오."

밤늦은 시각이니 베론은 황제와 함께 있을 것이 뻔했다. 비록 전시이긴 하지만 찾아가는 게 껄끄러웠던 전사는 알리샤에게 대신 명을 내려 달라고 요청했다. 그 마음을 십분 이해하기에 그녀는 곧바로 명령을 내렸다.

"현 시간부로 검은 사막의 전사들은 5인 1조로 황궁을 수호한다. 내 직할대인 붉은 사막의 전사들도 5인 1조로 조를 짜되, 신궁 수호에 전념하도록."

"존명!"

전사는 알리샤의 명을 받들고 자리를 벗어나려 했다. 하지만 다른 지시 사항을 떠올린 알리샤가 그를 불러 세웠다.

"달세르 곤이나 베론을 만나거든 나는 수도를 시찰하러 나갔다고 전해라. 내일 정오까지 침입자를 찾지 못하면 지체 없이 돌아올 터이니 애들 보내지 말라 하고."

"예!"

알리샤는 전사를 보내주고 홀로 궁을 나섰다. 베론의 말에 의하면, 동연국에는 유신이란 이름의 정체를 알 수 없는 공력자가 하나 더 생겼다고 했다. 하지만 이번에 온 자는 달천의 하랑일 가능성이 높았다.

'동연국의 중요 임무는 그가 도맡았으니.'

직접 만나본 적은 없지만 들리는 소문이 그러했다. 하랑은 철이 들 무렵부터 극강의 무공 실력을 보였고, 칠 년 전에 있던 동연국과 수우국의 전쟁에서도 두각을 나타냈다. 당시 태자였던 현 황제의 지략과 하랑의 뛰어난 무위는 순식간에 전투를 승리로 이끌었다. 그때부터 공력자의 서열 1위는 하랑의 것이었다. 실존 인물인지도 희미한 단살단의 두령을 제외하고는 그에게 대적할 이가 없다는 소문도 있었다. 하지만 알리샤는 그 말을 믿지 않았다.

'서로 겨뤄보지도 않았는데 순위 따위를 정하다니. 국력순으로 매긴 것이나 마찬가지니 그의 소문도 부풀려졌을 가능성이 높지. 아니면 이번 기회에 하랑을 꺾고 동연국과 가리국의 무력 순위를 뒤집어 버리든가.'

소속된 공력자의 전투력이 국가의 무력 순위나 마찬가지였다. 현재 동연국과 가리국은 공력자 수가 똑같이 세 명이니, 이번 기회에 하랑을 꺾는다면 가리국이 더 강국이 될 수도 있었다. 그 점을 상기한 알리샤는 투지를 불태우며 성문으로 향했다.

거대한 성곽이 무너지면서 발생한 우렁찬 소리가 단잠에 빠진 수도를 들쑤셨다. 잠을 자다가 화들짝 놀란 백성들은 부랴부랴 불을 켜고 무슨 일이 생긴 건지 문밖을 내다보았다. 하지만 성벽에서 멀리 있는 사람들은 정확한 상황을 알 수 없었다. 동연국과의 전쟁이 시작된 것인지, 아니면 마른하늘에서 번개가 친 건지 짐작조차 가지 않았다. 결국, 잠을 설친 사람들은 밖에 모여 웅성거렸다.

하랑은 삼삼오오 모여 있는 사람들의 시선을 피해 어둠 속으로 몸을 숨겼다. 동연국 복장을 한 그는 가리국 사람들에겐 적이나 마찬가지였다. 만약 사람들이 그를 발견한다면 사람들은 병사들에게 위치를 알릴 게 뻔했다. 체력을 비축하기 전까진 더 이상의 소란을 삼가야 하기에 하랑은 인기척이 느껴지지 않는 작은 집으로 들어갔다.

흙집의 내부는 무척 단출했다. 문을 열고 들어서면 부엌으로 쓰는 공간이 하나 있었고, 나무 침대가 있는 두 개의 방과 자그마한 욕실이 전부였다. 보석이 특산물인 가리국이지만, 백성들은 그 혜택을 전혀 받지 못하고 있었다. 가리국 황실과 일부 귀족들만 배가 부를 뿐이었다.

조금은 안타까운, 가리국 백성의 전형적인 생활공간을 둘러본 하랑은 부엌에 있는 물 항아리를 발견하고 뚜껑을 열었다. 어린아이 하나쯤은 가뿐하게 들어갈 만한 항아리에는 깨끗한 물이 가득 담겨 있었다. 하랑은 물 위를 떠다니는 바가지를 들고 두어 번에 걸쳐 물을 들이켰다.

오랜만에 마시는 물은 시원하다 못해 달큼하게 느껴졌다. 비가 그친 뒤부터는 물 한 모금 마시지 못했으니, 아무리 공력자라 하더라도 갈증에 시달릴 수밖에 없었다.

쉽사리 해소되지 않는 갈증에 넉넉하게 물을 들이켠 하랑은 굳어 있는 뒷목을 주무르며 빈방으로 들어갔다. 천을 두툼하게 깐 침대에 올라 가부좌를 틀고 앉은 그는 검을 옆에 내려놓고 공력을 운용하며 몸 상태를 살피기 시작했다.

하랑의 몸에 푸른빛이 돌면서 자잘한 부상이 치유되었다. 하지만 체력과 공력이 모두 바닥을 드러낸 지 오래되다 보니 평소보다 회복이 더뎠다.

'달세르 베론.'

푸른 머리의 공력자를 떠올린 하랑은 미간을 확 좁혔다. 베론이 사막에 설치해 둔 수십 개의 유사 때문에 한 걸음 내디딜 때마다 긴장해야만 했다. 처음에는 공력으로 모두 파훼했지만, 공력이 다 소진된 뒤로는 몸으로 부딪칠 수밖에 없었다. 잠시만 방심하면 모래가 몸을 빨아들이니, 사막을 건너는 내내 정신력을 극한까지 소모해야만 했다. 그 덕에 베론을 향한 분노도 무럭무럭 샘솟았다.

한 시간쯤 지났을까, 하랑은 옆에 내려둔 검을 집어 들고 몸을 일으켰다. 방문 옆, 벽에 등을 기대자마자 누군가 현관문을 열고 집 안으로 들어서는 게 느껴졌다.

축 처진 발걸음, 작은 한숨 소리가 들렸다. 무언가 고민거리가 있는 듯 습관처럼 한숨을 내쉬는 남자는 집주인, 모마드였다. 이제 갓 성인이 된 그는 얼마 전까지 지속되었던 가뭄으로 혼례를 약조한 연인을 잃고 혼자가 되었다. 본인도 죽음의 문턱까지 갔는데, 다행히 비가 온 덕에 목숨을 부지했다. 하지만 휑한 집 안에 들어설 때마다 신혼의 단꿈에 젖어 있던 연인의 빈자리가 느껴져서 깊은 한숨이 푹푹 나오곤 했다.

"야밤에 잠도 못 자고 이게 무슨 짓인지."

모마드는 연인을 잃고 난 뒤로 계속 불면증에 시달렸다. 그래도 비가 내리면서 불면증도 좀 사그라지나 싶었더니, 땅이 흔들릴 만큼 요란한 소리에 오던 잠도 달아나 버렸다. 혹시라도 전쟁이 터진 건 아닌가 싶어 밖으로 뛰쳐나갔다가 마주친 이웃들과 소득 없는 추리만 내뱉고 집으로 돌아온 것이다.

'전쟁이 아니라면 다행이긴 한데, 짐이라도 미리 싸둬야 하나.'

가뭄을 끝내준 신녀님이 본래 동연국의 신녀였다는 얘기가 백성들 사이에서 은밀히 퍼지고 있었다. 게다가 베론과 함께 동연국으로 갔던 병사들이 한 명도 돌아오지 못했으니, 소문이 더 그럴싸하게 느껴졌다. 광포한 동연국의 황제를 막기 위해 병사들이 희생했다는 주장도 있었다. 그때부터 가리국의 백성들은 동연국과의 전쟁을 거론하기 시작했다. 다행히 사막이 수도 앞을 가로막고 있어서 방어에는 자신 있었지만, 오대국 중 국력이 2위인 동연국과의 전쟁은 불안감을 심어주기에 충분했다.

여기저기서 귀동냥을 한 모마드도 떠도는 소문이 사실일 거라고 믿었다. 가뭄이 들었을 때는 신녀를 빼앗기 위해서 전쟁도 불사했을 테지만, 이미 물을 마시고 갈증을 해소한 그에게 전쟁은 피하고 싶은 종류의 것이었다.

'혹시 모르니 짐은 싸두자.'

혼자 사는 살림에 짐이랄 것도 없었다. 그러나 전쟁이 일어난다면 재빨리 몸을 피해야 하니 돈이 될 만한 것들을 따로 챙겨두는 편이 좋았다.

결심을 내린 모마드는 잘 사용하지 않는 방으로 향했다. 침대 밑에 숨겨둔, 몇 푼 안 되는 돈을 챙기기 위함이었다. 무심코 방 안으로 들어섰을 때, 정체 모를 자의 손이 그의 입을 턱— 막았다. 누군가 등 뒤에 서 있었다. 그 사실을 깨닫자마자 모마드의 머리카락이 쭈뼛 곤두섰다.

하랑은 모마드의 입을 단단히 막았다. 비명을 지를 걸 우려해서 한 행동이었다. 그런데 갑작스러운 습격에 놀랐는지 사내에게서 식은땀 냄새가 슬슬 풍겨왔다.

"진정하게. 해칠 생각은 없으니."

물을 마신 덕인지, 한껏 갈라져 있던 하랑의 목소리가 좀 나아졌다. 귓가에서 진중하게 울리는 저음의 목소리는 모마드에게 조금이나마 신뢰를 줬고, 발발 떠는 건 멈출 수 있었다. 그가 얘기를 들을 수 있을 만큼 진정되었다고 판단한 하랑은 자신이 찾아온 이유를 밝혔다.

"내가 자네에게 원하는 건 두 가지일세. 하나는 이틀간 소량의 음식과 물을 제공할 것. 가능한가?"

하랑은 모마드의 집에서 이틀간 숙식을 해결하며 체력을 비축할 생각이었다. 망가뜨린 성벽에서도 꽤 멀리 떨어져 있고, 궁전과도 거리가 있어서 숨어 지내기에는 적당했다. 다만, 안전하게 휴식을 취하기 위해서는 모마드의 협조가 필요했다.

이틀간 소량의 음식과 물을 달라는 말에 모마드는 급히 고개를 끄덕였다. 해칠 생각은 없다고 했지만, 원하는 걸 제공하지 못할 경우에는 어떤 피해를 볼지 알 수 없었다. 그의 고갯짓에 만족한 하랑은 두 번째로 원하는 것을 말했다.

"난 이틀 후에 떠날 생각인데, 그때까지 자네는 나와 함께 이 집 안에 있어야 하네. 다른 사람과의 접촉은 금지야. 물론 소리를 지르는 것도 불가하네. 어길 시엔 나도 그대의 목숨을 보장해 줄 수 없으니 알아서 잘 처신하게."

사람들에게 말한다 해도 죽일 생각은 없었지만, 지금은 적당한 협박이 필요한 시점이었다. 그 으름장이 먹혀들었는지 모마드는 재차 고개를 끄덕여 수긍한다는 의사를 표했다.

두 번째 조건까지 무난히 합의를 보자 하랑은 모마드의 입을 막고 있던 손을 떼었다. 그는 비로소 자유를 얻었으나 꼼짝도 않고 얌전히 서 있었다. 침입자의 얼굴을 확인해 보고 싶었지만, 불쾌해할지도 모른다는 생각에 겁이 나서 눈만 슬쩍 움직였다.

얌전한 모마드가 마음에 든 하랑은 자신의 품을 뒤적여 검은 비단 주머니를 꺼냈다. 작지만 묵직한 주머니에는 금덩어리가 여러 개 들어 있었다. 그중에서 아기 주먹만 한 것으로 꺼낸 하랑은 재차 입을 열었다.

"직접 입을 막고 뒤로 돌게."

뒤돌아도 괜찮다는 허락이 떨어지자 모마드는 하랑이 시킨 대로 스스로 입을 틀어막았다. 두 손으로 입을 단단히 봉하고 천천히 뒤로 돈 그는 하랑의 모습에 눈을 부릅떴다. 동연국의 복장을 한 검객, 그것만으로도 그가 가리국에 온 목적을 확실히 알 수 있었다.

죽음을 불사해서라도 소리를 질러야 할까 고민하는 모마드에게 하랑은 금덩어리를 보여줬다. 노랗게 반짝이는 덩어리에 모마드의 눈은 그보다 더 커질 수 없을 만큼 확장됐다. 그가 일 년을 놀고먹어도 될 만한 크기의 금이었다.

모마드는 열다섯 살이 됐을 때부터 먹고살기 위해 사막에서 보석 채굴을 하곤 했다. 등에 화상까지 입어가며 뜨거운 사막에서 열 시간씩 일했지만, 그에게 주어지는 돈은 겨우 생명을 유지하는 수준이었다. 우연히 주운 보석도 개인적으로 쓰다 걸리면 사형이었기에, 흔히 발견되는 원석도 그림의 떡이었다. 그런데 목숨을 걸어야 하는 원석도 아니고, 사막에서 잘 나오지 않는 금이 눈앞에서 아른거리고 있었다.

모마드의 떨리는 눈빛을 보면서 하랑은 그에게 금을 내밀었다.

"난 자네가 마음에 드네. 내가 원하는 걸 흔쾌히 들어주겠다고 했으니 선물로 이걸 주지."

　대가성 지불이었지만 하랑은 일부러 선물이라고 말했다. 그래야 모마드도 반감을 줄이고 자신을 괜찮은 사람이라고 생각할 가능성이 높아지기 때문이었다. 그 방법은 나름대로 효과가 있었는지, 모마드는 튀어나오던 비명도 꿀꺽 삼키고 덜덜 떨리는 두 손을 내밀었다. 하랑은 작게 웃으며 그의 손 위에 금덩어리를 올려주었다.

　묵직한 금의 무게에 모마드는 오만가지 생각이 다 들었다. 처음에는 신녀님을 앗아갈 나쁜 자이니 신고를 해야 한다고 생각했지만, 지금은 다른 생각이 슬그머니 머리를 들었다. 자신이 아니더라도 금을 보면 도와줄 사람들이 널리고 널렸다. 게다가 신고를 했다가 눈앞의 검객에게 죽임을 당하면 자신만 손해라는 마음도 슬쩍 솟아났다.

　'어쩌면 하늘이 날 가엽게 여겨서 도와주시려는 걸지도 몰라.'

　지금껏 살면서 금덩어리를 만져 볼 일이 없었다. 그런데 이틀간 음식을 제공하는 것만으로도 큼직한 금덩이를 선물로 받았으니, 이건 거의 공짜로 굴러 들어온 금이나 마찬가지였다.

　'잘생긴 사람이 인상도 나쁘지 않고. 눈빛도 선하잖아.'

　양심의 가책을 무시하고 합리화를 하다 보니 모든 게 다 좋게 보였다. 심지어 자신을 마음에 들어 하는 그가 살인멸구를 할 거라곤 생각지도 않았다. 아직 어려서인지 조금 순진하게 상황을 받아들인 모마드는 금덩어리를 꼭 움켜쥐고 하랑을 향해 넙죽 허리를 숙였다.

　"이틀간 성심을 다해 모시겠습니다."

　진심이 팍팍 묻어나는 말에 하랑은 그의 등을 살짝 두드려 주었다.

"좋네. 이름이 뭔가?"

"예, 모마드라 합니다."

"그래, 모마드. 이틀 뒤에는 수고비도 좀 챙겨주지. 우선 간단한 요깃거리를 좀 내올 수 있겠나?"

수고비란 말에 눈을 반짝인 모마드는 빠르게 고개를 끄덕였다. 하지만 집에 있는 음식 사정이 떠오르자 그의 안색이 어두워졌다. 밖으로 나가지 말라고 했으니 장을 볼 수도 없는데, 미리 사둔 음식이라곤 서민들이 배를 채우기 위해 먹는 빵 쪼가리나 밀가루가 전부였다. 변변찮은 음식에 모마드는 하랑의 눈치를 슬금슬금 보며 어찌해야 하나 고민했다.

검객이 입고 있는 옷은 흙이 많이 묻었지만 모마드가 만져 본 적도 없는 비단옷이었다. 게다가 금덩어리를 선뜻 선물로 줄 정도라면 지체 높은 인물이 분명했다. 그런 이에게 딱딱한 빵 쪼가리를 내밀기가 망설여졌다.

부엌으로 가지 않고 눈치만 보는 모마드의 행동에 하랑은 그의 의중을 파악했다. 어차피 집을 고를 때부터 진수성찬은 기대조차 하지 않았다. 그저 허기를 달래줄 음식이 필요할 뿐이었다.

"음식은 뭐든 괜찮네. 장을 보는 건 안 될 일이니 그냥 있는 것으로 내어오게. 허기만 없애면 족하니까."

근심을 덜어주는 그의 대답에 모마드는 반색했다. 역시나 좋은 사람이라고 생각한 모마드는 당장 가져오겠다는 말과 함께 부엌으로 달려갔다.

그가 음식 준비를 하는 동안 하랑은 침대에 앉아 다시 몸을 점검했다. 어서 몸을 추스르고 공력을 채워야 해연에게 갈 수 있었다.

한시라도 빨리 보고 싶은 마음이 정신을 어지럽혔다. 그러나 지금과 같은 상태로는 그녀에게 닿기도 전에 가리국의 공력자들에게 막힐 게 뻔했다.

'우선은 공력부터다.'

하랑은 조급해지는 마음을 다독이고 공력을 채우는 데 집중했다. 잠깐의 시간도 허투루 쓸 수 없었다.

침실 벽에 달린 노란 등불이 테라스에서 들어오는 어둠을 밀어내며, 그 앞에 놓인 테이블까지 빛을 전해주었다. 탁자 위에는 오래된 책 한 권이 펼쳐져 있었고, 해연은 필사에 열을 올리는 중이었다.

한참을 몰입해서 붓을 놀리자 하얗던 종이에 검은 글자가 가득 새겨졌다. 더는 쓸 공간이 없어진 후에야 해연은 붓을 내려놓고 종이를 조심히 들어 올렸다. 필사한 종이에는 오대국 공용어가 빼곡히 적혀 있었다.

와기 없이 적은 종이가 뿌듯했던 해연은 슬며시 웃었다. 처음에는 익숙하지 않은 붓과 잉크를 사용하느라 손이 까매졌다. 게다가 그 손으로 얼굴을 문대는 바람에 본의 아니게 점박이가 되기도 했다. 두나가 깨끗이 씻겨줘서 지금은 본모습을 되찾았지만, 조금이라도 방심하면 손이 다시 더러워질 수도 있었다.

"그래도 이번엔 제대로 쓴 거 같은데."

신녀의 서에 적혀 있는 유려한 필체와 달리 해연이 쓴 건 줄도 잘 맞지 않고 삐뚤빼뚤했다. 하지만 틀린 글자가 없는 것만으로도 그녀는 매우 만족했다. 잠까지 포기한 덕에 이뤄낸 쾌거였다.

잉크가 아직 덜 마른 걸 확인한 해연은 자리에서 일어나 서랍장으로 향했다. 침대 옆의 서랍장까지, 그 짧은 거리를 가는데 바닥에 굴러다니는 종이 뭉치들이 자꾸 앞을 막아댔다. 공처럼 말린 종이는 그녀의 발에 차여 하늘을 날다가 순식간에 바닥으로 추락하곤 했다.

종이 장애물을 헤치고 당도한 서랍장에는 하루 동안 고생한 결과물들이 고스란히 놓여 있었다. 그 모습에 때 이른 성취감이 쭉쭉 솟아났다. 기분이 좋아진 해연은 잉크가 마른 종이를 한쪽에 쌓아 올리고 들고 온 종이는 따로 넣어두었다.

"아침까지 계속하면 열 장도 하겠다."

글자가 아직 눈에 익지 않아서 일일이 확인하며 쓰다 보니 손이 더뎠다. 하지만 그런 것쯤이야 열정으로 눌러 버릴 생각이었다. 혼자 파이팅을 외치며 굳게 다짐하는 순간, 귀청을 때리는 굉음이 터졌다.

격한 폭음에 놀란 해연은 눈을 동그랗게 뜨고 테라스를 바라보았다. 천둥이 친 건 아닐까 싶었지만, 유리창 너머의 검은 하늘은 멀쩡했다. 원인을 알 수 없는 폭음에 쉬이 진정되지 않는 가슴을 쓸어내리는데, 침실 문이 벌컥 열렸다.

"괜찮냐?"

방 안으로 들어선 곤은 엉망인 방 안을 발견하고 걸음을 멈췄다. 자신을 쫓아내고 필사 중인 건 짐작하고 있었지만, 베껴 쓰기 하나 하는데 이렇게 실패한 종이들이 많을 줄은 몰랐다.

해연은 멍하니 방 안을 훑는 곤에게 좀 전에 들린 소리에 관해 물었다.

"아까 그거 뭐야?"

어째서인지 가슴이 서늘했다. 오전에 만났던 황제가 가리국과 동연국 중에서 한 곳을 택해야 한다고 했을 때, 해연은 그가 전쟁을 염두에 둔다는 걸 알았다. 하지만 그럼에도 그의 조건을 받아들였던 건, 전쟁이 일어나지 않게 할 자신이 있었기 때문이었다.

이곳은 기계의 발달이 더뎠다. 핵폭탄이나 미사일은 고사하고, 총기도 존재하지 않았다. 마치 조선시대 초기처럼 검과 활, 창이 병사들에게 주어지는 기본 무기였다. 일반 병사는 말도 탈 수 없으니 걸어서 가리국 수도까지 쳐들어오는 데는 아무리 빨라도 두 달이 넘게 걸릴 것이었다. 그런 상황을 잘 알기에 해연은 두 달에 한 번씩 동연국에 비를 내려주고 전쟁이 일어나지 않게 조율할 생각이었다. 그런데 가리국에 온 지 얼마 되지도 않은 이 시점에서 들려온 폭음이 그녀를 불안하게 만들었다.

그런 해연의 감정을 짐작한 곤은 별일 아니라는 듯 어깨를 으쓱였다.

"너 왔다고 사람들이 들떴으니까, 잔치라도 열다가 폭죽 같은 걸 터뜨렸겠지."

그는 아무렇게나 둘러댔다. 큰 소리가 났을 때 그도 알리샤처럼 하랑이 왔음을 알아차렸다. 하지만 굳이 그 사실을 해연에게 알려 주지는 않았다. 동연국에서 데리러 왔음을 알아봤자 좋을 건 없었다. 혹시나 그 사실을 알고 돌발 행동을 하면 곤란했다. 지금처럼 얌전히 있는 걸 곁에서 지키는 게 가장 좋은 방법이었다.

"근데, 이게 다 뭐냐?"

곤은 바닥에 굴러다니는 종이 뭉치를 가리키며 물었다. 그것이 신녀의 서를 필사한 종이임을 알면서도 해연의 관심을 돌리기 위한 행동이었다. 그러나 그 질문은 그가 원했던 방향과는 조금 다른 결과를 도출해 냈다.

"몰라도 돼. 얼른 나가. 그리고 막 열고 들어오지 좀 마."

해연은 곤에게 다가가 그의 등을 떠밀었다. 신녀의 서를 보는 불상사도 막아야 하고, 늦은 밤에 그와 침실에서 단둘이 있는 것도 위험했다. 그걸 걱정해서 빨리 내보내려는데, 곤이 갑자기 몸을 돌려 허리를 껴안았다.

"그러지 말고, 분위기도 좋은데 오늘 밤엔 같이……."

은근한 그의 유혹에 해연의 눈꼬리가 바짝 올라갔다. 도대체 이놈의 자식은 뭘 먹고 컸기에 매일 밤마다 뜨겁게 보내고 싶다고 안달인지, 참 기가 막혔다. 어이가 없어서 잠시 가만히 있자 그걸 또 긍정의 답변이라고 받아들인 곤은 반색하며 얼굴을 들이댔다.

가까워지는 곤의 입술에 해연의 미간 주름이 더 깊어짐과 동시에 차가운 물이 그의 머리 위로 쏟아졌다. 폭포수처럼 시원하게 쏟아지는 물은 멋들어지게 세운 곤의 머리카락을 축축 늘어지게 했다. 점점 더 강해지는 폭포에 그는 결국 해연의 허리를 놓았다. 그녀의 몸을 구속하던 손이 사라지자 그제야 물이 멈췄다. 쫄딱 젖은 곤에 비해 해연은 여전히 뽀송뽀송했다. 세심하게 운용되는 물이 괜히 못마땅한 곤은 입술을 삐죽이며 투덜거렸다.

"쳇, 싫으면 싫다고 말로 할 것이지, 치사하게 힘이나 쓰고."

"말로 한다고 들어 먹으시면요. 그리고 입술 내밀지 마. 하나도 안 귀여워."

바로 치고 들어오는 해연의 말에 곤은 더 반박하지도 못하고 방에서 쫓겨났다. 드디어 혼자 있게 된 해연은 공 같던 종이 뭉치들이 풀어진 걸 보며 작은 한숨을 내쉬었다. 참지 못하고 힘을 쓰는 바람에 일이 두 배로 늘어버렸다. 그래도 물 덕에 기분이 나아진 해연은 치울 생각을 하기보다는 좀 전의 폭음에 대해 다시 고민했다. 전쟁도, 천둥소리도 아니라면 누가 저런 소리를 내게 할 수 있을까? 문득 그녀의 머릿속에 한 사람이 스쳐 지나갔다.

'설마, 아니겠지?'

하랑이 다시금 떠오르자 해연은 어금니를 살짝 깨물었다. 어쩌면 그가 맞을지도 몰랐다. 동연국을 위해 목숨을 걸고 자신을 이 세상에 데려온 사내니까. 다시 데려가기 위해 사막을 건넜을 가능성도 분명 있었다. 그런 생각이 들자 복잡한 감정이 해연을 마음을 두드렸다.

알리샤는 옅은 탄내가 남아 있는 무너진 성곽 앞에 서서 헛웃음을 지었다. 거대한 나무 문은 흔적도 없이 타서 재가 되어 흩날렸고, 철통같은 방어를 자랑하던 성벽은 한낱 돌무더기로 변해 있었다.

바람 빠진 웃음만 짓는 알리샤의 태도에 하마타는 가슴을 졸였다. 그는 하랑과 말을 섞어본 최초이자 최후의 병사라는 죄목으로 알리샤의 부름을 받고 옆에 서 있었다. 하지만 성문 보초와 달세르라는 어마어마한 신분 차이에 함부로 말도 못 걸고, 바짝바짝 타들어가는 입술만 연신 혀로 축일 뿐이었다. 그렇게 눈치만 보던 그에게 알리샤가 대뜸 질문을 던졌다.

"사상자는?"

"예, 옛! 없습니다!"

과도하게 힘이 들어간 탓에 하마타의 음성은 매우 우렁찼다. 귓전을 따갑게 때리는 목소리에도 알리샤는 씨익 웃었다. 역시나 하랑이었다. 동연국의 그 잔학한 황제와는 성정부터 다르다더니, 듣던 대로였다.

'아군에 피해가 가지 않는다면 적의 병사라 해도 쉽게 안 죽인다, 그건가?'

한때, 동연국의 붉은 황제와 하랑은 의형제라는 소문이 파다했다. 당시만 해도 두 사람은 서로를 무척 아꼈는데, 둘의 성품이 정반대인 것이 세간의 이목을 집중시키곤 했다. 승리를 위해서라면 적군뿐만 아니라 아군까지도 가차 없이 죽이던 황제와 달리, 하랑은 투항한 포로에 한해 인정을 베풀었다. 또한 병사가 아닌 일반 백성에게는 절대 손을 대지 않아서 적국에서도 칭송하던 인물이 바로 하랑이었다.

　알리샤는 이번 기회에 그의 면모를 재확인하곤 제법 괜찮은 사내라 생각했다.

　"마음에 드네."

　"예? 옛! 참으로 다행입니다!"

　하랑의 성정이 마음에 든다고 한 말이었지만, 그녀의 생각을 모르는 하마타는 사상자 얘기로 착각했다. 하지만 알리샤는 그의 잘못된 생각을 애써 정정해 주지는 않았다. 그보다는 하랑에 대한 정보 수집이 더 중요했다.

　"침입자는 어떻게 생겼지?"

　"예, 그게…… 무척 잘생겼습니다!"

　하마타는 그 말만 하고 잠시 눈을 깜빡이며 머리를 굴렸다. 정말 잘생겼다는 것이 뇌리에 강하게 박혀 있어서 다른 점을 떠올리기가 더 쉽지 않았다. 그것뿐이냐는 알리샤의 눈빛에 하마타는 다시 한번 혀로 입술을 축이고 말을 이었다.

　"그리고 동연국의 무복을 입고 있었습니다. 머리칼이 짙은 남색에 가까웠고, 눈은 좀 차가웠습니다. 목소리가 무척 무시무시했고, 아! 키도 컸습니다. 장검도 한 자루 들고 있었습니다."

　설명이 무척 중구난방이었지만 알리샤는 그러려니 하고 넘어가

주었다. 긴장한 보초를 다그치는 것보다는 숨어 있을 하랑을 찾아내는 데 더 흥미가 있었다.

"좋아. 성벽 보수는 곧 처리해 줄 테니 오늘은 보초 수를 늘려서 경계만 잘 서도록."

"예! 달세르!"

다시 한 번 하마타의 우렁찬 목소리를 들으며 알리샤는 몸을 돌렸다. 이제 추격을 할 차례였다.

별이 반짝이는 검은 하늘 아래, 불안감에 사로잡혀 잠들지 못한 사람들은 불을 환하게 켜고 밤을 지새우고 있었다. 나무로 만든 창문 틈으로 불빛이 새어 나오는 집들이 뜨문뜨문 이어지는 수도, 체빌른. 그곳을 둘러보는 알리샤의 표정은 썩 좋지 않았다. 하랑의 기운을 찾을 수 없어서만은 아니었다.

'이 정도였나?'

그동안 알리샤는 백성들의 삶에 그다지 큰 관심을 가지지 않았다. 그녀가 신경 쓰는 부분은 오로지 붉은 사막의 전사들과 병사들의 훈련뿐이었다. 군사훈련이 본인의 업무였고, 백성들을 다스리는 건 황제의 몫이라 생각했다. 그런데 황궁으로 향하는 대로변에서 얼마 떨어져 있지 않은 이곳이 그녀에게 새로운 충격을 주고 있었다.

양옆으로 늘어선 집들은 지붕이 멀쩡한 걸 찾기가 어려울 지경이었다. 내려앉은 것도 심심찮게 보였고, 구멍이 뚫린 건 예사였다. 가뭄이 들어 모래바람이 자주 생성된 것도 원인이겠지만, 물이 많이 소모되는 지붕 보수를 제때 하지 못한 탓도 있었다.

"그래도 중산층인데……."

알리샤는 말을 잇지 못했다. 체빌른은 가리국의 수도였지만, 이곳에서 생활하는 하층민들은 무척 곤궁함을 그녀도 모르지 않았다. 하지만 중산층은 살 만하리라 생각했다. 적어도 그들은 자신의 집과 땅을 보유했고, 먹고사는 일에도 문제가 없었다. 그런데 그들조차 이번 가뭄으로 심각하게 무너져 있었다.

"하아……. 내가 동연국의 황제를 욕할 때가 아니었구나."

알리샤의 입가에 씁쓸한 자조가 머물렀다.

동연국의 황제는 잔혹하기로 유명하지만 제 백성에게만큼은 칭송받았다. 빈틈없는 국정 운영으로 재산을 불리고 백성들에게도 적절히 나누어 주기 때문이었다. 옆 나라가 그렇게 성장하는 사이, 가리국은 궁전의 하찮은 돌길에까지 각종 보석을 심어 화려함을 더했다. 황실이 배를 불리며 사치스럽게 사는 동안 백성들은 무너진 지붕 밑에서 하루하루를 연명하고 있었다.

'이번 일 정리되면 베론…… 내 그 자식을 고자로 만들어서라도 뜯어고치고야 만다.'

하랑의 침입을 막아내고 나면 황제에게 백성을 좀 더 잘 다스리라고 직언이라도 할 생각이었다. 그렇게 알리샤는 백성들의 고통스러운 삶에 공감하며 지도층으로서 현실을 바꿔야 할 책임을 통감했다.

종이에 적힌 글자의 모양새가 처음보다 조금 나아졌을 때쯤, 테라스에도 햇살이 비치기 시작했다. 뜬눈으로 밤을 지새운 해연은 글을 쓰는 작업에 집중하면서도 문득문득 뇌리를 파고드는 하랑을 잊으려 애썼다. 예부터 서예는 활과 함께 정신 수양에 사용되었던 만큼 해연에게도 제법 효과를 보였다.

"신녀님, 기침하실 시각이옵니다."

밤사이 한숨도 자지 않았지만, 방 안 상황을 모르는 두나는 해연을 깨우고자 했다. 그 말에 알겠다고 대답한 해연은 신녀의 서를 덮고 바닥을 치웠다.

곤에게 퍼부은 물에 희생당한 종이들이 침실 바닥 곳곳에 눌어붙어 있었다. 푹 퍼진 종이는 들어 올리자마자 손가락 사이로 흘러내리며 바닥을 더 지저분하게 만들었다. 청소조차 쉽지 않은 상황에 해연의 눈살이 살짝 구겨졌다. 그 녀석 때문에 이게 무슨 고생인지, 해연은 하랑 때문에 심란한 마음을 괜히 곤에게 전가했다.

'집기도 힘든데 한 번 말려볼까?'

그 생각을 하자마자 바닥에 있던 물기가 증발하듯이 사라졌다. 한껏 젖어 있던 종이들은 빳빳하게 응고되어 버렸고, 해연의 정신도 굳어버렸다. 갑자기 소름이 끼쳤다. 생각하면 그대로 이루어진다. 이전까지는 간절히 원할 때 되던 일이 이제는 잠시 스쳐 지나가듯 생각만 해도 뜻대로 되곤 했다. 물과의 친화력이 더 높아지면서 생긴 일이었다.

'이건 좀 위험⋯⋯.'

"신녀님, 황비마마께서 오전 산책을 청하셨사옵니다."

"아, 잠시만요."

재촉하는 두나의 말에 해연은 생각을 접고 황급히 바닥을 청소했다. 버려야 할 종이들은 잘게 찢어서 한쪽에 몰아두었고, 신녀의 서와 필사한 종이들은 나무 상자에 넣어 침대 밑에 꼭꼭 숨겨두었다. 방을 비운 사이에 누군가 찾을 수 없도록 깊이 밀어 넣은 해연은 안심하고 밖으로 나갔다.

은실로 눈꽃을 수놓은 푸른 옷이 해연의 몸에 걸쳐졌다. 흰 율라도 머리에 썼고, 금으로 된 나비 장신구도 머리 양쪽에 꽂았다. 그렇게 치장이 끝난 지 얼마 지나지 않아 황비가 도착했다. 황비는 이전과 같은 은빛 옷에 녹빛 율라를 걸치고 있었다. 이틀 만에 더 예뻐진 것 같은 그녀는 기분이 좋은지 생글생글 웃으며 해연의 팔을 잡고 이끌었다.

"신녀님, 오늘은 지하 저수조로 가보실래요?"

"지하 저수조요?"

"네. 요즘 같은 우기에 빗물을 받아서 모아두는 저장고랍니다. 아름다운 곳이니 보면 좋아하실 거예요."

궁전 밑에 자리한 지하 저수조는 우기에 내린 비를 저장했다가 건기에 사용하는 거대한 물탱크라고 볼 수 있었다. 사막의 나라인 가리국에 꼭 필요한 장치인 만큼 그 관리도 무척 까다로웠는데, 황비는 그곳을 해연에게 구경시켜 주고자 했다. 간밤에 있던 폭음으로 놀랐을 테니 신녀가 좋아하는 물을 보여준다면 심리적인 안정에도 도움이 되리라 생각했다. 세심한 황비의 배려는 적중했고, 엄청난 양의 물을 떠올린 해연은 반색하며 고개를 끄덕였다. 그곳의 물을 보면 하랑 때문에 심란해진 마음도 차분해질 것만 같았다.

"좋아요, 가요. 어떻게 생겼는지 보고 싶네요."

해연이 흔쾌히 따라나서자 황비는 기뻐하며 그녀를 황궁으로 안내했다.

모마드는 황금을 만지작거리며 여전히 침대에 누워 있었다. 아기 주먹만 한 금덩이를 쥐고 있으니 잠도 오지 않고 생각만 많아졌다.

'저자는 엄청난 황금을 가지고 있으려나? 그걸 내가 다 가지면 평생 떵떵거리며 살겠지?

제 손에 들어온 금도 난생처음 만져 본 것이면서 모마드는 불과 반나절 만에 더 큰 황금을 꿈꿨다. 작은 금덩이에서 시작된 망상은 부자가 되는 것으로 이어지다가 어떻게 해야 다 빼앗을 수 있을지, 그 방법을 찾는 것으로 옮겨졌다.

'어젯밤부터 죽은 듯이 자던데, 지금이 절호의 기회가 아닌가?'

어제 변변찮은 식사를 한 사내는 가까이 다가오지 말라는 엄포를 놓곤 곧 잠들었다. 호기심에 문밖에서 힐끔 보니 잠을 자면서도 몸에서는 이상한 빛이 번쩍거렸다. 그게 못내 껄끄럽긴 했지만, 깊은 잠에 빠진 건 확실해 보였다. 그러니 지금 덮치면 자신에게도 가능성이 있었다.

'그래, 나에게 이런 기회가 또 언제 오겠어? 어제는 방심하다 당한 거고, 오늘은 저쪽이 방심하고 있으니 가능성이 있어. 금은 내가 다 가지고 시체는 황궁으로 끌고 가면 동연국의 첩자를 잡았다고 황제 폐하가 큰 상을 내리시겠지. 상금으로 여자도 들이고, 어쩌면 귀족으로 책봉될 수도 있을 거야.'

금, 귀족, 여자. 이 세 가지가 그의 머릿속을 가득 메웠다. 모마드는 잠을 못 자서 붉게 충혈된 눈을 번뜩이며 슬그머니 자리에서 일어났다. 부엌으로 가서 칼부터 꺼내고 기회를 엿볼 심산이었다. 그때였다.

"모마드."

방 안에서 자신을 부르는 소리에 모마드는 소스라치게 놀랐다. 자는 줄 알았는데 그새 깬 모양이었다. 모마드는 두근두근 뛰어나오려는 심장을 손으로 꾹꾹 눌러가며 급히 대답했다.

"예, 나리. 일어나셨습니까? 곧 식사를 대령하겠습니다."

거뭇한 속내를 들키지 않기 위해 그는 급히 식사 타령을 했다. 그

걸 아는지 모르는지 사내는 그리하라는 말만 남기고 다시 조용해졌
다.

'이런, 지금은 안 되겠고, 오늘 밤을 다시 노려보는 수밖에.'

사내는 내일 떠난다고 했다. 그러니 그전에 꼭 그를 제거하고 금
덩이를 차지해야만 했다.

모마드가 검은 계획을 세우는 동안 하랑은 다시 한 번 자신의 몸
상태를 점검했다. 밤사이 많이 좋아져 있었지만, 평소에 비하면 반
도 안 되는 체력이었다.

'큰일이군. 이곳에서 오래 버티긴 힘들겠는데.'

이상하게 불안했다. 자신을 쫓는 가리국 공력자 때문만은 아니었
다. 근거리에 그녀를 두고도 찾으러 가지 못하는 자신이 답답해서
생기는 조급함이었다. 하루만 더 참으면 되건만, 그것이 미치도록
힘들었다.

'나도 중증이군.'

지금까지 이성으로 억눌렀던 감정이 한순간에 폭발하니 제어하
기가 힘에 부쳤다. 하랑은 작게 한숨을 내쉬며 마음을 다독이려 애
썼다.

'오늘 밤, 오늘 밤에 가자. 그때까지만 참자.'

내일로 예정했던 계획이 결국 오늘 밤으로 앞당겨져 버렸다. 하
랑은 이성적이지 못한 자신의 결정에 고개를 저으면서도 작게 미소
지었다. 이렇게 안달복달하는 자신이 우스우면서도 해연을 조금이
라도 더 빨리 만날 수 있다는 생각에 기분이 좋았다. 오늘 밤에 만
나게 되면 그때는 정말 알려주리라. 이리도 간절하게 곁에 있고 싶
어 하는 자신의 마음을.

황궁에는 하얀 사막의 전사들이 지키는 방이 하나 있었다. 황제의 친위대인 그들은 다섯 명씩 조를 짜서 밤낮없이 문 앞을 지켰다. 삼엄한 보안이 필수적인 곳이어서 안에는 해연과 황비만 들어갈 수 있었다. 시녀들을 밖에 두고 늘어선 작은 방에는 그 흔한 창문조차 존재하지 않았다. 벽에 달린 등불만이 바닥에 파인, 지하 저수조로 통하는 계단을 비출 뿐이었다.

황비는 계단에 발을 들이며 해연을 돌아보았다. 벌써부터 호기심 가득한 눈빛에 절로 미소가 지어졌다.

"신녀님, 이 계단은 미끄러우니 조심하셔야 해요."

습기가 마를 일이 없다 보니 발을 디딜 때 넘어지지 않도록 신경을 써야 했다. 황비의 당부에 해연은 고개를 끄덕였다. 앞장서는 황비의 녹색 율라가 계단에 길게 늘어지고, 해연은 그녀의 율라를 밟지 않도록 주의하며 뒤를 따랐다.

어두울 줄 알았던 계단은 밟을 때마다 하얀빛을 냈다. 발을 디딘 부분뿐만 아니라 황비의 율라가 닿은 부분도 하얗게 빛나며 주위를 밝게 비췄다. 그 신기한 모습에 해연의 입에서 작은 감탄사가 흘러나왔다. 한국에서나 보던 터치스크린도 아니고, 무언가 닿을 때마다 빛이 나는 계단이라니. 정말 예상치 못한 기술이었다.

연신 터지는 해연의 감탄사에 황비는 어깨에 힘을 주었다. 계단에서부터 놀라는데 저수조를 보면 어떤 반응을 보일까 궁금하기도 했다.

"저도 여기 처음 왔을 때 무척 신기했답니다."

뿌듯해하는 음성이 좁은 계단 통로에 울렸다. 그녀는 그 울림을 즐기듯이 계속 말을 이었다.

"밟았을 때 빛이 나는 건 계단에 박힌 린린이라는 보석 때문이에요."

"린린이요?"

"네. 표면에 이물질이 닿으면 빛을 내면서 균 같은 것들을 정화하는 보석이죠."

황비의 설명을 들으며 마지막 계단을 디딘 해연은 눈을 크게 떴다. 새까만 공간에 하얀 보석이 무수히 뿌려져 있었다. 십자 교차로처럼 생긴 검은 다리 주변으로 흰빛을 은은하게 뿜어내는 주먹만한 것들이 가득했다. 마치 은하수를 눈앞에서 보는 듯한 착각에 그녀는 한동안 말을 잃었다.

멍하니 주위를 둘러보는 해연의 표정에 황비는 무척 자랑스러워했다. 오대국 어디에서도 이런 광경은 볼 수 없었다. 오로지 가리국, 그것도 이 황궁에서만 존재 가능한 공간이었다.

"아름답죠? 물속에 린린을 넣어서 저렇게 반짝이는 거예요."

좀 전에 계단에서 빛을 발하던 그 보석이 물속을 부유하며 만들어내는 모습은 말 그대로 장관이었다. 별이 가득한 밤하늘 위에 서있는 듯한 느낌은 아름답다 못해 황홀했다. 그 경관에 홀려 대꾸조차 못 하는 해연의 귓가에 황비의 목소리가 들렸다.

"이곳의 물은 정화하지 않으면 사용할 수가 없어요. 빗물이 대부분이고, 최소한 몇 개월은 이렇게 저장해 두기 때문이죠. 하지만 린린을 넣어두면 깨끗해지기 때문에 독극물을 풀어도 식용에는 문제가 없답니다."

황비의 열정적인 설명에 해연은 간신히 고개를 끄덕였다. 확실히 물의 느낌이 청량했다. 고인 물이라고 할 수 없을 만큼 상쾌한 기분에 해연도 잠시나마 하랑을 잊고 진심으로 웃을 수 있었다.

두 사람은 저수조 한가운데로 향했다. 황궁보다 더 큰 저수조는 물의 깊이가 가늠이 안 될 만큼 어마어마한 규모를 자랑했다. 저수조 중간 중간에 박힌 거대한 돌기둥들도 궁전에서 본 기둥보다 두꺼웠다.

"진짜 대단하네요."

해연은 여전히 사방을 둘러보며 감탄만 내뱉었다. 체빌른의 외곽에 있는 투박한 토성과는 또 다른 장엄함을 간직한 곳이었다.

"사막에 이런 곳이 있을 줄은 몰랐어요."

"네, 원래는 불가능한 곳이죠. 하지만 폐하께서 계시기에 존재할 수 있답니다."

"폐하요?"

저수조에 들어온 뒤로 물에만 고정되어 있던 해연의 시선이 처음으로 황비에게 향했다. 그 눈길에 담긴 의문을 파악한 황비는 몸을 낮춰 물에 손을 담갔다. 차가운 물속을 떠다니던 린린 하나가 그녀에 의해 밖으로 끄집어내졌다.

물속에 있을 때는 잘 몰랐는데, 꺼내 놓고 보니 린린은 16면체로 된 보석이었다. 그것은 황비의 손안에서 잠시 반짝이다가 곧 빛을 잃었다. 빛이 꺼진 보석은 속이 텅 비어 있는 얼음 같아 보였다.

"린린은 오로지 가리국, 그것도 이 황궁 안에서만 사용할 수 있습니다. 폐하의 공력이 린린의 힘이지요."

"공력? 그럼 황제 폐하도 공력자예요?"

가리국의 황제는 해연이 봤던 다른 공력자들과 달리 좀 여리여리한 느낌을 풍겼다. 동연국의 공력자인 세 남자는 기본적으로 신체가 건장했고, 얼굴선이 얇은 편에 속하는 유신도 체격은 하랑과 비슷했다. 가리국의 여인인 알리샤도 강한 분위기를 풍겼고, 나이가 어려 보이는 곤조차도 앞섶을 풀어헤친 조끼 사이로 보이는 몸은 탄탄했다.

신체와 분위기로 공력자를 파악하던 해연의 예측은 제법 일리가 있었는지 황비는 작게 고개를 저었다.

"현 황제 폐하는 공력자가 아니세요. 하지만 보석을 다룰 수 있는 황실의 피를 이으셨죠. 저수조에 쓰는 린린이나 황궁 온도를 유지하는 호른에 힘을 주실 수는 있답니다."

"잠시만, 잠시만요. 그게 무슨 말이에요? 보석을 다룰 수 있는 피요?"

황실의 힘에 대해 정확히 모르는 해연이 다시 반문하자 황비는 알려줘도 되는 선을 생각하며 짧게 설명해 주었다.

"황실이 2대나 3대에 걸쳐 공력자를 배출하는 건 알고 계신가요?"

"공력이 후손에게 이어지는 거였어요?"

해연은 지금껏 공력이 불특정한 소수에게 전해진다고 알고 있었다. 물론, 그건 틀린 말이 아니었다. 하지만 예외도 존재했다. 바로 각 나라의 황실이었다.

태초에 있던 세 명의 신에게 선택된 다섯 명의 황제와 그 후손. 그들은 2~3대에 걸쳐 공력자를 낳았는데, 같은 시대에 꼭 한 명은 공력을 지녔다. 예를 들어, 현재 동연국의 황제에게는 불이라는 공력이 있으므로 그의 아버지와 아들은 불의 공력을 지니지 못한다. 하지만 공력을 지니지 못해도 불에 대한 친화력은 높은 편이었다.

"황실은 태초의 신께 하사받은 공력이 이어집니다. 가리국 황실은 보석을 다룰 수 있는 공력이 대대로 내려왔지요. 선황께서 공력을 지니셨는데, 돌아가신 지 삼 년이 되었지만 아직 후사가 없어서……."

황비는 말을 하다 말고 고개를 푹 숙였다. 그녀가 아기를 낳아야 공력도 이어지게 된다. 보석을 자유자재로 다룰 수 있는 공력자가 탄생하면 사막에서 나오는 보석의 양도 더 풍족해질 것이었다. 그리만 된다면 가리국도 가뭄의 피해를 빠르게 복구할 수 있을 터였다. 하지만 후사가 없는 상태로 공력자였던 선황이 사망하자 가리국은 넉넉하던 재물까지 줄어들기 시작했다. 그나마 현 황제에게 내려진 핏줄의 힘으로 하루하루를 근근이 버틸 뿐이었다.

"황비님?"

좀 전까지만 해도 좋았던 황비의 기분이 축 처지자 해연이 그녀를 불렀다. 걱정하는 해연을 본 황비는 간신히 웃으며 다시 씩씩하게 말을 이었다.

"죄송해요. 잠시 딴생각을 했네요. 어찌 되었든 보석을 다루는 힘으로 이 저수조를 만들고 유지하는 것이지요. 아주 오래전부터 지금까지, 대를 이어서요."

황비는 말을 하면서 다시 한 번 다짐했다. 기필코 이번엔 후사를 얻어서 만백성의 오아시스인 이곳을 유지하리라. 그렇게 굳게 마음먹은 그녀와 새로운 세계에 심취한 해연은 지하 저수조에 오래도록 머물렀다.

하늘 꼭대기에 걸린 태양이 지면의 온도를 한껏 끌어 올렸다. 이글거리는 햇빛에 가리국 사람들은 모두 그늘을 찾아 건물 안으로 들어갔고, 텅 빈 대로에는 알리샤만이 움직였다. 뜨겁게 내리쬐는 태양 빛도 그녀의 활동에 지장을 주진 못했다. 하지만 작은 기운조차 느껴지지 않는 하랑은 그녀의 움직임에 제약을 걸었다.

"이름값은 한다는 건가? 공력이 전혀 안 느껴지다니."

밤부터 샅샅이 살펴보았지만, 어디로 숨어들었는지 좀처럼 알 수가 없었다. 인기척이 느껴지지 않는 빈집도 닥치는 대로 훑어보았으나 하랑의 옷자락조차 발견하지 못했다.

"에휴, 아쉽지만 별수 없지."

만족할 수 없는 상황이지만 약조했던 정오가 되었으니 슬슬 돌아가야만 했다. 알리샤는 아직 살펴보지 못한 방향을 잠시 바라보다가 곧 미련을 끊고 걸음을 옮겼다. 이제는 궁전으로 가서 그가 직접 찾아오길 기다리는 수밖에 없었다.

'가서 준비나 해야지. 특별히 더 화려하게 맞이해 주겠어.'

하랑과의 전투를 생각하자 피가 끓어오르면서 다시 기분이 좋아졌다. 한시라도 빨리 검을 섞어보고 싶은 그녀의 바람은 그리 오래지 않아 이루어졌다.

침상 위에 누워 있던 모마드는 베갯잇 아래로 손을 쓱 집어넣었다. 딱딱한 칼 손잡이가 만져졌다. 저녁을 만든 뒤에 몰래 숨겨둔 칼이었다. 그는 그 손잡이를 꽉 쥔 채로 밤이 좀 더 깊어지기를 기다렸다.

얼마나 지났을까, 모마드는 숨 쉬는 것조차 조심해 가며 자리에서 일어났다. 오른손에 든 식칼 손잡이에 땀이 흠뻑 배어 있었다. 어둡고 고요한 집 안에 그의 심장 뛰는 소리만 진동했다. 마음을 먹었으나 막상 실천에 옮기려니 오만가지 생각이 다 들었다. 실패하면 어쩌나, 아직 안 자고 있으면 어떡하나, 오히려 반격당하는 건 아닐까, 부정적인 생각들이 자꾸 계획을 막아섰다.

'아냐. 인생에 다시없을 기회다. 저자가 날 살려준다는 보장도 없잖아. 입막음당할지도 몰라. 그냥 눈 딱 감고 찌르기만 하면⋯⋯ 그

럼 난 부자야.'

돈의 유혹은 강렬했다. 그 유혹을 참지 못한 모마드는 자신의 계획이 무척 위험함을 알면서도 갖은 이유를 붙여가며 스스로를 벼랑 끝으로 내몰고 있었다.

살금살금 방을 나선 그는 벽에 밀착한 채 하랑이 머무는 옆방을 슬쩍 훔쳐봤다. 벌어진 창문 틈 사이로 새어 들어온 옅은 달빛이 텅 빈 침대를 비추고 있었다.

'어, 없어?'

당황한 그는 고개를 좀 더 빼 방 안을 살폈다. 그럼에도 하랑은 보이지 않았다. 방구석에 있는 서랍장 위, 가지런히 놓여 있는 금화 몇 개만이 그가 이곳에 머물렀음을 보여주는 유일한 흔적이었다. 이미 가버린 걸까, 긴장했던 만큼 허탈해졌다.

모마드는 힘이 쭉 빠진 몸을 이끌고 금화 앞으로 갔다. 열댓 개쯤 되어 보이는 금화를 한 손 가득 집어 들자 그 아래에 숨어 있던 납작한 돌이 보였다. 비싼 종이를 쓸 수 없는 하층민들이 종이 대신에 사용하는 하얀 돌이었다.

'이건……'

분명 서랍장 안에 넣어뒀던 자신의 돌판이었다. 그 하얀 몸뚱이에 검은 염료로 무어라 글이 쓰여 있었다. 사내가 남긴 것으로 보이는 글을 떠듬떠듬 읽던 모마드는 들고 있던 식칼과 금화를 떨어뜨렸다. 그의 손을 벗어난 칼과 금화가 요란한 소리를 내며 바닥을 뒹굴었다.

—모마드. 나는 사람에게 검을 겨눌 운명을 타고났지만 나를 위하여 남

의 목숨을 탐하진 않네. 삶이 힘들다 하여 사람이길 포기하진 말게나. 그동안 내 비위를 맞추느라 고생했네. 약속대로 수고비를 남겨 놓고 가니 새로운 인생을 계획해 보게나.

그는 이미 자신의 살심을 간파하고 있었다. 그럼에도 자신을 죽이지 않고 오히려 금화를 놓고 간 것이다. 고생했다는 말까지 빼놓지 않은 그의 마음 씀씀이에 모마드는 그저 멍하니 서 있었다.

가리국의 귀족들은 돈으로 사람을 사서 가축처럼 다루곤 했다. 그들은 백성을 사람으로 대하지 않았다. 하지만 동연국의 귀족 사내는 달랐다. 그는 오래되어 퀴퀴한 빵을 거리낌 없이 먹었고, 비뚤어진 길을 걸으려는 자신에게 사람으로 살라는 당부도 잊지 않았다. 그냥 무시하거나 입막음을 위해 죽일 법도 한데.

모마드는 돌판 위에 쓰인 사람이란 단어를 읽고 또 읽었다. 황금에 홀려 무고한 이를 죽이려 했던 자신이 평소 쓰레기라 욕하던 귀족들과 다른 것이 무엇일까? 그 사실을 깨달았을 때, 그는 미치도록 부끄러웠고 너무나도 부러워졌다. 어질고 착한 귀족을 둔 동연국의 백성들이.

모마드의 집을 나선 하랑은 건물 그림자 속에 몸을 숨긴 채 황궁을 향해 달려 나갔다. 늦은 시각이었지만 달빛이 유난히 밝아서 마음을 더 싱숭생숭하게 만드는, 그런 밤이었다. 멀리서 보이는 거대한 궁전이 달빛을 받아 더욱 아름답게 빛나고 있었다.

'곧 만날 수 있다.'

연회가 있던 날 오해가 쌓인 뒤로 그녀와 다시 만나기를 고대했다. 그리고 이제야 손에 닿을 듯이 가까워졌다. 머릿속에 다른 건 들어오지 않을 만큼 간절히 바라서일까, 유리 타일을 박아둔 상앗빛 성벽이 빠른 속도로 가까워졌다.

궁전 성벽과의 거리가 얼마 남지 않았을 때, 하랑의 발이 땅을 박찼다. 그는 순식간에 궁전 안, 잔디밭 위에 사뿐히 착지했다. 충격을 완화하기 위해 굽혔던 무릎을 천천히 편 하랑은 아름다운 궁전을 배경 삼아 서 있는 여인을 보았다.

'달세르 알리샤? 신녀님과 함께 있는 게 아니었나?'

가리국 공력자 중 유일하게 여인인 알리샤가 해연의 곁에서 지키는 줄 알았더니, 그건 아닌 모양이었다. 괜히 좀 찝찝해졌지만 하랑은 애써 그 느낌을 무시했다. 지금은 전투에만 집중할 시기였다. 하지만 그녀와 싸우기도 전에 예상치 못한 곳에서 문제가 생겼다.

가슴과 엉덩이만 가린 알리샤의 파격적인 옷차림은 동연국에서 나고 자란 그에겐 충격, 그 자체였다. 일전에 초호루에 잠복했을 때도 기녀들의 쇄골 노출이 무척 거북했었는데 이번에는 속옷 같은 옷을 입은 여인과의 결투라니, 차라리 도망가고 싶어졌다.

하랑의 마음을 모르는 알리샤는 드디어 찾아온 결투 상대에 혼자 호승지심을 끌어 올렸다. 정오부터 지금까지 열두 시간을 넘게 기다렸다. 그를 성대히 맞이하겠다고 궁전 뒤뜰에 박아두었던 거대 바위 다섯 개도 앞뜰로 옮겨놨다. 그렇게 만반의 준비를 끝낸 그녀는 입술 끝을 끌어 올렸다. 이길 자신이 있었다.

하랑은 근처에 놓인, 곰만 한 바위들을 쓱 훑어보고 다시 알리샤를 보았다. 여전히 저 옷차림은 적응되지 않지만, 싸움을 피할 수는 없었다. 알리샤는 이미 전투 태세를 갖추고 있었다. 공력을 사용하기 시작한 몸에는 얇고 투명한 막이 생성되었다. 유리같이 매끄럽고 투명한 막은 알리샤의 몸에 딱 맞는 갑주처럼 보이기도 했다.

"알리샤라 합니다. 기다리고 있었어요, 뇌공의 하랑."

알리샤는 무척 밝은 목소리로 인사했다. 생각지도 못한 묘한 느낌의 환영 인사에 하랑도 적당히 예를 갖췄다.

"반갑습니다, 달세르 알리샤. 달천을 이끄는 하랑이라 합니다."

그의 점잖은 반응에 알리샤의 미소가 더욱 진해졌다. 강한 힘을 갖추고 이름도 날렸으면서 상대방을 우습게 여기지 않는다. 또한 빼앗긴 신녀를 되찾으러 오느라 무척 고생했을 텐데도 차분하게 인사를 받아준다. 진중한 눈빛과 흐트러짐 없는 몸가짐도 볼수록 마음에 들었다.

괜스레 흐뭇해진 알리샤는 손을 살짝 들어 올렸다. 그녀의 손짓에 주변에 있던 바위들이 엉덩이에 묻은 흙을 털어내며 공중으로 부양하기 시작했다.

"그럼, 시작할까요?"

"원하시는 대로."

그 말을 끝으로 하랑의 몸에서도 푸른빛이 반짝였다. 전류가 그의 몸을 돌아다니며 활성화되자마자 거대한 바위들이 공기를 가르는 소리를 내며 덮쳐왔다. 두 개는 양옆, 하나는 뒤. 그 사이에 끼면 짓이겨진다. 하랑은 사납게 덤비는 바위를 무시하고 알리샤를 향해 달려갔다. 그는 거리를 좁히자마자 공력을 넣은 검을 뽑으며 횡으로 휘둘렀다.

콰강!

알리샤가 뽑아 든 두 개의 단검이 하랑의 검을 막아냈다. 알리샤는 웃었고, 하랑은 눈이 살짝 찌푸려졌다. 자그마한 단검으로 막아내면서도 꿈쩍도 하지 않았다. 결국 하랑은 몸을 물리면서 거리를 벌렸다.

'역시, 단애의 알리샤란 말인가. 힘이 엄청나군.'

바위를 공력으로 사용하는 알리샤의 별칭은 단애였다. 깎아 세운 듯 험준하고 거대한 절벽이란 뜻이었다. 검을 맞부딪쳤을 때, 태산 같은 벽에 막힌 느낌이 들 정도로 그녀의 힘은 묵직했다. 하랑이 얼얼할 손목을 살짝 털자 그걸 신호로 바위들이 다시 움직이기 시작했다.

깊은 잠에 빠져 있던 해연은 커다란 폭발음에 눈을 반짝 떴다. 촉촉이 젖어 있는 검은 눈동자가 상황을 파악하기 위해 이리저리 움직였다. 채도가 낮은 노란 불빛이 방 안을 은은하게 밝히고 있으니 분명 가리국에 있는 자신의 침실이었다.

'뭐지?'

큰 소리에 놀라서 깬 것 같은데, 상황을 알 수 없었다. 다만, 심장이 널뛰듯 두근거렸다. 잠시 그대로 누워 있던 해연은 비척이며 자리에서 일어났다. 이불로 눈물을 쓱 닦자마자 침실 문이 벌컥 열렸다. 또 그 녀석이었다.

'문에 잠금장치를 만들든가 해야지. 하아.'

마음대로 들어오지 말라고 백번을 말해도 들어먹질 않았다. 침실 문을 벌컥벌컥 열고 들어오는 외간 남자가 무척 못마땅했던 해연은 한소리 해주기 위해 입을 열었다. 하지만 이번에도 곤이 먼저 선수를 쳤다.

"됐어, 일어나지 말고 그냥 누워 있어."

그는 해연이 침대를 벗어나지 못하게 하며 테라스 창을 푸른 커튼으로 막아버렸다. 한낮에나 치는 암막이 오밤중에 펼쳐지자 해연은 의문을 품었다.

"뭐 하는 거야?"

"아, 뭐, 그런 게 있어. 암튼 밖에 내다보지 말고 얌전히 있어."

마땅한 변명거리가 생각나지 않았던 그는 대충 얼버무렸다. 그말이 해연의 의심을 더 키웠지만, 곤은 애써 무시하고 두나를 침실로 불러들였다. 두나가 방으로 들어오는 사이에 큰 폭음이 두어 번더 터졌다.

아닌 밤중에 홍두깨라고, 폭음에 화들짝 놀란 해연은 이상하게돌아가는 상황을 잠시 지켜보았다. 두나가 다가오자 그녀의 귀에대고 곤이 무언가를 지시했다.

"상황이 여의치 않으면 폐하께 말씀드려. 알겠지?"

"예, 그리하겠습니다."

"그럼 부탁할게."

곤은 테라스 앞에 두나를 세워두고 급히 침실을 나갔다. 인사 한마디도 없이 가버리는 그의 뒷모습이 스르르 닫히는 침실 문 사이로 사라졌다. 도저히 이해할 수 없는 상황에 해연은 눈을 두어 번깜박이다 고개를 돌려 두나를 바라보았다.

"뭐죠?"

황당하다 못해 어이가 없었다. 자신의 침실에 난입해서 저들끼리속닥거리더니 하나는 휑하니 나가 버린다. 뭔가 무시당한 것 같아서 불쾌했지만, 해연은 참았다. 두나가 설명해 주리라. 그렇게 믿고질문했으나 두나는 부드럽게 웃으며 달랠 뿐이었다.

"보시기에 좋지 않은 광경이라 문장을 펼친 것이옵니다. 금방 해결하고 돌아온다 하셨으니 답답하셔도 잠시만 기다려 주시옵소서."

"그럼 그 좋지 않은 광경이란 게 뭐죠?"

해연은 또 들려오는 폭음에 대해서 다시 한 번 물었지만, 본인도 정확히 모른다는 답변만 돌아올 뿐이었다. 두나의 말과 태도, 평상시와는 다른 곤의 모습에서 이상한 낌새를 느낀 해연은 자리를 털고 일어났다. 잠옷용으로 입고 있던 흰옷이 그녀의 움직임을 따라 바닥에 길게 내려앉았다.

"비켜줘요, 두나."

해연은 테라스 앞에서 비킬 것을 명했다. 하지만 두나는 난처해하며 고개를 저었다. 절대로 신녀에게 보여서는 안 된다고 했다. 그것이 무엇인지는 정확히 설명해 주지 않았지만, 기필코 막아야만 한다고 당부한 일이었다.

"신녀님, 잠시만 기다려 주시면 해결하고 돌아오겠다 하셨습니다."

"나는 비키라고 했어요, 두나."

해연은 처음으로 두나에게 명령을 내렸다. 그동안 이런 식으로 명령을 한 일이 없었다. 그러나 자꾸 들려오는 폭음이 이상하게 심장을 두드려서 그녀의 말투가 냉랭해졌다. 싸늘한 기운을 품은 해연의 목소리에 두나는 쩔쩔매면서도 두 팔을 벌려 창 앞을 막아섰다.

"신녀님의 명령을 거역한 벌로 매질을 받는다 하여도 절대 안 됩니다."

굽히지 않는 의지에 해연은 굳어 있던 표정을 풀고 작은 한숨을 내쉬었다. 어머니뻘인 두나가 명령을 거부했다고 매질할 생각 따윈 없었다. 하지만 이대로 포기하기에는 여전히 들려오는 저 폭음이 너무나 거슬렸다.

두나에게서 몸을 돌린 해연은 침대 아래에 넣어둔 구두를 찾아

꺼냈다. 굽이 높은 파란 신발을 신으면서도 그녀는 다 들리도록 꿍
얼거렸다.

"안 보여준다면 나가서 보면 되지."

"신녀님!"

"왜요!"

불만이 가득한 해연의 즉각적인 대꾸에 두나는 잠시 할 말을 잃
었다. 두나의 입을 봉해 버린 해연은 말릴 새도 없이 침실 문을 박
차고 나섰다. 밖에 무엇이 있는지는 모르겠으나, 두려움보다는 불
안한 감정이 자꾸 솟아났다. 그 불안에 옅은 기대와 과도한 그리움
이 점철되어 걸음을 이끌었다. 며칠 전부터 끊임없이 떠오르던 그
가 정말 온 건 아닐까 싶어서, 저 폭음이 자신을 찾는 소리는 아닐
까 싶어서, 해연은 시녀들이 부르는 소리도 듣지 못하고 달리기 시
작했다.

하랑은 자신의 주위를 떠도는 큼지막한 돌덩이를 힐끗 살폈다.
정확히 스무 개. 처음엔 다섯 개였던 거대 바위들이 서로 부딪쳐 열
개로 쪼개졌다. 그리고 그 열 개의 돌이 알리샤에게 향하던 벼락을
막으며 부서지는 바람에 지금은 스무 개로 늘어버렸다.

'골치 아프군.'

바위의 개수가 늘어날수록 공격도 더 다양해지게 된다. 그래서
될 수 있으면 바위는 건드리지 않으려 했건만, 알리샤가 방패로 쓰
는 바람에 계속 그 수만 불리고 있었다.

'별수 없나.'

적당히 제압하려 했지만 그녀의 실력이 생각보다 뛰어난 게 문제
였다. 피를 보지 않고 제압하려다 보니 시간이 많이 소모되고 있었

다. 게다가 공력이 부딪치며 생기는 폭음도 이미 여러 번 있었으니, 다른 공력자들도 슬슬 몰려들 터였다. 더 지체했다간 불리할 게 뻔한 상황이라 하랑은 몸속에 남아 있는 공력의 양을 확인했다. 평소의 반 정도를 조금 웃돌 만큼 남아 있었다. 확실히 피로가 누적된 몸이라 공력의 회복이 더뎠다.

'위험하긴 해도, 한 번에 잡아야겠군.'

하랑은 여전히 여유로운 알리샤를 바라보았다. 그녀는 처음에 서 있던 그 자리에서 단 한 발짝도 움직이지 않았다. 그만큼 방어에 자신 있다는 뜻이었다. 확실히 그녀의 몸을 감싼 투명한 막은 강도가 엄청났다. 검에 공력을 둘러서 정확히 베어내지 않는 한 흠집조차 나지 않을 듯했다. 그녀는 이제 스무 살 중반대. 어린 나이에도 불구하고 꾸준히 훈련에 시간을 투자하면서 좋은 힘을 길렀다.

'하지만 한 가지가 부족하다.'

하랑은 두어 번 검을 섞어본 것만으로도 그녀의 장단점을 파악했다. 알리샤는 힘과 방어력이 좋았지만, 전쟁 경험은 전혀 없었다. 전장에서 목숨을 걸고 쌓은 실력은 대련으로 흉내 낼 수 있는 것이 아니었다. 목숨을 걸고 싸워본 적이 있는가, 그 차이가 상급 무인들의 결투에서 승패를 가르는 경우도 허다했다.

"달세르 알리샤, 이번 건 조심하는 게 좋을 겁니다."

이번 한 번의 공격으로 끝을 보기로 마음먹은 하랑은 나지막이 주의를 주었다. 서로 검을 맞댄 상황에서 상대방의 목숨을 걱정하는 건 말도 안 되는 행동이었지만, 앞날이 창창한 여성의 사지를 망가뜨리는 건 아무리 적이라 해도 껄끄럽기 그지없었다.

하랑의 말에 알리샤는 빙긋 웃었다. 곤이나 베론은 그녀가 여성이라고 해서 봐주는 것 따윈 없었다. 오히려 사내들과 똑같이 격한 몸싸움도 걸곤 했다. 그런 식의 푸대접만 받다가 오늘 처음 느껴보는 사내의 배려가 그리 나쁘지만은 않았다. 하지만 마음에 들었다고 해서 흐지부지 놓아줄 생각은 없었다. 지금은 전투 중이었고, 그녀는 좀 더 싸움을 즐기고 싶었다.

"경고는 감사히 받죠. 하지만 그보다는 당신의 실력이 보고 싶습니다. 그럼, 다시 시작할까요?"

알리샤는 자신 있게 하랑을 도발했다. 그의 공격을 두 번이나 받아넘겼으니 이길 수 있다는 확신이 생겼다.

그에 호응하듯 하랑은 지체 없이 그녀에게 달려들었다. 다시 한 번 검을 횡으로 휘두르자 알리샤의 단검이 막아섰다. 처음과 같이 그녀는 조금도 밀려나지 않았다. 이번에도 제대로 방어한 그녀는 조금 시시해진 표정을 지었다.

"이런 식의 공격은 제게 안 통해요. 뻔히 알면서도 똑같은 공격이라니, 당신의 이름이 울겠어요."

하랑의 무위에 대한 기대가 컸던 만큼 실망도 빠르게 찾아들었다. 그 마음을 숨기지 못한 알리샤가 한껏 비아냥거렸지만, 하랑은 발끈하지 않았다. 그는 여전히 검을 맞댄 채로 담담히 입을 열었다.

"달세르 알리샤, 전투에서 자만은 죽음과 같습니다."

자만은 죽음. 그 말이 끝나는 순간, 알리샤의 본능이 위험을 감지했다.

콰르릉!

"꺄아악!"

우렁찬 천둥소리와 함께 알리샤의 입에서 비명이 터져 나왔다. 하얀 번개가 그녀의 발등을 뚫고 위로 치솟았다. 터져 버린 살갗과 혈관이 타들어가고 있었다. 처음 겪는 극심한 고통에 알리샤는 정신이 아득해짐을 느꼈다. 왼발이 망가진 그녀가 통증을 견디지 못하고 주저앉자 근처에서 기회를 엿보던 돌들도 큰 소리를 내며 바닥으로 추락했다. 전투 능력 상실, 하랑의 승리였다.

하랑은 알리샤의 목에 검을 겨눴다. 그녀는 해연이 있는 곳을 알고 있을 것이다.

"신녀님은 어디⋯⋯."

그 순간, 땅 밑에서 이상한 기운이 느껴졌다. 하랑은 질문을 마치지 못하고 뒤로 몸을 뺐다. 자리를 이탈하자마자 그가 있던 자리에서 뾰족한 나무줄기가 튀어나왔다. 팔뚝만 한 줄기는 발을 잡아채려는 듯 몸을 쭉쭉 늘리며 달려들었다. 하랑이 여러 번 물러나 거리를 벌린 뒤에야 뱀 같은 나무줄기는 공격을 멈췄다.

알리샤와 멀찍이 떨어진 하랑은 그녀의 앞을 가로막고 서 있는 남자를 유심히 보았다. 지금껏 그와 대면한 적은 없지만, 이름은 들어보았다.

'달세르 곤.'

풍성한 흰 면바지에 짧은 조끼만 걸친 젊은 공력자에 대한 소문은 대체로 여인과 관련된 내용이었다. 그나마 삼 년 전까지는 뛰어난 전투 감각을 가진 전도유망한 사내로 평가받았으나, 지금은 여색과 관련된 소문만 무성했다.

하랑이 들었던 소문을 떠올리는 사이, 곤은 고개를 살짝 돌려 뒤에 있는 알리샤의 상태를 곁눈질했다. 알리샤는 혈관이 타서 피조차 제대로 나오지 않는 왼발을 부여잡고 앉아 있었다. 고개를 푹 숙이고 있어서 표정을 제대로 볼 수는 없었지만, 극심한 고통 탓에 참지 못한 신음이 간간이 흘러나왔다.

항상 지면과 붙어 있는 발바닥에는 보호막이 제대로 펼쳐지지 않앉고, 땅에서 위로 솟구치는 번개의 존재를 몰랐던 것도 패배의 원인이었다.

곤은 살이 타는 냄새에 입술을 꽉 깨물고 하랑을 노려보았다. 어쨌든 정당한 결투였으니 원망할 수는 없지만, 그렇다고 용서할 생각도 없었다.

"알리샤, 조금만 참아. 저 자식 빨리 처치하고 치료하러 가자."

곤은 허리춤에 매달려 있던, 초승달을 닮은 화려한 검 한 자루를 빼 들었다. 그가 검을 쥐자 하랑도 다시 전투 태세를 갖췄다. 베론이 나타나기 전에 곤도 제압해 둘 필요가 있었다. 검을 쥐고 상대방의 실력을 가늠하던 두 사내는 동시에 서로를 향해 달려들었다.

정궁 앞까지 힘껏 달려온 해연은 가쁜 숨을 가다듬기 위해 잠시 발을 멈췄다. 차가운 밤공기를 폐부에 집어넣으며 달빛이 내려앉은 넓은 잔디밭을 살폈다. 저 멀리, 곤이 입고 있던 흰 바지가 희미하게 보였다. 거리가 워낙 멀어서 그와 함께 있는 사람은 정확히 보이지 않았지만, 미친 듯이 뛰는 심장이 하랑일지도 모른다고 외치고 있었다.

해연은 심장이 원하는 대로 발을 옮겼다. 그러나 몇 발짝 가지 못하고 뒤로 물러설 수밖에 없었다. 땅이 움직거리더니 곤이 있던 곳 근처에서 거대한 나무뿌리들이 흙먼지를 일으키며 솟아났다. 하늘을 찌를 기세로 솟구친 세 개의 나무뿌리는 채찍처럼 휘어지며 땅을 후려쳤다. 넓은 잔디밭 위를 제 맘대로 휩쓸고 다니는 뿌리들의 기세는 엄청났다.

'뭐야, 저게?'

지구에서 가장 크다는 바오바브나무의 뿌리보다 두툼한 것들이 몸을 흔들어댔다. 땅에서 솟아난 뿌리가 살아 있는 것처럼 움직이는 괴이한 현상에 해연은 잠시 멍하니 서 있었다. 나무뿌리는 강풍을 일으키며 무서운 속도로 움직였다. 그때 흰빛이 번쩍이며 시야를 가득 채웠다. 빛과 함께 귀청을 찢을 듯한 천둥음이 해연의 마음을 다시금 헤집어놓았다.

'하랑?'

여러 줄기의 벼락이 나무뿌리 밑동에 꽂혔다. 그 일격에 기둥을 잃은 뿌리들은 벌목당한 것처럼 서서히 땅에 몸을 뉘었다. 거대한 덩치가 땅과 부딪치면서 굉음과 흙먼지가 일었다. 그 소리에 정신을 차린 해연은 다시 달리기 시작했다. 그였다. 그가 분명했다.

하랑은 텁텁하게 너풀거리는 흙먼지 너머로 시선을 고정했다. 검을 빼 든 곤의 모습이 황갈색 먼지에 가려 흐릿하게 보였다.

'이런 식의 공격은 공력만 잡아먹을 뿐인데, 도대체 무슨 생각이지?'

하랑은 눈을 가늘게 뜨고 곤의 의중을 파악하려 들었다. 하지만 이렇다 할 만한, 마땅한 이유가 떠오르지 않았다. 거대한 덩치를 가진 나무뿌리들은 거칠긴 해도 피하지 못할 수준은 아니었다. 오히려 너무 커서 공격의 정확도가 떨어졌다.

'아니면 내 공력을 소모하기 위함인가?'

지금으로서는 가장 그럴듯한 이유였다. 뿌리를 꺾기 위해 거대한 벼락을 만들었고, 그만큼 공력이 빠져나갔다. 하지만 하랑은 곧 고개를 저었다. 자신보다 그의 공력이 두 배는 더 소모되었을 것이다.

하랑의 짐작대로 곤은 몸속에 저장해 두었던 공력이 엄청나게 빠져나가는 걸 느꼈다. 하지만 그런 출혈을 감안하면서도 거대 뿌리를 만든 건 꼭 필요한 일이었다.

'이젠 빠져나가지 못한다.'

승리를 장담한 그는 쓰러진 나무에 힘을 불어넣었다.

곤의 의중을 파악하기 전까지 긴장을 늦출 수가 없던 하랑은 곧바로 이상기류를 감지했다. 여전히 가라앉지 않은 황갈색 토연 너머로 꾸득꾸득거리는 이상한 소리가 들려왔다. 그 소리의 출처를 알아챈 하랑의 눈에 낭패감이 어렸다.

'당했군.'

하랑은 아랫입술을 깨물고 손에 들린 검을 추슬렀다. 전신의 감각을 다 깨우고 양옆을 빠르게 훑자마자 나무줄기들이 흙먼지를 뚫고 튀어나왔다.

"칫!"

눈에 들어오는 것만 해도 수십 개. 그는 다리에 공력을 둘러 급히 허공으로 몸을 날렸다. 양옆과 뒤에서 한꺼번에 튀어나오는 줄기들을 피할 만한 공간은 허공뿐이었다. 그러나 뱀처럼 유연한 몸통을 가진 줄기들이 금세 방향을 바꿔 따라붙었다. 수백 개의 나무줄기가 아래에서 한꺼번에 치솟아 올랐다. 그 모습이 마치 날을 바짝 세운 고슴도치의 등처럼 보였다.

이대로 떨어진다면 전신에 나무가 촘촘히 박힐 것이었다. 그 즉시 사망이라 해도 과언이 아니었다. 위기를 느낀 하랑은 많은 양의 공력을 몸 밖으로 분출했다. 자유로워진 공력은 눈부신 빛과 함께 좀 전과 같은 거대한 벼락을 불러냈다. 보랏빛을 띤 벼락은 맹렬한 기세로 쫓아오던 나무줄기에 사정없이 내리꽂혔.

재만 남아 거뭇하게 타버린 땅에 내려선 하랑은 몸속에 남은 공력을 확인했다. 알리샤와 곤을 연달아 상대하는 바람에 공력이 벌써 바닥을 보이기 시작했다.

'난감한걸.'

그는 흙먼지가 걷혀가는 주위를 쓱 살폈다. 처음에 넘어뜨렸던 세 개의 나무뿌리가 여전히 양옆과 뒤에 있었다. 죽은 듯이 보이던 뿌리에는 수백 개의 줄기가 촉수처럼 달려 있었다. 징그러울 만큼 많은 수의 나무줄기, 그것이 곤이 뿌리를 만들어낸 이유였다. 아무것도 없는 땅에서 만들어내는 것보다 큰 나무에서 작은 나무를 뻗어내는 게 속도도 빠르고 공력의 소모도 적었다.

'뿌리가 과하게 큰 움직임을 보인 것도 이걸 유도한 건가?'

난폭하게 움직이는 뿌리를 효과적으로 제거하는 방법은 밑동을 잘라내는 것이었다. 하랑은 그 방법을 그대로 따랐고, 뿌리를 쓰러뜨릴 수 있었다. 하지만 그 모든 건 곤이 유도한 것임을 깨달았다. 그는 세 개의 나무뿌리만으로 퇴로를 완벽히 차단했고, 공격의 중심지에 적을 가뒀다. 확실히 곤은 상대의 속성을 파악하고 전투를 이끌어가는 능력이 탁월했다.

"천재적인 전투 감각을 지녔다는 게 헛소문은 아닌 모양이군."

하랑은 곤의 실력을 인정했다. 그가 여색에 빠지지만 않았더라면 베론보다 더 뛰어난 공력자가 되었을 터다.

여전히 알리샤를 지키고 서 있는 곤의 주변으로 녹색 빛 가루가 반짝였다. 공력이 운용되고 있음을 알려주는 신호였다. 그걸 본 하랑의 눈빛도 자못 심각해졌다.

'저 거대한 나무뿌리를 모두 태워 버리기엔 공력이 부족한데, 이번에도 본체를 쓰러뜨리는 수밖에 없나.'

주변에서 다시 꾸득거리는 소리가 들렸다. 태워 버린 줄기에서 나무들이 자라나고 있었다. 하랑은 차분하게 곤을 공격할 기회를 엿보았다. 공력이 얼마 남지 않았으니 효과적으로 제압해야만 했다. 빈틈을 찾아 그를 살피던 하랑은 곤의 뒤쪽에서 달려오는 여인을 무심코 눈에 담았다. 그녀를 인지하는 순간, 그는 아무 생각도 하지 못했다.

곤은 하랑의 멍한 시선을 따라 고개를 돌렸다가 침음을 삼켰다. 해연이 오고 있었다. 하랑의 등장을 그녀가 모르길 바랐건만, 그건 물 건너가 버렸다.

'하필 이럴 때…….'

곤의 미간이 팍 찌푸려졌다. 이런 상황에 대비해 두나에게 미리 언질을 주긴 했지만, 타이밍이 썩 좋지 않았다. 하랑은 여전히 멀쩡했고, 알리샤는 부상이 심했다. 그를 빨리 제압하고 알리샤의 상처를 국의에게 보여줘야 하건만, 신녀가 하랑을 편든다면 시간이 지체될 수밖에 없었다.

하랑과 눈이 마주친 해연은 그 자리에 멈춰 섰다. 정말 그였다. 설마설마했지만, 그토록 그리워하던 얼굴이 막상 눈앞에 보이자 아무 말도 할 수가 없었다. 고생한 흔적이 고스란히 남아 있는 그의 행색에 가슴이 아릿해졌다. 얼마나 힘들게 자신을 찾아왔을까, 그 사실이 형용할 수 없는 감정으로 다가왔다. 그동안 내색하지는 않았지만, 자꾸만 그에게 향하는 마음을 피하려고 얼마나 노력했는지 모른다. 그런데 이리 마주하니 울컥 눈물이 치솟았다.

모래 먼지가 바람결에 흩날리자 하랑의 눈에 해연의 모습이 더 선명하게 보였다. 달빛에 비친 검은 머리카락과 달려오느라 붉어진 두 볼, 촉촉하게 젖어버린 눈까지. 그는 많은 감정이 깃든 해연의 검은 눈동자에서 잠시도 시선을 떼지 못했다. 그때, 그녀의 볼을 타고 눈물이 흘러내렸다. 격해진 감정을 견디지 못한 흐느낌에 가냘픈 어깨도 함께 떨렸다. 그 모습이 그의 심장을 미친 듯이 흔들어댔다.

하랑은 곤과의 전투도 잊고 해연에게 달려갔다. 곤이 경계하는 느낌이 어렴풋이 들었지만, 그따위 것은 아무래도 좋았다. 지금 이 순간, 자신의 눈앞에 그녀가 있다는 점이 더 중요했다. 그는 금방이라도 무너질 듯한 그녀의 몸을 조심스럽게 끌어당겨 품에 담았다. 혹시라도 거부당할까 봐 망설여졌지만, 그 걱정이 무색하게 해연이 품을 파고들었다. 자신의 가슴에 얼굴을 묻고 흐느끼는 느낌에 하랑은 부드럽게 미소 지었다. 해연이 우는 건 싫었다. 하지만 자신에게 의지하는 이 느낌만큼은 그 무엇과도 바꾸고 싶지 않았다.

하랑의 품에서 감정을 쏟아내던 해연은 등과 허리를 끌어당기는 조심스러운 손길에 몸을 내맡겼다. 혹여나 깨어질세라 조심하는 그 손길이, 모든 것이 신기루일까 봐 불안하던 마음을 따뜻하게 달래주었다.

익숙한 체취를 맡으며 진정해 가는 해연의 귀에 하랑의 입술이 살짝 닿았다. 그 감촉에 해연의 귓불이 뜨겁게 달아올랐다. 신경이 바짝 쏠려서 눈물까지 그친 줄도 모르고 하랑은 그녀의 귓가에 대고 작게 속삭였다.

"보고 싶었습니다. 죽을 만큼…… 보고 싶었어."

낮게 울리는 그의 목소리가 맞대고 있던 심장까지 서로 반응하게 만들었다. 보고 싶었다. 그리움에 점철되어 고통스럽던 나날을 이보다 더 잘 표현한 말이 어디 있을까. 심장에 저릿함을 느낀 해연은 하랑의 허리를 꽉 끌어안았다. 단단하고 넓은 그의 품이 수줍게 웃는 해연의 얼굴을 가려주고 있었다.

곤은 하랑을 껴안고 있는 해연을 보면서 인상을 썼다. 자신은 그리도 밀쳐 내더니만, 하랑에게는 스스로 안겨서 떨어질 줄을 몰랐다. 그것만으로도 신녀의 마음이 어디로 향하고 있는지 알 수 있었다. 자신보다는 하랑, 가리국보다는 동연국.

'위험해. 이대로는 저자를 따라서 동연국으로 갈 수도 있다.'

곤은 곁에 있는 알리샤를 내려다보았다. 타버린 발에 공력을 퍼붓는 중이지만, 좀처럼 회복되지 않았다. 더는 신음을 흘리지 않았으나 손이 떨리는 것으로 보아 극심한 고통을 간신히 참고 있는 게 분명했다. 그 모습에 얼굴을 구긴 곤은 손에 공력을 모았다.

근처를 떠돌던 초록빛 가루가 그의 손에 응집되었다. 그 가루에서 쭉 뽑혀 나온 나무줄기는 하랑의 등을 뚫을 듯이 날아갔다.

콰앙!

땅에서 치솟은 번개가 나무줄기를 강타했다. 그 소리에 놀란 해연이 하랑을 놓고 곤을 바라보았다. 그의 손에 들린 나무줄기의 끝이 벌겋게 타고 있었다. 그걸로 하랑을 공격한 것이리라, 그리 생각한 해연의 눈에 불만이 어렸다. 그 감정을 읽은 곤은 짜증스런 얼굴로 알리샤를 가리켰다.

"네 눈엔 알리샤가 보이지도 않아? 그 자식 때문에 다쳤는데, 껴안고 있고 싶냐?"

분통을 터뜨리는 그의 말에 해연도 그제야 알리샤의 부상을 알아차렸다. 하랑과의 재회에 다른 걸 살필 여력이 없던 탓이지만, 지금에서야 그녀를 발견한 건 무척 미안한 일이었다. 그 덕에 곤에 대한 불평도 사그라진 해연은 급히 알리샤에게 달려갔다.

"알리샤, 괜찮아요?"

해연은 빠르게 그녀를 살폈다. 알리샤의 안색은 썩 좋지 않았다.

식은땀에 젖은 짧은 회색 머리칼이 얼굴에 들러붙어 있었고, 고통을 참느라 깨문 입술에서는 한줄기 피가 흘러내렸다. 그 핏줄기에 해연의 얼굴도 심각해졌다.

신고 있던 신발이 발과 함께 타면서 상처에 눌어붙었는데 한눈에 봐도 심해 보여서 해연은 더 속이 상했다. 전투 중에 벌어진 일이니 어느 한쪽의 잘못도 아니지만, 원인은 자신에게 있었다. 그리 생각하자 마음이 괴로웠다.

알리샤는 깨물고 있던 자신의 입술을 놓아주었다. 해연이 다가온 뒤로 통증이 조금씩 사그라지고 있었다. 좀 전만 해도 숨 쉬는 것조차 버거웠는데, 그녀가 발을 살피면서부터는 호흡도 편안해졌다.

'설마, 물의 힘?'

알리샤는 신녀가 가진 물의 힘에 대해 떠올렸다. 전대 신녀가 말하기를, 신녀는 물을 이용해 치료를 할 수 있다고 했다. 목숨을 위협하는 극심한 상처는 신녀가 대가를 내놓아야 하지만, 자잘한 외상 정도는 간절히 바라는 것만으로도 치료가 가능했다. 그리고 지금, 해연이 치료를 간절히 원하기에 상처 부위의 물들이 회복 속도를 높여주고 있었다.

그 사실을 깨달은 알리샤는 앞에 있는 해연의 손을 잡았다. 상처에서 시선을 떼지 못하던 해연이 고개 들고 눈을 마주쳐 왔다. 걱정이 가득한 그 눈동자에 알리샤는 미소를 지어 보였다.

"전 괜찮습니다. 공력으로 며칠 치료하면 될 테니, 너무 염려하지 마세요."

알리샤는 오히려 해연을 다독여 주었다. 그녀의 마음 씀씀이가 고마워서 낫게 해주겠다고 답변하려는 순간, 우악스러운 곤의 손길이 해연의 팔을 잡아당겼다.

"아앗!"

제 의지와 상관없이 억지로 일으켜진 해연은 화가 나서 곤을 노려보았다. 알리샤와 대화 중인데 이게 갑자기 무슨 짓인지, 아까부터 마음에 안 드는 짓만 골라 하고 있었다. 그러나 그는 해연에게 눈길조차 주지 않았다. 곤의 모든 감각은 점점 싸늘해지는 하랑에게만 쏠려 있었다.

하랑은 곤과 기세 싸움을 벌이며 들고 있던 검이 으스러지도록 움켜쥐었다. 좀 전까지만 해도 해연을 만났다는 것에 정신이 팔려서 그녀의 옷차림이 어떤지 몰랐다. 그러다 알리샤에게 달려가는 해연의 뒷모습을 보고 눈앞이 아득해졌다.

몸의 굴곡을 부각시키는 얇은 흰옷이 해연의 몸에 아슬아슬하게 걸쳐져 있었다. 검은 머리카락이 내려앉은 팔과 어깨는 그대로 드러나 있었고, 양옆이 트인 치마는 움직일 때마다 허벅지까지 다 보여주곤 했다. 그것이 하랑의 머리에 불을 지폈다.

도대체 몇 명의 사내가 저 모습을 눈에 담았을까 생각하면 머릿속이 엉망이 되어버렸다. 곤이 이 자리에 있는 것조차 탐탁지 않았다. 공격이라도 해서 해연에게 향하는 눈을 돌리게 할까 싶었지만, 알리샤를 걱정하는 모습 때문에 잠시 참았다. 그런데 곤이 해연의 팔을 잡는 순간, 하랑은 이성의 끈이 뚝 끊어지는 걸 느꼈다. 그녀의 맨살에 사내의 손이 닿았다. 그 사실이 참을 수 없을 만큼 기분 나빴다.

하랑의 분위기가 갑자기 살벌해지자 곤이 피식 조소를 흘렸다. 좀 전까지만 해도 차분하기 그지없던 사내가 신녀의 팔 한 번 잡았다고 분노하고 있었다. 그건 꽤나 흥미로운 광경이었다. 이럴 때 신녀를 확 껴안아 버리면 어떤 표정을 지을까 궁금해지기까지 했다.

팔을 빼려고 애쓰는 해연을 힐끗 본 곤은 발칙하기 그지없는 계획을 실행에 옮기고자 했다. 그러나 정궁 근처에서 느껴지는 황제와 베론의 기운에 호기심을 충족하는 일은 잠시 미뤄야만 했다.

'두나가 일을 제대로 처리했군. 확실히 그 용기는 높이 사줘야 해.'

곤은 황제의 침소로 뛰어들었을 두나를 상상하며 그녀의 과감한 추진력을 칭찬했다. 해연을 막지 못할 경우, 황제에게 가서 상황을 전부 고하라 했던 명령을 착실히 이행한 것이다. 그 덕에 두 사람이 많이 늦지 않고 당도할 수 있었다.

멀리서 황제와 베론이 오는 걸 발견한 해연은 꽉 붙잡혀 있는 팔을 보았다. 얼마나 세게 잡고 있는지 곤의 손 주위가 하얗게 변해 있었다. 도저히 놔줄 것 같지 않은 상황에 해연은 고개를 돌려 하랑을 바라보았다. 이대로 베론까지 합류하면 그에게 불리해진다. 어쩌면 도망갈 기회마저 잃을지도 몰랐다. 그 사실을 깨닫고 마음이 급해진 해연은 하랑을 향해 소리쳤다.

"하랑, 빨리 도망쳐!"

베론과 황제가 오기 전에 궁을 빠져나가야 뒤탈이 없었다. 하지만 하랑은 조금도 움직이지 않았다. 그 모습에 해연은 애가 탔지만, 그는 여전히 차가운 눈빛으로 곤을 응시할 뿐이었다.

하랑은 번개로 곤을 공격해서 떼어놓고 싶었다. 그러나 해연과 곤의 거리가 너무 가까웠다. 물의 속성을 지닌 해연은 번개를 끌어당기기 때문에 가까이에서 뇌공을 쓰는 건 자제해야만 했다. 그렇다고 이대로 마냥 두고 볼 수만도 없었다. 그녀에게 닿은 곤의 손이 거슬려서 미칠 것만 같았다.

"그 팔, 그만 놓지?"

참다못한 그의 입에서 분노가 비치는 음성이 흘러나왔다. 심장이 얼어붙을 듯 날이 바짝 선 느낌이었지만, 곤은 그의 말을 무시했다. 놔줄 수도 없을뿐더러 놔주고 싶지도 않았다. 지금 신녀를 놓아준다면 하랑과 함께 도망칠 가능성이 다분했다. 그것만큼은 어떻게 해서든 막아야만 했다.

"신녀, 네가 결정해."

"뭐?"

"가리국인지, 동연국인지 네가 결정하라고."

곤의 말에 해연은 하랑을 보았다. 아무것도 안 들리는 듯이 굴던 그도 그 질문에는 관심을 보였다. 답변을 기다리는 두 사내의 모습에 해연은 작게 한숨을 내쉬었다. 해줄 수 있는 대답은 정해져 있었다.

"그거야……."

"당연히 가리국이지."

어느새 다가온 황제가 해연의 말을 잘랐다. 베론을 호위로 대동하고 온 그는 눈살을 찌푸리는 해연에게 녹안을 곱게 휘며 웃어 보였다.

"분명 과인에게 그리 약조해 주시지 않았소? 동연국이 아닌 가리국을 택하겠다고. 짐은 그 약조 하나만을 믿고 국보인 신녀의 서까지 내주었소. 그러니 이제는 신녀께서 과인에게 신의를 보여주어야 할 때요."

그 말이 맞았다. 일전에 두 나라 중에서 선택할 일이 생기면 가리국을 택하겠다고 약속한 적이 있었다. 그리고 해연은 그 약조를 어길 생각이 없었다. 신녀의 서는 아직 다 필사하지 못했고, 그 책이 있어야만 집으로 돌아가 부모님을 만날 수 있었다. 그리고 무엇보다 두 나라에 삼 년간 비를 내려주려면 가리국에 있어야만 했다. 동연국의 미친 황제는 가리국에 비를 내려주는 일을 쉽게 받아들이지 않을 가능성이 높았다.

해연은 자신의 어깨에 매달린, 무거운 의무감을 다시 한 번 느끼며 얼굴에서 표정을 지웠다.

"그래요. 가리국에 있을 거예요. 하지만 자꾸 내 신경을 긁진 말았으면 좋겠네요."

차갑게 대꾸한 그녀는 곤에게 잡힌 팔을 비틀어 뺐다. 순식간에 변해 버린 분위기 때문인지 그도 순순히 팔을 놓아주었다. 해연은 저릿하게 느껴지는 팔을 문지르며 하랑에게 다가갔다. 그에 곤이 움찔했지만, 황제가 손을 들어 그를 제지했다. 잠시 지켜보라는 손짓 덕에 해연은 아무런 방해 없이 하랑 앞에 설 수 있었다.

그는 가리국을 선택한다는 말을 들었음에도 담담한 눈빛을 유지하고 있었다. 해연은 그런 하랑에게 조심스럽게 제 뜻을 밝혔다.

"들었다시피 나는 이곳에 남아 있어야 해. 두 달에 한 번씩 동연국에 비를 내리러 갈게. 그래 봤자 삼 년 정도지만, 그 안에 다른 대안을 찾아봐. 내가 동연국에 해줄 수 있는 건 이 정도 뿐이야."

이곳까지 찾아온 하랑이 눈에 밟혔지만, 그렇다고 집으로 돌아가는 걸 포기할 수는 없었다. 삼 년, 엄마가 다시 잘못된 선택을 하기 전에 집으로 돌아가야만 했다. 그러려면 이 정도 선에서 적당히 밀어내는 게 옳을 것이다. 해연은 말이 없는 그를 두 눈 가득 담았다. 그동안 그가 지켜준 덕에 무사할 수 있었다. 그만큼 하랑은 버팀목 같은 사람이었다. 그러니 이제는 자신이 그를 지켜주고 싶었다.

"그만 돌아가, 하랑. 이곳은 내가 막아줄 테니까……."

"아니요. 싫습니다."

하랑은 손을 들어 아직 물기가 남아 있는 해연의 볼을 매만졌다. 이리 허무하게 헤어질 생각이었다면 죽을 고비를 넘기면서 사막을 건너오지도 않았다. 흔들리는 해연의 눈동자를 지그시 응시하던 그는 떨어져 있는 동안 수도 없이 느꼈던 자신의 감정을 전했다.

"더는 희생을 강요하지 않겠습니다. 신녀님이 동연국을 택하실 수 없다면, 이번에는 제가 선택할 겁니다. 동연국이든 가리국이든, 당신 곁에만 머물 수 있으면 됩니다. 그거면 충분합니다."

해연이 동연국으로 돌아갈 생각이 없다면 자신이 가리국에 남으면 된다. 어느 나라를 택하든 해연의 곁에만 있으면 족했다. 부하들과 동연국을 지키겠다는 약조, 그 모든 것을 잃고 후회할지라도 지금은 마음이 닿는 대로 하고 싶었다.

하랑의 귀화 결정으로 전투는 순조롭게 마무리되었다. 알리샤는 곧바로 국의에게 보내졌고, 하랑의 거취 문제가 본격화되었다. 공력자인 하랑의 귀화는 가리국에서 쌍수를 들고 환영할 만한 일이지만, 곧이곧대로 믿기가 힘들다는 이유로 그의 자유를 잠시 박탈하기로 했다. 물론 해연의 의사는 전혀 반영되지 않은 결정이었다.

황제의 침실이 있는 황궁, 그 건물의 1층 맨 끝에 있는 방은 심문의 방이라 불리는 곳이었다. 푸르스름한 조명이 을씨년스러운 방 안에는 거대한 기둥 하나가 한가운데를 떡하니 차지하고 있었다. 단단한 돌로 만들어진 기둥에는 공력자의 힘을 억제할 수 있는 하얀 족쇄가 위아래로 세 개씩 달려 있었다. 대대로 가리국의 공력자를 억압하던 족쇄는 하랑의 자유마저 앗아가려는 중이었다.

차가운 돌기둥에 등을 대고 선 하랑은 손과 발에 족쇄가 채워지는 걸 순순히 받아들였다. 공력이 멈추면서 힘을 잃는 기분 나쁜 느낌이 들었으나, 그는 눈살 한 번 찌푸리지 않고 참아냈다. 해연과 함께 있을 수만 있다면 이 정도 불편은 감수할 용의가 있었다.

그가 기둥에 묶이는 걸 보고 있던 해연은 부글부글 끓어오르는 속을 간신히 달랬다. 책임지겠다고 호언장담을 했는데도 황제는 고집을 부렸다. 그를 묶어놓기 싫다는 자신의 말은 귓등으로도 듣지 않았다. 하랑이 며칠쯤이야 괜찮다며 말리지만 않았더라면, 해연은 화를 주체하지 못하고 다 뒤집어엎었을지도 몰랐다.

족쇄가 제대로 채워진 걸 확인한 곤은 이만 나가자는 손짓을 했다. 해연의 곁을 지키고 서 있던 베론도 몸을 돌렸다. 하지만 해연은 꿈쩍도 하지 않았다.

"하랑과 단둘이 할 얘기가 있으니까 다들 나가 있어요."

저기압인 그녀의 음성이 방 안에 울려 퍼졌다. 그 목소리에 담긴 분노를 읽은 곤과 베론은 서로 시선을 교환했다. 어찌하는 게 좋겠냐는 베론의 표정에 먼저 입을 연 건 곤이었다.

"안 돼. 귀화를 믿을 수 없는 상황에서 너와 단둘이 있는 건……."

곤은 말을 하다 말고 입을 다물었다. 해연의 눈빛이 섬뜩할 만큼 날이 서 있었다. 짓궂은 장난을 쳐도 대충 받아넘겨 주던 지금까지의 그녀가 아니었다. 매서운 분위기에 베론도 위험을 감지했는지 들고 있는 검 손잡이에 슬쩍 손을 가져다 댔다. 그러나 베론은 신녀와의 싸움만큼은 어떻게 해서든 피하고 싶었다.

"신녀님, 진정하십시오. 하랑 대장의 실력이 워낙……."

"베론."

해연은 자신을 설득하려는 베론의 말을 잘라냈다. 그따위 변명은 더 듣고 싶지 않았다.

"전대 신녀는 당신들을 어찌 대했는지 모르겠지만, 더는 내 뜻을 거역하는 걸 용납하지 않겠어요. 내가 이곳에 있는다고 하면 있는 거고, 간다 하면 가는 거예요! 황제든 누구든 또다시 내 말을 우습게 여기고 무시했다간, 그땐 나도 가만있지 않겠어요. 난 분명히 경고했어요, 베론. 그러니 지금 당장 나가요."

결국, 폭발해 버린 해연의 분노에 방 안이 조용해졌다. 항상 깐죽대던 곤마저 그녀의 눈치를 살폈다. 신의 저주에 걸려 자애롭기 그지없던 전대 신녀는 이런 식으로 화내는 일이 없었다. 이계에서 온 해연만이 할 수 있는 일이었다. 처음 겪는 신녀의 노기 앞에서 두 공력자는 마땅히 대항할 방도를 찾지 못하고 꼬리를 내려야만 했다.

"송구합니다. 신녀님의 심기를 어지럽힐 생각은 아니었는데, 용서하십시오. 이만 물러가겠습니다."

베론은 해연에게 정중히 사과하고 곤을 곁눈질했다. 소란 피우지 말고 나가자는 뜻이었다. 곤은 눈썹 사이를 일그러뜨리며 못마땅해했지만, 해연의 기세에 더는 토를 달지 못했다.

두 사람이 나가고 난 뒤, 여전히 분이 풀리지 않은 감정을 가다듬던 해연은 웃음을 억지로 참고 있는 하랑을 볼 수 있었다. 참고 싶은데 그게 쉽지만은 않은지, 그의 입술 사이로 큭큭거리는 소리가 빠져나왔다. 그 웃음에 좀 전까지 열을 내던 해연도 김이 팍 새버렸다.

"뭐야, 그렇게 묶여놓고 지금 웃음이 나와?"

민망함을 담은 투덜거림에 하랑은 헛기침까지 해가며 웃음을 참으려고 노력했다. 하지만 결국 실패했고, 입이 삐죽 튀어나온 해연을 대면해야만 했다.

"내가 누구 때문에 화까지 냈는데……."

"그게, 보기 좋아서 말입니다."

하랑은 웃는 낯으로 그녀를 달랬다. 그 얼굴을 가볍게 흘겨본 해연은 곧 그를 따라 웃음을 머금었다. 오랜만에 밝게 웃는 하랑을 보니 덩달아 기분이 좋아졌다. 그 덕에 화가 다 풀린 해연은 그에게 다가가 족쇄가 채워져 있는 손목을 만지작거렸다.

예상치 못한 해연의 행동에 하랑은 당황하며 급히 눈을 돌렸다. 화를 내는 모습에 빠져 잠시 잊고 있었는데, 지금 그녀의 옷차림은 그의 기준에 대면 반라 상태나 마찬가지였다. 게다가 사방이 밀폐된 공간에 단둘뿐이었다. 그걸 깨닫자마자 하랑은 자신이 기둥에 묶여 있음에 감사했다. 혹여 몸이 자유로웠다면 잠시 이성을 내려놓았을지도 모를 일이었다.

그가 무슨 생각을 하는지 모르는 해연은 여전히 마음 한구석에 남아 있는 미안함에 머뭇거렸다. 곁에 있고 싶다는 말은 더없이 달콤하지만, 그 선택으로 인해 그가 잃어야만 하는 사람들이 자꾸 눈에 밟혔다. 적어도 달천대는 하랑과 뗄 수 없는 관계임을 잘 알기에 해연은 그에게 가리국을 벗어날 기회를 주고 싶었다.

"있잖아, 하랑. 나……."

언젠가 집으로 돌아갈 거라고, 그러니 하랑도 나중에 후회하지 말고 돌아가라고, 그리 말하려 했지만, 좀체 입이 떨어지지 않았다. 이성은 계속하라고 재촉하는데, 마음은 싫다고 아우성이었다. 그렇게 이성과 감성 사이에서 심각하게 갈등하는 해연을 나직한 하랑의 음성이 붙잡았다.

"신녀님, 지금은 아무 걱정 말고 기분 좋은 일만 떠올리셨으면 좋겠습니다. 제가 지금 이 순간, 당신만 생각하는 것처럼 말입니다."

감미롭게 심장을 휘감는 그의 말에 해연은 작게 웃었다. 잠시 떨어져 있던 사이에 무슨 일을 겪었는지, 달달하기 그지없는 말도 서슴없이 하곤 했다. 그런 변화가 나쁘지만은 않아서 해연은 해사하게 웃으며 하랑의 품에 얼굴을 비볐다. 그의 말대로 행복한 이 순간을 마음껏 즐기고 싶었다.

13.
신의 저주, 끊어진 이성

가리국 특유의 보석 치장으로 화려하기 그지없는 거대한 욕조에는 물이 꽉 차다 못해 흘러넘쳤다. 하얀 김이 몽실몽실 피어오르는 물을 가만히 응시하던 황제는 좀 전에 보았던 하랑을 떠올렸다. 잔디밭 위에 황황히 서 있던 사내는 모든 나라에서 탐낼 만한 인재가 분명했다. 알리샤와 곤을 연달아 상대하면서도 밀리지 않을 만큼 뛰어난 그를 가졌기에 동연국도 그리 떵떵거릴 수 있었으리라.

'이제 내 손에 들어왔으니 동연국의 거만함도 끝이지.'

가후가 모래 씹은 표정을 지을 걸 떠올리니 유쾌하기 그지없었다. 기분이 좋아진 그는 눈을 가늘게 뜨며 손에 들린 유리잔을 기울였다. 잔에 반쯤 차 있던 붉은 술이 황제의 입안으로 흘러들어 갔다.

'한데……'

하랑의 무력도 무력이지만, 건실하던 외모가 그의 흥미를 더 자극했다. 밤하늘을 닮은 검푸른 머리칼에 시원시원한 이목구비와 날카롭던 눈, 딱 벌어진 어깨와 잘빠진 허리선까지. 하랑의 외형은 쉽사리 잊지 않을 만큼 강렬한 인상을 남겼다. 특히 툭 튀어나온 목울대는 아찔할 만큼 남성적인 향기를 풍겼다.

달콤한 과일주를 들이켜던 황제는 하랑을 떠올리며 입맛을 다셨다. 신녀와 엮여 있는 사내라는 건 이미 그의 머릿속에서 지워지고 없는 상태였다. 그렇게 한참을 입맛만 다시고 있을 때, 욕실 문밖에서 베론이 보고를 올리는 소리가 들려왔다.

"폐하, 명하신 대로 심문의 방에 묶어두었습니다."

베론은 해연에 대한 말은 쏙 빼버리고 하랑에게 족쇄를 채운 일만 고했다. 늦은 밤중에 황제의 심기를 어지럽히고 싶지는 않았다. 그리고 곧 있을 잠자리를 망치기 싫다는 생각도 은연중에 깔려 있었다. 어쩌면 지금 바로 욕실로 들어가 함께할지도 모르는데 낯 붉힐 만한 일은 만들고 싶지 않았다. 하지만 안에서 흘러나온 대답은 베론의 기대와는 전혀 다른 것이었다.

"수고했다. 이만 물러가라."

황제의 말에 베론은 자신이 잘못 들었나 싶었다. 욕실 안으로 들어오란 것도 아니고, 침실로 가서 기다리라는 뜻도 아니었다. 그냥 돌아가라는 말에 잠시 고민하던 베론은 그를 슬쩍 떠봤다.

"그럼, 쉬십시오. 소신은 이만 물러가겠사옵니다."

물러가겠다고는 했지만 황제가 말을 번복하리라 생각했다. 그러나 이번에도 황제는 그를 붙잡지 않았다.

처음 하랑을 대면했을 때 황제의 눈빛이 심상치 않았음을 베론도 모르지 않았다. 그것이 괜스레 껄끄러웠으나 애써 현실을 부정했다. 그는 황제를 믿고 있었다. 수년간 자신만 찾던 남자가 한순간에 마음을 바꾸지는 않으리라. 오늘은 그저 피곤해서 그럴 뿐이라고, 피로가 누적되어 예민하게 구는 것이라고 그리 생각했다. 그런 베론의 믿음이 무색하게 황제는 여전히 하랑에 대한 생각으로 머릿속이 가득 차 있었다.

곤이 고쳐 놓은 잔디밭 위로 아침 바람이 즐겁게 내달렸다. 초록빛 물결을 일으키며 달리던 바람은 열려 있는 테라스로 들어와 해연이 잠든 침대 위에 살포시 내려앉았다. 이슬을 머금어 박하 향처럼 청량해진 공기는 속까지 상쾌하게 만들었다.

싱그러운 내음을 가득 들이마시며 이불을 파고들던 해연은 슬며시 눈을 떴다. 밝은 햇살과 함께 테라스 너머의 풍경이 눈에 들어왔다. 잠에서 깬 뒤 습관처럼 주변을 살피며 젖어 있는 눈가를 손등으로 쓱쓱 문지르다가 어젯밤에 만난 하랑을 떠올렸다.

"아, 맞다! 하랑!"

해연은 몸을 벌떡 일으켰다. 아직도 황궁 기둥에 매여 있을 그가 떠오르자 남아 있던 잠이 전부 달아났다. 방 안으로 들어오는 햇빛으로 보아 오전 여덟 시는 훨씬 지났을 시각이었다. 간밤에 워낙 많은 일이 있어서 침소에 늦게 든 탓에 두나가 깨우지 않은 모양이었다.

"두나."

해연은 두나를 부르며 침대에서 내려왔다. 최대한 빨리 준비하고 하랑에게 가고 싶었다. 아침은 먹었는지, 불편한 건 없는지, 살펴볼 게 한두 가지가 아니었다. 조급한 해연의 마음을 알았는지 두나가 즉각 방 안으로 들어섰다.

"기침하셨습니까, 신녀님."

"네, 두나도 잘 잤어요?"

해연은 부드럽게 웃으며 두나에게 인사를 건넸다. 전날 밤까지만 해도 예민하더니, 오늘은 많이 좋아져 있었다. 그에 두나도 기분 좋게 웃으며 해연의 소세 시중을 들었다.

은으로 만든 대야에 김이 모락모락 나는 맑은 물이 가득 부어지고, 따끈한 물에 손을 담그고 잠시 장난을 치던 해연은 눈물 자국이 난 얼굴을 깨끗이 씻었다. 물에 젖은 손을 살짝 털자 두나가 잘 말린 수건을 건네며 아침에 있던 일에 대해 들려주었다.

"좀 전에 황비마마께서 사람을 보내셨습니다. 아침 산책을 같이 하자고 하셨는데, 신녀님께서 곤하신 듯하여 확답을 드리지 못했습니다. 어찌하오리까?"

가리국에 온 뒤로 황비와의 산책은 해연의 중요한 일과 중 하나가 되었다. 황비는 많은 곳을 구경시켜 주었고, 그 시간은 해연에게도 큰 즐거움을 선사했다. 하지만 오늘은 산책보다 중요한 일이 있었다.

"미안한데 두나, 오늘은 산책하러 못 간다고 전해줘요. 그리고 빠른 속도로 최대한 예쁘게 꾸며줘요. 나 지금 빨리 가야 할 곳이 있어요."

해연은 두나를 재촉해 치장을 서둘렀다. 하랑을 만나러 가는 건데 얼굴에 분칠 정도는 하고 싶었다.

'그러고 보니……'

어젯밤에는 잠을 자다 나간 터라 맨얼굴이었다. 하랑 앞에서 당당히 민낯을 들고 다녔다는 게 떠오르자 해연은 자신의 머리를 한 대 쥐어박고 싶어졌다. 깊은 밤이었지만 달빛이 밝아서 얼추 보였을 텐데, 그 얼굴을 보고도 아무렇지 않게 달달한 말을 내뱉다니.

"비위도 좋아."

해연은 스스로를 깎아내리는 말을 중얼거리다가 다시 헤벌쭉 웃었다. 그가 귓가에 속삭여 주었던, 보고 싶었다는 말이 다시금 심장을 간질여 댔다.

'나중에 또 해달라고 졸라봐야지.'

또 한 번 들어볼 생각에 해연은 히죽히죽 웃으며 시녀들에게 얌전히 치장을 받았다.

여전히 기둥에 매여 있는 하랑은 자신의 입가로 들이밀어 지는 숟가락을 바라보았다. 해연이 들고 있는 은수저 위에는 고슬고슬한 쌀밥이 소복이 담겨 있었다. 갓 지은 것인지 윤기가 좔좔 흐르는 밥은 당장에라도 먹어달라고 아우성을 치는 듯했다. 동연국을 떠난 뒤로 먹어보지 못한 쌀밥이니 한입 크게 베어 물고 싶었지만, 하랑은 초인적인 인내심으로 참아냈다. 그가 끝까지 음식을 먹지 않자 오기가 생긴 해연은 숟가락을 더 가까이 들이밀었다.

"하랑, 아— 하라니까? 나 팔 아파."

배고플까 봐 신경 써서 지어왔건만, 그는 끝까지 입을 열지 않고 고집을 부렸다. 음식에 독을 탄 것도 아닌데 먹지를 않았다. 그에 해연은 눈에 힘을 주고 다시 한 번 하랑을 채근했다.

"입만 벌리면 되는 걸 왜 안 먹어? 다 떠먹여 주겠다는데, 잘 먹어둬야 이런 것도 견디지."

"싫습니다."

그는 완강하게 거부했다. 딱 자른 거절에 해연의 눈에 쌍심지가 켜졌다. 하랑은 은근슬쩍 눈길을 돌렸으나 해연의 고집도 만만찮았다.

두 사람의 밥 먹기 전쟁은 떠먹여 주고 싶은 해연과 그것이 부끄러운 하랑 때문에 생긴 일이었다. 드라마를 보면 종종 여자가 남자에게 음식을 먹이는 장면이 나오곤 한다. 넙죽넙죽 잘 받아먹는 남자를 보면서 흐뭇해하는 마음을 해연도 한 번쯤은 느껴보고 싶었다. 하지만 하랑은 누군가가 떠먹여 주는 게 익숙하지 않다 보니 팔을 풀어주면 직접 먹겠다고 고집을 부리는 중이었다.

"한 손만 풀어주시면 될 일이 아닙니까? 신녀님께서 굳이 힘들이실 필요가 없습니다."

"안 돼. 족쇄 한 번 풀었다가 트집 잡히면 어떡하려고. 다들 예민하게 구는데, 내가 풀어주면 득달같이 달려들걸?"

어제도 풀어주는 일로 마찰을 빚었으니 그녀의 말이 아주 틀린 건 아니었다. 그 위에 약간의 사심이 더해졌을 뿐이다. 결국, 현실을 인정한 하랑은 잠시 머뭇거리다 입을 살짝 벌렸다. 민망함에 얼굴이 살짝 붉어졌지만, 해연은 그 사실에 더욱 기뻐하며 조심조심 밥을 먹여 주었다.

군말 없이 받아먹을 때마다 해연의 표정이 환해지자 하랑은 피식 웃음을 걸쳤다. 잠시 부끄러우면 어떠하랴, 행복해하는 그녀를 혼자 독차지하고 볼 수만 있다면, 그것만으로도 충분히 만족할 수 있었다.

하랑의 배를 든든하게 채워준 해연은 몇 시간이고 옆에 서서 도란도란 이야기를 나눴다. 조금 민감한 내용만 남을 때까지 이야기가 진행되고 나서야 그녀는 하랑이 있는 방을 나섰다. 아직 필사라는 과제가 남아 있었다. 한시라도 빨리 끝내고 싶은 마음에 해연이 돌아가고 난 뒤, 일은 그날 밤에 터졌다.

기둥에 매인 채 잠시 눈을 붙이던 하랑은 방문 근처에서 느껴지는 새로운 기척에 슬며시 눈을 떴다. 푸르스름한 조명이 대충 눈이 익었을 때, 문이 열리며 화려하게 치장한 황제가 들어섰다. 제법 늦은 시각에 찾아온 황제를 의아하게 보던 하랑은 곧 어금니를 깨물며 눈썹을 찌푸렸다. 보석 반지를 여러 개 낀 손이 얼굴을 매만지기 시작한 것이다. 기분 나쁜 느낌에 하랑은 고개를 홱 돌려 그 손길을 떨쳐 냈다.

"뭡니까?"

살기까지 담아 노려보는 눈빛에도 황제는 입꼬리를 올렸다. 반항하는 모습에 되레 피가 끓어올랐다. 베론도 연인으로 괜찮았지만, 슬슬 질려가던 참이었다. 적당한 타이밍에 손에 들어온 새 사내는 거칠면서도 차가웠다. 그것이 황제의 정복욕을 타오르게 했다. 한 발 더 가까이 다가간 그는 하랑의 짙푸른 머리칼부터 매만지기 시작했다.

"처음 봤을 때부터 갖고 싶었다. 잠도 못 자고 네 생각만 했느니라. 가리국의 공력자가 되겠다고 했으니 온전히 내 것이 되어야 하지 않겠느냐?"

피가 불러일으키는 갖은 욕정에 그는 하랑의 옷깃 사이로 손을 집어넣었다. 동연국 특유의 꽁꽁 싸매는 옷 때문에 맨가슴에 닿지는 못했지만, 속저고리 위를 돌아다니는 것만으로도 하랑은 불쾌하기 그지없었다. 당장에라도 저지하고 싶었으나 움직일 때마다 짤그랑거리는 족쇄 소리만이 커다란 방 안에 처연하게 울릴 뿐이었다.

양손과 발이 모두 묶여 있는 하랑은 족쇄의 힘에 공력조차 쓰지 못하고 허리끈이 풀리는 걸 견뎌내야만 했다. 치욕도 이런 치욕이 따로 없었다. 난생처음 겪는 상황에 이가 바드득 갈렸으나 마땅히 제압할 방법이 없으니 더 미칠 지경이었다. 하랑은 분노로 인해 끊어져 가는 이성을 간신히 붙잡고 황제를 향해 낮게 읊조렸다.

"남색에는 관심 없으니 다른 놈을 찾으시죠."

그의 기세는 무척 살벌했지만, 옷을 벗기는 황제의 손을 멈추지는 못했다. 욕정이라는 광기에 사로잡힌 초록빛 눈은 진득하게 웃을 뿐이었다. 그 눈에서 하랑은 가후를 떠올렸다. 살인할 때마다 붉은 눈동자에 서리던 광기와 비슷한 종류라는 게 느껴지자, 아무리 말려도 멈추지 않을 것임을 본능적으로 느꼈다.

"젠장!"

하랑은 치밀어 오르는 욕지기를 내뱉으며 족쇄에서 빠져나오기 위해 몸을 비틀었다. 하지만 공력자를 제압하기 위해 만들어진 신의 족쇄는 그의 마음을 알아주지 못했다.

베론은 황제가 들어간, 굳게 닫혀 있는 심문의 방 앞에 가만히 서 있었다. 하랑을 보는 눈이 예사롭지 않다는 건 알고 있었지만, 그 욕망을 하루 만에 드러내고 실행에 옮길 줄은 몰랐다. 그것도 신녀와 범상치 않은 분위기를 풍기던 사내를 저렇게 막무가내로 품으려 들 줄이야. 그러나 무엇보다 베론을 힘겹게 하는 건 인정해야 한다는 이성과 달리 마음속 깊은 곳에 꽈리를 튼 질투심이었다.

'그를 품고 싶어서 잠도 못 주무셨습니까? 신녀와 하랑, 둘 다 잃을지도 모르는데……. 그리도 품고 싶으셨던 겁니까, 나의 가르?'

꽉 움켜쥔 주먹은 부들부들 떨리고, 깨문 입술에서는 작은 선혈이 흘러나왔다. 그는 기일에 맞춰 황비에게만은 황제를 양보해왔다. 지아비에게 버림받은 황비를 안타깝게 여긴 것도 있었지만, 후

손을 보기 위한 게 더 컸다. 자식을 낳아야만 황실이 존속되기에 베론은 기꺼이 황제를 보내주었다. 몸은 황비와 지내도 마음만은 자신에게 향하고 있음을 알기에 보낼 수 있었다. 하지만 지금은 아니었다. 가리국을 위한 일도 아니었고, 마음이 자신에게 향해 있는 건 더더욱 아니었다. 오히려 가리국을 파멸로 이끌지도 모를 일이 저 방 안에서 남몰래 자행되고 있었다.

베론은 비릿한 피가 입안으로 새어 들어오는 걸 느끼며 몸을 돌렸다. 더는 그곳에 있고 싶지 않았다.

하랑은 이를 악물었다. 황제가 속저고리 고름까지 풀어버리는 바람에 상체가 고스란히 노출되었다. 공력만 쓴다면 쉽사리 상황을 종결할 수 있건만, 단단히 채워진 족쇄는 그의 힘을 모두 앗아가 버렸다. 이런 식으로 기둥에 묶인 채 사내에게 당해야만 하는 기분은 무척 엿 같았다. 하지만 아무리 설득해도 황제는 들어먹질 않았다. 이미 이성이 나간 사람처럼 본능적으로 움직이는 느낌까지 들었다.

하랑이 암담해하는 사이, 황제는 드러난 그의 목덜미부터 허리까지 쭉 훑어보았다. 고개를 돌리고 있는 바람에 더 자극적으로 느껴지는 남성적인 목과 훈련으로 다져진 넓은 가슴팍이 시선을 끌었고, 유려하게 잘 빠진 허리선마저도 전부 다 만족스러웠다. 정신을 어지럽힐 만큼 매혹적인 느낌에 완전히 홀려 버린 그는 조금 더 가까이 다가갔다. 밀착될 만큼 가까워진 거리감에 하랑이 주먹을 꽉 움켜쥐었지만, 그 이상의 움직임은 그에게 허락되지 않았다.

하랑의 어깨와 허리를 잡은 황제는 목을 향해 입술을 가져다 댔다. 가쁜 숨결에 흠칫한 하랑이 목을 최대한 멀리하려 했지만, 단단히 잡혀 있는 상태라 한계가 있었다. 그렇게 고스란히 몸을 내어주게 생겼을 때, 황제가 중얼거리는 소리가 들렸다.

"대랑의 축복?"

그는 하랑의 목선 근처에 난 물방울무늬를 발견하고 들이대던 입술을 잠시 물렸다. 작은 물방울 두 개가 허리가 꺾인 모래시계처럼 끝을 맞대고 있었다. 푸르스름한 물방울이 몸에 새겨진 건 대랑이 내린 축복이 분명했다.

'대랑이 공력자에게 축복을?'

그는 더욱 진한 미소를 머금었다. 신수 대랑은 물의 신의 영향을 받아 공력자를 무척 싫어했다. 그런데 하랑에게 축복을 내리다니, 무척 의외의 일이었다. 둘 사이에 무슨 일이 있었는지는 알 수 없으나, 독특하다는 점에서 하랑을 가지고 싶다는 마음이 더 커졌다.

"오늘 밤은 무척 재밌겠군."

황제는 혀로 붉은 입술을 축이곤 대랑의 축복이 있는 부분부터 핥아 올라갔다. 축축한 입술과 혀가 목을 타고 귀까지 탐했다. 하랑은 진저리를 쳤으나 그의 반항은 지금껏 그랬듯이 아무런 효능을 보이지 못했다.

해연은 목표로 했던 필사 분량을 채우기 위해 열심히 붓을 놀렸다. 한참을 집중해서 필사하던 차에 두나의 목소리가 흘러 들어왔다.

"신녀님, 달세르 베론께서 만남을 청하셨사옵니다."

'베론?'

종이 위를 바삐 돌아다니던 손이 멈췄다.

'이 시간에?'

방 안을 침범하려는 어둠만 보아도 이미 자정이 다 되어가고 있었다. 무슨 일인가 싶어 의문을 품던 해연은 곧 그를 불러들였다. 방 안으로 들어온 베론은 얼굴이 잔뜩 굳어 있었다. 대충 닦은 입가에는 피인지 뭔지 모를 불그스름한 것이 묻어 있었고, 눈썹 앞쪽은 밭고랑 같은 주름이 세 개나 잡혀 있었다. 그 표정에서 심상치 않은 분위기를 감지한 해연은 조심스럽게 말을 걸었다.

"베론, 무슨 일 있나요?"

의아해하는 해연을 보면서 베론은 격하던 감정을 억누르고 허리를 숙여 예를 갖췄다.

"늦은 시각에 이리 만남을 청하여 송구하옵니다, 신녀님."

"괜찮아요. 무슨 일인데 그래요?"

토끼 눈을 뜨며 되물어오는 해연의 순진한 얼굴에 베론은 잠시 고민하며 머뭇거렸다. 오늘은 해연의 기분이 좋아 보이지만, 어제까지만 해도 살벌하게 분노를 토해내던 그녀였다. 하랑과 관련되면 황제에게도 강하게 나가는 신녀가 오늘 일을 들으면 과연 어떤 반응을 보일지, 그것이 덜컥 겁이 났다.

'그래도⋯⋯.'

베론은 복잡한 머리를 굴리며 이미 터진 입술을 다시 한 번 꽉 깨물었다.

사실을 밝힌 뒤에 분노한 신녀가 황제를 해하는 건 두려웠다. 하지만 일이 끝나고 나서 신녀의 귀에 들어간다면, 그때는 정말 걷잡을 수 없을 것이다. 숨을 한 번 크게 들이마신 그는 이 사건이 일어나게 된 배경부터 해연에게 밝혔다. 어쩌면 그것이 황제를 보호해 줄지도 모른다는 작은 희망을 품고, 그는 근심이 가득한 얼굴로 입을 열었다.

"신녀님, 지금부터 들려 드릴 이야기는 태초의 신과 황실에 관련된 비화입니다."

"비화?"

"예. 신녀의 서에도 적혀 있으나 원래 황제와 황비만 알고 외부에는 철저하게 비밀로 하던, 그런 이야기입니다."

베론의 말에 해연은 그런 얘길 꺼내는 이유가 궁금했다. 그러나 우선은 잠자코 들었다. 베론이 들려주는 이야기는 태초로 거슬러 올라갔다. 물의 신이 신녀에게 영생을 주고 원기의 신도 공력자를 만들었을 때, 그때부터 시작되는 내용이었다.

"다섯 신녀와 공력자, 불의 검이 이 세상에 탄생한 뒤에 신들은 그걸로 자신들의 일은 다 끝났으리라 생각하셨습니다. 하여 다섯 황제가 보는 앞에서 하늘로 올라가려고 하셨죠. 그런데 공력자들이 가질 신비한 힘이 두려우면서도 탐이 났던 황제들은 합심하여 신들께 애원합니다."

권력은 지녔으나 무력에서 밀린다고 생각한 황제들은 자신들도 신비한 힘을 가지길 원했다. 나라를 평온하게 다스리기 위함이라는 감언이설에 흔들린 신들은 각 황실에 2~3대에 걸쳐 공력이 이어지도록 해주었다. 하지만 그들의 욕심은 끝이 없었다.

"황제들은 신권이 황권보다 강해질 것을 두려워했습니다. 그들은 신녀들의 마음속에 이타심을 주입해 달라고 신들에게 요청하기에 이릅니다. 황제는 신녀에게 해를 가할 수 있으나, 신녀는 반기를 들지 못하게 하려는 게 속셈이었죠. 공력자를 아낀 원기의 신께서는 그 뜻을 들어주려 하셨으나 물의 신의 반발을 샀습니다."

가뜩이나 불의 검에 불만이 쌓여 있던 물의 신은 황제들의 과한 요구에 분노했다. 그 일로 원기의 신과 물의 신이 대립하자 중립을 지키던 균형의 신마저 화를 내며 앞으로 나서게 되었다. 균형의 신은 신녀에게 이타심을 부여하는 대신 욕심 많은 황제들에게도 저주를 내렸다.

거기까지 설명한 베론은 흥미롭게 듣고 있는 해연을 슬픈 눈으로 바라보았다. 부디 그녀가 황제를 이해해 주길 바라면서 그는 얘기를 이어갔다.

"각 황가에 내려오는 신의 저주는 잠시 억누를 수는 있으나 끊어지지 않고 대대로 이어집니다. 황실의 존폐와 연관될 만큼 무척 은밀한 내용이라 극소수의 인물들만 그 저주에 대해 알고 있습니다. 제 짐작으로는 수우국의 황제들은 대대로 여색을 밝혔고, 청일국의 황제는 냉혹했습니다. 후로국의 황제는 금전에 대한 욕심이 과했고, 동연국의 황제들은 살인을 즐겼지요."

"살인?"

"예, 동방의 붉은 황제는 억지로 전쟁을 일으켜서 피를 보는 걸 좋아한다는 얘기가 있을 정도입니다."

그동안 보아왔던 가후의 행적을 돌이켜 보던 해연은 고개를 주억거렸다. 확실히 그는 살인을 무척 즐겼다. 조금만 제 뜻에 어긋나도 죽이려 들었으니, 어떻게 보면 사람을 죽이지 못해 안달이 난 것처럼 보이기도 했다.

해연이 이해하는 듯하자 베론은 조심스럽게 가장 중요한 말을 내뱉었다.

"그리고 가리국의 황제 폐하는…… 신의 저주로 남색을 즐기셨습니다. 대를 끊기 위한 저주인지라 폐하께서 황비마마를 진심으로 연모하기 전까지는 저주의 힘이 누그러들지 않습니다. 그런데 좀 전에…… 폐하께서 하랑 대장이 있는 방에 들어가셔서……."

쿠당탕!

해연이 앉아 있던 의자가 뒤로 넘어가면서 큰 소리를 냈다. 그 소리에 심장이 철렁해진 베론은 급히 해연을 말렸다.

"신녀님, 진정하십시오. 아직 일이 일어난 건 아닙니다. 그러니 부디⋯⋯."

베론은 말을 끝맺지 못했다. 사태를 직감한 해연이 그의 말을 무시하고 방을 뛰쳐나갔기 때문이다. 하얗고 긴 율라가 펄럭이며 공중으로 떠올랐다. 그만큼 해연은 다급했다.

"신녀님!"

베론이 외치며 말리는 소리가 들렸지만, 해연은 다 무시하고 뛰었다. 막아야만 했다. 하랑이 당하는 일만큼은 무슨 수를 써서라도 막아야만 했다. 걱정과 불안에 휩싸인 그녀의 심장이 마구 날뛰었다.

황제는 하랑의 허리를 매만지며 혀를 내밀어 귀의 뒤쪽을 핥았다. 귓바퀴가 있는 곳까지 꼼꼼히 탐하던 그는 잠시 애무를 멈추고 하랑의 얼굴에 시선을 고정했다. 하랑은 다른 쪽을 쳐다본 채로 이를 악물고 신음 한 번 내지 않았다. 황제는 그것이 무척 못마땅했다.

"짐은 소리를 듣는 걸 참 좋아하는데 말이지. 자네도 입을 좀 벌려보는 게 어떠한가?"

그의 말에도 하랑은 아무런 반응을 보이지 않았다. 완전한 무시에 황제의 얼굴이 처음으로 일그러졌다. 하지만 곧 좋은 생각이 떠오른 그는 곱게 웃었다. 대대로 남색을 즐겨왔기에 말을 듣지 않는 사내를 길들이는 방법도 잘 알고 있었다.

"짐은 기필코 그 입에서 나오는 신음을 들어야겠구나. 꽤 달콤할 것 같단 말이지."

황제는 즐거워하며 품에서 작은 단검 하나를 꺼내 들었다. 자잘한 보석이 무수히 박힌 단검은 푸른 불빛을 받아 더욱 화려하게 반짝였다.

그가 호신 삼아 들고 다니는 얇고 예리한 단검은 뾰족한 날을 바짝 세운 채 하랑의 허리를 파고들었다.

"큭!"

예상치 못한 공격에 하랑의 입에서 고통 어린 신음이 흘러나왔다. 하지만 그뿐이었다. 그는 초인적인 인내심으로 통증을 참아냈다. 황제가 원하는 대로 해주고 싶은 생각은 조금도 없었다. 그러나 그의 고초는 거기서 끝나지 않았다.

만족하지 못한 황제가 검을 비틀기 시작했다. 공력도 없는 상태에서 허리를 헤집어 대는 검이 격한 통증을 전달했다. 팔은 부들부들 떨렸고, 악다문 이에는 힘이 더 들어갔다. 방 안에는 비릿한 혈향이 가득 퍼졌고, 하랑의 호흡은 가빠졌다. 거칠어진 그의 숨결에 황제는 더 달아올랐다. 신의 저주에 사로잡힌 황제는 이전보다 더 격렬하게 하랑에게 달려들었다. 자신의 호흡도 가빠진 채 하랑을 탐하던 그는 흥분이 고조될 때마다 검을 돌렸다.

"으윽."

하랑의 입에서 재차 신음이 흘러나왔다. 그 소리에 귀를 기울이며 웃는 황제의 손이 점점 아래로 내려갔다. 너른 가슴을 쓰다듬던 손은 굴곡진 복근을 지나 바지에 닿았다. 허리춤에 단단히 매어놓은 끈이 조금씩 풀리고 마지막 매듭만 남겨놓았을 때, 문이 벌컥 열렸다.

"하랑!"

해연의 목소리가 방 안을 울렸다. 깜짝 놀란 황제의 손이 멈췄고, 하랑의 고개도 힘겹게 들어 올려졌다. 흐릿해지는 시야로 경악한 해연의 얼굴이 아른거렸다. 이런 모습만은 절대 보여주고 싶지 않았는데, 얼마 남지 않은 기운이 쫙 빠져나갔다.

몸을 돌린 황제의 뒤로 기둥에 묶여 있는 하랑이 보였다. 상체는 다 드러나 있었고, 그의 허리에 꽂힌 단검의 손잡이가 반짝이며 눈을 현혹했다. 단검이 살갗을 다 헤집어놓은 탓에 하랑은 식은땀을 흘리며 고개조차 제대로 가누지 못했다. 바지를 적신 피가 뿜어내는 비릿한 혈향은 해연의 숨을 턱 막아버렸고, 머리를 어지럽게 만들었다. 자신의 곁에 있겠다며 자진해서 찬 족쇄 때문에 눈 뜨고 당해야 했을 그를 생각하니 마음이 울렁거렸다.

충격받은 해연이 멍하니 서 있는 동안, 뒤쫓아온 베론이 그녀를 부르며 다급히 안으로 들어섰다. 해연을 말리기 위해 앞뒤 생각 않고 뛰어들었으나 황제와 눈이 마주치자 할 말을 잃었다. 네가 신녀를 끌어들였느냐는 질책 어린 눈빛이 베론의 심장을 후벼 팠다. 그렇게 그가 잠시 머뭇거리는 사이, 갑자기 큰 굉음이 방 안을 후려쳤다.

쿵!

지진이 일어난 것처럼 발을 통해 진동이 느껴졌다. 그에 베론과 황제의 시선이 자연스레 아래로 향했다. 잘 다듬어놓은 돌바닥이 푸르스름한 조명을 받아 반들반들하게 빛나고 있었다.

쿵!

또다시 큰 소리가 나자 바닥에 균열이 가기 시작했다. 그리고 한 번 더 굉음이 터지는 순간, 베론은 깨달았다. 황궁 지하에 있는 저수조의 물이 신녀의 감정에 따라 격렬하게 움직이고 있음을. 처음으로 두려움이란 감정이 그를 억압했다. 등줄기를 타고 소름이 쫙 끼쳤다. 이건 정말 위험했다.

"폐하!"

베론의 입에서 절망적인 외침이 터져 나오고, 마지막 굉음과 함께 바닥의 일부분이 허물어졌다. 뚫려 버린 구멍으로 방대한 양의 물이 솟구쳐 올랐다. 천장까지 닿은 물은 관성을 무시한 채 황제를 향해 날을 세웠다.

분노한 해연의 감정에 고스란히 동화된 물은 수백 개의 창날을 만들고 잠깐의 자비조차 베풀지 않은 채 황제를 향해 달려들었다. 그는 몸을 꿰뚫어 버릴 듯한 사나운 기세에 그대로 얼어붙었다. 난생처음으로 죽음이란 단어가 주는 절망의 끝이 얼마나 공포스러운지 느껴야만 했다. 가시를 세운 물기둥이 황제를 뚫기 직전, 하랑의 목소리가 들렸다.

"해연!"

일순간 공기가 멈췄다. 모든 것이 정지되었다. 황제의 눈앞까지 뻗은 물도 그 움직임을 멈췄다. 일분일초가 영원 같은 시간이 지나고, 하랑의 음성이 부드럽게 해연의 귓가를 파고들었다.

"이런 일로 화내지 마십시오. 당신이 화를 내면 제 마음이 더 아픕니다."

하랑은 흔들리는 해연의 눈을 보며 작게 미소 지어주었다. 황제를 응징하고 싶은 마음이야 굴뚝같지만, 그녀가 직접 손을 쓰는 건 원치 않았다. 해연은 사람의 죽음과 가깝지 않다는 걸 잘 알기에 나중에라도 후회할 일은 막아주고 싶었다. 자신의 복수보다 그녀가 상처받지 않는 게 더 중요했다.

괜찮다는 듯 자상하게 달래주는 눈빛에 해연의 분노가 조금씩 녹았다. 그녀의 감정에 따라 황제를 공격하던 물도 조금은 차분해졌다. 하지만 여전히 물은 날카로운 가시를 내보이며 주위를 맴돌았다. 거대한 물기둥이 살아 움직이며 주는 위압감에 다들 해연만 바라보았다. 부디 그녀가 감정을 가라앉히기를 간절히 바라고 있을 때, 황비가 나타났다.

베론이 보낸 시중에게 얘기를 듣고 허겁지겁 달려온 그녀는 물기둥의 모습에 기겁했다. 말로만 듣던 이계에서 온 신녀의 권능, 물로 사람을 해할 수도 있는 힘. 그걸 깨달은 황비는 주저하지 않고 해연의 앞에 털썩 무릎을 꿇었다.

"신녀님, 제게 벌을 내려주십시오. 전부 다 제 잘못이며, 제 불찰입니다."

그녀는 무릎을 꿇은 채 몸까지 숙여가며 빌었다. 한 나라의 국모인 황비의 행동이라기엔 무척 의외였던지라 해연까지 흠칫 놀랐다.

"이게 무슨……."

"지아비를 제대로 모시지 못한 제 불찰에서 비롯된 것입니다. 신첩이 부족하여 폐하의 마음을 얻지 못하였기에…… 그래서 이런 일이 벌어진 것이니 신녀님의 노여움도 제가 받아야 마땅합니다."

황비는 모든 것을 다 자신의 탓으로 돌렸다. 신의 저주마저도 다 제 잘못인 양 비는 모습이 결국 해연의 마음을 움직였다. 그동안 같이 산책하면서 보여준, 황제를 향한 황비의 연정을 그녀도 모르지 않았다. 황제를 거론할 때마다 볼을 붉히며 수줍어하던 황비의 마음을 알기에 앞을 가로막은 그녀에게 해연은 차마 화를 낼 수 없었다. 사내를 품는 지아비를 눈 뜨고 보아야만 하는 부인의 마음은 어떠한지, 그런 황비의 가련함을 충분히 이해하기에 해연은 황제에게도 마지막 기회를 주기로 마음먹었다.

"알았어요. 그러니 그만 일어나요."

해연은 손을 뻗어 그녀를 일으켜 세웠다. 원하던 답을 들은 황비는 해연의 뜻에 따라 일어서긴 했으나, 죄지은 사람처럼 고개를 들지 못했다. 자신의 지아비가 신녀의 남자를 억지로 탐하였으니, 차마 해연의 앞에서 떳떳하게 고개를 들 수가 없었다.

황비의 태도는 해연뿐만 아니라 황제에게도 영향을 끼쳤다. 그는 충격받은 얼굴로 황비를 보았다. 지금껏 단 한 번도 그녀가 어떤 사람인지 생각해 본 적이 없었다. 그에게 황비는 베론의 그림자보다도 못했다. 그런데 지금 이 순간, 그는 처음으로 남색을 한 자신의 행동이 부끄럽게 느껴졌다. 신녀의 앞에서 죄를 고하는 황비가 그에게 잘못이란 걸 느끼게 해주었다.

해연은 걸음을 옮겨 하랑에게 다가갔다. 그녀와 가까워질수록 황제는 하랑과 거리를 벌렸다. 그렇게 단둘이 마주 보게 되었을 때, 해연은 그를 속박하고 있는 족쇄를 풀어주었다.

"미안해, 하랑. 나 때문에."

"아니, 신녀님의 잘못이 아닙니다. 상황이 이렇게 흘러갔을 뿐이니 자책하지 마십시오."

하랑은 옅은 미소를 지으며 해연을 안심시켰다. 신의 힘이 깃든 족쇄에서 풀려난 덕에 공력이 다시 돌아오는 느낌이 들었다. 공력이 생성되자 하랑은 이를 악물고 허리에 박혀 있는 단검을 뽑아냈다. 끔찍한 고통이 다시 한 번 몸에 저릿한 감각을 남겼다. 그러나 그는 해연이 걱정할까 봐 신음조차 내지 않았다. 문제는 울컥 쏟아지는 피의 양이 결코 적지 않다는 점이었다. 공력이 돌아왔으니 지혈이 되리라 생각했는데, 처음에 남아 있던 공력이 워낙 바닥이었던 탓에 상처는 아물 기세가 보이지 않았다.

'이런…… 생각보다 심했나?'

하랑은 자신의 허리에서 시선을 떼지 못하는 해연을 보며 어금니를 깨물었다. 한시라도 빨리 치유가 되지 않는다면 그녀가 생명을 써서 치료하려 들 것 같았다. 아니나 다를까, 해연이 나서려는 순간, 그의 상처가 씻은 듯이 사라졌다. 공력에 의한 지혈 정도가 아니라 완벽하게 아물고 통증마저 사라졌다. 그곳에 상처가 있었음을 알려주는 것이라곤 주변에 흥건히 묻어 있는 핏자국뿐이었다.

"어? 하랑."

해연은 다 나은 하랑의 허리를 가리키며 환하게 웃었다. 아무 짓도 하지 않았는데 순식간에 나았다. 아무리 공력자라 하더라도 이토록 순식간에, 완벽한 자가 치유는 불가능했기에 하랑도 이해할 수 없는 상황이었다. 하지만 지칠 대로 지친 그에게는 어찌 된 일인지 고민할 여력조차 없었다. 그저 해연이 기뻐하니 다행이란 생각만 들었다.

하랑의 상처가 낫자 해연의 마음도 조금은 누그러졌다. 물론 그렇다고 해서 이번 일을 완전히 묻어버릴 생각은 없었다. 황비가 모든 책임을 자신이 지겠다고 했지만, 해연의 생각은 달랐다. 이번 일은 황제의 책임이 가장 컸고, 그는 정당한 대가를 치러야 할 것이다.

해연은 사람들을 돌아보며 제 뜻을 확고히 했다.

"황비님이 무릎까지 꿇으셨으니 우선은 넘어가겠어요. 하지만 이걸로 끝났다고는 생각하지 마세요. 이런 식으로 두루뭉술하게 끝낼 생각 없어요. 대가를 치르는 건 각오하셔야 할 거예요."

어떤 대가를 요구할지는 하랑과 상의해서 결정을 내릴 생각이었다. 그 뜻을 확실하게 밝힌 해연은 하랑과 함께 자리를 벗어났다.

이제는 그를 곁에서 떼어놓지 않겠다고, 항상 시선이 닿는 곳에 두어야겠다고 다짐하고 또 다짐했다.

종전의 사건으로 황제에게 엄포를 놓고 온 해연은 시녀들과 기싸움을 펼쳐야 했다. 그건 목욕탕에 들어간 하랑 때문이었는데, 그를 봤을 때부터 반짝이던 시녀들의 눈이 목욕탕에 들어갈 땐 거의 광적으로 변했다. 시녀들은 지체 높은 분이니 목욕 시중을 들어드려야 한다고 떼를 썼고, 해연은 결사반대를 외치며 문 앞을 가로막았다. 이유를 묻는 시녀들에게 하랑이 시중받는 걸 안 좋아한다고 둘러댔으나, 솔직한 심정으로 다른 여자들이 목욕탕에 함께 들어가는 건 정말 싫었다.

'나도 못 해본 짓을 하게 해줄 것 같아? 안 되지. 절대 안 되고말고.'

시녀들이 하랑의 몸을 만져 대는 꼴은 결코 보고 싶지 않았기에 해연은 단체로 떼쓰는 시녀들을 완강하게 뿌리쳤다.

"안 돼! 절대 안 돼. 안 된다고 했으면 안 되는 거야. 내가 죽었다 깨어나도 안 돼."

반대하는 해연과 간절한 시녀들의 시선이 부딪치며 불꽃이 파바박 튀었다. 열댓 명의 시녀들과 대치하고 있는 해연은 굳센 의지를 표명하며 끝까지 문 앞에서 비키지 않았다.

한편, 해연이 사내를 연모할 수 있다는 걸 모르는 시녀들은 그녀의 행동을 좀처럼 이해하지 못했다. 그렇게 상반된 생각을 하며 대치하는 동안, 하랑은 거울 앞에 서서 옷매무새를 정리하고 있었다. 가리국의 바지는 입기 편했는데, 셔츠 타입의 상의는 단추가 많아서 번거로웠다. 그래도 나름 익숙하게 목깃까지 정리하던 하랑은 목 부근의 물방울무늬가 하나만 남은 걸 발견했다.

"하나?"

하랑은 눈을 가늘게 뜨며 거울에 비친 자신의 목을 자세히 살폈다. 확실히 무늬가 하나만 남아 있었다. 동연국에서 마지막으로 봤을 때는 세 개가 있었는데, 그사이에 두 개가 줄어들었다.

'대랑의 축복이라 했나?'

하랑은 황제가 중얼거리던 말을 떠올렸다. 물의 신수인 대랑의 축복이니만큼 허리의 상처가 갑자기 아문 것과 관련이 있는 건 아닐까 싶었다. 하지만 하랑은 오래 생각할 여유를 가지지 못했다. 해연이 혼자 고군분투하는 게 안까지 다 들렸다. 그 소리에 마음이 급해진 하랑은 대충 옷을 정리하고 밖으로 나갔다.

김이 모락모락 새어 나오는 문 앞에 하랑이 모습을 드러내자 여인들은 일순간 입을 다물었다. 해연이 직접 지시를 내려 골라온 검은 바지와 흰 셔츠는 그에게 무척 잘 어울렸다. 거기에 더불어 아직 젖어 있는 머리를 덮고 있는 하얀 수건까지. 어느 곳 하나 완벽하지 않은 데가 없었다. 그렇게 여인들이 하나같이 흐뭇한 얼굴로 그를 쭉 살피는 사이, 하랑의 눈빛에는 피곤함이 가득 담겼다. 오랜만에 따뜻한 물에 몸을 담그고 편안하게 피로를 풀고 싶었건만, 시녀들이 몰려드는 바람에 머리도 제대로 말리지 못하고 나와 버렸다. 그나마 해연이 막아줘서 망정이었지, 그러지 않았다면…….

'끔찍했겠지.'

목욕 중에 쳐들어왔을 수십 명의 여자를 생각하자 하랑은 소름이 돋았다. 그래도 애써 태연한 얼굴을 가장하며 소름을 가라앉히는 중에 해연이 그의 손목을 덥석 잡았다.

"하랑, 가자."

해연은 얼이 빠진 시녀들 사이를 요리조리 피해가며 하랑을 이끌었다. 응접실과 연결된 침실 문을 열고 그를 들여보낸 해연은 문을 닫기 전에 시녀들을 돌아보았다.

"오늘도 고생했고, 다들 잘 자! 좋은 꿈 꿔!"

친절하게 웃으며 손까지 흔들어 보인 해연은 시녀들이 놀라는 걸 보기도 전에 문을 확 닫아버렸다. 밖에 남은 시녀들은 멍한 얼굴로 굳게 닫힌 침실 문을 바라보았다. 신녀가 오늘 일정은 다 끝났다는 듯 마지막 인사를 남기고 외간 남자와 함께 침실로 들어가 버렸다. 마치 그 사람과 함께 밤을 보낼 것처럼.

당황한 건 시녀들뿐만이 아니었다. 묻지도 따지지도 않고 따라 들어갔다가 들어선 곳이 은은한 조명이 켜져 있는 침실임을 깨달았을 때, 하랑은 뻣뻣하게 굳어서 수건마저 툭 떨어뜨렸다.

늦은 밤, 노란 조명이 켜져 있는 어두컴컴한 침실에 해연과 단둘뿐이었다. 그 사실을 의식하자마자 심장이 쿵쿵 요동쳤다. 귓가까지 후끈하게 달아오른 그는 급히 손을 올려 얼굴을 반쯤 가렸다. 시녀들과 마찬가지로 해연이 여전히 일반 신녀와 같은 줄 아는 하랑은 혼란이 와서 어찌할 바를 몰랐다. 그런 하랑의 상태를 모르는 해연은 천진난만하게 시녀들을 향해 인사를 하고 문을 굳게 닫아버렸다.

문틈으로 새어 들어오던 빛마저 단절되자 노란 조명이 묘한 분위기를 더 끌어 올렸다. 이제 어찌해야 할까, 그는 진심으로 갈등했다. 사내에게 성적인 감정이 없는 해연일지라도 본바탕은 여인이었다. 그러니 한 침실을 쓰는 건 안 된다고 그의 이성이 외치고 있었다. 하지만 본인만 조심하면 아무 문제도 없을 거라고 주장하는 마음이 하랑을 부추겼다. 그렇게 아무런 결정도 내리지 못하고 본능과 이성 사이에서 갈등하는 그에게 해연이 다가왔다.

"하랑."

천진난만하게 이름을 부르며 팔을 끌어당기는 행동에 무심코 해연을 본 하랑은 정신이 아득해지는 걸 느껴야만 했다. 심장이 뛸수록 이성의 끈은 점점 얇아졌고, 그의 시선도 조금씩 억압에서 벗어났다. 해연의 얼굴에만 고정되던 눈길은 희고 가냘픈 목을 따라 천천히 내려가더니 움푹 파인 쇄골과 동그스름한 어깨에 머물렀다.

'아, 안 돼.'

그는 고개를 살짝 저으며 이성을 되찾으려 노력했다. 하지만 시선을 억지로 돌려놓아도 어느새 다시 해연의 몸으로 눈길이 갔다. 그렇게 하랑이 자신과의 싸움을 힘겹게 치르는 동안 해연은 의아한 눈길로 그를 살폈다. 분명 말을 걸었는데도 눈을 쳐다보지 않고 자신의 목 근처만 주시하고 있었다. 뭔가 묘한 느낌에 하랑의 시선이 닿는 목을 살짝 매만진 해연은 한 번 더 그의 팔을 살짝 끌어당겼다.

"하랑, 무슨 생각해?"

"예? 아니, 아무것도…… 크흠! 큼!"

무슨 잘못을 하다 들킨 사람처럼 그는 고개를 홱 돌리고 헛기침만 해 댔다. 귀까지 붉게 달아오른 건 숨기지 못했지만, 해연은 그러려니 하고 넘어가 주었다. 지금은 그것보다 더 시급한 이야기들이 쌓여 있었다.

"그럼 저쪽…… 아, 맞다."

하랑에게 자리를 권하려던 해연은 너저분한 테이블 상태를 발견했다. 필사를 하다가 도중에 뛰쳐나가는 바람에 치우지 못했다. 그걸 떠올린 해연은 하랑의 팔을 놓고 탁자로 다가가 분주한 손길로 정리했다. 신녀의 서를 덮고 필사한 종이들도 차곡차곡 쌓고 있을 때, 누군가가 문을 두드렸다.

"신녀님, 두나입니다. 잠시 드릴 말씀이 있습니다."

"이 시간에? 무슨 일인데요?"

"저…… 그게, 송구하오나 잠시 밖으로 나와주시옵소서."

두나의 조심스러운 뉘앙스가 신경 쓰인 해연은 하랑에게 잠시만 기다려 달라 말하고 방을 나갔다.

해연이 보이지 않자 그제야 충격에서 벗어난 하랑은 테이블로 다가갔다. 치우는 걸 도와줄 생각이었다. 그는 해연이 필사한 종이를 들어 올렸다. 삐뚤빼뚤하지만 나름 정성 들여 쓴 글씨에 쿡 웃음이 나오다가 무심코 글자를 읽었다. 이계라는 단어로 시작되는 글이 그의 시선을 사로잡았다.

─이계에서 온 신녀가 이 세상에 적응하려면 기억을 지워야 한다. 살던 세상을 그리워하다가 죽는 일이 벌어지지 않도록…….

종이에 적혀 있는 내용을 쭉 읽어 나가는 하랑의 표정이 점점 더 진지해졌다.

한편, 해연을 밖으로 불러낸 두나는 그녀를 침실에서 조금 떨어진 곳으로 데려갔다. 시녀들까지 모두 물린 두나는 침착하게 지시받은 상황을 전달했다.

"황비마마께옵서 하랑 대장의 거취를 어찌하실 것인지 여쭤셨사옵니다. 밤이 깊었으니 침소를 결정해야 하온데, 신녀님만 괜찮으시다면 무궁으로……."

"아니, 싫어요."

해연은 즉각 고개를 저어 거부했다. 무궁은 가리국의 무인들이 사용하는 궁궐이었다. 병사들과 함께 곤과 베론도 머무는 공간이었는데, 그곳에 둔다는 건 철저히 감시하겠다는 것과 마찬가지였다.

"여기서 지내게 할 거예요. 불안해서 딴 데 있게 하고 싶진 않아요."

해연이 말하는 불안함은 두나도 이해할 수 있었다. 황제의 입김이 차단되는 신궁만이 해연이 안심할 수 있는 공간인 것이다. 하지만 그렇다고 해서 신녀와 사내가 한 침실을 쓰게 할 수는 없었다.

"하오나 신녀님, 하랑 대장님이 신녀님의 침실에 계속 머무르실 수도 없지 않습니까?"

"그거야, 뭐, 그냥……"

해연은 말을 얼버무렸다. 자신은 상관없지만, 하랑이 불편해할지도 몰랐다. 그런 해연의 갈등을 포착한 두나는 급히 말을 덧붙였다.

"하면 1층에 있는 예비 침실을 사용하심은 어떠십니까? 두 개 모두 비어 있으니 적당하리라 사료되옵니다만."

"아, 맞다. 그게 있었죠? 좋아요. 그럼 맨 안쪽 방으로 준비해 줘요."

안쪽 방이 훨씬 크고 햇빛도 잘 들던 걸 떠올린 해연은 싱글싱글 웃으며 그 방으로 준비하라고 명을 내렸다. 이제 한 건물 안에서 매일같이 하랑을 볼 수 있었다.

방에 홀로 남은 하랑은 심각한 얼굴로 종이에 적힌 내용들을 읽고 또 읽었다. 신녀의 기억에 대한 내용을 적어둔 종이에는 그동안의 궁금증을 해소해 주는 정보가 가득했다. 물의 신이 기억을 조금씩 지우게 한 이유부터 이 땅의 음식을 먹으면 기억이 지워지는 걸

막을 수 있다는 내용까지 있었다. 물론, 그걸 방지하기 위해 물의 신은 음식을 먹을 경우 구역감을 유발하게 했는데, 문제는 그 뒤의 내용이었다.

'신녀가 역한 느낌 없이 먹을 수 있는 건 이 세상에서 물을 제외한 단 하나뿐이다. 그것을 찾아낼 경우 조금씩이나마 지워진 기억도 되찾을 수 있다. 그건…… 이계에서 온 신녀가 진심으로 연모하는 사내의 타액이다.'

진심으로 연모하는 사내의 타액. 그 부분이 알려주는 내용은 두 가지였다. 이계에서 온 신녀는 사내를 진심으로 연모할 수 있다는 것과 그 사내의 타액은 받아들이는 데 무리가 없다는 점. 그걸 깨달은 하랑의 손에 힘이 콱 들어갔다. 잡혀 있던 종이 한쪽이 심하게 구겨졌다. 회생 불가능할 만큼 찌그러진 종이처럼 하랑의 얼굴도 일그러졌다.

사내를 연모할 수 있다는 건 좋은 일이지만, 사내의 타액이란 말이 일전에 있던 해연과 유신의 입맞춤을 떠오르게 했다. 그 광경을 직접 본 건 아니었으나 눈앞에 선했다. 마음은 괴롭고, 피는 거꾸로 솟았다.

머릿속이 뒤죽박죽 엉켜 버린 그는 고개를 내저어 생각을 떨쳐 내려 애썼다. 홧김에 열이 오르는 머리를 쓱 쓸어 넘기자 아직도 젖어 있는 머리카락이 손가락 사이를 지나가며 차가운 기운을 나눠 주었다.

'침착하자. 알고 있었잖아. 각오도 했으면서.'

하랑은 스스로 다독이며 호흡을 가다듬었다. 해연의 기운이 점점 더 가까워지는 게 느껴졌다. 종이에 적힌 내용이 진실인지 궁금했지만, 결국엔 물어보는 걸 포기했다. 만약 진짜라는 소리를 들으면 기분이 더 나빠질 것만 같았다. 나중에, 좀 더 이성을 되찾은 뒤에 확인해도 늦지 않는다. 그렇게 마음을 정리한 그는 구겨진 종이를 펼쳐서 다른 종이들 사이에 섞어두었다. 전부 다 읽어보고 싶었으나 지금은 머릿속을 점령한 그 녀석 때문에 다른 건 눈에 들어오지 않았다.

달칵.

문이 열리고, 침실로 돌아온 해연은 하랑을 보고 멈칫했다. 표정에서부터 찬바람이 쌩쌩 불었다. 좀 전까지만 해도 다정다감하던 그가 아니었다. 마치 동연국에서 자신의 고백을 거절하던 때와 비슷한 느낌이었다. 아니, 그보다 더 심각해 보였다. 갑자기 불안해진 해연은 조심스럽게 말을 걸었다.

"왜 그래? 무슨 일 있어?"

"아닙니다. 제가 머물 곳에 관해서 얘기가 된 겁니까?"

무뚝뚝한 목소리가 해연을 아프게 찔러댔다. 일전에도 한없이 자상하다가 갑자기 차가워지더니, 이번에도 그런다. 도대체 그 이유를 알 수 없으니 불안은 커지고 답답함은 심해졌다. 하지만 해연은 우선 고개를 끄덕였다.

"응. 1층에 비어 있는 침실이 두 개 있어서, 안쪽 방으로."

"알겠습니다. 그럼 이만 물러가겠습니다. 신녀님도 쉬십시오."

"응?"

벌써 가냐는 말이 목구멍까지 치솟았지만, 해연은 입을 꾹 다물고 말을 삼켰다. 그의 분위기가 지금은 건드리지 말아달라는 느낌을 풀풀 풍겼다. 하랑은 간단하게 인사를 하더니 곁을 휙 지나쳐 나가 버렸다.

뒤도 안 돌아보고 가버리는 모습에 마음 상한 해연은 하랑이 있던 곳으로 가 필사한 종이들을 뒤적였다. 한쪽이 구겨진, 무척 의심스러운 종이를 발견하고 요리조리 살폈다. 하지만 곧 눈썹을 찌푸리며 종이를 패대기쳤다.

"에이씨! 뭔 말인지도 모르겠잖아."

문장이 다 해석되지 않는 해연은 답답한 마음에 한숨만 풀풀 내쉬었다. 읽을 줄 알아야 왜 화가 났는지도 알 텐데, 지금으로선 기억과 관련된 내용이라는 것만 알 수 있었다. 그렇다고 지금 이 시각에 베론에게 들고 가서 읽어달라고 할 수도 없는 노릇이니, 한숨만 풀풀 나왔다.

결국 다 포기한 해연은 책과 종이를 잘 챙겨서 침대 밑에 숨겨두었다. 몇 시간 뒤에 날이 밝거든 하랑에게 가서 이유를 확실하게 물어볼 생각이었다. 사막을 건너면서부터 잠을 제대로 못 잤다고 했으니 더 민감한 것일 수도 있었다.

'그래도 그렇지, 밤새도록 오붓하게 앉아서 해줄 말도 있었는데.'

이계에서 온 자신은 5대 신녀와 달리 남자를 사랑할 수 있고 아기도 낳을 수 있음을 알려주고자 했다. 그도 진실을 안다면 기뻐해 주리라 믿어 의심치 않았다. 그런데 생각지도 못한 곳에서 계획이 틀어지자 눈꼬리는 축 처지고 입은 삐죽 솟았다.

"히잉……"

아쉽고 속상한 마음에 말 울음소리나 흉내 내며 혼자 끙끙대던 해연은 침대로 쓰러지듯 몸을 날렸다. 어째서인지 오늘따라 침대가 더 휑하게 느껴졌다.

1층 침실로 온 하랑은 문에 등을 기대고 노란 불빛이 일렁이는 천장을 보며 서 있었다. 물의 신은 신녀가 연모하는 사람이 생기면 기억을 지우지 않아도 이 땅에 잘 정착할 수 있다고 생각했다. 그래서 진심으로 연모하는 사내를 찾아 입을 맞추면 기억을 조금씩 되찾을 수 있게 만들었다. 그건 꽤 괜찮은 방법이었다. 문제는 해연이 유신과의 입맞춤을 별다른 거부감 없이 받아들였다는 점이었다. 그것이 그를 미치게 했다.

"하아~ 도대체 난……."

하랑은 두 손으로 얼굴을 쓱 쓸어내렸다. 도평에게 꽃씨 창고의 얘기를 들었을 때부터 얼추 짐작은 하고 있었다. 어쩌면 해연은 사내를 연모할 수 있을지도 모르겠다고. 신녀인 그녀를 향해 흔들리는 제 마음이 끊임없이 그렇게 외쳐 댔다. 자신이 그녀를 연모하는 것처럼 그녀도 사내를 연모할 수 있지 않을까, 어렴풋이 짐작은 해왔다. 그럼에도 그는 그 사실을 외면하려 노력했다. 가후가 으름장을 놓은 상태에서 더 다가가기도 어려웠고, 해연이 유신을 연모한다는 걸 믿고 싶지도 않았다.

'그래도 조금은, 조금은 희망을 가졌는데…….'

가후의 감시망을 벗어난 이곳에서 해연을 만났을 때, 그는 조금이나마 희망을 품었다. 은근슬쩍 자신의 마음을 드러내도 해연은 달리 밀어내지 않았다. 그래서 그녀의 곁을 지키는 건 유신이 아니라 자신일지도 모른다고 기대했다. 그런데 좀 전에 본, 정체불명의 종이가 간신히 품은 희망을 송두리째 흔들어 버렸다.

다시 깊은 한숨이 흘러나왔다. 아무리 생각해도 답이 없는 상황에 하랑은 고개를 저으며 침대로 다가갔다. 몸이 천근만근 무거웠다. 불도 끄지 않고 침대에 누워 어슴푸레한 노란빛이 천장을 유린하는 걸 멍하니 보다가 눈을 감았다. 몸도 마음도 너무 지쳐 버렸다.

잠든 지 얼마나 되었을까? 의식이 수면 위로 어렴풋이 떠오르더니 멀리서 또각또각, 구두 굽 소리가 들리는 듯했다. 꿈인지 현실인지 분간조차 되지 않을 만큼 몽롱한 상태에서 하랑은 잠결에 들리는 소리에 그다지 집중하지 못했다. 평소였다면 민감하게 반응했겠지만, 동연국을 떠난 뒤로 제대로 된 잠을 자본 적 없는 그에게 이부자리가 주는 포근함은 쉬이 떨쳐 내기 어려운 종류의 것이었다.

눈도 뜨지 않고 몰려드는 잠에 다시 몸을 맡기려는데, 달칵— 문열리는 소리가 들렸다. 그 소리가 하랑의 의식을 단단히 부여잡았다. 무기가 없으니 믿을 만한 건 몸과 공력뿐이었다. 제압해야겠다고 생각하면서도 어쩐지 해연 같은 느낌이 들었다. 아니나 다를까, 그런 생각이 들자마자 익숙한 목소리가 들려왔다.

"하랑, 자?"

해연의 질문에 그는 눈을 뜰까 말까 고민했다. 그러는 사이 침대한쪽이 살짝 눌리는 느낌이 들었다. 그녀가 자신의 곁에 걸터앉은 것이리라. 괜스레 묘한 느낌이 들어서 하랑은 잠시 가만히 있기로 했다.

"저기, 하랑. 나…… 하랑을 좋아해. 좋아하고 있어. 많이……."

다시 들어도 가슴이 저릿했다. 잊은 적이 없는 말이었다. 해연이처음으로 자신에게 고백하면서 해줬던 말도 저러했다. 그녀의 조심스러운 손길이 얼굴에 닿았다. 유신으로 인해 쓰라렸던 가슴을 다독여 주는 느낌에 그는 흠뻑 취했다. 그때, 해연이 자리에서 일어나는 것이 느껴졌다. 돌아가려는 것이다. 마음이 다급해진 하랑은 몸을 일으키며 그녀의 손목을 낚아챘다.

"꺄악!"

갑작스러운 접촉에 놀랐는지 해연이 비명을 질렀다. 그 비명에 그도 함께 놀라 버렸다. 급한 마음에 손목을 너무 세게 쥔 건 아닐까 싶어 그녀를 잡은 손을 황급히 풀었다.

"괜찮으십니까?"

당황한 하랑은 해연의 손목을 살폈다. 노란 등불에 비친 손목은 다행히 멀쩡했다. 놀란 가슴을 쓸어내리며 안도하는 그의 곁에 해연이 조심스럽게 앉았다.

"언제부터 깨어 있었어?"

다 들었느냐는 듯한 눈빛에 하랑은 조금 고민하다 솔직하게 말했다. 처음부터 깨어 있었고, 호기심에 가만히 있었다고도 밝혔다. 그 말에 대한 해연의 대답은 정말 의외의 것이었다.

"그럼, 내 마음에 대한 대답은?"

"예?"

너무나 직설적인 물음에 당황한 하랑은 자신도 모르게 반문했다. 당혹스러워하는 모습이 즐거운지 그녀가 작게 웃으며 조금 더 가까이 다가와 앉았다. 침대를 짚고 있던 그의 손에 치마 사이로 드러난 해연의 허벅지가 살짝 닿았다. 보드라운 맨 살결의 감촉에 하랑은 흠칫하며 손을 뒤로 빼버렸다. 무슨 불경한 짓을 저지른 사람처럼 질겁하는 태도가 그녀의 입가에 미소를 머금게 했다. 오랜만에 무너지는 모습을 좀 더 즐기고 싶은 것인지, 해연은 천천히 그를 향해 상체를 기울였다.

점점 더 좁혀지는 거리를 벌리고자 뒤로 눕던 하랑은 그대로 해연의 밑에 깔렸다. 몸이 기울어지니 윤기 나는 검은 머리카락이 사르륵 흘러 그의 가슴 위에 내려앉았다. 해연은 거추장스러운 머리카락을 한쪽으로 끌어서 쓸어내렸다. 목과 어깨를 가리고 있던 검은 장막이 사라지자 아름다운 목선이 고스란히 드러났다. 움푹 파인 쇄골과 가슴을 겨우 가려주는 가리국 특유의 복장도 그에게는 문제였다. 하지만 하랑의 시련은 거기서 끝나지 않았다.

해연은 작정을 했는지, 그의 배 위에 올라탔다. 골반 근처까지 트인 옷이 벌어진 다리를 그대로 노출했다. 매끄러운 그녀의 허벅지를 눈앞에서 보게 된 하랑은 머릿속이 새하얗게 변하는 걸 느꼈다. 어쩌다 이런 상황이 되었는지, 심장이 제멋대로 요동을 쳤다. 오늘따라 더욱 관능적인 해연에게서 시선을 못 떼던 그는 이불을 꽉 움켜쥐었다. 이불이라도 잡지 않으면 손이 통제를 벗어날 것만 같았다.

해연은 그대로 상체를 기울였다. 그의 가슴에 닿은 손을 통해 심장이 경고음을 내는 걸 느꼈을 텐데도 그녀는 멈추지 않았다. 오히려 그의 입술에 더 가까워지고자 고개를 살짝 비틀었다. 그 순간, 하랑은 숨이 멎을 뻔했다. 저를 바라보는 해연의 두 눈에서 장난기와 함께 진심을 느꼈기 때문이었다.

그렇게 그에게 묘한 시선을 준 해연은 입술이 닿기 직전에 멈춰섰다. 조금만 움직여도 닿아버릴 듯이 아슬아슬한 거리에서 멈춘 그녀는 눈을 곱게 휘며 웃었다. 그 미소와 입술 근처에서 느껴지는 그녀의 온기에 하랑은 이성이 끊어질 것만 같았다. 정말 참기 힘든 유혹이었다. 고개만 살짝 들어도 가질 수 있고, 맛볼 수 있었다. 좀 전에도 좋아한다고 고백을 해주었으니 한 번쯤은 괜찮지 않을까, 딱 한 번만 손을 댈까, 갈등하는 그를 향해 해연은 싱긋 웃었다.

"그래서…… 하랑의 대답은?"

말을 하다가 입술이 살짝 스쳤다. 그 감촉에 이불을 쥔 하랑의 손에 힘이 들어가고, 팔뚝에는 힘줄이 돋았다. 사내의 본능을 제어하기 위한 처절한 몸부림이었다. 견디기 어려울 만큼 고통스러웠다. 고문도 이런 고문이 따로 없었다. 민감한 입술에 대고 소곤거리는 그녀의 목소리에는 즐거움이 가득했다. 심장까지 간질이는 음성에 그의 눈빛이 스르륵 풀렸으나, 해연은 멈추지 않았다. 정말 끝을 보려는 듯 그녀는 다시 대답을 재촉했다.

"응? 하랑은…… 흐읍!"

참다못한 그의 기습에 해연은 그대로 입술을 내줘야 했다. 이불을 쥐던 그의 손은 어느새 그녀의 머리카락 사이를 파고들었고, 아래에 깔렸던 몸은 살짝 들린 채 거칠게 입술을 탐했다. 조잘대던 입술을 물고 혀로 살짝 건드리자 희열이 솟구쳤다. 얼마나 갈망했는지 그녀는 모를 것이다. 원해도 참고 또 참아왔는데, 이런 식으로 유혹하면 더는 버틸 수가 없었다.

하랑은 해연의 허리를 단단히 휘어 감았다. 몸에 밀착되는 가냘픈 여인의 몸이 그의 이성을 더 멀리 날려 버렸다. 달아오른 그는 몸을 돌려 해연을 침대에 눕히고 자신이 위로 올라갔다. 그 움직임에 입술이 잠깐 자유를 되찾자 해연은 금세 뜨끈해진 입술을 살짝 매만졌다.

밑에 깔린 그녀가 부담스럽지 않게 한쪽 팔로 체중을 분산한 하랑은 다른 손으로 해연의 얼굴을 매만졌다. 묘한 접촉에 눈이 마주치고, 입술을 만지작거리는 그녀의 손을 그가 끌어 내렸다. 바뀌어 버린 자세만큼이나 입장도 바뀌었다. 좀 전까지만 해도 해연이 적극적이었다면, 이제는 그가 그러했다.

해연의 귀를 만지작거리며 눈을 마주치던 하랑은 천천히 고개를 숙였다. 입술이 닿기 직전까지 내려가던 그는 간신히 멈췄다. 당장에라도 입안에 담고 싶었지만, 초인적인 인내심으로 참아냈다. 그녀도 알아야만 한다. 자신의 마음이 어떠한지와 좀 전에 얼마나 미칠 것 같았는지. 그는 해연의 입술에 대고 특유의 낮은 음성으로 제 마음을 전했다.

"제 대답은…… 당신을 연모하고 있다는 겁니다. 진심으로, 온 마음을 다해…… 연모하고 있습니다."

해연의 입술이 곱게 호선을 그렸다. 그 모습에 하랑은 불공평함을 느꼈다. 자세를 바꿔도 참기 힘든 건 자신이었다. 결국, 그가 먼저 입술을 건드렸다. 부드러운 감촉을 한없이 느끼며 안쪽으로 천천히 혀를 밀어 넣었다. 머뭇거리던 해연의 입이 작게 벌어지면서 그를 받아들였다. 말캉한 혀가 달콤하게 섞여들었고, 수줍어하던 두 사람은 호흡이 점점 가빠졌다. 해연은 하랑의 뒷머리를 매만지며 그의 혀를 탐닉했고, 하랑의 손은 해연의 허리를 지나, 아까부터 눈에 아른거리던 허벅지에 닿았다. 탱글탱글한 다리가 좋은 감촉을 전해주었다. 하랑은 억지로 입술을 떼고 이번에는 그녀의 목에 각인을 새기는 데 집중했다. 무방비로 노출된 목에 그의 뜨거운 입술이 닿았다. 그 감각이 너무나 선명한 탓에 해연은 제 손가락을 살짝 깨물었다. 터져 나올 듯한 신음을 막기 위한 행동이었다. 하지만 그가 허벅지 안쪽을 쓰다듬자 결국 해연도 무너져 내렸다.

"흐웃, 하, 하랑."

몸을 꼭 껴안으며 귓가에서 신음을 흘리는 해연이 그를 더 자극했다. 다리를 만지던 손이 얇디얇은 그녀의 옷마저 벗기려 들었다. 가슴 아래 묶여 있던 끈이 다 풀어졌을 때, 하랑은 멈칫했다. 곧, 그

자의 기척이 가까이에서 느껴지고 있었다.

'위층?'

해연의 침실이 있는 그곳에서 나무의 기운이 강렬하게 느껴졌다. 기운을 감출 생각이 없는지 보란 듯이 풀어놓은 공력이 심기를 불편하게 했다. 그러나 곤의 존재는 금세 관심 밖으로 밀려났다. 해연과 함께하고 있는 지금 이 순간이 그에게는 더 중요했다. 한껏 달아오른 해연의 목에 다시 얼굴을 파묻고 옷을 끌어 내리는 순간, 신기루처럼 그녀가 사라졌다.

"해연?"

그녀가 사라지고 허전해진 침대에는 하랑만 남았다. 당황해서 주변을 두리번거리던 그는 눈앞이 흐릿해지는 걸 느꼈다. 이상 반응에 눈을 꽉 감았다가 뜨자 날이 밝아 환해진 천장이 가장 먼저 눈에 들어왔다. 그것이 뜻하는 바가 너무나 명백해서 그는 곧 허탈하게 웃었다.

'하다하다 이제는 이런 꿈까지 꾸는구나.'

해연을 향한 욕구를 항상 억눌러 뒀더니 꿈속에서 터진 모양이었다. 현실이 아니라는 것에 쓸쓸하면서도 아쉬웠다. 오히려 좀 더 이어서 꿨으면 싶었지만, 그는 미련을 떨쳐 내고 자리에서 일어났다. 시녀들이 아웅다웅하며 방으로 다가오는 소리를 들었기 때문이다.

화장대 앞에 앉은 해연은 금으로 된 장신구를 집어서 머리에 쓰고 있는 율라 위에 대보았다. 금으로 된 꽃 두 송이가 하얀 율라와 잘 어울렸지만, 해연은 만족스럽지 않은 얼굴로 장신구를 내려놓았다. 보석함에서 장신구를 여러 개 꺼내 들고 비교해 가며 대보기를 수차례, 작은 나비 무늬 장신구로 최종 결정을 내렸다.

"신녀님, 아름다우세요!"

두나가 거울에 비친 해연을 보며 칭찬을 늘어놓았다. 저기압인 그녀를 달래기 위한 행동이었다. 하지만 해연의 얼굴에 서린 어두운 그림자는 걷히지 않았다. 시녀들이 아무리 띄워줘도 하랑의 시선 한 번 잡을 수 있을지, 오로지 그 걱정만 앞섰다. 그다지 밝지 못한 얼굴로 거울 속 자신을 샅샅이 뜯어보던 해연의 옆으로 곤이 비쳤다.

"쳇, 오늘은 늦었네."

옷 갈아입을 시간만 되면 귀신같이 알고 찾아오는 곤이 오늘은 한발 늦었다. 해연의 몸에는 하얀 은방울꽃이 수놓인 푸른 신녀복이 이미 걸쳐져 있었고, 치장까지 마무리 단계였다. 그에 곤은 팔짱을 끼며 투덜거렸다. 아래층에서 자는 사내 때문에 다친 알리샤의 업무를 자신이 다 처리해만 했다. 그로 인해 해연이 옷 갈아입는 장면을 훔쳐보기가 어려워졌다. 물론 시녀들의 엄격한 단속 때문에 제대로 본 적은 한 번도 없었지만, 호시탐탐 기회를 노리는 그에게 시도조차 못 하는 요즘은 참으로 안타까운 시기였다.

'잠이나 방해해 볼까?'

엉뚱한 데서 심술이 솟은 곤은 웃는 낯으로 기운을 슬쩍 개방했다. 일반인은 느끼기 어렵겠지만, 공력자인 그는 잠을 자는 와중에도 민감하게 반응할 것이었다. 하랑의 단잠을 훼방한 곤은 치장을 마치고 자리에서 일어나는 해연을 슥 훑어보았다. 확실히 예전보다 치장에 공을 들인 게 보였다. 분명 그 남자에게 잘 보이기 위함이리라. 거기서 묘한 경쟁심이 불붙은 곤은 1층으로 내려가려는 해연에게 치근덕거렸다.

"가봤자 소용없어. 아직도 퍼자고 있을걸? 그러지 말고 오늘은 나랑……."

곤은 하랑을 비방하며 해연의 허벅지로 은근슬쩍 손을 내밀었다. 치마 사이로 드러난 다리가 아침부터 그를 자극했다. 해연은 스멀스멀 다가오는 그 끈질긴 손을 잡아서 저지했다.

"너 말야, 물 또 맞기 싫으면 멀리 떨어져서 다녀. 막 퍼부어주고 싶어지니까."

완전히 저기압인 해연은 곤을 협박했다. 하지만 그는 싱글싱글 웃으며 잡고 있는 그녀의 손을 쓰다듬었다. 전날 밤에 해연에게 반응한 물들이 어떤 짓을 저질렀는지 알았다면, 곤도 그런 위험한 짓은 하지 않았을 것이다. 하지만 그는 안타깝게도 그 광경을 보지 못했고, 여전히 본능에 충실했다.

"난 속성이 나무라서 물이 좋은 걸 어쩌겠어? 너그러운 신녀가 이해해 줘야지."

그 와중에도 손을 만지작거리는 곤의 모습에 해연은 한숨을 푹 내쉬었다. 이놈의 변태는 정말 지치지도 않는 모양이었다. 365일 흥분한 상태인가 싶기도 했다. 그건 그것대로 이상하다는 생각에 고개를 내저은 해연은 곤의 손을 뿌리치고 1층으로 내려갔다. 소세용 물을 들고 하랑의 방에서 나오는 시녀들이 볼을 붉힌 채 저들끼리 시시덕대고 있었다. 그 모습에 해연의 미간이 확 좁혀졌다. 도대체 무엇을 봤기에 저리 홍조를 띠고 재잘대는지, 질투가 나서 얼굴이 더 굳어져 버렸다.

하랑은 옷시중까지 들겠다는 시녀들을 모두 내보내고 혼자 옷을 갈아입었다. 다행히 어제 입은 것과 같은 종류여서 헤매지는 않았다. 흰 셔츠에 팔을 끼워 넣던 그는 대랑의 축복이 생각나자 전신

거울 앞으로 가 몸을 비춰보았다. 여전히 왼쪽 목에서 어깨로 내려오는 곳에 작은 물방울 하나가 있었다. 곁에 있던 두 개는 흔적도 없이 지워졌고, 하나 남은 푸른 물방울은 문신처럼 새겨진 상태였다.

'상처가 순식간에 사라진 게 이 무늬와 연관이 있다면, 역시⋯⋯ 그때 하나가 사라진 건가?'

하랑은 사막에서 조우했던 커다란 와디를 떠올렸다. 첫 번째 와디는 힘겹게 건너갔으나 두 번째 와디는 그 크기가 더 커서 위험하기 그지없었다. 물살도 어마어마했지만, 하랑은 참지 못하고 뛰어들었다. 말 그대로 해연을 만나기 위해 목숨을 걸고 뛰어든 것이다. 거친 물살에 휩쓸리면서도 열심히 헤엄쳤으나 반대편 사구에 도달하지 못하고 숨이 차올랐다. 사막에 생성된 와디는 상상 이상으로 깊었고, 수면 위로 올라가기도 쉽지 않았다. 오로지 해연을 떠올리며 앞으로 나아가려 했지만, 그의 사정을 봐주는 건 없었다. 곧 의식이 희미해졌고, 그 뒤부터는 기억이 나지 않았다. 다시 눈을 떴을 때는 반대편 사구에 쓰러져 있었다. 지금껏 천운으로 목숨을 구했다 여겼지만, 어쩌면 운이 아니었을지도 모른단 생각이 들었다.

대랑의 축복이 위급한 상황에서 구해준 건 아닐까 추측하던 그는 해연의 기척이 느껴지자 뒤를 돌아보았다. 굳게 닫혀 있는 문 너머에서 곤과 티격태격하는 소리가 들려왔다.

"아, 좀. 건드리지 말라니까?"

"그럴 순 없지. 내가 누구 때문에 쉬지도 못하고 힘들게 일하고 왔는데? 이 육체적 피로를 풀어줘야 해."

곤의 억지에 해연은 고개를 저으며 하랑의 방을 향해 빠르게 걸음을 옮겼다. 그러나 방 앞에 도착해서도 차마 문을 열지는 못했다. 아직도 화가 나 있는 건 아닐까 걱정스러웠다.

'아니, 아니야. 아무리 그래도 이런 식으로 지낼 순 없어.'

해연은 숨을 가득 들이마셨다. 어차피 언젠가는 해결해야 할 일이었다. 그렇게 굳게 결심을 하고 노크를 하려 했다. 곤이 팔로 어깨를 감고 뒤로 끌어당기지만 않았더라면 그리했을 것이었다.

"무슨 짓이야? 놔!"

해연은 그의 팔을 떼어내려 애썼다. 억지로 밀착된 몸에 곤의 물렁물렁한 그것이 살짝 닿는 느낌이 들었다. 더운 나라의 옷이 워낙 얇아서 생긴 참사였다. 그 기분 나쁜 감촉에 해연의 얼굴이 사색이 되었다.

달칵!

문이 열리며 셔츠를 입다 만 하랑이 보였다. 곤을 발견한 그의 눈이 살벌하게 변하자 해연은 심장이 덜컥 내려앉았다. 보수적인 하랑의 눈에는 좋지 못한 광경일 게 뻔했다. 아니, 스스로 보기에도 좋지 않았다. 이놈의 변태 자식 때문에 이게 다 무슨 일인지, 언젠가는 흠씬 두들겨 주고야 말겠다고 굳게 다짐하는데, 하랑이 팔을 끌어당겼다.

"어, 아앗!"

해연은 그 힘에 의해 순식간에 하랑의 품으로 끌려 들어갔다. 무슨 생각인지 곤이 순순히 놓아주는 바람에 생긴 일이었다.

해연을 빼앗아온 하랑은 싱글거리는 곤의 면상이 보기 싫어서 문을 쾅! 닫아버렸다. 일부러 장난을 친 게 분명했다. 자신을 화나게 하기 위해서 해연에게 손을 대고 그 반응을 즐기는 것이다. 그 모든 게 알리샤의 부상에 대한 복수인 건 짐작하고 있지만, 아는 것과 이해하는 건 다른 문제였다.

얼떨결에 하랑의 품에 안긴 해연은 뻣뻣하게 굳어서 얌전히 서 있었다. 가슴에 댄 손을 통해 그의 몸이 느껴졌다. 단추가 다 풀려 있는 셔츠 때문에 맨살에 얼굴을 묻게 된 해연은 상쾌한 비누 향을 맡으며 슬며시 미소 지었다. 좀 전까지만 해도 뻑적지근해 오던 머리가 시원해졌다. 시녀들을 향한 질투마저 눈 녹듯 사라진 상태였다.

"크흠—"

하랑은 헛기침을 하며 슬그머니 해연을 떼어놓았다. 몇 분 전까지만 해도 워낙 자극적이고 생생한 꿈을 꾸었던 터라 가까이하기가 어려웠다. 게다가 몸에 닿는 촉촉한 피부와 코끝을 간질이는 꽃향기, 어깨와 다리를 드러내는 옷도 정신을 혼미하게 했다. 하얀 율라를 쓴 해연은 한결 더 청초해 보였고, 오밀조밀하게 생긴 붉은 입술은 그의 시선을 훔쳤다.

그 모습이 좀 전에 꾸었던 꿈과 겹치면서 탐하던 입술의 감촉까지 생생하게 떠올랐다. 촉촉하고 부드럽던 느낌을 다시 한 번 느껴보고 싶었다. 그런 생각이 들자 하랑은 흠칫 놀라며 몸을 뒤로 더 물렀다. 해연에게 빠져도 단단히 빠진 모양이었다. 스스로 구제불능이란 생각이 들면서 부끄러움에 얼굴이 한껏 달아올랐다.

얼굴이 붉어진 채로 시선조차 마주 않고 거리를 벌리는 그를 해연은 빤히 바라보았다. 일전엔 달콤한 말로 혼을 쏙 빼놓더니 갑자기 냉랭해지고, 어제는 두근거리는 말로 마음을 뒤흔들어 놓았다가 다시 멀어졌다. 처음에는 자신이 남자를 사랑할 수 없다고 오해해서 벌어진 일이라면 이해할 수 있었다. 하지만 귀화까지 선택하며 곁에 머물겠다고 한 그가 이제 와서 거리를 두는 이유는 알 턱이 없었다. 그저 어제 본 필사본에 그를 불편하게 했을 내용이 있지 않았을까 짐작만 할 뿐이었다.

해연은 진지하게 하랑을 보며 전날 밤에 있던 일에 대해 해명해주길 요구했다.

"하랑, 어제 왜 그렇게 화가 난 거야?"

해연의 질문에 그는 잠시 갈등했다. 어디서부터 어디까지 설명을 해주어야 하나 고민되었다. 솔직하게 말해 버릴까 싶다가도 자존심이 상했다. 유신의 이야기를 꺼내며 그에게 얼마나 질투하고 있는지, 그와 당신이 입맞춤한 걸 떠올렸다가 화가 나서 미칠 것만 같다고 말하기가 힘에 부쳤다. 결국, 그는 적당히 얼버무렸다.

"신녀님의 기억이 지워지는 것에 대해 적혀 있었는데, 피곤하다 보니 예민하게 받아들였나 봅니다. 기분을 상하게 할 생각은 없었는데, 송구합니다."

그의 설명이 충분하진 않았지만, 해연은 적당히 고개를 끄덕였다. 더 말하기 싫어하는 게 티가 나는데 언성을 높여가며 억지로 캐묻고 싶진 않았다. 다만, 한 가지는 확실하게 해두고 싶었다.

해연은 눈조차 마주치지 않으려 하는 그에게 다가가 손을 잡았다. 생각지도 못한 접촉에 놀라는 하랑에게 해연은 작게 웃으며 자신의 속내를 털어놓았다.

"하랑이 그랬지? 다른 고민은 하지 말고 행복한 지금 이 순간을 즐기자고."

분명 그리 말했다. 기둥에 묶인 채로 해연과 많은 이야기를 주고받던 때에 어두워 보이는 얼굴빛이 안타까워서 그리 달랬다. 그 사실을 떠올리는 사이, 해연이 말을 이었다. 어젯밤부터 해주고 싶던 말을 들려줄 차례였다.

"사실 나 집으로 돌아가기 위해서 이곳을 선택했어. 삼 년간 비를 내려주는 대가로 기억을 유지하는 방법과 집으로 돌아가는 주문서를 얻기로 했어. 삼 년이 지나고 방법이 생긴다면……."

해연은 굳어 있는 하랑의 얼굴을 보며 씁쓸하게 웃었다. 말하고 싶지 않았으나 언젠가는 꼭 해야 할 말이었다.

"나는 돌아갈 거야."

변하지 않는 사실이었다. 변할 수 없는 현실이었다. 그를 만날 때마다 결심이 흔들리지만, 꿈을 통해 부모님을 보면 다시금 마음을 다잡게 된다. 그래서 해연은 확실히 밝힐 필요가 있었다. 그에게 조금이라도 더 다가가고 싶기에 미리 말을 하는 편이 차후에 헤어지는 순간이 오더라도 배신감이나 상처를 줄일 수 있으리라 믿었다.

해연이 삼 년 뒤에는 돌아가겠다고 말했으나 하랑은 아무런 반대도 하지 않았다. 물론 마음 같아선 붙잡고 싶지만, 그것이 과한 욕심임을 알고 있었다. 항상 고향과 부모님을 그리워하며 눈물짓는 해연의 고통을 알기에 언젠가는 놓아주어야 한다고 생각해 왔다. 그렇기에 그는 그녀를 붙잡지 않았다.

말없이 현실을 인정하는 하랑을 마주하며 해연은 빙긋 웃었다. 언제나 부모님에 대한 그리움을 가장 먼저 이해해 주는 남자이기에 사랑하지 않을 수가 없다. 그래서 더욱 간절해졌다. 아주 짧은 시간이나마 그를 가지고 싶었다. 해연은 천천히, 하지만 확고하게 마음을 전했다.

"하랑을 좋아해. 어느 순간부터 좋아하게 됐어."

진심을 담은 그녀의 말에 하랑의 눈동자가 흔들렸다. 설혹 이것도 생생한 꿈일까 싶어 혼란스러워졌다. 당혹스러워하는 그에게 해연은 차분히 자신의 감정을 전달했다.

"하랑에게 예뻐 보이고 싶어서 거울 앞에서 여러 번 서성대고, 어떻게 해야 날 좋아하게 만들까 고민하게 돼."

해연은 잡고 있던 하랑의 손으로 시선을 내렸다. 더는 얼굴을 보고 말하기가 민망했다. 동연국 사람들에 비하면 그나마 좀 더 개방적인 한국에서 자랐기에 망정이지, 그렇지 않았다면 말로 진심을 전하지도 못했을 것이다. 그것도 같은 사람에게 두 번의 고백이었으니, 지금껏 솔로로 살아온 해연에게는 제법 큰 용기가 필요했다.

하랑은 해연의 고백에 한편으론 기뻤고, 또 한편으론 미안했다. 마음을 표현한다는 것이 얼마나 어려운 일인지를 알기에 미안했고, 좋아한다 말해줘서 기뻤다. 그 덕에 유신에 대한 질투심도 잠시나마 억누를 수 있었다. 부드러운 미소를 머금은 하랑은 수줍어하는 해연을 사랑스럽게 바라보았다. 그 눈빛을 보지 못한 해연은 부끄러워하면서 우물쭈물 말을 이어갔다.

"그러니까, 삼 년뿐이지만…… 그때까지만이라도……."

해연은 말을 끝맺지 못했다. 부끄러워서만은 아니었다. 하랑의 손이 다가와 발갛게 달아오른 볼을 쓰다듬은 탓이었다. 그가 만들어내는 묘한 분위기가 정신을 아찔하게 만들었다. 그때, 볼을 타고 내려온 손이 입술을 살짝 매만졌다.

해연의 붉은 입술이 주는 촉촉함이 그의 손을 타고 전해졌다. 혼을 빼놓을 만큼 유혹하던 꿈속의 그녀보다 작은 손길에도 수줍어하는 눈앞의 해연이 그를 더 자극했다. 심장이 두근거리는 걸 느끼며 하랑은 해연의 턱을 살짝 들어 올렸다. 드디어 마주한 눈동자에 혼란이 가득 담긴 모습이 미치도록 사랑스러웠다. 고백은 당혹스러울 만큼 잘하면서 이런 것엔 긴장하는 것도 귀엽기 그지없었다. 그 마음을 참지 못한 그는 슬며시 몸을 기울였다.

하랑이 다가오자 해연은 눈을 질끈 감았다. 그런데도 그가 느껴졌다. 뜨거우리만치 달아오른 체온과 심장박동 소리가 숨이 멎을 만큼 떨리게 만들었다. 모든 감각이 그를 향해 있을 때, 조심스럽게 입술이 닿았다. 애가 탈 만큼 부드럽게 어루만졌다. 서로의 존재를 느끼며 천천히 시작된 첫 키스는 달콤하면서도 열렬했다. 그러나 두 사람 모두에게 처음이었던 감미로운 입맞춤은 아쉽게도 그리 오래가지 못했다.

커다란 바구니를 들고 잔디밭 위를 걷던 시녀는 잠시 걸음을 멈췄다. 병사들이 먹을 음식으로 묵직해진 바구니가 아프게 손을 짓눌렀다. 심해지는 통증에 잠시 바구니를 내려놓은 시녀는 이마에 송골송골 맺힌 땀을 손등으로 쓱 훔쳤다. 아침이라 바람이 선선한데도 고된 노동이 몸을 지치게 했다. 뻐근하게 느껴지는 허리를 두드리며 몸을 쭉 폈을 때, 시녀의 눈에 하늘을 날고 있는 거대한 새가 들어왔다.

'새? 연락용인가?'

저 멀리, 높이 떠 있는데도 새는 거대하게 보였다. 저 정도 크기를 가진 조류라면 장거리 연락용으로 사용하는 탈란뿐이었다. 다른 나라에서 보냈나 생각하며 무시하려는데, 탈란의 움직임이 이상한 게 눈에 띄었다. 훅 떨어졌다가 다시 날아오르고, 날갯짓을 하다 휘청이며 바람에 멋대로 휩쓸렸다. 그 불안한 비행에 시녀는 눈도 떼지 못하고 새를 지켜보았다. 무척 위태롭게 날면서 고도를 낮추던 새는 기어코 그녀 앞으로 추락하고야 말았다.

"꺄악!"

새가 눈앞으로 쿵, 떨어지자 화들짝 놀란 시녀가 비명을 질렀다. 식겁한 심장이 터질 듯이 두방망이질 쳤다. 잔디밭 위를 나뒹군 새는 1m에 달하는 거대한 몸을 일으키려 애썼다. 하지만 아무리 날개에 힘을 주고 일어나려 해도 자꾸 발이 엉켜서 고꾸라졌다.

혹시나 있을 수 있는 위험에 대비해 한껏 경계하던 시녀는 새의 발에 묶인 나무 상자를 발견했다. 제법 큰 궤짝 때문에 장거리를 오는 데 무리가 따른 모양이었다. 황제의 집무실이 있는 정궁을 눈앞에 두고 기력이 빠진 새는 축 늘어져서 더는 일어날 시도조차 하지 않았다. 그저 얌전히 누워서 앞에 있는 시녀만 뻐끔뻐끔 올려다보았다. 그 눈빛이 마치 상자를 떼어내 주길 기다리는 듯했다.

잠시 머뭇거리던 시녀는 도움을 요청하기 위해 주위를 두리번거렸다. 다행히 검은 옷을 입은 전사 두 명이 새를 향해 뛰어오고 있었다. 시녀는 그들을 보고 마음을 놓았다. 검은 옷을 입은 전사들이라면 연락용 새를 만질 자격이 되는 이들이었다.

뻗어버린 새 앞에 도착한 전사들은 순식간에 단검을 뽑아 상자를 떼어냈다. 묵직한 상자를 품에 안고 정궁으로 가려 했으나 어느새 다가온 곤이 그들을 저지했다.

"잠깐, 위험한 물건일 수도 있으니 내가 먼저 확인하겠다."

그의 말에 전사들은 스스럼없이 상자를 내밀었다. 정체를 알 수 없는 물건은 공력자들이 먼저 살펴보고 황제에게 바치곤 했다. 그러니 오늘 같은 경우도 공력자인 그가 먼저 확인하는 게 올바른 절차였다.

'젠장, 베론이 헛짓거리만 안 했어도 내가 이 짓까진 안 하는데.'

곤은 상자의 겉면을 살피며 속으로 구시렁댔다. 어젯밤, 베론이 질투심에 사로잡혀 황제의 일을 그르치는 바람에 며칠간 근신을 명받았다. 하랑을 가지는 일을 방해한 데다 신녀까지 끌어들여 눈 밖에 나게 했으니, 베론을 향한 황제의 분노가 이만저만 아니었다. 그 때문에 한 달간 방에 감금된 탓에 가리국에서 일을 할 수 있는 공력자는 곤밖에 남지 않았다. 지금껏 놀았던 만큼 몰아서 일을 하고 있는 그는 상자를 대충 훑어보다가 하랑을 떠올리며 이맛살을 찌푸렸다.

'도대체 내가 누구 때문에 일에 치이는데, 저는 한가롭게 신녀와 시시덕거리기나 하고 말이야.'

알리샤가 다친 것부터 베론이 질투한 일까지, 모두 다 그자의 잘못으로 느껴졌다. 그도 그럴 것이, 두 사람이 하던 일을 전부 도맡았으니 이가 갈릴 수밖에 없었다. 불만이 쌓이고 쌓인 곤은 해연을 이용해 하랑을 자극하려 했다. 분풀이도 하고 전에 끝내지 못한 승부도 결론짓고 싶었다. 하지만 사막의 모래언덕만큼 쌓여 있는 업무들이 그의 복수를 도와주지 않았다.

결국, 다 포기하고 일하러 나온 그의 눈에 가장 먼저 띈 것은 새와 함께 떨어진 나무 상자였다. 그것도 어디서 보냈는지 알기 어려운 상자였다. 대체로 이런 것들은 보안을 유지하기 위해 표식 없이 보내는 경우가 많았다. 그 사실을 떠올린 뒤에야 호기심이 든 곤은 손가락 끝에 얇은 나뭇가지를 생성했다. 공력의 힘으로 길게 뻗어나온 나뭇가지는 전사가 들고 있는 상자의 열쇠 구멍 안으로 쑥 들어갔다.

꾸득, 꾸드득.

구멍 안에서 나뭇가지가 열쇠 모양으로 자라는 소리가 들리고,

이윽고 달칵 상자가 열렸다. 공력을 감추고 뚜껑을 밀어젖힌 곤은 그 안에 든 물건을 보고 굳어버렸다. 곤을 따라 무심코 안을 들여다본 전사들도 숨 쉬는 걸 멈췄다. 그들은 아무 말도 하지 못하고 상자 안에 시선을 고정했다. 심상찮은 분위기에 목을 길게 빼고 기웃거리던 시녀도 상자 안을 보고 두 눈이 크게 확장됐다.

"꺄아아아악!"

시녀의 입에서 격한 비명이 터져 나왔다.

해연의 입술을 맛보는 데 정신이 팔린 하랑의 귀에 여인의 비명이 걸렸다. 그러나 갑작스러운 비명 따위야 아무런 문제가 되지 않았다. 지금 이 순간만큼은 해연에게만 집중하고 싶었다. 한 손은 마주 잡고 다른 손으로는 허리를 끌어당기면서, 그는 입술에서 입안으로 범위를 넓혀 음미하고자 했다. 입술 사이로 혀를 밀어 넣으려는 그 순간에 곤의 사나운 기운이 신궁을 덮쳤다. 날카로운 공력들이 하랑의 감각을 민감하게 찔러왔다. 비록 싸우는 소리는 들리지 않았지만, 폭발하는 기세가 범상치 않았다.

그 기운이 신경 쓰인 하랑은 결국 해연에게서 떨어졌다. 여전히 눈을 꼭 감고 있는 해연의 모습을 감상하지도 못하고, 그는 곤의 기운이 느껴지는 창밖으로 시선을 돌렸다.

'뭐지? 갑자기 왜?'

하랑의 표정이 심각해졌다. 장난으로 치부하기가 어려울 정도였다. 정말 온전한 분노를 내뿜는 기세. 며칠 전의 결투 때도 보이지 않던 맹렬한 노기였다. 도대체 무엇이 장난기 가득한 그를 미치게 만들었는지 신경이 쓰였다.

해연은 후끈후끈한 제 볼의 열기를 느끼며 곧 있을 진한 키스를 기다렸다. 그런데 입술이 떨어진 뒤로 더 이상의 접촉이 없었다. 의아한 마음이 든 해연은 눈을 찔끔찔끔 뜨며 하랑을 슬쩍 살폈다. 창밖으로 고개를 돌린 그의 표정이 심상치 않아 보였다. 그 시선을 따라 밖을 보았으나 특이 사항 같은 건 발견할 수 없었다.

"하랑?"

해연의 부름에 하랑은 창문에서 시선을 떼었다. 발그스름한 볼에 까만 두 눈을 깜박이며 올려다보는 모습이 귀엽기 그지없었다. 그에 잠시 잊고 있던 욕정이 불꽃처럼 열렬하게 타올랐다. 그 마음을 참지 못한 그는 다시 한 번 해연의 입술을 덮쳤다.

"흐읍!"

예상치 못한 키스에 해연이 놀란 것도 잠시, 그의 입술이 다시금 떼어졌다. 신경이 쓰여 견디기 힘들었다. 저대로 둬도 될까 싶을 정도로 곤의 기운이 폭주하고 있었다. 그를 막을 수 있는 건 공력자들뿐인데 알리샤는 부상을 입었고, 베론은 감금당한 상태였다. 결국, 하랑은 해연과의 달콤한 시간을 잠시 미루기로 했다.

"잠시만, 나갔다 오겠습니다."

좀 전의 입맞춤 때문에 혼이 쏙 빠진 해연은 멍한 얼굴로 고개를 끄덕였다. 그 얼굴을 한 번 쓰다듬은 하랑은 떨어지지 않는 발을 억지로 떼어 방을 나섰다. 곤에게 무슨 일이 생겼는지는 모르겠지만, 자꾸 불안한 마음이 들었다.

하랑이 나가고 혼자 남은 해연은 제 입술을 슬쩍 매만졌다. 격렬하고 달콤하던 그의 입술이 여전히 느껴지는 듯했다. 좀 더 진하게 진행되지 못한 건 아쉽지만, 그래도 생에 첫 입맞춤을 하랑과 했다는 사실에 슬그머니 미소가 지어졌다.

'이제 하랑과 사귀는 거겠지? 그럼 오늘이 1일? 오늘부터 세는

건가? 오늘이 며칠이지?'

이십 년을 솔로로 살아왔던 해연은 친구들처럼 사귀는 일자를 따져 보려 했다. 하지만 곧 난관에 봉착했다.

'근데 사귀자고 말도 안 했는데? 사귀자고 해야 사귀는 건가? 아니지. 여긴 사귀는 개념이 없는 걸 수도 있잖아. 키스하면 바로 결혼 아냐? 으아? 잠깐만. 결혼? 나 하랑이랑……'

해연은 공황 상태에 빠졌다. 갑자기 수많은 생각이 몰려와 머리를 복잡하게 만들었다. 동연국의 문화를 보면 키스는 곧 결혼으로 직결되는 느낌도 들었는데, 거기까지 생각이 미치자 하랑의 아이를 낳는 것까지 떠올랐다.

"꺅! 내가 무슨 생각을! 미쳤지, 미쳤어! 정신 차려! 정신 차려, 윤해연!"

짧은 입맞춤이 가져온 숱한 망상 속에서 허우적대던 해연은 그제야 한 가지 사실을 떠올렸다. 가리국에서 하랑이 홀로 뛰쳐나갈 만한 일이 없다는 것을. 동연국도 아니고, 신경 쓸 일이 없는데 이런 순간에 나갔다는 건 그만큼 중대한 일이 벌어졌다는 뜻이었다. 그 사실을 깨달은 해연은 사색이 되어 방을 뛰쳐나갔다. 하랑에게 가리국은 지뢰밭 같은 곳이었다. 이곳에서 골치 아픈 일에 휘말리면 그에게 불리하게 작용할 게 뻔했다. 해연은 부디 아무 일 없길 바라며 그를 찾아 뛰었다.

하랑은 잔디밭 위에 서 있는 곤을 발견했다. 그의 앞에는 검은 사막의 전사 두 명과 시녀가 쓰러져 있었다. 아무래도 곤의 기운이 워낙 강렬해서 기절한 듯했다. 아까 들었던 비명은 저 시녀의 것이 분명하리라. 하랑은 연락용 새도 죽은 걸 확인하며 곤의 곁으로 다가갔다. 얼굴이 험악하게 일그러져 있는 곤은 두 손에 들린 유리병을 노려보고 있었다. 그 병 안에 든 걸 발견한 하랑도 얼굴을 굳히고 작은 신음을 흘렸다.

'오하르 슐가.'

동연국에서 만났던 가리국 사절단의 수장, 오하르 슐가. 곤이 들고 있는 투명한 술병 안에 그의 머리가 동동 떠다니고 있었다. 허옇게 센 머리카락을 풀어 헤친 채 술에 담가진 사람 머리는 이른 아침에도 기괴한 분위기를 풍겨 댔다.

'가후.'

하랑은 그런 짓을 했을 누군가를 떠올렸다. 튼튼하고 커다란 유리병에 적국 수장의 목을 베어 술에 담가 보내는 것은 동연국 황제의 선전포고였다. 그 방법은 무척 잔인하고 흉측하지만, 그만큼 적의 내부를 뒤흔들 수 있는 계책이기도 했다. 누군가에게는 공포를 심고, 누군가에게는 분노를 심는다. 뒤틀어진 이성의 틈을 비집고 파고드는 건 가후가 가장 좋아하는 일이었다.

하랑은 분노를 감당하지 못하는 곤을 보며 작게 혀를 찼다. 경험이 적은 탓에 노여움에 날뛰는 공력을 조절하는 것이 힘겨워 보였다. 제멋대로 폭주하는 힘을 다른 이가 막아줘야 할 지경이었다.

결국, 하랑은 자신의 기운을 방출했다. 곤의 힘이 더는 뻗어 나가지 못하도록 애쓰고 있을 때, 일이 벌어졌다. 하랑을 발견하고 다가온 해연이 곤이 들고 있는 유리병을 무심코 본 것이다. 그리고 그것이 사람 머리로 담근 술이라는 걸 깨달았을 때, 극심한 충격이 그녀를 덮쳤다.

"꺄아아아아악!"

해연의 비명에 하랑은 심장이 쿵, 내려앉았다. 보지 못하게 했어야 했는데 곤에게 집중하느라 다가오는 걸 느끼지 못했다. 그리고 그 대가는 상황을 예상치 못한 곳으로 흐르게 만들었다.

〈3권에서 계속〉